Michael Szameit

Drachenkreuzer Ikaros

SPANNEND ERZÄHLT

Band 209

KAPITEL 1

Glutrot steigt die Sonne über den Horizont, und dort, wo ihr Licht durch die flache, Amorix überspannende Kuppel dringt, erkennt Hendrikje Greiff die wabenartige Struktur dieses Schutzschildes, der sich wie eine Käseglocke über die Urbaniden der Stadt stülpt.

Es soll wieder anfangen, denkt die Frau, und unwillkürlich schlägt sie den Kragen ihres Overalls aus Schmeichelmoos hoch, als diese ungewisse Furcht sie frösteln läßt. Was wird diesmal geschehen, wenn die Sonne zu vibrieren beginnt, wenn ihre Schwingungen verheerende Beben auf Merkur und Venus auslösen und sogar auf der Erde noch Schlammvulkane zum Ausbruch bringen?

Damals, vor fünfunddreißig Jahren, da war sie noch ein Kind, spiellernte mit ihren Altersgefährten der Kindschaft Gamma V in der Geborgenheit des Nesturbanidums, da war sie noch Teil des Großen Schatzes, genoß die unantastbaren Privilegien eines Nestlings. Was kümmerten sie irgendwelche Unregelmäßigkeiten eines Vorgangs im Innern des Zentralgestirns ...

Wehmütig sucht Hendrikje hinter den Kolossen der im Morgendämmern düster aufragenden Urbaniden von Amorix die Konturen des Nesturbanidums auszumachen, dieses gewaltigen Blocks aus Schaumsilikat und Glas, der im Innern die Kinderstadt birgt.

Da leuchtet das Symbol aus den ineinander verschlungenen Buchstaben N und U. Beinahe hätte sie es übersehen, weil es von der Tageslosung überstrahlt wird, die über die ganze Front des Urbanidum Maximum flimmert. Flüchtig liest Hendrikje: „Der Reichtum der Gemeinschaft ist der Reichtum jedes einzelnen." Klingt doch gut, denkt sie, aber Ergar hat sicherlich auch daran etwas auszusetzen, um Spitzfindigkeiten ist der nie verlegen.

Dann blickt sie wieder zur Kinderstadt hinüber. Dort hat sie ihren Lebensgefährten kennengelernt, sie mochten sich vom ersten Augenblick ihrer Bekanntschaft an, wie es ihnen damals schien. Daß man sie beide – wie alle anderen Lustgeschwister – nach ebenso unauffällig wie sorgsam vorgenommenen Affinitätsbestimmungen füreinander ausgewählt und genauso unauffällig einander zugeführt hatte, das erfuhren sie erst viel später, und nur deshalb, weil Hendrikje als Kaderorganisator der Sonnenseglerflotte gelernt hat, wie man Psychogramme auswertet und Kollektive zusammenstellt und wie man das Urbanidum Maximum, in dem sich das Große Gehirn befindet, überlisten kann, wenn man an Informationen heranwill, die unter die Datenschutzregelung fallen.

Sie wollte einfach ein bißchen mehr über Ergar erfahren, mehr, als er ihr erzählte, und so wären sie fast ein Fall für das Büro zur Untersuchung abweichender Verhaltensweisen geworden, denn die Erkenntnis, daß alles vorausgeplant und von ihr selbst überhaupt nicht beeinflußbar gewesen war, trieb sie in dieses Verhältnis mit einem über zwanzig Jahre älteren Mann ...

Das ist nun auch schon zehn Jahre her, erinnert sie sich und konstatiert erleichtert, daß ihr dabei etwas melancholisch zumute wird – ihr emotionales Potential ist also noch hoch genug, obwohl sie den ganzen Tag lang keine Qualle gelutscht hat. Kaum aber denkt sie daran, erwacht in ihr eine zügellose Gier nach dem tonisierenden Hormon dieser knopfgroßen Weichtiere von irgendeinem Planeten weit draußen im All.

Hendrikje fingert die Dose aus ihrer Brusttasche und stochert mit dem Zeigefinger in dem grünlichen Gelee. Amüsiert beobachtet sie, wie sich die feinen Daunen des Schmeichelmooses zurückbiegen, als führe ein leiser Windstoß darüber hinweg. Ihr Overall hat schon einige rostrote Flecke, die im purpurnen Funkeln des pelzigen Geflechts aus Millionen winziger Pflänzchen aber kaum auffallen. Das Quallenhormon ist Gift für Schmeichelmoos, Hendrikje weiß das, es wird von den Menschen beinahe unverändert wieder abgesondert, und das Moos, das sich von allem ernährt, was der menschliche Organismus ausscheidet, geht an den Quallen zugrunde. Dem Menschen schaden sie nur ein wenig, wenn man nicht übertreibt.

Aber ihr Lächeln weicht einem mißmutigen Schnaufen – die Dose ist leer, ihre Fingerkuppe kann in der Nährgelatine keins der kleinen glitschigen Tiere ertasten. Sie spürt förmlich, wie alle Gefühle aus ihr sickern, sogar der Ärger über diesen Vorfall macht nüchterner Selbstkritik Platz.

Ich bin zu vergeßlich geworden, denkt sie kalt, seine Gefühle darf man nicht derart vernachlässigen, wie ich es bisweilen tue, das bin ich Ergar schuldig.

Einzig dieser zermürbende Heißhunger nach Quallen ist von allen Empfindungen geblieben. Bin ich doch schon süchtig? fragt sich Hendrikje, aber echte Sorge will sich nicht einstellen. Alle sagen, die Sucht sei ungefährlich, führe lediglich zu geringfügigen Störungen im Psychogramm.

„Derdegiderje!"

Hendrikje schrickt aus ihren Gedanken. Vor ihr steht ein junger Mann. Sportlich gebaut, gut aussehend – wie alle Männer, bei denen eine genetische Optimierung möglich ist. Phänotyp römisch zwei, arabisch unterlegt, registriert Hendrikje. Sie selbst ist skandinavisch acht: klein und zierlich, meerblaue Augen unter auffällig geschwungenen Brauen, auf deren grünlichen Schimmer, der erst soviel Aufregung unter den Optimatoren hervorrief, sie inzwischen nicht wenig stolz ist.

Er sollte weniger Samtbraun für den Nasenrücken nehmen, denkt sie und mustert das hagere Gesicht, und Indigo statt Oliv würde die Unterlippe sinnlicher erscheinen lassen. Die rubingefaßte Perle im rechten Nasenflügel aber hat er mit viel Geschmack ausgewählt, obwohl man seit vier Tagen eigentlich Karneol trägt und in den Morgenstunden besser die linke Gesichtshälfte betont.

„Derdegiderje!“ Der Mann hält ihr ein geöffnetes Etui entgegen.

Sie lächelt ihn dankbar an. Ihr Lächeln wirkt echt, das haben ihr schon viele Leute bescheinigt, und auch der Mann vor ihr macht ein zufriedenes Gesicht. Ein flüchtiger Blick auf den gefleckten Overall sagt Hendrikje, daß er wohl zwanzig bis dreißig Stück am Tag braucht.

„Derdegiderje ...“ Die Grußformel geht ihr noch nicht flüssig über die Lippen, und Hendrikje schielt zum Urbanidum Maximum hinüber, wo die Tageslosung strahlt. Beinahe hätte sie sich unsterblich blamiert und mit „Heschwidam!“ geantwortet, aber die Losung „Heute schaffen wir das Morgen“ galt gestern, und über die Vorderseite des Urbanidum Maximum flimmert es wie eine schillernde Bauchbinde: „Der Reichtum der Gesellschaft ist der Reichtum jedes einzelnen.“

Mit einer ruckartigen Bewegung drückt er ihr das Etui in die Hand. „Siekönnensieallebehalten. Ichhabenochgenug.“

Der Mann spricht so hastig, daß sie seine Worte kaum versteht. Gerade setzt sie zu einer freundlichen Entgegnung an, da durchzuckt es sie wie ein Stromstoß. Ein Mungo! Vor ihr steht ein Mungo!

Am Morgen erst hat Ergar sie gleich nach dem gemeinsamen Sprechen der Tageslosung, wobei er gelangweilt die Augen verdrehte, darauf hingewiesen, daß in Vorbereitung irgendeines Ereignisses, an das sie sich nicht mehr erinnert, alle Bürger aufgerufen seien, noch intensiver – tatkräftig, wie er es nannte – an der Bekämpfung dieser rätselhaften Krankheit mitzuwirken. Jetzt aber nimmt sie das erstemal in ihrem Leben einen dieser bemitleidenswerten Kranken bewußt wahr – er sieht doch ganz normal aus.

Der Schreck vergeht schnell wieder. Unauffällig sieht sich Hendrikje um, dabei steckt sie eine Qualle in den Mund und versucht, unter Aufbietung eines erstaunlich hohen Maßes an Geistesgegenwart, ein unbekümmertes Gesicht zur Schau zu tragen. Sie saugt so heftig, daß ihr der Gaumen schmerzt.

Die anderen Leute haben anscheinend nichts gemerkt. Sie stehen in einer langen Schlange vor dem Haltepunkt der Amigos und warten geduldig darauf, daß sie eins dieser unablässig anrollenden und wieder abfahrenden Fahrzeuge bekommen, die beinahe geräuschlos auf großen Ballonreifen durch das ameisenhafte Verkehrsgewimmel der Urbaniden flitzen.

Die achtundsiebzigste, oberste Etage des Reganta-Urbanidums ist vollständig verglast, die Wondermarck-Magistrale zieht sich schnurgerade an der dem Zentrum von Amorix zugewandten Vorderfront entlang, und selbst mit der zulässigen Höchstgeschwindigkeit von zweihundert Kilometern je Stunde benötigt ein Amigo noch vier Minuten, um von einem Ende zum anderen dieses von Menschen erschaffenen Bienenstocks zu gelangen.

Hendrikje befindet sich etwa dort, wo die Magistrale von der Gonddiagonale und der Zercksdiagonale gekreuzt wird, die mit der ringförmigen Darkzyklinale die wichtigsten Verkehrsadern des Urbanidums bilden. Sie hat heute einen kleinen Umweg genommen, statt direkt in das Zentrum für Sonnenforschung zu fahren, eine ihrer Arbeitsstellen. In der Morgensendung des Freiwilligen Informativen Pflichtprogramms ist nämlich bekanntgegeben worden, daß aus Anlaß dieses Jahrestages, dessen Bedeutung ihr einfach nicht einfallen will – oder ging es um eine Tagung des Rates für Koordination oder um irgendeine Konferenz? –, der Kupatpunkt, in dem ihre Anmeldung registriert ist, mit einem Sonderkontingent neuer Plusterfarnkeimlinge beliefert wurde. Auf diese Weise könnte sie anderthalb bis zwei Jahre Bestellzeit einsparen, denn Sonderkontingente kommen immer in die bezugsscheinfreie Versorgung. Zwar benötigt sie zur Zeit keine neue Plusterfarneinrichtung, aber die Keimlinge lassen sich gut gegen Schillersmaragd tauschen. Ach ja, Schillersmaragd …

Plötzlich spürt Hendrikje, wie das Quallenhormon zu wirken beginnt. Gerade noch hatte sie sich gesagt, daß sie den Mann beim MOBS melden müßte, denn es ist die oberste Pflicht jeden Bürgers, jemanden mit „medizinisch unnormaler Geschwindigkeit der Organfunktion“ – also einen Mungo – sofort dem Medizinischen Observationsdienst zu melden. Aber jetzt fühlt sie heißes Mitleid in sich aufsteigen.

Sie greift nach der Hand des Mannes und drückt sie heftig. „Reißen Sie sich zusammen, Bürger, Sie müssen langsamer sprechen, sonst bemerkt man Sie!“ Was kann der arme Kerl dafür, denkt sie, daß er um einiges schneller lebt als wir. Er empfindet es ja gar nicht so, sondern hat vielmehr das Gefühl, daß wir uns unerträglich langsam und behäbig bewegen …

„Wiemeinensiedas? Ichsprechenichtschnelleralssonst!" Die Stimme des Mannes hat auf einmal einen schrillen Klang. Seine schönen dunkelbraunen Augen zucken hin und her, wie man es gelegentlich bei Leuten beobachten kann, die aus dem Fenster eines schnellfahrenden Verkehrsmittels schauen.

Er weiß es noch gar nicht, erkennt Hendrikje und beißt sich auf die Unterlippe. Aber er hat sofort begriffen, was sie meint, das ist zu sehen. Was ist denn nur dabei, warum fürchten sie sich so vor Entdeckung? fragt sie sich bestürzt. Niemand tut ihnen etwas zuleide, im Gegenteil, die Gemeinschaft hat eigens zum Schutz der Mungos den Medizinischen Observationsdienst eingesetzt, dessen Mitarbeiter der Volksmund Möpse nennt.

Obwohl – Hendrikje nagt weiter an der Unterlippe –, obwohl, so richtig geht das anscheinend nicht vorwärts. Wie wären die Leute vom MOBS sonst auf den Gedanken gekommen, die Bevölkerung aufzufordern, sich an der Suche nach Mungos zu beteiligen?

Hendrikje kramt zwei Plusterfarnkeimlinge aus ihrer Brusttasche und reicht dem Mann die zarten Glasröhrchen, in denen die winzigen Pflanzen darauf warten, zu wunderlichsten Formen zu quellen, sobald der Verschluß entsiegelt wird. Ungern nur trennt sie sich von den Keimlingen, aber sie hat einfach das Bedürfnis, dem offenbar arg verwirrten Mann etwas Gutes zu tun.

Der aber weicht einen Schritt zurück und mustert sie böse, doch auch mit unverhohlener Angst in den Augen. Hastig schiebt sie sich eine zweite Qualle in den Mund, als könne sie dem Mann nur helfen, wenn ihr Gefühlspotential so hoch ist, daß sie seine Angst nachempfinden kann. Wenn doch nur Ergar hier wäre, Ergar, der alles weiß und für alles Erklärung oder Kritik parat hat! Der aber wird gute fünfzig Etagen tiefer mit gefurchter Stirn durch ihr Wohnkontingent – zwei große Räume, Hygienezelle und Servicekabine – laufen und Robert Anweisungen geben, wie jener Zustand herzustellen ist, den man schlechthin Ordnung nennt. Wenn er schon seine Qualle gelutscht hat, wird er dabei ein wenig fluchen und Hendrikje in den achten Spiralarm des Andromedanebels wünschen, wenn nicht, dann wird er Robert auftragen, ihr sinngemäß folgendes auszurichten: „Traum meiner Träume. Meine Ohrclips lagen unter einem angebissenen Aprikosentoast auf der Dentalkonsole. Dort lagen sie zwar auch schon gestern abend, aber da war der Toast noch nicht da. Wenn du das nächste Mal bitte die Ohrclips auf den Toast legen könntest, du würdest mir uneffektives Herumkramen ersparen. Unter deinem alten Schmeichelmoos in der Ecke der Hygienezelle habe ich den Stirnreif mit dem ziselierten Stier gefunden, den du seit zwei Wochen vermißt. Da man inzwischen keine Tierkreiszeichen mehr trägt, habe ich ihn in den Recyclingschacht geworfen, die Platinmenge ist auf dein Kosmetikkonto umgebucht worden. Spätestens übermorgen sollen Edelmetallkettchen am Fußgelenk groß herauskommen, ein Tip von Stillmer, der kennt die Lustpartnerin eines ganz bekannten Kreators – laß dir gleich eins machen. Meines wird sich bis übermorgen ja sicher noch anfinden ..."

Das alles mit Roberts knabenhafter Roboterstimme und der dem Sinusandroiden eigenen Wichtigtuerei vorgetragen, würde sie die versteckten Vorwürfe und Anspielungen schnell vergessen lassen.

Während der wenigen Sekunden, in denen ihr das durch den Kopf ging, hat sich die Haltung des Mannes verändert. Er schaut sie lauernd an und preßt hervor: „Wennsiesichaufdieseweiseeinpaarzusatzpunkteverdienenwollen, suchensiesicheinenanderendummen!" Dann reißt er ihr mit einer blitzschnellen Bewegung das Etui aus der Hand und nestelt fahrig an seiner Brusttasche.

Am liebsten würde Hendrikje losheulen, so elend ist ihr zumute. Irgend etwas stimmt nicht mehr, das Licht der Tageslosung sticht ihr grell in die Augen und scheint heftig zu flackern, der Lärm um sie herum schwillt unerträglich an, sie spürt auf einmal ein Vibrieren in den Füßen, wenn ein Amigo vorbeirollt. Das sind die Quallen, zwei so kurz hintereinander zu lutschen ist heller Wahnsinn, denkt sie und schluchzt wehleidig auf.

Da registrieren ihre überreizten Nerven ein Flüstern dicht hinter ihr. Lähmendes Entsetzen packt sie, als ihr die Worte ins Bewußtsein dringen: „Achtung, Mungo im Sektor 78 WM 12 ..., benötige Verstärkung ..., Identifizierung nicht möglich, besitze immer noch keinen Psiegellokator ..., Beschreibung des Mungos ..." Die Stimme schildert exakt das Aussehen des Mannes vor ihr.

Ruckartig dreht sie sich um und sieht gerade noch, wie ein Mann in der Schlange der Wartenden die Hand vom Mund nimmt. Sie tastet unwillkürlich nach ihrem Bauchnabel, wo jedem Neugeborenen ein Röntgenhologramm mit den persönlichen Daten, das Persönliche Siegel oder abgekürzt Psiegel, implantiert wird. Er kann ihre Identität also auch nicht feststellen. Hendrikje atmet erleichtert auf, dann betrachtet sie neugierig und ein wenig angewidert den Mops. Der inoffizielle Mitarbeiter des MOBS weicht ihrem Blick nicht aus. Polynesisch zwei, klassifiziert sie ihn automatisch, ein ganz exklusiver Phänotyp ... Er lächelt sogar leicht. Hendrikje meint, beinahe geringschätzig.

Die spontan eintretende tiefe Niedergeschlagenheit nimmt ihr alle Kraft, sie bringt es nicht einmal fertig, den Mungo mit einer Geste oder einem Blick zu warnen. Der steht immer noch abwartend da und beobachtet mißtrauisch die Umgebung, offensichtlich hat er den Mops gar nicht bemerkt.

Inzwischen ruckt die Schlange wieder ein Stück voran, weil fünf Amigos kurz nacheinander ankommen. Hier auf der obersten Etage kann es schon einmal vorkommen, daß man bis zu fünf Minuten auf ein freies Fahrzeug warten muß, weil sich hier auch die Piers für die großen Schweber befinden. Mit dem Tubifex fährt Hendrikje nicht so gern, das Gedrängel und Geschubse in dieser Rohrpost für Menschen behagt ihr wenig, und lieber wartet sie ein Weilchen auf einen dieser kleinen Flitzer mit den walzenförmigen Reifen und der flachen, weit über den Fahrgastraum gezogenen Windschutzscheibe, die mit der dicken umlaufenden Gummimanschette ein wenig wie Skistiefel aussehen. Diese Vorliebe ist einer der wenigen negativen Punkte in ihrem Psychogramm, doch irgendwie fürchtet sie sich vor der ihr vorgeschlagenen Psychischen Optimierung, die sie von dieser bedenklichen Neigung zum Einzelgängertum befreien soll. Dabei will man doch nur ihr Bestes, sie weiß es ganz genau, das Wohl jedes einzelnen steht im Zentrum aller Bemühungen der Gesellschaft – so sagte es auch die vorgestrige Tageslosung.

Hendrikje stutzt, als ihre Überlegungen diesen Punkt erreichen. Dann muß die Gemeinschaft doch recht haben, wenn sie Mungoismus als meldepflichtig deklariert – dann hat sie auch dabei nur das Wohl der Mungos im Sinn! Einem spontanen Impuls folgend, will sie noch einmal an den Mann herantreten und ihm erklären, daß er nichts zu befürchten hat, wenn er sich freiwillig meldet – wie es ohnehin viele dieser armen Kranken tun. Aber da bemerkt sie, daß sich der Mops wie zufällig neben den Mungo stellt und zwei kräftigen jungen Männern – baltisch sieben und griechisch-klassisch eins Alpha, ein ganz ausgefallener, aber ungemein attraktiver Phänotyp – in blutrot glühenden Schmeichelmoosüberwürfen, nach der Mode der letzten vier Stunden geschnitten, ein unauffälliges Zeichen gibt.

Die beiden mustern mit wachsamen Blicken die Umgebung, so als wollten sie mögliche Fluchtwege erkennen, dann plötzlich ist die forschende Unruhe wie weggewischt aus ihren Gesichtern, und sie gehen freundlich grinsend auf den Mungo zu. Der klassische Grieche zieht ein Gerät aus der Tasche, das einer kleinen Taschenlampe ähnelt, und richtet es auf den Bauch des Mungos, der Sekunden wie festgebannt steht.

Auch Hendrikje erstarrt unwillkürlich, aber nun ist es weniger Mitleid oder gar Entsetzen, was sie verharren läßt, sondern es gleicht eher jenem Prickeln, das wie tausend Ameisen über die

Haut läuft, wenn die Aufführung eines Selbstspielstücks, in dem man über eine komplizierte Intellektronik mit dem Bewußtsein des Helden verbunden ist, ihren Höhepunkt erreicht.

„Bürger Germelin Stotzner, bitte, begleiten Sie uns zum Hauptquartier des MOBS. Es geht um eine notwendige Untersuchung."

Die Worte waren sachlich und ohne jede Drohung gesprochen, trotzdem dachte Hendrikje einen kurzen Augenblick, der Mann hatte doch vorher eine Qualle lutschen sollen. Vielleicht hätte etwas mehr Mitgefühl den Mungo besänftigt, so aber taumelte dieser zurück, hob abwehrend die Hände und keuchte: „Waswolltihrvonmir, Möpse? Kümmerteuchlieberumdiemungos ... Laßtunbescholtenebürgerzufrieden, dieihretäglichenpläneerfüllenundjedetageslosungmitlebenausstatten, wieesdiegemeinschafträt ..."

Die beiden Möpse verständigen sich mit einem kurzen Blick und einem Schulterzucken, was wohl heißen sollte: Der Mann ist ein stiller Mungo, er weiß noch gar nichts von seiner Krankheit.

„Beruhigen Sie sich, Bürger Stotzner, es wird sich alles aufklären, man wird sich mit Ihnen unterhalten, es geschieht Ihnen nichts." Der Grieche ist an den Mungo herangetreten und hebt den Arm, wohl um Stotzner begütigend auf die Schulter zu klopfen.

Da geht alles blitzschnell. Der Mungo muß einen Angriff befürchtet haben – mit einer Drehung des Oberkörpers, der Hendrikje kaum zu folgen vermag, weicht er kurz zurück, seine linke Hand schlägt den Arm zur Seite, und gleichzeitig schmettert er dem Mops die rechte Faust ins Gesicht. Dem Griechen schießt ein dunkelroter Blutstrahl aus der Nase, er verdreht die Augen und klatscht auf den Rücken.

Ein normaler Mensch kann sich unmöglich mit solcher Schnelligkeit bewegen, durchzuckt es Hendrikje, selbst wenn er ausgebildeter Spielathlet ist! Sie empfindet so etwas wie ein merkwürdig angenehmes Gruseln und spürt, wie sich die Neugier in ihrem Denken aufbläht wie ein Luftballon. Bisher wußte sie über den Mungoismus nur das, was in den Orientierungssendungen des Freiwilligen Informativen Pflichtprogramms bekanntgegeben wurde: Mungoismus ist eine rätselhafte, aber sehr seltene Krankheit, die alle Organe und Teile des menschlichen Körpers befällt und sich in einer progressiv ansteigenden Lebensgeschwindigkeit manifestiert. Eine Bedrohung für die Gemeinschaft besteht nicht, da Mungoismus nicht infektiös ist. Man solle sich keine Sorgen machen, es träten nur ganz selten Fälle auf, trotzdem habe jeder Bürger die Pflicht, den eigens hierfür gegründeten MOBS tatkräftig zu unterstützen, gemäß den Grundsätzen, die den Tageslosungen zu entnehmen sind. Aber sie hat heute das erstemal einen echten Mungo gesehen – und sie ist fasziniert. Die Geschmeidigkeit und Flinkheit seiner Bewegungen, die bei genauem Hinsehen überhaupt nichts Ruckhaftes, Hektisches haben, die Leichtigkeit, mit der er den vermeintlichen Angreifer abwehrte …

Hendrikje kommt nicht dazu, den Gedanken zu vollenden. Wahrscheinlich war der Mungo zu sehr von seiner physischen Überlegenheit überzeugt, oder es lag an der soliden Ausbildung der Möpse: Fast im selben Augenblick, in dem der Grieche zu Boden stürzte, sprangen die beiden anderen den Mann an. Jetzt windet sich der Mungo, brüllend und mit den Füßen tretend, zwischen ihnen, die ihm beide Arme auf den Rücken gedreht haben.

Der Grieche erhebt sich stöhnend und wischt sich das Blut aus dem Gesicht. Seine Miene verheißt nichts Gutes, und Hendrikje hört ihn schimpfen: „Immer das gleiche Theater, wann werden endlich die Züngler zum Einsatz freigegeben …, jeden Tag diese Zwischenfälle …“ Dann aber reißt er sich zusammen und sagt nur kurz: „Kommt!“

Die Menschenmenge schaut unbeteiligt zu und protestiert auch nicht, als die drei den Mungo zu einem der gerade anrollenden Viereramigos schleppen.

Diese Disziplin gehört zu unseren größten Erfolgen, denkt Hendrikje und fühlt Stolz, Bürger dieser Welt zu sein. Es gilt als äußerst unmoralisch, seinen Warteplatz in einer der Schlangen vor Amigohaltepunkten, Tubifexstationen oder anderen Einrichtungen zu verlassen, um sich einfach vorzudrängeln, aber wie jetzt wird von jedem die Einsicht in Notwendigkeiten erwartet.

Diese Einsicht ist eins der Fundamente unserer Gemeinschaft, überlegt Hendrikje.

Der Schrei des Mungos dringt in ihre Gedanken. „Wohinbringtihrmich? Wasmachtihrmitmir? Laßtmich, ichbinnichtkrank, ichfühlemichwohl, meinlebengefälltmirso, wieesist, ihrhabtkeinrechtdazu …“

Falsch, Germelin Stotzner, denkt Hendrikje und fühlt plötzlich, wie sie die tiefe Wahrheit begreift: Nur die Gemeinschaft kann diesem armen Menschen helfen, nur sie weiß, was ihm fehlt.

Da bäumt sich der Mungo ein letztes Mal auf. Seine Bewacher purzeln durcheinander, wohl überrascht von dieser unerwarteten Attacke, und ehe sie sich wieder aufgerappelt haben, springt der Mann mitten hinein in das Gewühl der umherflitzenden Amigos auf der Wondermarck-Magistrale. Ein dumpfer Aufprall, sein Körper wirbelt meterweit durch die Luft, kaum bemerkt Hendrikje, daß ein kleiner glänzender Gegenstand vor ihre Füße kullert und dort liegenbleibt, so lähmt das Entsetzen ihr Wahrnehmungsvermögen.

Überall quietschen Reifen, die Schläge aufeinanderprallender Amigos übertönen für Sekunden alle anderen Geräusche. Dann ist es totenstill.

Der Mops vom Phänotyp griechisch-klassisch eins Alpha beugt sich über den Leichnam und richtet sich mit aschfahlem Gesicht wieder auf. „Wir haben doch alles versucht ..., ihm nichts getan ..., er hat mich geschlagen ..., trotzdem haben wir ihn nur festgehalten ..." Sein Stammeln bricht in einem heiseren Kehllaut ab. Er steht da, hilflos und beinahe verängstigt, und wohl um irgend etwas zu tun, beginnt er nervös, das schon trockene Blut aus den Zotten seines Schmeichelmoosüberwurfs zu kratzen.

Mit schrillem Heulen jagt ein Turbogleiter des MOBS heran. Acht in einfache Kombinationen ohne jedes modische Beiwerk gekleidete Männer hasten auf die Unglücksstelle zu, und nach wenigen Augenblicken zeugt nur noch ein Blutfleck von dem Vorfall.

Wie eine urtümliche Dampfmaschine erwacht die Wondermarck-Magistrale zum Leben: Zögernd und ruckartig erst, vereinzelt steigen Rufe auf, ertönen die Signale der anfahrenden Amigos – dann aber schwillt das dumpfe Brausen unaufhörlich an, beginnen sich die Räder und Getriebe dieses Gewimmels ächzend zu drehen, finden ihren Takt, und der vertraute Lärm eines lebendigen Urbanidums umtost Hendrikje.

Eine kleine Weile kommt sie sich einsam und verloren vor, die Wirkung der Quallen ist verflogen. Dann entdeckt Hendrikje den glänzenden Gegenstand vor ihren Füßen und bückt sich danach. Es ist die rubingefaßte Perle, die Germelin Stotzner im falschen Nasenflügel trug ...

Hendrikje dreht sie unschlüssig zwischen den Fingern, und seltsam melancholische Überlegungen drängen sich ihr auf. Das ist nun alles, was von diesem Stotzner übriggeblieben ist, denkt sie, das und dieser häßliche Fleck dort auf der Fahrbahn. Sollte das wirklich alles sein, oder hat dieser Mensch noch andere Spuren hinterlassen, wird man einst auch nach ihm Straßen und Urbaniden benennen, wie nach den legendären Raumfahrern? Aber was bedeutet es denn jenen, die hier und da, in Stein gemeißelt, voller Gelassenheit die Sorgen und Nöte ihrer Nachfahren an sich vorüberziehen lassen, wie gefroren dastehen zu dürfen, zu wissen, daß ihre Namen täglich von tausend Mündern genannt werden? Denkmäler errichtet man nicht Verblichenen, sondern den Hinterbliebenen.

Sie starrt auf das Schmuckstück in ihrer Hand und flüstert: „Eigentlich müßte man jedem Menschen ein Denkmal setzen; wenn jeder seinen Beitrag nach besten Kräften und höchstem Vermögen leisten soll, dann muß er doch auch die Gewißheit haben, nicht ver-

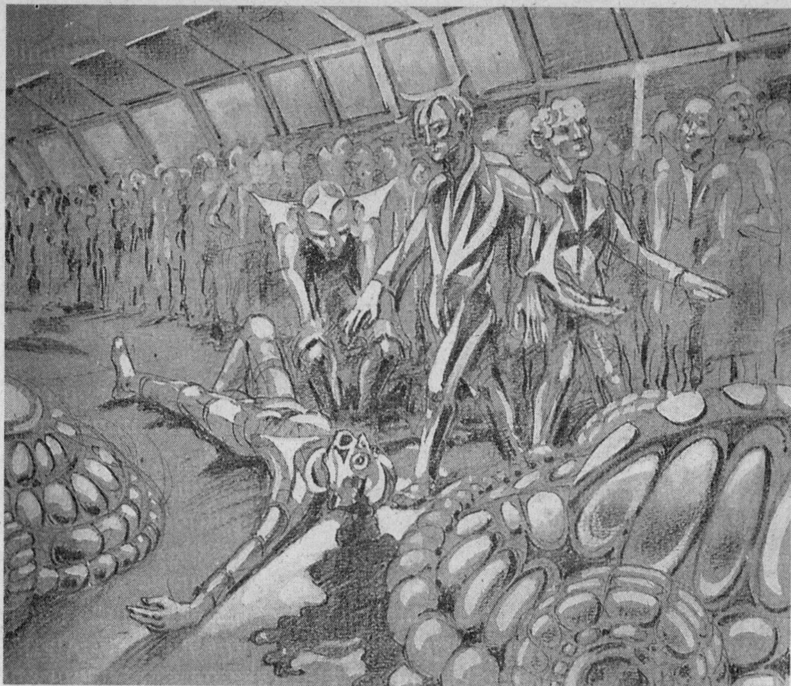

gessen zu werden ..." Und plötzlich erinnert sie sich wieder an jene Inschrift, die sie so beunruhigt hatte, und daran, daß es ihr beinahe ein wenig leid tat, als der kleine Trupp von Harmonisatoren der grellgelben Farbe mit allerlei Chemikalien zu Leibe rückte. Seit vorgestern tritt sie nicht mehr so energisch gegen die um sich greifende Unsitte auf, Wände und Panoramafenster mit hausgemachter Lyrik zu zieren. Vielleicht hatte sie eine Qualle zuviel gelutscht, aber vergessen kann sie diesen einfachen Vers nicht, der sie an Ängste erinnerte, die auf der Liste des Büros zur Untersuchung abweichender Verhaltensweisen an erster Stelle stehen. Der dunkle Sinn der Worte beunruhigte sie.

Morgen / Welche Farbe hat der Tod / ist er grün / ist er rot / ist er wie die Sonne heiß / oder schwarz und hart und kalt / einerlei / ich weiß / es bald.

Bei der Erinnerung spürt sie ein leises Zittern in der Brust, und daraus wächst eine Frage, schwillt an, droht sie zu zerreißen: War das Germelin Stotzner, der diese Worte schrieb?

Der Schmerz in der Brust wird zu einem heißen Stechen, nimmt ihr die Luft. Hendrikje zerrt mit fahrigen Bewegungen am Kragen ihres Schmeichelmoosoveralls, und als wäßrige Nebel ihr Gesichtsfeld einengen, kann sie noch denken: Es geht also auch ohne diese vermaledeiten Quallen …

Dann fühlt sie, wie jemand seinen Arm um ihre Hüften schlingt und so den Sturz behutsam, fast zärtlich abfängt.

„Sie dürfen nicht soviel von diesen Dingern nehmen, Bürgerin. Vielleicht sollten Sie versuchen, es ganz zu lassen. Was ist denn das schon für ein billiger Ersatz: Gefühle, die man herbeikommandieren kann."

Die Stimme klingt weich und einfühlsam. Und Hendrikje spürt erstaunt, daß es in ihren Augen heiß und feucht schimmert.

Sie spürt, daß etwas in ihr geschieht, was sich nicht kontrollieren läßt, erkennt am Geruch nach Schweiß und irgend etwas Undefinierbarem, das auch vom Aroma der verschiedenen Kosmetika nicht überlagert wird, eher als am Timbre der Stimme, daß es ein Mann ist, der sie an sich preßt. Ein kleiner rebellischer Gedanke durchflutet sie kurz, aber gewaltig: Siehst du, Ergar, das hast du nun davon, was mußt du auch in der Wohnung herumkramen, um irgendwelchen Trödel zu suchen. Heute hättest du bei mir sein müssen, gerade heute …

„Kann ich Ihnen helfen, Bürgerin? Wohin wollten Sie, ich begleite Sie, wenn es Ihnen nicht unangenehm ist."

Irgendwie kommt ihr die Stimme bekannt vor, aber sie hat einfach keine Lust, den Kopf zu heben und so das honigsüße Gefühl der Geborgenheit zu zerstören, statt dessen kuschelt sie sich noch tiefer in das Schmeichelmoos. Sie schnuppert neugierig und seltsam erregt nach diesem Undefinierbarem, muß plötzlich kichern, als ihr auffällt, daß sie sich wie ein Insekt verhält, das sich nur von seiner unglaublich feinen Nase leiten läßt, und ist so ungewohnt glücklich, daß sie beginnt, sich vor dieser Empfindung zu fürchten.

„Ich muß in das Zentrum für Sonnenforschung, im Urbanidum Universum, einhundertzweite Ebene …", flüstert Hendrikje und krallt sich im Schmeichelmoos des Mannes fest, und das schon weniger unbewußt als vorsätzlich.

Als sich der Mann ihrem Schritt anpaßt, glaubt sie zu schweben, und als sie die rubingefaßte Perle in der Faust wieder spürt, sagt sie: „Eigentlich ist es doch egal, ob einem Denkmäler gesetzt werden, letztlich lebt man doch nur für sich ganz allein …"

Sofort spürt sie, wie sich der Unbekannte verkrampft, beinahe glaubt sie die Ablehnung zu riechen, die ihn plötzlich wie eisiger Hauch umgibt, und obwohl dieser Eindruck nur eine Winzigkeit andauert, beunruhigt sie es zutiefst.

„Das wäre ein armseliges Leben, nur für sich ganz allein …", sagt er bedächtig, und als sein Griff wieder weich und doch auf unbeschreibliche Weise fest wird, durchströmt es sie, als hätte er ihr gerade eine mörderische Untat vergeben.

Wie zufällig gerät ihr wieder die Tageslosung ins Blickfeld, und einem spontanen Einfall folgend, sagt sie: „Sollte man es nicht umgekehrt sagen: Der Reichtum jedes einzelnen ist der Reichtum der Gemeinschaft."

Über Zustimmung hätte sie sich wohl gefreut, mehr aber hat sie Ablehnung erwartet und aus ihr unbegreiflichen Gründen trotzdem gefragt. Seine Reaktion überrascht sie. Er preßt sie noch stärker an sich und sagt leise: „Irgendwann werden wir diesen ganzen Blödsinn nicht mehr nötig haben, dann erst werden wir wirklich reich sein – oder unsere Kinder, unsere Enkel ..."

Der bittere Ton in seiner Stimme schreckt Hendrikje auf. Sie löst sich aus der Umarmung, um ihm ins Gesicht sehen zu können. Ein Dutzend Bilder steigen in ihrer Erinnerung auf, Szenen aus Selbstspielen, in denen die Helden der Stücke ähnlich klingende Worte deklamieren, mit glühenden Augen, von gleißendem Licht eingehüllt.

Ihr Blick verfängt sich in dem zweier kohlrabenschwarzer Augen. Das Gesicht ist zweifellos polynesisch zwei, sein Besitzer einer der wenigen Glücklichen, bei denen diese Optimierung möglich war.

Hendrikje prallt zurück. Es ist das Gesicht des Mannes, der Germelin Stotzner dem MOBS gemeldet hat. Sein Blick ist nicht feurig oder kämpferisch, wie stumpfe Kiesel liegen die Augen in ihren Höhlen, und um den kobaltblau geschminkten Mund hat er einen Zug abgrundtiefer Verachtung für alles und jeden auf dieser Welt. So jedenfalls scheint es ihr.

„Sie ...", zischt Hendrikje fassungslos und stößt den anderen zurück, „Sie wagen es noch ..." Sie ringt nach Atem, die unterschiedlichsten Gefühle lohen in ihr auf.

Das ungläubige Staunen in seinem Gesicht währt nur kurz. Er nickt verstehend – beinahe mitleidig, will es Hendrikje scheinen – und wendet sich mit einer hilflosen Geste ab, ohne auch nur den Versuch einer Verteidigung zu unternehmen.

Hendrikje aber kann nicht zurückhalten, was in ihr tobt. Ob es nur die Enttäuschung ist, der kalte Wasserguß auf ihre angespannten Erwartungen, oder aber vermeintliche Erkenntnis moralischer Überlegenheit – sie fragt sich nicht danach und brüllt ihren Zorn heraus, kümmert sich auch nicht darum, ob sie vom Büro zur Untersuchung abweichender Verhaltensweisen zu einer Unterredung gebeten werden könne. „Rühren Sie mich nicht an!" schreit sie, als sich der Mops vom Phänotyp polynesisch zwei noch einmal ihr zuwendet. „Sie Ungeheuer ... Sie haben ja noch Blut an den Händen ..." Und dann offenbart ihr Vokabular erstaunliche Kenntnisse in der Zoologie, ihre Stimme überraschende Kraft und ihr Gemüt die sensationelle Fähigkeit zu nichtstimulierten Empfindungen höchster Intensität.

Ihr Toben erlischt in einem Weinkrampf, und erst als sie von einigen verwunderten Passanten in einen Amigo gesetzt worden ist und der Kursautomat nach dem Fahrtziel fragt, kommt sie zu sich.

„Bitte, geben Sie mir ein Kohlehydratkonzentrat", sagt der Amigo, „sonst muß ich erst einen Verpflegungspunkt anlaufen." Das Fahrzeug läßt seine Muskeln spielen, gewaltige, knotige Stränge, die unter der durchsichtigen Motorhaube, zu dicken Bündeln gepackt, liegen.

Gedankenverloren fingert Hendrikje eine der kleinen Pillen aus ihrer Brusttasche, wohl wissend, daß sie damit gegen die Bestimmungen verstößt, denn die hochwertigen Konzentrate sind nur für die menschliche Ernährung bestimmt, seit das Essen nicht mehr der Auffrischung des energetischen Potentials, sondern ausschließlich dem Vergnügen vorbehalten ist und der kalorische Gehalt extrem gesenkt wurde – dank einfallsreichen Chemikern und Ernährungsphysiologen. Aber jeder spendiert einem Amigo einmal eine Pille, um ohne Zeitverlust an sein Reiseziel zu gelangen, und die Amigos haben sich daran gewöhnt.

Nach wenigen Metern Fahrt stoppt das Fahrzeug wieder, und der Kursautomat flüstert: „Hätten Sie vielleicht auch eine Qualle für mich?"

Hendrikje zieht zerstreut die leere Dose hervor, da erst fällt ihr ein, daß ihr Vorrat aufgebraucht ist. Und plötzlich kommt sie zu sich. „Was willst du mit einer Qualle?" fragt sie befremdet.

„Nun ja ..." Der Amigo druckst eine Weile herum. „Das verschafft einem so einen gewissen Anreiz, vielleicht ist es das, was ihr Menschen Freude nennt, es ist jedenfalls ganz anders mit so einer Qualle. Man bekommt ein anderes Verhältnis zu seinem Leistungsvermögen ..."

Hendrikje lacht hart auf, als sie auf einmal begreift: Dieses einfache Servicegehirn hat recht. Der Verstand wird sich nie über das Gefühl erheben können, er wird gegenstandslos, unnötig, wenn man ihn optimieren will, indem man ihn von solchen vermeintlichen Rudimenten zu befreien sucht, wie es angeblich die Gefühle sind.

Am Urbanidum Maximum strahlt die Tageslosung. „Der Reichtum der Gemeinschaft ist der Reichtum jedes einzelnen." Hendrikjes Blick wischt darüber hinweg und heftet sich auf die inzwischen gestiegene Sonnenscheibe. Wie eine vollreife Orange hängt die

Sonne über dem Horizont, und in ihrem Innern geschehen Dinge, deren Folgen auch die besten Wissenschaftler nicht voraussehen können.

Germelin Stotzner konnte es nicht mehr erleben, denkt Hendrikje, und in ihrer Faust fühlt sie die Kanten des kleinen Schmuckgegenstandes. Was wird von uns bleiben, wenn die Sonne ihr Veto einlegt? Nicht einmal die Denkmäler.

KAPITEL 2

„Raus mit dem Omegasegel!“ Skamander hört den Befehl Kosmander Flakkes und löst den Katapultstart seines Wantentrailers aus. In solchen Augenblicken macht ihm seine Arbeit Spaß. Als das gepanzerte Keramitei die Großroyalpardunen emporjagt, jene Trossen, die bis dicht unter die Spitze des Großmastes reichen, wagt er einen Blick zur Seite.

Aus dem vierten Backschacht des Drachenkreuzers steigt ein zweiter Wantentrailer auf, und hinter ihm, aus dem sechsten Quarterdeckschacht, ist Skagit gestartet. Proximer Bruno von der Hohen Aue steuert den unförmigen Wantentrailer, als wäre das nicht schwerer als Fahrradfahren. Die acht Gliederbeine des Trailers setzen von den Stengepardunen auf die Brampardunen über, als ob eine rötlich glänzende Spinne ihr Netz emporhastet, dann zündet Bruno die Triebwerke seines Schleppers und jagt in den freien Raum hinaus, der sich vor dem Bug der Ikaros weitet.

Ein leichter Ruck sagt Skamander, daß sich die Omegabrasse am Heck seines Trailers gestrafft hat und nun das riesige Segel aus der Plicht zieht. Auch die Trosse, die Bruno hinter sich herzieht wie einen Spinnfaden, vibriert leicht beim Ablaufen. Skamander sieht die Plattform der Großmarssaling vorbeihuschen, spürt das kurze Schütteln an der Stelle, wo die Pardunen über den Ausricker laufen. Der Teleskopmast ist hier nur noch so stark wie eine ausgewachsene Kiefer.

Skamander dreht sich noch einmal zu Skagit um, dessen Wantentrailer am Kreuzstengestag entlangsauste und soeben über die Kreuzbramsaling hinausschießt. Daß die beiden anderen schneller sind als er, gehört zum Manöver, das Segel würde sich sonst zu ruckartig blähen. Trotzdem ärgert es ihn wieder ein wenig, daß Flakke ihn auf die Zentralposition gesetzt hat. Er muß in einem weiten Bogen das Omegasegel überfliegen, um wieder an Bord zurückkehren zu können, und dabei einen reichlich bemessenen Sicherheitsabstand einhalten, um nicht in die sich beulende und noch lange unberechenbar flatternde Folie zu geraten, die zwar Temperaturen von etlichen tausend Grad standhält, auf mechanische Einflüsse aber höchst empfindlich reagiert.

Bruno und Skagit hingegen können in aller Ruhe die Omegabrassen hinunterrutschen und sich die gewaltige Protuberanz ansehen, die weit vor dem Bug der Ikaros aus der Sonnenoberfläche hervorgeschossen ist.

Daß Flakke den „Wolkenbruch" überfliegen will und deshalb das Omegasegel setzen läßt, kann Skamander ohnehin nicht verstehen, sie verlieren nur kostbare Zeit. Besser wäre es, alle Schotten dichtzumachen und dann im freien Fall mitten hindurchzustoßen, wie sie es schon unzählige Male getan haben. Der Ikaros schadet das in keiner Weise, ihr Panzer würde sogar gestatten, in die dichten Schichten unter der Chromosphäre zu tauchen, allerdings müßte es dann irgend jemanden geben, der imstande wäre, den Drachenkreuzer dort wieder herauszuziehen, denn segeln kann man nur oberhalb der Chromosphäre, deren Turbulenzen ein tieferes Vordringen unmöglich machen.

Wahrscheinlich will der Kosmander den Katarakt länger beobachten, denkt Skamander.

Diese Strömung ist nur im Wasserstoffalphalicht zu sehen und fällt besonders durch ihre Beständigkeit gegenüber der ständig wechselnden Sonnenoberfläche auf. Womöglich handelt es sich dabei um einen Vorboten des erwarteten Oszillationsmaximums, überlegt der schwarzhaarige Proximer weiter, dann wäre die Entscheidung des Kosmanders verständlich.

„Paß doch auf, wo du hinfliegst, Skarabäus! Du ruinierst uns noch den Omegalappen!"

Die Stimme in den Kopfhörern läßt Skamander zusammenzukken. „Verflucht!" ruft er wütend, allerdings weniger wegen seiner Unaufmerksamkeit, die ihn minimal vom Kurs gebracht hat.

Skarabäus hat er ihn genannt – Mistkäfer! Skagit tut immer so, als sei das ein Versehen, aber Skamander weiß genau, daß der kleine, drahtige Superproximer mit dem kantigen Gesicht extra ein Konversationslexikon bestellt hat, um alle nur erdenklichen Verballhornungen seines Namens ausfindig zu machen. Anfangs war es Spaß, und er lächelte nur, wenn Skagit ihn Salamander, Alexander oder gar „Eure Göttlichkeit" – in Anspielung auf den griechischen Stromgott – nannte, und anfangs klang Skagits Spott nicht so gehässig, da war es einfach alltägliche Blödelei, mit einem kollektiven

Grinsen belohnt, das niemandem weh tat. Aber damals war ja auch noch alles in Ordnung auf der Ikaros.

„Halt die Schnauze, oder ich drehe Arthur eines Tages wirklich den Hals um!“ faucht Skamander zurück.

„Dann vergifte ich dich!“ Skagit schnauft drohend, und der Klang seiner Worte läßt keinen Zweifel daran, daß er es ernst meint.

Skamander kichert erfreut. Er hat längst erkannt, daß Arthur Skagits wunder Punkt ist. Natürlich würde er dem putzigen Zwergburrbo nie etwas zuleide tun. Das kaninchengroße Knochentier vom Planeten Asper ist der heimliche Liebling der gesamten Mannschaft, und sogar Flakke, der ein Haustier an Bord eigentlich nicht dulden dürfte, drückt beide Augen zu und unterschreibt, ohne mit der Wimper zu zucken, die Protokolle der turnusmäßigen Hygienekontrolle. Obwohl jeder weiß, daß Skagits Auftritte vor jedem Anflug der Merkurbasis die reinste Heuchelei sind. Skamander hat bisher mitgespielt, wenn Skagit stöhnend und jammernd durch den Drachenkreuzer rannte, seinen Arthur rief und alle aufforderte mitzusuchen.

Skagit steigert sich immer so sehr in seine Rolle hinein, daß er am Tag vor der Hygienekontrolle keinen Bissen ißt, wie das leibhaftige Elend durch die Tunnel und Decks der Ikaros schleicht und jeden mit vor Leid zitternder Stimme fragt, ob er nicht seinen Zwergburrbo gesehen habe.

Fällt die Ikaros aber erst mit gerefften Segeln der Sonne entgegen, hoppelt Arthur, quietschend und zirpend vor Wohlbehagen, wieder durch den Drachenkreuzer, und Skagit tut so, als sei nie etwas gewesen.

Skamander ahnt seit langem, daß es mit diesem Tier seine besondere Bewandtnis haben muß. Superproximer Skagit ist nicht so ein sentimentaler Träumer wie Styx oder Schnuckchen, er ist auch nicht so verklemmt wie der dicke Bruno. Ganz im Gegenteil, an Kaltschnäuzigkeit und Gerissenheit übertrifft er jeden an Bord – warum sollte er in solch einer Nebensächlichkeit eine derart auffällige Schwäche zeigen?

„Paß auf, daß dir nicht die Adern platzen, Skagit“, sagt er, das Gesicht des Superproximers deutlich vor Augen. Das ist immer so bei Skagit, er wird krebsrot, wenn er sich ärgert oder erregt, und an seinem Hals zucken die Schlagadern wie zwei dicke Regenwürmer, die gerade auf den Angelhaken gespießt wurden. Einen Augenblick lang erinnert er sich daran, daß er mit Skagit autogenes Training gemacht hat, daß er ihm helfen wollte, ausgeglichener und selbstbewußter zu werden, denn daß Skagits große Klappe nur die Maske ist, hinter der sich etwas allen ganz Unbekanntes und vielleicht sogar Fremdes verbirgt, das hat Skamander schnell durchschaut. Fast wären sie Freunde geworden ... Aber seit die Drachenkreuzerflotte aufgelöst wurde, ist der Wurm auch in der Ikaros drin und wühlt und bohrt.

Zuerst haben sie die Re abgezogen, dann die Baldur. Als die Con Ticci Viracocha verschrottet wurde, spürte er das erstemal die zunehmende Nervosität unter den Leuten. Dann war die Utu an der Reihe. Aus der Sol invictus machten sie einen Vergnügungsdampfer, die Shamasch, die Yang und die Helios sind inzwischen sicherlich als Schaumstahlplatten für den Inselbau auferstanden ...

Seit nur noch die Ikaros im Sonnenwind segelt, ist aus der Truppe von Kosmander Ireas Flakke ein Haufen von Neurotikern und Psychopathen geworden, denkt Skamander verbittert. Alle haben Angst vor der Zukunft.

„Könnt ihr beide euch vielleicht etwas mehr auf das Omegasegel konzentrieren?" Bruno von der Hohen Aue flüstert es beinahe, wohl im letzten Moment doch noch erschrocken über den Wagemut, mit dem er sich zu diesem Vorwurf durchrang.

„Hör dir unser Blaublut an, Salamander, dem muß wohl wieder mal jemand den Wecker aufziehen, was?" Skagits Stimme klingt versöhnlich, und trotzdem teilt er in einem Satz gleich wieder zwei Hiebe aus.

„Ach, laß den Dicken doch in Ruhe ..." Skamander ist des Streits müde. Er hat Skagits Angebot wohl verstanden. Eine Meinungsverschiedenheit zwischen zwei Leuten läßt sich bekanntlich am elegantesten schlichten, indem man gemeinsam über einen dritten herfällt, und Bruno ist ein wahrhaft lohnendes Opfer.

„Das ist eine historische Taschenuhr, die in direkter väterlicher Linie vererbt wurde, die Uhr ist so alt, so weit kannst du gar nicht zurückdenken!" Bruno wehrt sich zurückhaltend.

„Ist gut, Bruno, du kennst doch Skagit", lenkt Skamander ein, und bei sich denkt er: Auf der Ikaros hat jeder irgendeinen Tick. Skagit hat seinen Arthur, Styx seine Baseballmütze, Schnuckchen ist schwul, und Bruno – der hat einen komischen Namen und eine goldene Taschenuhr, die er an einem Kettchen um den Hals trägt wie ein Amulett. Na und? Für den gewaltigen Namen kann er nichts. Seine Vorfahren waren eben etwas orthodox und klammerten sich hartnäckig an die individuelle Kinderaufzucht. Bruno hat nie ein Nesturbanidum von innen gesehen – vielleicht ist er deshalb so unbeholfen und verklemmt? Dafür weiß er bis ins ...zigste Glied, wer seine Ahnen waren, bis zu irgendwelchen Raubrittern. Aber er ist nicht optimierbar, und wahrscheinlich ist das der eigentliche Grund für seine Persönlichkeitsdefekte: Bruno von der Hohen Aue ist ein

Fettwanst mit einem Vollmondgesicht, obgleich er nicht mehr ißt als irgendein anderes Besatzungsmitglied der Ikaros. Und daß er fortwährend von anderen ästhetischen Werten faselt, ist nur zu gut verständlich. Bruno ist häßlich, und Häßlichkeit ist in einer Welt optimierter Phänotypen wie eine schlimme Krankheit.

Der Gedanke erleichtert Skamander irgendwie – häßlich ist er ganz sicher nicht. Zwar hat er mindestens drei Väter und zwei Mütter, wenn man die Kombination der Erbanlagen zugrunde legt und außer acht läßt, daß auch diese Optimierte waren und somit die Anzahl der Großeltern potenzieren, aber ansonsten kann er wie Bruno behaupten, richtige Eltern gehabt zu haben, denn Nikolas und Irina Skamander haben ihren Sohn nicht ins Nesturbanidum gegeben.

Wie unheimliche Schatten tauchten die Erinnerungen aus seinem Gedächtnis auf. Zwei Jahre war er, als die Sonne das erstemal erbebte, als eine tektonische Flutwelle über die Tagseite des Merkurs raste und die Station Nabuthot in Schutt und Asche legte. Mutter wurde unter den Trümmern der einstürzenden Plantagenkuppel begraben, Vater lag nach einem schweren Unfall – Reste einer Protuberanz leckten bis auf die Merkuroberfläche, er schaffte es nicht mehr bis zur Bunkerschleuse – mit schwersten Verbrennungen in der Substitutionsklinik der Station und wartete darauf, daß genug Hauttransplantat heranwuchs, als die Sauerstofftanks explodierten und auch die Klinik restlos zerstörten. Ja, Skamander hatte richtige Eltern gehabt, und hätten sie ihn damals nicht zur Erde geschickt, die sie immer nur Heimat nannten, damit er sich wenigstens ein bißchen an die irdische Schwerkraft gewöhnte, hätte wohl auch Skamander zu den über tausend Toten dieser Katastrophe gezählt.

Danach kam auch er ins Nesturbanidum von Amorix, erhielt die Weihe des Großen Schatzes, gehörte einer Kindschaft an, fand eine Lustpartnerin – wuchs so auf, wie Kinder für gewöhnlich aufwachsen. Aber Nikolas und Irina Skamander, deren Namen er trägt, vergaß er nicht, und als er sein Lebensziel nennen sollte, sagte Skamander ohne Zögern: „Ich werde den Tod meiner Eltern aufklären." Die Animatoren akzeptierten diese Erklärung, denn sie bedeutete, daß sich Skamander der Sonnenforschung verschreiben würde. Und da er eine ganz persönliche Beziehung zu seinem Vorhaben nachweisen konnte, war er einer der wenigen hundert unter Millionen Bewerbern für die Drachenkreuzerflotte, die angenommen wurden.

Im Lauf der Jahre war dieses Motiv etwas in den Hintergrund getreten, da wurde anderes wichtiger. Erst die Gewöhnung an die neue Umwelt. Sechshunderttausend Kubikmeter Ikaros waren das, und bis er jeden dieser Würfel von einem Meter Kantenlänge gesehen hatte, verging schon einige Zeit. Danach wurde die Merkurbasis auf der Nachtseite des Planeten enorm wichtig, als nämlich bekannt wurde, daß im Verwaltungstrakt ausschließlich Frauen mit einem Durchschnittsalter von siebenundzwanzig Komma drei acht Jahren arbeiteten. Damals begannen sie, Striche auf Papierstreifen zu malen und am Morgen jedes Flugtages ein Schnipselchen abzuschneiden.

Dann unterlag seine Aufmerksamkeit einem extremen Konzentrationsprozeß, als dessen Zentrum sich über die Abstufungen Technische Organisation, Bereich Klimatisierungsanlagen, Abteilung Kühlaggregate, Gruppe Thermostatregelung, Büro Rentabilitätskalkulation, Terminalplatz vier, schließlich ein weiblicher Phänotyp slawisch Alpha namens Domina Teorin herauskristallisierte. Und eine Weile mußte er diese Aufmerksamkeit sogar teilen, denn die Bemühungen eines gewissen Proximers Styx um ebenjene Domina Teorin waren nicht zu übersehen.

Mit dem Ansteigen der Sonnenoszillationen jedoch geriet diese Domina Teorin etwas aus dem Mittelpunkt seines Sinnens und Trachtens, denn nun regte sich in ihm wieder der Haß auf die Sonne, die immer nur Lebenspenderin genannt wurde, seinen Eltern jedoch den Tod gab und ihm ein Leben, für das diese Erde, die seine Heimat sein sollte, nicht eingerichtet ist ...

Allmählich wird ihm das grellrote Flackern in der Kabine des Wantentrailers bewußt. Auf dem Armaturenbrett leuchtet rhythmisch der schematisierte Segelriß der Ikaros auf, und die Anzeige für das Omegasegel blinkt rot.

Da meldet sich auch schon der Kosmander. „Ich denke, Sie können die Omegabrasse jetzt ausklinken, Proximer Skamander!" Und nach einer kurzen Pause setzt er unwillig hinzu: „Was ist nur los mit Ihnen, meine Herren, seit einiger Zeit benehmen Sie sich wie blutige Anfänger!"

Noch bevor Flakke seinen Satz beenden konnte, hat Skamander bereits die Taste betätigt, mit der die Kupplung der Trosse geöffnet wird. Ein leises Summen im Heck seines gepanzerten Schleppers signalisiert ihm, daß die Winde das starke Tau bereits aufspult.

Unter ihm wölbt sich eine schillernde Glocke, die wie eine gigantische Seifenblase zittert und schwingt. Erst allmählich bläht der Sonnenwind die hauchdünne Folie, glättet die Beulen und Falten.

Skamander läßt den Wantentrailer noch etwas steigen. Die ganze Zeit über hat er es fertiggebracht, nicht einen einzigen Blick auf die verhaßte Sonne zu werfen – nun muß er sich ihr zuwenden, denn es fliegt sich bekanntlich besser, wenn man nach vorn schaut, und vorn – das ist jetzt die Sonne.

Das, was ihm da entgegenleuchtet, hat mit der Oberfläche einer

Kugel nicht das geringste zu tun. Er befindet sich nur wenige tausend Kilometer über der Chromosphäre, und unter ihm weitet sich eine unendliche Ebene, deren Horizont irgendwo in der Unendlichkeit mit dem Schwarz des Universums zusammenzustoßen scheint, sie kommt aus dem Nichts und endet im Nichts, ein goldglänzender Ozean, eine gewaltige Magmawüste, in ewiger Bewegung, fließend, wirbelnd, strudelnd. Und weit vor dem Bug des Drachenkreuzers stürzt es wie ein donnernder Wasserfall in diesen Ozean. Hoch oben, in über achthunderttausend Kilometer Höhe, ist aus hellen, knotenförmigen Wölkchen eine gewaltige Protuberanz entstanden, deren Plasma entlang der Feldlinien des Magnetfeldes einer Fleckengruppe herabströmt, endlos, wie es scheint, denn über dem Katarakt kondensiert immer neues Wolkenmaterial.

Von der Erde aus sieht man diese Erscheinung nur als einen schmalen Streifen, aber hier bietet sich Skamander ein grandioser, furchteinflößender Anblick. Die Erde ist im Vergleich zu dieser Protuberanz nicht größer als ein Kiesel.

Skamander spürt sein Herz stärker klopfen. Er hat sich an diese Angst gewöhnt und schämt sich ihrer nicht mehr, denn sie nährt auch seinen tiefen Haß auf dieses monströse, selbstherrliche Gebilde aus Elementarteilchen und Plasma, das mit der geringfügigsten Schwankung seiner physikalischen Parameter das Leben in seiner Nachbarschaft unbarmherzig auslöschen kann und den ersten vorsichtigen Versuch dazu vor dreißig Jahren schon unternommen hat. Aber es war wohl nur ein nervöses Zucken seiner Muskeln, der eigentliche tödliche Schlag wird noch folgen, davon ist Skamander überzeugt. Das läßt er sich auch nicht von Goff ausreden, dem einzigen Menschen auf der Erde, dem er vertraut. Warum er sich zu diesem undurchsichtigen Mann hingezogen fühlt, warum er gerade ihm Dinge anvertraut hat, von denen nicht einmal Domina weiß, kann sich Skamander nur ganz vage beantworten. Als sie damals – bei einem seiner wenigen Besuche auf der Erde – zufällig im selben Amigo durch Amorix fuhren, war es zweifellos die Art und Weise, wie Goff mit dem Fahrzeug redete, als spräche er mit einem intelligenten Wesen, und wie er dem staunenden Skamander vorführte, daß sogar diese biomechanischen Maschinen so etwas wie Persönlichkeit besitzen und ganz konkrete Meinungen und Ansichten haben, was ihre Benutzer betrifft. Dann war es seine kritische, beinahe schon an Aufsässigkeit grenzende Sicht auf Dinge, die Skamander als Selbstverständlichkeit hinnahm, was das Interesse weckte.

Später dominierte wohl die Ahnung, daß auch dieser Goff ein sehr einsamer Mensch ist, daß er sein Äußeres bereitwillig so gestaltet, wie seine Umwelt es verlangt, um wenigstens ganz im Innern seine Ruhe zu haben.

Aber hätte Goff nicht am Hals ein Totenköpfchen getragen, wären sie wohl nie ins Gespräch gekommen. Die seltsame Form dieses Schlundknöchelchens einer Schleierdrachenart, die tatsächlich an einen menschlichen Schädel erinnert, hatte beinahe zur Ausrottung der Tiere geführt – eine Weile galt man nur etwas, wenn man im Besitz solch eines Amuletts war. Inzwischen sind sie eine wahre Kostbarkeit, denn offiziell dürfen Schleierdrachen nicht mehr gejagt werden.

Goff vertraute ihm mit verkniffenem Grinsen an, daß es reichlich Ausnahmen von dieser Regelung gäbe, die in verdächtigem Zusammenhang mit der sozialen Position des Antragstellers stünden. Soviel Offenheit beeindruckte Skamander, denn Goffs Totenköpfchen war noch schneeweiß und ohne die feinen Trockenrisse, die nach spätestens einem Vierteljahr auftraten ...

Richtiges Vertrauen aber faßte er erst, als Goff ihm auf den Kopf zusagte, was mit ihm los sei, als er Skamanders sorgsam gehütetes Geheimnis mit einem Wort zur Alltäglichkeit stempelte und bewies, daß er darüber sogar weit mehr wußte als Skamander selbst. Er hätte ihn melden können, ja müssen – aber Goff lachte nur darüber und sagte, er habe sein Soll schon erfüllt. Als er dann von sich erzählte, war Skamander erst entsetzt, aber sie redeten nicht lange über Mungos und Möpse, denn Goff berichtete von einem Projekt, das Skamander ob seiner Größe mehr imponierte als wegen seiner Zielsetzung, die er eigentlich kaum richtig begriff.

„Sie dürfen an Bord zurückkehren, Proximer Skamander!"

Was Flakke da soeben sagte, war nicht etwa eine Erlaubnis, sondern ein Befehl. Skamander schreckt auf. Sein Wantentrailer ist gestiegen und gestiegen, das Omegasegel unter ihm ist schon längst keine Kuppel mehr, sondern nur noch ein kleines Bläschen.

„Ich wollte mir nur mal kurz den Wolkenbruch ansehen, Kosmander, von hier draußen ist das doch ganz was anderes ..." Skamander spürt, wie ihm bei der Ausrede der Hals trocken wird, aber Flakke bleibt friedlich.

„Kommen Sie runter, Skamander, wenn Sie Ausflüge unternehmen wollen, müssen Sie auf der Sol invictus anheuern und mit Kosmander Jokkmokk Touristen um die Sonne herumschippern."

Das war fast schon Galgenhumor, denkt Skamander. Ob dem Alten auch bange geworden ist? Was will er denn – er bekommt irgendeine Stelle in der Verwaltung, wo er die paar Jahre bis zur Rente Sonnenflecke katalogisieren oder Proviantcontainer zählen darf, und dann hat er seine Ruhe, kann den ganzen Tag an Selbstspielen teilnehmen oder in irgendeine Ecke der Galaxis reisen, die er noch nicht kennt. Als Kadett soll er ja ganz schön herumgekommen sein … Aber was wird aus all den anderen, wenn auch der letzte Sonnensegler außer Dienst gestellt wird? Was wird aus mir selbst?

Darüber hat Skamander noch nicht ernsthaft nachgedacht, es ist ihm auch nicht so wichtig. Hauptsache, die Ikaros fliegt noch so lange, bis die Ursachen für die verheerenden Sonnenvibrationen gefunden sind, deren erneutes Auftreten für die nächsten Wochen erwartet wird. Alles Weitere wird sich finden.

Skamander drückt den Steuerbügel nach vorn und läßt den Wantentrailer in einem Bogen am Omegasegel vorbeisinken. Noch ist die Ikaros von dem gewaltigen Segel verdeckt, unter dem sie wie an einem überdimensionalen Fallschirm hängt und das man am ehesten mit dem Spinaker der Sportboote vergleichen kann. Aber schon erscheinen unter der Folienkante die Toppen der Backbordmasten und die Rahen der Skysegel. Ohne das Omegasegel und mit eingezogenen Zentralmasten gefällt der Drachenkreuzer Skamander am besten. Wenn er dann unter voller Backbord- und Steuerbordbesegelung dahinjagt, gleicht er einem bizarren Schmetterling mit weit abgespreizten Beinen, rechts und links je vier Teleskopmasten, vom Bugspriet zu den beiden Fockmasten die Klüver- und Stengestagsegel, am Heck die beiden Besansegel und dazwischen beiderseits eine Fülle von Foliebahnen, deren Bezeichnungen Skamander anfangs wie Begriffe aus einer außerirdischen Sprache erschienen.

Die Beine dieses skurrilen Schmetterlings bergen in ihren Verdikkungen am Ende die beiden Kielkreisel und in den Kugeln der vier kürzeren die Drallräder zur Trimmung.

Das verwirrende Spinnennetz der Takelage erkennt man am besten bei gerefften Segeln, und wenn Flakke für komplizierte Manöver auch die Reihe der Zentralmasten auf dem Rücken der Ikaros ausfahren läßt, gleicht der Drachenkreuzer schon eher einem Seeigel als einem Falter mit schillernden Flügeln, und deshalb nennt so mancher Raumfahrer der Interstellaren Flotte die Segler wohl auch Stachelschweine.

Skamander taucht unter das Omegasegel und genießt für Sekunden den Blick auf diesen prächtigen Raumkreuzer. Flakke hat die Zentralmasten bereits einziehen lassen, damit sie nicht in den Brennpunkt der vom Segel reflektierten Strahlung geraten, denn diesen Temperaturen könnten sie nicht widerstehen. Wie kurze, dicke Hörner ragen sie aus dem plattgedrückten Schildkrötenrumpf der Ikaros.

Steuerbord vom Wantentrailer sticht ein blauer Laserstrahl aus dem Quarterdeck. Skamander schaltet die Automatik ein, und der Wantentrailer rutscht den Leitstrahl entlang auf den Schacht zu. Eigentlich braucht Skamander den Laser nicht, er weiß sehr gut, in welchem Bereich der Brennpunkt des leicht flatternden Segels wie ein Kugelblitz hin und her rollt. Das weiß jeder Sonnensegler, selbst ein mondsüchtiger Pilot würde dieser gefährlichen Zone schon instinktiv ausweichen. Nur ein einziges Mal in der Geschichte der Segelraumfahrt hat es einen Zwischenfall gegeben – da wurden der Con Ticci Viracocha die Großsegel und die Großroyalrah weggedampft. Harmlos, gemessen an der unvorstellbaren Vernichtungskraft dieses unsichtbaren Fokus.

Noch bevor der Wantentrailer im dunklen Schacht verschwindet, sieht Skamander, wie sich die großen Zölostatspiegel am Bug des Drachenkreuzers träge drehen. Aha, Flakke hat es also tatsächlich auf den Katarakt abgesehen, denkt er. Da haben wir ein paar Tage Knochenarbeit vor uns, müssen ständig in die Wanten, um die Turbulenzen auszugleichen, mal die Royalsegel brassen, dann die Bramsegel reffen – na, das kann was werden!

Dauernd über einem bestimmten Punkt der Sonnenoberfläche zu schweben ist schwieriger, als sie zu überfliegen, erst wollte Skamander das auch nicht glauben. Flakke nannte es damals: auf einem Bein stehen. Und irgendwie trifft der Vergleich das Wesen des Manövers – man gerät schnell ins Wackeln und ins Schwitzen ... Inzwischen kann Skamander nicht mehr sagen, wie oft sie schon auf einem Bein gestanden haben, mit der Zeit gewöhnt man sich auch daran. Ein leichter Dauerlauf aber ist ihm immer noch angenehmer.

In der Katapultkammer muß Skamander einige Zeit warten, bis der Adapter der Ausstiegsschleuse auf dem Lukenrand aufsetzt. Die in der mehrschichtigen Außenwand des Schleppers gespeicherte Hitze würde ihn augenblicklich verkohlen, wollte er den Wantentrailer über eine gewöhnliche Gangway verlassen. Dann kriecht er durch die enge Röhre auf das Takeldeck.

Bruno von der Hohen Aue und Skagit erwarten ihn bereits. Der Dicke hält mit bestürztem Gesichtsausdruck seine Taschenuhr ans Ohr, dann schüttelt er sie unentschlossen und horcht wieder. In der engen dunkelroten Kombination mit den Streifen und Punkten der Rangbezeichnung am Ärmel sieht Bruno aus wie ein kandierter Apfel, der einen Stiel zuviel hat. Seine Beine sind nämlich kaum dicker als die Skagits, der schlaksig und ausgemergelt wirkt, dafür aber einen beachtlichen Schädel sein eigen nennt.

Bruno schüttelt noch einmal, dann hellt sich seine Miene auf, er seufzt erleichtert und läßt das monumentale Erbstück wieder auf seine Brust fallen.

„Ich weiß nicht, was du willst", sagt Skagit mürrisch, „ich habe das Ticken doch bis hierher gehört, die ganze Zeit."

„Na ja, schon ..." Bruno druckst verlegen herum. „Aber sie hat so komisch getickt, anders als sonst ..."

„Ach was, die tickt noch, wenn da", Skagit tippt Bruno mit dem Zeigefinger auf die Brust, „schon längst nichts mehr bumbum macht, wirst es sehen." Dann lacht er meckernd über den unfreiwilligen Witz, aber als Bruno zusammenzuckt und zwei, drei Schritte zurückweicht, verstummt er erstaunt.

Bruno ist bleich geworden und schnappt wie ein Fisch nach Luft. „Wie ..., wie meinst du das?" stößt er hervor, und seine Augen huschen nervös zwischen Skagit und Skamander, der gar nicht recht begreift, worum es geht, hin und her.

Skagit blickt unsicher zu Skamander. „Weißt du, was unser Mondkalb plötzlich hat?"

Skamander schwankt zwischen Belustigung und erwachender Neugier. Bruno verhält sich höchst merkwürdig, zwar ist er sowieso in allen Dingen ein wenig seltsam, aber weshalb regt er sich plötzlich derart auf? Die Nerven vielleicht, sagt er sich, irgendwie haben wir ja alle einen Knacks weg.

„He, Dicker, ich wollte doch nicht ... Ja, was wollte ich denn überhaupt?" Skagit greift sich an den kantigen Schädel und macht ein Gesicht, das Skamander nicht gerade ein Sinnbild höchster geistiger Potenz nennen würde.

„Schon gut", murmelt Bruno da, „ich dachte erst ..." Aber was er dachte, behält er wohlweislich für sich, denn seinem Gesicht nach zu urteilen, in dem die wulstige Unterlippe immer noch ganz sachte zittert, war es etwas höchst Aufregendes.

Das Schott zur Galerie, dem Gang, der von Steuerbord nach Backbord das Heck umläuft, schwingt auf, und ein schlanker Blondschopf mit leicht hervorquellenden Froschaugen in einem sonst beinahe mädchenhaft hübschen Gesicht tänzelt herein. Zwischen seinen Beinen hindurch wieselt etwas Undefinierbares, das auf den ersten Blick einem Knäuel aus Putzlappen ähnelt, dessen Flecke aber irgendwie sauber und ordentlich wirken, nicht schmierig und dreckig. Das Ding quakt herzzerreißend, klettert behende an Skagits rechtem Bein empor und windet sich dann irgendwie um Skagits Oberarm, indem es sich auseinanderzieht, so daß in seiner Körpermitte ein großes Loch entsteht, und dann wie ein lebendiger Muff den Arm hinaufrutscht. Oben angekommen, girrt es zärtlich.

„Na, Arthur, die Kröte, hat wohl mächtig Sehnsucht gehabt, was?" spöttelt Skamander, aber Skagit geht nicht darauf ein und streichelt dafür mit Hingabe das quiekende Wesen.

„Du sollst nicht immer so unartig sein, mein Schnuckchen.“ Der Blonde mit den Froschaugen hebt mahnend den Zeigefinger. „Unser Kosmanderchen wird dir sowieso gleich ein Rüffelchen verpassen.“ Dann nähert er sich Skamander mit trippelnden zierlichen Schritten und schnüffelt an dessen Kombination. „Ach, wie aufregend! Du duftest wieder nach Kosmos, mein Schnuckchen.“ Noch während er spricht, beginnt er, Skamanders Oberarm zu tätscheln.

Die anderen beiden schauen kaum hin, und Skamander weiß sehr gut, daß sie das nicht nur deshalb tun, weil sie Subproximer Ellis schon jahrelang kennen und an sein eigenartiges Gehabe gewöhnt sind, sondern auch, weil sie auf jeden Fall vermeiden wollen, seine Aufmerksamkeit zu erregen, denn erfahrungsgemäß wechselt Schnuckchen seine Opfer nach Kriterien, die undurchschaubar sind. Als es Skamander zuviel wird, gibt er Schnuckchen einen Klaps auf die Finger und sagt müde: „Hau ab, Schnuckchen.“

Der verzieht erst schmollend den Mund, dann aber beginnen die Spitzen seines strichdünnen Oberlippenbärtchens zu zucken, und er kichert amüsiert: „Was bist du heute wieder herrlich brutal, mein Schnuckchen, wie ich das mag.“

„Jaja, hör schon auf!“ Skamander ist plötzlich gereizt. Eigentlich weiß er nicht mal, warum. Bisher hat er Schnuckchens alberne Blödeleien immer mitgemacht. Jeder an Bord hat das getan, denn jeder weiß, daß Subproximer Ellis Elloraner ist, also auf dieser Welt am Rande der Galaxis geboren wurde, wo aus irgendeinem Grund die Frauen ausgestorben und die Männer dazu übergegangen sind, sich durch Clonung zu vermehren.

„Das Knäblein hat heute einen Bock – also gut, gehen wir!“ Schnuckchen bemüht sich, seiner Stimme einen knarrenden, näselnden Klang zu geben, aber seine Bartspitzen vibrieren noch immer.

Da kann er recht haben, überlegt Skamander mißgelaunt, wahrscheinlich habe ich wirklich einen Bock! Allen geht die Auflösung der Flotte an die Nieren, aber dieser elloranische Hampelmann tut so, als kümmere ihn das alles überhaupt nicht.

Bevor sie das Schott hinter sich schließen, wirft Skamander noch einmal einen Blick durch die Thermosilscheibe auf seinen Wantentrailer. Der Keramitpanzer des eiförmigen Geräts glimmt immer noch blutrot, aber hier und da blättert schon schwarzbrauner Zunder ab. Muß wieder mal beschichtet werden, denkt Skamander gleichgültig, dann folgt er den Kameraden.

Auf der Galerie bleibt Schnuckchen dicht hinter ihm und raunt ihm ins Ohr: „Unser lieber Styx hat vorhin übrigens die ganze Zeit mit der Basis gesprochen.“

„Na und, warum nicht?“ fragt Skamander mürrisch.

„Na, ich dachte – eigentlich geht den Styx die Rentabilitätskalkulation doch gar nichts an, oder?" wispert Schnuckchen.

„Ach, das meinst du ..." Skamander hat begriffen. Seit er den kleinen Zank mit Domina hatte, nutzt Styx jede sich ihm bietende Gelegenheit, das Mädchen mit Liebesschwüren zu bombardieren. Soll er doch. Domina braucht so was, gerade jetzt ...

„Regt dich das denn nicht wenigstens ein ganz kleines bißchen auf?" fragt Schnuckchen mit gespielter Enttäuschung, und dann seufzt er: „Ach, ihr Erdlinge seid alle so furchtbar rational und abgeklärt – ich würde dem Kerl das glatzköpfige Schädelchen einschlagen!"

Skamander muß grinsen. „Woher willst du denn wissen, daß Styx eine Glatze hat? Der trägt doch immer diese komische Mütze – ich wette, damit schläft er auch!"

Schnuckchen hält ihm die Hand hin. „Klar, gute Idee! Wir wetten! Ein Kistchen elloranischen Ananis darauf, daß Styx keine Härchen hat!"

Skamander grinst und schlägt ein.

Auf der Brücke empfängt sie ein außergewöhnlich wortkarger Kosmander Ireas Flakke, aber was Skamander noch mehr befremdet, ist das Gewimmel in der Zentrale des Drachenkreuzers, deren Betreten durch eine Leuchtschrift ausdrücklich nur Befugten – wer das auch immer sein mag – gestattet ist. Es hat den Anschein, als sei die gesamte Mannschaft der Ikaros, knapp vierzig Mann, auf der Brücke versammelt. Unwillkürlich dreht sich Skamander suchend um. Da ist ja Styx! Seine gelb und schwarz gestreifte Baseballmütze bedeckt die obere Hemisphäre seines Kopfes, der nach unten in ein spitzes Kinn ausläuft und damit dem Gesicht die Gestalt eines gleichseitigen Dreiecks verleiht. Styx hat die Angewohnheit, die zwei oder drei Nummern zu große Kopfbedeckung weit in den Nacken zu schieben, so daß ihr Rand die kleinen knorpligen Ohren zu merkwürdigen Tütchen verdreht, die wie Katzenohren vom Kopf abstehen.

Doch sind es weniger die Ohren, die Styx' Gesicht diesen katzenhaften Ausdruck geben, als vielmehr die schlitzförmigen grünen Augen über der negroiden Nase und dazu die herabgezogenen Winkel des schmallippigen Mundes.

Styx weiß selbst nicht so genau, was für ein Phänotyp er eigentlich ist, und bezeichnet sich im Scherz immer als die Gesellenarbeit eines frischgebackenen Optimators, aber trotzdem wirkt er irgendwie interessant, und er führt einen Terminkalender, in dem mit verschiedenen Farben die einzelnen Verabredungen notiert sind. Skamander weiß auch, daß Rot zur Zeit Styx' Lieblingsfarbe ist,

„Bitte, verstehen Sie, Bürgerin, es ist nun mal verboten." Die beiden haben Hendrikjes Miene wohl mißverstanden.

„Aber natürlich." Sie gibt ihnen das Behältnis und nimmt zur Kenntnis, daß es in das Fach mit ihrem persönlichen Kode gelegt wird. In ihrem Beruf ist es verboten, sich während der Arbeit zu stimulieren, deshalb übertreibt sie es morgens gelegentlich, wie soll man das sonst vier Stunden durchhalten ...

Sie sieht die Notwendigkeit dieser Anordnung ohne weiteres ein, ein Kaderorganisator muß frei von verwirrenden, subjektivierenden Gefühlen sein – da hat der klare, ungetrübte Verstand zu regieren. Und ein wenig stolz ist sie schon darauf, daß es ihr immer besser gelingt, beim Betreten ihres Tätigkeitsbereiches in eine für andere unsichtbare Haut zu schlüpfen. Kurz steigt in ihr die Erinnerung an die ketzerischen Gedanken am Morgen auf. Es ist doch so gleichgültig, was bleibt, denkt sie, wichtig ist, daß man etwas bewegt oder wenigstens in Bewegung hält, solange man dazu fähig ist. Und sie bewegt Hunderte von Menschen, Leute, die ihr hohes Leistungsvermögen nur dadurch voll entfalten können, daß sie erkennt und wertet, wozu diese Menschen in der Lage sind, sie zweckentsprechend einsetzt.

Als sie den Terminal ihres Anschlusses an das Große Gehirn – jenes unfaßbare Gebilde aus menschlichen Nervenzellen, deren Anzahl wohl die der Sterne im Universum übersteigt – vor sich hat und die erste psychogrammatische Kurve über den Bildschirm zittert, ist beinahe alles vergessen, was diesen Morgen aus dem Gleichmaß ihres Lebens heraushob.

Beinahe alles, und doch kann sie der Versuchung nicht widerstehen, das Große Gehirn ein zweites Mal zu hintergehen. Damals, als sie Ergars Daten abfragte, hatte sie kaum ein schlechtes Gewissen. Heute spürt sie ihren Puls in den Schläfen pochen, als sie den ersten Befehl eingibt. „Personalienkorrektur ... Irmold Styx, Proximer auf Drachenkreuzer Ikaros." Eine Winzigkeit hat sie gezögert, weil ihr so schnell kein Name einfiel. Der Name spielt in ihrem Plan keine Rolle, er darf nur nicht fiktiv sein. So nennt sie einfach den, der auf der Kladde vor ihr steht. Ihr nächster Fall, warum, weiß sie noch nicht, vielleicht nur eine Routinesache.

„Beta", flackert es auf dem Bildschirm. Bereit. Also dann, sie holt tief Luft und wischt die Bedenken beiseite. Sie ist im Begriff, einen schweren Vertrauensbruch zu begehen, der ihr mindestens fünf Jahre Bewährung in einem anderen Beruf einbringen kann. Den dürfte sie zwar frei wählen, aber sie hängt an ihrer Arbeit wie jeder Mensch, sei es die Tätigkeit als Kaderorganisator, ihr Beruf als Kreisstürmer in der Urbanidenmannschaft der Laserfechter, die wenigen Stunden als Inspirator im Nest oder die Qualifikation als Mäandergestalter in der Abteilung für suburbanide Architektur. Das sind die Eckpfeiler ihres Lebens, die das Zentrum in sich bergen.

Hendrikje kratzt sich gedankenverloren den Nasenrücken, denn da hat sich plötzlich eine Frage in ihr Bewußtsein gemogelt, die sie sich noch nie gestellt hat: Was ist denn das Zentrum meines Lebens? Ergar? Wohl kaum. Der ist nicht mal Fundament oder beschützendes Dach in dieser Konstruktion, vielleicht eine sehr transparente Trennwand, oder nein, ich will ihm nicht unrecht tun, er ist ein überall anwesendes Diaphragma aus moralisch-ethischen Werten, die so kompliziert sind, daß er wohl selbst nicht so genau weiß, was er wovon warum scheidet.

„Beta." Die Stimme des Großen Gehirns klingt ungeduldig. Das akustische Signal ist eine Verwarnung. Zwar ohne unmittelbare Folgen, aber es erinnert an die Ökonomie der Zeit.

„Genpool zwo-vier-neun Gamma Querstrich acht-drei, Antrag auf Optimierung der zu zeugenden Nachkommen auf römisch zwei, arabisch unterlegt", haspelt sie die Antwort herunter. Hoffentlich geht es nicht, denkt sie und ärgert sich im selben Augenblick darüber, daß sie so schlecht vorbereitet an ihren Plan gegangen ist. Sie hätte einen Namen eingeben müssen, dessen Träger für diese Optimierung nicht geeignet ist.

„Nicht stattgegeben."

Hendrikje jubelt im stillen. Jetzt hat sie das Große Gehirn gepackt!

„Antragsteller willigt in Genkopplung ein. Bitte Kandidatenliste erstellen." Unwillkürlich tastet sie nach der Dose mit den Quallen. Und zu ihrem größten Erstaunen formen ihre Lippen einen unhörbaren Fluch, als sie sich daran erinnert, das Behältnis abgegeben zu haben.

„Ich weise auf die Datenschutzregelung siebenundzwanzig Delta III hin." Das Große Gehirn spricht die Floskel wie eine Pflichtübung, eine Antwort erfordert das Reglement nicht.

Jetzt flimmert eine endlose Reihe von Namen über den Bildschirm des Terminals.

„Stopp!" Hendrikjes Ruf ist eine Spur zu laut und zu schrill.

Ihr Kollege Reinold Dirtiquanz blickt kurz zu ihr herüber und spöttelt: „Wieder mal ganz bei der Sache, Henni, was? Übrigens, dein Quartausfall im Gegenangriff nach der Riposte des Freiraumläufers von Revolte null-null-acht war einmalig, du hast ihm auf einen Schlag acht Federn weggesengt, wenn ihr mehr solche Sportarbeiter hättet wie dich, würdet ihr nicht dauernd verlieren ..."

Hendrikje winkt nur unwirsch ab. Sie ärgert sich genug über die

Serie von Niederlagen, aber jetzt gibt es Wichtigeres – dort steht der Name auf dem Bildschirm: Germelin Stotzner, Phänotyp römisch zwei, arabisch unterlegt, Genotyp acht-acht-fünf-drei-neun-zwei, optimierbar.

„Antrag auf Kopplungsgenehmigung." Sie versucht so leidenschaftslos wie möglich zu sprechen. Es genügt, daß Reinold aufmerksam geworden ist.

„Abgelehnt." Die Antwort läßt sie lächeln, aber tief in ihrer Brust sticht es wieder und wird zu einem heißen Brennen. Abgelehnt! Das ist von dir geblieben, Germelin Stotzner, denkt sie wehmütig, aber du bist tot, und ich lebe, verzeih mir, Germelin, ich muß dich benutzen, und so bleibst du wenigstens einem Menschen in Erinnerung. „Begründung", fordert sie sachlich.

Das Große Gehirn zögert, und Hendrikje fragt sich, ob sie sich zu weit vorgewagt hat.

„Zuständigkeit MOBS", sagt das Große Gehirn schließlich.

Na eben, dahinein will ich doch! denkt sie und holt Luft. Jetzt wird es mir nicht die volle Wahrheit sagen – es weiß nicht, daß ich es weiß. Ich werde das GG mit einer Riposte schlagen, aus der Defensive angreifen. Aber dazu muß ich mich weiter in die Verteidigung zurückziehen. Hendrikje überlegt blitzschnell. Das Große Gehirn zu überlisten ist leicht, weil es über Gut und Böse steht, man muß nur wissen, wie man es zu packen hat. Sie lächelt wieder. „Offizielle Begründung", präzisiert sie ihren Befehl, und fast scheint es, als atme das Große Gehirn erleichtert auf.

„Tödlicher Unfall. Genetische Fehldisposition nicht ausgeschlossen. Untersuchung dauert an. Informationssperre."

Jetzt oder nie, denkt Hendrikje und spricht ganz unbeteiligt: „Gibt es registrierte Zeugen für den Unfall? Das könnte uns das Gespräch mit Styx erleichtern, angesichts der Informationssperre. Ist die Sperre vorläufig?"

„Warum gerade Stotzner?" fragt das Große Gehirn zurück.

Hendrikje überläuft es siedendheiß. Heute benehme ich mich wie ein Nestling, der das erstemal vor einem Terminal sitzt, denkt sie. Auf gut Glück antwortet sie: „Die Paramter korrelieren – oder habe ich mich geirrt?"

„Du irrst nicht. Andere Parameter korrelieren auch."

„Ich kenne Styx, und ich kenne ..., kannte Stotzner." Hendrikjes Rücken wird feucht vom herablaufenden Schweiß.

„Ist der subjektive Faktor immanent?"

Gewonnen! jubelt es in Hendrikje. „Sehr immanent", antwortet sie.

„Frage eins: Hendrikje Greiff. Frage zwei: Vorläufig."

Hendrikje schweigt konsterniert. Sie wurde als Unfallzeuge registriert, von wem. Etwa von ihm? Aber er sagte doch selbst, er habe keinen Psiegellokator bei sich!

„Greiff fällt aus. Das bin ich. Neutralitätsnachweis negativ. Das siehst du doch ein?“

Jetzt muß es das GG sagen. Die beiden offiziellen Möpse darf es nicht nennen, sie gelten nicht als neutral. Aber er – wie heißt er? Er muß registriert sein, sie ist im MOBS-Speicher drin, aber dort wird er natürlich als gewöhnlicher Bürger geführt …

„Als Unfallzeuge wird zur internen kaderpolitischen Aussprache Hermel Goff empfohlen. Erreichbar im Parkurbanidum, Ebene dreiundvierzig, Siebertzyklinale achthundertvier Zeta.“

„Omega.“ Hendrikje spricht die Schlußformel ganz automatisch. Nach der Psiegelnummer dieses Hermel Goff zu fragen ist sinnlos, das sagt ihr die Erfahrung. Wenn das Große Gehirn die Adresse angibt, ist der Psiegelkode tabu. Na ja, irgendwie müssen sie ihre Spürnase ja schützen, denkt sie, aber ohne die Bosheit, um die sie sich ergebnislos bemüht.

Hermel Goff, ein Januskopf, kombiniert aus Adonis und Judas, denkt sie weiter. Weshalb regt dieser Mann mich nur so auf?

„Kaderorganisator Greiff bitte zum Generalorganisator“, piepst es aus dem Lautsprecher ihrer Sprechanlage. In Hendrikjes Kopf beginnt es zu summen. Plötzlich wird es ihr wieder bewußt: Fünf Jahre Arbeitsentzug, irgend etwas machen müssen, was man sich zwar aussuchen darf, aber nicht mehr das, was man gelernt hat, was man liebt, braucht! Obwohl keiner der hundert Kollegen auf sie achtet, als sie durch den Terminalsaal mehr taumelt als geht, empfindet sie diesen Gang so, als wäre es der letzte, als blickten hundert Augenpaare mißbilligend oder auch mitleidig auf sie, als flüsterte und raunte es um sie herum: Sie hat das Vertrauen gebrochen …, das Vertrauen …

Generalorganisator Aberschwenz winkt ihr nur ungeduldig, sich zu setzen. Wie immer ergreift auch diesmal eine diffuse Scheu Besitz von ihr, als sie den etwas rundlichen Mann mit den herabgezogenen Mundwinkeln inmitten all der Terminals, Sprechanlagen und Monitore erblickt. Und selbst der handgeschriebene Zettel, der über dem großen Kommunikator klebt, kann ihr diese Scheu kaum nehmen, obwohl jeder schwört, die Worte seien reine Selbstironie: Der Chef irrt nie / doch widersetzt die Wirklichkeit / sich hier und da / selbst dem Genie.

Aberschwenz ist wieder unmöglich geschminkt, dunkelgrüner Nasenrückenschatten macht sein Gesicht noch teigiger, denkt sie in einem Anflug gewagter Respektlosigkeit, und wie er seine paar

Haare zu kleinen Zwiebeltürmen frisiert, als sei er noch ein junger Bursche, das ist geradezu grotesk. Doch als sie das Gesicht auf dem großen Kommunikator erblickt, geht ihr ein strahlendes Licht auf. Der Mann, mit dem der Generalorganisator spricht, oder besser: dem Aberschwenz andächtig lauscht, hat seinen violettgetönten Haarschopf zu ebenjenen Zwiebeltürmen gedreht und gelockt, und sogar die putzigen Fransen an den Schläfen gleichen verblüffend jenen, die sich über den pulsierenden Adern unter Aberschwenzens Kopfhaut ringeln.

Es ist der Hochkommissar Wohlmetz, in dessen etwas fleischigen Händen das Wohl und Wehe aller Kader der Raumfahrtbehörde liegt ...

„Das wird noch problematisch, Bürger Aberschwenz. Eigentlich fliegt die Ikaros da schon seit Monaten völlig nutzlos herum. Aber wie sollen wir das den Leuten klarmachen?“ Über den wasserblauen Augen des Hochkommissars zieht sich die Haut zusammen und sieht auf einmal eingetrockneter Milchsuppe sehr ähnlich. „Wir können die Perfektionierung der Fernerkundung doch nicht ignorieren, damit an die dreißig Bürger, die nichts weiter können, als im Sonnenwind zu segeln, ihre Arbeitsplätze behalten ...“

„Gestatten Sie, Hochkommissar!“ mischt sich Hendrikje ein und erntet dafür ein böses Zischen von Aberschwenz. „Was Sie ‚nichts weiter können‘ nennen, das ist eine hochqualifizierte und entbehrungsreiche Arbeit, und ...“

„Ach was, so war es doch nicht gemeint“, fällt ihr Wohlmetz ungehalten ins Wort. „Die Sonnensegler gelten als die Elite der Raumfahrergemeinschaft, das ist mir bekannt, obwohl da irgendeine romantische Spinnerei eine Rolle spielt – sollen die Leute spinnen, meinetwegen. Doch die Ikaros ist der letzte Drachenkreuzer, der noch für das Zentrum fliegt, die anderen sind abgewrackt oder zu Abenteuerschiffen umgerüstet worden, das wissen Sie doch besser als ich. Und die Leute von Kosmander Flakke haben nur diesen einen Beruf, sie können zweifellos sehr viel, aber eben nur dieses eine! Was sollen wir mit ihnen machen, wenn auch der Ikaros die Stunde schlägt? Sie glauben doch nicht, daß Flakke Urlauber durch die Gegend schippern will, oder? Sie kennen ihn ja, wie man sich erzählt.“

Als der Hochkommissar diesen Namen nennt, schlägt Hendrikje die Augen nieder. Nicht aus Scham oder Unsicherheit, sondern weil sie das dämliche Grinsen des Generalorganisators nicht ertragen kann. O ja, sie kennt Ireas Flakke ...

„Also, was soll's. Lassen Sie sich was einfallen, Generalorganisator. Aber beim Großen Sirius, nichts überstürzen, wir haben Zeit, auf ein paar Monate oder gar Jahre kommt es nun auch nicht mehr an, wenngleich ... die ökonomischen Kennziffern ..."

Bei diesen letzten Worten des Vorgesetzten reckt Aberschwenz das fleischige Kinn vor, und Hendrikje kommt augenblicklich einer der Grundsätze jedes Bürgers in den Sinn: „Die Kennziffern erfüllen ist Pflicht, sie übererfüllen ist Ehre." Sie atmet auf, denn nun ahnt sie, weshalb der General sie zu sich befohlen hat. Solche Aufgaben überträgt man am besten Hendrikje Greiff, hat er sie einmal vor allen Kollegen gelobt, Aufgaben, die einen klaren Verstand, kühles Kalkulieren und hohes organisatorisches Vermögen erfordern und uns dadurch Ansporn sind, sie erst recht überzuerfüllen ... Sie hat ihn nicht enttäuscht.

„Geht klar, Hochkommissar." Die Augen des Generals leuchten. Ehrfürchtig wartet er, bis das Bild des Vorgesetzten verblaßt ist, was immerhin zwei, drei Sekunden dauert, dann gibt er mit hoher, klarer Stimme seine Anweisungen. „Sie haben es gehört, Kaderorganisator Greiff! Lassen wir uns etwas einfallen. In zwei Wochen möchte ich ein hieb- und stichfestes Umleitungskonzept auf dem Tisch haben! Ich weiß, Sie werden diese Kennziffer übererfüllen ... Übrigens haben wir im Durchschnitt eine Rate von zehn Prozent geplant!"

Hendrikje bekommt einen Schreck: Zehn Prozent, das sind ja anderthalb Tage! Es ist auch in zwei Wochen nicht zu schaffen! In zwölfeinhalb Tagen schon gar nicht!

„General ...", beginnt sie zögernd, und sie benutzt ganz bewußt den verkürzten Titel, weil ihr bekannt ist, daß Aberschwenz dies gern hat. „General, der Hochkommissar sprach von Monaten oder gar Jahren."

„Gewäsch!" antwortet Aberschwenz kurz angebunden. „Wohlmetz weiß genau, daß wir selbst entscheiden und unsere Entscheidungen auch verantworten. Die Ikarosleute sollen ihre Takelage einmotten und sich überlegen, was ihnen sonst noch auf dieser Welt gefällt. Mal was von Disponibilität gehört?"

Hendrikje nickt. Das lernt man doch schon im Nesturbanidum. Disponibilität ist eins der hervorstechenden Merkmale der Evolvierenden Persönlichkeit.

„Na also, die Herren Helden und Idole sollen sich den Staub der Jahrhunderte von den Schultern klopfen und sich als integrierte Elemente unserer Gemeinschaft verstehen, gemäß der morgigen Tageslosung: ‚Nicht rückwärts schauen – vorwärts gehen'!" Aberschwenz spricht in jenem deklamierenden Tonfall, in der er alle seine wohlmeinenden Zurechtweisungen hüllt, und Hendrikje stellt sich insgeheim vor, er würde die rechte Hand in den Ausschnitt sei-

ner Schmieggoldtoga schieben und mit der ausgestreckten linken einen schwungvollen Kreis beschreiben, aber dann fällt ihr auf, daß sich da zwei Bilder aus den Gewordensein-Unterweisungen vermengen, und gewissermaßen als Kompensation drängt die Szene vor dem römischen Senat in ihr Bewußtsein, als der Imperator von der aufgebrachten Senatorenmeute gemeuchelt wurde …

„Auch du, Hendrikje Greiff …", hört sie Aberschwenz und zuckt zusammen, aber weniger aus Schuldbewußtsein wegen ihrer ketzerischen Phantasie als aus schmerzlichem Erwachen. Denn wie immer, wenn Aberschwenz zu seinen pädagogischen Reden ansetzt, sind auch diesmal ihre Gedanken auf ungehörige Art abgewichen und auf Reisen in ganz und gar unbedeutende Regionen gegangen. Aber sie zuckt auch, weil der General zum Du übergegangen ist, und das tut er für gewöhnlich nur, wenn alle Möglichkeiten der Superlativierung seines Referats erschöpft sind und trotz allem eine weitere Steigerung der Intensität seiner Offenbarungen vonnöten ist. „Auch du, Hendrikje Greiff, wirst eines Tages zu denen gezählt werden, deren Wirken solch tiefe Spuren im Werden unseres Gemeinwesens hinterläßt, daß auch die nachfolgenden …"

Es war also doch nicht so wichtig, konstatiert Hendrikje, die alte

Masche. Sie zwingt den Ausdruck höchster Aufmerksamkeit auf ihre Körperoberfläche, um unter dieser schützenden Hülle den Gedanken freien Lauf zu lassen. Verdammter Schwätzer! flucht sie im stillen und folgt mit dem Blick artig dem auf- und niederhuschenden Zeigefinger Aberschwenzens. Ich habe die Arbeit, und er wird sich von Wohlmetz dafür tätscheln lassen.

„Derdegiderje, Kaderorganisator Greiff!" Aberschwenz verabschiedet sie mit leuchtendem Blick, noch ganz unter dem Eindruck seiner wuchtigen Deklamation stehend, und Hendrikje ist ein wenig mulmig zumute, denn von den letzten Minuten seiner Ansprache hat sie nur den aus Pathos und Geltungsdrang gemischten Grundton in Erinnerung. Hat er noch irgend etwas Substantielles gesagt? fragt sie sich unruhig. Oder noch konkrete Anordnungen gegeben? Die Unruhe klingt auch nicht ab, als sie sich mit der dutzendfach bestätigten Erfahrung tröstet, daß Aberschwenz in diesem Tonfall noch nie etwas Konkretes gesagt hat, in all den Jahren noch nicht, die er diesen Posten bekleidet ...

„Derdegiderje, General!" trompetet sie, für einen Augenblick erlöst, aber noch bevor die Tür hinter ihr ins Schloß glitscht – mit einem beinahe genüßlichen Schmatzen, als bereite es ihr Vergnügen, die kaderpolitische Sakristei gegen alle Störungen abschirmen zu dürfen –, noch bevor dieses hochmütige Geräusch an ihre Ohren dringt, ist die Erlösung bereits stetig wachsendem Ärger gewichen.

Hendrikje zupft die Kragenzotten ihres Schmeichelmoosoveralls zurecht und hat dabei das gleißende Schmieggold vor Augen, in das sich Aberschwenz zu hüllen pflegt. Na ja, vielleicht gibt's ein paar Extrapunkte für mein Konfektionskonto, denkt sie, aber die rechte Freude an dieser Vorstellung bleibt ihr versagt, denn eine dumpfe Ahnung sagt ihr, daß es diesmal nicht so reibungslos verlaufen wird wie in vorangegangenen Fällen.

Erst als die farbigen Kurven und digitalisierten Daten der Personagramme über die Anzeigeschirme ihres Arbeitsplatzes flitzen, findet sie ihr Gleichgewicht. Es gibt eine über allem stehende Ordnung, sagt sie sich wieder einmal, erst wenn eine Person vollständig in der Datei erfaßt ist, wenn sie transparent und mathematisierbar geworden ist, gehört sie der Gemeinschaft als vollwertiges Mitglied an. Und nur die Gemeinschaft vermag zu erkennen, welche Fähigkeiten sich hinter scheinbar zusammenhanglosen Fakten verbergen, nur sie ist imstande, die Komplexität des menschlichen Wesens in dialektischem Zusammenhang mit der Gesamtheit zu sehen, den Platz für den einzelnen zu bestimmen. Und erst diese Erkenntnis macht aus uns wirklich freie Bürger dieser Welt, die erst dadurch zu einer wirklich freien Welt wird. Kann es denn Freiheit des Individuums in einem beschränkten, Zwängen ausgesetzten Gemeinwesen geben?

Dies alles geht Hendrikje durch den Kopf, während sie automatisch Daten abruft, vergleicht und einander zuordnet. Und erneut wird ihr bewußt, daß sie das alles eigentlich gar nicht so recht begreift, daß es eher ein irgendwie transzendentaler Magnetismus ist, der von diesen wissenschaftlich bewiesenen Prinzipien ausgeht und sie magisch anzieht, daß sie an diese Gesetze eher glaubt, als sie in ihrer strengen Wissenschaftlichkeit wahrhaft zu begreifen. Ganz schwach keimt der Verdacht in ihr, daß es auch anderen Leuten so ergehen könnte, daß sie großartige Lehrsätze immer im Mund führen, weil sie lediglich wissen, daß deren Gesetzlichkeit in der Praxis bewiesen wurde, nicht aber bis ins letzte Detail begreifen, was es denn nun wirklich damit auf sich hat. Ergar zum Beispiel, der auf alles eine Antwort hat und so schöne Reden halten kann, ganz anders als der Generalorganisator, mit genau bemessener Leidenschaft, geistvoll und doch verständlich, wie es einem im ersten Moment scheint, und bei dem man immer erst später begreift, was er wirklich gesagt hat. Ob es Ergar ebenso geht?

Oder dieser Hermel Goff – weshalb gibt er sich für Dinge her, über die ihre Freunde und Bekannten mit verächtlicher Miene sprechen? Hat er wirklich die tiefe Weisheit ewiger Lehren verstanden, oder motivieren ihn die Zusatzpunkte, die angeblich in beträchtlicher Höhe vergeben werden? Es kann ihm doch keine Genugtuung sein, kranke, bedauernswerte Menschen zu jagen ...

Weshalb überhaupt dieser Rummel um die Mungos, was ist daran so gefährlich, schneller zu leben als andere Menschen? Ergar wird ihr das bestimmt erklären können.

Hendrikje konzentriert sich auf die Diagramme. Sie kann in ihnen lesen wie in einem Buch. Es ist eine prächtige Konstruktion, dieses Kollektiv des Drachenkreuzers Ikaros: Obwohl sie damals noch unerfahren und waghalsig war, als es galt, die Mannschaft zusammenzustellen – sie hatte eine glückliche Hand. Es ist wie ein Organismus, aus den unterschiedlichsten Elementen – jedes mit seinem Antagonisten – bestehend, aber in seiner Gesamtheit eine großartige, fehlerfreie Schöpfung. Die Daten belegen das: Nicht ein einziges Mal mußte sich das Büro zur Untersuchung abweichender Verhaltensweisen mit der Ikaros befassen. Normalerweise sind Raumflieger Stammkunden dieser Institution. Die Einseitigkeit der Arbeit, durch die notwendige strenge Spezialisierung hervorgerufen, die Einsamkeit, Eintönigkeit ...

Oft schon spürte Hendrikje die Verwandtschaft ihrer Arbeit im

Zentrum für Sonnenforschung mit ihrer Sportarbeit. Auch jene ist wie ein großer Wettkampf, Strategisches und taktische Erwägungen spielen eine große Rolle, ebenso das Gespür für den Zusammenhang zwischen Allgemeinem und Besonderem ... Tiefe Traurigkeit befällt sie beim Gedanken an das nahe Ende ihrer ersten wirklich gelungenen Kaderorganisation.

„Was stümperst du denn noch an der Ikarosbesatzung herum?" Reinold Dirtiquanz reckt den Hals, um auf die Anzeigen schauen zu können. Das Mattocker auf seiner etwas vorgeschobenen Unterlippe glänzt wie Bernstein, und seine passend eingefärbten Augäpfel schillern neugierig und auch ein wenig neidisch, wie Hendrikje scheinen will. „An diesem Volltreffer würde ich aber nicht mehr rumfummeln, ein vorbildliches selbstregulierendes System – da kann der geringfügigste Eingriff alles total durcheinanderbringen, und du merkst es spätestens an deinen Kontoauszügen ..."

Hendrikje knurrt nur. Dann aber zwingt sie sich ein höfliches Grinsen ab. „Umsetzen muß ich die – alle auf einmal. Das bedeutet jahrelange Umschulung eines ganzen Kollektivs, die haben doch von der Oszillationsfliegerei nicht den blassesten Schimmer, und Sonnensegler wird es bald nicht mehr geben ..."

Reinold schielt sie mißtrauisch an. „Sag mal, Henni ..., hast du etwa eine Qualle genommen? Dein emotionaler Pegel ist heute bemerkenswert hoch."

„Quatsch." Aber mit einer seltsamen Mischung aus Mißbehagen und Erstaunen stellt Hendrikje fest, daß Dirtiquanz recht hat: Sie ist ganz emotional und gründlich verärgert. „Es ist nur ..., ich kann doch aus Flakkes Schiff keinen Touristenliner machen! Das kann man denen nicht antun!"

Reinolds gelbe Augen schillern noch intensiver, als er antwortet: „Wer sagt denn, daß du eine Blockumsetzung vornehmen sollst, du kannst sie doch aufteilen ..."

Hendrikje zuckt zusammen. Das ist der Gedanke, den sie die ganze Zeit verdrängt hat. Sie soll das Prachtstück eines Mosaiks demontieren, die einzelnen Steinchen in andere Bilder einfügen, dort, wo noch Platz ist, wo sie möglicherweise sogar häßliche Lücken füllen würden!

„Denk an die Kennziffern, Henni. Mit einer Blockumsetzung wirst du sie nicht einmal knapp erfüllen können, du würdest der Gemeinschaft schaden – und auch deinen Konten ..."

Er hat recht, flüstert es in Hendrikje, die Kennziffern! Und schwach keimt der Verdacht in ihr, daß Dirtiquanz sie nicht ganz selbstlos an ihre Pflichten erinnert; kein Generalorganisator könnte den Kollegen länger die Konstruktion der Ikarosmannschaft als leuchtendes Beispiel für höchste Übererfüllung der Kennziffern vorhalten.

„Flakke wird zwar wütend sein; erst läßt du ihn abblitzen – auch wenn das schon zehn Jahre her ist –, und dann pflückst du seine Besatzung auseinander ..."

„Sei ruhig!" zischt sie ihn böse an. „Laß mich jetzt, ich habe zu tun!"

Schon die zweite Anspielung heute. Was zwischen ihr und Ireas Flakke war, geht nur sie etwas an. Außerdem, an Ireas hat sie die ganze Zeit am wenigsten gedacht, der hat seinen Weg gemacht und wird wieder senkrecht auf den Füßen landen. Kosmander des schon fast legendären Drachenkreuzers Ikaros, das ist die beste Empfehlung, die es geben kann. Ihn wird sie ins Oberkommando stecken, zur Beförderung zum Vizeadmiral vorschlagen, unter Umgehung des Dienstreglements, das Auslassen von Dienstgraden untersagt, und dann wird er bald einer der führenden Köpfe der irdischen Raumfahrt sein. Vielleicht wird man im Parkurbanidum eine Straße nach ihm benennen ...

So bin ich zu dir, Ireas, denkt sie bitter, obwohl du es wahrlich nicht verdienst! Und sie sieht ihn vor sich, groß und stämmig, skandinavisch drei, mit sich bis auf die Schultern ringelnden dunkelblonden Locken, den haarfeinen scharfen Falten im ungeschminkten Gesicht, das von einem altmodischen Schnurrbart in zwei Hälften geteilt wird – ein schöner Mann trotz seines Alters, aber mit abfällig verzogenem Mund, aus dem es gedehnt klingt: „Etwas muß man dir lassen, Hendrikje Greiff, auf unerklärbare Weise schaffst du es jeden Morgen, die Wohnung in den wenigen Sekunden zwischen Aufstehen und Zähneputzen in einen Zustand zu versetzen, als wäre eine Herde tollwütiger Paviane hindurchgetobt." Dann war er mitten im Zimmer stehengeblieben und hatte sich nachdenklich umgesehen, dabei nahm sein Gesicht einen ängstlichen Ausdruck an, wie sie ihn in diesen harten Zügen noch nie bemerkt hatte. Einige Tage hatte sie auf Ireas' Rückkehr gewartet und dann das Gerücht ausgestreut, sie habe sich von ihm getrennt, weil seine Manneskraft auch mit Hilfe der Quallen nicht mehr ein Maß erreichte, wie eine junge Frau es von ihrem Lustpartner erwarten dürfte.

Du wirst mich keine Punkte kosten, Ireas, denkt sie grimmig. Du bekommst eine exklusive Stellung, in der du dein ganzes Leistungsvermögen entfalten kannst, denn: „Der Reichtum der Gemeinschaft ist der Reichtum jedes einzelnen", und: „Heute schaffen wir das Morgen", und ganz im Sinn der morgigen Tageslosung: „Nicht rückwärts schauen – vorwärts gehen!"

Als ihr jemand auf die Schulter tippt, schreckt sie aus ihren rachsüchtigen Überlegungen auf.

„Ablösung, Henni!“ Ihre Freundin Navina lächelt sie an. „Komm, sag mir schnell, was zu machen ist, und dann verschwinde!“

Hendrikje erzählt dem quirligen Mädchen mit der seltsam nach oben gebogenen Nasenspitze, die dem Gesicht etwas Entenhaftes gibt, was sich ereignet hat.

„Ich sehe schon, ich brauche nur noch die Programme durchlaufen zu lassen, das ist fein“, sagt Navina erfreut und winkt ihr noch hinterher, als Hendrikje gedankenverloren zwischen den beiden in reinstem Schmieggold leuchtenden Wachhabenden hindurch das Zentrum für Sonnenforschung verläßt.

Das Gewimmel auf der Albertzyklinale verschlingt sie wie ein hungriges Untier. Hendrikje läßt sich nach wenigen Schritten in eine Plusterfarnkugel fallen und streckt sich wohlig, halb liegend, halb sitzend. Hier im Urbanidum Universum hat das wuchernde Grün des Plusterfarns mit seinen flauschigen Federn bald die gesamte Architektur überwuchert, denkt sie, und bei uns müssen immer neue Setzlinge gepflanzt werden, woran liegt das nur? Verträgt er sich nicht mit den Gitterkakteen, die für die vielen Kletterlustigen angebaut wurden?

Sie liebt den Plusterfarn mit seinen leuchtenden mehrfarbigen Blüten, dessen kugelförmige Büsche hervorragende Sitzmöbel abgeben und den man mit Geduld sogar in die Form einer runden Liege bringen kann – aber auch in ihrer Wohnung gehen die Pflanzen immer wieder ein. Den kahlen, Dutzende Meter emporschießenden Gitterkakteen kann sie nur wenig abgewinnen, sicherlich läßt es sich in ihrem Geäst hervorragend klettern, aber sie bevorzugt die Fortbewegung in waagerechter Richtung.

Hendrikje steckt sich eine Qualle in den Mund und lutscht andächtig. Wenigstens hat sie heute ein halbes Dutzend Keimlinge ergattern können, obwohl ihr eigentlich nur zwei Stück zustehen und ihre Wartenummer mit den Ziffern des nächsten Jahres endet. In Vorbereitung irgendwelcher Jubiläen geschehen eben immer wieder Wunder. Und daß sich ein hübscher junger Mann – keltisch Gamma plus, ein wahrhaft faszinierendes Äußeres – erbot, sich mit ihr gemeinsam anzustellen, um ihr seine Zuteilung abzugeben, brachte ihr nicht nur unerwarteten Reichtum an Plusterfarnkeimlingen, sondern versüßte ihr die fast zweistündige Wartezeit obendrein mit ausgesucht artig vorgetragenen Schmeicheleien. Als sie dann dem Facharbeiter für Warenverteilung unauffällig zwei Karten für die demnächst stattfindenden Meisterschaften der Laserfechter zusteckte, da nahm ihr Glück beinahe kosmische Dimensionen an und bescherte ihr zwei weitere Keimlinge. Eigentlich fing der Tag doch wunderbar an, aber was dann kam … Sie versucht noch einmal, sich an das Gesicht des galanten Schmeichlers zu erinnern.

Irgendwie wird Hendrikje das lästige Gefühl nicht los, beobachtet zu werden. War es ein hastig niedergeschlagener Blick inmitten des Ameisenhaufens vor ihr oder der Atemhauch eines Menschen in ihrem Rücken?

Als ein Amigo am Straßenrand hält, der Fahrgast aussteigt und niemand Anstalten macht, das leere Fahrzeug zu erobern, spuckt sie die ausgesogene Qualle aus und springt auf. Sie sieht sich prüfend um, aber entdeckt niemanden, der ein auffälliges Interesse zeigt, und nun ist sie beinahe ein wenig enttäuscht. Beim Einsteigen schaut sie sich noch einmal um, und daher entgeht ihr wohl das unscheinbare Signal auf der Bereitschaftsanzeige des Amigos.

„Reganta-Urbanidum", befiehlt sie und lehnt sich zurück.

Aus der Maschine kommt ein mißmutiges Schnaufen, die gewaltigen Muskelpakete zucken nur ein wenig, und dann ächzt es verstimmt: „Nichts da! Ich habe jetzt Mittagsruhe, können Sie nicht lesen? Immer diese Störungen …"

Hendrikje seufzt ergeben, da ist nichts zu machen. Diese organischen Mechanismen benötigen eben ihre regelmäßigen Ruhepausen, um den Organismus zu entschlacken und zu regenerieren.

Neben ihr quietschen die Reifen eines anderen Fahrzeugs. „Steigen Sie ein, Bürgerin Greiff! Ich habe mit Ihnen zu reden."

Durch den barschen Ton verwirrt, gehorcht sie der Aufforderung widerspruchslos. Erst kann sie das Gesicht des Mannes durch die getönte Windschutzscheibe nicht erkennen, dann, schon halb im Fahrzeug, versteinert sie förmlich. Hermel Goff!

„Setzen Sie sich." Er zieht sie am Arm in die Sitzpolster.

Der Amigo spannt die Muskeln an und jagt in einer gewagten Schlängellinie in die mittelste der neun Spuren.

Goff kommt ohne Umschweife zur Sache. „Sie haben Erkundigungen über mich eingezogen, obwohl Sie wissen, was ein Vertrauensbruch für Folgen nach sich zieht. Also, was wollen Sie von mir?"

Hendrikje tastet mit zitternden Fingern nach einer Qualle, dann aber überlegt sie es sich und denkt: Nein, ich muß jetzt einen kühlen Kopf bewahren, sie haben es also gemerkt.

„Nehmen Sie ruhig eine, Sie können es ja doch nicht lassen. Vielleicht fällt es Ihnen dann leichter, eine Erklärung zu finden." Seine Stimme ist kalt und höhnisch, wie es Hendrikje scheint, und sie fühlt eine magische Kraft aus ihr sprechen.

Artig steckt sie eine Qualle in den Mund und läßt das Etui wieder in der Brusttasche verschwinden. Dabei gerät ihr ein kleiner Gegenstand zwischen die Finger, und plötzlich hat sie den rettenden Einfall. „Ich ..., ich wollte eigentlich nur das hier zurückgeben, der arme Stotzner hat es verloren, als Sie ..., als Sie ...“ Sie bleibt stekken und spürt Tränen der Wut und Angst in sich aufsteigen.

Hermel Goff nimmt ihr die rubingefaßte Perle aus der Hand und betrachtet sie nachdenklich. Währenddessen mustert sie ihn heimlich und ist hin- und hergerissen zwischen Faszination und Abscheu. Die polynesische Exotik dieses ungewöhnlich schönen Gesichts erregt sie sogar körperlich, am liebsten würde sie mit den Fingerkuppen über die samtene Haut der Wangen und der Stirn streichen, in ihr vibriert es, und die während der ersten läppischen Lustspiele im Nesturbanidum erlernten Regeln kommen ihr in den Sinn: Gib deinen Bedürfnissen nach, aber zwinge sie niemandem auf ... Sprich mit dem Körper mehr als mit dem Mund ... Nimm nie, ohne zu geben... Gib nie alles auf einmal.

„Sie belügen mich, Bürgerin Greiff!“ hört sie Goffs harte, metallische Stimme. „Um dieses lächerlichen Schmuckgegenstandes willen hätten Sie nie das Große Gehirn betrogen. Also, warum haben Sie sich nach mir erkundigt?“

Beinahe hätte ich es ihm gesagt, denkt sie ärgerlich, aber so nicht, Hermel Goff, ich bin keine dumme Gans, die man derart abkanzeln darf!

„Dieser lächerliche Schmuckgegenstand hat einem Mann gehört, den Sie heute morgen getötet haben, Hermel Goff!“ antwortet sie bissig, und dann setzt sie verächtlich hinzu: „Ich wollte lediglich erfahren, wie der Mörder heißt ...“ Sie funkelt ihn angriffslustig an und ist sehr zufrieden mit sich.

Allmählich jedoch weicht dieses Empfinden sich verstärkender Enttäuschung, denn Goff runzelt nur kurz die Stirn, dann sagt er leise: „Sie wissen, daß ich ihn nicht umgebracht habe. Es ist der erste Unglücksfall dieser Art – wir werden in Zukunft Maßnahmen treffen, die so etwas ausschließen ...“

„Wer – wir?“ Hendrikje hat die Nase gekraust, ein sicheres Zeichen dafür, daß sie nicht nachlassen wird, ihn zu verhöhnen.

„Wir Möpse.“ Goff sagt es gleichmütig, als schäme er sich nicht im geringsten dieses Spitznamens, der doch fast wie ein Spottname klingt. Dann grinst er sie an und macht dabei ein derart hochmütiges Gesicht, daß Hendrikje wieder die Fingerkuppen kribbeln.

„Sie sind also noch stolz darauf, einer dieser Schnüffler zu sein!“ stößt sie wütend hervor.

Er schweigt eine Weile und sagt schließlich bedächtig: „Stolz – was ist das denn schon? Sagen wir lieber: Ich habe das Gefühl, mir damit ein reines Gewissen zu bewahren, nicht zu denen zu gehören, die einfach nur in den Tag hineinleben, ihre Kennziffern überbieten, damit es sich in Punkten niederschlägt, und kaum über ihre Schreibtischkante schauen können ..."

„Sie Schwein!" unterbricht Hendrikje den Mops hysterisch. „Sie elendes Schwein machen sich über Bürger lustig, die ihrer täglichen Pflicht nachgehen und damit den Fortschritt der Gemeinschaft gewährleisten, den Reichtum der Gemeinschaft und des einzelnen, die heute das Morgen schaffen, dabei vorwärts gehen, ohne rückwärts zu schauen, Sie ..., Sie ..."

Als ihr die Luft wegbleibt, murmelt Goff verdrießlich: „Schön auswendig gelernt, den ganzen Quark ..., statt über unsere wirklichen Probleme nachzudenken ..., na ja, wozu auch ..."

„Was wissen Sie denn schon von unseren wirklichen Problemen, Sie Schnüffler, Sie haben Ihre Nase doch nur in der Gosse!" bringt Hendrikje mühsam hervor, bevor sie sich an der Qualle verschluckt und hustet.

„Ich weiß zum Beispiel, daß Ihr Problem mit der Ikaros beileibe kein Einzelfall ist. Sie sehen, ich habe mich auch etwas erkundigt." Goff bleibt immer noch ruhig, und jetzt lächelt er sogar.

Hendrikje schnauft überrascht und weiß nichts zu antworten. Er hat sich nach ihr erkundigt! Wie kommt er dazu? Aber klar doch, er mußte sie wahrscheinlich überprüfen, und er ist sicherlich beauftragt worden, mit ihr zu sprechen. Diese Erkenntnis enttäuscht sie. Aber wenn es nun doch anders ist?

„Wir sind da." Goff sagt es leise, und Hendrikje schreckt aus ihren Überlegungen. Der Amigo hält vor dem Aufgang zu ihrem Appartement.

Eine Weile zaudert sie. Was wollte er überhaupt von ihr? „Was wird jetzt mit mir geschehen?" fragt sie ängstlich, denn auf einmal wird ihr bewußt, daß sie es ja ist, die Folgen ihres Handelns befürchten müßte.

„Was soll geschehen ...? Es ist nicht mein Auftrag, Vertrauensbrüche aufzudecken." Er zuckt nur gleichmütig die Schultern.

Hendrikje liegt eine ironische Erwiderung auf der Zunge, nein, sein Auftrag ist wahrlich ein anspruchsvollerer! Aber sie unterdrückt den aufsteigenden Ärger diplomatisch und bemüht sich um ein Lächeln. „Und warum sind Sie dann zu mir gekommen, Bürger Goff?" fragt sie mit kokettem Augenaufschlag und hat beinahe schon wieder vergessen, daß sie diesen Mann eigentlich mit eisiger Verachtung strafen müßte.

Er blickte sie lange eindringlich an, dann sagt er gedehnt: „Wenn Sie das wissen wollen, Hendrikje Greiff, dann kommen Sie heute abend zur Achternak-Pylone. Ich werde dasein."

Hendrikje schwankt zwischen ängstlicher Befürchtung und überraschter Eitelkeit. Sollte er so frech sein, einfach nur eine Lustpartnerschaft anbahnen zu wollen – obwohl er doch sicherlich auch in Erfahrung gebracht hat, daß sie mit einem Partner aus dem Nest zusammen lebt? Aber dann weiß er auch um ihre Affäre mit Ireas und denkt vielleicht, mit der kann man schon mal ... Der wird sich wundern, die Beine sollen ihm steif werden, weiter nichts!

„Die Achternak-Pylone? Ist das nicht die Säule mit dem Mann oben drauf?" Ihre Stimme klingt honigsüß.

„Naja, so könnte man das bezeichnen ..."

„Da steht doch so eine merkwürdige Inschrift dran, ein Gedicht von einem Lebensmüden oder so etwas, mit einem Farbspray rangekleckert, nicht wahr?" fragt sie, um sich zu vergewissern.

„Ja, das ist die Stelle", ruft Goff aus dem anfahrenden Amigo. „Und der Lebensmüde – das war ich ..." Er winkt ihr grinsend zu und ist Sekunden später im Fahrzeugstrom untergetaucht.

Hendrikje steht da, fassungslos und mit geöffnetem Mund, nestelt automatisch eine Qualle aus dem Etui und kaut darauf herum. Sie erinnert sich: Welche Farbe hat der Tod ...

Was ist das für ein Mann, denkt sie beunruhigt, verdammt noch mal, wer ist das: Hermel Goff?

KAPITEL 4

Bruno von der Hohen Aue hat auf Handsteuerung umgeschaltet. Die Greifer an den acht gelenkigen Spinnenbeinen seines Wantentrailers huschen von einer Trosse zur anderen, entwirren Knoten und Schlingen.

In den Kopfhörern schrillt Schnuckchens Stimme: „Zehn hoch zweiunddreißig erg, Kosmander! Wir müssen aus dem Verdrillungsbereich hinaus!"

Bruno lacht kurz auf. Schnuckchen hat gut reden: aus dem Verdrillungsbereich hinaus!

Die Ikaros schlingert und stampft, als wäre sie ein Sektkorken, den die Kabbelseen eines Wirbelsturms gepackt haben. Schon die erste Stoßwelle des Flares hat alle Segel zerfetzt – das riesige Omegasegel treibt irgendwo in weiter Ferne den Sternen entgegen, seine Brassen peitschen wild auf und nieder. Wanten, Pardunen, Stags, Geitaue, Gordings und Dirken – alles ist zu kaum entwirrbaren

Knoten verschlungen, und Flakke hat schon einigemal befohlen, einfach zu kappen, damit er die Masten einziehen kann.

Siebzehn Trailer sind draußen, werden von dem gewaltigen Ausbruch geschüttelt und gestoßen, daß Quadrangel die blauen Flecke und Beulen, die er demnächst zu behandeln hat, sicher nicht zählen kann – und da sagt Schnuckchen: „Wir müssen aus dem Verdrillungsbereich hinaus!“ Er meint damit die Zone, in der die Feldlinien so ineinander verdreht sind, daß sie diese gewaltige Energie speichern konnten, die nun durch unvorhersehbare Instabilitäten freigesetzt wird.

Flakke hätte damit rechnen müssen, sagt sich Bruno, aber er will es dem Kosmander nicht zum Vorwurf machen. Eigentlich gibt es kaum noch ein Gebiet diesseits und jenseits des Zentralmeridians, das sicher ist. Die Sonne gerät wieder außer Rand und Band, und die Ikaros muß dranbleiben, wenn sie ihre Existenzberechtigung nachweisen will.

Bruno von der Hohen Aue steht voll hinter dem Kosmander. Selbst mit dem größten Multimirrorteleskop in der Erdumlaufbahn kann man nicht durch ein Flare hindurchfliegen – das ist ihre Chance! Hoch über ihm leuchten die ersten Loops der Bogenprotuberanzen auf, die jeden Flare-Ausbruch begleiten. Wie Gewitterwolken schieben sie sich zusammen, und ihre Krümmung läßt deutlich den Verlauf der Feldlinien erkennen.

„Achtung, Stoßwelle!“ hört er Schnuckchen rufen, der vom Aktinometerpult aus den Ausbruch verfolgt und im Augenblick der wichtigste Mann für die Trailerpiloten ist.

Bruno läßt die Greifer ein Bündel zusammengedrehter Pardunen greifen und stemmt sich gegen die Lehne seines Sitzes. In der Brust spürt er ein seltsames Ziehen und bekommt einen Schreck. Sein Herz! Sollte die Magnetfeldabschirmung des Wantentrailers ausgefallen sein? Im selben Moment hört er Flakkes Stimme: „Achtung, Männer! Der Magnetsturm ist gleich heran, laßt euch durch die Entladungen nicht irritieren!“ Und Sekunden später ruft der Kosmander erregt: „Proximer von der Hohen Aue sofort zurück an Bord! Kommen Sie sofort an Bord, von der Hohen Aue! Befehl vom Bordarzt!“

Bruno merkt, wie sein Herz aus dem Rhythmus gerät. Kalter Schweiß rinnt ihm in die Augenwinkel. Nein, nur das nicht! Aber noch kann er klar denken.

Es gibt keine unüberwindbare Barriere gegen alle Arten von Strahlungen und Feldern – und für ihn sind Magnetfelder am gefährlichsten, sein Herz ist noch eins der ersten Modelle, mechanisch so leistungsfähig wie ein Dieseltraktor, aber elektronisch so anfällig wie ein frühgeborenes Kind. Für solche wie ihn sind die Wantentrailer nicht eingerichtet, das weiß er ebensogut wie der Bordarzt, mit dem er ein geheimes Abkommen hat. Eigentlich ist Bruno wegen seines künstlichen Herzens nicht raumtauglich. Aber Quadrangel will irgend etwas erforschen und hat ihm Stillschweigen zugesichert. Und damit ihn das laute Klicken der Ventile nicht verrät, trägt Bruno genau über der Stelle, wo ihm das mechanische Wunderwerk eingesetzt wurde, die Taschenuhr seiner Vorfahren …

Brunos Erbanlagen eignen sich nicht für eine gezielte Nachzüchtung, ohne das Kunstherz könnte er nicht existieren.

Die ersten Elmsfeuer tanzen als blaufluoreszierende Flämmchen durch die Kabine des Schleppers. Bruno verspürt Atemnot und ein Stechen unter dem Brustbein. Quadrangel hat ihm einmal erklärt, wie dankbar er den Konstrukteuren des künstlichen Organs sein sollte, daß sie ihm ein Schmerzempfinden als Signal für Funktionsstörungen hineingebastelt hätten – so könnte er Gefahren rechtzeitig erkennen und abwehren.

Bruno löst die Greifer der Schlepperarme von den Tauen und zündet das Triebwerk seines Wantentrailers. Ihm ist klar, wie gefährlich das ist – die nächste Stoßwelle kann ihn so weit ins All hinausschleudern, daß er rettungslos verloren ist. Aber er hat keine Zeit mehr, sich an den Pardunen und Wanten entlang nach unten zu hangeln.

Auf der Brücke werden sie wieder ihre dummen Witze über mich machen, denkt er traurig, sie können ja nicht ahnen, was für ein Leben das ist, wenn man immer und überall vor Magnetfeldern auf der Hut sein muß, sie werden wieder spötteln, Quadrangel befürchte, daß ich an Gewicht verlöre, er wolle dieses einmalige Exemplar grenzenloser Leibesfülle – Bruno von der Hohen Aue – der Welt im charakteristischen Zustand erhalten.

Und als ich beim Induktionstennis umgekippt bin, wußten sie natürlich auch nicht, daß dies geschah, weil Skamander mir mit aktiviertem Schläger einen Klaps auf den Rücken gegeben hat, und wenn Styx nicht sofort den Doktor gerufen hätte, dann wäre ich jetzt mausetot, und selbst dann hätten sie wohl kaum erfahren, warum, denn Quadrangel würde sofort seine Lizenz los …

Bruno jagt auf den Schacht im Quarterdeck zu.

„Achtung, Stoßwelle!" hört er Schnuckchen gerade noch rechtzeitig genug. Mitten im Flug spreizt er die Gliederarme des Schleppers und schlägt deren Klauen blindlings in die nächsten erreichbaren Taue. Ein scharfer Ruck geht durch den Wantentrailer, Bruno wird aus seinem Sitz gerissen und prallt gegen die Decke der Kanzel. Instinktiv reißt er die Arme nach oben und fängt den Schlag ab. Dann schüttelt und rüttelt die über ihn hinwegbrausende Flutwelle den Trailer. Bruno klammert sich ächzend an der Sessellehne fest und stemmt die Beine gegen die Kabinenwand.

Er hört einen Schrei in den Kopfhörern: „Styx hat es erwischt, Kosmander!"

Der dicke Proximer zieht sich in den Sessel und schaut zu den Backbordmasten hinunter, wo Styx mit seinem Schlepper eingesetzt ist.

Kaum noch als Punkt erkennbar, trudelt dessen Wantentrailer auf die Sonnenoberfläche zu, hinter sich einen Schweif aus haarfeinen Fäden herziehend – herausgerissenen Wanten, die wie Spinnfäden im gleißenden Licht funkeln.

Er ist in eine Fallströmung geraten! durchzuckt es Bruno, und im selben Moment ruft er: „Du mußt seitwärts raus, Styx, seitwärts, hörst du!"

Styx antwortet nicht. Und Bruno ahnt sofort, warum. Beinahe hätte er sich selbst den Schädel an der Kabinendecke eingeschlagen – wer weiß, was dem Kameraden geschehen ist. Mit einem schnellen Griff läßt er den Verschluß des Sicherheitsgurtes zuschnappen.

Verdammter Leichtsinn, schießt es ihm durch den Kopf, immer wieder predigt Flakke, wir sollen uns an die Vorschriften halten, aber jeder lächelt nur über seine Vorhaltungen und verknotet die Gurte hinter der Sitzlehne, damit sie nicht in der Kabine herumwedeln, denn benutzt werden sie von keinem. Warum auch konnten die Erfinder der Wantentrailer den Hebel für das Wantenspill nicht auf dem Armaturenbrett anbringen? Mit geschlossenem Sicherheitsgurt ist er nicht zu erreichen. Sie werden einfach nicht an solch profane Dinge wie den Gurt gedacht haben, diese Alleskönner …

„Bleib ganz ruhig, Styx, ich hole dich!" Bruno gibt vollen Schub.

„Kommen Sie an Bord, Mann, das ist Selbstmord!" brüllt Flakke auf. „Styx kann sich nur noch selbst helfen! Ich befehle Ihnen, sofort umzukehren!"

„Achtung, Stoßwelle!"

Du kannst mich mal, verehrter Chef, denkt Bruno grimmig. Wenn einer Styx helfen kann, dann nur ich, eventuell noch Skamander! Die andern stellen sich mit den Wantentrailern so dämlich an, als führen sie im Lustpark mit diesen komischen Rollern, wo man nach links lenken muß, wenn man rechtsherum will. Bruno gönnt sich dies bißchen Eitelkeit ohne Gewissensbisse. Keiner wird je bestreiten, daß er der Trailerkönig ist. Oft genug konnte er den Kosmander überreden, ihn zu Doppelwachen einzuteilen, wenn Segelmanöver den Flugtag ausfüllten. Nur die Segelwache ist es, die

Bruno ein Gefühl der Vollwertigkeit, ja sogar der Überlegenheit gibt. Dafür erträgt er gern die Spötteleien und Sticheleien, an die hat er sich gewöhnt. Und so richtig bösartig meint es keiner aus der Besatzung, auch das weiß Bruno. Er ist eben allein wegen seiner auffälligen Unübersehbarkeit die ideale Zielscheibe aller möglichen Witzeleien, aber wenn es in die Wanten geht, macht ihm keiner was vor, dann heißt es: Bruno hier und Bruno da, wie macht man dieses, Bruno, und wie könnte man jenes tun, Bruno – und keiner außer Skagit wagt eine Blödelei, wenn sie draußen sind.

Und das genügt ihm. Bruno ist bescheiden und kommt mit diesem Minimum an Achtung aus, mehr noch – es macht ihn beinahe glücklich. Er hat sich mit seiner Rolle innerhalb der Mannschaft nicht nur abgefunden. Beinahe kokettiert er schon ein wenig mit seiner Behäbigkeit und Tollpatschigkeit, denn wäre er nicht in den Augen vieler der bemitleidenswerte Bordtrottel, würden sie den Kontrast zu Bruno dem Trailerkönig wohl gar nicht so deutlich wahrnehmen …

Bruno späht angestrengt nach unten und kann das Auge des Wirbels ausmachen, der Styx verschlungen hat. „Beim Großen Sirius, das wird knapp!“ flüstert er heiser. Die Geschwindigkeit des Fallstroms beträgt mindestens zweihundert Kilometer in der Sekunde. Zwar bewegt sich der Wantentrailer bei weitem nicht mit so großem Tempo, aber sein Absturz wird kontinuierlich beschleunigt.

Die Stoßwelle donnert über Bruno hinweg und schleudert seinen Schlepper wieder aus dem Zentrum des Sogs. Er flucht, bringt den Trailer aber gleich wieder auf Kurs. Heute wird er ihnen das erstemal beweisen können, daß er mehr ist als nur ein Trailerkönig. Vielleicht wird man seinen Namen sogar kurz in den Pflichtinformationssendungen auf der Erde erwähnen, doch das interessiert ihn wenig. Nur die Leute der Ikaros können seine Leistung einschätzen, nur wenn sie ihn anerkennen, bedeutet es ihm etwas, nur ihr Urteil zählt, denn sie sind sein Zuhause, nicht die Erde, wo man ihn mit schlecht verhohlener Neugier oder gar Abneigung anstarrt, wenn er sie einmal kurz besucht, um dieses oder jenes zu erledigen, was sich nur dort erledigen läßt.

Der Strudel des Katarakts, der sich aus einer der Millionen von Grannen gebildet hat, die wie ein Rastermuster die Sonne bedekken, rotiert träge. Er reicht bis in die Konvektionszone hinein, wo die Sonnenmaterie von vertikalen Energieströmungen zum Brodeln gebracht wird wie kochender Eintopf. Dorthinein stürzt Styx' Wantentrailer, und der Gefährte schweigt immer noch.

Bruno schluckt krampfhaft, als er sich bewußtmacht, daß die behäbig wirkenden Plasmawolken und -strömungen dort unten Geschwindigkeiten von mehreren hundert Kilometern in der Sekunde haben, daß die vielen kleinen Wirbel der aufeinanderstoßenden Materiewolken seinen Schlepper wie mit Krakenarmen in die Tiefe zerren und ganz woanders wieder ausspucken können, weit außerhalb der Funksicht des Drachenkreuzers, der zur Zeit sowieso nicht in der Lage ist, ihm zu Hilfe zu eilen ...

Wieder geht ein Schauer geladener Teilchen auf den Wantentrailer nieder: Bläulich und fahlgrün tanzt das tote, kalte Licht der Elmsfeuer durch die Kabine. Unwillkürlich schlägt Bruno mit der Hand nach den Flämmchen, die auf seine Brust überspringen, obwohl er genau weiß, daß es nichts nutzt. Für Sekunden stottert sein Herz wie ein Motor mit defekter Zündung.

Immerhin ist es ein dramatischer Abgang, denkt Bruno mit Galgenhumor, dann aber packt ihn nackte Angst, und er reißt den Steuerbügel zurück, um aus dem Feld herauszukommen. Er braucht gar nicht auf die Instrumente zu sehen – der nachlassende stechende Schmerz unter dem Brustbein signalisiert ihm, daß das Manöver gelungen ist.

„Mann, Styx, wenn du wüßtest, was ich deinetwegen riskiere!“ flüstert Bruno atemlos, dann aber korrigiert er sich sofort in Gedanken. Nein, ich mache es ja gar nicht wegen Styx, ich tue es ausschließlich meinetwegen. Andere malen sentimentale Verse an die Wände des Drachenkreuzers – ich riskiere mein Leben. Diese kitschigen Ergüsse würde mir sowieso keiner abnehmen.

Keiner weiß, wer der Schmierfink ist. Aber fast jeden Morgen steht an irgendeiner Stelle der Ikaros eins seiner Machwerke. Inzwischen nennt man den geheimnisvollen Graphomanen schon „Geisterpoet“ – Bruno kann darüber nur lachen. Er hat Styx im Verdacht, der wohl sehr darunter leidet, daß Skamanders Schöne ihn keines Blickes würdigt, aber normal ist es nun mal nicht, mit einem Farbtopf oder einer Sprayflasche durch den Drachenkreuzer zu schleichen.

An das eine „Gedicht“ erinnert sich Bruno noch sehr gut, es stand auf dem Schott zur Brücke, und alle reckten die Hälse, um es lesen zu können, drängelten durch die dichte Traube nach vorn, schubsten und kicherten albern. Da stand: Hoffnung / Was ist das / Ich erinnere mich nicht / Omega. Und einen Tag später hatte der Geisterpoet die Galerie mit der zweiten Strophe verziert: Jeden Tag kaufte ich / zahlte mit Hoffnung / womit bezahle ich morgen / Omega.

Skagit grinste tückisch, als sie über den dunklen Sinn der Worte rätselten, und verschwand. Dann kam er mit einem Fettstift in der Hand wieder, mit einem dieser Leuchtfarbenschreiber, mit denen die Risse und Durchschläge auf den Segelfolien markiert werden.

„Narrenhände beschmieren Tisch und Wände", setzte er in Großbuchstaben unter die Verse. Und irgendwie war es der böse Blick, den Styx ihm unter dem Schirm seiner gestreiften Baseballmütze hervor zuwarf, was Bruno auf den Gedanken brachte, in ihm den Verfasser dieser Sentimentalitäten zu sehen. Am nächsten Tag glotzte Skagit recht dämlich auf die Antwort des Geisterpoeten, der geschrieben hatte: „Ein Narr – wie stolz das klingt." Diesmal regte sich kein Muskel in Styx' Gesicht, und Bruno war sich nicht mehr so sicher, den Urheber erkannt zu haben.

Eines Tages kam er auf den blöden Gedanken, den Geisterpoeten zu verwirren, indem er selbst etwas an die Wände schrieb. Stundenlang zermarterte er sich das Gehirn, und endlich hatte er zwei Zeilen zusammen, die ihm gefielen. Bruno schlich durch den ganzen Drachenkreuzer, um eine geeignete Stelle zu erkunden, aber immer kam ihm jemand in die Quere. Einmal, auf dem Wartungsdeck, stand er bestimmt drei Minuten wie zu Eis erstarrt und lauschte, erst dann war er sich sicher, das Unternehmen wagen zu können. Aber gerade als er die kleine Dose mit der Dichtungsmasse für die Außenhaut der Wantentrailer aus der Tasche ziehen wollte, kam ein Trupp Mechaniker um die Ecke.

Schließlich landete er auf der Toilette. Als er den Riegel zuschnappen ließ, war er sich zwar dessen bewußt, daß seine Heldentat auf die Größe eines Wasserstoffkerns geschrumpft war, aber hier hatte er wenigstens seine Ruhe, wie er glaubte, und sprühte sorgfältig gegen die Tür: Glück steht im Schaufenster / und ich habe kein Geld / Omega. Dann war er eine Weile mäßig stolz auf sich, aber da klopfte es von draußen gegen die Tür, und jemand rief verärgert: „Mann, kannst du das nicht in Portionen aufteilen und nachher noch mal gehen?"

Gerade in diesem Augenblick wurde Bruno bewußt, daß der Geruch der frischen Beschichtungsmasse ihn unweigerlich verraten mußte, und er knurrte irgend etwas von Verstopfung und daß es noch genügend andere Örtchen gäbe. Dann saß er bis zum Beginn der Segelwache auf dem Klosett und wedelte mit seinem Unterhemd die Luft in den Klimaschacht, und als er endlich die Tür aufschließen konnte, stand natürlich wieder jemand davor. Bruno spürte, wie eine enorme Hitze seinen Schädel füllte, und stotterte hilflos: „Da hat wieder jemand etwas angeschmiert ..." Dann machte er sich aus dem Staub und wartete den ganzen Tag darauf, daß ihn jemand fragen würde, woher er denn die Einfälle für seine Dichtungen nähme. Aber Toiletteninschriften waren die Leute anscheinend gewohnt – niemand nahm Notiz von seinem Kunstwerk. Und das ärgerte Bruno nun sogar ein wenig ...

Nein, er kann keine Gedichte schreiben – er muß sein Leben als Pfand setzen, um anderen zu imponieren, und für Styx tut er es auf jeden Fall lieber als für Skagit, an dem das einzig Sympathische der drollige Zwergburrbo ist …

Die Sonnenoberfläche weitet sich unter ihm wie ein unendliches, von Horizont zu Horizont reichendes Kornfeld, in das heftige Sturmböen fahren. Viel mehr ist es die unvorstellbare Größe, die man erst ahnt, wenn man sich der Sonne so weit genähert hat, daß sie wie eine endlose, das All zerschneidende flimmernde Fläche erscheint, was Bruno von der Hohen Aue mehr ängstigt als die ebenso unvorstellbare Hitze ihrer Gas- und Plasmamassen.

Quadrangel hat mich an Bord zurückbefohlen, weil er Angst um sein Versuchsobjekt hat, denkt Bruno und verzieht die fleischigen Lippen zu einem hämischen Grinsen. Der wird mich nicht verraten, dazu ist er schon viel zu weit gegangen, und auch der Kosmander wird über meine Befehlsverweigerung hinwegsehen, wenn ich mit Styx im Schlepptau an Bord zurückkehre, er wird mich sogar belobigen vor versammelter Mannschaft.

Bruno hat sehr gut gemerkt, daß Flakke seit Wochen alles tut, um Spannungen innerhalb der Mannschaft zu verhindern oder wenigstens zu dämpfen. Er ahnt auch, warum. Flakke scheint es ähnlich zu gehen wie ihm. Ohne die Ikaros ist er verloren. Und so kämpft er hartnäckig und unauffällig um die Moral seiner Leute, drückt beide Augen zu, wenn es nicht mehr anders geht, und Bruno hält es gut für möglich, daß sich Flakke auch über die Dienstvorschriften hinwegsetzte, wenn es helfen würde, die Lebensspanne des Drachenkreuzers zu verlängern. Vielleicht ist er gar ein wenig stolz auf seinen Proximer Bruno von der Hohen Aue, der ihm soeben beweist, daß der alte Geist der Ikaros noch nicht ganz in die galaktische Weite davongeweht wurde.

Wie ein Adler stößt Brunos Wantentrailer in den flirrenden Strudel hinein. Die Funkverbindung zur Ikaros ist längst abgebrochen, der UV-Laser des Richtstrahls hat den Schlepper verloren und würde von den mächtigen Feldern des Flare-Ausbruchs ohnehin abgelenkt werden – die Entfernung zum Drachenkreuzer ist schon zu groß, mehrmals gaben die Ortungsgeräte einen schrillen Pfeifton von sich, der Bruno davon in Kenntnis setzte, daß sie das Basisschiff verloren hatten. Bisher haben sie den für Bruno schon unsichtbaren Punkt irgendwo zwischen den Loops der Bogenprotuberanzen immer wieder aufgefunden, bisher …

Bruno schluckt Speichel, um das trockene Kratzen im Hals loszuwerden. Styx' Schlepper ist bereits mit bloßem Auge zu erkennen, nicht nur als weißglühender Punkt, der rasend schnell auf die Sonne zustürzt, sondern wieder als Ellipsoid, mit den aus der Saling gerissenen Wanten, die wie ein flatternder Schweif auf und nieder peitschen. Der Trailer trudelt noch immer steuerlos durch den Wirbel.

Wenn Styx nun schon längst tot ist? durchfährt es Bruno eiskalt. Er tastet den Kommulaser auf den Schlepper des Kameraden. „Styx! Melde dich, wenn du mich hörst! Ich bin dicht hinter dir! Ich habe dich gleich, hörst du? Melde dich, Styx!"

Styx schweigt. In den Kopfhörern sind nur das Prasseln und das Knattern der Flare-Entladungen zu hören.

Ein seltsamer Gedanke flackert in Brunos Gehirn auf: Wenn ich jetzt abstürzen würde, könnte ich bis an den unteren Rand der Photosphäre vordringen, der Wantentrailer würde diese Temperaturen noch aushalten, vielleicht würde er sogar eine günstige Fallströmung erwischen und noch ein Stück in die Konvektionszone absinken – ich würde Dinge sehen, die noch nie ein Mensch zu Gesicht bekommen hat, aber ich könnte auch niemandem davon erzählen; aus dieser Hexenküche gibt es kein Entrinnen. Doch vielleicht würde mich eine Eruption wieder hinaus in die Chromosphäre schleudern ... Da schüttelt Bruno benommen den Kopf. Wie kann er an so etwas denken! Nicht eine der Keramitsonden ist jemals wieder aufgefunden worden, die Wahrscheinlichkeit, daß ein Plasmaausbruch sie mit nach oben reißt, ist allem Anschein nach gleich Null.

Bruno zwingt sich zur Konzentration. Solch abwegige Ideen suchen ihn nicht selten heim. Manchmal glaubte er den Sog körperlich zu spüren, der ihn immer wieder zur Sonne hinabzieht, wie ein lokkender Ruf war es, wie eine schmeichelnde, süße Stimme. Quadrangel mißt dem keine sonderliche Bedeutung bei – Schnuckchens Halluzinationen beunruhigen den Arzt weit stärker, denn für Schnuckchens Merkursüchtigkeit hat er absolut keine Erklärung und kann sie nur als sehr sonderbare Streßreaktion interpretieren. Streß bei Schnuckchen – Bruno hat nur den Kopf geschüttelt. Der Elloraner ist der ausgeglichenste Mensch an Bord, denn bei ihm spielt sich alles nur an der Oberfläche ab. Er ist wie die Sonne: Die Hülle ist in ewiger Bewegung, da brodelt, explodiert und spritzt es in Kaskaden auseinander – aber tief im Innern, das jedem menschlichen Auge auf ewig verborgen bleibt, brennt ruhig und gleichmäßig ein Feuer, von dem niemand sagen kann, welche Farbe es eigentlich hat.

Aber für die unheimlichen Halluzinationen, die Schnuckchen bei jeder Merkurpassage heimsuchen, gibt es keine einleuchtende Erklärung. Quadrangel wird es schon herausfinden, beinahe hatte Bruno den Eindruck, der Arzt hätte sich über das Auftreten dieser

seltsamen Bewußtseinsstörungen ehrlich gefreut, wie über ein unverhofftes Geschenk etwa.

Nein, bei ihm – Bruno – ist es etwas ganz anderes. Er haßt die Sonne nicht wie Skamander. Er verehrt und fürchtet sie, sie ist für ihn wie eine unsagbar schöne Geliebte, der man sich auf Gedeih und Verderb ausgeliefert hat. Nein, es ist die Liebe, die ihn zu ihr hinabzieht, diese schmerzende und doch berauschende Liebe, denn die Sonne ist sein Leben …

Auf einmal ist sich Bruno ganz sicher, daß sie ihm nichts antun wird – noch nicht, und als die nächste Stoßwelle den Wantentrailer herumwirbelt wie in einem ekstatischen Tanz, lacht er dröhnend und packt den Steuerbügel fester.

Dann endlich hat er sich Styx genug genähert. Die acht Gliederbeine des Schleppers schnappen nach den flatternden Trossen und beißen sich in ihnen fest. Meter für Meter zieht sich Bruno an Styx' Schlepper heran, dann öffnet er blitzschnell die Greifarme und packt nach den Gelenken der Manipulatoren des anderen Wantentrailers.

In das Innere der anderen Kanzel kann er nicht sehen, von außen wirkt das beschichtete Filtermaterial wie eine spiegelnde, goldglänzende Halbkugel. Aber Styx' Schweigen verrät genug. Bruno verdrängt gewaltsam die Vorstellung von einem blutverschmierten Gesicht und einer klaffenden Schädelwunde inmitten der feuerroten Locken. Aber immer wieder steigt das Bild von Styx' Katzengesicht vor ihm auf, mit gespenstisch verdrehten Augen, von denen nur noch das rötlich geäderte Weiß zu sehen ist.

Die beiden Wantentrailer steigen schon wieder, da peitscht direkt neben ihnen der Schatten einer gewaltigen Spicule auf, ein Ausbruch relativ kalter Gasmassen, die von der Erde aus, durch ein Teleskop betrachtet, wie Nadelspitzen erscheinen. Diese hier haben aber einen Durchmesser, der beinahe den des Mondes erreicht, und diese „Nadelspitze" wächst mit über fünfzig Kilometern in der Sekunde in die Korona hinauf.

Bruno nähert sich vorsichtig der Zone, wo die Wände zweier Zirkulationsgebiete aneinandergrenzen, um den Auftrieb der Turbulenzen zu nutzen. Doch er zögert, als die ersten Stöße die beiden Schlepper schlingern lassen; hier ist auch die Zone der höchsten magnetischen Feldstärken, in den stark konzentrierten Flußröhren, die wie Arkaden die Konvektionszelle überspannen, werden bis zu null Komma zwei Tesla gemessen!

Als sein Herz vor über fünfundzwanzig Jahren gegen den synthetischen Muskel ausgetauscht wurde, weil eine genetische Korrektur der Mißbildungen nicht möglich war, hat natürlich niemand voraussehen können, daß Bruno einmal Magnetfeldern ausgesetzt sein wird, gegen deren Stärke man die des irdischen Magnetfelds nahezu vernachlässigen kann.

Mit zusammengebissenen Zähnen stürzt sich Bruno in die solare Thermik. Halt durch! beschwört er die kleine Motorpumpe in seiner Brust und lauscht ängstlich auf das Klicken der Ventile. Unter dem Ticken der Taschenuhr vernimmt er ein feines Klack-Klack, etwas unrhythmisch zwar, aber immer noch regelmäßig. Für Augenblicke ist Bruno beruhigt, er stößt in spitzem Winkel in die aufschießende Gasströmung der Spicule hinein und gleicht das Rütteln und Stoßen mit schnellen Bewegungen des Steuerbügels aus. Es reißt sie wie mit einer Riesenfaust nach oben – und plötzlich liegt die solare Unwetterregion weit unter den fest aneinandergeklammerten Wantentrailern.

Der Flare-Ausbruch ist offenbar schon im Abebben begriffen, nur die Loops der Bogenprotuberanzen über ihnen leuchten noch hell. Geschafft! jubelt Bruno. Ich habe es geschafft!

Jetzt erst wird ihm das nervtötende Pfeifen bewußt, das die Kanzel ausfüllt. Die Ortungsgeräte! Als er den Suchstrahl kreisen läßt, zieht sich hinter seiner Stirn etwas schmerzhaft zusammen, und die plötzliche Kälte, die aus seinem Magen aufsteigt, läßt die Zähne klappernd aufeinanderschlagen.

Das bösartige Pfeifen hält an.

„Keine Angst, Styx, sie werden uns finden ...", flüstert er mit zitternder Stimme. Die Furcht packt ihn mit einer Macht, der er nichts mehr entgegenzusetzen hat. „Sie finden uns, hörst du, Styx?"

Aber Styx antwortet immer noch nicht. Da spürt Bruno einen heißen Stich in der Brust. Seine Arme werden zu Stein, und es gelingt ihm nicht mehr, den Steuerbügel herumzureißen. Die Kanzel seines Wantentrailers taucht in das Leuchten einer Bogenprotuberanz. Null Komma zwei Tesla – zweitausend Gauß magnetische Feldstärke! Raus hier, raus!

Aber was ihn da lähmt, ist nicht ein gewöhnlicher Schmerz – es ist ein Krampf, der seinen Brustkorb zu zerfetzen scheint, der ihm den Kehlkopf zerquetscht, das Gehirn zerstampft.

Das Röcheln erstickt unter einer Gewalt, zu der nur ein solch mächtiges Ding wie die Sonne fähig ist. Als es in der Kanzel allmählich dunkler wird, flackert noch einmal Hoffnung in Brunos erlöschendem Bewußtsein auf. Doch kommt die Dunkelheit nicht davon, daß der Wantentrailer aus der tödlichen Flußröhre hinaustreibt – Bruno erkennt es mit dem letzten Fünkchen Leben in seinem erstarrten Körper. Es ist der Tod, der sein Tuch über ihn deckt, alles ausstreicht aus Brunos Wahrnehmungsvermögen – auch die Stimme, die nun anstelle des Heulens der Ortungsgeräte durch die Kabine des Schleppers tönt. „Ich habe euch auf dem Schirm, Bruno! He, Dicker, wie fühlt man sich denn so als Held? Nun komm schon, ring dir mal ein Exklusivinterview für mich ab! Hallo, Bruno, hat es dir die Sprache verschlagen? Nun komm schon, wisch dir die Tränen aus den Augenwinkeln, wir lassen einen Kameraden doch nicht im Stich! Bruno, Styx, meldet euch ..."

KAPITEL 5

„Meine liebe Henni, irgendein selbstzerstörerischer Trieb treibt mich der Lächerlichkeit in die Arme – eigentlich müßte ich mich Dir doch souverän, abgeklärt, weltmännisch und vor allem so richtig erwachsen präsentieren, aber so bin ich nicht, was soll's also. Auf die Dauer würde das auch zu sehr anstrengen. Ich habe heute einfach frei genommen und bin den ganzen Tag in Amorix herumgestrolcht. Ein paarmal war ich drauf und dran, einfach zu Dir zu kommen – wenn ich doch nur nicht so verdammt vernünftig wäre. Aber es war weniger Vernunft als die Angst, mir die fast unsichtbare mikroskopisch kleine Chance zu zerstören, die ich mir ausrechne. Dieser Schnösel – wie heißt er gleich: Ärger, nicht wahr? – hätte ja dasein können, und die Situation wäre so peinlich, daß Du mich möglicherweise zur Hölle gewünscht hättest. Werd endlich wieder gesund, Henni, es reicht mir ja schon, Dich nur in meiner Nähe zu wissen ..."

Hendrikje läßt den Brief sinken und wischt sich eine Träne aus dem Augenwinkel. Dann schnieft sie melancholisch und liest weiter.

„... Liebe kann man nicht erbitten, erkämpfen, erkaufen oder erzwingen, das weiß ich ja. Erzwingen liegt mir ohnehin nicht, bitten eigentlich auch nicht so sehr. Zum Kämpfen fehlte mir wohl die Substanz. Aber bitten, flehen, betteln würde ich, meinen ganzen Stolz vergessen, wenn es Zweck hätte.

Ist es nicht traurig: Fast alles kann ein Mensch aus eigener Kraft erreichen, nur das eine, das Wichtigste, nicht: geliebt zu werden ..."

Hastig schiebt Hendrikje eine Qualle zwischen die Zähne. Aber du hast es geschafft, du Affe! denkt sie beschwingt. Mit deinen albernen und pathetischen Schwüren hast du mich rumgekriegt!

„... Silvester geht mir einfach nicht aus dem Kopf. Was mußtest Du mir auch erzählen, daß Du und der Schnösel vielleicht ..., na ja, laßt Euch registrieren, werdet glücklich, zum Teufel! Ich suche mir irgend so eine Kleine, die nicht mehr will als das. Irgendwie muß ich den Tag ja überstehen, macht schon 'ne Menge aus, wenn man neben sich im Bett jemanden selig schnarchen hört. Henni! Ich liebe Dich so sehr, daß ich das Alphabet verfluche, weil seine Buchstaben nicht ausreichen, Dir auch nur eine Ahnung von dem zu vermitteln, was in mir vorgeht. Dieses Gefühl reißt den Körper in tausend Stücke, weil der viel zu klein für so eine große Sache ist ..."

Hendrikje legt das vergilbte Papier zur Seite und heult ein wenig. Damals hat sie ihn spöttisch gefragt, aus welchem Selbstspiel er diese blumigen Wendungen habe, und er hat, hochrot im Gesicht, nur mit den Zähnen geknirscht. Der zweite Brief war aber noch schlimmer. Sie wühlt ihn aus dem Stapel hervor und faltet ihn auseinander.

„... ich bin verrückt, jetzt weiß ich's ganz genau! Was mute ich Dir da zu! Du bist bestimmt sehr, sehr krank – und ich quäle Dich mit meiner Zudringlichkeit. Halte es meinem desolaten Zustand zugute – der ist meine einzige Rechtfertigung: Ich weiß nicht mehr, was ich tue. Irgendwie erlöst und befreit es, wenn man den Dingen dann ganz einfach ihren Lauf und sich selbst mit ihnen treiben läßt, wenn man spürt, wie sich die in diesem Zustand völlig überflüssige Vernunft in bedingungsloser Willensschwäche auflöst ..."

Wirklich, er war verrückt, sinniert Hendrikje. Und das war es wohl, was mich umgehauen hat: diesen starken, durch nichts zu erschütternden Kerl am Boden zu sehen.

„... heute früh habe ich zu allen Göttern, die mir einfielen – und das war schon eine Menge! –, inbrünstig gebetet, Du mögest doch wieder gesund sein, aber die hohen Herren da oben müssen heute alle verschlafen haben, nicht einer hat sich meiner erbarmt. Das nächste Mal werde ich mich an den Chef im Keller wenden, der soll für so etwas ein Ohr haben, ihm muß diese zerstörerische Gewalt meiner Liebe doch imponieren, die mich verbrennt, vergiftet, in Atome zerfetzt. Aber was hilft das alles, wenn Du sie nicht erwiderst, dann ist dieser Hurrikan doch nur ein Sturm im Wasserglas: nutzlos, sinnlos, lächerlich ..."

Und das hat ein erwachsener Mann geschrieben, denkt Hendrikje mit leichter Wehmut.

„... dabei treibt es mich derart auseinander, daß ich wohl mit den Fingerspitzen die Sonne berühren könnte, wenn ich mich auf die Zehen stellen würde ..."

Das hat er aber schön gesagt, mein Ireas, denkt Hendrikje und läßt sich aufseufzend in den Plusterfarnsessel zurücksinken, Flakke war der erste und letzte, der ihr solche Briefe geschrieben hat. Und damals war er nicht etwa ein gerade flügge gewordener Nestling, sondern schon knapp über vierzig und bereits Kosmander des Drachenkreuzers Ikaros.

Fast hätte sie diesen Stapel seiner Liebesschwüre vergessen, und damals hatte nur Ergar verhindert, daß sie ihn wutentbrannt in den Recyclingschacht warf, denn Flakkes so eifrig beschworene Gefühle waren von kurzer Dauer, und das konnte nicht nur daran liegen, daß er in seiner Wohnung zweimal auf ausgespuckten Quallen ausgerutscht war, weil sein träger Roboter immer einige Sekunden brauchte, bis sein Saugrohr die Genußmittelreste gefunden hatte.

Ergar hatte ihr prophezeit, sie würde sich eines Tages noch köstlich über diese Episteln amüsieren, und weiter kein Wort über ihren Fehltritt verloren. Anfangs rechnete sie ihm das hoch an, aber später wünschte sie sich oft genug, er würde wenigstens nur einmal so maßlos eifersüchtig sein wie Flakke, nur einmal solche kitschigen Dinge sagen wie das mit den Fingerspitzen und der Sonne.

Als sie das leise Schmatzen der sich öffnenden Tür hört, schiebt sie die Briefe schnell hinter ihren Rücken. Natürlich weiß Ergar von der Existenz dieses sorgsam verschnürten Päckchens, aber gerade heute fürchtet sie seine zynischen Kommentare, möchte nicht, daß er den Mann, der sie einst so jungenhaft geliebt hat, verspottet. Außerdem ist Ergar in letzter Zeit doch etwas mißtrauisch, beinahe eifersüchtig geworden. Aber nicht auf jene Art, die sich jede Frau wünscht, sondern auf eine drohende, erpresserische. Der geringste Verdacht genügt ihm, Vergeltungsdrohungen auszustoßen, zu betonen, wie attraktiv ihn seine Kolleginnen finden und daß es ihm mit dieser oder jener schon gefallen könne.

„Derdegiderje, Schatz. Wie war's?" fragt Ergar flüchtig, auf diese Weise, die eigentlich keine Antwort erfordert. Er schaut nur kurz zu ihr herüber und tritt dann vor die große Panoramafront des Raumes.

Sie haben ein Appartement in der Randzone des Urbanidums und brauchen keine Videotronik, um nach draußen schauen zu können.

„Na ja, eben so", sagt Hendrikje und mustert ihren Lustpartner. Es stimmt schon, viele Frauen beneiden sie um Ergar. Er sieht nicht nur blendend aus, dieser schlanke, sehnig und sportlich wirkende Schwarzschopf, mit den dicken lockigen Haarsträhnen und der schmalen, leicht gebogenen Adlernase im mattbraunen Gesicht. Obgleich Hendrikje den Phänotyp maurisch eins nicht so sehr mag, erliegt sie immer wieder diesem Hauch von unbändiger Wildheit und rassiger Glut. Aber nicht nur das bestimmt Ergars Wirkung auf andere Menschen, vielmehr ist es wohl der Gegensatz zwischen seinem Äußeren und seinem Verhalten. So wie er dasteht, nachdenklich in die sinkende Sonne starrend – eine seiner Lieblingsposen –, hat seine Haltung etwas von der Würde längst verblichener Berberfürsten. Wie gefroren und doch weich fließend hebt sich der Umriß seines Körpers aus dem glühenden Rot heraus, die Sonnenstrahlen zeichnen eine glimmende Linie um seine Kontur, und wie er bedächtig den Arm hebt und hinauszeigt auf den sinkenden Feuerball, hat er nichts Wildes, Ungezügeltes an sich, sondern steht da wie ein weiser Prophet.

„Sie macht uns Ärger, die alte Wärmespenderin, unser Lebenslicht", flüstert er theatralisch.

„Ich weiß, sie fängt wieder an zu zittern", sagt Hendrikje trocken. Heute übertreibt er wieder, denkt sie, und der Zauber seiner Erscheinung löst sich in simples rotes Leuchten auf.

„Nichts weißt du, gar nichts", antwortet er dumpf und hebt die rechte Hand an die Augen.

Hendrikje wird die Aufführung widerwärtig, und sie spürt den unbezähmbaren Drang, mit dem Finger in der Nase zu bohren. Völlig übergangslos sagt sie: „Ich möchte Mutter werden."

„Mutter, ja – Mutter! Mutter Sonne ..." Ergar hebt beide Hände wie zum Gebet und verharrt plötzlich. Er schnellt herum. „Hä? Was willst du?"

„Mutter werden." Hendrikje hat die Arme über der Brust gekreuzt und lächelt ihn freundlich an. Verunsichert stapft Ergar durchs Zimmer und läßt sich in eine Plusterfarnkugel fallen. Er schüttelt erstaunt den Kopf und sagt: „Wieso schon wieder? Das wird problematisch, wir haben unser Kontingent doch schon überzogen, was meinst du denn, was das für ein Papierkrieg wird, um die Genehmigung zu erhalten. Reichen dir acht Nestlinge nicht?"

„Das ist es ja", antwortet Hendrikje schnell, „immer nur Nestlinge. Du beantragst eine Genkombination und erhältst eine Quittung. Irgendwann erkundigen sich die Nestlinge mal nach dir, weil sie wissen wollen, woraus sie eigentlich gemacht wurden ... Ich möchte ein richtiges Kind, verstehst du?"

Ergar steht auf, tritt an sie heran und legt ihr zärtlich die Hand ins Genick. Dann beginnt er sie zu kraulen. „War wohl ein schwerer Tag heute, was?" fragt er behutsam.

Sie macht sich unwillig frei. „Ach, damit hat das nichts zu tun." Aber insgeheim überlegt sie, ob er nicht recht haben könnte. Es war ein turbulenter Tag, und die Ereignisse haben merkwürdige dunkle Sehnsüchte in ihr geweckt. Je öfter sie sich fragt, wozu sie überhaupt existiert, desto näher rücken die beiden Antworten aneinander, die sie sich selbst gegeben hat: zum einen, um etwas zu schaffen und zu hinterlassen, zum anderen – um zu lieben. Kann das alles sein? Ist es zuwenig – oder gar zuviel? Was hat sie nur in diese ungesunde Stimmung versetzt? Die vielen Quallen, Stotzners Tod, die Bekanntschaft mit Goff oder gar dessen schwermütiges Gedicht? Oder der Umstand, daß ihre erste gelungene Schöpfung, die Ikarosmannschaft, von ihr selbst wieder zerstört werden muß?

In ihre Gedanken hinein schrillt die Fanfare, mit der die täglichen Pflichtinformationen angekündigt werden. Automatisch wendet sie sich dem Bildschirm zu, der langsam aufglüht. Aber sie ist nicht bei der Sache, ganz im Gegensatz zu Ergar, der gebannt den Nachrichten über wichtige Planziffern folgt, sich einmal sogar – entgegen seiner Art – begeistert auf die Schenkel schlägt und ausruft: „Haben sie es doch noch geschafft, diese Teufelskerle!"

Erst als der Name Germelin Stotzner fällt, merkt sie auf.

„Heute früh ereignete sich auf der Wondermarck-Magistrale des Reganta-Urbanidums ein tragischer Unfall, bei dem Bürger Germelin Stotzner den Tod fand. Stotzner versuchte leichtsinnig, die Fahrbahn zu überqueren, statt die Unterführungen zu benutzen. Vermutlich unter dem Einfluß tonisierender Genußmittel stehend ..."

In Hendrikje braut sich etwas zusammen. Erst will sie empört aufspringen und Ergar klarmachen, daß das alles gelogen sei, aber dann stellt sie verblüfft fest, daß jedes Wort der Wahrheit entspricht. „... betrat er die Fahrbahn in dem Augenblick, als zwei Amigos ...“ Sie wartete ungeduldig auf eine Bemerkung zu den wahren Ursachen. Sicher stimmt es, daß Stotzner einen hohen Quallenkonsum hatte, das sah man an den rostroten Flecken seines Schmeichelmoosoveralls. Aber nicht deshalb ist er wie ein Wahnsinniger auf die Straße gesprungen!

Die Sendung endet mit der Ankündigung einer Kampagne für mehr Verkehrsbewußtsein und Mäßigung im Genußmittelverbrauch.

„Er war ein Mungo, deshalb ist er gestorben“, sagt sie bitter, und als Ergar sie mit hochgezogenen Brauen ansieht, erzählt sie ihm alles. Während sie redet, zieht er die Konturen seiner Lippen mit einem dünnen Tubenstift nach und rückt seinen Stirnreif zurecht. Dann steht er auf und holt aus dem elfenbeinfarbenen Schwebeschränkchen neben der Tür zwei hauchzarte Kelche. Hendrikje hat er einmal gesagt, sie seien sehr kostbar, die Blüten irgendeines außerirdischen Krautes, die härter als Glas werden, wenn man sie in irgendeine Lösung taucht.

Als sie das Gluckern hört, unterbricht sie sich.

„Rede nur weiter. Ich höre zu“, versichert Ergar eilig, dann reicht er ihr einen der mit elloranischem Ananis gefüllten Kelche und trinkt seinen in einem einzigen Zug aus.

Hendrikje kennt das. Wenn er den Ananis einfüllt, überlegt er schon, was er ihr antworten wird, wie er wieder mit seinem Wissen und seinen vertraulichen Informationen glänzen kann. Also schweigt sie trotzig.

Ergar wartet noch einen Augenblick, dann schließt er halb die Augen und beginnt leise zu sprechen. „Sie haben eine interessante Entdeckung gemacht. Mungoismus tritt nur bei Leuten auf, die vor den ersten Sonnenoszillationen – damals, vor fünfunddreißig Jahren – geboren wurden. In den nächsten Wochen erwarten wir erneut diese unerklärbaren Schwingungen, und wenn in den darauffolgenden Jahren der nächste Mungoismusschub einsetzt, dürfte der Zusammenhang als erwiesen gelten.“ Er hat die Hände aneinandergelegt, derart, daß nur die Fingerkuppen einander berühren.

Ihn interessiert überhaupt nicht, daß ich dabeigestanden habe, denkt Hendrikje wütend, es läßt ihn völlig kalt, daß ich mit ansehen mußte, wie das Blut des armen Stotzner auf die Straße spritzte, er will gar nicht wissen, was ich fühle und denke.

„Man wird der Sache endlich auf die Spur kommen“, redet Ergar weiter, „denn es steht fest, daß das Phänomen des Mungoismus inzwischen ein gesellschaftliches geworden ist."

„Ein gesellschaftliches Phänomen?" Auf einmal ist Hendrikje hellwach, denn sie weiß, daß sich Ergar solche Dinge nicht einfach ausdenkt. Seine Arbeit im Rat für gesellschaftliche Koordination erlaubt ihm Zugang zu Informationen, die nicht jedem auf die Nase gebunden werden.

„Dann sind es also keine Einzelfälle?" vergewissert sie sich gespannt und bemerkt, wie Ergar unwirsch den frischgeschminkten Mund verzieht.

„Natürlich nicht", antwortet er einsilbig, wohl im Bewußtsein, zuviel ausgeplaudert zu haben. Dann fährt er ärgerlich auf: „Beim Großen Sirius! Was meint ihr denn, wozu der MOBS gegründet wurde? Doch nicht, um irgendwelche Leute mit schlechten Zähnen ausfindig zu machen oder um die genetische Evolution zu kontrollieren. Dieser Mungoismus ist eine regelrechte Seuche, und die daran Erkrankten sind sture, bockige Idioten, die nicht einsehen wollen, daß wir nur ihr Wohlbefinden im Sinn haben!"

„Also melden sich doch nicht so viele freiwillig?" fragt Hendrikje lauernd.

Ergar springt auf. „Ha! Freiwillig!" stößt er wütend hervor, und Hendrikje weiß nicht recht, ob sie sich freuen oder fürchten soll, daß ihr Lustpartner das erstemal seit ihrer Registrierung die Kontrolle über sich verliert. „Die denken gar nicht daran und stellen sogar noch Forderungen! Richtige Banden gibt es da schon, die uns mit Anträgen und Eingaben bombardieren." Er läuft nervös auf und ab.

„Faseln was von Menschenrechten und Freiheiten, als ob wir nicht am besten wüßten, was das ist. Alles soll sich nur um sie drehen, für sie dasein. Wenn es nach denen ginge, dann müßten wir wieder die Unterteilung der Menschen in verschiedene Klassen oder Schichten einführen, denn sie sind ja was Besseres als alle anderen!" Ergar schnappt zornig nach Luft und fuchtelt mit den Händen durch die Luft, als wolle er einen unsichtbaren Gegner ohrfeigen. „Die besseren Sportarbeiter, die besseren Piloten, die besseren Operateure – ach, die Liste ist ellenlang. Überall, wo es auf Schnelligkeit des Denkens und Handelns ankommt, sind sie Gesunden überlegen. Und daraus schließen sie, daß wir die eigentlich Kranken sind und ihre Art zu leben eine neue, höhere Qualität der menschlichen Existenz ist. Wenn ich den Lumpen erwische, der sich diese Ideologie zusammengebastelt hat, den werde ich ..."

„Vielleicht stimmt es." Wieder hat Hendrikje ihn unterbrochen. Als sie Ergars verdutztes Gesicht sieht, kommt ihr ein teuflischer

Einfall. „Vielleicht sind diejenigen, die diese neue Art zu leben unterdrücken wollen, in Wahrheit die Rückständigen, die Reaktionärc – wie es immer in der menschlichen Geschichte war: Das Überlebte stemmt sich mit Einsatz all seiner Macht gegen das Neuc, Fortschrittliche ..." Sie beobachtet vergnügt, wie Ergars Gesichtsfarbe vom hitzigen Rot in fleckiges Violett übergeht.

Als er langsam auf sie zukommt, weicht das Vergnügen zunehmender Angst. Dicht vor ihr bleibt er stehen und beugt sich herab. Aber er scheint durch sie hindurchzusehen, als er ihren Kopf in beide Hände nimmt und keucht: „Womöglich hast du recht ..., womöglich sind wir, ist alles, was wir errichtet haben, inzwischen schon auf dem Abfallhaufen der Geschichte gelandet, und wir fühlen uns noch wohl dort, wo wir hingehören. Vielleicht ist Mungoismus sogar erblich, und eines Tages wird die Welt lediglich aus Schnellebigen bestehen – aber nur, wenn wir uns nicht wehren, wenn wir sie gewähren lassen, die heute noch eine Minderheit sind ..."

„Beim Großen Sirius, Ergar, was redest du? Du übertreibst doch wieder mal maßlos – was kann an den Mungos denn so gefährlich sein?" fragt sie beunruhigt.

Ergar stöhnt gequält auf. „Nichts verstehst du, aber auch nichts! Nach der Verfassung sind sie absolut gleichberechtigte Bürger und haben Anspruch auf alle Befriedigung ihrer Bedürfnisse, soweit es gesellschaftliche Pflicht ist. Aber die Verkehrsmittel sind ihnen zu langsam, sie wollen eigene Unterhaltungsprogramme, eigene Schulen, eigene Sportveranstaltungen – überhaupt eine eigene Kultur. Begreifst du das nicht? Unsere langsame Welt ist für sie so, als wenn sie sich ewig durch einen zähen Brei kämpfen müssen. Sie fordern einfach eine ihrer Existenz angemessene Lebensqualität und zu deren Durchsetzung womöglich bald eine eigene Administration ..."

Ergar steht der Schweiß auf der Stirn. Zärtlich zieht Hendrikje ihn zu sich hinab und schließt ihn in ihre Arme. Auf einmal tut er ihr leid, denn sie beginnt zu ahnen, daß sie ihn verkannt hat. Was sind ihre lächerlichen Probleme gegen die Sorgen, mit denen er sich herumschlagen muß!

„Aber dann gebt ihnen doch, was sie fordern", flüstert sie und streichelt seinen Hals.

Ergar macht sich unwillig los. „Ich sag's doch: Nichts verstehst du! Was meinst du denn, was für Reserven wir noch haben? Als unsere Gemeinschaft in den Kinderschuhen steckte, hat man einfach beschlossen, daß der Mensch Reichtum und Wohlstand braucht, um glücklich zu sein, und hat auf den Einfluß reaktionärer Ideologien hinterm Gartenzaun verwiesen. Damals hatte das seine Berechtigung, doch heute? Seither mußte es immer mehr sein und noch mehr – diese Spirale hat aber ein Ende, und wir haben es bald erreicht. Wir befinden uns in einem latenten Gleichgewicht, und die einzigen Reserven für mögliche Steigerungen liegen in uns selbst." Er holt erschöpft Atem.

Hendrikje hat mit abergläubischer Scheu zugehört. Falsche Orientierungen – das hatte Goff doch auch gesagt! Aber Ergars letzter Satz gibt ihr das Gleichgewicht wieder. „Die Reserven liegen in uns. Deshalb übererfüllen wir die Kennziffern ...", sagt sie fest und ist froh, daß Ergar sich selbst widerlegt hat.

Der aber streicht ihr müde übers Haar und antwortet: „Mein kleiner Dummkopf, begreifst du es denn nicht? Wir werden selbst zu Mungos. Immer mehr, immer schneller, immer besser produzieren und konsumieren. Wir bereiten den Mungos den Weg, rollen für sie den Teppich aus. Aber wir schaffen keine neue Lebensqualität, sondern häufen nur Quantitäten an in der stillen Hoffnung, der gesetzmäßige Umschlag werde eines Tages schon eintreten. Die Reserven liegen in uns, aber in einem anderen Sinne: Wir müssen uns über den Homo technicus erheben und etwas ganz anderes werden ..."

„Zu göttlichen Wesen?" Hendrikje wagt leisen Spott, denn ihr will scheinen, Ergar hat – wie so oft – nur wieder einmal einen dramatischen Auftritt gebraucht, um seine Überlegungen anbringen zu können.

„Ja, so ungefähr", antwortet er zerstreut und schiebt seine Hand unter den Latz ihres Schmeichelmoosoveralls. „Wir müssen zu spielenden Göttern werden, denn nur das Spiel vereint alle Merkmale wahrer Göttlichkeit: Schöpfung und Zerstörung, Sieg und Niederlage, Genuß und Qual, Unendlichkeit in Raum und Zeit, Verstand und Gefühl. Nur das Spiel ist ewiges Werden und Vergehen ..., das Spiel." Plötzlich springt er auf. „Beim Großen Sirius! Das Selbstspiel, beinahe hätte ich es vergessen." Er hastet zu einer Nische und zerrt die Adapterhaube hervor. „Heute kommt doch die neue Inszenierung von ‚Aller Staub der Sterne', die darf ich nicht verpassen ..."

Es ist wie ein kalter Wasserguß für Hendrikje. „Ergar ..., wollen wir nicht wieder mal tanzen gehen?" fragt sie leise. Aber ihr Lustpartner hat sich bereits die Haube übergestülpt und die Augen verzückt verdreht. Jeden Abend das gleiche. Hendrikje hat nicht übel Lust, mit den Zähnen zu knirschen. Erst hält er Vorträge, dann verschwindet er in irgendeinem Selbstspiel.

Überhaupt hat sein Interesse an Lustspielen mit ihr spürbar abgenommen. Erst kam er ihr mit tausend Ausflüchten, simulierte Unwohlsein und trank zuviel Ananis, dann hat er wohl irgendwann gemerkt, daß die Flucht unter die Adapterhaube der sicherste Weg ist, ihren gewiß nicht übertriebenen Wünschen zu entgehen. Einmal hat sie auf das Ende des Selbstspielprogramms gewartet, bis in die frühen Morgenstunden – sein Entsetzen, sie hellwach neben sich zu erblicken, war wie ein Schlag ins Gesicht. Und dann fand sie auch die sorgsam versteckten Kassetten mit illegal produzierten und vertriebenen Selbstspielen ... Vorhin, als seine feuchte Hand gedankenverloren über ihre Brust streichelte, da hat sie sich richtig gewundert. Aber es war wohl ein Versehen.

Vielleicht rührt seine Eifersucht aus einem gewissen Schuldbewußtsein her? hat sie sich schon häufig gefragt. Möglicherweise wehrt er ihre Zärtlichkeiten deshalb so schroff ab, weil er fürchtet, Hoffnungen zu wecken, die er nicht erfüllen kann oder will, und sicherlich hält er sich selbst aus diesem Grunde so sehr zurück. Aber warum bleibt er dann bei ihr, wenn ihm nicht einmal eine Handvoll Quallen hilft, Spaß mit ihr zu haben?

Sein dummes Gerede ist doch keine Antwort. Es seien die Kleinigkeiten, die Gefühle füreinander abtöten, ihre schon ans Krankhafte grenzende Unordnung, ihre abfälligen Bemerkungen zu seinen beruflichen Erfolgen, ihr Egoismus ... Sie hat sich doch bemüht! Und was war – nichts hat sich geändert.

Hendrikje genehmigt sich noch eine Qualle und gibt Robert den Befehl aufzuräumen. Der halborganische Gnom hat die ganze Zeit reglos in einer Ecke gestanden und nur dann und wann mit dem Bereitschaftslämpchen geblinzelt. Jetzt watschelt er gehorsam durch das Zimmer, schnüffelt mit seinem Saugrohr in den Nischen herum, läßt ein Stück Verpackungsfolie in seinem Container verschwinden, und als Hendrikje aufsteht, um an die Panoramafläche zu treten, hört sie es hinter sich rascheln und knistern. Erst mißt sie dem keinerlei Bedeutung bei, aber plötzlich fährt sie herum. „Robert! Du verdammtes Stück Schrott, was machst du da!“

Aber es ist bereits zu spät: Gerade verschwindet der letzte Brief in der Klappe des Abfallcontainers. Robert erstarrt und blinzelt hilflos mit der Bereitschaftsanzeige. Mit einer beinahe menschlichen Geste hebt er schwach seine Manipulatoren und läßt sie wieder fallen – Hendrikje hat schon vorher festgestellt, daß er gern Gesten und Verhaltensweisen seiner Besitzer kopiert, und muß wider Willen herzlich lachen.

Sie lächelt sogar noch, als sie sich in der Hygienezelle den Dreck von Händen und Armen spült. Zwei Briefe hat sie retten können, sie sind zwar zerknittert und an den Rändern angesengt, aber die anderen hat Robert zu allerfeinster Asche verarbeitet. Und eigent-

lich hat sich ihr auffälliger Mangel an Ordnungsliebe das erstemal als Vorteil erwiesen – wäre Roberts Container nicht randvoll gewesen, wäre ihr eine teure Erinnerung verlorengegangen …

Wie sie das so denkt, ihre Gedanken wieder tapsig in die Vergangenheit stolpern, spürt sie auf einmal die bedrückende Enge ihres Luxusappartements. Ihr ist, als rückten die Wände aneinander, als verdunkle sich die Panoramascheibe – und das stimmt sogar, denn die Sonne ist endgültig hinter dem zackigen Horizont verschwunden.

Ich muß raus hier, sagt sie sich mit einem Blick auf Ergar, der in seiner Plusterfarnkugel zuckt und stöhnt. Raus hier, irgendwohin!

Mit einem knappen Befehl verwandelt sie die Panoramafläche in einen riesigen Spiegel und betrachtet sich kritisch. Das ist sie nun: skandinavisch acht, gerademal eins sechzig und knapp ein Zentner, meerblaue Augen, und das einzige, was wirklich bemerkenswert ist – dieser grünliche Schimmer auf den stark geschwungenen Brauen, ohne jede Kosmetik, reine Natur. Der Schmeichelmoosoverall steht ihr gut, obwohl es einfache Konfektionsware ist, aber sie kennt ein paar Tricks, mit deren Hilfe man das Wachstum der Pflänzchen gezielt steuern kann, und obwohl sie deswegen schon völlig zu Recht kritisiert wurde, bringt sie es einfach nicht übers Herz, zu verraten, daß gewöhnliche Essigsäure die Ursache ist, wenn die Zotten an Hals und Schultern wie eine Löwenmähne wuchern ... Navina weicht ja auch regelmäßig aus, sobald Hendrikje wissen will, wie sie dieses todschicke silbrige Glitzern ihrer Augen hinbekommt.

Sie entnimmt ihrem Kosmetikschränkchen – einem uralten kugelförmigen Monstrum aus blaueingefärbtem Dyolit, noch mit echten Holzverzierungen, das seinerzeit ihr ganzes Luxusartikelkonto auffraß und heute bestimmt das Dreifache wert ist – eine Phiole mit einem bräunlichen Brei, aus der es unangenehm nach Fäkalien riecht. Die Nase rümpfend, seufzt Hendrikje – aber weniger wegen des Gestanks, dieses kleine Opfer muß man schon bringen, als vielmehr ob der geringen Anzahl der in dem Fläschchen herumkriechenden Raupen – und schüttet sich drei der kleinen Tiere in die Hand. Es ist genau die Hälfte, und mit etwas Wehmut denkt sie an ihre Konfektionspunkte, die erst in vier oder fünf Monaten eine Neuerwerbung zulassen werden. Mit einem fettigen Stift zeichnet sie verwirrende Linien und Kleckse auf ihren nackten Körper, dann setzt sie die Raupen vorsichtig auf ihren Schultern ab.

Erst beißt und brennt es wie Säure, aber als ein Gespinst aus feinsten smaragdgrün funkelnden Fäden Hendrikje einhüllt, beginnt es höllisch zu jucken, daß sie ungeheure Beherrschung aufbringen muß, um das zarte Gewebe nicht herunterzureißen.

Hendrikje verrenkt Arme und Beine, schneidet furchtbare Grimassen, und die Tränen laufen ihr über Wangen und Kinn. Trotzdem muß sie sich zusammennehmen, damit die Paste, die sie während des Spinnvorgangs mit ruhiger Hand auf bestimmte Körperstellen auftragen muß, nicht verschmiert. Nach einer Zeit, die ihr wie die Ewigkeit vorkommt, ist es ausgestanden. Zwar juckt und kribbelt es noch ein bißchen, aber das ist nichts im Vergleich zu den überstandenen Qualen. Höchstens dreimal im Jahr darf sie sich den Luxus dieser Tortur leisten. Nicht ihre etwas schwächliche Konstitution ist Grund dieser Beschränkung: Der Schillersmaragd ist ein Vielfaches teurer als Schmieggold, das sowieso allmählich zur Uniform der Privilegierten geworden ist.

Hendrikje dreht und wendet und bestaunt sich. Eine einmalige Schöpfung ist ihr gelungen, und fast will sie diese verrückte Theorie glauben, daß der menschliche Geist in bedrohlichen Situationen oft zu Außergwöhnlichem imstande ist, denn bereits jetzt fragt sie sich, woher sie die Ideen für diesen Traum eines liebestrunkenen Schmetterlings nahm: Jeder ihrer Bewegungen folgt ein schillerndes Flattern und Wehen; verharrt sie, umschmeichelt das leuchtende

Grün ihren Körper in erhabenen Wogen. Wenn sie geht, hat es den Anschein, als schwebe sie einige Zentimeter über dem Boden.

Mit einem kurzen Wink bedeutet sie Robert, die trockenen Hüllen der Raupen zu beseitigen, die vor ihren Füßen liegen. Dann hat sie es eilig. In spätestens acht Stunden nämlich wird der Schmetterlingstraum an ihr hängen wie staubige Spinnweben …

KAPITEL 6

Vegard Quadrangel zieht den Stöpsel aus der kleinen Phiole und träufelt ein wenig der bernsteingelben Flüssigkeit auf einen Wattebausch. Er lehnt sich in den Sessel zurück und legt den Kopf in den Nacken. Dann betupft er sich die Schläfen.

Das Toka-Toka wirkt innerhalb kürzester Frist. Erst hat er ein Gefühl, als presse jemand seinen Kopf zwischen zwei heiße Bügeleisen, danach spürt er dieses qualvolle Bohren, mit dem der Saft einer Kondizeenart vom Planeten Tronnt durch das Gewebe der Schlagadern ins Blut dringt, und als er das schneidende Kreischen der elektrischen Entladungen hört, die für Sekundenbruchteile seine Sinne überschwemmen, lächelt er erlöst. Es wirkt immer noch zuverlässig, obwohl er in der letzten Zeit häufiger auf die Droge zurückgreifen mußte, um die psychischen und körperlichen Belastungen durchzustehen.

Beinahe wäre alles ausgewesen, und für einige Stunden fühlte sich Vegard so hundeelend wie noch nie in seinem Leben. Wie konnte er auch vorausahnen, daß in dem dicken Proximer von der Hohen Aue urplötzlich etwas erwachte, worüber in dunkelster Vergangenheit Legenden und Gesänge gemacht wurden, etwas, was ihm – Vegard Quadrangel – so fremd und unverständlich ist, daß es ihn ehrlich entsetzte: Heldentum.

Welch ein Unsinn, das eigene Leben aufs Spiel zu setzen, womöglich zu opfern für die vage Möglichkeit, eines anderen Leben zu retten, welch haarsträubender, unlogischer, zutiefst animalischer Unsinn! Der Tod allein erfüllt Vegard mit solch unfaßbarem Grauen, daß er an die Qualen des Sterbens gar nicht denken mag. Wenn altkluge Laien vom Schlage eines Skamander vom Selbsterhaltungstrieb als Werkzeug der Evolution schwafeln, kann Vegard Quadrangel nur müde lächeln. Beim Menschen darf man nicht vom Selbsterhaltungstrieb reden, das ist für Quadrangel beinahe ein Sakrileg, ein Frevel gegen die Einmaligkeit jedes Ichs. Als Mediziner weiß er sehr gut, wie stark die natürlichen Triebe Denken und Handeln der Menschen prägen, aber er kann auch sehr präzise die Wandlungen und Wertigkeiten dieser vererbten Mechanismen bezeichnen – und was Bruno von der Hohen Aue getan hat, ist ein Rückfall in animalische Ursprünglichkeit: Nur ein Tier ist dem zweiten wichtigen Trieb – dem zur Erhaltung der Art – so bedingungslos ausgeliefert, daß es sein Selbst nicht mehr spürt, wenn Nachkommen oder Artgenossen in Gefahr sind, nur ein Tier ist Sklave des evolutionären Befehls, die Art zu erhalten.

Vegard Quadrangel streckt sich und atmet befreit auf. Wie kristallklares Wasser strömen die Gedanken durch die Mäander seines Gehirns. Die Müdigkeit ist wie weggewischt, die schlaffen Muskeln füllen sich körperlich spürbar mit neuer Energie.

Von der Hohen Aue ist ein Fossil, denkt er abfällig, er hat nicht den Sprung zum bewußten Ich geschafft, hört auf diese Phrasen von Gemeinschaft und Menschheit als höherer Qualität.

Das wird einem Doktor Vegard Quadrangel nicht widerfahren! hat er sich schon vor über zehn Jahren geschworen und sich seine eigene Welt geschaffen. Hier, auf der Ikaros, ist er eine Macht, nicht irgendein Spezialist, der ausschließlich den Streckmuskel des linken kleinen Zehs beherrscht. Hier ist er Internist, Chirurg, Orthopäde, Urologe, Dentist, Psychologe und Psychiater, HNO-Spezialist, Pathologe und noch viel mehr in Personalunion. Dafür hat er immerhin elf Jahre studiert, davon beinahe acht hypnopädisch, hat also acht Jahre seines Lebens verschenkt, um sich danach auf die Aufholjagd zu begeben. Und da kommt dieser Proximer und maßt sich an, das alles zu zerstören ...

Quadrangel springt elastisch auf und geht in die Intensivstation. Soll er diesem Skamander eigentlich dankbar sein oder ihn besser zur Hölle wünschen? Nein, eigentlich war es doch Flakke, der dem Proximer erlaubte, mit der Landefähre zurückzubleiben, um Styx und von der Hohen Aue zu suchen. Flakke, dieser sentimentale Knilch! Von der Hohen Aue hat eindeutig gegen den Befehl gehandelt, aber da war ja immerhin noch Styx ...

Quadrangel überlegt: War Flakke schuld an dem Unfall? Hat er irgendwelche Bestimmungen verletzt? Da kennt Quadrangel sich nicht aus. Aber denkbar wäre es zumindest und würde das Verhalten des Kosmanders erklären, der immerhin zuließ, daß sich ein Dritter in Gefahr begab. Für Styx' Tod hätte man ihn womöglich zur Rechenschaft gezogen, also dachte er wohl: So oder so, ich bin dran, also kann ich auch einen zweiten und dritten opfern ... Quatsch! Quadrangel beißt sich wütend auf die Unterlippe. So einfach ist es ganz gewiß nicht, das widerspräche dem Psychogramm des Kosmanders auf eine Art, die demjenigen, der diese Psychogramme ableitet, kein besonders gutes Zeugnis ausstellen würde, und dieser Jemand heißt immerhin Vegard Quadrangel.

Obwohl – Quadrangel bleibt unwillkürlich stehen und kaut weiter auf seiner Unterlippe herum –, obwohl, so ganz paßt das alles nicht mit seinen Psychogrammen. Ahnte er es anfangs nur dumpf, verdichtet sich es allmählich zur Gewißheit: Entweder er hat ein grundsätzlich falsches Programm gewählt, die Kriterien ungenügend scharf formuliert, oder die Persönlichkeitsdaten seiner Patienten – und im gewissen Sinne ist jeder Mensch irgendein Patient – sind derart instabil, daß man sie gar nicht funktional definieren kann. Natürlich neigt Vegard eher der zweiten Variante zu, aber wenn der Zweifel erst mal da ist, dann wirkt er wie eine schleichende Krankheit: Des öfteren schon hat Vegard – natürlich nur ganz hypothetisch – seinen Denkansatz in Frage stellen müssen, bis jetzt aber immer wieder eine Erklärung gefunden.

Sei's drum, sagt er sich, das hier lasse ich mir von niemandem zerstören! Zwar hatte er früher nie geglaubt, irgendwann einmal etwas mit Sonnenforschung zu tun zu haben, und die Versetzung zur Drachenkreuzerflotte – damals war es ja noch eine Flotte – anfangs als Katastrophe empfunden, allmählich aber lernte er, den Gegenstand der Forschung seiner Flotte zu verehren. Er ist frei von aller Sentimentalität und Romantik, und das erst gibt seiner Verehrung Gewicht, wie er meint. Denn die Sonne ist das Sinnbild seiner Lebensweise: Man muß nicht ganz oben stehen in der Hierarchie, aber die Welt, die man aus sich selbst geschaffen hat, muß man unanfechtbar beherrschen, und der Abstand zur nächsthöheren Gewalt sollte so groß sein, daß sich deren Wirken darauf beschränkt, eine beruhigend weit entfernte Grenze abzustecken. Was interessieren die Sonne schon Dinge, die irgendwo im Zentrum der Galaxis geschehen, und was geht es Vegard Quadrangel an, was sich außerhalb des Drachenkreuzers Ikaros ereignet …

Allerdings ist die Sonne etwas durcheinander zur Zeit, und Vegard ergeht es ähnlich.

Er öffnet leise die hermetische Tür zur ITS-Schleuse und zieht sie ebenso vorsichtig hinter sich zu. Während er die sterile Kombi überstreift, muß er lächeln, weil ihm bewußt wird, daß er noch mit Leib und Seele Arzt ist. Er hätte die luftdichte Tür auch hinter sich zuknallen können – in der Intensivstation hätte man absolut nichts gehört, denn die zweite Schleusentür ist mehr ein Schutzwall als eine simple Pforte: Sie schirmt eigentlich alles ab, was man nur abschirmen kann.

So bin ich eben, denkt Quadrangel zufrieden, sobald ich an meinen Beruf denke, kontrolliert dieser Gedanke all meine Handlungen, ob bewußte oder unbewußte. So muß es sein.

Aber dieses stolze Gefühl schwindet augenblicklich, als er die zweite Schleusentür hinter sich schließt und in das Gesicht des Proximers Bruno von der Hohen Aue blickt.

„Pssst!“ Superproximer Styx hebt beschwörend den Zeigefinger an die Lippen. „Er schläft wieder, Doktor! Ich glaube, er kommt durch!“

Idiot! denkt Vegard und mustert kurz die Beule auf Styx’ Stirn, deren leuchtendes Grün und Blau allmählich einem gesunden Braun weichen. Idiot! Das zu beurteilen überlaß gefälligst mir. Außerdem sagt Styx nichts Neues. Seit einigen Stunden haben sich die Kurven auf den unzähligen Bildschirmen, die Aufschluß über den Gesundheitszustand des Patienten geben, merklich stabilisiert. Natürlich kommt er durch! sagt sich Vegard Quadrangel. Mit diesem Herzen übersteht man so etwas eben.

Ihm wird kurz bewußt, daß er etwas getan hat, was gegen alle Vorschriften verstößt: Nie hätte er erlauben dürfen, das Styx am Bett des Verunglückten Wache hält, ohnehin sagen die Meßwerte der Geräte dem Arzt viel zuverlässiger als menschliche Augen und Ohren, wie es um den Patienten steht. Aber Styx hatte ihn auf eine Art und Weise angesehen, daß seine Lippen ganz von selbst ja sagten und er sich einen Dreck darum scherte, was sein Verstand ihm entgegenhielt.

Natürlich kommt von der Hohen Aue durch, er muß durchkommen – sonst ist Vegard Quadrangel erledigt.

Quadrangel starrt in das bleiche Speckgesicht seines Patienten. Es war eine Sache von Sekunden, normalerweise hätte er das Laken über das Gesicht des Proximers ziehen müssen. Aber dann hätte es eine Untersuchung gegeben, und in deren Ergebnis wäre herausgekommen, daß der Bordarzt der Ikaros einen Mann raumtauglich schrieb, der ein Kunstherz in der Brust trug. Irgendwie hätte er sich schon herausgewunden. Wenn man von Menschlichkeit und Verständnis für die ideellen Bedürfnisse der Bürger spricht, glaubt einem jeder alles, was man so vorbringt – Vegard hätte die Sache dramatisch aufbauschen können: Arzt zwischen Pflicht und Menschlichkeit – oder so ähnlich. Aber darauf kommt es ihm ja gar nicht an. Er will Ergebnisse. Allein sein Material über die Mungos dürfte einiges wert sein. Sie zu melden wäre totaler Blödsinn gewesen – sie wären unter die offizielle Beobachtung des MOBS gestellt worden, und die vor allem interessanten psychischen Aspekte dieser Erkrankung hätten einige Zeilen im Anhang irgendeines Berichts ausgemacht, und selbst davon wäre die Hälfte verkehrt gewesen.

Seine Rechtfertigung ist bereits schriftlich fixiert, und Vegard zweifelt nicht daran, daß seine Resultate die Verfehlung mehr als aufwiegen. Aber Bruno von der Hohen Aue hätte ihn um Kopf und Kragen bringen können. In diesem Fall könnte er beim besten Willen kein gesellschaftliches Interesse nachweisen.

Doch haben große Geister schon immer die Enge ihrer Verhältnisse sprengen müssen, Fortschritt läßt sich eben nicht reglementieren, und wenn man dem freien Flug der Gedanken eine Grenze setzt, endet er unweigerlich mit einem Absturz. Und wer weiß – vielleicht ist es Vegard Quadrangels größte Chance, daß sich ihm nun eine dritte Aufgabe stellt: die völlig unverständliche Merkursüchtigkeit des Proximers Ellis, genannt Schnuckchen. Es wäre geradezu verrückt, diesen rätselhaften Fall aus der Hand zu geben.

Über Brunos Gesicht läuft ein unmerkliches Zittern. Quadrangel wirft einen schnellen Blick auf die Anzeige des Encephalovisors und nickt befriedigt. Der Dekasekundenrhythmus stimmt, allerdings fällt der Patient aus der Hypnose immer wieder kurzzeitig in normale Somnolenz zurück – vielleicht sollte man den suggestiven Befehl reaktivieren.

„Wie haben Sie das nur gemacht, Doktor – er war doch schon eine halbe Stunde tot ...“ Styx schüttelt respektvoll den Kopf.

Quadrangel hat Mühe, den spontanen Impuls zurückzuhalten und nicht zu antworten: Reden Sie nicht solchen Blödsinn, der Mann war nicht tot, auch wenn es ganz den Anschein hatte. Sein künstliches Herz hat weiterhin geschlagen, aber nur ein- oder zweimal in der Minute, unregelmäßig, aber mächtig, als wüßte es, daß es mit jedem Schlag dem Tod einen Tritt in den Allerwertesten versetzt. Das Herz, dessen sich der Fettwanst so sehr schämt, war es, nicht ich. Aber Vegard reckt statt dessen das Kinn vor und sagt kühl: „Sie hätten mir diese Arbeit ersparen können, Superproximer.“

„Ja, ich weiß, der Sicherheitsgurt“, murmelt Styx niedergeschlagen, „ich weiß – es ist meine Schuld. Ich will auch nichts entschuldigen, Doktor, aber vielleicht können Sie den Herren Erfindern mal klarmachen, daß das Anschnallen Blödsinn ist, wenn man angeschnallt nicht arbeiten kann, und zum Arbeiten gehört nun mal das Spillen, nicht nur das Fliegen ...“

Quadrangel sieht den Superproximer mit gemischten Gefühlen an. An sich kann er den Burschen ja verstehen, der da mit ängstlichem Gesichtsausdruck und lächerlich über das linke Ohr geschobener Baseballmütze – die Beule über der rechten Augenbraue paßt wohl nicht mehr unter die Kopfbedeckung – am Bett seines Kameraden sitzt. Was dem die Gurte in seinem Wantentrailer sind, das sind Vegard Quadrangel die Vorschriften und Arbeitsanweisungen. Was hilft die ganze perfekte Sicherheit, wenn man dabei nicht arbeiten kann? Styx hat ja so recht. Und trotzdem hat er sich schuldig gemacht, und nur Flakke kann verhindern, daß er für seine Schuld geradestehen muß.

Flakke wird ihn decken, so wie er auch mit einem gewissen Doktor Quadrangel ein ganz und gar illegales Abkommen getroffen hat. Sie haben schließlich ein Ziel: Die Ikaros muß weiterfliegen. An Vegard Quadrangel soll es nicht liegen …

„Bitte!“ Mit einem energischen Wink bedeutet der Arzt Styx, seinen Platz zu räumen.

Der Superproximer springt eilfertig auf und verdrückt sich in die Ecke zwischen Encephalovisor und Kardiostimulator.

Quadrangel zieht aus dem birnenförmigen Ding über Brunos Kopf mehrere Kontakte und Saugnäpfe und plaziert sie auf den kahlgeschorenen Schädel des Proximers. Als er den Stimulationsstrom einschaltet, entspannt sich Brunos Gesicht, und beinahe sieht es aus, als würde der Dicke schadenfroh grinsen.

Quadrangel zögert einige Sekunden. Soll er es in Styx' Gegenwart tun? Einerseits ist es eigentlich nicht erlaubt, wie so vieles. Andererseits würde er sich den Superproximer damit verpflichten, wenn der sich durch erwiesenes Vertrauen überhaupt verpflichten läßt. „In Anbetracht dessen, daß Sie an diesem Fall unmittelbar beteiligt sind, und davon ausgehend, daß wir etwas für Ihr seelisches Gleichgewicht tun müssen“, beginnt er betont sachlich, „halte ich es für gerechtfertigt, Sie an der Cephalovision teilnehmen zu lassen. Auf Ihre Schweigepflicht brauche ich Sie nicht hinzuweisen, denke ich.“ Als er das dankbare und neugierige Aufleuchten in Styx' Augen wahrnimmt, weiß Vegard, daß er nur gewinnen kann. „Möglicherweise sehen wir Bilder, die Sie erschrecken werden. Vergessen Sie aber nicht, daß die Sprache des Unterbewußtseins eine symbolische ist, die in ihrer Intensität und ihrem Nuancenreichtum mit der bewußten verbalen Sprache in keiner Weise zu vergleichen ist“, sagt er und löscht das Licht.

Der kapiert das sowieso nicht, denkt Quadrangel dabei, aber es wird ihn ungemein beeindrucken. Er kennt inzwischen die Strukturen einigermaßen, die das Denken Brunos von der Hohen Aue prägen. Sie sind sehr einfach zu entschlüsseln, aber für Styx, der so etwas das erstemal sieht, wird es wie ein Alptraum sein, und er wird sich hüten, dem Superproximer erklärende Kommentare zu geben. Der Mann soll nicht begreifen, sondern sich beeindrucken lassen.

Zuerst wieseln undefinierbare Knäuel über den Bildschirm, und eine Stimme keucht ängstlich: „Die Uhr! Du mußt die Uhr aufziehen, Bruno, zieh die Uhr auf …“ Die Worte klingen so, als würden sie in einer riesigen und menschenleeren Kirche gesprochen.

Die umherwieselnden Knäuel gewinnen allmählich an Kontur, sie ähneln in gewisser Weise diesem Kosmosvieh, das Skagit heimlich an Bord geschafft hat, denkt Vegard, aber was soll dieses feuerrote Federbüschel am Hinterteil?

Als er Styx verhalten kichern hört, begreift er plötzlich und muß gegen seinen Willen schmunzeln: Arthurs Hintern gleicht verblüffend Styx' entblößtem Schädel, nur daß dem keine Federn, sondern sich kringelnde brandrote Haare aus der Kopfhaut sprießen.

Quadrangel notiert sich diese Traumsymbolik und setzt ein Ausrufezeichen dahinter, denn dem Anschein nach nehmen die unzähligen skurril verzerrten Zwergburrbos dem träumenden Subjekt gegenüber eine drohende Haltung ein. Sie springen immer wieder mit angriffslustig vorgestrecktem Rüssel auf den Bildschirm zu, und ihre Knopfaugen schillern dabei ganz merkwürdig. Und immer noch mahnt die hallende Stimme Bruno, die Uhr aufzuziehen …

„Das hat ganz klar mit Skagit zu tun“, sagt Styx leise, „irgendwie überträgt Bruno Skagits ewige Stänkerei unbewußt auf Arthur.“

„Vielen Dank für Ihren Hinweis, Superproximer, darauf wäre ich nie gekommen“, entgegnet Vegard Quadrangel frostig. Aber ganz im Innern gesteht er sich ein, daß Styx eine Sekunde schneller geschaltet hat. Sicher, ihm als Bordarzt sind die jüngsten Querelen nicht verborgen geblieben – es knistert mächtig im Gebälk, die Mannschaft fällt auseinander.

„Entschuldigen Sie, Doktor“, murmelt Styx betroffen, und Vegard ahnt es mehr, als er es in der Dunkelheit sieht, daß der andere ihn ehrfürchtig und unsicher anstarrt. Er fühlt sich ein wenig geschmeichelt. Einerseits findet er diesen Styx ungemein lästig, andererseits genießt er die grenzenlose Achtung des Mannes vor seiner ärztlichen Kunst. Und die blauen Flecke am Oberarm – dort, wo sich Styx festgekrallt hat, als Bruno anfing wieder zu atmen –, die nimmt er dem Superproximer nicht mehr übel, obwohl er sich von Styx in jenem Augenblick nur mit Gewalt befreien konnte. Er hat über sechs Stunden operiert, mit Sonden und Leukozinlösung das geronnene Blut aus dem Kreislauf entfernt, Eiweißregenerat in das Gehirn gepumpt – er ist förmlich hineingekrochen in den Körper seines Patienten. Es war zwar nicht die komplizierteste, aber auf jeden Fall die wichtigste Operation seines Lebens, und eigentlich war es mehr Arbeit als Kunst, vergleichbar vielleicht mit der Fähigkeit eines Feuerwerkers, der einen Blindgänger entschärft …

Das Gewimmel auf dem Bildschirm wird hektischer, die Konturen der bizarren Tiere lösen sich wieder auf, zerfließen zu goldleuchtenden Schleiern, und aus diesem Flimmern scheint ein Ton zu steigen, wie ihn Vegard noch nie vernommen hat. Obwohl er ganz leise über dem sich zu einem Strudel ordnenden Getümmel schwingt, wie feines Sirren und Zirpen, hat er doch etwas Beklemmendes, Angsteinflößendes. Vegard wird unruhig, er erinnert sich eines Alpdrucks, den er als Kind fürchtete wie nichts anderes: Eine schwingende, schillernde Saite wächst aus dem Nichts heraus und verschwindet wieder im Nichts. Sie zittert und zittert, lautlos, gespenstisch, und Vegard befiel jedesmal eine solch gräßliche Furcht, daß er schweißgebadet und schreiend aus dem Schlaf fuhr. Dieser Ton, der jetzt durch Brunos Traum schwebt, paßt haargenau zu dieser Fieberphantasie. Und dieser kreisende, golden gleißende Strudel, er saugt und saugt …

Das Geräusch schwillt zu einem schrillen Kreischen, aber es ist schon längst nicht mehr nur ein Geräusch, Vegard fühlt sich emporgerissen, es stößt und zieht ihn, dringt durch seine Poren. Nein, das ist viel mehr als ein Geräusch, es ist das greifbar gewordene Grauen, das sich eisig in ihn ergießt, und je mächtiger es in ihn dringt, desto stärker füllt es ihn mit einer entsetzlichen Leere, mit Dunkelheit, Stille, Stille ... Vegards Bewußtsein erfaßt diesen Widerspruch längst nicht mehr, es löst sich auf in diesem Schrillen und Kreischen, es schrumpft und bläht sich zugleich wie eine Seifenblase, und aus dem Nichts wächst eine stählern glänzende Saite, und sie schwingt, sie zittert, zittert, zittert ...

„Doktor! Doktor! Beim Großen Sirius, Doktor Quadrangel!"

Die grauenvolle Vision verblaßt, Vegard spürt, wie ihn jemand heftig schüttelt, dann sieht er eine sattbraune Beule vor sich, darüber den Schirm einer gestreiften Baseballmütze und unter Beule und Mützenschirm zwei ängstlich glitzernde Augen.

Als Styx erleichtert aufatmet, fühlt Quadrangel den warmen Lufthauch, der seine rechte Wange streift, und irgendwie ist ihm diese Empfindung diesmal angenehm, obwohl er sonst nichts abscheulicher findet als den Atem eines anderen Menschen. „Was ist denn los?" fragt er matt, immer noch unter dem Eindruck des furchtbaren Erlebnisses.

Styx schaut ihn beunruhigt an, dann flüstert er verwirrt: „Sie haben gebrüllt, als wenn Sie jemand abstechen wollte, wenn Sie mir diesen dummen Vergleich erlauben, Doktor. Sie haben ganz mörderisch geschrien und um sich geschlagen, hier, sehen Sie mal ..." Die letzten Worte klingen vorwurfsvoll, und Styx zeigt auf sein Jochbein, das eine hellrote Schramme ziert. „Ich meine, das hat ja nicht weh getan, aber Sie hätten auch das Auge treffen können ... Ich glaube, Sie sollten mal einen Tag so richtig abschalten, Doktor, Sie rackern sich noch tot!"

Die Stimme des Superproximers wirkt angenehm beruhigend. Vegard Quadrangel merkt auf einmal, daß sein ganzer Körper verkrampft ist, er läßt sich stöhnend zurücksinken und versucht sich zu konzentrieren. Nein, er ist nicht so überarbeitet, wie Styx glaubt, er hat ja das Toka-Toka. Er schreckt kurz auf: Die Droge? Aber nein, auch daran kann es nicht liegen – sie ist alles in allem harmlos.

„Dieses Geräusch", murmelt er nachdenklich, „es war dieses schreckliche Geräusch."

Styx sieht ihn verwundert an. „Aber das waren doch nur die Ortungsgeräte, Doktor. Bruno hat von den Ortungsgeräten geträumt, die pfeifen so, wenn der Kontakt verlorengeht, es ist gewissermaßen ein Alarmsignal."

„Schönes Alarmsignal!" schimpft Vegard und stemmt sich aus dem Sessel. Anfangs sind seine Knie noch etwas weich, aber er gewinnt seine Haltung schnell wieder. „Da bleibt einem ja das Herz stehen. Das muß unbedingt geändert werden, ich werde das Flakke sagen.

Meinetwegen sollen die Geräte klingeln oder rülpsen, aber dieses nervtötende Pfeifen werde ich verbieten, wer hat sich das bloß ausgedacht ...“

„So schlimm ist es doch gar nicht, ich habe das schon oft gehört, Doktor, aber wenn Sie ...“ Styx verstummt sofort, als Quadrangel ihm einen finsteren Blick zuwirft.

„Haben Sie den Encephalovisor abgeschaltet?“ fragt Vegard barsch.

„Na ja, ich dachte ...“, druckst Styx herum und zieht reumütig den Kopf ein.

Aber Vegard antwortet zu seiner eigenen Überraschung ganz anders, als er es vorhatte: „Gut, Superproximer, das war wahrscheinlich das Beste, was Sie tun konnten ..., und – nun ja, wie soll ich es sagen? – die Schweigepflicht bezieht sich natürlich auch auf diesen Vorfall, kapiert?“ Er fühlt, wie seine Ohrmuscheln heiß werden, doch Styx nickt nur.

Skamander hätte jetzt frech gegrinst, denkt der Bordarzt, dieser Styx hingegen ist anscheinend für meine Zwecke brauchbar.

Bruno von der Hohen Aue atmet tief und ruhig, seiner bleichen Stirn ist nicht anzusehen, welche gräßlichen Träume sich dahinter verbergen. Der Blick in das fahle Gesicht bringt Vegard auf eine Idee: Bisher hat er sich nur auf die Berichte des Subproximers Marigg Ellis, genannt Schnuckchen, verlassen. Wenn sie das nächste Mal die Tagseite des Merkurs passieren, wird er Ellis an den Encephalovisor anschließen. Nur so kann er herausfinden, was die seltsamen Halluzinationen des Mannes zu bedeuten haben. Und er wird dabei nicht allein sein. Vielleicht war es eine deutliche Warnung, was heute geschehen ist. Möglicherweise ist er übersensibel, ein Indiz dafür wären auch die ungemein intensiven Selbstspielerlebnisse. Aber ein Traumteufel ist etwas anderes als ein Encephalovisor. Wenn man in ein Selbstspiel einsteigt, ist die Verbindung zwischen Gehirn und Spielmodell reaktiv, man bewegt sich selbständig in einer elektronischen Simulation, während der Betrachter des Encephalovisorbildes eben nur Beobachter ist, ohne auf das abgebildete Geschehen unmittelbar einwirken zu können. Natürlich kann man in die Hände klatschen oder den Träumenden ins Ohrläppchen zwicken – aber dies ist keine gezielte Beeinflussung.

Quadrangel starrt Styx nachdenklich an und beschließt, ihn erst einzuweihen, wenn es soweit ist. Auf jeden Fall wird er sich diesen Mann als Gehilfen nehmen, und der wird ihm dafür noch dankbar sein – besser könnte es sich kaum fügen.

Aber da kommt Quadrangel ein noch viel phantastischerer Gedanke. Wäre es nicht möglich, irgendeine Verbindung zwischen dem Encephalovisor und dem System der Unterhaltungselektronik herzustellen? Natürlich ginge das nur auf illegale Weise, aber daran hat Vegard sich längst gewöhnt, Unerlaubtes ist für ihn ein Werkzeug im Kampf gegen die Beschränkung geworden. Könnte er in die Wunschträume der Besatzungsmitglieder eindringen, diese so sehen, wie sie gern sein wollen – seine Psychogramme wären die präzisesten, die man sich nur vorstellen kann. Weiter will er gar nicht denken, zum Beispiel daran, welche Macht ihm sein geheimes Wissen gäbe ...

„Doktor, bitte, erinnern Sie doch Superproximer Styx an seine Brückenwache, sie beginnt in fünfzehn Minuten." Flakkes Stimme – über den Bordruf klingt sie immer etwas näselnd – reißt ihn aus seinen erregenden Vorstellungen in die komplizierte Wirklichkeit zurück.

Als ob er es gewußt hat, denkt Vegard unbehaglich. „Gut, Kosmander, ich schmeiß ihn raus", entgegnet er lakonisch.

„Gehen Sie nicht so grob mit ihm um, Doktor", bittet Flakke, „ich würde ihm gern noch eine Freiwache geben, aber wir brauchen Styx auf der Brücke für das Swing-by-Manöver ... Wie geht es unserem Helden?"

Quadrangel hört deutlich die Angst aus den letzten Worten heraus. Alle halben Stunden fragt Flakke dasselbe.

„Ist übern Berg", antwortet er kurz angebunden. Himmel – wie oft soll er ihm das noch sagen!

Flakke muß am Klang der Stimme gemerkt haben, daß er Vegard Quadrangel auf die Nerven geht, er murmelt entschuldigend: „Verstehen Sie mich doch, Doktor, wir hätten beinahe zwei Tote gehabt, und daß ich Skamander noch mit der Landefähre rausgelassen habe, wird man mir schwer ankreiden, obwohl wir gerade dadurch das Ärgste verhindert haben ..., aber es verstößt nun mal gegen die Vorschrift ..."

Um die Dienstvorschrift und die nautischen Regeln hat Vegard sich nie gekümmert, und so blickt er jetzt verwirrt auf und sieht auf den kleinen Bildschirm des Bordrufs, direkt in Flakkes graues Gesicht. „Wie – man wird Sie dafür zur Rechenschaft ziehen, daß Sie diesem ..., na, diesem Skamander", der Name geht ihm nicht ganz ohne Ressentiments über die Zunge, „daß Sie dem erlaubt haben, zwei Menschenleben zu retten? Das ist doch schierer Unsinn, Kosmander!"

„Sie irren, Doktor", sagt Flakke müde, „das ist Paragraph einhundertzwölf, Absatz acht, Strich drei der Verordnung über Pflichten und Verantwortlichkeit leitender Kader, und dieser Paragraph ist ganz in Ordnung. Ich bin dran, und die Tatsache, daß Skamander zwei Menschenleben gerettet hat, ändert überhaupt nichts daran, daß ich ein drittes in Gefahr gebracht habe ..."

Quadrangel hört mit wachsender Empörung zu. Eigentlich geht Flakkes Wohl und Wehe ihn nur etwas an, wenn es mit der Gesundheit des Kosmanders zu tun hat, aber was er hier über Gesetze, Regeln und Vorschriften hört, scheint ihm wie ein Kaleidoskop menschlicher Dummheit.

Flakke redet von Alarmstufen und Stoßwellen, von Navigationszwängen und solarem Auftrieb, davon, daß die Rettungschance für Styx und von der Hohen Aue nicht einmal ein Prozent ausmachte und daß Skamanders Risiko mit dem Verhältnis eins zu eins beschrieben werden könnte ...

Ja, aber zum Teufel: Was sollen alle Vorschriften, wenn ein Mann bereit ist, sein Leben aufs Spiel zu setzen, um das anderer zu retten. Kann man so etwas denn verbieten? Vegard merkt beunruhigt, daß er sich weit von seinen Grundsätzen entfernt. Eigentlich müßte er doch ein begeisterter Befürworter solch eines Verbots sein – was ist nur in ihn gefahren, daß er sich plötzlich derart ereifert?

„... es ist doch so, Doktor, ich habe Sorge zu tragen, daß eine Gefährdung für Gesundheit oder gar Leben gar nicht erst eintritt. Das ist der tiefe Sinn dieser Gesetze. Daß sich die Wirklichkeit nicht an die Vorschriften hält, ist eine andere Angelegenheit, und da die Realität keine juristische Person ist, bestraft man eben den Kommandanten ..." Flakkes Stimme klingt mehr traurig als verbittert. Das regt Vegard auf.

„Verdammt noch mal, Flakke, da müssen Sie eben mit der Faust auf den Tisch schlagen und klarstellen, daß man ein dynamisches System, wie es der Mensch in allen seinen Anhäufungen nun mal ist, nicht nach statischen Regeln organisieren kann. Da wird immer von der evolvierenden Persönlichkeit geredet, und wenn einer mal wirklich über sich hinauswächst, Entscheidungen für sich und andere trifft, die nicht in ein moralisches Nullachtfünfzehnkorsett passen – damit meine ich nicht nur von der Hohen Aue und diesen ..., diesen Skamander, sondern vor allem auch Sie, Flakke –, dann zeigen irgendwelche Kleingeister mit saurer Miene auf die zerbrochenen Korsettstangen und verlangen Schadenersatz. Das lassen Sie sich gefallen?" Vegard atmet tief durch, doch mitten in dieser Bewegung hält er inne. Bin ich total verrückt? denkt er erschrocken, was rede ich da eigentlich? Das sind doch haargenau die Gesetze, nach denen ich mein Leben eingerichtet habe: Gefährde nie dich selbst, wenn es um die Interessen anderer geht.

Aber irgendwie klingt das, was Flakke gesagt hat, anders. Er spricht mehr von den anderen, weniger über sich selbst, mehr von

Pflichten als von Rechten, und Vegard Quadrangel schmeckt der Vergleich plötzlich recht fade, der sich ihm aufdrängte: Er hat doch auch anderen geholfen, indem er sich über Vorschriften hinwegsetzte – den Mungos und Bruno von der Hohen Aue! Diese sechs Männer behalten ihren Platz auf der Ikaros – vorläufig wenigstens – nur weil er schweigt! Doch dem Bordarzt ist genauso deutlich bewußt, daß es da einen gewaltigen Unterschied gibt. Flakke, Bruno und Skamander haben überhaupt nichts davon, daß sie anderen halfen – er hingegen hat es weniger aus Kollegialität oder gar Menschlichkeit getan. Obwohl – ist sein Verhalten nicht wirklich menschlich? Indem er sich – gegen die Vorschrift – hervorragende Forschungsbedingungen schafft, hilft er doch auch der Gemeinschaft, nur der Gemeinschaft, genaugenommen …

Da schüttelt ihn eine schreckliche Erkenntnis. Bei allen Göttern des Olymps – wenn Flakke den Vorfall meldet, dann fegt der nachfolgende Gewittersturm auch sein Kartenhaus wie welkes Laub hinweg, dann wird Bruno von der Hohen Aue in die Zentralklinik der Basis überwiesen, und alles kommt heraus! Es würde ohnehin schon kompliziert werden, den MOBS zu täuschen!

Quadrangel spürt, wie die Angst siedendheiß in ihm aufsteigt. Kein Mensch würde ihm abkaufen, er hätte von Brunos Kunstherz nichts gewußt, das wäre das Ende …

Automatisch greift er nach der Phiole und träufelt etwas Toka-Toka auf einen Wattebausch, dann massiert er sich das Tonikum in die Haut über den Schläfen ein.

Verflucht, wie konnte ich das übersehen? denkt er, aber seine Erregung weicht bereits kühler Überlegung. Er faßt einen Entschluß. „Weshalb muß die Basis unbedingt von diesem Vorfall erfahren?“ fragt er Flakke betont sachlich.

„Machen Sie Witze?“ erwidert der Kosmander. „Spätestens bei der Logbuchkontrolle würde es sowieso herauskommen. Aber wundern würde es mich nicht, wenn die jetzt schon Bescheid wüßten. So eine Sache schwirrt doch durch Kantinen und Büros, ohne daß jemand genau sagen könnte, aus welcher Quelle die Neuigkeit eigentlich sprudelte … Nein, nein, das kann und darf ich nicht verheimlichen, wenn Sie das meinten. Irgendwo gibt es immer die Grenze zwischen Kompromiß und Disziplin, und wenn es einen Vorgesetzten betrifft, liegt diese Markierung immer in Sichtweite – das ist nun mal so.“

„Blödsinn, Flakke, das ist gar nicht so!“ begehrt Quadrangel leidenschaftlich auf. „In Ihrem Gehirn mag das so sein, aber die Zeiten, als edle Ritter das Schnupftuch der Geliebten um ihre Lanze wanden, sind doch wohl vergessen! Lassen Sie mich ausreden,

Mann!" Er brüllt Flakke, der zu einer Erwiderung ansetzt, wütend an, und der Kosmander macht ein reichlich irritiertes Gesicht. „Es liegt doch allein bei Ihnen! Was im Logbuch steht, ist Wirklichkeit, und zwar so, wie es drinsteht, das wissen Sie besser als ich. Und was nicht im Logbuch steht, ist nie geschehen! Mann, Flakke, die sind doch nur froh, wenn Sie ihnen die Aufregung ersparen! Glauben Sie mir, Sie tun niemandem einen Gefallen mit Ihrer perversen Ehrlichkeit."

Nun unterbricht ihn der Kosmander recht energisch. „Schweigen Sie, Doktor! Was Sie mir da raten, ist einfach unmoralisch. Das hat nichts mit Lanzen und Schnupftüchern zu tun, hier geht es um Selbstachtung und Verantwortung."

„Ja, eben", unterbricht Vegard schnell, „um Verantwortung. Und die haben Sie zuallererst mal vor Ihrer Mannschaft und dann erst vor den Leuten in der Basis ..."

„Wie soll ich das verstehen?" fragt Flakke verunsichert.

Vegard zögert eine Winzigkeit. Jetzt hat er Flakke genau da, wohin er ihn haben wollte, nun gilt es, jedes Wort zu bedenken. „Wir beide sind uns einig, daß wir für das Überleben der Ikaros alles wagen wollen, nicht wahr?" beginnt er mit dem deutlichen Hinweis auf ihr geheimes Abkommen, den MOBS zu täuschen. „Und ich glaube, so wie wir denkt die Mehrheit der Besatzung. Was wird aus den Männern, wenn die Ikaros verschrottet wird? Eigentlich verliert doch jeder sein Zuhause, seine Familie, seinen Lebensinhalt." Ihr Götter, verzeiht mir, denkt Vegard und schämt sich sogar ein wenig. Solch ein sentimentales Gewäsch rede ich wohl das erstemal in meinem Leben! „Und wir beide wissen sehr gut, daß die Existenz der Ikaros gewissermaßen am seidenen Faden hängt. Der geringfügigste Anlaß kann das Ende bedeuten ... Oder haben Sie den Unfall etwa schon gemeldet?" Bei dieser Frage packt ihn tiefstes Entsetzen. Natürlich, Flakke ist so etwas zuzutrauen.

„Ach was", antwortet der Kosmander nachdenklich, „ich habe die Meldung noch nicht einmal formuliert ..., aber was wird dann aus Bruno von der Hohen Aue? Wir haben extra den Rücksturz vorbereitet, damit er so schnell wie möglich in die Basisklinik kommt ..."

Angebissen! frohlockt Quadrangel, ich wußte doch, daß ich ihn damit kriege!

„Das bekommen wir auch ohne die Professoren hin", sagt er.

„Na, ich weiß nicht, ich bezweifle nicht Ihre Fähigkeiten, Doktor, aber unsere Ausrüstung ... Der Mann war immerhin klinisch tot."

Vegard ist erst beleidigt. Das fehlte noch, er holt den Proximer dem Tod von der Schippe, und die Herren Basisärzte beobachten in aller Ruhe, wie sich der Dicke erholt, und streichen für diese übermenschliche Mühe die Anerkennung ein! „Ich garantiere Ihnen, daß ich alle erforderlichen Mittel besitze, um von der Hohen Aue wieder voll herzustellen, Kosmander!" sagt er mit Nachdruck.

„Ja schon …, doch unser Rücksturz ist eingeleitet, das hat man von der Basis aus auch beobachtet, und wenn wir den jetzt abbrechen, gibt es unbequeme Fragen. Obwohl …, wir haben nur noch einen Satz Segel, das wäre schon ein Grund … Aber ob die Leute den Mund halten?" Flakke kämpft sichtlich um einen Entschluß.

„Wenn Sie die Leute nicht dazu bringen können, ist es um diese Mannschaft nicht schade!" Vegard beißt sich gleich auf die Unterlippe. Das war hoch gepokert!

„Sie haben recht … Und Sie können mir wirklich garantieren, daß Bruno bei uns in der Bordklinik alles hat, was er braucht?"

„Mit einem Beinbruch hätte ich mehr Probleme", sagt Vegard forsch.

„Na ja, dann …" Flakke kann sich immer noch nicht durchringen, auf den Vorschlag einzugehen. Quadrangel sieht es mit zunehmender Sorge. „Aber ich bin für Bruno ebenso verantwortlich wie Sie, Doktor. Wenn sich sein Zustand durch irgendeinen dummen Zufall wieder verschlechtert, was dann?"

Vegard zuckt die Schultern – es bleibt ihm wohl nicht erspart, er muß den Kosmander auch in diese Sache einweihen. „Also gut, Flakke, kommen Sie zu mir in die Klinik, und ich liefere Ihnen den Beweis dafür, daß sein Herz besser funktioniert als Ihres oder mein eigenes. Und dann entscheiden Sie sich in Gottes Namen!"

Der Kosmander zieht erstaunt die Augenbrauen hoch und überlegt kurz, er dreht sich für Sekunden aus dem Bildschirm heraus, und Vegard hört einige Satzfetzen, die darauf schließen lassen, daß er Skamander damit beauftragt, irgendein Manöver einzuleiten.

„Ich bin sofort bei Ihnen", sagt Flakke dann, wieder dem Arzt zugewandt.

Einige Minuten später starrt der Kosmander ungläubig auf Brunos nackte Brust, die sich sachte hebt und senkt. Und als ob er den Erklärungen Quadrangels nicht traue, legt er ein Ohr an den speckigen Brustkorb und schluckt aufgeregt, als er das monotone Ticken hört.

„Und so was funktioniert, so ein Ding aus Blech und Plast?" fragt er ungläubig.

Quadrangel muß gegen seinen Willen lächeln, und diesmal ist es weniger Überheblichkeit als echte Heiterkeit. Flakkes Frage ist nur zu gut verständlich. In einer Zeit der künstlich gezüchteten Organe mag einem der Gedanke, daß ein Mensch solch ein Monstrum in seiner Brust trägt, schon absurd erscheinen, und wie oft hat er selbst sich schon gefragt, wie all die maschinellen Ungetüme der Urzeit überhaupt funktionieren konnten. Brunos Herz ist zwar nicht das modernste Modell, aber es ist zuverlässig wie eine vorzeitliche Dampfmaschine.

„Das ist nicht einfach ein Ding aus Blech und Plast, Kosmander", sagt er mit mildem Vorwurf. „Brunos Herz ist ein biomechanisches Kunstwerk, das durch Muskeln angetrieben wird, die seinem eigenen Körper entnommen wurden. Es ist gewissermaßen eine raffiniert ausgeklügelte Pumpe, die über einen organischen Antrieb verfügt, eine Meisterleistung der Mikrochirurgie. Da sind eben nur diese unvorstellbaren starken Magnetfelder, mit denen die Elektronik nicht fertig wird ..."

„Er darf also nicht mehr raus", sagt Flakke nachdenklich, „das wird er kaum verkraften. Der sprühte doch immer vor Eifer, wenn es in die Wanten ging, armer Hund."

„Vielleicht fällt mir da noch was ein", antwortet Vegard zögernd. Er hat sich schon mit dem Problem befaßt und sieht eine Lösung.

„Das wäre eine Sensation, Doktor!" sagt Flakke überrascht. „Wenn Sie eine Abschirmung für Brunos Herz erfinden – dann müßte diese doch auch auf die Bordelektronik der Wantentrailer anwendbar sein! Wir könnten sie vollautomatisieren, und die Männer müßten nicht mehr hinaus."

„Ist alles noch nicht spruchreif", murmelt Vegard, und dann fragt er: „Was ist nun, Kosmander? Sie haben doch nichts zu verlieren, Sie werden sowieso bald pensioniert ..." Als er Flakkes Gesicht sieht, verstummt er erschrocken.

Die Miene des Kosmanders wird eisig, und er sagt: „Zum Pensionieren gehören immer mindestens zwei, Doktor. Sie kennen die Gesetze: Nur die Ärztliche Kommission kann mich zwingen, den Beruf aufzugeben ... Und die Disziplinarkommission ..."

Vegard begreift mit einem Schlag. Eigentlich hätte er es längst wissen müssen: Flakke kann nicht die Hände in den Schoß legen, wenn man ihm seinen Drachenkreuzer wegnimmt, dann wird er bald sterben – es gibt solche Menschen. Deshalb also hat er sich auf alles eingelassen, und jetzt muß er weiter mitmachen, so oder so. Ihm bleibt gar nichts anderes übrig.

In Flakke hat er einen viel stärkeren Verbündeten, als er je zu hoffen wagte, nur muß man diesen Mann immer wieder daran erinnern, daß es kein Leben ohne Auseinandersetzungen gibt und daß solche Kämpfe nicht nach olympischen Regeln ausgetragen werden ...

„Weshalb tun Sie das alles, Doktor?" fragt der Kosmander plötzlich.

Vegard weicht dem forschenden Blick aus, und dann sagt er hilflos: „Das frage ich mich in letzter Zeit auch gelegentlich ..." Im selben Moment würde er sich am liebsten ohrfeigen – wie konnte er sich nur diese Blöße geben!

Flakke aber sieht ihn durchdringend an und brummt dann väterlich: „Das sollten Sie nicht nur gelegentlich tun, Doktor, nicht nur gelegentlich."

KAPITEL 7

Die Achternak-Pylone ragt so hoch in den Himmel, daß die darauf stehende Figur mit dem Kopf beinahe die Schutzglocke von Amorix zu berühren scheint. Hendrikje weiß längst nicht mehr, wer dieser Achternak eigentlich war, und manchmal schon glaubt sie, daß viele der Namen für Straßen, Plätze und Urbaniden reine Erfindung sind, denn so viele großartige Menschen kann es in der Vergangenheit doch gar nicht gegeben haben, in einer Zeit also, die in den Gewordenseinlektionen als etwas geschildert wurde, was nur aus unendlich vielen Machtlosen und verschwindend wenig Mächtigen bestand. Rings um die Pylone wuchert ein wahrer Dschungel aus Gitterkakteen, diesen Spezialzüchtungen, die sich wie Spalierobst in jede beliebige Form bringen lassen, indem man wachstumshemmende Substanzen auf ihre Oberfläche träufelt.

Unterwegs ist Hendrikje zwei Mungos begegnet. Seit sie mit ansehen mußte, wie Germelin Stotzner von dem Amigo zerquetscht wurde, achtet sie genauer auf ihre Mitmenschen. Es ist wie ein geheimer Zwang, dieses Lauern auf eine hastige, wieselflinke Bewegung. Ohne es zu wollen, horcht sie angespannt auf das Stimmengewirr, das die Tubifexstationen wie ein sprudelnder Quell überflutet, sie lauscht angestrengt nach diesem eigentümlichen Schnattern, in dem auch Stotzner sprach ...

„Ich wußte, daß Sie kommen, Hendrikje." Dicht an ihrem Ohr hört sie die metallisch harte Stimme von Hermel Goff, und allein dieser Klang durchprickelt sie auf eine Weise, die sie an etwas erinnert, was schon zehn Jahre zurückliegt. Gleichzeitig aber mischt sich Unwillen über die freche Selbstsicherheit des Mopses in dieses Prikkeln, und sie überlegt krampfhaft, wie sie ihn so auf die Erde zurückholen kann, daß sein Höhenflug mit einer lächerlichen Bauchlandung endet.

„Ach, wissen Sie, ich habe mich hier mit jemandem verabredet, mir fiel nichts Besseres als die Achternak-Pylone ein – er muß gleich kommen ...“ Sie dreht sich um, und ein freudiger Schreck durchzuckt sie, fegt allen Ärger über den blasierten Goff beiseite. Hendrikje gehen die Augen über, und den Bruchteil einer Sekunde kann sie noch denken: Mein Gott, ich muß aussehen wie ein Ochsenfrosch, mit geöffnetem Mund und hervorquellenden Augen. Aber ihr innerer Widerstand reicht nur noch aus, die Kinnlade zu bewegen, und gegen ihren Willen spitzen sich ihre Lippen zu einem leisen und ganz und gar unweiblichen Pfiff höchster Anerkennung.

Goffs Bekleidung ist eine Phantasie aus Schillersmaragd und Schmieggold, ein Gewand, das einer funkelnden Kaskade gleich an ihm emporzuschießen scheint und sich über den Schultern zu einer strahlenden, blütengleichen Korona öffnet. Die Linie ist einfach und streng, für Hendrikjes Geschmack aber der Inbegriff der Männlichkeit, denn unter der transparenten Zartheit lassen diffuse Schatten das Muskelspiel eines prachtvollen Körpers ahnen. Dafür muß er doch mindestens ein Jahr gearbeitet haben, denkt sie und fragt zögernd: „Haben Sie das etwa ... für mich getan?“

Um Goffs Mundwinkel zuckt ein ironisches Lächeln. „Eigentlich warte ich hier auf jemanden. Aber bis die Dame eintrifft, können wir ja ein wenig plaudern."

Ich bin eine dumme Gans! sagt sich Hendrikje, nicht etwa, weil sie förmlich spürt, wie ihr flammende Röte ins Gesicht schießt, sondern aus Ärger über die schnippische Bemerkung.

Goff hingegen sieht höflich über ihre Verlegenheit hinweg und übergeht die peinliche Situation mit einer gleichmütigen Feststellung. „Sehen Sie, dort", er zeigt auf den Fuß der Achternak-Pylone, wo einige Leute damit beschäftigt sind, den roten Marmor zu scheuern, „sie haben es schon heruntergekratzt. Ich hätte auf einen Gitterkaktus steigen sollen ..."

„Dort stand doch dieses melancholische Gedicht?" fragt Hendrikje, und noch während sie spricht, fällt ihr ein, daß Goff behauptete, die Worte an den Sockel der Pylone gemalt zu haben.

Der Polynesier verzieht das Gesicht wie unter Zahnschmerzen und brummt: „Melancholisches Gedicht ..., das war doch übelster Kitsch. Meine Gedichte klingen anders, ganz anders. Vielleicht denke ich mir mal eins aus für Sie."

„Es war also doch nicht von Ihnen?" fragt Hendrijke enttäuscht. Und bissig setzt sie hinzu: „Sie können das natürlich viel besser, ganz wie mein allwissender Ergar!"

„Was finden Sie bloß an dieser Schmiererei ... Ach, Sie meinen, ich wollte Sie nur hierherlocken mit der Behauptung, ich hätte es geschrieben? Da kann ich Sie beruhigen: Es ist einzig und allein mein Werk, und nicht nur diese Schmiererei, auch die Verse am Urbanidum Gigantum sind von mir."

„Aber ..., aber dann sind Sie ja ein ..., ein ..." Hendrikje ist sprachlos. Sie glaubt dem ruhigen, selbstverständlichen Klang seiner Stimme – wozu auch sollte Goff sie belügen, sich selbst falsch bezichtigen, ein Fall für das Büro zur Untersuchung abweichender Verhaltensweisen zu sein?

„Ein Außenseiter, ein Unnormaler, oder was meinen Sie?" fragt er bedächtig und lächelt versonnen. „Haben Sie nicht auch manchmal Lust, Ihre Verzweiflung, Ihre Fragen laut hinauszuschreien?"

„Aber ... die Disziplin, die – die – die ..." Hendrikje gerät vor Fassungslosigkeit ins Stottern. Es kann doch nicht sein, daß Hermel Goff, der erbarmungslos Mungos jagt, ein schwächlicher und undisziplinierter Träumer ist.

„Fragen Sie sich gar nicht, wie es mir unbeobachtet gelungen ist, diese Inschriften anzubringen? Übrigens, bis jetzt ist keiner der anonymen Dichter gefaßt und zur Rechenschaft gezogen worden ..., hoffentlich spricht sich das rasch herum!" Den letzten Satz sagt er mit einigem Nachdruck, und Hendrikje klingt es fast wie eine Aufforderung.

„Ich weiß nicht mehr, was ich mich zuerst fragen soll", gibt sie kleinlaut zu. „Sie sind – ein lebendiges Rätsel ..."

Als er seinen Arm wie selbstverständlich um ihre Schultern legt, spürt sie unter den wulstigen Muskelsträngen eine Glut, die still und zart ihre Haut durchdringt.

„Ich werde Ihnen alles erzählen, Hendrikje. Dann werden Sie wohl eine Weile enttäuscht sein, aber ich denke, Sie besitzen Verstand genug, die Hintergründe zu begreifen. Kommen Sie."

Hermel Goff führt sie zu einer breiten Plusterfarnrabatte, die aber schon zu welken beginnt, und läßt sich hineinfallen. Sie setzt sich in einigem Abstand neben ihn und schilt sich wieder eine dumme Gans, ohne sich jedoch erklären zu können, woher diese Hemmungen rühren, die sie Goff gegenüber empfindet.

Er zieht sie ohne viel Federlesens an sich heran und sagt: „Es gehört zu meinen Aufgaben, solche Gedichte zu verfassen. Auf diese Idee sind nämlich ganz andere Leute gekommen." Er macht mit der Hand eine unbestimmte Geste in den Himmel. „Wir versprechen uns davon einiges, wenn es gelingt, damit eine richtige Bewegung ins Leben zu rufen."

„Aber es gilt doch als sehr undiszipliniert, Wände, Straßen oder Bäume zu beschmieren, wie kann man daraus eine Bewegung machen wollen? Das widerspricht doch der Tageslosung vom Mittwoch, da heißt es ..."

„Ach Quatsch!" unterbricht Goff ihren hastig vorgetragenen Einwurf. „Das ist es doch gerade! Disziplin ist das A und O unserer Gemeinschaft, zweifellos, und wir wollen sie – beim Großen Sirius – auch nicht abschaffen. Ein aus Individuen bestehendes Gemeinwesen kann nur auf der Basis von Konventionen und deren Einhaltung existieren. Unsere Gesetze sind frei von jeder Willkür, aber sie üben Zwang aus wie jedes andere Gesetz auch, selbst Naturgesetze sind Zwänge ..." Seine Augen blicken starr in das nächtliche Dunkel. „Zwang engt ein, führt zu Frustrationen oder zur Behäbigkeit, Trägheit. Er behindert das Schöpfertum im Menschen, unterdrückt die Kreativität allein durch die vermeintlichen Grenzen, die er setzt. Wir haben uns einer dieser Grenzen genähert, die Unzufriedenheit wächst, obgleich kaum einer sagen könnte, womit er denn unzufrieden ist. Diese Unzufriedenheit trägt ungeheuer schöpferische Potenzen in sich, aber auf eine Weise, die uns ungewohnt und beinahe fremd geworden ist ..."

Hendrikje wird es kühl. Aus Goffs Worten weht ein eisiger Hauch, der sie frieren läßt. Was redet er da von Zwang und Unzufriedenheit, was vergreift er sich an den Fundamenten der Gemeinschaft, warum macht auch er sich über die Tageslosung lustig, wie Ergar? Sie haben eine großartige Welt geschaffen, und er spricht von Einengung und Behinderung.

„... Wir wollen keine Auflehnung provozieren, dazu gibt es keinen Grund, aber ein klein wenig Rebellion brauchen die Leute. Es ist tragisch: Wir, die wir doch eigentlich für die Ordnung und Sicherheit innerhalb der Gemeinschaft sorgen, sollen den Leuten in Erinnerung rufen, was das ist – zu rebellieren, damit sie die Widersprüche rehabilitieren, die so voreilig aus unserem Denken entfernt wurden. Was den Bürgern jetzt noch als Möglichkeit erscheint, etwas reizvoll Verbotenes zu tun, ist der Keimling eines Projekts, das uns helfen soll, eine grundsätzlich neue Entwicklung einzuleiten. Die Meuterer von heute werden einst die Schöpfer von morgen sein, und deshalb lassen wir sie nicht nur schlechthin gewähren, sondern ebnen ihnen sogar die Wege mit unsichtbaren Händen. Sie wissen doch: Ideen und Ideale sind am attraktivsten, wenn sie sich im Widerspruch zum Bestehenden befinden, und wir sind dabei, einen von uns gesteuerten Widerstand gegen uns selbst zu organisieren. Aber dazu benötigen wir Ideen, und das Ersinnen neuer Wege beginnt mit der Klage, mit dem wütenden Aufschrei – heute fängt es mit kitschigen Gedichtchen an, die inoffizielle Mitarbeiter des MOBS an die Wände krakeln, um damit die Unruhigen, Unzufriedenen zu ermutigen, es ihnen gleichzutun ..."

„Wie hat sich das Große Gchirn nur so etwas ausdenken können?" fragt Hendrikje und schluckt krampfhaft, um die Trockenheit in ihrem Hals loszuwerden.

„Das Große Gehirn?" Goff lächelt verächtlich. „Das wird langsam alt ... Das GG ist ein statisches Wesen, zwar ein hervorragender Organisator und Lenker, aber mit seiner Phantasie steht es nicht gerade zum besten. Es ist ein Wesen ohne Geschichte, eine Denkprothese, weiter nichts. Ein Amigo ist tausendmal schneller als das gesündeste menschliche Paar Beine, aber mit einem Amigo kann man nicht tanzen. Wußten Sie schon, daß das GG total unmusikalisch ist? Es kann zwar hervorragende Sinfonien komponieren, aber es komponiert nur das, was uns seiner Meinung nach gefallen könnte, es variiert nur von uns gewertete Ton- und Geräuschfolgen nach einer Handvoll Algorithmen, die es in der Musikgeschichte gefunden hat. Sich selbst musikalisch auszudrücken – dazu ist es unfähig. Immerhin hat es das Projekt durchkalkuliert und gebilligt ..."

Er schweigt eine Zeitlang, dann lacht er auf und sagt: „Einen ersten Erfolg haben wir schon zu verzeichnen. Eigentlich mußte er zwangsläufig eintreten, trotzdem waren wir überrascht: Mit dem sprunghaften Ansteigen der Gedichte und Malereien ist eine deutliche Abnahme des Quallenkonsums zu registrieren, und die Anzahl der Fälle für das Büro zur Untersuchung abweichender Verhaltensweisen ist ebenfalls im Sinken begriffen. Leider pfuschen uns einige ganz pflichttreue Bürger immer wieder dazwischen und melden die Rebellen, wenn sie welche ertappen ..."

„Was wollt ihr denn eigentlich, und wer ist das: wir?" fragt Hendrikje zaghaft, die Atempause nutzend. Goff hat nur ein Bruchteil von dem erzählt, was er weiß, was ihn bewegt, da ist sie sicher, und diese Gedrängtheit, Knappheit mag unter Eingeweihten angebracht sein – sie verwirrt es nur, und lediglich das dunkle Gefühl von Gefahr und Aufbruch teilt sich ihr mit.

„Sie haben es also nicht verstanden. Lassen Sie das jetzt, bitte!" Er nimmt ihr die Dose mit den Quallen aus der Hand, und sie wagt keinen Widerspruch. „Das erschließt sich kaum über das Gefühl – obwohl, gerade darum geht es eigentlich ..." Er überlegt angestrengt. „Was wir wollen? Wir versuchen einen Weg einzuschlagen, der künftigen Generationen ermöglicht, sich von Jahrtausende alten Fesseln zu befreien, wir wollen, daß dem Menschen zwei Dinge genügen, Glück zu empfinden: Schöpfertum in seiner Arbeit und Liebe in seinen Beziehungen. Ob man eines Tages von einer Ethischen Revolution sprechen wird? Die Zeit reift heran, und vielleicht sind wir die ersten Wegbereiter ..."

Hendrikje hört atemlos, mitunter auch skeptisch zu. Beeindruckt nicht so sehr wegen der kühnen Behauptungen und Schlußfolgerungen als vielmehr von der Leidenschaft, mit der Goff sprach. Verstanden hat sie eigentlich kaum mehr als vorher. Was will Goff denn, ist ihr Leben vielleicht unschöpferisch, liebt sie zuwenig? Sagt er das womöglich nur, um eine Rechtfertigung für seine inoffizielle Tätigkeit als Mungojäger zu haben? Ja, überhaupt: Was haben die Mungos damit zu tun?

Hermel Goff starrt immer noch versonnen in die Nacht hinaus, aber der Zug in seinem Gesicht ähnelt in keiner Weise Ergars Selbstgefälligkeit nach solch einer Ansprache, eher scheint er darauf hinzudeuten, daß dieser Mann in Gedanken schon dort ist, wohin ihm seiner Meinung nach die Menschheit folgen muß.

„Sie schulden mir noch eine Antwort, Hermel Goff. Wer ist das: wir?" fragt sie vorsichtig.

Goff schreckt auf und blickt zu ihr hinüber. „Der MOBS wurde gegründet, als die Mungos noch gar kein Problem bedeuteten. Medizinischer Observationsdienst – ein zutreffender Name!" Er lacht leise auf. „Geht es denn nicht im wahrsten Sinne um die Gesundheit der Menschheit? Die Mungos bereiten uns viel Kopfzerbrechen, aber die Sorge um sie ist nur eine von vielen Aufgaben. Wir wachen über das Wohl aller Menschen, und dazu gehört eben vor allem auch das Wohlbefinden unserer Nachfahren. Oder sollen wir genauso von der Hand in den Mund leben wie frühere Generationen? Und was die Mungos betrifft – was wissen Sie eigentlich darüber?"

Hendrikje überlegt, ob sie ihm anvertrauen darf, daß Ergar geplaudert hat. Von Goff geht etwas aus, was ihr Zaudern rechtfertigt. Andererseits würde sie wohl kaum jemandem mehr vertrauen als diesem Mann, stellt sie überrascht fest. Zwar ist sie längst nicht mit allem einverstanden, was er sagte, aber es klang zutiefst aufrichtig, war Ergebnis innerer Auseinandersetzungen – das spürt Hendrikje, und trotz anfänglichem Widerstreben beginnt sie zu erzählen.

Noch während sie redet, runzelt Goff die Stirn, flucht sogar leise, dann kann er nicht länger an sich halten. „Dieser Dummkopf! Plaudert Dinge aus, die kreuzgefährlich sind, und dann sagt er nicht mal die ganze Wahrheit!"

Hendrikje erschrickt, und unwillkürlich steht sie Ergar bei. „Vielleicht weiß er nur die Hälfte!"

Goff brummt unwillig. „Noch schlimmer. Er verdreht alles. Klar, die Mungos zu integrieren ist zur Zeit einfach unmöglich. Wir haben doch unsere Leute in ihren Gruppen und wissen Bescheid. Wir haben ihnen einen ganzen Planeten im System Capella angeboten – sie aber berufen sich auf die Verfassung, freie Wahl des Wohnsitzes und so weiter. Sie seien keine Elloraner, die man irgendwohin abschieben könne. Dabei wurde nie jemand abgeschoben, die elloranische Kultur hat sich selbständig entwickelt, na ja, was soll's ... Das eigentliche Problem ist ein ganz anderes: die Akzeleration des Mungoismus. Damit ist nicht seine Ausbreitungsgeschwindigkeit gemeint – die ist prognostizierbar und sogar rückläufig. Es sei denn, die nächsten Oszillationen der Sonne bescheren uns einen neuen Schub. Gemeint ist der progressive Verlauf der Erkrankung. Die Geschwindigkeit der Vitalfunktionen steigt bei den Erkrankten unaufhaltsam. Es ist jetzt schon so, daß Mungos in der Frühphase von denen in der Spätphase nicht mehr verstanden werden. Über die ökonomischen Probleme brauchen wir gar nicht zu reden, die aus einer völligen Integration erwachsen würden. Es ist nämlich so: Die Mungos leben objektiv wesentlich kürzer als die gesunden Menschen. Das betrifft jedoch nicht ihre subjektiv empfundene Lebensspanne. Je schneller sie werden, desto stärker steigt der natürliche Verschleiß, und zwar exponentiell, nicht etwa linear. Es ist wie bei einer Maschine, die für eine gewisse Arbeitsgeschwindigkeit konzipiert wurde: Steigert man das Tempo, wird irgendwann die Grenze der Materialbelastbarkeit erreicht. Dann ist Feierabend. Der menschliche Organismus ist auch wie eine Maschine. Wir haben festgestellt, daß Mungos eine halb so hohe Lebenserwartung – subjektiv! – wie Gesunde haben. Das ist das Problem!"

„Wissen das die Mungos nicht?" fragt Hendrikje bestürzt.

Goff seufzt und verzieht das Gesicht. „Sie wissen es. Aber sie ignorieren das einfach. Die Vorteile ihrer Lebensweise gleichen den Nachteil aus, behaupten sie, zumindest die Organisierten ... Was denken Sie, Hendrikje, was man da machen soll? Ist es nicht unsere Pflicht, ihnen zu helfen?"

„Kann man das denn?" Hendrikje ist überrascht.

Goff schüttelt unwillig den Kopf. „So, wie Sie denken, mit einer Injektion oder Bestrahlung, geht es noch nicht. Aber wir sind dicht dran. Das meinte ich nicht. Wir müssen ihnen helfen, indem wir in geduldigen Gesprächen ihre Bereitschaft gewinnen, mit uns zusammenzuarbeiten, statt daß sie von vornherein alles ablehnen, was wir vorschlagen. Aber das ist so schwer – auf unerklärliche Weise schärft diese Krankheit den Geist. Sie sind keineswegs dumm, diese Mungos, jedenfalls nicht in der zweiten bis fünften Phase, dann aber drehen sie alle durch, ausnahmslos ... Wenn es wenigstens gelänge, die Akzeleration zu stoppen. Womöglich ist es wirklich ein ganz anderes, schöneres Leben, doppelt oder dreimal so schnell wie unseres. Aber die Schwierigkeiten beginnen ja schon beim Tag-Nacht-Rhythmus, schon deswegen gibt es für Mungos keinen Platz auf der Erde. Sie brauchen eigene Arbeitsplätze, ein eigenes Schichtsystem ... Beim Großen Sirius! Das alles würden wir versuchen. Aber die Akzeleration!"

Plötzlich begreift Hendrikje einiges von dem, was Goff vorher erzählt hat, und auf einmal fallen ihr auch Ergars Worte wieder ein: Wir werden selbst zu Mungos. „Also haben uns die Mungos gezeigt, daß wir auf dem falschen Weg sind?" fragt sie betroffen. „Jetzt begreife ich. Ein scheinbar unbedeutendes Ereignis, die Erhöhung der Lebensgeschwindigkeit, stellt unsere ganze Kultur in Frage!"

„Ja und nein." Goff lächelt erfreut. „Sie haben es uns nicht gezeigt, sondern uns letzte Gewißheit verschafft. Die ganze menschliche Kultur stellt niemand in Frage. Was war, mußte so sein, jedenfalls im großen und ganzen. Aber so darf es nicht weitergehen, und eigentlich müssen wir den Mungos – die das am wenigsten begreifen – noch dankbar für diesen Beweis sein. Ja, ich denke schon: Das Wesentliche haben Sie begriffen."

Goff scheint sich wirklich darüber zu freuen. Er strahlt über das ganze dunkelgetönte Gesicht, und jetzt erst bemerkt sie, daß auch er das Geheimnis dieses silbrigen Glitzerns in den Augen kennen muß – wie kleine Sterne sprüht und funkelt es in seinem Blick. Vielleicht wird er sich nicht so haben wie ihre Freundin Navina und das Geheimnis preisgeben ...

Hendrikje ist mit ihren Gedanken wieder ganz in der Gegenwart, im Alltag, in dieser besonderen Stunde. „Wissen Sie was, Hermel?" fragt sie kokett und springt auf.

„Ich weiß einiges, aber ob ich wohl auch das weiß?" entgegnet er gelassen und mustert sie von Kopf bis Fuß.

„Ich möchte jetzt tanzen!"

Er spitzt die Lippen, und seine Augen schillern eigenartig. „Ich glaube, zwischen Mann und Frau gibt es doch einige Unterschiede", sagt er betont nachdenklich, „wir Männer haben wohl etwas mehr Sinn für die großen Dinge, während ihr Frauen euch den Kleinigkeiten des Lebens verschrieben habt."

Wie ein Faustschlag trifft es Hendrikje – das hätte Ergar sein können! Wie er dasitzt! Arrogant und hochmütig, eitel und rechthaberisch, dieser Affe! Wieso bin ich nur hierhergekommen?

Abrupt dreht sie sich um und geht steifbeinig zum Tubifex. Irgend etwas in ihr scheint zu versteinern, sie mit seinem Gewicht zu Boden ziehen zu wollen. Alle Männer sind Affen, und der hier ein lächerlicher Pavian! Ob sie Goff, Ergar, Aberschwenz oder sonstwie heißen, immer müssen sie reden und reden, immer laufen sie mit geschwollenem Hahnenkamm herum – sollen sie doch andere Dinge an ihren sonst ganz brauchbaren Körpern schwellen lassen, das reicht völlig! Ich brauche keinen Vormund, keinen Besserwisser oder Gehirnakrobaten, ich will einen, der mit den Händen reden kann, der weiß, daß mein ganzer Körper Ohren für diese Sprache hat ...

Trotz ihres maßlosen Zorns werden ihr gleich die Knie weich, als sie Goffs festen Griff am Oberarm spürt.

„Beim Großen Sirius! Es war doch nur ein Spaß, Himmel, sind Sie empfindlich ..., oder sind es die Quallen?"

Die ungeschickt verborgene Ratlosigkeit in seiner Stimme besänftigt sie, aber so ganz ist die Wut noch nicht weg, obwohl die weniger Goff als allen anderen Männern der Welt gilt. „Ich kenne Dinge, die werden klitzeklein, wenn eine Frau sie ein Viertelstündchen mit den Kleinigkeiten des Lebens erfreut hat", sagt sie spitz. Es tut ihr ungemein gut, Goff einen Augenblick lang hilflos zu sehen, und fast will es ihr scheinen, als färbten sich seine Ohren unter dem dick aufgetragenen Ockerperlmutt schwach rötlich. Hendrikje kann ein Kichern nicht mehr unterdrücken, das direkt aus ihrem Bauch zu kommen scheint.

Goffs Ohren werden wieder blasser. Als ob er das spürt, kratzt er sich erst hinter dem einen, dann hinter dem anderen, merkt plötzlich, welch lächerliches Bild er abgibt, und tut das einzig Richtige, um die Situation zu retten: Er schlingt seine kräftigen Arme um ihren Nacken, preßt ihren Kopf gegen seine Brust und flüstert heiser: „Ich bin ein Vollidiot. Was meinst du denn, warum ich mich mit dir treffen wollte, warum ich das GG nach dir befragt und vor dem Zentrum auf dich gewartet habe ... Und was mache ich? Ich rede und rede und rede ..."

Erst ist Hendrikje ungemein zufrieden mit dieser Wendung. Sie schnuppert ein wenig in den Falten von Goffs Gewand und stellt fest, daß er etwas anders riecht als am Nachmittag – süßlicher, irgendwie nach Blumen. Dann regt sich wider Erwarten Trotz in ihr. So schnell sollte es eigentlich nicht gehen. Sie befreit sich sanft – aber nicht zu sanft – aus seiner Umarmung und geht sogar einige Schritte auf die Achternak-Pylone zu, ohne sich nach ihm umzusehen. Das ist auch nicht nötig, sie spürt, daß er ihr folgt.

Hendrikje schaut zu dem einsamen Marmormenschen empor und fragt leichthin: „Möchte nur mal wissen, warum das Denkmal so hoch ist, daß man gar nicht mehr erkennen kann, wer da eigentlich draufsteht."

Goff lacht kurz auf. „Die Erbauer haben die Kennziffern überboten, das ist alles! Dreihundert Prozent, wenn es möglich gewesen wäre, hätten sie wohl sogar ein Loch in die Schutzglocke geschlagen ..."

Als Hendrikje in sein Gelächter einstimmt, wird er ärgerlich. „Lach nicht, es stimmt! Sie haben wirklich bis unter die Decke gebaut. Das ist nicht lächerlich, das ist ein Alarmsignal." Dann fühlt sie seine Hand auf ihrer Schulter. Anders als vorhin – vorsichtig, tastend, mit den Fingerspitzen um Erlaubnis bittend. „Entschuldige", sagt er müde, „ich meinte es nicht böse. Weißt du, wir sind längst nicht so stark, daß wir über diese Dinge lachen dürften. Haben wir doch einfach mehr Ehrfurcht vor unseren Fehlern als vor unseren Leistungen. Dann wird es schon werden ..."

Ist er wirklich so? denkt Hendrikje, ohne sich darüber klarzuwerden, ob es die Faszination oder die Schwäche dieses Mannes ausmacht, daß er immer nur ein Bein auf der Erde hat, wie sie meint. Vielleicht hat er sogar recht. Sie merkt, daß ihre Haltung an Bestimmtheit verliert, und macht einen kleinen Bogen um die Geschlechterfrage. Zweifellos gehört er zu den Menschen, die sich einer gedämpften Askese zugunsten irgendwelcher nebulösen Ideale verschrieben haben. Doch es sollte mit dem Teufel zugehen, wenn sie nicht in der Lage wäre, ihn auf den Geschmack an den von ihm so verachteten Kleinigkeiten zu bringen.

Eine halbe Stunde später – in der Kristo – erlebt sie einen Goff, der sich den Stoßwellenrhythmen mit solcher Verzückung hingibt, der mit seinen Verrenkungen und Sprüngen der Kristallothek derart bizarre wilde Klänge entlockt, daß die anderen Tanzpaare verblüfft stehenbleiben und anerkennend in die Hände klatschen. Hendrikje hielt sich immer für eine gute Tänzerin und genoß die heimliche Bewunderung der Männer ebenso wie den offen gezeigten Neid der Frauen. Aber jetzt glaubt sie ihre Kniegelenke hölzern knarren zu hören, wird von Sekunde zu Sekunde verkrampfter, spürt die ersten Schweißtröpfchen auf der Stirn und das pulsierende Blut in den Ohrmuscheln.

Goff tanzt so verrückt, daß sie nicht zu entscheiden wagt, ob es die Inkarnation aller Sinnlichkeit oder lächerliche Karikatur ist, was er dort aufführt. Die von ihm ausgelösten Stoßwellen peitschen ihren Körper, durchzucken sie wie perverse Wahnvorstellungen, abstoßend brutal und doch irgendwie erregend. Sein linkes Auge ist seltsam verdreht, schielt unter dem halbgeschlossenen Lid, und die Grimasse, die er schneidet, hat irgend etwas von einem der Idiotie Verfallenen. Allmählich schwindet ihre Angst, sich dem Gespött der anderen Kristogäste auszusetzen, nämlich in dem Maße, wie Goffs Leidenschaft sie unter seinen Willen zwingt. Noch nie hat sie so getanzt! Hendrikje ahnt das erstemal, daß Tanz mehr sein kann als gelenkig vorgetragene Musikalität, denn Goff tanzt nicht – er erzählt, nein, er brüllt, tobt, gibt sich preis. Zwar versteht sie nicht den Sinn der Botschaft, aber sie begreift, daß diese Wut, mit der sie herausgeschrien wird, etwas sein muß, was Hermel Goff, den Mops, ganz und gar ausfüllt, was ihn aufbläht, ihn zu zerreißen droht. Und sie erkennt auch schlagartig, daß sie daran nicht teilhat, damit überhaupt nichts zu tun hat, und daß es ihm egal wäre, ob sie die Tanzfläche verläßt.

Als die Musik in einem schaurigen Klagelaut ausklingt und Goff in einer entrückten prophetischen Pose erstarrt, wird ihr Kopf wieder klar, und sie kann das Kichern nicht unterdrücken, das Goffs ekstatisches Schielen auslöst.

Sie kichert auch noch, als sie längst in seinem Wohnkontingent sind und seine Hände mit verhaltener Gier den Schmetterlingstraum von ihrem Leib fetzen. Dann allerdings kichert sie lange Zeit nicht mehr, denn diesmal läßt Goff sie an seinem Tanz teilhaben, und die kleinen erstickten Schreie scheinen aus ihren Fingernägeln zu kommen, die ein Ornament der Wollust in Goffs Rücken kratzen. Und daß Goff nun auf beiden Augen schielt, läßt sie ebenso erbeben wie die gewaltigen drängenden Stöße, mit denen er sich in sie hineinzwängt. Einmal nur kehrt ein Fünkchen Verstand in Hendrikje zurück, flackert kurz auf: Als zwischen ihren schweißnassen Leibern die Luft mit einem desavouierenden Geräusch entweicht, schüttelt sie ein schnelles und rauhes Lachen, das gleich wieder im gemeinsamen Schnaufen und Röcheln ertrinkt. Mit Ergar wäre ihr nun aller Spaß an der gemeinsamen Lust vergangen, aber diesmal ist es gerade umgekehrt. Sie bleckt wie eine tollwütige Wölfin die Zähne, als der Rhythmus in ein wildes Peitschen übergeht, und spürt kaum noch, wie sich ihre Finger in Goffs Haar verkrallen.

Ihr erster Zusammenprall war kurz und mächtig. Stöhnend liegt Goff neben ihr, seine Hand streicht matt über ihren Bauch und bleibt schließlich wie tot liegen. In Hendrikje erwacht eine uralte Angst, und sie wartet fiebrig darauf, daß der sengenden Hitze nun die alles durchdringende tiefe Wärme folgen möge. Aber Goff hat sie vorübergehend aus seinem Denken und Fühlen entlassen.

Bitter denkt sie: Er hat so recht, es gibt wirklich zwei Arten von Mensch – Mann und Frau. Wie glühende Kohle glimmt in ihr noch eine winzige Hoffnung: Wenn er doch so etwas sagen würde wie Ireas damals, daß es ihn so auseinandertreibe, daß er mit den Fingern die Sonne berühren könne, stellte er sich auf die Zehenspitzen ..., wenn er doch wenigstens etwas sagen würde ...

Aber Goff sagt nichts, sondern fällt erneut über sie her. Nichts mit Fingern und Sonne. Wo vorher sengendes Feuer zwischen ihren Schenkeln war, fühlt Hendrikje jetzt nur noch feuchte Kälte, die wie ein Eisklumpen ihren Leib ausfüllt. Dennoch wartet sie geduldig, bis er mit seinen Kräften am Ende ist, und als seine Hand wieder zu sterben droht, hält sie sie einfach fest und schmiegt ihre Wange in die Handfläche.

Tatsächlich rollt sich Goff auf die Seite, schweratmend noch, bringt das Gesicht ganz dicht an das ihre und beginnt sie so unbeholfen zu liebkosen, als habe er es innerhalb weniger Minuten völlig verlernt. Ergar hätte sie jetzt den Rücken gekehrt und dabei ihre Wut in sich hineingeheult. Aber Ergar hat es vielleicht wirklich verlernt, während Goff nur vergessen hat, was er als Nestling gelernt hat: Lust ist Geben und Nehmen. Gib, ohne zu fordern, nimm, ohne zu danken. Aber höre auf die Sprache des Körpers und antworte.

„Ich kann nichts dafür", flüstert Goff plötzlich in einem Ton, der selbst schon Entschuldigung ist, „immer wenn es vorbei ist, denkt man eine Weile nur noch an sich ... Ich weiß ja, daß es bei euch anders ist ..."

Hendrikje ist versöhnt. Ergar hätte so etwas nie zugegeben, und außerdem meldet sich ihr schlechtes Gewissen. Was hat sie denn getan? Gib, ohne zu fordern ... Hat sie denn gegeben? Nein, bisher hat sie doch immer nur gefordert, bisher war es doch mehr ein Tauschhandel für sie, eine Interessengemeinschaft; allein geht's nun mal nicht so gut.

Dann verwandeln sich ihre Hände in flauschige Mäuschen, die spielerisch über Goffs Bauch trippeln und auf etwa stoßen, von dessen aufrechter Mächtigkeit nicht einmal eine Ahnung geblieben ist. Ergar hätte sich jetzt unwillig brummend abgewandt, Goff hingegen sieht sie erstaunt an, und in seinen Blick mischt sich Skepsis. Atemlos fragt er: „Was denn ..., noch mal?"

Unwillkürlich schreckt Hendrikje zurück. Sie sind eben doch alle gleich, denkt sie entmutigt, ihr Allerheiligstes gehört nur ihnen, nicht einmal spielen darf man damit – gleich befürchten sie das Allerschlimmste.

Aber Goff schielt schon wieder ein wenig, und seine Finger vibrieren in ihrem Nacken.

„Nur, wenn du willst", haucht Hendrikje, und einer spontanen Eingebung folgend, zieht sie ihn an sich. Ächzend wälzt sich Goff auf sie, dann versucht er vergeblich, das zu bewerkstelligen, was ihm schon zweimal hervorragend gelang. Belustigt merkt Hendrikje noch, wie zärtlich die Hände eines Mannes werden können, wenn es um das geht, was er als seine Ehre versteht. Und als seine Mächtigkeit dann irgendwann wieder halbwegs angeschwollen ist und sich zuckend ihren Weg sucht, spürt sie es kaum noch, weil sie Goff so weit voraus ist, daß sie nicht einmal seine verdrehten Augen wahrnimmt ...

Als sie endlich aufwacht, begegnet sie seinem neugierigen Blick, dann erst merkt sie, in welch seltsamer Stellung sie geschlafen hat. Goffs linker Arm liegt quer über ihrer Brust, so daß er seine Hand nicht unter ihrem Rücken hervorziehen konnte, ohne sie zu wekken. Deshalb wohl hat er sich auf den rechten Ellenbogen gestützt. Ihre und Goffs Beine sind derart ineinander verschlungen, als hätten sie beide einen erbitterten Ringkampf geführt. Und der arme Goff hat die ganze Zeit in dieser verrenkten Stellung ausgeharrt, nur um sie nicht zu stören ...

Der Morgen dämmert bereits herauf, und sie erkennt an der herrlichen Aussicht, daß auch Goff ein Luxuskontingent bewohnt. Des Nachts hatte sie dem nicht viel Aufmerksamkeit geschenkt, und das lag wohl vor allem daran, daß Hermel Goff sie ganz und gar beanspruchte. Jetzt zeigen ihr gewisse Feinheiten, die allerdings ein geübtes Auge verlangen, daß die zackige Silhouette von Amorix keine Projektion ist, sondern daß Goff tatsächlich eins der obersten Stockwerke des Urbanidums bewohnt. Er lebt im Herzen der Stadt, und nur das Flackern der neuen Tageslosung stört Hendrikje etwas, denn das helle Leuchten an der genau gegenüberliegenden Urbanidenfront hat sie geweckt: Nicht rückwärts schauen – vorwärts gehen!

„Nirschvog, Bürger Greiff", sagt Goff, seltsam lächelnd, löst behutsam die Verschlingungen ihrer Glieder und küßt Hendrikje sanft.

Sie brummt nur etwas Unartikuliertes und tastet nach dem Quallenetui, während sie mit wachsender Neugier die fremde Umgebung mustert. Der Raum ist eine einzige Plusterfarnorgie. Eigentlich füllt nicht das Gewächs den Raum aus, sondern das Zimmer versucht vergeblich, seine Konturen gegen das wuchernde Grün zu verteidigen. In Hendrikje löst der Anblick dieser flauschigen Höhle, deren Mobiliar unter den rankenden Pflanzen kaum zu ahnen ist, eine dunkle, geheimnisvolle Erinnerung aus, deren dominierendes Merkmal das Gefühl von Geborgenheit ist. Fast will es ihr wie eine Erinnerung an die Zeit scheinen, da sie noch längst nicht geboren war – aber sie wischt diesen unsinnigen Gedanken energisch beiseite.

„Ich muß jetzt gehen", sagt sie müde, „Ergar wird ganz schön toben." Eigentlich ist sie sicher, daß Ergar höchstens erstaunt die Augenbrauen hochziehen wird, denn bisher entlud sich seine Eifersucht immer nur dann, wenn wirklich kein Grund zum Mißtrauen vorlag. Wehe ihr, wenn sie in seinem Beisein einem anderen Mann zulächelt oder sich einfach nur neugierig nach einem ausgefallenen Phänotyp umdreht – dann macht er ihr auf offener Straße eine selbstspielreife Szene. Allein gelassen genießt sie im Prinzip absolute Freiheit, doch manchmal fragt sie sich, ob es nicht eher Gleichgültigkeit sei als Toleranz, denn wenn sie sich wegen einer Verspätung mit irgendeiner mehr oder minder phantasielos zusammengebastelten Geschichte herausredet, hört Ergar meist nur mit einem Ohr hin und erteilt ihr – spürbar ungeduldig – in der Regel schon die Absolution, bevor sie geendet hat.

So würde es auch heute sein, daran zweifelt Hendrikje nicht. Trotzdem treibt sie das schlechte Gewissen aus Goffs Plusterfarnbett. Und als er nach ihr greift, um sie festzuhalten, weicht sie geschmeidig aus.

Goff grinst schief, dann sagt er: „Bitte, warte ein paar Minuten, ich muß dir noch etwas sagen, Hendrikje."

Sie streift ihren Schmetterlingstraum über und stöhnt enttäuscht auf: Vom Schillersmaragd ist nur ein häßlich graues, spinnwebartiges Ungetüm geblieben, und wie jedesmal tut es ihr plötzlich leid, dafür drei Raupen geopfert zu haben.

„... weißt du immer noch nicht die volle Wahrheit. Es geht um ein gigantisches Vorhaben, Hendrikje, das großartigste Projekt, seit der Mensch auf zwei Beinen läuft."

Sie hört kaum zu, sieht Goff nicht an. Seine Stimme wirkt längst nicht so aufregend auf sie wie vor wenigen Stunden. Und seine Projekte interessieren sie im Augenblick herzlich wenig. Ein bißchen schämt sie sich, als sie sich das eingestehen muß. Aber Hendrikje hat es längst aufgegeben, diesem rätselhaften Gefühl auf die Spur zu kommen, dieser Empfindung von Leere und Fadheit, die Erlebnissen wie dem der letzten Nacht für gewöhnlich folgt. Goff würde es noch weniger verstehen, wozu also darüber reden. Vielleicht ist das der Preis, den ihr Gewissen für die Duldung ihrer Gier nach einem ganz kleinen Glück fordert ...

„... Der MOBS ist nur aus diesem einzigen Grund gebildet worden: die Menschheit zielgerichtet auf die Große Moralische Optimierung vorzubereiten. Warum soll uns nicht mit der Psyche gelingen, was wir mit der äußeren Erscheinung seit Jahrzehnten erfolgreich praktizieren? Aber dazu müssen wir erreichen, daß sich unsere Menschen voller Begeisterung zu den Zielen bekennen, die wir uns gesetzt haben ..."

Hendrikje merkt unwillkürlich auf. Wohl ist es mehr die Eindringlichkeit, mit der Goff spricht, als das, was er sagt – doch irgendwie spürt sie Unheil heraufziehen.

„... Wenn wir die Neuen Moralischen Normen genetisch fixieren wollen, setzt das das Einverständnis aller Bürger voraus, sonst könnte es zu psychologischen Havariesituationen kommen. Massenhysterie zum Beispiel. Wir haben also geduldig Aufklärungsarbeit zu leisten, den Boden für die Saat zu bereiten. Ist das denn nicht eine großartige Sache: Wir koppeln die Urtriebe, wie Selbst- und Arterhaltungstrieb, vom Glücksempfinden ab und ersetzen sie durch Kreativität, durch Altruismus, Wissensdurst – wir veredeln die Partnerliebe zur wahren Nächstenliebe, das ist doch ein uralter Menschheitstraum."

Goff läßt sich durch Hendrikjes albernes Kichern nicht aus der Fassung bringen, oder er nimmt es in seiner Begeisterung gar nicht wahr. Hendrikje stellte sich gerade vor, wie sie ein nie erlebter Orgasmus erbeben läßt – nachdem sie sich an ihren Arbeitsplatz gesetzt hat. Darauf läuft Goffs Geschwafel von Kreativität doch hinaus, denkt sie, und unwillkürlich erinnert sie sich an Überlegungen Ergars, die ganz ähnlich klangen und ihr trotz aller Gelehrsamkeit irgendwie imponierten: daß die Menschen ihre Zukunft in sich selbst trügen, daß sie ihre Bedürfnisse verändern müssen und damit sich selbst, denn sie seien die Herren ihrer Bedürfnisse, welche immer Schöpfungen und keine objektiven Notwendigkeiten seien.

Und auf einmal interessieren sie Goffs Darlegungen.

„... im Menschen hat die Materie sich selbst erkannt und ist dabei, sich durch den Menschen selbst zu gestalten. Was also kann es Größeres geben, als auch den Menschen zu verändern? Was sind wir denn zur Zeit – erbärmliche Wesen, die zwar alles umkrempeln, was ihnen zwischen die Finger gerät, die sich selbst aber ein Gefängnis von Abhängigkeiten und Zwängen errichten. Der Neue Mensch wird sich vom Homo technicus unterscheiden wie dieser vom ersten lebensfähigen Einzeller. Denn er wird wahrhaft frei sein, weil er die Herrschaft über sich selbst antritt. Das ist der Schlüssel für die Zukunft: Der Mensch muß den Mut aufbringen, sein Glücksempfinden zu verändern ..."

Hendrikje hat sich wieder gesetzt und hört Goff mit einander widersprechenden Gefühlen zu. Wie oft schon hat sie sich gewünscht, unabhängig von lästigen Überbleibseln menschlicher Evolution zu sein. Wozu braucht ein Mensch Empfindungen wie Trauer, Neid, Enttäuschung – Goff hat schon recht: Diese Regelfunktionen sollte der Mensch selbst und bewußt ausüben können. Aber kann man sich denn auch bewußt freuen, bewußt lachen, bewußt glücklich sein?

„... wir benötigen keine Belohnung dafür, daß wir uns als Art erhalten, wir könnten Lust auf tausenderlei Art empfinden und würden unsere Fortpflanzung trotzdem nicht vergessen. Der Sexualtrieb hat in diesem System von Belohnung und Bestrafung schon längst keine Funktion mehr, unser Denken hat das blinde Umhertasten der Evolution längst überholt ..."

Na na, Hermel Goff, denkt Hendrikje erheitert, du nimmst diese Belohnung doch ganz gern entgegen.

„... die Mechanismen bleiben zwar vorläufig dieselben, aber wir wenden sie anders, zielgerichtet an. So wie wir unsere Hand aus einem Fortbewegungs- und Kletterorgan zu einem Manipulator des Verstandes entwickelten, so werden wir auch unser Fühlen und Empfinden ganz und gar der Herrschaft des Geistes unterwerfen, und eines Tages werden wir auch die zugrunde liegenden biologischen Mechanismen umgestalten, optimieren. Und dazu braucht der MOBS jeden Bürger. Wir brauchen dich, Hendrikje Greiff, und ich bitte dich, mit uns zusammenzuarbeiten!"

Hendrikje springt, wie von der Tarantel gestochen, auf. Das also war der Sinn seiner langatmigen Ausführungen: Sie soll sich an der Jagd auf unschuldige Mungos beteiligen, wenn auch gewissermaßen nebenbei! Dann denkt sie an den Tod des Germelin Stotzner. Sie hätte es ahnen müssen, ein Mops bleibt immer ein Mops, selbst im Bett ...

Als sie zum nächsten Amigohaltepunkt hastet, nimmt sie die belustigten Blicke der wenigen Passanten kaum wahr. Nur ganz vage wird ihr bewußt, welchen Eindruck sie auf die Frühaufsteher machen muß: wütend heulend und in einem Schimmersmaragd, der in nebligen Fetzen ihren Körper umschlottert und kaum noch eine Ahnung von dem einstigen Schmetterlingstraum in sich birgt.

Zu Hause schleicht sie auf Zehenspitzen in das Plusterfarnbett, kuschelt sich voller Reue an Ergars breiten Rücken und schwört sich hoch und heilig, ihren Lustpartner nie wieder zu hintergehen …

KAPITEL 8

Irmold Styx ist auf alles vorbereitet. Seine Kaderakte liegt längst auf dem Tisch irgendeines Organisators im Zentrum für Sonnenforschung. Seine Konzeption für eine völlig neuartige Generation von Raumschiffen, mit deren Hilfe man bis in die tiefsten Schichten der Jupiteratmosphäre vordringen kann, wurde von den Experten als interessanter Denkansatz gewertet. Hier, an Bord der Ikaros, haben die meisten sein Projekt nachsichtig belächelt oder wenigstens mit offenkundig desinteressierter Höflichkeit mal einen Blick auf die Varianten geworfen, die der Plotter ausdruckte.

Styx läuft durch die Galerie, um Skagit am Aktinometer abzulösen. Flakke fragt nicht nach dem Schichtrhythmus, wenn aufwendige Segelmanöver bevorstehen – dann hat jeder an seinem Platz zu sein, und das ist immer dort, wo der Betreffende sein Leistungsvermögen am effektivsten ausschöpfen kann. Styx hat daran nichts auszusetzen. Die Arbeit als Wetterfrosch des Drachenkreuzers hat ihm die Sinne für komplexe Zusammenhänge geschärft, und die dynamischen Vorgänge in Hydrosphären, Atmosphären, Aktinosphären, Thermosphären, Gravisphären oder Radiosphären erschließen sich ihm bereits auf geheimnisvolle Weise intuitiv. Er erahnt Gradienten oder andere funktionale Abläufe schon, bevor er sie in einen mathematischen Apparat preßt. Er sieht diese Prozesse, ohne zu wissen, wie sein Verstand diese modellhaften Abbildungen produziert – aber das interessiert ihn erst, seit er Brunos Alpträume auf dem Encephalovisor miterleben konnte.

Ohne die Arbeit am Aktinometerpult wäre er wohl nie auf die Idee gekommen, Tauchboote zu konstruieren. Eigentlich war es Zufall, daß er in einer Monographie über die Dynamik der Jupiteratmosphäre blätterte. Einige Besonderheiten der konvektiven Zirkulation ließen sich seiner Meinung nach am Modell der Jupiteratmosphäre einfacher mathematisieren, das stellte sich jedoch als Trugschluß heraus. Aber das einmal entfachte Interesse für diesen Riesenplaneten, der fast eine Sonne werden könnte, erlosch nicht wieder.

Ein merkwürdiger Geruch reißt Styx aus diesen Gedanken. Der süßliche Duft nach frischem Holz kommt ihm bekannt vor. Irmold Styx schnuppert irritiert, denn gleichzeitig wird ihm bewußt, daß dieser Geruch auf der Galerie nicht gerade gewöhnlich ist, er ist nämlich ein charakteristisches Merkmal des hitzebeständigen Vierkomponentenklebers, mit dem die Keramitdichtungen der optischen Geräte eingeleimt werden. An der Backbordwand der Galerie entdeckt er braunrote Kringel, sie glänzen noch frisch, und aus einigen laufen zähflüssige Fäden die Wand herab.

Sein Unterbewußtsein rattert automatisch die Checkliste des Havarieprogramms herunter, und ehe er überhaupt Beklemmung, Bestürzung, Angst oder Erleichterung empfinden kann, signalisiert der wache Verstand, daß eine Kombination von Lecks dieser Art unwahrscheinlicher ist als der Zusammenprall zweier Kometen. Die Tanks mit dem Kleber liegen zwei Decks tiefer, sie müßten alle geplatzt sein – das wäre noch möglich. Aber wie sollte das Zeug durch etliche Schotte, Decken oder Böden in die Galerie gelangen? Styx' Unterbewußtsein ist wieder eine Winzigkeit schneller. Noch bevor er die Kleckse als Buchstaben identifiziert hat, kennt er bereits den Wortlaut der Mitteilung.

Alkohol / Höllische Achterbahn / betäubt nur Stunden / aber das Leben zählt Jahre / Stümper, der sich König nennt / Usurpator / Omega.

Styx schnauft verdrießlich. Wieder mal der Geisterpoet. Erst fand er dessen Schmierereien ja beachtenswert und hat sogar darüber nachgedacht, da war er sogar ärgerlich, als Skagit seine dämlichen Kommentare gab. Jetzt aber stören ihn diese larmoyanten Winseleien. Vielleicht ist es Eifersucht, Styx will darüber nicht weiter nachdenken, denn sein eigener Mißerfolg hat ihn sehr verbittert. Daß diese Ziege, diese Domina, ihn mit einer an Perversion grenzenden Ausdauer zappeln läßt, wenn er unter irgendeinem Vorwand durch ihr Büro stolpert – das ist erniedrigend genug. Daß er aber unfähig war, sein tiefes Gefühl für diese Sadistin in irgendeinen sprachlichen Rhythmus zu kleiden, hat ihn zutiefst gekränkt. Für ihn war klar, daß nur Skamander der Urheber der merkwürdigen Omegasätze, wie die Gedichte von der Mannschaft inzwischen genannt wurden, sein konnte. Das imponierte ihm unbegreiflicherweise, und als er zu erkennen glaubte, daß Skamander offenbar etwas aus dem Gleichgewicht geraten war – welch anderen Grund als Domina gäbe es da? – und seinen Schmerz nicht für sich behalten konnte, da beschloß Irmold, Skamander endlich eine Niederlage zuzufügen.

Als er die Tube mit der Leuchtfarbe in seiner Hand fühlte und betont gleichgültig durch den Drachenkreuzer schlenderte, wiederholte er in Gedanken unentwegt die Verse, die er in einer poetischen Sternstunde komponiert hatte: Liebe / Nur in Maßen stärkt sie das Herz / gleich dem Gift der Tollkirsche / wie kann man maßvoll lieben / Omega.

Aber wie er so dieses Meisterwerk unentwegt in sich erklingen ließ, packte ihn unerwartet tiefe Niedergeschlagenheit bei dem Gedanken, vor Liebe sterben zu müssen, und ein gewaltiger Trotz wuchs aus dieser Trauer, er lachte plötzlich zornig auf, ohne auf die verstörten Blicke der ihm entgegenkommenden Energetiker zu achten, er reckte sich, ballte die Fäuste und erlebte im rechten Augenblick die zweite poetische Sternstunde in seinem Leben. Denn was ihm da auf einmal durch den Sinn ging, schien ihm so stolz und männlich, daß alles seichte Geschwafel von Kreislaufstimulanzien und Arterhaltungstrieb dagegen nur Gewäsch sein konnte.

Stunden später stand die halbe Ikarosmannschaft im Trailerhangar und lachte sich halbtot. Skagit deklamierte mit Inbrunst: „Sauber / Wolltest du mich weiterhin / im Staub liegend sehen / ich stehe / verdreckt zwar und zerschunden / aber ich stehe wieder / nicht dir zum Trotz / mir zum Vergnügen!“ Das „Omega“ wieherte er wie ein brünstiger Hengst. Dann nuschelte Schnuckchen etwas von Phalluspoesie und krähte begeistert, der Geisterpoet sollte sich ganz und gar ihm anvertrauen, er würde dem Ding schon zu einer permanenten Aufrichtigkeit verhelfen. Und Styx hatte Mühe, mit seinem Zähneknirschen nicht das Gegröle der anderen zu übertönen.

Bei dieser scheußlichen Erinnerung zuckt Styx plötzlich zusammen. Schnuckchen! Er liest noch einmal. Da geht es um Alkohol! Jeder an Bord weiß, daß Schnuckchen sein Nutzlastkontingent ausschließlich mit kistenweise gehortetem elloranischem Ananis deckt!

„Schau an“, flüstert er beeindruckt. Das Gefühl, das ihn nun überkommt, vermag er nicht zu bestimmen. Schnuckchen gegenüber empfindet er immer etwas, was auf komplizierte Weise aus Mitleid, Solidarität, Neid und Ekel gemischt ist. Der Elloraner zieht ihn an und stößt ihn gleichzeitig ab. Manchmal fühlt er einen fast an Wollust grenzenden Schauer, wenn Schnuckchen ihm mit der gewohnten Aufdringlichkeit den Rücken streichelt, oft genug stieß er ihn grob von sich und spürte ein Würgen im Hals, wenn die auf ewiger Suche befindlichen Hände des Elloraners seine Schenkel oder seinen Nacken fanden. Nie hat Schnuckchen darauf anders als mit einem girrenden Lachen reagiert, in dem immer eine Winzigkeit Spott zu schwingen schien.

Styx zieht sich die gelb und schwarz gestreifte Baseballmütze in die Stirn und wendet sich demonstrativ von der Inschrift ab. Und schon nach wenigen Schritten sieht er wieder seinen Schwammtaucher vor sich, dieses Jupiterschiff, das er so getauft hat, weil es aus Tausenden von Zellen besteht, die wie ein Schwamm das eigentliche Raumschiff umgeben. Diese Hülle aus einer Unzahl von Blasen soll es ermöglichen, ein Druckgefälle zu erzeugen. Seinen Berechnungen zufolge müßten etwa zwanzig Schalen mit stufenweise verringertem Innendruck genügen. Er hat auch dafür schon einen Namen – das sind die Kompensationsdecks. Die Anzahl der Druckzellen jedes Decks werden die Statiker bestimmen – doch das Prinzip hat Irmold Styx entdeckt. Diese Schiffe werden einst wie riesige Ballons in die tiefen Schichten der Jupiteratmosphäre vordringen. Sie werden zwar riesengroß sein, aber ihr spezifisches Gewicht ist durch die Zellenbauweise so gering, daß sie manövrierfähig sind und der Schwerkraft des Planetengiganten ebenso trotzen können wie dem mörderischen Druck seiner Gashülle, denn zweifellos werden es Segler sein.

Soll mit der Ikaros geschehen, was geschehen muß. Ihn braucht das nicht zu bekümmern, er hat sein neues Leben eigentlich schon begonnen. Natürlich wird man den kleinen Superproximer Irmold Styx nicht zum Chefkonstrukteur machen, das weiß er, und er will es auch gar nicht. Aber er hat noch so viele andere Ideen, und die Expertenkommission hat ihn ermuntert; Wohlmetz selbst hat geäußert, für solche Bürger wie ihn fänden sich immer lohnende Aufgaben, Kreativität sei schließlich das hervorragende Merkmal der Evolvierenden Persönlichkeit.

Vor dem Schott zur Brücke verharrt Styx. Wieder ist Brunos Vollmondgesicht zwischen die Visionen von einer Zukunft als Kreator geraten. Als er noch am Bett des bewußtlosen Kameraden saß und ängstlich auf das Ticken und Summen der unzähligen Apparaturen lauschte, die dem Trailerkönig mit der unvorstellbaren Macht von Menschen ersonnener Technik Atemzug für Atemzug das Leben wiedergaben, hatte er sich geschworen, den Antrag auf kadertechnische Umsetzung zurückzuziehen. Auf einmal war es ihm wie Verrat an all den Gefährten erschienen, mit denen er seit Jahren im Sonnenwind segelte. In diesen Stunden hatte er erkannt, daß es trotz aller Differenzen und Unversöhnlichkeiten etwas gab, was über dem Bedürfnis nach Erfolg und Beifall stand, etwas, was sich kaum in Worte fassen ließ und ganz sicher das Gegenteil von Einsamkeit war. Plötzlich hatte er sich davor gefürchtet, sein Leben in einer völlig neuen, fremden Umgebung fortzusetzen, und dunkel stieg in ihm die Ahnung auf, daß es nicht Sinn und Zweck des Lebens sein konnte, daß sich das Individuum über die anderen zu erheben trachtete, daß es vielmehr so sein sollte, daß alle sich gemeinsam über sich selbst erhoben.

Er hat dem Dicken sein Leben zu verdanken. Ist er damit in die Pflicht genommen? Manchmal glaubt Styx, er könne mit dem Bauch denken, denn solche Gedanken können gar nicht aus dem Gehirn kommen. Bruno hat doch im gemeinschaftlichen Interesse gehandelt, indem er einen schöpferisch potenten Bürger vor dem Tod bewahrte – sagt der Verstand im Kopf. Wie kann Bruno als Individuum dafür Dank fordern?

Aber Bruno hatte gewiß nicht die Gemeinschaft im Sinn, als er dem abstürzenden Wantentrailer folgte, er gehorchte einer Stimme, die seit Jahrtausenden in den Menschen spricht, mal leiser, dann wieder unüberhörbar laut, einer Stimme, die vielleicht nicht alle Menschen hören. Und Styx meint sie nun auch gehört zu haben, und sie kam zweifellos aus dem Bauch. Ist er also doch in die Pflicht genommen? Nicht von Bruno oder den anderen Gefährten – von dieser Stimme?

Seit einiger Zeit allerdings schweigt sie, und Styx weiß nicht recht, ob es ihn mit Genugtuung erfüllen soll, die Fähigkeit zum Bauchredner verloren zu haben.

Seinen Antrag auf eine neue Arbeitsstelle wird er vorläufig nicht zurückziehen. Dazu bleibt genug Zeit, denn kadertechnische Probleme werden immer noch von Menschen behandelt. Offenbar läßt sich dieser Bereich der gesellschaftlichen Arbeit nicht automatisieren. Über Bestrebungen in dieser Hinsicht hat er vor einiger Zeit einen Beitrag der Orientierungssendungen des Freiwilligen Informativen Pflichtprogramms gesehen. Daß sich einige Leute über die ganz exakte Bezeichnung dieses Informationsdienstes lustig machen, hindert ihn nicht, die Sendungen aufmerksam zu verfolgen. Irgendwas wird da mißverstanden, er hat es jedenfalls im Nesturbanidum so gelernt, daß es Pflicht der Gemeinschaft ist, den Bürger umfassend zu informieren. Da das Informationsangebot aber so gewaltig ist, daß der einzelne unmöglich alle Quellen nutzen kann, werden in den Orientierungssendungen Angebote unterbreitet, aus denen man frei wählen kann.

Ein leises Quaken läßt Styx zusammenfahren. Noch bevor er das Geräusch lokalisieren kann, wirbelt etwas Flauschiges zwischen seinen Beinen hindurch und springt am Brückenschott hoch.

„Ach, du bist es, Arthur", sagt Styx und bückt sich, um das erregt hoch- und niederhüpfende Tier auf den Arm zu nehmen.

Arthur pfeift mißmutig und weicht dem Griff aus. Dann trampelt er bockig auf der Stelle und schlägt den kurzen Trichterrüssel wütend auf den Boden.

„Dann nicht, du dämliches Vieh!" Styx ist verärgert. Zu jedem kriecht der Zwergburrbo hin, wenn man nur mit den Fingern schnippt. Aber ihn mag er aus irgendeinem Grunde nicht. Vielleicht ist das der Grund für die heimliche Eifersucht auf Skagit. Warum das Kosmosvieh gerade dieses Großmaul so vergöttert, ist Styx schlechthin unverständlich. Tiere sind eben keine Menschen, denkt er und ist mit dieser überraschenden Erklärung für die Genügsamkeit des Zwergburrbos recht zufrieden.

Als sich das Schott öffnet, jagt Arthur mit schrillem Kreischen in die Kommandozentrale. Styx sieht, wie Flakke, der gerade über die gläserne Halbkugel des Autogoniums gebeugt steht und mit dem Laserstift Kursvarianten eingibt, für Sekunden erstarrt.

Unterdessen springt Arthur zum Aktinometerpult, hangelt sich an Skagits schmächtigem Körper empor und kriecht auf dessen linken Oberarm. Nun erst ebbt das infernalische Gekreische ab, und das leise Mauzen des Tieres birgt nicht einmal mehr eine Ahnung von dessen Stimmgewalt in sich.

Skagit tätschelt seinen Liebling und blickt mißtrauisch zum Kosmander. Aber Flakke atmet nur kräftig durch und beugt sich noch tiefer über das Autogonium.

Styx muß gegen seinen Willen grinsen. Der Kosmander ist ein Tiernarr, daß weiß eigentlich jeder an Bord – Skamander will sogar mal gesehen haben, wie er Arthur heimlich fütterte. Aber er ist es seiner Stellung an Bord schuldig, wenigstens mit einer Geste – sei sie noch so verhalten – seinen Unwillen über die Disziplinlosigkeit Skagits zu demonstrieren. Dabei ist es doch eine anerkennenswerte Leistung, den Zwergburrbo zu dressieren, Herrchen zum Schichtwechsel abzuholen.

Skagit verdrückt sich sofort, als er Styx sieht. Als sich das Schott wieder schließt, blickt Flakke auf und sagt: „Rücksturz. Entlang der Achttausenderisophote auf Höhe, dann alle Schotte dicht und hinein in die Hölle."

Styx orientiert sich schnell: Schnuckchen und Skamander sitzen an der Spillautomatik. Flakke hat also wieder mal die erste Garnitur eingesetzt, wobei ihm Bruno von der Hohen Aue sicherlich lieber als Skamander gewesen wäre. Auch am Multispill ist der Dicke besser als die meisten Kameraden, aber hier hat auch er seinen Meister – Subproximer Marigg Ellis.

Was Bruno in den Wanten ist, das nimmt Schnuckchen für sich am Multispill in Anspruch. Und obwohl beide voneinander nur in den freundlichsten Worten reden, glaubt Styx, schon Anzeichen einer heimlichen Rivalität bemerkt zu haben.

Das Multispill ist nämlich die Position des Steuermanns. Da kann man in den Wanten noch so geschickt sein – der Mann am Spill entscheidet, wohin die Reise geht. Und nicht selten übernimmt Flakke selbst die Arbeit an diesem Steuerpult über Hunderte von Winden und Hydraulikanlagen, mit denen die Masten ausgefahren oder eingezogen, die Wanten und Pardunen aufgespult, Geitaue eingeholt und Brassen gezogen werden.

Natürlich ist der Steuermann auf die Wantentrailer angewiesen; nur das perfekte Zusammenspiel zwischen Trailerpiloten und Multispillwache garantiert den reibungslosen Ablauf der Segel- und Takelmanöver.

„Was sagt das Wetter, Superprox?" Flakke verfällt in den Arbeitsjargon und benutzt die Rangkürzel.

Styx entdeckt eine großflächige Aufwärtsströmung von hoher Materiekonzentration und weiß sofort, daß Flakke ihn deshalb in die Zentrale befohlen hat. Wenn sie diesen Ausbruch geschickt aussegeln, schaffen sie es mit den Turbosegeln und brauchen nur ein wenig Auftriebunterstützung durch die Sturmbesegelung. „Wie Sie es bereits erkannt haben, Konder, steife Brise", antwortet er forsch.

Flakke grunzt zufrieden, und Styx ist sich sicher, daß es nicht nur Genugtuung ob der günstigen Witterung ist – seine Art, Komplimente auszuteilen, hat sich in langen Flugjahren bewährt. Er blickt zur mehrfarbigen Anzeige des Segelstands, die neben dem großen Bildschirm leuchtet, und sieht, daß noch ziemlich viel Zeug oben ist. Die Zentralmasten sind längst eingezogen, das Omegasegel ist gerefft. Aber steuerbord und backbord ist noch alles Schönwettertuch am Mast.

„Vorschlag, Superprox?" Der Kosmander will nur hören, was er längst weiß.

Styx ist sich nicht zu schade zu beweisen, daß er Flakkes gelehrigster Schüler ist, und er zeigt es seinem Kosmander gern, denn besser als Flakke konnte nie jemand segeln – ist es da nicht ein Lob, des Kosmanders Pläne genau zu kennen? „Runter mit allem Zeug, außer Klüver, Flieger und allen Stagsegeln, Turbosegel anbrassen und die Kreisel verholen ..., das gibt Tempo, Konder!"

Flakkes Antwort ist ein neuerliches wohlwollendes Grunzen, und

Styx glaubt außerdem ein Gemurmel zu hören, das so klingt wie: „Gut, mein Junge ..., schade, daß es bald aus ist ..., wärst ein echter Segler geworden ..."

Dann dröhnt des Kosmanders Stimme über die Brücke. „Trailer ab! Runter mit allen Fock-, Mars-, Bram-, Royal-, Sky-, Groß- und Besanlappen! In die Wanten, ihr Affen!"

Ein mehrstimmiges Gejohle beantwortet den Befehl, dann schießen die Wantentrailer aus den Startschächten. Auf der grafischen Darstellung des Segelrisses erscheinen sie als grüne Punkte.

Auf einmal spürt Styx einen feinen Stich in der Brust. Oder war es im Kopf, im Bauch, im ganzen Körper? Ja, dieser Stich muß alle Nerven auf einmal getroffen haben, denn er lähmt Superproximer Irmold Styx für Sekunden, und in dieser Zeit schreit die seltsame Stimme in ihm, die er an Brunos Krankenbett das erstemal hörte: Und das soll alles vorbei sein, morgen, übermorgen oder überübermorgen?

Die Stimme erfüllt ihn mit einer Macht, daß es aus ihm herausbricht wie bei einer Explosion. Styx stimmt ein in das „Ayayay!" der Trailerpiloten und brüllt mit einer Begeisterung, wie er sie nie erlebt hat. Das ist es doch, was sein Leben ausmacht! Raus aus dem Katapultschacht, hinein in die Wanten, über und unter, neben sich die Kameraden wissend, dem plumpen Rumpf des Drachenkreuzers die Peitsche geben, der Sonne mit ihren Stürmen und Eruptionen den durchgesteckten Daumen zeigen, sie frech auslachen!

Erst Schnuckchens meckerndes Lachen bringt ihn zur Besinnung. „Unser Styxchen ist wieder mal ganz bei der Sache!"

Schnuckchens Spott regt ihn aber seltsamerweise nicht auf, auch Skamanders Kichern stört ihn nicht. Gestern noch hätte die Hitze der aufsteigenden Scham in ihm die Neuronen durchbrennen lassen; jetzt grinst er nur, etwas unsicher zwar, aber dafür auf eine Art und Weise, daß Flakke, der erst erheitert lächelte, ihm plötzlich sehr ernst und beinahe traurig, wie es ihm scheinen will, zunickt. Und da kann er sich nicht bezähmen, brüllt es noch einmal heraus, diesen Schlachtruf, der ihm auf einmal Kraft gibt, Hoffnung und Trotz.

„Ayayayay ...", antworten die Trailerpiloten, und fast will Styx es nicht glauben, aber er sieht nicht nur, daß der Kosmander den Mund bewegt, er hört tatsächlich dessen Stimme.

Diesmal hält Schnuckchen die Klappe. Seine Bartspitzen zucken zwar verdächtig, doch Styx weiß nicht so recht, ob die zusammengekniffenen Lippen des Elloraners darauf schließen lassen, daß der sich ein erneutes Lachen verkneift. Und als er entdeckt, daß Skamander den Kosmander anstarrt wie ein Dackel – mit großen, traurig

glänzenden Augen –, da ist auf einmal die ganze Stimmung dahin, aber ein ganz schwacher Nachhall wie von einem fernen Echo bleibt in ihm.

Das Takelmanöver klappt so gut wie selten zuvor, und das bedeutet, es wird mit einer Geschwindigkeit absolviert, die den theoretisch berechneten Vorgabewert deutlich überbietet. Der Kosmander nickt zufrieden.

Als die Trailer wieder an Bord sind, gibt Flakke seinen nächsten Befehl. „Turbosegel." Nur dieses eine Wort. Doch Skamander und Schnuckchen reagieren sofort.

Styx spürt ein leises Kribbeln in der Nackenmuskulatur. Jetzt schieben sich die aerodynamisch geformten Röhren des Turboantriebs aus dem plattgedrückten Rumpf des Drachenkreuzers. Warum diese Dinger als Segel bezeichnet werden, weiß er selbst nicht. Diese Art der Fortbewegung durch Windkraft ist uralt, hat sich auf den Meeren der irdischen Heimat aber seltsamerweise nicht durchgesetzt. Die wenigen Versuchsschiffe hätte man eher für altertümliche Dampfer halten können, denn die Turbosegel sahen riesigen Schornsteinen ähnlich. Vielleicht heißen sie Turbosegel, weil sie die Strömung von Gasen als Antrieb benutzen, aber irgendwie ist die Bezeichnung irreführend. Turbinen sind es aber auch nicht, obwohl das Prinzip der Turbine dazugehört. Na ja – Styx schüttelt den Kopf –, es ist eben ein Hybridantrieb, und da es davon Dutzende gibt, mußte man dem Kind eben einen Namen geben. Ist auch egal, wichtig ist, daß ein Turbosegel unter bestimmten Bedingungen mehr als fünfmal wirksamer als ein herkömmliches Segel ist. Für Hochgeschwindigkeitsflüge im Sonnenwind ein ideales Antriebsmittel. Natürlich kann man mit jedem konventionellen Teilchentriebwerk weitaus schneller fliegen – aber die Ikaros braucht keinen Reaktor, nicht einmal Energiespeicher. Sie bekommt alles von der Sonne.

„Kielkreisel null. Drallräder auf Steigflug." Flakkes Stimme klingt auf einmal betont sachlich.

Ob es ihm peinlich ist, das von vornhin? denkt Styx einen Augenblick. Dann konzentriert er sich voll auf die Anzeigen des Aktinometerpults. Skamander und Schnuckchen hantieren routiniert am Multispill. Mit Hilfe des Kreiselsystems richten sie jetzt den Bug der Ikaros um wenige Grad über die Solartangente, Styx hat das wohl schon tausendmal erlebt. Aber jetzt muß er aufpassen. „Acht Grad, zwei Minuten", ruft er Flakke zu, aber eigentlich ist es für die Steuerleute bestimmt.

„Acht Grad, zwei Minuten", wiederholt Flakke. Natürlich haben Skamander und Schnuckchen das Manöver schon eingeleitet, aber die Tradition verlangt die Verifizierung des Befehls durch den Kosmander, das ist nun mal so.

„Liegt an", meldet Schnuckchen.

Die Ikaros sackt etwas durch. Styx duckt sich unwillkürlich in Erwartung einer bissigen Bemerkung des Kosmanders. „Scheiße", schimpft er leise und rastert die winzige Turbulenz auf, die er zu spät erkannt hat. Dazu schaltet er sich das Bild des Hyperheliospektrographen auf den Schirm, und ein Blick in die räumliche Tiefe des Wirbels erspart ihm das Ablesen der Meßwerte.

„Keine Ursache", sagt Flakke trocken, „solch einen Furz lassen wir an der Nase vorbeiziehen und halten einfach die Luft an."

Vor drei oder vier Wochen hätte er mir empfohlen, einen Kursus in Sonnenphysik zu belegen, denkt Styx aufatmend. Dann aber beruhigt er sich und begreift, daß es wirklich nur eine Lappalie war. Solche Zirkulationsanomalien entstehen in Sekundenbruchteilen und verschwinden ebensoschnell.

Da packt der Aufwind den Drachenkreuzer. Nein – Styx korrigiert diese Empfindung sofort: Die Ikaros packt den Aufwind.

Die dichte Materie der Eruption heult durch die Turbosegel, auf dem Segelriß neben dem großen Bildschirm flammen rote Warnlichter auf.

„Klüver, Flieger und Stagsegel runter", befiehlt Flakke.

Für dieses Manöver werden die Wantentrailer nicht benötigt, es läßt sich allein mit dem Multispill durchführen.

Wenn die große Wäsche von der Leine ist, wie die Sonnensegler das Reffen der Hauptsegel nennen, ist es kein Problem mehr, den Rest ferngesteuert zu erledigen. Styx hat sich damit schon intensiv beschäftigt, weil er eine Weile an einem Programm für den vollautomatischen Betrieb knobelte. Er hat auch ein Programm gefunden – aber es war langsamer als der manuelle Betrieb ... Hin und wieder ist der Mensch doch unersetzbar.

„Alles Zeug in der Segelplicht", murmelt Skamander.

„Hart an den Wind!" Der Kosmander setzt sich in seinen Sessel und schnallt sich an. Daß er dabei eine unscheinbare Taste drückt, ist schon so zur Gewohnheit geworden, daß er es wahrscheinlich unbewußt tut.

Styx aber registriert diesen scheinbar unbedeutenden Handgriff sehr aufmerksam, denn jetzt leuchtet auf allen Decks und in allen Kabinen ein Signal auf, das jedem, der noch nicht den Gurt angelegt hat, dringend empfiehlt, das in den nächsten zwanzig Sekunden nachzuholen.

Ein gewisser Superproximer Irmold Styx hat dieses Signal ein einziges Mal in seinem Leben übersehen. Daß er sich kurz danach lediglich den linken Unterarm und nicht den Schädel gebrochen hat, kann er als Glücksfall bezeichnen.

Plötzlich ist hinten unten. Anders kann Styx diese Empfindung nicht erklären. Zwar weiß er, welcher physikalische Vorgang hier für dieses Gefühl sorgt – die Ikaros stürzt mit zunehmender Geschwindigkeit und im spitzen Winkel auf die Sonne zu –, aber seine Sinne können mit dieser rationalen Erklärung nicht allzuviel anfangen.

Dann ist auf einmal vorn hinten und unten ganz besonders unten. Jetzt sind sie im Jetstream! Die Turbulenz reißt den Drachenkreuzer aus seiner ursprünglichen Flugrichtung gewaltsam nach oben.

Flakke zählt laut die Flughöhe mit. Es geht irrsinnig schnell. „Kielkreisel null! Turbos zweiundsiebzig Grad!" Jetzt sind seine Befehle kurz und knapp.

Styx brüllt dazwischen: „Achtundsiebzig, Konder! Wir kommen in die Wand der Konvektionszelle!"

„Achtundsiebzig!" bellt Flakke.

Wieder ein kurzes Rütteln, aber diesmal ist es nicht Folge der Korrektur, sondern ein Ergebnis des Segelmanövers.

Die Ikaros jagt mit angebraßten Turbosegeln durch die Eruption, jetzt klappen die stromlinienförmigen Röhren nach unten und reißen das Schiff in den Sog der wieder abwärts strömenden Materie.

Nun hängt alles von Styx ab. Der Drachenkreuzer wird immer schneller, die Turbosegel verlieren ihre Wirksamkeit und werden zu Steuerrudern – aber je mehr sich die Geschwindigkeit der Ikaros erhöht, desto stabiler wird ihr Kurs! Styx teilt sich gleichsam: Der eine rechnet unentwegt, der andere sieht weit vor dem Bug des Schiffes Wirbel rotieren und Strömungen emporschießen.

Und dieser Irmold Styx blickt auch ein wenig in die Zukunft, erkennt die sich unmerklich aufschaukelnden Schwingungen, die den Glutball der Sonne vibrieren lassen, gewaltige Beben auslösen, die wie eine Springflut das Zentralgestirn umlaufen, riesige, kraterähnliche Strudel hervorrufen, aus denen dann Protuberanzen schießen, die von der Erde aus ohne weiteres mit bloßem Auge zu erkennen sind. Und er sieht ein System in diesen scheinbar chaotischen, unberechenbaren Vorgängen, aber er sieht es, ohne es in eine mathematische Formel kleiden zu können, etwa so, wie man die Regelmäßigkeit im Wuchs einer Tanne erkennt, aber nicht vorhersagen kann, wie oft sich ein Ast verzweigt.

Mit Skagits Berechnungen kommt er nicht klar. Die befassen sich aber auch weniger mit dem Resultat der Oszillationen als mit deren

Ursachen. Und wenn Skagit recht behalten sollte – und die von ihm errechnete Periode gleicht erstaunlich der bisherigen Entwicklung –, dann liegt die Quelle dieser Gravitationsoszillationen nicht nur außerhalb der Sonne, sondern sogar weit außerhalb des Sonnensystems.

Skagit hat eine kühne Hypothese aufgestellt, die von den Astrophysikern alledings verworfen wurde. Skagit will herausgefunden haben, daß die Gammaquelle 2 CG 195 + 4 im Sternbild Zwillinge der Verursacher ist, zumal schon vor einigen hundert Jahren Schwingungen der Sonne – allerdings kaum meßbare – mit Geminga, wie dieses Objekt dort genannt wurde, in Verbindung gebracht wurden. Geminga sendet auch eine intensive Röntgenstrahlung aus, was zu der Vermutung Anlaß gibt, daß es sich um zwei sehr kompakte Neutronensterne handelt, die einander umkreisen und dabei auch Gravitationswellen erzeugen. Allerdings ist Geminga sechshundert Lichtjahre von der Erde entfernt, und welcher Mechanismus sollte für diese extremen Schwankungen in der Intensität der Gravitationswellen und für die ausgeprägte Periodizität dieser Schwankungen sorgen?

Skagits Hypothese ist zwar sehr konstruiert, würde aber alles erklären. Schnuckchen hat sie einmal ironisch mit denjenigen geozentrischen Weltbildern der Vorzeit verglichen, in denen die Bewegungen der Gestirne durch epizyklische Konstruktionen erklärt wurden, deren Kompliziertheit gegenüber der elliptischen Realität zwar die Faszination eines filigranen Kupferstichs aufweise, jedoch schlicht und einfach Humbug sei. Skagit war tief beleidigt und verwies zu Recht darauf, daß sein Modell zwar ebenfalls kompliziert, aber, gemessen am aktuellen Erkenntnisstand, keineswegs unmöglich sei und auf den gültigen Naturgesetzen basiere, unter Berücksichtigung ganz aktueller Resultate.

Er setzt voraus, daß Geminga kein doppeltes, sondern eigentlich ein vierfaches System ist, ähnlich wie Mizar und Alkor, Deichselstern und Augenprüfer oder auch Reiterlein im Großen Wagen, ein kompliziertes Mehrfachsystem aus insgesamt sogar sieben Sternen bilden.

Nach Skagits Theorie sollen also zwei Doppelsysteme einander umkreisen, und immer wenn sie zur Sonne in Konjunktion, also in einer Linie mit ihr, stehen, vervielfacht sich unter bestimmten Bedingungen die Intensität ihrer Schwerewellen. Durch die Präzessionsbewegungen der Rotationsachse dieses Gebildes und die nur alle paar Millionen Jahre eintretende Phasengleichheit der Oszillationen beider Komponenten, durch Interferenzerscheinungen und noch andere physikalische Vorgänge entstehen so Schübe von jeweils drei bis vier Bebenperioden, die immer fünfunddreißig Jahre auseinanderliegen und je zwei Minima und ein Maximum aufweisen.

Skagit behauptet nun, daß ein Maximum bevorsteht und daß nach einem relativ harmlosen Minimum in weiteren fünfunddreißig Jahren wieder für etliche Millionen Jahre Ruhe herrscht. Styx hält mehr von der Hypothese, die einen im Sonnenplasma wandernden festen Kern – oder gar mehrere – mit etwa der Masse des Jupiters voraussetzt. Diese Annahme folgt der Prämisse, die Ursache im Zentrum der Wirkungssphäre zu suchen.

Aber als Skagits Aufrechnung verblüffend genau ein Maximum innerhalb des Zeitraums ergab, in dem die großen Saurier ausstarben, da wurde auch Styx nachdenklich. Und selbst Schnuckchen triumphierte nicht länger, als er nach Skagits Algorhythmus nachwies, daß es während der Eiszeiten keinerlei Minima oder Maxima gab. Skagit hatte wochenlang gerechnet, bis er vier Sterndurchgänge nachweisen konnte, von denen zwei durch das Gravitationsfeld die Schwerewellen von Geminga fokussierten, wie ein Brennglas das Licht. Da schwieg auch der Elloraner und spitzte die Lippen zu einem anerkennenden Pfiff.

Aber noch immer lehnt die Fachwelt die Skagit-Hypothese als willkürliche Konstruktion ab. Und Styx hat keinen Grund, den Fachleuten, die sich lobend über seine Raumschiffprojekte äußerten, zu mißtrauen.

Die Ikaros jagt durch den Jetstream wie ein von der Sehne geschnellter Pfeil. Aber während ein Pfeil immer langsamer wird und irgendwo zu Boden fällt, sollte er sein Ziel verfehlen, steigt die Geschwindigkeit des Drachenkreuzers ständig. Scheinbar stürzt er auf die Sonne zu; tatsächlich umrundet er sie nur in einer engen Schleife und wird dann durch die Schleuderwirkung dieser ausgeklügelten Bahn weit in das All hinauskatapultiert, wo irgendwo weit vor seinem Bug der Merkur als ein kaum wahrnehmbares Stäubchen flimmert …

Nach achtzehn Stunden lehnt sich Kosmander Flakke mit einem zufriedenen Grunzen zurück und befiehlt: „Den Omegalappen raus, Jungs!“

Wieder schießen die Wantentrailer aus den Startschächten, aber Styx sieht das nicht mehr. Flakke hat ihn mit einer kurzen Handbewegung aufgefordert, die Brücke zu verlassen, und mit einer zweiten – er legte den Kopf schief und bettete ihn in die Handfläche –, sich erst mal gründlich auszuschlafen. Den Rest macht die Ikaros allein. Ist das Omegasegel erst gesetzt, schwebt der Drachenkreuzer wie ein Heißluftballon dem Merkur entgegen, nur noch vom Strah-

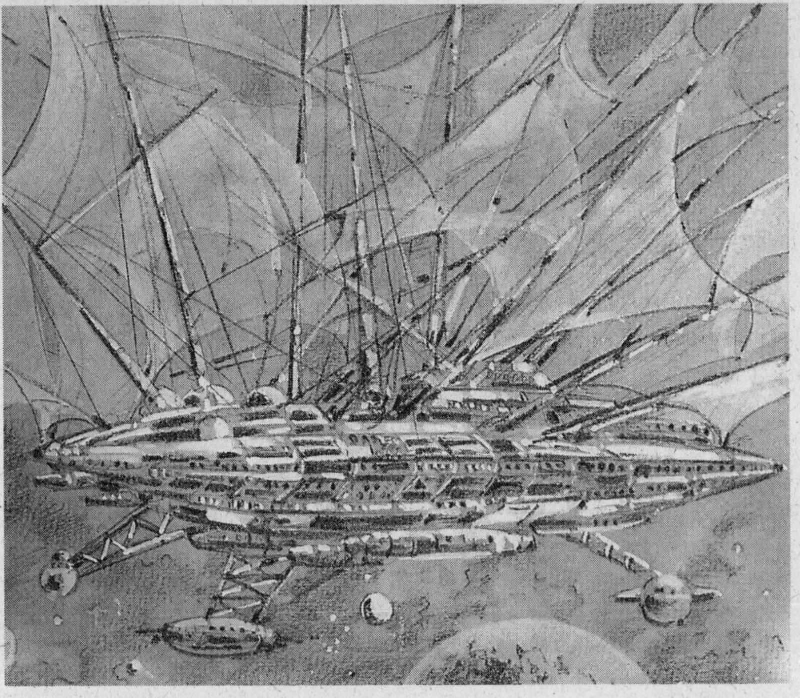

lungsdruck des Sonnenwindes und vom Impuls des Swing-by-Manövers weitergetrieben.

Jetzt haben sie einige Tage Ruhe, und Styx kann an seinem Projekt – dem Jupiterschiff – weiterarbeiten. Auch Skagit wird sich in seiner Kabine einschließen und seine Berechnungen weiterführen, mit dem düsteren Eifer eines besessenen Malers, der das Diorama der Apokalypse entwirft. Styx mißgönnt dem Kameraden nicht einen Erfolg, trotzdem wünscht er von ganzem Herzen, Skagit möge sich irren. Denn wenn dessen Prognosen Wahrheit würden – der Erde stünde der Untergang bevor.

KAPITEL 9

„Nirschvog, meine Zuchtperle!" Roberts knabenhafte Stimme dringt in einen Traum, den Hendrikje gern noch ein Weilchen weiterträumen würde, denn da ist etwas mit riesigen, weißen, rauschenden

Flügeln, deren Schläge sie mit einer Macht durchzucken, die ihr irgendwie bekannt vorkommt, und das kleine Kaninchen in ihrem Schoß löst ebenfalls geheimnisvoll erregende Assoziationen aus. Aber der kleine Serviceautomat imitiert so gekonnt Ergars Tonfall, daß der Traum auseinanderweht wie eine aufgewirbelte Staubfahne, und vielleicht ist es auch nur Staub, in den Ergars Botschaft wie eine Windhose fährt.

„Bitte sei so nett, mein kleines Plusterfarnmädchen, und überlege einmal, wo mein Stirnreif heute seinen zeitweiligen Platz gefunden hat. Wenn du der Meinung bist, er kleidet mich nicht, sage es mir ruhig offen ins Gesicht, du weißt, ich vertraue deinem sicheren Instinkt für modische Details. Mein Schmeichelmooscape, auf das du dich zur Ruhe gebettet hast, kannst du in den Recyclingschacht stecken, ich brauche sowieso ein neues. Aber bitte vergiß nicht, wo du meine Karneolspange hinlegst, falls du sie finden solltest. Das beste ist, du legst sie wieder dahin, wo du sie weggenommen hast, dann finde ich sie heute abend ..."

Hendrikje gibt Robert wütend ein Zeichen zu schweigen. Dann erst öffnet sie die Augen und sieht genau in das rote Glühen der hinter dem Horizont hervorkriechenden Sonne. Wie jeden Morgen folgt ihr Blick den feinen Linien, die das Wabennetz der Schutzglocke von Amorix nur im Licht der Morgensonne erkennen lassen, und dann stutzt sie.

Über dem Strahlen der Tageslosung sind weitere Schriftzeichen zu sehen, und für Sekunden denkt Hendrikje: Da hat ein ganz Tollkühner sogar das Urbanidum Maximum beschmiert. Aber die Buchstaben scheinen über dem Dach des Urbanidums in der Luft zu schweben, und dort pflegt sich Farbspray bekanntlich in feine Nebel aufzulösen ...

Ganz automatisch spricht sie die Tageslosung nach: „Nicht rückwärts schauen – vorwärts gehen." Aber heute will ihr diese morgendliche Übung zur Tageseinstimmung nicht ganz gelingen, denn die merkwürdigen Zeichen darüber erinnern sie an Hermel Goff. Und plötzlich wird ihr klar, daß die Worte auf die Panoramafläche ihres Wohnkontingents geschrieben wurden.

Wie können sich die Igel lieben / sie legen ihre Stacheln an / wärst du ein Weilchen noch geblieben / vielleicht hätt ich es auch getan.

„Beim Großen Sirius", flüstert sie schuldbewußt, denn daß sogar Ergar solcher Ergüsse fähig ist, erfüllt sie mit mehr Staunen als Heiterkeit. Hat sie ihm so sehr unrecht getan? Nachdenklich schiebt sie sich eine Qualle zwischen die Zähne und starrt auf die Verse. Ergar läßt sich dazu herab, ihr ein Gedicht zu widmen – da spielt es keine

Rolle, ob es übler Kitsch oder hehre Lyrik ist. Allein die Tatsache ist so etwas wie eine Weltenwende.

Heiße Scham überfällt Hendrikje. Ob er ahnt, was letzte Nacht geschehen ist?

Aber in die Scham mischt sich unbegreifliche Beschwingtheit. Hendrikje tritt an die Panoramawand heran und fährt mit dem Finger versonnen über die Schrift. Da aber stutzt sie ein zweites Mal. Die Fläche ist spiegelglatt, setzt dem zärtlichen Gleiten der Fingerkuppen nicht den geringsten Widerstand entgegen. Und nun erkennt sie auch den winzigen Klecks am Ende der letzten Zeile, den sie erst für einen verunglückten Punkt gehalten hat. Es sind zwei ineinander verschlungene Initialen: H und G, und die Worte wurden von außen an die durchsichtige Wand geschrieben ...

Aufwallender Zorn durchzuckt sie. Ergar ist ein Idiot! Nie würde der so etwas fertigbringen, nie!

Aber ihr Ärger vergeht schnell, sicher auch deshalb, weil ihr schwach die Ungerechtigkeit in ihren Erwartungen bewußt wird. Dieser Goff, denkt sie, wie hat er das nur angestellt? Ihr Finger zeichnet wieder die Buchstaben nach, vielleicht nicht ganz so liebevoll wie zuvor, aber dafür mit einem prickelnden Gefühl, wie es immer dann entsteht, wenn man etwas Verbotenes tut.

Hendrikje begreift auf einmal, daß sich ihr Leben in den letzten vierundzwanzig Stunden entscheidend verändert hat, ohne jedoch genau sagen zu können, worin diese Veränderung eigentlich besteht. Doch ahnt sie bereits, daß heute Entscheidungen fallen, an denen Ergar und Goff als auslösende Faktoren, nicht aber als wichtige Objekte beteiligt sein werden.

Auf dem Weg ins Urbanidum Universum kauft sie sich einen neuen Schmeichelmoosoverall. Als das Dreiäuglein an der Kasse mit unsichtbaren Ultraschallschwingungen nach ihrem Psiegel tastet, um mit Hilfe ihres persönlichen Kodes die Abbuchung vom Konfektionskonto in Auftrag zu geben, berührt das sie nicht sonderlich. Früher bereitete ihr die Vorstellung vom Schrumpfen ihres Punktekontos beinahe körperlichen Schmerz. Aber heute ist alles anders, und einige Male ist sie sogar schon erschrocken, als ihr die Unwichtigkeit vieler einst unentbehrlicher Kleinigkeiten bewußt wurde.

Das erstemal spürt sie etwas in sich vibrieren, wenn sie die Tageslosung liest: Nicht rückwärts schauen – vorwärts gehen. Wie eine Botschaft will es ihr scheinen, eine Aufforderung an sie ganz persönlich. Es ist eine gute Tageslosung, denn das erstemal in ihrem Leben spürt Hendrikje deren mobilisierende, stimulierende Wirkung. Zwar glaubt sie einen winzigen Widerspruch zu geltenden

Grundsätzen der Gewordensein-Aneignung zu sehen, die ja eigentlich fordern, den Blick zurück nie zu vergessen, aber eigentlich ist der Blick ins Gewordensein ja auch keiner zurück, sondern eher einer in die Tiefe ...

Vergnügt beobachtet Hendrikje zwei Mungos, die sie an den etwas steifen, weil verhaltenen Bewegungen erkannt hat. Die beiden mühen sich nur mäßig, ihren Zustand zu verbergen, wahrscheinlich deshalb, weil ein ihnen weit wichtigerer anderer Zustand, in dem sie sich auch befinden und der sein höchstes Stadium erreicht zu haben scheint, ihre Empfindsamkeit für die Umwelt vorübergehend stark eingeschränkt hat. Der Frau gelingt es etwas besser, die hochtourige Motorik als übersprudelndes Temperament auszugeben, bei ihm dagegen hat diese eher den Anstrich hochgradiger Nervosität.

Hendrikje sieht auch, daß andere Bürger sehr wohl begriffen haben, was mit diesem verliebten Pärchen los ist, und daß alle mehr oder minder demonstrative Gleichgültigkeit vorschützen, hinter der hier und da sogar Sympathie aufzublitzen scheint. Besorgt hält sie nach Möpsen Ausschau, in der festen Überzeugung, sie schon am Gesichtsausdruck zu erkennen. Aber entweder ist das Netz des MOBS längst nicht so weit verzweigt, wie gemeinhin angenommen wird, oder dessen offizielle und inoffizielle Mitarbeiter sind nur in Ausnahmefällen so wachsam wie ein gewisser Hermel Goff.

Der Gedanke an Goff löst in Hendrikje eine Kettenreaktion aus. Sie erinnert sich sofort an das, was er über die Akzeleration der Lebensgeschwindigkeit gesagt hat, und daran, daß die Mungos – ausnahmslos alle Mungos! – ein schlimmes Ende erwartet. Die ausgeklügelte Physiologie des menschlichen Organismus gestattet eben keine unbegrenzte Steigerung des Lebenstempos, wer nicht an irgendeinem chronisch verlaufenden Organversagen zugrunde geht – sei es durch atrophische Veränderungen, Stenosen, Stomien, Plegien oder ähnliches –, der endet im Wahnsinn ...

Weshalb setzen sie sich darüber hinweg? fragt sich Hendrikje. Sie müssen es doch wissen, sie müssen doch begreifen, daß sie keine Chance haben! Aber gibt es eine Möglichkeit, den Mungos anders zu helfen, als es der MOBS versucht – und der Gemeinschaft trotzdem nicht zu schaden? Noch vermag Hendrikje nicht, eine Antwort auf diese Frage zu geben, denn eine vage Ahnung sagt ihr, daß ihr Bild von den Mungos immer noch nicht vollständig ist, daß ein sehr wichtiges Steinchen dieses Mosaiks fehlt ...

Der Anblick der beiden scherzenden und herumalbernden Mungos erfüllt sie mit tiefem Mitleid, und sie begreift ein Weiteres: Goff hatte recht mit seinen Worten, daß der Mensch dazu übergehen müsse, sich selbst zu verändern. Dieser hat bisher immer nur versucht, die Umwelt nach seinem Geschmack zu formen, und außer acht gelassen, daß er selbst ja der wichtigste Faktor seiner Umwelt ist. Aber ob Goff es so gemeint hat?

Hendrikje setzt ihren Weg durch das erwachende Amorix fort. Und wie sie so die Geräusche und Gerüche dieser anlaufenden Großstadtmaschine in sich aufnimmt, kommt ihr eine schreckliche Erkenntnis.

Unsere ganze Gemeinschaft ist doch ein riesiger Mungo! denkt sie entsetzt. Wir leben immer schneller, produzieren in kürzerer Zeit immer mehr, verbrauchen jedes Jahr das doppelte des Vorjahres – eines Tages wird nichts mehr funktionieren, wenn nur ein winziges Rädchen dieser komplizierten Maschinerie die Verschleißgrenze erreicht! So also haben Ergar und Goff es gemeint. Wir werden selbst zu Mungos ...

Und auf einmal beruhigt es sie ein wenig, zu wissen, daß es da Leute gibt, die das Problem längst erkannt haben, und sie denkt: Vielleicht ist etwas dran an dieser Spinnerei von der Moralischen oder Psychischen Optimierung, vielleicht ist das der Weg für die Menschheit, um dem gesellschaftlichen Mungoismus zu entgehen. Aber wo ist ein Weg für Leute wie Germelin Stotzner?

Als Hendrikje plötzlich vor dem Terminal ihres Arbeitsplatzes im Urbanidum Universum sitzt, erwacht sie wie aus einer tiefen Ohnmacht, und für Sekunden erwägt sie, sich beim Büro zur Untersuchung abweichender Verhaltensweisen zu melden, denn sie kann sich beim besten Willen nicht mehr daran erinnern, auf welchem Weg sie ihre Arbeitsstelle erreicht hat. Doch als der mit Havariemeldungen gespickte Rapport der ersten Schicht über ihren Bildschirm flackert, verfliegt diese seltsame Anwandlung. Sieben Psychogramme der Ikarosbesatzung weisen schwere normative Defekte auf! In einem Fall besteht sogar der Verdacht, daß ein vermeintlicher Unfall tatsächlich ein Selbstmordversuch war. Sie kann es kaum fassen.

„Beim Großen Sirius!“ stöhnt Hendrikje auf. Hastig überfliegt sie die Kurven. Bei drei Besatzungsmitgliedern ließen sich die Kennziffern möglicherweise mit einem Kurzurlaub und anschließender Intensivkonditionierung ins Lot bringen, bei einem würde sogar ein simpler Datenausgleich genügen – eine harmlose und geringfügige Schwindelei, die in allen Kaderabteilungen gang und gäbe ist. Aber je mehr sich Hendrikje in die übrigen Diagramme vertieft, desto deutlicher wird ihr bewußt, daß ihr erstes Meisterwerk eine Seifenblase ist, die in Kürze zu zerplatzen droht. Ein Selbstmordversuch in der Ikarosmannschaft!

Hendrikje ist dem Heulen nahe. Sollte sie denn wirklich so total versagt haben? Die Parameter korrelierten doch ideal, ein harmonischeres Datengefüge war kaum denkbar – und jetzt?

Ausgerechnet in diesem Moment wünscht der Generalorganisator sie zu sprechen.

Hendrikje spürt den Boden unter ihren Füßen förmlich zerbrökkeln und weiß, daß nur noch ein kühner Sprung Rettung vor dem drohenden Absturz bringen kann.

Aberschwenz empfängt sie mit unwirscher Höflichkeit. Für sie, die sie ein grauenvolles Donnerwetter erwartet hat, ist es wie eine Begrüßung mit Bruderkuß.

„Da ist eine verdammte Schlamperei passiert, Kaderorganisator!" sagt Aberschwenz und nickt, wie um seine eigenen unklaren Worte zu bekräftigen.

Hendrikje rutscht in sich zusammen wie ein schmelzender Zukkerhut. Es ist nur die Bö vor dem Sturm, denkt sie verängstigt.

„Sie wissen Bescheid?" Ein wäßriger Blick trifft sie, und Hendrikje sieht, daß die Zwiebeltürmchen auf dem Schädel des Generalorganisators heute stahlblau glänzen.

„Jawohl, General", haucht sie kleinlaut.

„Haltung, Hendrikje Greiff, Haltung!" fordert Aberschwenz knurrig. „Ich weiß ja, daß es nun besonders schwer für Sie wird, aber Sie werden das schon geradebiegen!" Und nach einer Weile unheilvollen Schweigens fährt er fort: „Wer konnte auch ahnen, daß irgend so ein Esel aus dem Rat für Kooperation den Ikarosleuten steckt, was wir vorhaben! Kein Wunder, daß sie durchdrehen ..."

Hendrikje atmet unwillkürlich auf. Also ist es nicht ihre Schuld! Leichter wird es dadurch zwar nicht, aber wenigstens kann man ihr nichts vorwerfen.

„Wenn ich herausfinde, welcher Idiot ... Na, lassen wir das. Haben Sie schon eine Idee, Hendrikje?" Auf einmal klingt die Stimme ihres Vorgesetzten ganz natürlich und menschlich. „Jetzt muß es schnell gehen", redet er weiter, „das ist Ihnen doch klar. Wer weiß, was noch alles geschieht, wenn wir nicht bald eine Lösung finden!"

Aberschwenz blickt sie voller Hoffnung an, und verwundert stellt sie fest, daß die scharfen Fältchen in seinen Augenwinkeln seinem Gesicht sogar den Anflug von Gutmütigkeit geben.

„Ich habe schon eine Modifikation der Kennziffern beantragt", sagt Aberschwenz seufzend, „in dieser Situation kann man von einer Übererfüllung wohl nicht mehr sprechen ..." Da wird er vom Summton der Rufanlage unterbrochen, was er mit einem zornigen Stirnrunzeln quittiert, denn der salbungsvolle Ton der letzten Worte ließ darauf schließen, daß er zu einer längeren rhetorischen Sequenz anhob.

Hendrikje hingegen ist weniger unglücklich über die Störung, denn ihre Gedanken umkreisen verzweifelt die Frage, welche Lösung der Generalorganisator von ihr erwartet. Einzig der Umstand, daß es ihr Kollege Reinold Dirtiquanz ist, der den General um ein Gespräch bittet, lenkt ihre Aufmerksamkeit auf den Bildschirm.

„Ich muß Sie dringend unter vier Augen sprechen, General, es ist wirklich sehr wichtig!" sagt Reinold.

„Unsinn!" erwidert Aberschwenz. „Unter vier Augen – was soll das? Ich habe keine Zeit für solche Mätzchen. Reden Sie jetzt, oder lassen Sie's bleiben!"

Hendrikje erfaßt ein unangenehmes Gefühl, als sie Dirtiquanz krampfhaft schlucken sieht. Sein Blick ruht auf ihr, und ganz offensichtlich erwartet er vom Chef, daß der sie hinausschickt.

„Beim Großen Sirius, reden Sie jetzt, oder verschwinden Sie aus der Leitung!" faucht Aberschwenz böse.

Reinold treten dicke Schweißtropfen auf die Stirn, die das Regenbogenband aus Flimmerflitter mit funkelnden Bläschen bedecken.

„Du mußt das verstehen, Henni, aber es ist nun mal unsere Pflicht, auch wenn wir es nicht gern tun ...", druckst er herum, doch bevor er weiterreden kann, unterbricht ihn Aberschwenz schneidend.

„Sie tun Ihre Pflicht nicht gern, Dirtiquanz? War es das, was Sie mir unter vier Augen mitteilen wollten?"

Reinold erstarrt förmlich zu Eis. Eisig und unpersönlich klingt jetzt auch seine Stimme. „Generalorganisator! Nach gründlicher Beobachtung bin ich zu der Überzeugung gelangt, daß die Bürger Meindolf Gertelgard, Sindig Findelsick und Ivara Sigmar an Mungoismus erkrankt sind."

Aberschwenz blickt nur kurz auf und sagt mißmutig: „Jaja, ist gut, Dirtiquanz, ich werde mich darum kümmern." Und als sich Reinold abwartend räuspert, fragt er: „Noch was?"

„Ich dachte, wir ..., soll ich nicht den MOBS ...", stammelt Reinold.

Aberschwenz zieht mißbilligend die Augenbrauen hoch, seine Mundwinkel sacken noch tiefer als gewöhnlich, und er antwortet mit unverhohlenem Spott: „Das Denken überlassen Sie besser mir, Dirtiquanz, und alles andere ebenfalls, klar? Danke!"

Hendrikje hat sofort begriffen, daß Reinold irgend etwas verkehrt gemacht hat. Ebenso schnell erfaßt sie, daß die Enthüllung für Aberschwenz absolut keine Neuigkeit ist. Und als er ärgerlich knurrt: „Dieses Rindvieh!", da war ihr einen Augenblick so, als ob sie ihm um den Hals fallen müßte.

Beim Großen Sirius, so kann man einen Menschen verkennen, denkt sie freudig, und wäre da nicht diese undefinierbare Scheu, die sie jedem Vorgesetzten gegenüber empfindet, würde sie ihn wohl wirklich umhalsen.

Aberschwenz entläßt sie mit der Bitte, noch heute eine Lösung des Ikarosproblems vorzuschlagen, wenigstens einen Lösungsansatz. Das Ausmaß dieses Ansinnens wird ihr jedoch kaum bewußt, so sehr beschäftigt sie das überraschende Erlebnis eines ganz anderen Generalorganisators, der ihr gegenüber jemanden ein Rindvieh schimpfte, der doch nichts weiter als seine gesellschaftliche Pflicht tat ...

Reinold weicht ihrem Blick aus, sitzt da mit hochroten Ohren und bearbeitet sein Terminal. Doch scheint es ihn innerlich dermaßen aufzublähen, daß es irgendwie heraus muß. „Jetzt verachtest du mich, Henni, nicht wahr?“ haucht er weinerlich, und unüberhörbar schwingt in seinen Worten die Hoffnung auf entschiedenen Widerspruch mit.

Hendrikje ist es unangenehm, darauf antworten zu müssen. Eigentlich wollte sie darüber nicht reden, doch jetzt merkt sie plötzlich, daß Reinolds offenkundige Hoffnung auf Verständnis so unberechtigt nicht ist. „Wenn man von dem, was man macht, nicht überzeugt ist, muß man sich wohl schämen“, sagt sie nachdenklich, „aber wohl weniger für das, was man tut, als vielmehr dafür, daß man es überhaupt macht, ohne dafür einstehen zu wollen ...“ Sie hat Goffs spöttisches Lächeln vor Augen, als sie ihm das erstemal ins Gesicht blickte. „Gestern morgen hätte ich dich sicher verachtet, Reinold. Gestern abend hätte ich dich vielleicht bewundert, heute früh bestimmt furchtbar gehaßt. Jetzt – jetzt tust du mir unsagbar leid, weil du an dir selbst zweifelst und keinen Ausweg findest ...“

Dirtiquanz starrt sie so blöd an, daß Hendrikje lachen muß. Aber sie empfindet tatsächlich echtes Mitleid für Reinold, und so versucht sie ein versöhnliches Angebot: „Entschuldige, Reinold, vielleicht kann ich dir helfen?“

„Mir kann keiner helfen“, er stöhnt gequält, „ich weiß nicht, wo mir der Kopf steht. Diese dämliche Jupitergeschichte, die Kennziffern sind so hoch angesetzt ...“

Dirtiquanz beginnt zu erzählen, wohl froh, daß Thema wechseln zu können. Von der Jupitererkundung berichtet er, die nur mit ferngesteuerten Sonden erfolge, weil es wegen des mörderischen Drucks immer noch nicht möglich sei, mit bemannten Schiffen in die tiefen Schichten der Gashülle einzudringen. Einfach lächerlich! Da sei man nun dabei, Planeten in unendlich weit entfernten Systemen zu besiedeln, aber einen Blick unter die Fußmatte vor der Haustür zu werfen, das sei ein Ding der Unmöglichkeit, nur wegen ein paar Atmosphären Überdruck. Und wie ungeheuer personalintensiv diese Art der Erkundung sei und wie eintönig für die Erkunder, die nur an irgendwelchen Anzeigegeräten säßen und darüber wachten, daß irgendwelche Sollwerte eingehalten würden. Daß dauernd psychogrammatische Defekte aufträten und er, Dirtiquanz, die Nase voll habe von dieser Arbeit, daß endlich jemand ein Raumschiff erfinden solle, mit dem lebendige Menschen in die Jupiterhülle tauchen könnten, dann werde den Forschern das Forschen und ihm das Kaderorganisieren wieder Spaß machen. Vielleicht sollte er einfach mal hinfliegen und mit den Leuten reden, die hier doch nur als Kurven und Diagramme über seinen Terminalschirm zitterten.

Je stärker Dirtiquanz sich erregt, desto stabiler wird sein seelisches Gleichgewicht. Hendrikje vermerkt es mit Befremden und Erheiterung. Dann hört sie nur noch mit einem Ohr hin, denn dieser eine Satz vom „einfach mal hinfliegen" schwingt in ihr nach, vor allem wegen der letzten Worte, und sie versucht sich vorzustellen, wie wohl Goffs Psychogramm aussehen würde. Das erstemal keimt in ihr schwacher Zweifel an der Digitalisierbarkeit einer Person. Welche Kurve vermochte das über den Menschen Goff auszusagen, was ihr in den letzten vierundzwanzig Stunden Augen und Ohren, Nase und Fingerspitzen – na ja, eigentlich wohl eher der ganze Körper – über diesen Mann erzählten? An welchem Diagramm könnte sie dessen Widersprüchlichkeit ablesen, die ihr Verstand mehr erahnt als erkennt?

Erst als Reinold schweigt, wird ihr die tödliche Stille bewußt, in der alles Leben im Terminalsaal erstarrt.

Reinolds Nase wird plötzlich grauweiß wie saure Milch, allmählich entfärbt sich sein ganzes Gesicht, und daran erkennt Hendrikje, daß er heute kaum geschminkt ist, also wohl wieder verschlafen hat. Sein starrer Blick folgt dem einzigen Geräusch, das sich unheilverkündend nähert, und Hendrikje braucht sich gar nicht erst umzudrehen, sie sieht am ängstlichen Schillern seiner Augen, wessen Schritte das sind.

Vier kräftige junge Männer, in der Kombination des MOBS, gehen schweigend durch den Mittelgang. Sie lächeln freundlich und fast auch ein wenig gelangweilt; die Arme über der Brust verschränkt, nähern sie sich den beiden Männern, die Reinold denunziert hat.

Hendrikje schaut automatisch zu Ivara Sigmar hinüber, die von Dirtiquanz ebenfalls gemeldet wurde. Um die Frau aber kümmert sich keiner der Möpse. Meindolf und Sindig folgen den Leuten vom MOBS ohne Widerspruch. Sie grinsen sogar belustigt, als die Möpse sich in aller Form entschuldigen und um Verständnis bitten. Meindolf, ein hagerer Mittvierziger vom häufigen Phänotyp Sinus eins A, einer genetischen Komposition mit stark asiatischem Akzent, bittet seine beiden Begleiter, noch jemanden benachrichtigen zu dürfen, wogegen diese nichts einzuwenden haben. Mit verschmitztem Lächeln zieht er sein Univox aus dem Brustlatz des Schmeichelmoosoveralls und spricht einen Rufkode, dann meldet er einem gewissen Rikkitikkitavi, daß er vom MOBS vorgeladen worden sei.

Diese Nachricht scheint die Möpse nun doch zu beunruhigen, denn sie haben sichtlich Mühe, den gleichgültigen Gesichtsausdruck beizubehalten, und einer von ihnen starrt Meindolf mit einer Miene an, die Hendrikje mit gutem Willen als Unentschlossenheit interpretieren würde. Da sie aber alles andere als guten Willens ist, kommt sie zu dem Schluß, daß der Mops eigentlich recht blöd dreinschaut.

Noch einige Zeit später beschäftigt sie dieser Vorfall. Es will ihr scheinen, daß jener Rikkitikkitavi, dem Meindolf von der Vorladung Mitteilung machte, den Möpsen alles andere als unbekannt war, und irgendwie kommt auch ihr der Name einerseits merkwürdig vertraut, andererseits hingegen höchst ungewöhnlich vor.

Erst Reinolds verzweifeltes Keuchen holt sie in die Wirklichkeit zurück. Es ist kaum zu verstehen, was er vor sich hin stammelt, aber wohl weniger, weil er nicht will, daß es jemand hört, als vielmehr wegen der offensichtlichen Konfusion, die sich seiner bemächtigt hat. Vom Sauermilchgrau in seinem Gesicht ist nur noch ein kleiner Klecks am Kinn geblieben, alles übrige glüht in hitzigem Rot, die Ohrmuscheln gar so, als träte das Blut aus den Poren. Er ist völlig in sich zusammengesunken und keucht: „Er kennt Rikkitikkitavi, jetzt bin ich erledigt ... Beim Großen Sirius, was soll jetzt werden ..."

Hendrikje kann das nicht mit ansehen und klopft ihm begütigend auf die Schulter. Aber seine Reaktion erschreckt sie: Reinold zuckt wie unter einem elektrischen Schlag zusammen und starrt sie aus entsetzt flackernden Augen an.

„Du wirst mich Rikkitikkitavi verraten, du weißt alles!" zischt er plötzlich böse.

„Ruhig, Reinold ... Im Augenblick bist du es, der dich verrät ..., sei ruhig ...", flüstert Hendrikje, und sie kann auf einmal ganz kalt und nüchtern denken. „Du brauchst nichts zu fürchten ..., ich kenne diesen Rikkitikkitavi doch gar nicht."

Es gelingt ihr tatsächlich, Dirtiquanz zu besänftigen, und das ist sehr wichtig für ihren blitzschnell gefaßten Entschluß. Sie schafft es auch, Reinold nach dem Schichtwechsel in eine Kristo zu locken, und erfährt von ihm, daß Rikkitikkitavi der Deckname für den Präsidenten der Mungoliga ist ...

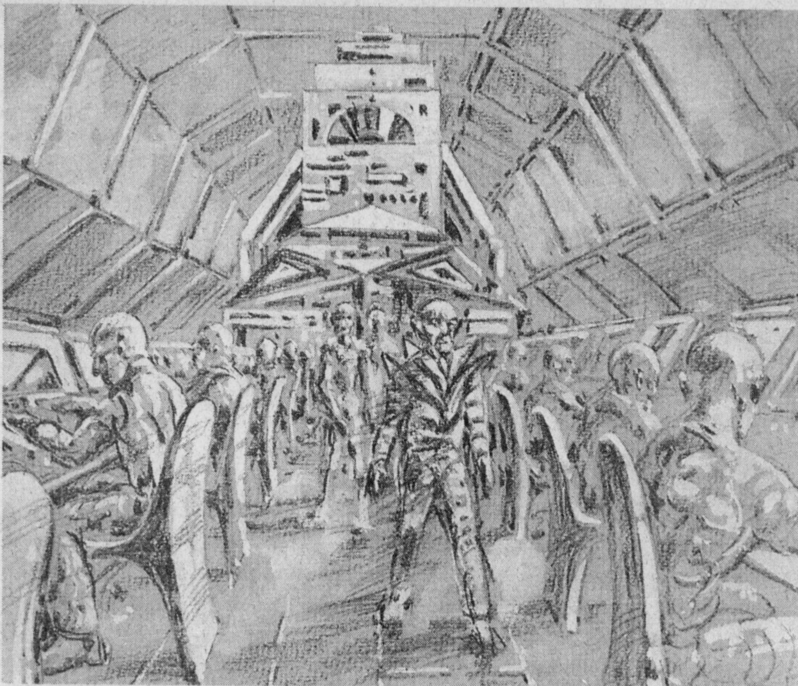

Reinold aber redet weiter wie unter einem geheimnisvollen Zwang – allerdings erst, als sie in seinem Wohnkontingent sind und er zweimal mit mäßigem Erfolg versucht hat, ihr etwas Freude zu verschaffen. Angesichts seines desolaten seelischen Zustands hat sie ohnehin nicht viel erwartet, und es war ja auch nicht Lust, was sie von ihm wollte.

Er erzählt, woher er so gut Bescheid weiß, und da erst wird Hendrikje schlagartig klar, warum es bei ihm immer so schnell geht. Reinold ist ein Mungo ... Bisher ist es ihm gut gelungen, seinen gesundheitlichen Zustand vor der Öffentlichkeit zu verbergen – bis auf eine Ausnahme, wie sie noch erfährt.

Hendrikje erhält Kenntnis von Dingen, die sie entsetzen, verschüchtern, verwirren und aufregen.

Reinold ist ein Mungo, aber Mungo ist nicht gleich Mungo. Es gibt eine Mungoliga und eine Mungologe, daneben noch eine Menge unbedeutender Splittergruppen und die unübersehbare Masse der Unorganisierten. Die Liga fordert die totale Integration, die Loge ist dagegen, weil sie deren Unmöglichkeit erkannt hat, sie verlangt die Bereitstellung irdischen Territoriums. Gemeinsam lehnen beide Gruppierungen die Umsiedlung auf einen anderen Planeten mit der Begründung ab, dann könnten doch auch die „Langsamen“ umsiedeln. Die Liga schimpft die Loge einen Haufen unzurechnungsfähiger Separatisten, die Loge nennt die Liga eine Mafia von gewissenlosen Umstürzlern – und beide Organisationen arbeiten mit dem Rat für Koordination zusammen, wenn es darum geht, dem anderen zu schaden.

Reinold bezeichnet sich als einen Ligisten, und er ist der Meinung gewesen, die anderen drei seien Mitglieder der Loge. Daß Ivara unbehelligt blieb, kann auch er sich nicht erklären. Einen Augenblick hat Hendrikje das Gefühl, es müsse sie auseinanderreißen. Es gibt doch nur eine Erklärung: Aberschwenz gehört der Loge an und weiß genau Bescheid, hat die beiden Ligisten mit Vergnügen dem MOBS gemeldet und Ivara – die demzufolge zur Loge gehört – gedeckt!

Als sie Reinold verläßt, ist Hendrikje um einige Erkenntnisse reicher und um vieles ärmer. Warum eigentlich hat sie sich zu Dirtiquanz gelegt? Bis auf Ergar – und vielleicht Goff? – würde niemand sie danach fragen. Aber sind die Selbstvorwürfe nicht diejenigen, die man am allerwenigsten ignorieren kann? Ist es nicht so gleichgültig, ob andere einen schlecht nennen, wenn man genau weiß: Es stimmt nicht. Und ist es nicht die Hölle auf Erden zu wissen: Die, welche dich gut nennen, irren?

Bei diesen komplizierten Überlegungen angelangt, greift Hendrikje zu einem demagogischen Trick und beschließt, sich für eine außergewöhnliche nichtdigitalisierbare Persönlichkeit zu halten. Das Ergebnis befriedigt sie durchaus. Sie schiebt sich gutgelaunt eine Qualle zwischen die Backenzähne und ist stolz auf sich.

Ein Gedanke jedoch beschäftigt sie noch am folgenden Morgen: Einfach hinfliegen und mit den Leuten reden, hat Reinold gesagt.

Aberschwenz zieht mißbilligend die Brauen hoch, als sie diesen Wunsch vorträgt. Seine Stirn beginnt leicht zu glänzen, als sie Ivaras Namen nennt, und als sie von der Mungologe spricht, bricht er in dröhnendes Gelächter aus und fragt, ob ihr noch nie aufgefallen sei, daß Ivara – ganz im Gegensatz zu den beiden anderen Mungos – die Kennziffern in hervorragender Weise übererfüllt. Trotzdem erteilt er Hendrikje erstaunlich gutgelaunt die Genehmigung.

Die aktuelle Tageslosung hat für Hendrikje nun etwas beinahe Mystisches, und irgendwie fühlt sie sich an Ireas Flakke erinnert, obwohl Goff dessen Bild aus ihrem Gedächtnis fast völlig verdrängt hat, aber der erste Satz läßt sie auch an Reinold denken.

Mächtig und unantastbar strahlt es vom Urbanidum Maximum: „Nicht beugen wollen wir uns unter der Last der Erde – recken wir uns den Sternen entgegen.“

KAPITEL 10

„Wo ist Arthur?“ Das Schott zur Messe poltert gegen die Wand. Skagit steht, keuchend vor Wut, im Türrahmen, und in seinen Augen glitzert es gefährlich. Sein Gesicht ist krebsrot, und die Halsschlagadern zucken wie zwei blaurote Würmer, die gerade auf den Angelhaken gespießt werden.

Marigg Ellis, genannt Schnuckchen, lehnt sich amüsiert zurück und läßt seine Schnurrbartspitzen unter einem spöttischen Lächeln zucken. Irgendwann mußte es einmal passieren, denkt er, daß jemand dem niedlichen Zwergburrbo den Hals umdreht, weil er selbiges mit dem großmäuligen Herrchen des Tieres nicht machen kann. Überhaupt merkwürdig, daß die Kleinsten immer die größte Klappe haben, als könnten sie das Zentimeterdefizit mit Frechheit ausgleichen.

„Ich bring dich um, wenn du mir nicht sagst, was du mit Arthur gemacht hast!“ brüllt Skagit und stellt sich drohend vor Skamander auf.

Skamander duckt sich, knurrt nur irgend etwas Undefinierbares. So wie Skagit vor diesem Klotz von Kerl steht und die Fäust schüttelt, erinnert er Marigg Ellis an einen bösartigen Gnom. Dieses Ungestüm ist das einzige, was Marigg an Skagit imponiert. Der ganze Kerl ist ein Bündel aus Ekel und Selbstgefälligkeit – aber seine Unverfrorenheit kann einen schon beeindrucken. Manchmal hat sich Marigg bereits gefragt, ob Skagits Selbstbewußtsein vielleicht doch echt ist und nicht einfach ein als zweckmäßig erkannter und weidlich ausgespielter Selbstbetrug. Beim Großen Sirius – das wäre geradezu tragisch! Marigg Ellis kichert leise. Wenn sich Skagit wirklich so ernst nimmt, mit welch grandiosem Getöse wird er dann auf die Nase fallen, wenn er über eine der vielen ihm gesetzten und schon so nahen Grenzen stolpert!

Skagit schnellt herum. „Halt's Maul!“

Himmel, jetzt meint er auch noch, ich lache ihn aus, aber eigentlich hat er ja recht – ich lache doch wirklich über ihn. Marigg zaubert sein betörendstes Lächeln ins Gesicht und flötet: „Du bist heute wieder so köstlich impulsiv, mein Schnuckchen, so mag ich dich ganz besonders.“ Diese Terraner sind furchtbar, denkt er, sie können nur über andere lachen, dabei ist es doch das größte Vergnügen, sich über sich selbst lustig zu machen. Und engstirnig sind sie auch allesamt, bei allem Gefasel von Toleranz, Brüderlichkeit und Einigkeit. Sie können eben nicht verwinden, daß die einstige Kapitale der menschlichen Zivilisation zur Provinz am Rande der

Galaxis abgesunken ist. Dieser Skagit ist eigentlich ein ganz typischer Terraner. Aber irgendwie haben sie in all ihrer Eitelkeit auch etwas rührend Ursprüngliches. Vielleicht, weil sie immer noch den Boden unter den Füßen haben, den die Menschen einst mit ihrem eigenen Blut tränkten, was sie dann Geschichte nannten ...

Skagit schnauft irritiert und schweigt für Sekunden, wohl unschlüssig, ob er sich auf Marigg oder auf Skamander stürzen soll, und diese wenige Augenblicke währende kindliche Hilflosigkeit sagt Schnuckchen deutlicher als die unbändige Wut, daß es diesmal wirklich ernst sein muß. Sofort erwacht in ihm das charakteristische elloranische Mitgefühl. Ein kurzer Blick in Skagits ratlos dreinschauende Augen löst den elloranischen Solidaritätsreflex aus. Das läßt sich nicht mit dem Verstand beeinflussen, es ist eher wie bei einem Vogel, dem eine innere Stimme befiehlt, unentwegt Insekten und Würmer in die aufgerissenen Schnäbel seiner Nachkommen zu stopfen.

Schnuckchen steht auf, geht zu Skagit und stellt sich zwischen ihn und Skamander. Dann legt er Skagit die Hand auf die Schulter und sieht ihn schweigend an.

In der Messe herrscht plötzlich Totenstille. Schnuckchen saugt sich mit dem Blick förmlich in Skagits Gesicht fest, und nur einen winzigen Moment wird er unsicher, als er eine Bewegung in seinem Rücken und darauf Styx' Zischen vernimmt: „Laß! Schnuckchen biegt das hin!"

Er spürt mit den Fingern, wie sich Skagits Haltung entkrampft. Jeder andere würde jetzt irgendeinen banalen Unsinn schwatzen, nur um Skagit zu beruhigen. Ein Elloraner schweigt und vertraut auf seine mentale Ausstrahlung. Und Schnuckchen, der seit Jahren unter Terranern lebt, weiß am besten, wann er zu schweigen hat. Eigentlich redet er so gut wie nie; daß sein Mundwerk trotz allem ununterbrochen in Bewegung ist, hat einen anderen Grund. Den Elloranern wird allgemein Geschwätzigkeit nachgesagt, weil sie unentwegt irgendwelchen Humbug von sich geben. Das ist aber kein wirkliches Sprechen, sondern eher eine Art Gesellschaftsspiel, bei dem es darum geht, herauszufinden, was der andere wirklich meint. Elloraner schwatzen eben, während Terraner stricken, häkeln oder auf den Fingernägeln kauen.

Reden – das ist etwas ganz anderes. Und Schnuckchen, der eigentlich Marigg Ellis heißt, redet selten, weil die Terraner seine Probleme und seine Weise zu denken kaum verstehen können. Wie sollte er zum Beispiel Skamander erklären, daß er mit ihm gern eine Trinität gründen würde, wo dieser nicht einmal weiß, was eine Familie ist, weil es so etwas auf der Erde nicht mehr gibt. Eine Trinität – so etwas geht eben nur unter Gleichgeschlechtigen, das ist nicht eine Gruppe aus drei Mitgliedern, sondern ein Individuum, aus drei Drittelindividuen bestehend. So etwas würde Skamander nie begreifen. Ebensowenig Skagit oder Bruno. Vielleicht Styx, der denkt manchmal erstaunlich unterranisch ...

Er müßte Skamander klarmachen, daß ein Kind auf Ellora vom Augenblick seiner Schöpfung an gleichberechtigtes und vollwertiges Trinitätsdrittel ist, daß eine Trinität während der ersten zehn Jahre nur die Aufgabe hat, die totale Integration vorzubereiten, und daß die elloranische Bevölkerungsstatistik eine bedrohliche Abnahmetendenz aufweist, weil immer mehr Anträge auf Ewige Trinität gestellt werden. Wie soll ein Terraner das alles begreifen?

Als Skagits Augen immer größer werden und sich in den Winkeln mit Flüssigkeit füllen, begreift Schnuckchen, daß er aufhören muß. Der Gefährte hat genug Wärme empfangen, zuviel wäre auch nicht gut, würde vielleicht einen sensitiven Kollaps auslösen.

„Nun?“ fragt Marigg leise.

„Arthur ist wirklich weg, ich schwöre es! Diesmal ist es kein Theater, er ist weg, spurlos verschwunden ...“ Skagits Flüstern ist kaum zu verstehen.

Marigg fühlt in den Fingerspitzen ein leises Zittern, und sofort verstärkt er den Druck seiner Hand, damit die mentale Suggestion etwas abschwächend.

Nein, er will Skagit nicht in die Knie zwingen, obgleich er sich nicht verhehlen kann, diesen Drang bereits mehr als einmal in sich gespürt zu haben. Doch nach elloranischen Moralgrundsätzen ist es äußerst niederträchtig, seine mentale Begabung zu gebrauchen, um einen Nichtelloraner zu besiegen. Marigg könnte Skagit ohne weiteres dazu bringen, sich winselnd und jammernd vor ihm auf dem Boden zu krümmen, der Aufwand wäre nicht der Rede wert, immerhin hat er einst in einem sechsstündigen Duell den großen Dual niedergerungen ...

Diese Erinnerung versetzt Marigg Ellis einen Stich. Der greise Dual hat damals behauptet, es wäre physische und nicht etwa mentale Schwäche gewesen, als ihm die Beine den Dienst versagten, und nur Marigg wußte, daß er log, denn sie haben sich ganz allein auf dem höchsten Gipfel des Taurusgebirges gegenübergestanden, mit aneinandergelegten Handflächen und geschlossenen Augen. Aber Marigg hätte nie das Wort Lüge aussprechen dürfen, denn die Regeln seiner Gesellschaft verlangen den unwiderlegbaren Beweis dieser schweren Anschuldigung. Warum hat er sich nicht damit zufriedengegeben, von Dual nicht bezwungen worden zu sein, warum wollte er unbedingt die Anerkennung seines Sieges?

Marigg weiß nur noch, daß ein heißer Sturm durch seine Gedanken tobte, als Dual die Niederlage zwar zugab, aber auf sein körperliches Versagen zurückführte. Was darauf alles unkontrolliert aus ihm herausbrach, erzählten ihm andere, aber da war es bereits zu spät. Natürlich konnte er seine Anklage nicht beweisen. Dual selbst sprach das Urteil, als er sagte: Marigg Ellis möge ihm nie wieder unter die Augen treten. Außer dem jedem Elloraner eigenen Stolz und dem Empfinden für Anstand und Sitte zwang Marigg nichts, Ellora zu verlassen.

Noch freut sich der inzwischen steinalte Dual bester Gesundheit und darf sich wieder Invictus nennen – der Unbezwungene, denn seither hat ihn kein Elloraner mehr zum mentalen Duell gefordert, und das weniger aus Furcht vor einer Niederlage, dessen ist sich Marigg gewiß. Die Elloraner gelten eben gemeinhin als Männer von edler Gesinnung, und niemand will dem alten Mann die Kränkung einer Niederlage zufügen, nachdem der so deutlich zu verstehen gab, daß er nicht verlieren will.

Aber Marigg Ellis interessiert das nur wenig, und er muß alle seine mentale Kraft zusammennehmen, wenn in seinem Denken der Wunsch keimt, Dual möge bald das Ende seines Weges erreichen und sich digitalisieren lassen, denn die Sehnsucht nach der Heimat verdunkelt die Tage und macht die Nächte kalt in dieser barbarischen terranischen Welt, in der man nur über andere lacht, nie über sich selbst ...

„Er ist wirklich verschwunden, glaubt mir doch, es ist wahr“, flüstert Skagit niedergeschlagen, und Marigg weiß sofort, daß der Gefährte diesmal kein Theater vorspielt. Aus Skamanders Richtung spürt er einen Stau mühsam zurückgehaltener Erregung. Allmählich hat er es gelernt, die mentale Aura der Terraner zu entschlüsseln, und so duckt er sich unwillkürlich in Erwartung des Ausbruchs.

Die Schuld lastet unerträglich auf Skamanders Gewissen. Niemand kann es dem scheinbar gleichgültigen Blick entnehmen – nur Marigg erkennt es mit erschreckender Klarheit. Skamander ist für ihn wie aus Glas. Nichts bleibt Marigg verborgen, was in diesem Mann vorgeht. Längst weiß er, daß Skamander ein Mungo ist. Vor einigen Jahren hätte ihn das kaltgelassen – die Angelegenheiten der Terraner gehen ihn nichts an. Jetzt aber ist das anders. Nicht etwa, weil er Skamander liebt. Eine Krankheit könnte seine Gefühle für diesen Mann nicht schwächen. Sein Problem ist ein anderes: Gegen seine Überzeugung hat er Skamander bisher nicht beim MOBS gemeldet, denn täte er das, würde er das einzige verlieren, was dieser ihm gönnt – seine Nähe. Das erstemal in seinem Leben erfährt Marigg, was Egoismus ist. Er schadet Skamander mit seinem Schweigen, diese Erkenntnis ist durch nichts zu erschüttern. Er als Außenstehender hat das sofort begriffen, als der Mitarbeiter des MOBS ihm den Sachverhalt geduldig erklärte: Es geht darum, die Mungos ebenso zu schützen wie die Gemeinschaft. Und deshalb ist das ein schwerer Konflikt für Marigg, dieser Zwiespalt von Gefühl und Verstand.

„Also suchen wir doch den kleinen Arthur, meine lieben Schnuckchen!" trompetet Marigg mit einem Optimismus, dessen Verlogenheit seiner Meinung nach aus jeder einzelnen Silbe klingt, denn er weiß nun ebenso wie Skamander, daß die Suche zwecklos sein wird. Arthur ist tot, und Skamander hat etwas damit zu tun.

Ach, diese Terraner, denkt Marigg ein wenig traurig, als zustimmendes Gemurmel einsetzt, sie sind blind und taub, sie verstehen nur, was ihre Augen sehen und ihre Ohren hören ...

Aber das Ablenkungsmanöver ist gelungen, und darauf kam es Marigg an. Und als Skamander sich zögernd erhebt und Atem schöpft, da drückt er ihn schnell auf den Stuhl nieder und gackert laut: „Also los, hopp, hopp, meine Schnuckchen, an die Arbeit, keine Müdigkeit vorgeschützt, in die Wanten, ihr Affen!"

Skamander blickt ihn verwirrt an; dann zuckt das Begreifen mit dem Schatten des Schrecks über sein Gesicht. „Woher weißt du?" flüstert er tonlos.

Als nur noch sie beide in der Messe sind, antwortet Marigg leise: „Irgendwann kannst du es Skagit sagen, wenn es dir keine Ruhe läßt, aber du mußt es nicht, euch Terranern fällt es ja nicht schwer, mit einer Lüge zu leben ... Aber sag es ihm nicht heute und morgen."

„Woher weißt du es?" fragt Skamander erneut, diesmal bereits energisch.

„Wir Elloraner sehen mit dem Gefühl, nicht nur mit den Augen ...", sagt Marigg und merkt sofort, daß er aus seiner Dekkung getreten ist. Deshalb bricht er in ein meckerndes Lachen aus und fügt hinzu: „Wir sehen mit den Augen der Liebe, mein Schnuckchen, die Augen der Liebe ..."

Skamander aber blickt ihm überrascht ins Gesicht, verzieht unwillig den Mund und verlangt: „Laß die Albernheiten, das bist du doch gar nicht! Jetzt eben hast du dich verraten. Warum verstellst du dich, Schnuckchen?"

Marigg überlegt blitzschnell. Soll er sich Skamander anvertrauen? Wie oft hat er mit diesem verlockenden Gedanken gespielt, wie sehr sehnt er sich danach! Aber selbst Skamander könnte einen Elloraner wohl nicht verstehen. „Aus Bequemlichkeit, mein Schnuckchen", antwortet er und lächelt dabei wehmütig, „einzig und allein aus Bequemlichkeit." Und um Skamander von diesem Thema abzulenken, fragt er wie beiläfug: „Wie ist das mit Arthur eigentlich passiert?"

Skamander schnauft ärgerlich. „Dieses dämliche Vieh! Kriecht unter die Hubbühne im Trailerdeck! Genau in den Knick des Scherengelenks! Das Verrückte ist, ich habe noch unter die Bühne geschaut, bevor ich sie herabließ – irgendwie hatte ich so ein dummes Gefühl, weil der Skagit seinen Zwergburrbo ja immer irgendwo versteckt, wenn wir die Basis anfliegen ... Ich werde nie vergessen, wie das arme Biest geschrien hat ..." Skamander blickt an Marigg vorbei, irgendwohin, sein Kinn zittert etwas, und er beißt sich auf die Unterlippe. Dann stöhnt er: „Aber ich habe es doch nicht absichtlich getan ..."

Marigg nickt verstehend. Natürlich, Skamander würde so etwas nie mit Absicht tun. Aber die Situation ist kompliziert.

„Ich habe Arthur nicht gesehen, wirklich! Du glaubst mir doch, ja?"

Erneut wirkt bei Marigg der elloranische Solidaritätsreflex. Er legt Skamander die rechte Hand auf die Schulter, wie er es vorhin bei Skagit getan hat, und schickt sich an, ihm von seiner Ruhe abzugeben. Doch als seine übersensiblen Fingerspitzen die zu knotigen Strängen verkrampfte Nackenmuskulatur Skamanders spüren, stört ihn ein Beben in seiner mentalen Konzentration, dessen Ursprung er anfänglich in sich selbst vermutet und das ihn ängstigt.

Beim Großen Sirius, so schlimm ist es schon? denkt er verwirrt. Doch allmählich begreift er, daß diese Schwingungen etwas sind, womit er am allerwenigsten gerechnet hat: eine mentale Antwort des Gefährten.

Verblüfft schaut er auf Skamander, der aus halbgeschlossenen Augen ins Leere starrt. Dem ist nichts anzumerken, und doch empfängt Marigg deutlich mentale Signale. Aber er merkt auch, daß es sich wohl eher um eine Art Resonanz handelt, keine bewußte Aktivität. Trotzdem ist dies höchst erstaunlich, denn allgemein gelten Terraner als ausschließliche mentale Aures, was bedeutet: Sie können nur mental beeinflußt werden, eigener mentaler Aktivität sind sie nicht fähig.

Ob das mit dem Mungoismus zu tun hat? fragt sich Marigg. Möglicherweise ist dadurch eine neue Qualität der bioelektrischen Prozesse in Skamanders Gehirn herausgebildet. Aber offenbar beherrscht er diese neue Fähigkeit noch nicht, ist sich ihr nicht einmal bewußt.

Unruhe befällt Marigg. Wenn er diese Entdeckung dem MOBS verheimlicht, lädt er eine schwere Schuld auf sich. Vielleicht liegt gerade hier der Ansatz zu einer erfolgreichen Therapie dieses heimtückischen Leidens verborgen.

Marigg kämpft mit sich. Es ist nicht seine Sache, denn er ist kein Terraner, aber es geht um einen Menschen, für den er trotz aller Hoffnungslosigkeit dieses Gefühls eine zwar heimliche, aber tiefe Liebe empfindet. Und nicht zuletzt hat er jemandem versprochen, den Terranern bei der Lösung des Problems mit seinen bescheidenen Kräften zu helfen.

Heute weiß er genau, daß der Mann präzise Erkundigungen über ihn eingezogen hatte und natürlich darüber informiert war, daß Marigg die mentale Suggestion perfekt beherrscht. Damals aber ließen Neugier und Leidenschaft keinen Raum für die Frage nach dem Warum, damals war Marigg noch ein echter Elloraner und wehrlos gegenüber Lüge und Betrug.

Als er den Mann sah, glaubte Marigg, sein Verstand müsse aussetzen. Die Begierde schoß mit einer Macht in ihm auf, wie er es vorher nie erlebt hatte. Zwar kannte er noch nicht so genau den terranischen Katalog der Phänotypen, aber daß dieser Mann einen polynesischen Einschlag hatte, war selbst für einen Bürger der fernen Welt Ellora unverkennbar.

Marigg hastete durch das Reganta-Urbanidum von Amorix. Ängstlich mied er die Haltepunkte dieser biomechanischen Fahrzeuge mit dem freundlich klingenden Namen, denn die mit synthetischer Intelligenz und einem durchaus spürbaren Eigensinn ausgestatteten Amigos waren ihm unheimlich – wie alle diese Chimären aus lebender und toter Materie, die Terra bevölkern. Furcht flößten ihm auch die in dunklen Röhren dahinjagenden Kabinenzüge ein, die sich wie Bandwürmer durch die Urbaniden winden. Vieles ängstigte ihn an diesem Planeten Terra: Die unter gigantischen Kuppeln wuchernden Städte, die von oben wie weißliche Blasen aussehen, die aus dem Grau des Wüstenbodens quellen, dann die barbarische, rohe Architektur der Terraner, die alles zu überdimensionalen klotzigen Monstren aufblähen, die unverständliche Hast und die bedrückende Monotonie der Bewegungen dieser Gesellschaft, die arrogante Maßlosigkeit in allem, was Terraner denken und tun – das erstemal empfand Marigg das Heimweh als körperlichen Schmerz angesichts dieser terranischen Kultur, als Schmerz, der heiß und mächtig seine Brust füllte und ihn für Augenblicke in tiefer Hoffnungslosigkeit versinken ließ.

Nicht einmal die wuchernden Kapriolen des Plusterfarns und die geometrische Strenge des Gitterkaktus konnten ihn trösten, im Gegenteil: Sie verstärkten den Abscheu vor dieser Welt, in der alles eine Funktion haben muß, um seine Existenz zu rechtfertigen, in der man aus Plusterfarn Möbel macht und Gitterkakteen zum Klettern züchtet.

Was würde geschehen, wenn er hier einfach ein Samenkorn der Kürbiseiche zwischen die kahlen Kakteen steckte, dieses wundersamen, in skurrilen Knollen wachsenden Riesenbaums mit seinen Blasen und Gängen, den handtellergroßen Poren in der Rinde, die mit der durchsichtigen Membran richtige kleine Fenster sind? Würden die Terraner überhaupt begreifen, daß man in solch einem Baum viel angenehmer wohnt als in ihren Urbaniden?

Wenn er doch erst das Büro zur Untersuchung abweichender Verhaltensweisen gefunden hätte! Beinahe sehnte sich Marigg nach der Ikaros zurück. Was die Angestellten dieses seltsamen Büros von ihm wollten, war ihm völlig gleichgültig. Seine Herkunft rechtfertigte alle möglichen Abweichungen von der Norm, soweit sie nicht grobe Verstöße gegen terranische Moralvorstellungen bedeuteten. Und bei aller Überheblichkeit der Terraner mußte er doch auch ihre bemerkenswerte Toleranz Fremden gegenüber anerkennen.

Marigg eilte mit langen Schritten die Darkzyklinale entlang, drängte sich durch Menschentrauben hindurch und wich den Klumpen aus Leibern furchtsam aus, wenn sie ihm gar zu kompakt erschienen.

Da sah er ihn. Der Mann ging nicht, er stolzierte. Seine gleißenden Schmieggoldstiefel waren über den Knien umgeschlagen, so daß die purpurne Innenseite einen breiten Rand bildete, das schillernde Trikot aus diesem Stoff, der sich nach einigen Stunden auflöst, saß stramm über einem schmalen Hinterteil, dessen Muskeln sich beim Gehen kraftvoll rundeten, und fast bis auf die Hüften herab fielen Wellen eines blauschwarzen, dichten Haarschopfs, unter dem sich die Schultern im Takt des katzenhaft weichen Gangs bewegten.

Wie zufällig drehte sich der Mann um, und als Marigg beim Blick der mandelförmigen, dunkelglühenden Augen weiche Knie bekam, verzogen sich die vollen Lippen des Fremden zu einem betörenden Lächeln, und Marigg hörte wie aus einer Ferne: „Makfüdam, Bürger der Blumenwelt."

Marigg erinnerte sich dumpf an die ungewohnte Sitte, die tägliche Grußformel aus amtlich vorgegebenen Losungen zu bilden, und daran, daß die Worte für diesen Tag lauteten: „Mit aller Kraft für das Morgen."

„Wie kann man einen elloranischen Gast nur allein durch dieses Gomorrha laufen lassen! Gestatten Sie mir, Sie zu begleiten ..." Und nach einer Pause, in der den spöttischen Worten ein unübersehbar mitleidiger Blick folgte, fuhr der Mann leise fort: „Sie können einen Begleiter brauchen, schätze ich. In unserer Welt sollte man auf einen kundigen Führer nicht verzichten, wenn man sie das erstemal betritt. Es ist wie in einem Zoo mit durchgerosteten Gitterstäben, und da beißen die Wölfe gelegentlich selbst ihren Lieblingswärter. Wohin darf ich Sie führen?"

Marigg starrte fasziniert auf den Mann. Das ist doch kein Terraner? ging es ihm durch den Kopf. Der muß vom Epsilon sein – oder vielleicht auch von einem Wegaplaneten ... Im selben Augenblick aber begriff er seinen Irrtum: Die Epser haben alle einen chromgelben Teint, und für einen Weger ist der Mann trotz seiner Größe immer noch zu klein, und außerdem wächst den Wegern das Haar bis auf die Nasenwurzel. Also tatsächlich ein Terraner.

Er mußte mehrmals schlucken, bevor er seine Stimme unter Kontrolle bekam. Etwas stotternd erzählte er, daß er vom Büro zur Untersuchung abweichender Verhaltensweisen vorgeladen worden sei.

„Ach, das BUAV." Der Mann winkte geringschätzig ab. „Da brauchen Sie nicht so zu rennen, die haben so viel zu tun, daß es gar nicht auffällt, wenn einer zu spät kommt. Nein, nein – das hat wirklich Zeit. Gönnen Sie sich erst mal eine kleine Pause. Wenn man gerade ins Wasser gefallen ist und gelernt hat, nicht unterzutauchen, sollte man nicht gleich übern Pazifik schwimmen wollen. Ich kenne da eine nette kleine Robinsoninsel ..."

Alles Weitere nahm Marigg so wahr, als hätte er mindestens eine halbe Flasche echten elloranischen Ananis geleert. Der Mann legte ihm freundschaftlich den Arm um die Schultern und zog ihn mit sich fort. Warum ich, warum gerade ich? fragte sich Marigg noch ein Weilchen, ganz atemlos vor Verwirrung, bis er endlich vor der Sinnlosigkeit dieser Frage kapitulierte und zaghaft das Staunen genoß, Freude gewann an der Farbenpracht der Kleider und Gewänder der Passanten, Spaß an den skurrilen Formen der Plusterfarnbüsche, Interesse am chaotischen Gewimmel der Amigos auf der Darkzyklinale.

Und als der andere ihn sanft in eins dieser Fahrzeuge schubste, lachte Marigg das erstemal seit seiner Ankunft auf Terra, denn der Amigo verlangte hartnäckig eine Qualle und erklärte selbstbewußt, sein Organismus habe sich so an das Tonikum gewöhnt, daß bei sinkendem Hormonspiegel Entzugserscheinungen in Form von krassem Leistungsschwund einträten. Der Mann spendierte dem biomechanischen Organismus aber keine Qualle, sondern steckte eine grüne Karte in den Eingabeschlitz und sagte unfreundlich: „Spute dich, mein Guter, wenn du nicht deine Individualität verlieren willst."

Erst viel später erfuhr Marigg, welche Macht diese grüne Karte symbolisiert. Damals wunderte er sich nur darüber, daß der Amigo wie eine Rakete davonschoß.

Der Mann redete während der Fahrt wie ein Wasserfall. Die Worte sprudelten – Marigg nahm kaum in sich auf, was der andere sagte, sondern berauschte sich an der Ausdrucksstärke dieser etwas metallisch klingenden Stimme, an deren Variabilität und Nuancenreichtum. Immer noch war es ihm wie ein Traum, und als er mit äußerster Vorsicht körperliche Nähe suchte, die unverhohlenen Angebote des Fremden annahm, sich an ihn lehnte und scheu das dicke, pelzige Haar betastete, da gluckste dieser erregt und flüsterte heiser: „Es wird Ihnen gefallen, Marigg, Sie sind dafür wie geschaffen."

Marigg war viel zu sehr damit beschäftigt, seine Phantasie zu zügeln, die ihm Verlockungen ausmalte, die der andere mit diesem „es" gemeint haben könnte, um sich zu fragen, woher dieser seinen Vornamen wußte ... Und die anfängliche Enttäuschung wich rasender Leidenschaft, als die Stoßwellen der Kristomusik seinen Körper schüttelten. Erst dachte er: Ach, du meine Güte, dem hätte ich aber mehr Originalität zugetraut. Das war ja das übliche Ritual, tanzen, trinken, miteinander schlafen ... Aber auf Ellora gab es keinen Stoßwellensound.

Als Mariggs Arme und Beine von unsichtbaren Kräften gepackt und umhergeschleudert wurden, stockte ihm für Sekunden der Atem, und er begriff nicht, was mit ihm geschah. Er tanzte nicht – er wurde getanzt. Und als er sich dessen dumpf bewußt wurde, schüttelte ihn ein irrsinniges Lachen, das er nicht mehr zurückhalten konnte. Er sah, wie einige Tänzer im Rhythmus seines Lachens zuckten, aber er entdeckte noch immer nicht das Geheimnis dieses Vergnügens. Die flammenden Blicke, die sein Begleiter einem anderen Mann zuwarf, brachten Marigg endlich auf die Spur. Die Zukkungen und Verrenkungen des Fremden strahlten eine suggestive Macht aus, der sich Marigg willenlos unterwarf. Oder war es seine Eifersucht auf ebenjene Blicke, die in ihm die mentale Sperre lokkerte? Die Stoßwellen peitschten seinen Körper mit orgastischen Impulsen, die er bis zu jenem Moment gierig genoß, in dem er das Funkeln in den glühenden Augen seines Partners wahrnahm. Sicherlich war es ein Mißverständnis. Sekunden später war er davon überzeugt. Als er sich nämlich trotzig gegen den Rhythmus sträubte, der ihn umherwirbelte, und an eine der leisen, melancholischen Melodien seiner Heimat dachte, geschah das vermeintliche Wunder.

Plötzlich erklang die Tonfolge der Weise, die in seinem Gedächtnis aufblitzte. Alle Tänzer verharrten einen Augenblick, und Marigg fühlte sich auf einmal frei und leicht wie eine Feder. Feines Zirpen

füllte die Kristo, das dumpfe Pochen der elloranischen Körpermusik wurde zum Pulsschlag, unter dem die Tanzfläche erbebte – und auf einmal begriff Marigg, was es mit den Stoßwellen auf sich hatte. Es war beinahe so etwas wie mentale Suggestion, nur hatten die Terraner die Sache technisch realisiert, vermutlich mit hyperempfindlichen Sensoren und leistungsfähigen Verstärkern, die dann die Stoßwellenemitter steuerten. Jeder Tanz war also eine Herausforderung zum Kampf. Man konnte sie annehmen oder sich unterordnen. Marigg hatte sich gar nicht bewußt zum Kampf gestellt. Einzig seiner mentalen Kraft war es zu danken, daß purer Trotz genügte, ihn zum Herrscher über diesen Tanz zu machen.

Marigg wiegte und drehte sich, sein Körper bog sich elastisch, er floß und vibrierte – war der von den Terranern bestimmte Rhythmus ein wütendes Gebrüll, so schmeichelte er jetzt in zärtlichen, kunstvoll gesetzten Worten.

Hinter Marigg stöhnte jemand, als ob er etwas völlig Unfaßbares erlebte. Wellen verhaltener Leidenschaft glitten über die Tänzer, scheinbar gemächlich, aber keine Auflehnung duldend.

Jetzt hätte Marigg mit den anderen spielen können – sie waren ihm in die Hand gegeben. Aber nicht das war es, was er wollte. Er tanzte für seinen fremden schönen Begleiter. Sein Tanz war eine scheue Anklage in einer Sprache, die nur Bereitschaft braucht, um verstanden zu werden. Marigg konnte feurig sein, o doch, aber sein Feuer war nicht Element der Zerstörung, sondern spendete Helligkeit und Wärme. Marigg war Leidenschaft, aber nicht solche, die brutalen Egoismus gebiert, sondern wie eine sanfte und doch mächtige Woge. Marigg tanzte Sehnsucht und Liebe, Traum und Glück, Freude und Angst – er tanzte elloranisch.

Seine Augen fesselten den Blick des anderen, nur das gestattete er seiner mentalen Ausstrahlung, die er mit eiserner Beherrschung unterdrückte, denn er war immer noch Elloraner und wollte eine ehrliche Antwort.

Das verzückte Lächeln seines Partners offenbarte Empfindungen, die Marigg in einen wahren Rausch versetzten: Der Mann hatte Angst und gab sich übermenschliche Mühe, dieses Gefühl vor Marigg zu verbergen.

Natürlich wußte Marigg in diesen Sekunden nur eine Erklärung für diese Furcht – es konnten nur die Macht und die Wahrhaftigkeit des Gefühls sein, die diesen Mann ängstigten, diesen Terraner, dem so etwas fremd und unheimlich sein mußte.

Der Schöne verdrehte die Augen, und seine Lippen zitterten unter der Anstrengung, mit der er gegen seine vermeintliche Schwäche ankämpfte. Für einen kurzen Augenblick verlor Marigg die Kontrolle über sich, und Jubelchöre tosten durch die Kristo.

Das ist seine schönste Erinnerung. Dieser Augenblick. Was danach kam, war auch nicht zu verachten, zugegeben. Aber Elloranern ist Egoismus fremd, und so merkte Marigg recht bald, daß sein Mund und seine Hände dem anderen kein Glück geben konnten. Der mühte sich zwar redlich, und er kannte Stellen des männlichen Körpers, die überraschend empfänglich für Zärtlichkeiten sind, und offenbar wußte er sogar einiges über die Unterschiede zwischen terranischen und elloranischen Männern – aber er mußte sich zwingen. Marigg spürte es sofort, obwohl der andere schnaufte und stöhnte, dann sogar schielte vor vermeintlicher Verzückung.

Marigg versetzte das einen mörderischen Schlag. Er kannte schon die Fähigkeit der Terraner, Dinge zu sagen oder zu tun, die sie nicht ehrlich meinten. Aber an solch eine infame Lüge wollte er anfangs nicht glauben. Und als Hermel Goff zu sprechen begann, lag er steif und reglos neben ihm, und eine Weile dachte er, daß so etwa der Tod sein müßte, diese Kälte, die nebelgleich durch den Körper weht, die Gleichgültigkeit allem Zukünftigen gegenüber, die übermächtige Müdigkeit …

„… ich habe es nicht gewollt, Marigg. Ich kannte euch Elloraner nicht, habe euch immer so gesehen, wie ihr euch gebt … Beinahe wünschte ich, so wie du zu sein …"

Goff erzählte, daß nichts dem Zufall überlassen war. Seine Vorladung vor das BUAV war nur der Vorwand, Marrig nach Amorix zu holen. Stundenlang ist Goff um ihn herum gewesen, hat versucht, seine Aufmerksamkeit zu erregen, aber er – Marigg – hat ihn erst bemerkt, als Goff schon aufgeben wollte und zum Schluß alles auf eine Karte setzte.

„… ich will nicht weiter lügen, Marigg. Daß ich dir alles sage – so unbarmherzig und brutal offen –, gehört auch zu meinem Auftrag. Du sollst nicht denken, daß wir dich irgendwie nötigen wollen."

„Wer ist das – wir?" unterbrach Marigg ihn schroff.

Goff griff nach Mariggs Hand, und Marigg merkte gerade noch, daß es diesmal keine Lüge war, bevor er demonstrativ abrückte.

„Wir, das sind die Möpse, Marigg", sagte Goff leise, „die Spitzel, die, welche die unpopulären Dinge tun, weil sie an eine große Sache glauben …"

Marigg aktivierte unbewußt seine mentalen Aures. Und nur dadurch konnte er hören, daß Goff abermals log. Aber so recht wußte er nicht zu sagen, ob er diese Lüge auch als solche betrachten sollte, denn sie betraf nicht den Fakt, sondern die Wertung dessen, was Goff da gerade preisgab. Für einen Moment zauderte Marigg. Sollte er gegen eins der obersten Gebote seiner Gesellschaft verstoßen? Oder nein – er hatte es ja bereits getan, zwar nicht bewußt oder gar vorsätzlich, aber immerhin hatte er seinen Aures gestattet, in Hermel Goffs Gedanken zu forschen. Sollte er dies aber zugeben? Marigg entschied, wie kein Elloraner, aber auch kein Terraner entschieden hätte.

„Du lügst, Hermel Goff!" sagte er, und immer noch mußte er sich bemühen, seiner Stimme einen harten, abweisenden Klang zu verleihen. „Du lügst! Du bist kein Spitzel – nicht in deinen Augen. Du willst beschönigen, wo es deiner Ansicht nach nichts zu beschönigen gibt, du sagst es nur, um mich zu besänftigen, du verrätst deine Ideale um deiner Ideale willen, du bist ein waschechter Terraner und hast keine Ahnung von dem, was ich davon halte."

Kann er auch gar nicht, dachte Marigg seltsam erheitert, ich selbst weiß ja noch gar nicht, was ich davon halten soll. Goffs Reaktion verwirrte ihn erneut, abermals konnte er sein mentales Gehör nicht blockieren und wußte also, daß Goff diesmal nicht log.

Hermel Goff drehte sich auf die Seite und brachte seinen Mund ganz dicht an Mariggs Ohr, er legte auch seine rechte Hand auf Mariggs Brust und streichelte ihn mit einer Unbeholfenheit, deren Ehrlichkeit geradezu rührend war.

„Ich weiß sehr gut, daß man euch Elloraner nicht belügen kann", sagte er traurig. „Aber diesmal irrt dein mentaler Sinn, Marigg Ellis. Oft genug fühlte ich mich gemein und niederträchtig – aber ich weiß, daß es Unsinn ist. Das ist der Konflikt zwischen Denken und Fühlen, wie er jedem Menschen eigen ist. Ich fühle mich wie jemand, der in der Gosse wühlt – aber ich weiß ganz genau, daß ich ein überdurchschnittlich intelligenter Bürger der terranischen Gemeinschaft bin und Dinge begreife, die andere nicht einmal erahnen, so ist das nämlich ..."

Marigg spürte deutlich, daß Goff nun den Vorwurf der Arroganz erwartete und innerlich bereits die Kräfte für eine Erwiderung formierte. Er lächelte. Diese Terraner – sie sind manchmal so kindisch, daß sie sich sogar das Recht zur Selbsteinschätzung absprechen. Und obwohl er das anfangs nicht zugeben wollte, wurde dieser Hermel Goff wieder interessant für ihn. Das war es doch, was ihm auf Ellora immer gefehlt hatte: der Zwiespalt, der Widerspruch zwischen Denken und Fühlen, die Waghalsigkeit, mit der sich diese Terraner in Konflikte stürzen, deren Ausmaß sie noch gar nicht absehen können.

Zu Hause, auf Ellora, wird sorgfältig darauf geachtet, daß alles irgendwie in Harmonie mündet. Hier ist das anders. Die wollen zwar auch Harmonie, aber für die ist das nur ein Wort, eine Formel, ein abstrakter Begriff. Und deshalb erschüttert es die Terraner kaum, wenn sich plötzlich Probleme vor ihnen auftürmen – die machen weiter, irgend etwas, Hauptsache, es wird etwas getan, und irgendwas kommt dabei immer heraus.

So wie dieser Goff neben ihm lag, sich sogar zitternd an ihn drängte, nur Wärme brauchend, nichts weniger und nichts mehr – so wuchs in Marigg ein Bild des Terraners, das doch erheblich abwich von dem, was auf Ellora mit gutmütiger Geringschätzung von den „Weltengründern" gedacht und geredet wurde. Mariggs Gedanken gerieten in einen Strudel und verknäulten sich unentwirrbar. Harmonie, Widerspruch, Rastlosigkeit, Macht, Liebe, Glück – die Begriffe wurden ihm plötzlich zu Kräften, deren Wirken sich ihm immer beharrlicher aller Gesetzmäßigkeit entzog.

Der da neben ihm – beim Großen Sirius, wenn er doch Elloraner sein könnte! –, der war ja nicht einfach ein Steinchen im großen Mosaik, der barg in sich auch die Ahnung des fertigen Bildes, der war Stärke und Schwäche, Sieg und Niederlage, Potenz und Impotenz. Der war nicht gut oder böse oder irgend etwas dazwischen, der war gut und böse, böse, des Guten wegen – aber auch gut des Bösen wegen.

Goffs Schnarchen belustigte Marigg. Da lag dieser Held, der von moralischer Optimierung redete, von Segen und Verdammnis der evolutiven Rudimente, der beinahe heulte, als er Marigg die These vom kreativen Orgasmus erläuterte, der alles Menschliche verdammte und selbst so schwer loskam von dem, was er hochmütig „menschlich" nannte, der ernstlich die Bereitschaft des Menschen forderte, sich der Göttlichkeit als Ziel allen Strebens zu stellen.

Goffs Schnarchen belustigte Marigg, denn es hatte überhaupt nichts Göttliches. Aber Goffs Worte klangen in ihm nach, und Marigg fand keinen Fehler in der Idee, Lust und Kreativität biologisch miteinander zu koppeln. Den Fehler sah er lediglich in der typisch terranischen Verklemmtheit, mit der über die Bedeutung der Lust gefaselt wurde, in dem Bestreben, Lust durch etwas „Edleres" zu ersetzen. Das allerdings hatten die Terraner auch nötig, die die Lust doch von ihren biologischen Wurzeln gekappt hatten, sie zum Selbstzweck ernannten und plötzlich nicht mehr wußten, was man alles tun darf und was nicht. Sie mußten ja unbedingt am „Dürfen" und am „Normalen" festhalten – mit einer Inkonsequenz, die wahrlich Bewunderung abnötigte.

Essen und Trinken haben die Terraner schließlich auch vom Makel der biologischen Notwendigkeit befreit. Man frißt, um Genuß zu empfinden, man säuft, um einen Zustand zu erleben, der aus dem metronomisch getakteten Alltag das sonst unentdeckt bleibende Besondere herausfiltert – armselige terranische Mentalität. Man tut dort alles mit einem fest umrissenen Ziel. Da fährt keiner einfach drauflos, um zu erleben, was mit ihm geschieht, um unbefangen zu sehen – da reist man, um sich seine Vorurteile zu bestätigen, und was nicht ins Programm paßt, das wird eben nicht wahrgenommen.

Und trotzdem – als Marigg soweit alle elloranischen Vorurteile abgearbeitet hatte, öffnete sich vor ihm eine Schranke. In all ihrer maßlosen Rechthaberei, in all ihrem Stolz auf die Erde als den Ursprung der galaktischen Zivilisation, hatten sich die Terraner etwas bewahrt, was manchmal so unscheinbar und kaum noch sichtbar am Rande der Postulate dahinvegetierte, daß seine Bedeutung schnell übersehen werden konnte: den Sinn für Widersprüche.

Das hatte Marigg schon viel früher begriffen, aber dieser Goff bestätigte ihm auf ganz unerklärbare Weise diese Erkenntnis.

Auf Ellora gibt es keinen Platz für Widersprüche. Auf Ellora entscheidet nicht einfach die quantitative Mehrheit, sondern die im wahrsten Sinne qualitative Mehrheit. Dort werden Berechtigungsgrade zu- oder aberkannt, je nachdem, wie weit der Betreffende seiner Pflicht nachkommt, sich sachkundig zu machen.

Marigg war immer der Ansicht, nur dieses System gewährleiste echten gesellschaftlichen Progreß, ein System der mehrheitlichen Vernunft. Aber seit er Terraner kennt, hat er sich schon häufig gefragt, ob es nicht möglich ist, daß jeder Mensch unter Vernunft etwas anderes versteht, und ob es nicht vielleicht Ziel des gemeinschaftlichen Strebens sein sollte, jedem Individuum die Realisierung seiner Wünsche zu gewährleisten, statt die Wünsche der Individuen derart zu manipulieren, daß sie ohne größere Probleme erfüllbar sind.

Die Terraner scheinen solche Fragen ernster zu nehmen, als man es auf Ellora tut. Immerhin wollen sie es wagen, nicht nur den Körper des Menschen, sondern auch dessen Geist zu verändern, sie wollen sich selbst neu erschaffen …

Aber was hatten die Mungos mit all den großen Plänen zu tun? Weshalb sollte er helfen, sie ausfindig zu machen und zu überwachen, wie Goff es ihm nahelegte.

Als er Goff am Morgen danach fragte, brummte dieser mißmutig: „Dieses Problem muß so schnell wie möglich aus der Welt, begreifst du das nicht? Mungoismus ist mit einiger Sicherheit genetisch fixiert und die Mutabilität der betroffenen Personen beziehungsweise Genome wahrscheinlich extrem ausgeprägt …“ Er legte eine Pause ein, wälzte sich ächzend auf den Rücken, und seine mandelförmigen Augen starrten nachdenklich die Decke an. Dann sagte er seufzend: „Wie können wir mit solch einem Defekt in den menschlichen Erbanlagen den Versuch wagen, den kaum überschaubaren Komplex menschlicher Antriebe, Verhaltensweisen, Motivationen, Instinkte und dergleichen – einschließlich der nervalen und innersekretorischen Regelungsvorgänge – durch einen rigorosen Eingriff in die genetische Struktur umzugestalten, he? Das wäre wahrlich verbrecherisch …“ Den letzten Satz sprach er nach unmerklichem Zögern.

Marigg fragte neugierig: „Und was sagen die anderen Terraner dazu, die nicht für den MOBS arbeiten?“

Goff schnaufte verdrießlich, und Marigg sah ihm deutlich an, daß nicht nur die apokalyptische Nacht Ursache der tiefen Falten war, die von den Nasenflügeln abwärts liefen und Goffs Mundwinkel nach unten zogen.

„Ach, die – die wissen davon noch gar nichts“, sagte Goff, dann richtete er sich mit einem Ruck auf, so, daß die Plusterfarndecke von seinen Schultern rutschte, und er begann zu schimpfen. Anfangs hörte Marigg kaum zu, denn die weichen Linien auf Goffs samtener Haut, unter der sich kraftvoll und doch irgendwie sanft die Muskeln regten, nahmen seine ganze Aufmerksamkeit in Anspruch. Allmählich aber drangen Goffs Worte in sein Bewußtsein.

„... Wir sind stark, aber nicht mächtig – denn Macht ausüben heißt, denkende Köpfe für unsere Ziele zu gewinnen. Unsere Bürger jedoch strengen ihre Köpfe wenig an, was willst du da machen. Sie haben schließlich ihre Computer. Dabei sind sie zweifellos fleißig und arbeitsam. Obgleich es uns gelungen ist, die Arbeitszeit extrem zu senken, arbeitet kaum einer weniger als sechs bis acht Stunden täglich, übt jeder drei oder gar vier Berufe aus. Tun sie das für die Gesellschaft? Ich denke, eher für ihre Punktekonten." Er schwieg und knirschte nur wütend mit den Zähnen.

Ein Terraner würde ihn überheblich und selbstgefällig nennen! ging es Marigg durch den Sinn. Aber der ist von der Überlegenheit seiner Ideale wirklich überzeugt, und trotzdem begreift er nicht, daß sich der Mensch nicht automatisch mit den Verhältnissen ändert, daß die Entwicklung völlig neuer moralischer Qualitäten einen harten Kampf bedeutet. Auf Ellora war es nicht anders ... Diesem Goff ging es einfach zu langsam, ihm und seinen Freunden vom MOBS. Aber ist diese Ungeduld zu verurteilen, oder ist sie ein Charakteristikum von wahrem Schöpfertum? Allerdings konnte Marigg den Terraner schon verstehen. Wo man Phantasielosigkeit hartnäckig mit Sinn für Realitäten entschuldigt, da würde wohl auch einem Elloraner bald der Kragen platzen ...

Noch immer liegt Mariggs Hand auf Skamanders Schulter, und der Elloraner spürt das mentale Beben und Schwingen, das Skamander umgibt.

Er wird sich als Elloraner entscheiden und dem MOBS keine Mitteilung machen. Ohnehin ist es ihm verboten, seine mentale Begabung in den Dienst Dritter zu stellen. Als er Goff versprach, dem MOBS zu helfen, da war es für ihn wie ein Spiel, obgleich eine innere Stimme ihn warnte, sich in die Angelegenheiten der Terraner zu mischen. Und bald geriet er auch in Konflikte, die ihm fremd und unheimlich waren.

„Fühlst du dich jetzt besser?" fragt er Skamander.

Der Gefährte hebt langsam den Kopf und lächelt sogar ein wenig, dann nickt er und sagt: „Sollte ich jetzt nicht mit der Wahrheit herausrücken? Ich kann die anderen doch nicht so sinnlos durch die Ikaros laufen lassen."

„Ich weiß nicht, was jetzt besser für Skagit ist", murmelt Marigg, „Hoffnung oder Gewißheit, ich weiß es nicht."

„Ich sag's ihm." Skamanders Stimme klingt gepreßt und etwas rauh. Er steht auf und verharrt einen Moment unschlüssig, dabei sieht er Marigg erwartungsvoll an.

Marigg spürt deutlich Skamanders Hoffnung, er würde ihn zurückhalten, und beinahe hätte er es auch getan. Doch ist es nicht wirklich besser so, denkt er, wenn ein Mann die unbequeme Wahrheit der vielleicht nie zu entdeckenden Lüge vorzieht?

Vielleicht sollte er Skamander und Skagit zu zwei, drei Flaschen echtem elloranischem Ananis einladen, der Ananis öffnet das Herz, sagt man auf Ellora. Allerdings scheint es in dieser Hinsicht geringfügige anatomische Unterschiede zwischen terranischen und elloranischen Menschen zu geben, denn Marigg mußte erstaunlich oft beobachten, daß dieses edle Getränk den Terranern eher den Mund öffnet, und das nicht nur bei denen, die ihr Herz auf der Zunge tragen.

Doch Skamander ist bereits verschwunden, und Marigg erinnert sich daran, daß er sich bei Doktor Quadrangel melden muß. In wenigen Stunden werden sie die Tagseite des Merkurs passieren, dann werden ihn wieder diese gespenstischen Halluzinationen quälen, und diesmal hat der Bordarzt irgend etwas Besonderes mit ihm vor, will ihn an ein bestimmtes Gerät anschließen.

Marigg ist noch auf der Galerie, als er den ersten Anfall hat. Die Luft um ihn herum scheint sich zu verflüssigen, wird zu einem zähen Schleim, der eisig kalt durch seinen Overall dringt. Glitschig und feucht hüllt es ihn ein, steigt an ihm empor. Er hört ein schleifendes Gleiten, ein merkwürdiges Zischen. Wie in einer Fieberphantasie sieht er ein Knäuel blasser Leiber, ekelerregende Wesen, immer auf der Suche nach ein bißchen Wärme.

Unwillkürlich hebt Marigg das Kinn, aber er versinkt in der schleimigen Kälte, die ihm in die Nase dringt, in die Ohren und ihn mit entsetzlicher Angst erfüllt ...

KAPITEL 11

Was bin ich? Wozu bin ich? Werde ich immer sein? Klugwarm schaukelt im Takt seiner Gedanken und Schritte mit dem Oberkörper. Auf diese Art bewegt er sich am liebsten fort, in einem lockeren, verzögerten Laufen, mit weiten Sätzen, genau in dem Rhythmus, den das dumpfe Pochen seiner Warmkraft vorgibt: Bumm ..., bumm ..., bumm ... Schritt ..., Schritt ..., Schritt ...

Dieser Lauf stärkt seine Kaltkraft: Ihm kommen Gedanken, die ihm manchmal sogar unheimlich sind und die Kälte in seine Glieder schicken, aber stets sind es Gedanken, die ihn fesseln, nicht aus ihm weichen wollen.

Wer hat die Wärme gemacht und wer die Kälte? Wer hat die Glumpe gemacht? Wer hat mich gemacht?

Niemand antwortet auf seine Gedanken, Schisch nicht und auch nicht Roch. Kick sowieso nicht, Kicks Kaltkraft ist nur gering, er kennt nur die Zeichen für warm und kalt und das für Hunger. Woher aber kommen diese Gedanken? Gibt es noch eine Kraft, die warm ist und kalt oder keins von beiden?

Klugwarm beugt sich tiefer unter der Last auf seinen Schultern. Zwei Glumps sind in die Kälte gegangen, deshalb hat die Glumpe ihn geschickt, Warmkalt zu holen. Siebenmal Warmkalt hat er aus dem warmen Schleim gezogen. Siebenmal – so viel, wie er Finger an seiner einzigen Hand hat. Nicht aus jedem Warmkalt wird ein Glump, oft wird aus dem Warmkalt Kaltkalt. Das müssen sie dann auffressen, weil man es nicht wieder zurück in den Schleim legen darf, wenn es ein Kaltkalt geworden ist.

Deshalb hat Klugwarm so viel geholt, wie er Finger an seiner Hand hat. Zwei Glumps sind in die Kälte gegangen – zwei neue Glumps müssen aus dem Warmkalt wachsen, damit die Glumpe nicht ihre Wärme verliert.

Mit weiten Sätzen springt Klugwarm durch die Dunkelheit. Die anderen Glumps sind bedeutend langsamer als er, weil sie nicht das Kalttasten haben. Die anderen haben nur das Fingertasten und Körpertasten, und einige können auch mit Mundtasten ihre Umgebung erkennen, aber sie haben nicht das Kalttasten.

Wie das mit dem Mundtasten geht, versteht Klugwarm nicht. Schisch kann mundtasten. Schisch schreit kurz und hoch und weiß dann, wie ihre Umgebung beschaffen ist. Das ist auch sehr wichtig für Schisch, denn sie hat keine Hände oder Füße. Schisch hat nur Stummel, auf denen sie aber schneller laufen kann als Roch. Und ohne Hände und Füße kann man nicht fingertasten, nur noch körpertasten. Das geht aber nicht so gut wie das Fingertasten. Wie macht Schisch das, dieses Mundtasten? Ist es vielleicht so wie Klugwarms Kalttasten? Was ist überhaupt Kalttasten?

Klugwarm bereitet es Vergnügen, solchen Gedanken nachzugehen. Was ist Kalttasten? Klugwarm kann es nicht sagen. Es ist einfach so, daß auch er weiß, wie die Welt beschaffen ist, aber er braucht dafür weder Finger noch Schreie. Kalttasten nennt er es, weil es eine gewisse Ähnlichkeit mit dem Warmtasten hat, aber trotzdem ist es etwas ganz anderes. Das Warmtasten sagt ihm, was die Glumpe tut, wie es ihr geht, wenn er weit weg ist von den anderen. Auch für das Warmtasten benötigt er weder Finger noch Schreie.

Das Kalttasten ist besser als das Mundtasten, genauer. Klugwarm

erkennt sofort Veränderungen, er spürt sie schon, wenn sie noch im Gange sind, Klugwarm ist noch nie irgendwo angestoßen. Schisch stößt oft an. Roch stößt weniger an als Schisch, dafür läuft er auch ganz langsam und vorsichtig, denn er hat das Mundtasten nicht und auch nicht das Kalttasten. Warum ist das so? Warum hat jeder ein anderes Tasten? Klugwarm weiß das nicht, aber er weiß, daß die Frage nicht sehr wichtig ist. Dafür sind sie alle zusammen die Glumpe. Die Glumpe hat alles. Sie hat das Mundtasten durch Schisch und das Kalttasten durch Klugwarm. Viele haben das Finger- und das Körpertasten. Die Glumpe hat Klugwarm und Roch, die beide sehr stark sind und viel tragen können, wenn sie Warmkalt oder Kaltkalt holen. Die Glumpe hat Kaltkraft, denn Klugwarm besitzt viel Kaltkraft und auch Schisch, obwohl Schischs Kaltkraft nur schwer zu verstehen ist, denn Schisch hat keine Finger und kann sich nicht am Großen Gesang beteiligen.

Die Glumpe hat viel Warmkraft, denn jeder Glump hat Warmkraft. Die Glumpe kann niemals kalt werden, ein einzelner Glump hingegen muß irgendwann in die Kälte gehen. Die Glumpe ist alles, und die Glumpe hat alles. Alles ist die Glumpe. Die Glumpe ist warm. Wärme ist alles.

Klugwarm hat unbewußt an Stellen aus dem Großen Gesang gedacht. Der Große Gesang ist aus seiner Kaltkraft gekommen. Das ist lange her. Die Glumpe liebt seinen Großen Gesang, er spendet Wärme.

Klugwarm zählt seine Schritte, während er überlegt und sich Fragen stellt. Roch kann das nicht, Roch kann immer nur einen Gedanken haben – seine Kaltkraft ist schwach. Klugwarm kann viele Gedanken zugleich haben, denn seine Kaltkraft ist sehr stark. Er hat den Schritten Namen gegeben, und so weiß er immer, wie weit er gelaufen ist. Die ersten Schritte tragen die Namen seiner sieben Finger, für die folgenden hat er sich Namen ausgedacht. Das war nicht so schwer, aber sich die Reihenfolge der Namen zu merken, das war schon schwerer. Damit es leichter wird, kam er auf den Gedanken, immer so vielen Schritten, wie er Finger besitzt, einen zusätzlichen Namen zu geben – und auf einmal wurde die Welt für ihn etwas, was man genau beschreiben kann, denn er kann immer sagen, welchen Namen der letzte Schritt hat, bevor er losgeht.

Oft schon hat Klugwarm gedacht, was wohl hinter den letzten Schritten ist, dort, wo die Welt zu Ende ist. Er hat schon Namen für die Schritte, die dahinter liegen, aber er kann diese Schritte nicht gehen, weil man nicht über das Ende der Welt gehen kann. Aber seine Kaltkraft kann es doch, und wenn es seine Gedanken können, warum können es dann nicht auch seine Füße?

Daran denkt Klugwarm gern. Seine Kaltkraft findet dann Worte und Bilder, für die es keine Dinge gibt, jedenfalls nicht solche Dinge, die man tasten kann. Ebensolche wie die Schritte hinter dem Ende der Welt. Als Klugwarm einmal daran dachte, daß es hinter jedem letzten Schritt noch weitere geben kann, immer wieder und wieder, und daß jeder dieser Schritte einen Namen braucht – da wurde ihm schwindlig, und seine Kaltkraft war auf einmal ganz schwach. Und dann dachte er, daß die Namen für die Schritte auch gut sind für anderes, für die Glumpe zum Beispiel. Oder für das Kaltkalt, von dem sie sich ernähren. Und nun ist es ganz leicht, so viel Kaltkalt zu holen, wie es Glumps gibt. Er muß nur so viel nehmen, bis das letzte Stück den Namen des letzten Glumps hat. Als Klugwarm dies merkte, machte es ihm viel Spaß, alle Dinge mit den Namen seiner Schritte zu bezeichnen. So kam Ordnung in seine Welt.

Schisch versteht diese Ordnung. Wenn er ihr seine Gedanken auf den Körper trommelt, zischt sie ihre Zeichen, die er immer besser versteht. Einigemal hat er schon versucht, ihr Mundtasten nachzuahmen, aber dabei hat er sich jedesmal gestoßen. Das Mundtasten geht nicht bei ihm, aber die Zeichen, die Schisch zischt, die sind eigentlich sogar besser als die getrommelten Fingerzeichen. Sie sind kalt, man versteht sie auch, ohne den Körper des anderen zu berühren, Klugwarm gibt sich große Mühe, Schischs Zeichen zu verstehen, denn Schischs Kaltkraft ist vielleicht so stark wie seine eigene, und wenn es mit der Kaltkraft ebenso geht wie mit der Warmkraft, dann wird die Kaltkraft der Glumpe sehr, sehr viel stärker, wenn sie beide ihre Gedanken gemeinsam gebrauchen können.

Manchmal hat Schisch ganz andere Gedanken zum selben Ding, dann fließt die Kaltkraft zwischen beiden hin und her und schwillt mächtig an, wird zu ganz neuen Gedanken. Das ist gut. Es kann aber auch geschehen, daß man die neuen Gedanken nicht benutzen kann, dann müssen sie neue Namen für die Dinge suchen.

Klugwarm spürt das Warmtasten der Glumpe schon ganz deutlich. Jetzt ist er in dem Teil der Welt, wo man nur in eine Richtung laufen kann, weil die Welt hier ganz schmal und flach ist, so daß man ihre Enden oben und an den Seiten zugleich berühren könnte, wenn man zwei Arme hätte. Roch kann das, Roch hat zwei Arme und zwei Hände. Dafür sind seine Finger so kurz, daß er mit ihnen nur ganz undeutlich trommeln kann.

Das Warmtasten sagt Klugwarm, daß die Glumpe ihn ungeduldig erwartet. Er spürt ihre Ungeduld ganz nah.

Auch Klugwarm sehnt sich nach der Wärme der Glumpe. Die Welt ist furchtbar kalt, ohne die Glumpe würde die Kälte ihn verschlingen. Aber gleich wird er sich mitten hinein wühlen in die behagliche Wärme. Und wenn sich die Glumpe wälzt, wird er in ihrer Mitte bleiben dürfen, denn er hat Warmkalt geholt und dabei viel Wärme verloren. Er muß dann nicht nach außen, um diejenigen Glumps zu wärmen, die vorher die Glumpe gegen die Kälte der Welt abgeschirmt haben – er wird inmitten ihrer lebenspendenden Wärme bleiben.

Jetzt kann er die Glumpe auch mit dem Kalttasten wahrnehmen. Dampfend schlägt ihm ihre Hitze entgegen. Die Welt erweitert sich wieder, wird so gewaltig, daß er ihre Grenzen nicht einmal mehr mit dem Kalttasten erspüren kann. Hier ist die Mitte der Welt, hier lebt die Glumpe. Mit einem freudigen Aufschrei stürzt er sich hinein in die dampfende, feuchte Geborgenheit. Die Glumpe nimmt ihn mit einem erregten Warmtasten auf, das ihn wie eine heiße Welle durchflutet. Dann schließt sie sich fest um ihn und das mitgebrachte Warmkalt. Und nun folgt banges Warten. Wird die vereinte Warmkraft der Glumpe ausreichen, ein oder zwei Warmkalt zum Leben zu erwecken? Nicht immer gelingt es. Und wenn es mißlingt, muß Klugwarm noch einmal die Glumpe verlassen …

Die Glumpe gerät in Bewegung, wälzt sich. Für einen Moment

dringt eisige Kälte zu Klugwarm, dann schließt sich die Lücke wieder, und wohlige Wärme hüllt ihn ein. Schon fragt er sich, wie er es da draußen, in der Welt, ohne die Glumpe überhaupt aushalten konnte. Die Leiber der anderen Glumps pressen sich an ihn, seine Kaltkraft sickert aus ihm, und Klugwarm gähnt, schon halb im Schlaf. Aber bevor er ganz in das Stumme Warm geht, merkt er noch, wie die Glumpe das Warmkalt unter sich aufteilt, das er aus den Schleimigen Mündern geholt hat. Sie werden dem Warmkalt alle Wärme geben, die die Glumpe aufzubringen vermag, und dann können sie nur noch warten …

Klugwarm ist schon ganz dicht vor dem Stummen Warm, als sich ein spitzer Kopf durch die Glumpe bohrt und ihn sacht anstößt. Sofort ist er wieder hellwach. Schisch! Wenn Schisch kommt, können sie wieder mit ihrer Kaltkraft spielen und danach vielleicht auch mit ihrer Warmkraft, wenn sie Lust hat …

Schisch drängt sich dicht an ihn, und wieder spürt Klugwarm, daß eine Veränderung mit ihr vorgeht. Ihr Körper verändert sich. Vor einiger Zeit noch war sie flink wie ein Gedanke, ihr spindelförmiger Körper glitt so schnell durch die Glumpe, daß man ihr nicht einmal einen Gruß auf die Haut trommeln konnte. In der Glumpe war sie allen anderen dank ihren Stummelarmen und -beinen überlegen, manchmal war sie sogar schneller als ein Fingertrommeln. Bevor Klugwarms Trommeln von den anderen Glumps weitergegeben war, hatte Schisch bereits den Glump erreicht, dem Klugwarms Botschaft galt. Sie liebt dieses Spiel, und lange noch hört man ihr erfreutes Zischen, wenn es ihr wieder einmal gelungen ist. Sie liebt auch das Spiel mit der Warmkraft, doch seit Schisch und Klugwarm dieses Spiel entdeckt haben, bei dem die Warmkraft heiß durch ihre Körper pulsiert, seitdem verändert sich Schischs Körper, wird unförmig, schwillt in der Mitte zu einer unaufhörlich wachsenden Blase.

Er tastet ihr einen erfreuten Gruß auf die Haut. Schisch antwortet mit einem traurigen Zischen. Sie mag es nicht, wenn er mit den Fingern spricht, weil sie ihm nicht auf dieselbe Weise antworten kann.

Klugwarm kennt genug Mundzeichen, um sich mit Schisch auch in ihrer Art verständigen zu können, aber sein Mund ist irgendwie anders als der ihre, es fällt ihm schwer, die feinen Unterschiede zu machen, die für Schisch so wichtig sind, da jeder Unterschied im Klang ein anderes Ding bezeichnet. Da hilft ihm seine starke Kaltkraft wenig, er muß immer wieder und wieder in Schischs Art sprechen, um es zu erlernen. Mit Roch geht es ihm ähnlich, aber Rochs Zeichen sind ganz andere. Sein Gurgeln und Röcheln fällt Klugwarm bedeutend schwerer, aber Roch kennt nur wenige Zeichen, und so beansprucht ein Gespräch mit ihm die Kaltkraft weniger. Außerdem kann Roch mit seinen kurzen Fingern die Zeichen trommeln, die alle Glumps kennen. Daß sie sehr undeutlich sind und daß Roch sehr langsam trommeln muß, damit sie überhaupt von Klugwarm verstanden werden, ist nun mal nicht zu ändern.

Klugwarm sucht in seinen Gedanken nach den richtigen Zischlauten und erzählt Schisch, was er gerade überlegt hat.

Eine Weile schweigt Schisch, dann sagt sie: „Warum sind wir alle anders, Klugwarm?"

Ja, das hat er sich auch schon oft gefragt. Er weiß nur eine Antwort. „Damit die Glumpe viel Wärme hat."

„Aber wenn wir alle wären wie Roch, hätte die Glumpe auch viel Wärme. Roch ist groß und dick, er hat viel, viel Warmkraft ..."

Schisch hat recht, denkt Klugwarm. Aber er hat doch auch darauf schon einmal eine Antwort in seiner Kaltkraft gefunden. Er fühlt, wie seine Kaltkraft wieder anschwillt.

„Wenn wir alle wären wie Roch", sagt er nachdenklich, „dann könnten wir nicht viele Zeichen benutzen. Die Glumpe könnte sich nicht richtig wälzen – du weißt, Roch dreht sich nie von selbst, er versteht die Zeichen nicht. Seine Kaltkraft ist gering."

„Ich denke, es kann doch sein, daß einmal ein Glump aus dem Warmkalt wächst, der wie Roch ist, aber mit mehr Kaltkraft."

Schisch hat ganz langsam gesprochen, und trotzdem muß Klugwarm seine ganze Kaltkraft anstrengen, um hinter den Sinn dieser Worte zu kommen. Schisch redet von Dingen, die noch nicht sind, überlegt er, sie meint aber auch nichts, was schon einmal war und nun nicht mehr ist. Welchen Namen soll man dem geben, was noch nicht ist, nie war, aber einmal sein wird? Man kann es doch nicht Roch nennen, denn Roch ist. Aber ist Roch immer so wie jetzt? Schisch ist jetzt auch anders, als sie es war, als er das letztemal Warmkalt holte. Wie wird sie sein, wenn er das nächte Mal zu den Schleimigen Mündern geht? Wenn ihr Bauch weiterwächst, ist sie dann später wie die Glumpe, so groß? Später, denkt Klugwarm, später – das ist ein guter Name für das, was noch nicht ist.

„Das kann sein", antwortet er, denn jeder Glump ist anders. Einen zweiten Roch, so wie er jetzt ist, wird es nicht geben, und keine zweite Schisch und keinen zweiten Klugwarm. Warum ist das so? Da fällt ihm ein, daß Schisch gerade dieselbe Frage gestellt hat: Warum sind wir alle anders? Und vergnügt fragt er sich weiter: Warum werden – später! – alle Glumps auch anders sein? Seine Kaltkraft gibt ihm Bilder von der Glumpe ein, und er findet die Antwort. „Ich kann kalttasten und sehr schnell Warmkalt oder Kaltkalt holen. Roch kann viel Wärme geben, mehr als ich. Du kannst so schnell wie kein anderer Glump durch die Glumpe gehen und das Warmkalt zu Roch bringen, wenn es ein Glump geworden ist, denn dann braucht es viel, viel Wärme. Roch hat viel Wärme. Jeder kann etwas, was ein anderer nicht kann. Deshalb kann die Glumpe alles. Deshalb sind wir alle anders ..."

Auf einmal hört Klugwarm ein hohes, feines Wimmern.

Augenblicklich zuckt Schisch herum. „Ein Warmkalt! Es wird ein Glump!" zischt sie aufgeregt, dann ist sie so schnell verschwunden, daß Klugwarm ihr nicht einmal seine Freude mitteilen kann.

Wenig später hört er Rochs Gurgeln. Nun darf Roch, der den kleinen Glump wärmt, in der Mitte der Glumpe bleiben, bis der neue Glump das Zeichen für Hunger gelernt hat.

Bald ist Schisch wieder bei Klugwarm. Sie drängt sich an ihn und sagt traurig: „Es geht nicht mehr so schnell wie sonst. Mein Körper bläht sich auf. Was ist das nur ...?"

Klugwarm antwortet nicht, er denkt an etwas anderes. Siebenmal Warmkalt hat er geholt, und nur eins ist zum Glump geworden. Die anderen nehmen die Warmkraft nicht an, die ihnen die Glumpe gibt. Er seufzt. Wir werden noch so viele Schläge meiner Warmkraft warten, wie es Schritte bis zu den Schleimigen Mündern sind, denkt er, dann werde ich den Großen Gesang anstimmen.

Kaum hat er begonnen, die dumpf pochenden Schläge zu zählen, da steigt erneut ein schrilles Greinen über der dampfenden Glumpe empor. Wieder schlängelt sich Schisch sofort davon.

Klugwarm atmet auf. Die Glumpe ist alles, denkt er frohgemut, alles ist die Glumpe ...

KAPITEL 12

Alles ist aus! Alles! hämmert es in Skagit. Sie haben gesagt, ich soll mich um Arthur kümmern, so könnte ich wenigstens etwas wiedergutmachen – und nun ist alles aus!

Dem kleinen Subproximer dröhnt der Puls in den Schläfen, jeder Herzschlag donnert wie eine Faust gegen seinen Schädel. Keuchend rennt er den Tunnel zum Backbordkielkreisel hinab, taumelt, schlägt mit der Schulter gegen die stumpfe Wandung dieser sich konisch verjüngenden Röhre, an deren weitentferntem Ende die Kreiselkammer liegt, wo mächtige Schwungmassen wie irrsinnig rotieren und damit den Drachenkreuzer stabilisieren.

Wenn sich Arthur hierher verirrt hat, dann haben die Kreisel ihn zerfetzt!

Alle haben die Ikaros förmlich umgekrempelt – aber der Zwergburrbo blieb verschwunden. Schließlich fielen Styx die Tunnelschächte ein, die nur durch ein weitmaschiges Gitter – wegen der Ventilation – verschlossen sind.

Skagit hastet weiter. Seit Stunden kann er keinen klaren Gedanken fassen. Sollen sie sich ruhig über ihn lustig machen, das interessiert ihn nicht mehr. Arthur – sie wissen ja nicht, was ihm das Tier bedeutet. Da, das Schott zur Kreiselkammer. Er reißt an dem Handrad, öffnet die Sperren, merkt kaum, daß er sich Zeigefinger und Daumen der rechten Hand quetscht. Träge schwingt das elliptische Schott auf, mit einem fauchenden Luftstrom dringt das nervtötende Heulen der tonnenschweren Kreisel aus der Kammer. Über dem Eingang blinkt das Warnsignal: Achtung, Lebensgefahr! Achtung, Lebensgefahr ...

Ein warmer, ölig riechender Wind schlägt Skagit ins Gesicht, brennt in den Augen.

Die Kreisel sind in dem Flimmern und Funkeln kaum zu sehen, das von ihrer polierten Oberfläche in Kaskaden durch die tropfenförmige Kabine stiebt.

Wie gewaltige Mühlräder drehen sie sich, vier jeweils gegenläufig rotierende Walzen, so rasend schnell, daß die Luft wie aus einer Turbine zwischen ihnen hervorjault.

Aber Skagit hat keine Augen für die tödlichen Gefahren, die hier lauern. Ihm wird nicht einmal bewußt, daß er seinen kleinen Freund hier sicherlich nicht finden wird, denn wie sollte der Zwergburrbo wohl die gepanzerte Tür öffnen?

Er hat gewußt, daß es eines Tages geschehen wird, daß irgendwann jemand aus dem Spiel Ernst macht. Warum mußte ihm das damals auch widerfahren! Alles hat er gehabt, Freunde, eine Lustpartnerin, Spaß an der Arbeit – warum hat er sich für diesen verdammten Drachenkreuzer entschieden, hatte er doch die Wahl, hätte ins System Epsilon gehen können, dort sind Terraner gern gesehen, und die Epser sind nette Leute ...

Skagit lehnt sich gegen die Wand der Kreiselkammer und wimmert leise auf. Er hat einfach Angst vor der Fremde gehabt, wollte wenigstens in der Nähe seiner Freunde auf Terra bleiben, in der Nähe von Freunden, für die er nicht mehr existiert, denn damals hieß er nicht Skagit und besaß eine andere Identität, die nun in allen Speichern gelöscht ist.

Warum, beim Großen Sirius, ist er nur auf die Ikaros gegangen? Nie ist er das Gefühl losgeworden, ein Außenseiter zu sein, ein

Fremdling. Nie hat er sich an den rauhen Ton der Sonnensegler gewöhnen können, an ihre Grobheit, ihre Einfachheit.

Und nun, da die zehn Jahre beinahe vorüber sind, sich ihm Terras Tore wieder öffnen sollen – nun ist Arthur verschwunden.

Nur unbewußt nimmt Skagit wahr, daß jemand durch das Schott tritt. Zu sehr fesselt die wilde Rotation der wuchtigen Kreisel seinen Blick, und verrückte Gedanken überschlagen sich in seinem Kopf.

Man würde es bestimmt nicht merken, denkt Skagit, und hinter seiner Stirn ballt sich etwas Glühendes zu schweren Klumpen. Es geht sicher ganz schnell, und nichts bleibt übrig. Alles wäre auf einen Schlag vorüber ..., irgendwann ist es doch sowieso soweit ..., warum denn nicht jetzt ...

Der andere spricht ihn an, Skagit aber versteht kaum den Sinn der Worte, er zischt nur böse, weil ihn die Störung ärgert. Und als er Skamanders Stimme erkennt, staut sich erneut das Blut in seinen Schläfen und pocht schmerzhaft gegen die Schädelknochen. Skamander! Was will der von mir?

Seine Gedanken geraten in einen Strudel: Skamander ..., er hat gesagt, er werde Arthur noch einmal den Hals umdrehen ... Zwar hat er Skamander immer mit allen möglichen Dummheiten gereizt, aber nur, weil es an Bord so üblich war ..., die anderen haben doch darüber gelacht ... Skamander wollte Arthur töten ..., er hat es selbst angedroht ... Skamander war es ..., Skamander ...

Auf einmal erstarrt Skagit. Nein, das ist kein Traum! Er hört es ganz deutlich.

„... ich habe es nicht gewollt, glaube mir doch, Skagit ..., ich habe es nicht gewollt ..."

Nur Sekunden hat er das Gefühl, eine kalte und steife Holzpuppe zu sein. Seine Glieder wollen ihm nicht mehr gehorchen, als er sich umdreht, um seinem Feind ins Gesicht zu sehen. Die Luftröhre schwillt ihm zu und wird zu einem knotigen Knüppel in seinem Hals. Skagit keucht und ringt nach Atem. Seine Finger knacken und knirschen, als er die Fäuste ballt. Er sieht nur noch die auf und nieder zuckenden Lippen Skamanders, alles andere verschwimmt zu einer konturlosen Masse.

Erst als ein stechender Schmerz durch sein Handgelenk fährt, begreift er, was er getan hat. Aus Skamanders aufgesprungener Unterlippe quillt Blut. Skamander taumelt zurück und hebt abwehrend die Hände.

Skagit denkt nicht den Bruchteil einer Sekunde daran, daß der bärenstarke Skamander ihn mit dem Zeigefinger aufspießen könnte, wenn er das nur wollte. Ein röchelnder Schrei stößt aus Skagits Kehle, ein unheimlicher Laut, gemischt aus Triumph und Schmerz, und wie ein Raubtier springt er Skamander an.

Erst als seine Schläge ins Leere treffen, kommt er zur Besinnung. Eine Weile starrt er verwirrt auf seine blutigen Fäuste, dann sieht er Skamander.

Der liegt zusammengekrümmt in der schmalen Gasse zwischen zwei Kreiseln. Die pfeifende Luft bläht seine Kombination auf und peitscht in seine flatternden Haare. Skagit keucht erschöpft und lacht rauh auf. Da liegt er nun, der Riese, der Mörder, der unbezwingbare Skamander. Aber gerade als der Stolz die Wut zu verdrängen beginnt, zuckt ein Bild in seiner Erinnerung auf, schneidend grell. Freerick! So hat auch Freerick vor ihm gelegen, und Skagit war ebenso stolz auf sich, hatte Rache genommen und sah nicht, daß Freerick tot war ...

Aber Skamander lebt, er wälzt sich herum und versucht, auf die Knie zu kommen. Er scheint noch benommen zu sein, kippt zur Seite – die Kreisel! Skagit brüllt entsetzt auf. Nein, nicht noch einmal. „Bleib liegen, Freerick!" schreit er und springt zwischen die beiden wirbelnden Schwungmassen.

Freerick, denkt ein Teil von ihm, der plötzlich zu kühler Überlegung fähig ist, warum nenne ich ihn Freerick? Skamander war nie mein Freund, hat diesen Namen nicht verdient.

Der andere Teil besteht nur noch aus wahnsiniger Angst. Was habe ich getan, er könnte tot sein, zerfetzt, zermalmt! Ich bin kein Mensch, ich bin krank, verrückt! Skagit wirft sich auf Skamander und kreischt: „Rühr dich nicht, Skamander – die Kreisel, denk an die Kreisel!“

Skamander liegt auf dem Rücken und starrt ihn verständnislos an. Mund und Kinn sind blutverschmiert, die Lippen dick geschwollen.

„Nicht bewegen, Skamander, ganz ruhig!“ Allmählich bekommt Skagit seine Stimme unter Kontrolle. Das Heulen der rotierenden Walzen reißt ihm die Worte von den Lippen, aber Skamander scheint zu verstehen. Seine Augen weiten sich einen Augenblick, und ihr unmerkliches Glitzern zeugt davon, daß er die Gefahr begriffen hat.

Skagit erhebt sich vorsichtig, und plötzlich wird ihm klar, warum Skamander zur Seite kippte: Es war nicht nur Schwäche. Der Luftstrom stößt und rüttelt Skagit, daß er sich sofort wieder zusammenkauert.

„Bleib liegen, ich ziehe dich raus!“ schreit er, um das bösartige Heulen zu übertönen. Als Skamander ihn angrinst und leicht nickt, wird Skagit übel, denn in dem Augenblick, als Skamander den Mund etwas öffnet, läuft dunkles Blut aus seinem rechten Mundwinkel. Beim Großen Sirius, warum hat er sich nicht gewehrt, warum hat er sich von mir so zurichten lassen? geht es Skagit durch den Kopf.

Skagit krallt sich in Skamanders Kragen fest und kriecht rückwärts aus der Gasse. Skamander stößt sich vorsichtig mit den Füßen ab.

Einmal zischt es kurz auf, wie wenn Wasser auf eine heiße Herdplatte spritzt, und es riecht stechend nach versengtem Plast. Skagit beachtet es nicht weiter. Der Wind peitscht ihm ins Gesicht, er muß die Augen zu schmalen Schlitzen verengen.

Zentimer für Zentimeter kriecht er zurück, zerrt Skamander ein Stück heran, kriecht weiter. Dann endlich sitzen sie ächzend und schnaufend nebeneinander, an die Kammerwand gelehnt. Minutenlang schweigen sie und sehen sich nicht an. Schließlich tippt Skamander ihm vorsichtig auf die Schulter und sagt: „Du mußt das behandeln lassen, wer weiß, was sich daraus noch entwickelt. Das kann sonst üble Folgen haben.“

Skagit lacht bitter auf. Ja, Skamander hat recht: Er ist ein Fall für die Mediziner. Freerick wäre noch am Leben, wenn das vorher jemand erkannt hätte.

„Tut es nicht weh?“ fragt Skamander, und Skagit merkt, daß dem anderen das Sprechen Mühe bereitet.

Auf einmal fühlt sich Skagit so leer wie nie zuvor. Und diese Leere schmerzt, daß er es kaum ertragen kann. „Und wie …“, flüstert er leise.

„Seltsam, daß es nicht blutet.“

Skagit wendet den Kopf und folgt Skamanders Blick. Auf seinem Oberarm entdeckt er einen handtellergroßen hellen Fleck. Wie mit einer Rasierklinge ist ein ovales Stück aus dem Overallärmel geschnitten, aus der darunterliegenden Haut und wohl auch aus dem Muskelfleisch. Die Wunde glänzt wie Kerzenwachs und riecht nach verbrannten Haaren, an ihren Rändern haben sich weißliche Blasen gebildet, einige so groß wie ein Fingernagel.

Skagit lacht noch einmal auf. „Ach, das meinst du. Das habe ich noch gar nicht gemerkt …“

„Komm, wir gehen zu Quadrangel, der klebt dir ein Transplantat drauf, und morgen erinnerst du dich nicht einmal mehr daran …“ Skamander will sich erheben, doch Skagit hält ihn fest.

„Bleib, bitte. Das hat Zeit. Laß uns noch ein wenig ausruhen.“ O nein, Skamander, fährt er im stillen fort, das werde ich so schnell nicht vergessen. Ich werde mich beim Büro zur Untersuchung abweichender Verhaltensweisen melden und erklären, daß mir die Rehabilitation nicht gelungen ist, daß ich es nicht schaffen konnte, weil ich krank bin. „Ich weiß nicht, was mit mir los ist“, sagt er weiter, „seit damals kann ich nicht mehr leben wie ein normaler Mensch. Freerick war mein bester Freund. Und ich hieß nicht Skagit, sondern Torkell …“ Er unterbricht sich wieder, erschrickt beinahe, denn nun hat er sich verraten.

Klar, Skamander hat es sofort gemerkt, denn er fährt herum und fragt atemlos: „Du mußt ein zweites Leben leben? Beim Großen Sirius, warum hast du das nie gesagt? Wir hätten dir geholfen!“

Skagit stöhnt gequält auf. Hätten sie ihm wirklich geholfen, kann man überhaupt jemandem helfen, der schuld am Tod eines anderen ist? Kann man helfen zu vergessen? Darf man überhaupt vergessen?

Skagit erzählt, es bricht aus ihm, er redet, ohne es zu merken, denn da stehen die Bilder wieder vor ihm, klar und deutlich.

Das Flimmern der eisigen Sandwüsten auf dem Planeten Asper im System Tul, das Heulen der Toten Meute – die Omegajagd war ein Wendepunkt in seinem Leben, nicht nur weil er sich bewußt wurde, ein Feigling zu sein, als er zitternd hinter Freerick herschlich, sondern weil er auch begriff, wie wunderbar und mächtig das Leben ist.

Vier lange Jahre hatten sie auf die Erlaubnis gewartet, einen

Zwergburrbo zu fangen. Die Omegajagd war ein mühseliges und gefährliches Unterfangen. Wieder einmal war Freerick der Initiator, und Skagit folgte ihm nur widerstrebend, denn auf dieser unblutigen Jagd durften Waffen nicht einmal zur Verteidigung benutzt werden.

Aber Freerick wußte genau, welche der prallen Gallertkugeln eßbar waren, welchen Korallengewächsen man wegen ihrer giftigen Stacheln besser aus dem Weg ging, er erkannte am Flimmern der winzigen grünen Sonne, ob ein Sandsturm nahte, und wußte auch, wie man den Weg der Toten Meute rekonstruieren konnte, dieses Sturmwinds aus Tausenden knochigen Tieren, die wie Skelette aussahen und mit glasscharfen Kieferkanten alles Lebendige zerfetzten, das sich ihrem unaufhaltsamen Lauf entgegenstellte. Denn diese Kenntnis war wichtig: Gegen die Tote Meute gab es keine Abwehr, man mußte die Zeit zur Jagd nutzen, wenn sie durch andere Gebiete der ausgedehnten Oase streifte.

Freerick hatte sich auch informiert, wie man sich mit einer Windharfe anfreundet und sie dazu bewegt, den Balzschrei eines Zwergburrbos auszustoßen. Alles machte Freerick, alles konnte Freerick.

Damals erwachte das erstemal der Neid in Skagit. In demselben Maß, wie er sich seiner eigenen Schwächen bewußt wurde, die diese gnadenlose Welt schonungslos aufdeckte, wuchsen Mißgunst und ein krankhafter Ehrgeiz in ihm. Äußerlich änderte sich nichts in seinem Verhältnis zu Freerick, aber was ihm vorher Partnerschaft war, wurde nun zur heimlichen Rivalität. Die stille und bescheidene Bewunderung für den Freund, in der er sich geborgen und sicher fühlte, wurde zerfressen von einem heimtückischen, ununterdrückbaren Gefühl, dessen Wildheit Skagit zutiefst entsetzte und auf unheimliche Weise anspornte.

Die Jagderlaubnis war eine Auszeichnung. Sie hatten im regionalen Wettbewerb der Tunnelfahrer die ersten beiden Plätze belegt, zum wiederholten Mal, und wieder einmal in der üblichen Reihenfolge: Freerick Erster, Skagit, der damals noch Torkell hieß, Zweiter. Sie waren sich um den Hals gefallen, hatten sich einer für den anderen und gemeinsam für sich beide gefreut. Nie hatte es Torkell gestört, nicht der Sieger zu sein. Es war gleichgültig, wer von ihnen gewann: Hauptsache, sie waren gemeinsam vorn. Seinen Beruf als Tunnelfahrer liebte Torkell ebenso wie die Tätigkeit als Systemanalytiker, aber noch mehr galt ihre Freundschaft.

Sie fingen einen Zwergburrbo. Es war ganz einfach: Als die Windharfe den wimmernden Balzschrei dieses Tieres ertönen ließ, dauerte es nicht lange, und ein männliches Jungtier brach aus dem Korallengestrüpp. Es würdigte die beiden Menschen keines Blickes und stürzte sich wie von Sinnen auf die Pflanze – Freerick brauchte nur zuzugreifen. Nach wenigen Tagen bereits folgte das putzige Tierchen ihnen auf Schritt und Tritt. Doch dann folgten zwei Wochen Windstille, und die Windharfe schwieg. Vierzehnmal stieg der kleine rote Mond über den Horizont, und die genehmigte Frist war abgelaufen. Freerick wollte Torkell den Zwergburrbo überlassen, aber Torkell lehnte stolz ab.

Die Ausscheidungsrennen zur nächsten Regionalmeisterschaft der Tunnelfahrer ließen sie bereits im Semifinale aufeinandertreffen. Torkell saß angespannt auf seinem chromblitzenden Renner, die Füße in den Pedalen, die Muskeln steinharte Stränge. Ihm war die rechte Bahnlinie zugelost worden, für ihn ein geringfügiger Vorteil trotz gleicher Bahnlängen, da er sich besser nach links orientieren konnte als nach rechts.

Das Geschrei der Zuschauer ebbte allmählich ab, wich spannungsgeladener Stille. Torkell umklammerte den Lenker fester und hob noch einmal kurz den Blick.

Vor ihnen lag eine gläserne Röhre von fünf Meter Durchmesser. Erst verlief sie schnurgerade, so weit, daß sich die dicke rote Trennlinie und die beiden blauen Bahnmarkierungen beinahe zu treffen schienen, dann schwenkte sie nach links zur ersten Doppelkurve ab. Danach kam eine Steigung, dort würde der leichtere Torkell einen kleinen Vorsprung herausfahren können, aber wenn es darauf steil in die Tiefe ging, in die Einfahrt zur ersten Loopingspirale, mußte er die Zähne zusammenbeißen, wenn er Freerick nicht gleichziehen lassen wollte. Er heftete seinen Blick wieder auf die blaue Linie vor sich. Heute sollte Freerick verlieren, hatte er sich geschworen.

„Na, dann wollen wir den Römern mal wieder Stimmung in ihr Kolosseum bringen, was, Kell?“ Freerick kicherte fröhlich.

Torkell reagierte nicht darauf, nahm es nicht einmal richtig wahr. Sein Körper wartete nur darauf, die anschwellende Ungeduld in kräftige Tritte umsetzen zu können.

Ein trockener Knall, ein blendendweißer Blitz zuckte durch die Röhre!

Torkell explodierte geradezu, und das Gestänge des Schaltgetriebes knackte und knirschte unter seinem Antritt. Wie ein Geschoß flog er davon, schaltete hoch, gleich darauf noch einmal. Beinahe wäre er ins Schleudern geraten, so ungestüm zerrte er am Lenker. Hinter sich hörte er einen erstaunten Ausruf: „Mach keinen Quatsch, Kell! Das hältst du nicht durch!“

Ein kurzer Lachkrampf schüttelte ihn, brachte ihn kurz aus dem Rhythmus. Halt's Maul! dachte er böse und spürte eine heiße Flamme in sich auflohen. Und dann sagte er sich noch: Diesmal gewinne ich, Freerick, und dann erst werden wir wieder richtige Freunde sein.

Die Linkskurve, sacht steigt die Bahnlinie an der Röhrenwandung empor. Als er das erste Rennen fuhr, hatte er Angst vor der Steigung und drosselte das Tempo. Prompt rutschte er über die rote Trennlinie und wurde disqualifiziert, bevor der Wettkampf richtig begonnen hatte.

Rein in die Gegenkurve. Es läuft! Leichtfüßig spurtet er die Steigung hinauf und greift in die Schaltung. Jetzt die Ruhe bewahren, befiehlt er sich, nicht zu früh raufschalten, erst wenn die Beine nicht mehr drehen wollen. Mit der kleinsten Übersetzung jagt er über den Buckel hinweg und taucht in die steile Abfahrt. Da hört er wieder Freericks Schnaufen hinter sich. Wie hat er das gemacht? durchzuckt es ihn. So schnell ist er doch noch nie die Steigung angegangen.

Schalten. Torkell beschleunigt. Dann preßt ihn eine Riesenfaust in den Sattel, als er in die Loopingspirale hineinschießt. Automatisch rutscht er ganz nach hinten, bis er fast über dem Rad sitzt. Anders könnte er das Vorderrad nicht mehr halten. Die erste Windung, die zweite. Nicht den Schwung zurücknehmen, unten bleiben!

Er liegt fast auf dem Renner. Dann der Aufwärtskreisel! Die Ringe erweitern sich, hier muß man voll reintreten. Im zweiten schleudert er kurz, weil er sich verschaltet, aber noch hat er die Nase vorn.

„Mensch, Kell! Hör auf mit dem Blödsinn! Im Riesenloop fällst du von der Decke, wenn dir die Puste ausgeht!“ Freerick keucht, Bestürzung klingt aus seinen Worten.

„Fahr!“ sagt Torkell bissig, aber so leise, daß der andere es wahrscheinlich nicht hören kann. Eine kurze Gerade bildet die Einfahrt zur Abwärtsschnecke. Endlich haben seine Beine den Rhythmus gefunden und treten fast wie von selbst.

Plötzlich ist Freerick neben ihm. Sein Gesicht ist verzerrt, er atmet schnell und heftig, aber er ist längst nicht so ausgepumpt, wie Torkell hofft. Torkells Atem beginnt in den Lungen zu rasseln, und die Hälfte der Strecke liegt noch vor ihnen. Verdammt, Freerick hat recht, im Riesenloop wird's kritisch, wenn ich mir keine Reserve lasse, denkt Torkell und blickt durch die Glaswandung zum hohen Bogen des letzten Bahnabschnitts hinüber. Wenn er den Überschlag nicht schafft, kann er zur Not auf die Innenseite hinunterrollen und danach auf die Schräge des aus Sicherheitsgründen leicht geneigten Kreisels fahren. Dann aber hätte er keine Siegeschance mehr, obwohl die Bahnlinien dort so gezogen sind, daß er die Mittellinie auf der durchbrochenen Markierung kurzzeitig überqueren dürfte – vorausgesetzt, er gefährdet damit nicht seinen Gegner.

„Hör zu!“ stößt Freerick hervor. „Ich lasse ein paar Tritte aus, klar? Aber hör mit dem Wahnsinn auf!“

Torkell ist es, als hätte ihm jemand die Faust ins Gesicht geschlagen. Freerick will ihn gewinnen lassen! Was bildet sich dieser überhebliche Affe ein!

„Fahre, Champion!“ brüllt er haßerfüllt zurück. „Fahre und quatsch nicht dämlich!“

Er rast so ungestüm in die Abwärtsschnecke hinein, daß Freericks Keuchen in seinem Rücken immer schwächer wird.

Da spürt er den ersten Stich in den Waden, und sein Tritt wird unrhythmisch.

Durchhalten! hämmert es in Torkell. Durchhalten!

Doch als er aus der Schnecke hinausschießt und plötzlich die unendlich scheinende, allmählich ansteigende Gerade des Riesenloopanlaufs vor sich hat, verläßt ihn plötzlich aller Mut.

Das schaffe ich nicht! durchfährt es ihn, und er spürt auf einmal den kalten Schweiß, der an seinen Nasenflügeln herabrinnt.

Aber von Freerick ist noch nichts zu hören. Verzweifelt quält sich Torkell den Anstieg hinauf, und er riskiert jetzt sogar einen Blick zurück. Freerick ist noch in der Schnecke, deutlich kann er seinen Schatten durch die gläserne Wandung erkennen.

Eine letzte, verzweifelte Hoffnung keimt in ihm. Freerick hängt durch. Ich schaffe es!

Seine Hand zuckt zur Schaltung, als die Beine schwer werden wie Blei. Nein! Nicht runterschalten! befiehlt er sich. Unter unmenschlichen Qualen gelingt es ihm, das Tempo zu halten.

Der Gipfel des Anstiegs ist greifbar nahe. Gleich! Noch zehn Tritte, noch sechs, vier – jetzt nicht nachlassen!

Als der erste Tritt scheinbar ins Leere geht, schreit Torkell erlöst auf. Es geht abwärts, abwärts! Er hat es geschafft, er wird vor Freerick in den Riesenloop einfahren, er hat gewonnen!

Dann begeht er den entscheidenden Fehler. Statt unermüdlich weiterzutreten, gönnt er sich einige Sekunden Ruhe und läßt den Renner die Anlaufabfahrt hinabrollen. Der Fahrtwind kühlt und erfrischt. Noch einmal wendet sich Torkell um.

Für einen Augenblick ist er wie gelähmt. Sein Blick trifft auf Freericks Augen, die zusammengekniffen sind und ihn unverwandt anstarren. Nur etwa zehn Meter trennen ihn von dem Rivalen.

Mit einem Wutschrei beugt sich Torkell über den Lenker. Aber plötzlich sind seine Beine wie Watte, er findet seinen Rhythmus nicht wieder, zieht am Schalthebel, bis er den Widerstand der Pe-

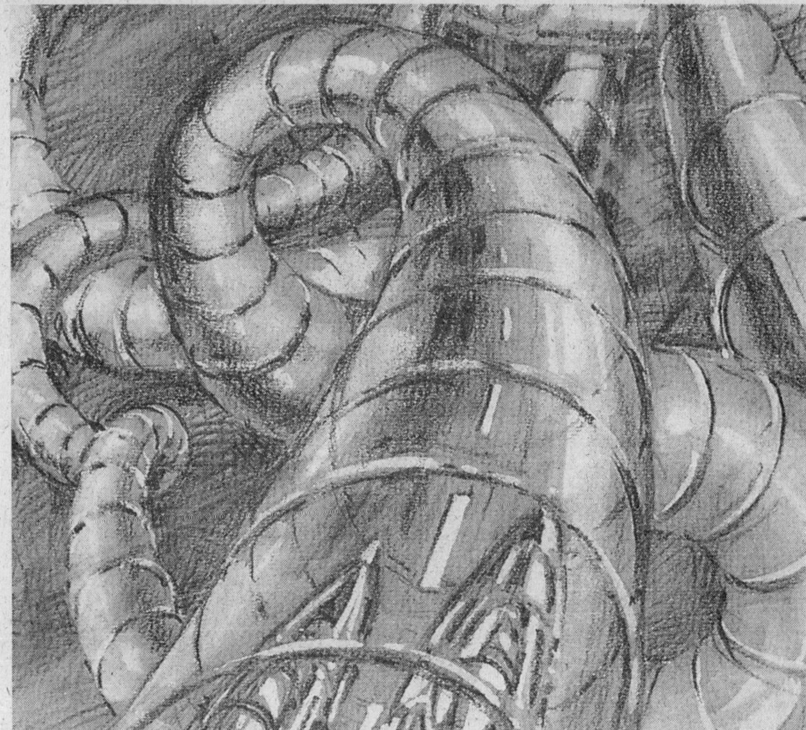

dale spürt. Erst der höchste Gang gibt ihm das Gefühl zurück, die Beine noch bewegen zu können, aber da naht schon das Ende der Abfahrt, und steil ragt der Riesenloop vor ihm auf.

„Runterschalten, Torkell!" hört er Freerick rufen, aber aus irgendeinem Grunde zögert er. Die Geschwindigkeit stimmt doch, sagt er sich verwirrt, was soll das, will er mich nervös machen?

Dann geht es beinahe senkrecht hinauf, immer steiler, immer höher, und da ist es Torkell plötzlich, als würden sich die Pedale in ihren Lagern festfressen. Hastig reißt er an der Schaltung – einen Augenblick verringert sich der Widerstand, aber nur kurzzeitig. Weiter runter! Die Schaltung knackt, überspringt eine Stufe, Torkell schleudert. Der Andruck preßt ihn mit Macht in den Sattel, er kann sich mit einer Hand nicht mehr halten! Aber er muß schalten, verdammt noch mal, schalten! Er kann bereits die Scheitelmarkierung sehen, wird aber immer langsamer! Als er merkt, wie der Druck der Fliehkraft schwächer wird, begreift er auf einen Schlag, daß er wieder verloren hat.

Aber noch zögert er, geht das Risiko ein abzustürzen! Da! Die Reifen beginnen zu rutschen! Auf die Sohle runter!

Als er den durchbrochenen Abschnitt der Trennlinie überquert, quietschen hinter ihm Bremsen. Entsetzt wendet er sich um und sieht gerade noch, wie Freerick ihm ausweichen will, seinen Lenker herumreißt und die Röhrenwandung emporrast.

In diesem Moment wirken übermächtige Kräfte auf Freerick, der Radius seiner Bahnkurve ist für die hohe Geschwindigkeit viel zu gering, es reißt ihn vom Rad, und er stürzt in die Tiefe …

Torkell hat Glück. Obgleich er rutscht und schleudert, gelingt es ihm, den Abwärtsbogen so zu durchfahren, daß er wieder in seine Bahn hineinfindet.

Auf der Zielgerade bremst er mit aller Kraft, bis er zum Stehen kommt. Dann sieht er sich bestürzt um, noch gar nicht voll erfassend, was soeben geschehen ist. Zum Greifen nahe sieht er Freerick liegen, nur durch zwei gläserne Tunnelwandungen von ihm getrennt. Der Kopf ist eigentümlich nach hinten gebogen, und Freerick rührt sich nicht. Dann hört Torkell das Heulen des Rettungslifts und sieht, wie die rundum mit Rädern bestückte Kabine vom Start aus durch die Röhre jagt.

Torkell beginnt zu frieren, er steht wie erstarrt, wagt keine Bewegung. Nur noch dreißig Meter sind es bis zum Ziel, von wo die Kampfrichter aufgeregt winken. Aber er steht nur da und starrt wie hypnotisiert auf seinen Freund …

Freerick war sofort tot, und die Reanimationsversuche blieben erfolglos, vorerst. In der zentralen Substitutionsklinik gelang es dann, das verletzte Nervengewebe des verlängerten Rückenmarks zu regenerieren und die durch die geplatzten Blutgefäße zerstörte Hirnmasse zu ersetzen. Aber Freerick war tot. Der da nach zwei Jahren Intensivrehabilitation aus der Klinik entlassen wurde, war ein neuer Freerick, der vom alten nichts mehr wußte.

Die Überprüfung anhand der Aufzeichnung ergab Torkells Schuld. Und so gab es auch Torkell nicht mehr, und Skagit mußte ein neues Leben in Torkells Körper beginnen. Zehn Jahre Frist zur Bewährung waren ihm gesetzt, zehn Jahre, die bald vorüber sein würden.

„Freerick ist wieder Meister im Tunnelfahren …“, flüstert Skagit dumpf, und er spürt, wie sich seine Augen mit Tränen füllen. Willenlos läßt er es geschehen, daß Skamander ihn behutsam aufrichtet und aus der Kreiselkammer führt. Und wie aus weiter Ferne hört er den Kameraden sagen: „… man muß wohl sehr stark sein, wenn man mit solch einer Schuld leben kann, sehr stark …“

Da fragt sich Skagit, weshalb er Skamander eigentlich für einen Feind hielt, und ein trockenes Brennen steigt in ihm auf, als er wieder in das zerschlagene Gesicht sieht. Vielleicht hätte er wirklich

Verständnis und Hilfe gefunden, hätte er die Kraft aufgebracht, sich jemandem aus der Besatzung anzuvertrauen. Nein, es liegt nur an ihm – er ist krank. „Ich werde zum Büro zur Untersuchung abweichender Verhaltensweisen gehen und reinen Tisch machen. Ich bin geistig nicht normal, mir kann nur eine genetische Therapie helfen", sagt er hart.

„Quatsch!" brummt Skamander. „Das laß mal schön sein! Du bist zwar etwas aus dem Takt, aber ansonsten stinknormal, ich möchte beinahe sagen, vorbildlich normal. Gewissen ist keine Krankheit, eher ein sehr empfindliches Organ der menschlichen Seele. Ich kenne Leute, bei denen ist es arg verkümmert, die gehören eigentlich vors BUAV ..." Skamander unterbricht sich, und Skagit kann sehen, wie sich der andere vorsichtig die blutverkrusteten Lippen leckt, die beim Sprechen immer wieder aufspringen und erneut zu bluten beginnen.

„Verzeihen wirst du mir nicht können", Skagit muß sich zusammennehmen, um nicht loszuheulen, „aber bitte versteh mich, versuch es wenigstens ..."

Skamander grinst schwach. „Verzeihen? Was denn? Die paar Kratzer nehme ich gern hin, wenn ich daran denke, daß du mich eigentlich vergiften wolltest."

Skagit schnieft betrübt und etwas erleichtert. In Skamanders Stimme schwingt beinahe wieder der Ton, dieser leise Spott, der ihm früher die Schläfen pochen ließ.

Der Verlust Arthurs schmerzt, doch Skagit hat das Gefühl, dieser Verlust sei der Preis für etwas Bedeutenderes, das er gewonnen hat. Noch kann er es nicht beim Namen nennen, dieses Etwas, aber er fühlt die Zuversicht, es bald zu wissen.

Leise spricht er vor sich hin: „Hab alle Hüllen verbrannt / doch tödlich ist es / nackt vor den Spiegel zu treten / Omega ..."

Erst als Skamander abrupt stehenbleibt und verblüfft ausruft: „He, du bist das?", kommt er wieder zu sich. Was soll's, nun ist die letzte Hülle wirklich zu Asche zerfallen, eigentlich berührt es ihn kaum.

Skamander schlägt sich vor die Stirn. „Jetzt kapiere ich: Bin kein Fossil / warum muß ich versteinern / ihr seid Granit / also werde ich hart / denn ich bin feige / Omega. – Sag mal, spinnst du? Von uns ist kein einziger aus Stein, die haben alle eine Schale, die ist dünner als bei einem Hühnerei, hast du das noch nicht begriffen?"

Skagit schnieft erneut anstelle einer Antwort. Was soll er auch sagen? „Alle waren nicht von mir, da hat mir jemand mächtig ins Handwerk gepfuscht", erklärt er schließlich kleinlaut, „aber das, was du da zitiert hast, habe ich verzapft, stimmt."

„Beim Großen Sirius, auf dich wäre ich nie gekommen – du hast doch immer am eifrigsten gelästert."

Skagit winkt ab. Das kann Skamander nicht verstehen. Es war kein Täuschungsmanöver, es hat ihm eine teuflische Befriedigung bereitet, sich selbst zu verspotten, manchmal hat er sich sogar in haßerfüllte Tiraden gesteigert, und das ganz im Ernst, denn dieser Skagit kotzt ihn an, der da sentimentale Sprüche an die Wände schmiert ... Aber es war wie ein manischer Zwang, es mußte aus ihm heraus, was da bohrte und fraß, und so schlich der Geisterpoet immer wieder durch die Gänge und Decks der Ikaros. Vielleicht ist er schizophren, das wäre immerhin eine Erklärung für die dunklen Seiten seines Wesens.

„Da lebt man jahrelang auf engstem Raum miteinander und weiß so wenig über die anderen ..." Skamander schüttelt den Kopf. „Der Skagit ..., wie soll man das so schnell verdauen ...?" Dann greift er wieder nach Skagits unverletztem Arm und sagt: „Komm, wir müssen zu Quadrangel, so kannst du nicht rumlaufen."

„Laß mal, ich kann auch allein gehen." Kaum hat er es gesagt, würde sich Skagit am liebsten ohrfeigen. Er würde doch lieber noch eine Weile mit Skamander reden, was faselt er also diesen Unsinn zusammen!

„Ich muß sowieso zum Doktor", antwortet Skamander gleichmütig, „ich habe ihm versprochen, ihn mal im Trailer mitzunehmen. Wenn wir um Merkur herum sind und anbrassen, wäre eine gute Gelegenheit."

Plötzlich taumelt Skamander. Sein Gesicht verzerrt sich zu einer ängstlichen Grimasse, und er fuchtelt mit den Händen in der Luft herum, als wolle er einen unsichtbaren Angreifer abwehren. „Was ist denn ..., was soll das ...", stammelt er erschrocken, dreht sich im Kreise, schlägt in die Luft.

Skagit steht ratlos daneben und weiß nicht, was er tun soll.

„... nein, nicht doch ..., laßt mich ..., was wollt ihr ..." Skamander verdreht die Augen und stolpert, um sich schlagend, durch den Auslegerschacht des Kreiseltunnels. „... es ist alles so kalt ..., so schleimig ..., weg da ..., geht weg ..., nicht doch ..." Dann stürzt er der Länge nach hin. Seine schreckgeweiteten Augen starren ins Leere, und er stammelt sinnloses Zeug.

Plötzlich gerät Skagit in Panik. Die Schläge, die er Skamander versetzt hat! Er merkt, daß sein rechtes Handgelenk dick angeschwollen ist. Das waren furchtbare Schläge! Skamander ist verletzt, nicht nur äußerlich!

„Skamander!" Es ist mehr ein Heulen als ein Aufschrei. Eine glühende Woge peitscht über Skagit hinweg. Im Nu ist er bei dem Gefährten, der sich nur noch schwach bewegt und leise lallt, er zerrt ihn hoch, so daß er ihn gegen die Tunnelwandung lehnen kann. Dann hockt er sich hin, beugt den Rücken und lädt sich den schlaffen Körper auf die Schultern.

Als er sich erhebt, wankt er unter der Last. Doch es geht. Erst setzt er vorsichtig einen Fuß vor den anderen, dann beginnt er zu laufen. Schon nach wenigen Metern hämmert es wieder in seinem Kopf. Aber sein Wille ist mächtiger als der Körper. Skagit läuft und läuft. Es wird hell um ihn, zwei Augenpaare sehen ihn verdutzt an. Skagit läuft. Er spürt das Ziehen in der Brust kaum, aber er merkt, daß der Gang vor ihm zu schaukeln beginnt. Weiter! Jemand ruft ihm etwas zu. Skagit läuft. Was ist das, warum wird es wieder dunkler? Skagit läuft. Plötzlich ist ihm, als löse sich das Gewicht auf seinen Schultern in ein Nichts auf. Skagit läuft und läuft. Wo kommen die Arme her? Warum dreht sich alles? Skagit läuft. Der Boden ist weg, was soll das, hier muß doch der Boden sein ... Skagit läuft noch, als zwei Mann aus der Sonnendeckwache ihn längst unter den Schultern gepackt haben und auf eine Trage legen. Er läuft und läuft und läuft ...

KAPITEL 13

Die Glumpe zuckt und bebt im Takt des Großen Gesangs. Klugwarm hat ihm neue Worte hinzugefügt, denn anders weiß er seiner Freude nicht Ausdruck zu verleihen.

Die Glumpe ist groß, groß ist die Glumpe.

Seine Finger trommeln. Die Glumpe nimmt die Worte auf und wiederholt sie freudig. Vier neue Glumps sind aus dem Warmkalt gekommen. Vier! Soviel waren es noch nie.

Klugwarm erinnert sich noch daran, wie sich die Glumpe das erstemal wälzte. Lange hatte er im Schleimigen Mund gelegen. Der Mund wurde immer kleiner, schließlich spie er Klugwarm aus. Dann kam die Kälte, die furchtbare Kälte.

Viel später hat Klugwarm oft vor den Schleimigen Mündern gestanden und sie beobachtet. Nein – sie wurden nicht mehr kleiner, dafür wurden die Warmkalts in ihnen immer größer – sie wuchsen. Allmählich dämmerte es ihm, daß es bei ihm ähnlich gewesen sein mußte. Aber warum hatte er dann das Gefühl, daß der Mund, aus dem er kam, immer kleiner wurde? Als er in die eisige Kälte fiel, stürzte er auf viele, viele Warmkalts, die schon vor ihm aus den Mündern gefallen sein mußten. Zuerst aß er. Er riß große Brocken aus dem Warmkalt, auf dem er lag. Als er in ein anderes beißen wollte, bewegte sich dieses, und Klugwarm wußte, daß es warm ist. Sie krochen übereinander und umschlangen sich, gaben sich gegenseitig Wärme. So wurden sie die Glumpe. Immer mehr Glumps kamen dazu, und jedesmal, wenn sie sich wälzten, wurde der Weg zu den Mündern weiter. Damals wälzte sich noch jeder so, wie er es wollte. Viele Glumps gingen zurück in die Kälte, weil sie zu schwach waren, um sich in die Mitte zu wälzen. Da wurde die Glumpe wieder kleiner und verlor an Warmkraft.

Niemand hat ihnen gesagt, daß sie sich anders wälzen müssen. Sie taten es einfach, und als die Glumpe wieder erstarkte, wußten sie, daß es richtig war. Die Zeichen hat ihnen auch niemand gesagt, sie kamen von selbst, weil sie nötig waren. Manchmal aber dachte Klugwarm schon, daß es doch jemanden geben muß, der ihnen alles gab und gibt. Die Münder geben Warmkalt – das ist klar. Aber haben sie auch die Zeichen gegeben? Vielleicht gibt es irgendwo eine große Kaltkraft, die alles macht und gibt, oder ist es eine große Warmkraft? Auf diese Fragen findet auch Schisch keine Antwort.

Später ist die Glumpe noch größer.

Das neue Wort „später" gefällt Klugwarm. Später – was man alles damit sagen kann! Die Glumpe gibt sein Trommeln weiter. Er muß sich beherrschen, darf seinen Fingern nicht freien Lauf lassen. Das würde den Rhythmus zerstören, in dem die Glumpe schwingt und zittert. Aber wie schwer ist es, den Jubel zurückzuhalten, wie schwer, nicht ein irrsinniges Stakkato auf die Leiber der Glumps zu schlagen!

Die drei Warmkalts, die kalt geblieben sind, haben für eine Mahlzeit gereicht. Wie glücklich war Klugwarm, als es um ihn herum schmatzte und grunzte. Warmkalt ist besser als Kaltkalt. Kaltkalt muß er von woanders holen. Es sind weniger Schritte, aber das Kaltkalt ist schwerer und viel kälter. Sie müssen es erst lange in der Mitte der Glumpe wärmen, bevor sie es essen können. Dabei sondert es viel Flüssigkeit ab, die man auflecken kann. Das hat den Vorteil, daß sie nicht die Flüssigkeit vom Boden der Welt lecken müssen, aber sie verlieren auch sehr viel Wärme dabei. Doch Warmkalt wächst langsam, und Kaltkalt ist genügend da. Es wächst nicht – es ist einfach da. Woher ist es gekommen, gibt es irgendwo Münder für Kaltkalt?

Die Glumpe ist immer warm. Immer warm ist die Glumpe. Klugwarm verändert die Worte des Großen Gesangs ein wenig. Früher haben sie nur getrommelt: Warm ist die Glumpe. Immer – das ist auch so ein Wort, das man gut gebrauchen kann. Überhaupt gibt es viel mehr Worte als Dinge. Gibt es so viele Worte wie Schritte?

Klugwarm überlegt und gerät dabei aus dem Takt. Die Glumpe wird unruhig. Klugwarm reißt sich zusammen. So etwas ist ihm noch nie passiert. Aber die Frage ist auch sehr schwer. Wenn es hinter jedem letzten Schritt weitere Schritte gibt, dann gibt es doch hinter jedem letzten Namen ebenfalls weitere Namen. Wie viele Worte mögen das sein?

Erneut steigt beunruhigtes Röcheln und Schnaufen aus der Glumpe empor. Schisch drängt sich dichter an Klugwarm und fragt ängstlich: „Was ist mit dir, Klugwarm? Du singst den Großen Gesang sehr schlecht ..."

Alles ist die Glumpe, die Glumpe ist alles. Warm ist die Glumpe, die Glumpe ist warm.

Hastig trommelt Klugwarm die Worte in die Glumpe, dabei sagt er stöhnend: „Es sind die Fragen. Es gibt davon mehr als Schritte bis zu den Schleimigen Mündern. Manchmal denke ich, der Große Gesang ist falsch ..."

Schisch zischt verblüfft: „Warum falsch?"

„Nun, es ist schwer, die Worte dafür zu finden ... Vielleicht ist die Glumpe nicht alles, vielleicht gibt es noch etwas, was mehr ist als die Glumpe?"

Diesmal klingt Schischs Zischen beinahe zärtlich: „Siehst du, hörst du, riechst du oder fühlst du etwas, was mehr ist als die Glumpe? Deine Kaltkraft sagt dir oft Dinge, die nicht sind, Klugwarm."

Klugwarm überlegt. Ja, Schisch hat recht, und mit keiner Art des Tastens vermag er etwas zu finden, was mehr ist. Aber wie kommen dann all die Dinge, die man nicht tasten kann, in seine Kaltkraft?

„Ich denke, es gibt keine letzten Schritte, keine letzten Worte und keine letzten Dinge", sagt er langsam. „Warum soll es also nur eine Glumpe geben, wenn alle anderen Dinge kein Ende haben?"

„Deine Worte sind kalt, Klugwarm!" tadelt ihn Schisch. „Geh zu den Schleimigen Mündern, und du wirst den letzten Schritt tasten können. Es gibt den letzten Schritt!"

Beinahe scheint es Klugwarm, als wäre Schisch böse. „Aber wenn ich denken kann, daß hinter jedem letzten Schritt noch weitere Schritte liegen, wenn ich es denken kann – warum kann es nicht so sein, wie ich es denke?"

„Sein kann nur, was man tasten kann", zischt Schisch unwillig.

Klugwarm weiß plötzlich, daß Schisch unrecht hat. Aber er sagt nichts mehr, um sie nicht weiter zu reizen. Schisch wird schnell zornig, wenn er von Dingen spricht, die ihre Kaltkraft nicht zu fassen vermag. Nein, Schisch hat nicht recht, wenn sie sagt, sein könne nur, was tastbar ist. Dann wäre ja so vieles nicht, was Klugwarm mit dem Kalttasten wahrnehmen kann, nur weil Schisch nicht kalttasten kann. Schisch kann die Dinge nur nach der Form unterscheiden, und selbst das nicht so genau, weil ihr Mundtasten schwächer ist als Klugwarms Kalttasten. Klugwarm aber kann auch Dinge von gleicher Form unterscheiden. Also gibt es doch Unterschiede, obwohl Schisch sie nicht tasten kann. Schisch hat unrecht. Was ist mehr als die Glumpe? trommelt Klugwarm, hingerissen von seinen Gedanken, und ein verständnisloses Ächzen geht durch die Glumpe. Und auf einmal denkt Klugwarm: Es ist nicht gut, wenn ich ihnen Fragen stelle, von denen sie kalt werden.

Er seufzt und tut etwas, wovon er nicht sagen kann, ob es schlecht ist oder gut. Er beendet den Großen Gesang mit den Worten: Nichts ist mehr als die Glumpe, die Glumpe ist alles, alles ist die Glumpe.

Ein Stöhnen der Erleichterung läßt die Glumpe erbeben, und Schisch streichelt zärtlich mit ihren Stummeln über seinen Körper. Vielleicht ist es gar nicht gut, Dinge zu suchen, die man nicht tasten kann, denkt Klugwarm, als Schischs Wärme auf ihn übergeht. Man kann sie nicht essen und trinken, diese Dinge, wozu also? Und doch, denkt er noch, und doch – fast ist es wie Essen und Trinken, und ein wenig ist es auch wie das Spiel, das Schisch und er jetzt spielen werden: aufregend, kräftigend und schwächend zugleich, wie ein Ziel, das – kaum hat man es erreicht – schon wieder in unendliche Ferne gerückt scheint.

Klugwarm umklammert Schisch mit seinem Arm und drängt zwischen ihre Beinstummel. Die Warmkraft tobt in seinem Leib, und er gibt Schisch davon, bis der Überfluß aus ihm geströmt ist, wie zuvor die Gedanken aus seiner Kaltkraft strömten. O ja! Das ist es, das ist mehr als die Glumpe! Schisch ist mehr als die Glumpe, das Spiel mit der Warmkraft ist mehr, ich bin mehr …

Noch lange pocht es so laut in ihm, daß er meint, die ganze Glumpe müsse es tasten können.

Aber irgendwie war es diesmal anders. Schisch hat vorsichtig und zurückhaltend genommen und sich so gedreht, daß er ihren aufgeblähten Leib nicht berührt. Sie hat auch nicht mehr gefordert wie sonst. Klugwarm streichelt schläfrig ihren Rücken, sein Atem wird eins mit Schischs Atem, das Pochen seiner Warmkraft beruhigt sich.

Da zwängt sich ein flacher Schädel durch die Leiber der Glumpe, und Klugwarm hört ein erregtes Röcheln. Rochs Fingerstümpfe trommeln auf seinem Rücken. Er möchte auch mit Schisch spielen, Klugwarm spürt kalte Gedanken in sich: Roch soll nicht mit

Schischs Wärme spielen ... Schisch soll nur mit ihm spielen ... Es gibt doch noch so viele andere Glumps, zu denen Roch gehen kann ...

Ein hohes Wimmern dringt in Klugwarms Gedanken. Das ist der neue Glump. Roch trägt ihn immer bei sich, wärmt ihn, füttert ihn, hütet ihn.

Klugwarm weiß, daß er seine kalten Gedanken nicht auf Rochs Körper trommeln darf. Nur Schisch darf sagen, ob sie mit Roch Wärme tauschen will. Und doch tut er es. Er trommelt: „Geh! Schisch ist nicht hier!"

Roch grunzt freundlich und wühlt sich wieder zurück an seinen Platz. Erst freut sich Klugwarm, dann kommen kalte Fragen aus seiner Kaltkraft. Ich habe etwas gesagt, was nicht ist, denkt er bestürzt, und Roch denkt, es ist. Wie geht das? Wie kann sein, was wirklich nicht ist? Wenn Roch geht, dann ist es doch so, wie ich es gesagt habe! Erschrocken tastet er um sich. Aber wozu – der warme Körper neben ihm, das ist doch Schisch!

Ich habe Worte gesagt, für die es keine Dinge gibt, denkt Klugwarm. Hätte ich die Worte gesagt, für die es Dinge gibt, wäre Roch nicht gegangen. Aber weil ich gesagt habe, Schisch ist nicht hier, ist es auch so, als ob Schisch nicht hier wäre ...

Worte sind eine große Kraft! Klugwarm spürt Kälte in sich aufsteigen. Gibt es eine größere Kraft als Worte? Worte schaffen Dinge! Haben Worte auch mich geschaffen?

Eine große Unruhe befällt Klugwarm. Er streicht Schisch noch einmal, wie entschuldigend, über den Rücken, dann kriecht er eilig aus der Glumpe.

Sofort stürzt er in eisige Kälte. Der Atem gefriert vor seinem Mund, und die Kälte beißt so in seinen Körper, wie er seine Zähne in Eßbares schlägt.

Aber Klugwarm muß die Glumpe für das, was er vorhat, verlassen. Er kann nicht sagen, warum. Es ist einfach so, daß er allein sein muß, daß die Glumpe ihn stört. Hastig springt er hinaus in die Welt, bis dahin, wo ihre Wände aneinanderrücken, wo sie ganz eng wird. Dort setzt er sich und verschnauft. Hier kann er die Kraft der Worte ungehindert prüfen.

Dann trommelt er auf den Boden: „Kaltkalt!" Seine Finger schreiben das Wort ganz deutlich in die Stille. Und plötzlich meint Klugwarm, daß da vor ihm wirklich etwas aus dem Nichts taucht, das wie die zu Eis gefrorene Nahrung aussieht. Aber als er es fassen will, greift seine Hand ins Leere. Er versucht es noch einmal, ein drittes Mal, ein viertes ...

Meine Worte sind zu schwach, denkt er betrübt. Aber geradc will er sich erheben, da blitzt ein neuer Gedanke durch seine Kaltkraft. Wenn es nur die falschen Worte sind?

Klugwarm faßt neuen Mut. „Warmkalt!" trommeln seine Finger auf den Boden der Welt. Und um sicherzugehen, sagt er das Wort auch mit dem Mund, so wie er es zu Schisch sagen würde. Wiederum geschieht nichts.

Aber mit Roch ging es doch! Da haben seine Worte Dinge geschaffen! Klugwarm ächzt zornig. Die Worte sind kalt, kalt, kalt! Sie wollen nicht, was er will! Klugwarm schlägt die Worte mit der Faust in die Welt, er stößt sie mit aller Kraft seines Mundes von sich, und auch mit dem Warmtasten schleudert er den Befehl hinaus: Warmkalt!

Als er sich seiner Niederlage allmählich bewußt wird, versinkt er in tiefe Traurigkeit.

„Schisch!" stöhnt er entmutigt. „Schisch ..., warum geht es nicht ...? Schisch, wo bist du ...? Schisch ..."

Unbewußt trommeln seine Finger ihren Namen; ohne es zu wollen, ruft er nach ihr; ohne es zu wissen, sucht sein Warmtasten nach der Gefährtin. Aber die Glumpe ist fern, viele, viele Schritte sind es bis zur Glumpe.

Klugwarm hört nicht das rasende Trippeln der Arm- und Beinstummel, er sieht auch nicht, wie ein schlanker Körper mit spitzem, kegelförmigem Kopf schlangengleich auf ihn zugleitet. Sein Ärger über die Unbezwingbarkeit der Worte und Dinge nimmt ihn restlos in Anspruch. So erschrickt er erst, als sich Schisch zärtlich an ihn schmiegt, und als sie verstört fragt: „Warum bist du so kalt, was hat dir die Wärme genommen?", da besinnt er sich und preßt sie an sich. Und da erst begreift er. Schisch ist da!

Er hat ihren Namen gesprochen, er hat das Wort gesagt! Das Wort hat geschaffen, daß Schisch da ist. Das Wort hat Schisch geschaffen! Das Wort hat ein Ding geschaffen! Er hat das Wort gesprochen, er, Klugwarm. Also hat er das Ding geschaffen! Mit einem Wort hat er ein Ding geschaffen!

Klugwarm stößt einen jubelnden Schrei aus. Als Schisch sich darauf ängstlich zusammenkrümmt, nimmt er ihren spitzen Kopf und preßt ihn gegen seine Brust. Ihr aufgeblähter Leib drückt auf seinen Bauch, und Klugwarm spürt auf einmal ein unverständliches Tasten auf seiner Bauchdecke. Das Tasten kommt aus Schischs Leib, es ist schwach und doch energisch.

Seltsame Laute kommen aus Schischs Mund, sie beginnt zu zukken und so zu röcheln wie Roch. Furcht ergreift Klugwarm. Er kennt diese Laute, sie sind Vorboten der Kälte! Wenn ein Glump in die Kälte geht, gibt er diese Zeichen.

Schisch entwindet sich seinem Griff und bäumt sich auf. Ein gräßlicher Schrei hallt durch die Welt.

Ganz kalt ist Klugwarm vor Grauen, er vermag nicht, sich zu rühren. Da vor ihm liegt Schisch und windet sich und zuckt im Kampf mit der Kälte, Schisch – das einzige, was ihm mehr ist als die Glumpe.

Ganz behutsam legt er ihr die Hand auf den spitzen Schädel – und zuckt zurück! Schisch geht nicht in die Kälte, sie ist heiß, glühend heiß. Eine Wärme ist in Schisch, wie sie Klugwarm noch nie getastet hat, eine mächtige, unbezwingbare Wärme! Schischs Schreie füllen die Welt mit Schmerz. Klugwarm ist verzweifelt, was soll er tun, was kann er tun? Immer wenn sein Arm vorschnellt, um die Gefährtin vom kalten Boden zu reißen, schießt eine Angst in ihm auf, die ihm so fremd ist, daß er nicht einmal wagt, nach ihrem Ursprung zu fragen.

Schisch krümmt sich unter einer Macht, die sich Klugwarm nur durch die qualvollen Schreie der Gefährtin mitteilt. Dann streckt sie sich, die Stummel an ihren Schultern und Hüften rudern hilflos in der Luft, ein grauenvoller Laut entringt sich ihrer Kehle, ein Laut, der nicht nur Leid, sondern irgendwie auch Triumph ist.

Klugwarm schüttelt sich unter der tödlichen Kälte, die seine Warmkraft zu ersticken droht, denn auf einmal begreift er: Es gibt etwas, was mehr ist als die Glumpe – und Schisch weiß es! Es klingt aus ihrem Röcheln und Stöhnen, es ist das, was den Schmerz übertönt, dessen Schreie durch die Welt hallen. Aber was ist es, was?

Auf einmal ist Schisch ruhig, zwar keucht sie noch, aber die Töne des Schmerzes und des Triumphes sind verstummt. Klugwarm erkennt etwas Warmes, Dampfendes, was zwischen ihren Schenkelstümpfen hervorkommt. Erstaunt stellt er fest, daß ihr aufgeblähter Leib in sich zusammenfällt, und dann hört er ein hohes Wimmern – das Wimmern eines Warmkalt, das zum Glump geworden ist ...

Klugwarm begreift nicht, was geschehen ist. Dort liegt ein kleiner Glump. Es ist kalt. Wo ist Roch? Der kleine Glump braucht Roch. Er braucht Wärme.

Schisch wälzt sich auf den Bauch. Noch einmal schreit sie auf, ungeduldig und außer Atem. Dann kommt noch etwas aus ihrem Leib, es ist auch warm, aber es wird kein Glump. Eine dünne Schnur verbindet dieses Ding mit dem neuen Glump. Schisch ißt es auf. Erst will Klugwarm es verhindern – man muß doch warten, bis es kalt ist, damit es auch ganz sicher ist, daß es kein Glump wird!

Klugwarm ist ratlos. Seine Gedanken verwirren sich. Wie kann ein Glump aus Schisch kommen? Schisch ist doch kein Schleimiger Mund!

„Bring es zu Roch!" zischt Schisch erschöpft.

Klugwarm fehlt die Kraft für Fragen. Er nimmt den kleinen Glump und schaut unentschlossen auf Schisch. Auch Schisch braucht jetzt Wärme ...

„Geh!" befiehlt sie scharf.

Klugwarm konzentriert sich auf das Kalttasten und springt leichtfüßig durch die Welt. Der neue Glump in seinem Arm schmatzt zufrieden.

Roch beschnüffelt den kleinen Glump mißtrauisch, dann klopft er schwerfällig auf Klugwarms Oberarm: „Wie Schisch. Was ist das?"

Aber Klugwarm antwortet nicht. Blitzschnell wühlt er sich aus der Glumpe, hastet zurück zu Schisch.

Die Gefährtin liegt zusammengekrümmt auf dem von Eiskristallen blitzenden Boden. Sie schreit nicht mehr, sie stöhnt nicht, sie keucht nicht.

Schon als Klugwarm beim Warmtasten nicht Schischs Gedanken findet, überkommt ihn Unruhe. Und als er in ihrer Nähe keine Wärme spürt, wird aus dieser Unruhe ein eiskalter Gedanke, der ihn wie ein großer Schmerz durchfährt ...

Er beugt sich über sie und betastet ihr Gesicht. Alles ist kalt. Ihre Lippen sind kalt, ihr Leib, der Mund, mit dem sie seine Warmkraft aufsog ... Kalt, kalt, kalt ...

Klugwarm packt Schisch und schleppt sie zur Glumpe. Wie rasend trommeln seine Finger auf die ineinander verkrallten Leiber. Wenig später umschließt ihn die behagliche Wärme der Glumpe. Aber Schisch bleibt kalt ...

Von allen Seiten trommelt es auf seinen Körper: Essen, essen, essen. Klugwarm gibt die Antwort mit der Faust: Wuchtig dröhnen seine Schläge durch die Glumpe: Nein! Dann wühlt er sich wieder hinaus in die kalte Welt, zieht Schisch hinter sich her. Bis zu den Schleimigen Mündern geht er. Von hier ist Schisch gekommen, von hier ist er gekommen, alle Glumps sind aus den Schleimigen Mündern gekommen – nur Schischs Glump nicht, der kam aus Schisch.

Nein, sie sollen Schisch nicht auffressen. Klugwarm weiß selbst nicht, warum er die Glumps um Schischs Kaltkalt betrügt. Er weiß nur, daß etwas Ungewöhnliches geschehen ist, was ihm Schmerz und Freude gebracht hat. Sein Wort hat Schisch geschaffen. Erst glaubte er blind daran, ohne die wahren Zusammenhänge zu begreifen. Ja, sein Wort hat Schisch geschaffen. Roch hat es erkannt. Roch, dessen Kaltkraft doch so viel schwächer ist als die Klugwarms. Roch hat gesagt: „Wie Schisch."

Einst war auch Schisch ein Warmkalt, wie der kleine Glump, der aus ihrem Leib kam.

Roch hat gesagt: „Wie Schisch."

Klugwarm wird nie wieder mit Worten Dinge schaffen, denn er weiß jetzt, daß man Dinge, die es schon gibt, nicht schaffen kann. Und tut man es doch, dann kann das Ding, das es schon gibt, nicht mehr sein. Schisch konnte nicht mehr sein, weil sein Wort Schisch ein zweites Mal erschaffen hat. Schisch ist nicht mehr, und Schisch ist wieder.

Klugwarm legt Schisch, die einst Schisch war, in einen der Schleimigen Münder und geht. Er geht zur Glumpe, zu Schisch. Zu Schisch, die Schisch sein wird …

KAPITEL 14

„Alle Backbordklüver, alle Vorsegel und Großskysegel backbord anbrassen!" Ireas Flakke bemüht sich, seiner Stimme den festen und entschlossenen Klang zu geben, an den seine Leute gewöhnt sind. Er ist müde, unendlich müde.

Jedes Wort, jeder Befehl kosten ihn Überwindung, und selbst der Schreck ist schon wieder vorüber, mit dem er erkannte, daß dies nicht die Müdigkeit des Abends eines langen Tages, sondern die am Ende eines langen Lebens ist.

Der Sonnenwind fährt ungestüm in die Takelage des Drachenkreuzers, bedächtig hebt die Ikaros ihre stumpfe Nase und dreht nach Steuerbord.

Der Kosmander wendet sich von der Sonne ab und blickt auf die Merkuroberfläche. In wenigen Sekunden überfliegen sie die Ruinen der Merkurstation Nabuthot, der Wall des Kessels der Caloris Planitia mit seinem Durchmesser von weit über tausend Kilometern liegt bereits unter ihnen. Seit Jahrzehnten hat kein Mensch mehr seinen Fuß auf diesen Teil des sonnennächsten Planeten gesetzt, der zum Grab für mehr als dreitausend Forscher wurde.

Es ist ruhig auf der Brücke. Einige der Männer haben sich bereits erhoben, obwohl Flakke den traditionellen Befehl noch nicht gegeben hat.

Ireas Flakke spürt beinahe schmerzhaft seinen Herzschlag. Ihm ist, als blickten Tausende von Augenpaaren zu ihnen auf – tote, stumme Augen, in denen sich Überraschung und Entsetzen, Furcht und Verzweiflung spiegeln. Es sind doch nur Krater, tröstet er sich, Dinger aus leblosem Stein, keine Menschenaugen. Aber so deutlich

wie heute hat er den eisigen Hauch des Todes nie zuvor gespürt, der wie Nebel durch seine Gedanken weht.

Mechanisch schaltet er die Bordrufanlage ein. „Unseren Gruß den unvergessenen Toten“, sagt er leise, und sein Flüstern hallt durch den Riesenleib der Ikaros wie ein Gebet.

Nun erheben sich auch die anderen Besatzungsmitglieder von ihren Plätzen, und als Flakke die Sirenen aufheulen läßt, denkt er bestürzt: Es ist fast so, als ob wir schon zu denen da unten gehören …

Er blickt nachdenklich um sich, und die Gesichter seiner Männer ängstigen ihn fast. Ja, sie stehen da wie Tote, mit versteinerten Mienen, reglos, hölzern. Niemand weiß, welche neuen Anweisungen sie auf der Basis erwarten. Vielleicht ist es bereits der letzte Flug der Ikaros, und keiner ahnt es. Oder nein: Jeder rechnet damit.

Flakke starrt wieder auf die zerklüftete Merkuroberfläche. Manchmal ist ihm, als sähe er das Blitzen eingestürzter Kuppeln, aber er weiß, daß man aus dieser Höhe mit bloßem Auge keine Details erkennen kann, und aus genau diesem Grund hat die Ikaros diese Distanz auch noch nie unterschritten. Wer sich über das Ausmaß der Zerstörungen und der Todesqualen informieren will, kann einschlägige Dokumentationen anfordern. Allerdings muß derjenige sein Interesse begründen können. Ireas Flakke benötigt keine holographischen Aufzeichnungen, um seiner Erinnerung weiterzuhelfen. Die Bilder sind in sein Gedächtnis eingebrannt mit einer Glut, aus der es immer wieder hell aufloht, wenn er an seinen Einsatz im Rettungs- und Bergungskommando denken muß.

Damals war er noch Kadett – blutjung und unerfahren. Wollte man die wenigen Überlebenden, mit denen zu rechnen war, retten, durfte keine Zeit verloren werden, und so wurde der Ausbildungskreuzer „Mariel Elldes", der sich zufällig in der Nähe des Merkurs aufhielt, zum Ort der Katastrophe befohlen. Für den Kadetten Ireas Flakke war es wie ein Fiebertraum.

Der Kessel der Caloris Planitia war Schauplatz apokalyptischer Zerstörungsstürme. Risse und Spalten furchten den Planetenboden, Vulkane erwachten zu tödlichem Leben und spien Asche und Lava, überall quoll Magma aus dem bebenden Talkessel. Die von den Menschen errichteten Bauten waren zerfetzt worden, zerquetscht, auseinandergerissen. All das wäre zu ertragen gewesen, hätten nicht überall diese schwarzen, kokonähnlichen Hüllen herumgelegen, die sie erst später als verkohlte Leichen erkannten …

Aber noch schlimmer als diese bis zur Unkenntlichkeit ausgeglühten Mumien waren die Leichen derer anzusehen, die es geschafft hatten, sich in ein gepanzertes Fahrzeug oder einen schweren Hitzeschutzskaphander zu flüchten.

In einem schon erkaltenden Lavastrom entdeckten sie merkwürdige Blasen, und schließlich fand jemand heraus, daß es sich um Cataphracthelme handelte, die bis zum Visier im Magma steckten. Neun dieser schweren Keramitpanzer waren es, und in einem bewegte sich noch etwas in dem schmalen Schlitz zwischen Visierkante und erstarrter Lava. Nur Ireas Flakke hatte es gesehen: Es waren weit aufgerissene Augen, in denen deutlich die Freude über die nahe Rettung leuchtete.

Der Psychologe erklärte ihm später, es sei sein eigener Schatten gewesen, der diese Täuschung hervorgerufen habe. Wie sollten sich die Augen einer Frau bewegt haben, deren Sauerstofftank seit Stunden leer war …

Obwohl keine Aussicht bestand, daß noch einer der neun am Leben war, wurden die Verunglückten aus ihrem steinernen Sarg herausgeholt, Flakke hatte darauf bestanden.

Die Frau war nicht Irina Skamander. Irina fand man später unter einer eingestürzten Plantagenkuppel. Obgleich sie für ihn unerreichbar gewesen war, nicht mal seinen Namen kannte und ihrem

Mann vielleicht lächelnd von dem schüchternen Kadetten erzählte, der ihr unbeholfen den Hof machte – Ireas war es damals, als sei ihm ein Stück seines Lebens genommen worden. Dem Sohn der Skamanders hat er nie davon erzählt. Wozu auch, sie reden beide nicht gern über diese Vergangenheit, die für sie wie eine Gruft ist.

„Danke, meine Herren ..." Flakke setzt sich wieder und stützt den Kopf in die Hände.

In wenigen Stunden werden sie die Basis Hermes erreichen. Irgendwie werden sie die Kontrolle durch den MOBS überstehen, dieser Besuch ist nicht das schlimmste. Flakke hat sich ergebnislos den Kopf darüber zerbrochen, weshalb sie sich ausgerechnet die Besatzung der Ikaros so gründlich vornehmen. Suchen sie wirklich nur nach einem Grund, nach einer Rechtfertigung für die Auflösung der Mannschaft? Oder steckt mehr dahinter, gibt es Zusammenhänge, die er nicht einmal ahnt? Nein, nein – er schiebt den letzten Gedanken mürrisch beiseite –, sie wollen endlich Schluß machen mit der Ikaros. Wozu haben sie sonst zusätzlich noch einen Beauftragten der Kaderabteilung angekündigt? Wohl weil sie es als taktlos empfinden, solche Dinge über Funk zu verkünden. Da muß einer von diesen Papierkriegern eben mal sein Gesäß aus dem Sessel heben und sich auf die Reise begeben. Womöglich ist es für den Kerl noch ein kleines Abenteuer, und er freut sich darauf. Der Beauftragte sei mit höchsten Vollmachten ausgestattet, ließ der Admirander verlauten, aber mehr wisse er auch nicht. Na ja, man wird sehen.

Eigentlich sollte es für die jungen Burschen nicht so schwer sein wie für mich, denkt Flakke, aber beinahe glaube ich, sie trifft es noch stärker! Woran mag das liegen? Sie können doch von vorn anfangen, sind jung genug für ein zweites Leben. Für mich ist alles aus, mir hängen sie irgendein Stück Blech um den Hals und machen mich zum Chef irgendeiner Kontrollabteilung in einem Bereich, wo es nichts zu kontrollieren gibt. Und jeden Abend wird ihm sein, als stiege er in einen muffigen Sarg, wenn er zu Bett geht ...

„Quadrangel für Flakke!" Die Stimme des Arztes reißt ihn aus seinen Gedanken. Noch bevor der Bordarzt weiterredet, spürt Ireas Flakke bereits neues Unheil heraufziehen. Er betätigt die Rufanlage und fordert Quadrangel auf zu sprechen.

„Glauben Sie an Geister, Flakke?" Der Arzt lacht meckernd auf, fast will es scheinen, als hätte er sich kaum noch in der Gewalt.

„Was soll der Quatsch, Doktor?"

Plötzlich wird Quadrangel ganz ruhig. Er schluckt mehrmals, und Flakke kann hören, wie er mit seinen Geräten hantiert. Es klirrt leise und raschelt, dann tropft etwas aus einem Fläschchen. Der

Arzt stöhnt kurz auf, dann sagt er tonlos: „Ich glaube jetzt an Geister, Flakke, und wenn Sie sich welche ansehen wollen, dann kommen Sie bitte in die Klinik, gleich, wenn möglich …"

Als er den Lift verläßt und den zentralen Korridor des Mitteldecks betritt, bemerkt er gleich die schmierigen Flecke an der Wand. Der Geisterpoet wieder mal, registriert er gleichgültig und will schon weitergehen, weil ihn diese sentimentalen Ergüsse nicht sonderlich interessieren, da stockt sein Schritt. Nein, das sind keine Schriftzeichen! Flakke tritt näher heran und zuckt leicht zusammen. Blut! Nicht viel, es sieht so aus, als ob jemand mit einer stark blutenden, aber nicht allzu großen Verletzung durch den Gang getaumelt sei, dabei hier und dort die Wand streifend.

Flakke kämpft die aufsteigende Furcht nieder. Beim Großen Sirius! Was ist nun schon wieder geschehen? Die Unruhe treibt ihn an, er beginnt zu laufen, rennt das letzte Stück bis zur Klinik und stößt hastig das Schott auf.

Quadrangel empfängt ihn mit einer Miene, der alle Blasiertheit und Selbstsicherheit fehlen.

„Was ist los, woher kommt das Blut da draußen?" fragt Flakke keuchend.

Quadrangel schaut ihn mit einem Ausdruck in den Augen an, der ganz gewiß nicht intelligent zu nennen ist. Dann lacht er gekünstelt auf und winkt ab. „Das ist nichts weiter, Skamander und Skagit haben sich nur geprügelt …"

„Was haben die?" Flakke fährt auf. Der Arzt spinnt, denkt er, im selben Augenblick aber wird ihm dumpf bewußt, daß er solch einen Zwischenfall längst erwartet hat. Er ballt in ohnmächtiger Verzweiflung die Fäuste. Soweit ist es also schon. Sie schlagen sich. Was kann er da überhaupt noch tun …?

„Regen Sie sich nicht auf, Flakke", sagt der Arzt heiser, „die Schlägerei hat niemandem ernsthaft geschadet … Doch da ist noch etwas anderes, kommen Sie …" Er winkt dem Kosmander, ihm zu folgen, und öffnet die Tür zur Intensivistation. Als Flakke am Schreibtisch des Arztes vorübergeht, spürt er einen aromatischen, starken Geruch und entdeckt einen Wattebausch auf der Tischplatte, daneben eine kleine Phiole mit einer bernsteingelben Flüssigkeit.

Toka-Toka, denkt er, Quadrangel ist am Ende, braucht Stimulanzien. Eigentlich gibt es uns doch schon gar nicht mehr, so wie wir uns hängenlassen. Eigentlich sind wir doch schon längst tot, haben uns selbst aufgegeben und halten es nur voreinander geheim, statt dazu zu stehen. Was quälen wir uns überhaupt noch …

Da aber erwacht ein furchtbarer Zorn in Ireas Flakke. Der Kosmander brüllt nicht, schlägt auch nicht mit der Faust auf den Tisch. Eine kurze, aber sengende Hitze steigt in ihm auf, er atmet tief durch und sagt leise: „Nein!“ Mehr nicht. Aber es ist eine Kampfansage. Nein – er wird nicht aufgeben. Jetzt erst wird er richtig kämpfen, jetzt erst recht!

„Wie bitte?“ Quadrangel hat sich in der Tür umgedreht und starrt Flakke verdutzt an.

Dem gelingt sogar ein erheitertes Lächeln, und er sagt: „Schon gut, Doktor. Ich habe gerade jemandem den Kopf geradegerückt. Der Kerl hatte es nötig, und wie ...“

Der Blick des Bordarztes wird in einer verdächtigen Weise stechend, durchdringend geradezu, und er stößt hervor: „Spüren Sie etwas Schleimiges, Kaltes, Glitschiges, das nach Ihnen greift, Flakke, hat es zu Ihnen etwa gesprochen?“ Und wie im Selbstgespräch setzt er noch hinzu: „Das wäre ein neues Stadium ...“

„Was soll das, Doktor, was für Schleim?“ fragt Flakke, und erneut stellt sich wieder diese quälende Unruhe ein.

Quadrangel atmet sichtlich auf. „Das werden Ellis und Skamander Ihnen gleich erklären, Flakke, die Geister sind nämlich schleimig ...“

Ireas Flakke glaubt, ein nervöses Zittern in der Stimme des Arztes zu hören, der hinter ihm die Schleusentür schließt und dann das Schott zur Intensivstation öffnet. Der Raum ist dunkel, nur ein großer Bildschirm strahlt diffuses bläuliches Licht aus.

„Immer noch das gleiche, Doktor“, hört der Kosmander Skagits Stimme, und danach Styx: „Was bedeutet das nur ...?“

„Ich brauche einfach Zeugen, jemanden, der mir sagt, daß ich nicht phantasiere ...“ Quadrangel preßt die Worte hervor, als würge ihn jemand. „Sehen Sie auf den Schirm des Encephalovisors, Flakke.“

Zuerst erkennt der Kosmander überhaupt nichts.

„Geben Sie den Ton dazu, Styx“, befiehlt der Arzt, und Flakke wundert sich einen kurzen Augenblick darüber, wie bereitwillig der Proximer dem Arzt gehorcht. Offenbar besteht da eine Beziehung, von der er gar nichts ahnte – immerhin läßt Quadrangel den Proximer sogar an seine wertvollsten Geräte heran. Ob es mit Bruno von der Hohen Aue zu tun hat?

Ein leises Wimmern füllt den Raum, wie von einem Kleinkind, aber irgendwie nicht menschlich. Katzen plärren manchmal so, denkt Flakke. Auf dem Bildschirm bewegt sich etwas, eine braunrote Kontur, nichts weiter als ein schemenhafter Umriß. Fast sieht es aus wie ein spitzer, kegelförmiger Kopf. Tatsächlich! Zwei dunkle Schatten, das sind die Augen, darunter bildet sich ein dritter dunkler Fleck, zieht sich auseinander. Ein seltsames Gefühl beschleicht Flakke, als er zu erkennen glaubt, daß das der Mund des Wesens ist.

Weshalb Wesen? fragt er sich sogleich und versucht die Beklemmung abzuschütteln, die sich wie eisiger Frost auf ihn legt.

Jener Mund öffnet sich wie zu einem Schrei – da! Ein scharfes Zischen, und das Greinen schwillt zu einem schrillen Kreischen! Dann ein qualvoller Seufzer. Er hallt nach, als käme er aus einer riesigen Grotte, dunkel, unheimlich, gespenstisch.

Flakke spürt, wie sich seine Nackenmuskulatur verkrampft. Ohne daß er es beeinflussen kann, ziehen sich seine Schultern zusammen. Jetzt sieht er es ganz deutlich: Der spitze, wie von einer Kapuze verhüllte Kopf geht in einen Rumpf über, und aus den Schultern wachsen zwei kurze Stummel, die sich bewegen!

Plötzlich wieselt ein zweiter Schatten durch das Bild, ein unglaublich dürres, staksiges Gebilde. Es springt auf den kegelförmigen Kopf, und gleichzeitig hört Flakke ein hohes, nervtötendes Heulen, ein Winseln – oder nein: Das ist ein Lachen, ein furchtbares, geisterhaftes Lachen! Flakke fühlt eine seltsame Angst in sich, unwillkürlich rückt er näher an den Arzt heran, und auch als er sich dieser kindischen Reaktion bewußt wird, schwächt das keineswegs die anschwellende Furcht. „Verdammt! Was ist das?“ krächzt er entsetzt.

„Das ist Subproximer Marigg Ellis …“, antwortet Quadrangel, und seine Stimme klingt so hohl und unnatürlich, als säße er in einem tiefen Brunnen.

Flakke hört einen Schalter klicken, dann beleuchtet ein scharfer Lichtkegel das zuckende Gesicht des Subproximers. Dessen Schädel ist mit Elektroden und Saugnäpfen gespickt. Anscheinend schläft Ellis, oder er ist sogar bewußtlos. Der Mund ist leicht geöffnet, die Lippen flattern wie unter Stromstößen.

Auf einen Schlag begreift Ireas Flakke. Das sind also die Halluzinationen, die den Elloraner bei jeder Merkurpassage plagen! Mit dieser Erkenntnis gewinnt er auch seine Fassung zurück. Der Mann ist krank, schwer krank, wie es scheint. Er leidet furchtbar, das ist zu sehen. Aber wie kommt ein so kühler Kopf wie Quadrangel dazu, von Geistern zu faseln?

Bevor er etwas erwidern kann, meldet sich der Arzt noch einmal: „Warten Sie, Flakke, sagen Sie noch nichts …“

Das Licht verlischt wieder. „Sehen Sie …“ Quadrangel hat seine Stimme kaum noch in der Gewalt, er schluckt und räuspert sich, hustet. „Schalten Sie um, Styx“, flüstert er.

Die Szenerie ändert sich etwas. Immer noch ist es fast dunkel auf dem Bildschirm. Aber undeutlich ist etwas zu erkennen, was wie ein Gang oder ein Tunnel aussieht. Das Gebilde schwankt rhythmisch, und Flakke hört ein monotones Schnurren und Tappen. So als ob jemand etwas hinter sich herschleift. Jetzt flößen ihm die Bilder und Geräusche keine Furcht mehr ein, und er versteht bald, daß der Bildschirm den Eindruck wiedergibt, den einer hat, wenn er durch diesen Stollen geht.

Ellis muß unbedingt zu einem Spezialisten, geht es ihm durch den Kopf. So etwas muß einen Menschen ja fertigmachen. Er wird mir am Multispill sehr fehlen ...

Der Gang erweitert sich zu einer Höhle, die mehr zu ahnen als zu sehen ist. Das Bild schwankt immer noch im Takt der tappenden Schritte, und jetzt ist wieder dieses entnervende Wimmern zu hören und ein Röcheln, fast wie von einem Sterbenden ...

Flakke nimmt es kaum wahr, daß ihm Schweiß auf die Stirn tritt.

Da! Ein unförmiges klumpiges Gebilde – es wird immer größer, und es zuckt, windet sich. Plötzlich springt ein Schatten genau auf die Betrachter zu, blitzschnell, mit einem keckernden, hohen Lachen.

Flakke prallt zurück und hebt instinktiv die Hände. Er sieht gerade noch, daß es ein spindeldürres, winziges Wesen ist, so groß wie ein Äffchen vielleicht – da verlischt der Bildschirm, und mattes Licht flammt auf.

„Und das war Skamander ...", sagt der Arzt tonlos.

Flakkes Blick folgt dem Zeigefinger des Arztes. Neben Ellis liegt Skamander, sein Schädel ist ebenfalls mit unzähligen Kontakten bedeckt. Dann sieht der Kosmander auch Styx und Skagit, die den Arzt abwartend anblicken, als erwarteten sie seine Anweisungen.

„Also fallen mir die beiden für die nächste Zeit aus ...", sagt Flakke. „Wie kommt es, daß jetzt auch Skamander an diesen Fieberträumen leidet?"

Der Arzt sieht ihn mit weitgeöffneten Augen an. Er macht eine unbestimmte Gebärde und sagt leise: „Das sind keine Fieberträume, Flakke, das sind Geister ..."

„Quatsch!" Flakke hätte sich beinahe mit dem Finger gegen die Stirn getippt. Diesen Reflex konnte er gerade noch unterdrücken, das rauhe Lachen aber vermag er nicht mehr zurückzuhalten.

Quadrangel dreht sich zu Skagit und Styx um und sagt in einem Tonfall, dessen Weichheit Flakke ungemein überrascht: „Bitte lassen Sie uns jetzt allein, ich danke Ihnen für Ihre Hilfe." Und als die beiden gehen, fügt er eine Spur energischer hinzu: „Sie unterliegen natürlich strengster Schweigepflicht."

Styx und Skagit nicken eifrig.

Als sie weg sind, beginnt er hastig zu reden. „Es gibt Dinge, Flakke, über die wir lieber nicht lachen sollten. Sie kennen doch die besonderen Fähigkeiten der Elloraner, deren mentale Begabung?“

Flakke bejaht und fragt: „Sie meinen, Ellis könnte Geister sehen? Oder nennen wir es doch lieber – mal ganz theoretisch: immaterielle Wesen?“

Quadrangel nickt düster.

„Aber Skamander, der ist kein Elloraner!“ Flakke lächelt, doch mit jedem weiteren Wort des Arztes wird seine Miene ernster, wechselt der Gesichtsausdruck von nachsichtigem Verständnis zu tiefster Bestürzung.

„Skamander ist Mungo“, sagt Quadrangel. „Offenbar gehen im Gehirn der Mungos – vielleicht nur unter spezifischen Bedingungen, die noch zu erforschen wären – mit fortschreitendem Krankheitsverlauf Veränderungen vor, die zu neuen, uns noch unbekannten Qualitäten führen. Und um einen weiteren Einwand gleich zu entkräften: Skamanders und Ellis' Halluzinationen – nennen wir diese lieber: Visionen! – verlaufen nicht simultan und identisch. Also ist ausgeschlossen, daß Skamander von Ellis irgendwie ungewollt oder ungesteuert mental beeinflußt wird. Die Beeinflussung kommt bei beiden eindeutig von außen, von da!“ Er zeigt einfach irgendwohin nach draußen. „Ich habe noch einmal alle meine Unterlagen eingesehen“, fährt er fort, „und mir von Styx Auszüge aus dem Logbuch anfertigen lassen, auf die Sekunde genau. Das Ergebnis ist unanfechtbar.“ Er macht eine Pause und schnauft erregt, aber die Linien in seinem Gesicht werden allmählich wieder zu makellosen Bögen und Kurven. Jetzt, da er über seine Nachforschungen redet, beruhigt er sich zusehends.

„Die Anfälle traten jedesmal auf, wenn wir den Merkur passierten“, sagt er langsam, „das wissen Sie bereits. Aber ich habe den Zeitpunkt anhand des elektronischen Logbuchs präzisieren können. Hier sehen sie …“ Er reicht Flakke eine bedruckte Folie.

Flakke liest, und plötzlich wird ihm schwindlig. Kein Zweifel, in Quadrangels Rechnung gibt es keinen Fehler. Es war jedesmal der Zeitpunkt, als sie die zerstörte Forschungsstation überflogen …

„Und Sie meinen …“ Flakke spricht es nicht aus.

Quadrangel mustert ihn mit einem Leuchten in den Augen, und dann sagt er kaum hörbar: „Ja, Flakke, sie sind es. Sie rufen uns, es gibt sie, wir haben den Beweis vor uns. Es sind die Geister der Toten …“

KAPITEL 15

Folgsam trottet Roch hinter Klugwarm her. Klugwarm hört das Patschen der riesigen Füße und spürt Rochs linke Klaue auf seiner Schulter.

Wenn er Roch führt, kann er nicht in weiten Sätzen durch die Welt springen, dann muß er sich dem behäbigen Torkeln des riesigen Glumps anpassen, auf dessen Schultern ein ganzer Berg eiskalter, harter Klumpen und Brocken schwankt.

Sie haben Kaltkalt geholt. Seit die kleine Schisch schon erste Versuche unternimmt, ganz allein durch die Glumpe zu kriechen, braucht Roch sie nicht mehr ununterbrochen mit seinem gigantischen Leib zu wärmen. Das ist gut so, denn Klugwarm bereitet es große Mühe, ohne Helfer die Nahrung für die Glumpe heranzuschleppen. Roch ist zwar ungeschickt, dafür aber stark. Wollte Klugwarm so viel holen, wie Roch auf seinen Schultern trägt, müßte er so oft gehen, wie er Finger an seiner Hand hat, siebenmal.

Roch gurgelt mühsam ein paar Töne hervor, aber Klugwarm versteht ihn sofort. Schisch wartet, sollte es heißen. Nur selten versucht Roch, sich mit den Fingern verständlich zu machen. Die kurzen, knotigen Stümpfe eignen sich schlecht für die Trommelzeichen der Glumpe, und seit Roch begriffen hat, daß Klugwarm seine kehligen Laute bedeutend besser versteht, probiert er es nur noch mit dem Mund, so wie einst die große Schisch.

Schisch wartet – Klugwarm spürt eine seltsame Heiterkeit in sich. Was soll das, drängt Roch zur Eile? Bitte, an ihm soll es nicht liegen, auch er sehnt sich nach Schisch. Allerdings ist es ein anderes Sehnen als zu der Zeit, in der die große Schisch war und die kleine nicht. Damals sehnte er sich nach dem Spiel mit der Warmkraft und nach den Worten, die aus Schischs Kaltkraft flossen. Jetzt ist das anders.

Mit der Warmkraft der Kleinen kann man nicht spielen. Klugwarm weiß das genau, denn er hat es versucht. Zwar war da etwas – wie ein Wort, das niemand sagt –, was ihn hemmte, ihn davor zurückschrecken ließ, aber dann wollte er es doch wissen. Nein, es geht nicht, und wenn es ginge, hätte er daran keine Freude. Als er das begriff, war er anfangs sehr verwirrt. Vielleicht liegt es daran, daß die kleine Schisch so ganz anders ist, als es die große war? Ihr Schädel ist ebenso spitz und lang, doch anstelle der Stummel an Schultern und Hüften hat sie einen richtigen Arm und zwei lange Beine, so wie Klugwarm.

Er freut sich auf Schisch, aber anders als früher. Als er schneller ausschreitet, spürt er den sich verstärkenden Druck der Klaue auf seiner Schulter. Roch grunzt hilflos und fordert dann: „Langsam!" Dann poltert es, und Klugwarm merkt, daß Roch stehenbleibt. Er dreht sich um. Mit dem Kalttasten kann er erkennen, wie Roch unsicher zwischen den von seinen Schultern gefallenen Brocken umhertappt. Roch hat weder das Mundtasten wie Schisch noch das Kalttasten wie Klugwarm. Er ist ganz auf seine verstümmelten Finger angewiesen. Das ist außerhalb der Glumpe zuwenig, deshalb kann er sie nur gemeinsam mit Klugwarm verlassen.

Gerade will Klugwarm einen warnenden Schrei ausstoßen, da ist es schon geschehen: Roch ist mit dem Kopf gegen einen dicken, von oben herabhängenden Eiszapfen gestoßen, der splitternd zerbirst und auf den Glump herabstürzt. Nun wagt Roch überhaupt nicht mehr, sich zu rühren.

Heute sind sie in einem Teil der Welt, den Klugwarm auch erst das zweitemal betreten hat. Hierher geht er nicht gern, weil die Kraft, die ihm das Kalttasten erlaubt, hier sehr schwach ist. Kaum kann er mehr tasten als Roch, nimmt alles nur verschwommen und in Umrissen wahr. Bei den Schleimigen Mündern ist es ganz anders, dort strömt die Kraft mächtig auf ihn herab. Da, wo die Glumpe liegt, ist sie auch noch ausreichend, obwohl sie nur aus einem engen Loch in der Welt rieselt, ganz weit über dem Boden. Aber hier liegen die größten Stücke des gefrorenen Kaltkalt, und die Glumpe hat lange Zeit gehungert, weil Klugwarm allein gehen mußte. Deshalb ist er mit Roch in diesen Teil der Welt gezogen.

Klugwarm knurrt warnend, dabei bemüht, den Ton zu treffen, der aus Rochs Kehle gurgelt, wenn dieser auf etwas aufmerksam machen will. Aber Roch hat sich bereits auf Hände und Knie niedergelassen und kriecht zwischen den von seiner Schulter gefallenen Stücken umher. Als Klugwarm ihm beim Suchen hilft, grunzt Roch unwillig – er möchte es allein tun. Das hat Klugwarm schon oft bemerkt: Der riesige Glump wird zwar schnell böse und ungeduldig, wenn ihm etwas mißlingt, doch er läßt sich nicht helfen. Sogar Klugwarms Führerdienste akzeptiert er nur widerwillig, der Not gehorchend.

Irgendwie imponiert dieses Verhalten Klugwarm, und schon manches Mal hat er sich gefragt, ob Rochs Kaltkraft wirklich so schwach ist, wie er glaubt, und ob diese Annahme nicht vielmehr darauf beruht, daß es für den Riesen so schwer ist, Zeichen mit Fingern oder Mund zu geben: Rochs Finger sind verkrüppelt, und aus seinem Mund kommen nur Töne, die schwer zu unterscheiden sind, Röcheln und Gurgeln, Grunzen und Rülpsen. Vielleicht liegt es wirklich nur daran …

Klugwarm beobachtet, wie Roch die Kaltkaltbrocken zu einem Haufen schichtet. Ab und zu grunzt Roch fragend, wohl, um sich der Anwesenheit Klugwarms zu versichern, der darauf jedesmal beruhigend antwortet.

Da plötzlich verharrt Roch, schnauft aufgeregt und richtet sich auf den Knien auf. Klugwarm erkennt mit dem Kalttasten ganz schwach ein kleines Ding zwischen Rochs Fingern, das wie alle kalten Dinge mit feinen Eiskristallen bedeckt ist. Roch führt das kleine, längliche Ding an seinen Mund und betastet es mit den Lippen. Das hat Klugwarm schon oft bemerkt: Roch benutzt den Mund zum Tasten. Und obwohl Roch darüber nichts sagen kann, weil seine Zeichen zu undeutlich sind, glaubt Klugwarm, daß Roch mit den Lippen ebensogut tasten kann wie er selbst mit seinen sieben Fingern. Klugwarm sieht, wie die Eiskristalle schmelzen, und er sieht auch, daß es darunter fast genauso glänzt und glitzert wie vorher das gefrorene Wasser.

In Klugwarm erwacht wieder die Kraft, die ihn treibt, Fragen zu suchen und Antworten. Neugierig tritt er näher und streckt mit einem fordernden Knurren die Hand aus, doch als er Rochs Pranke berührt, gurgelt dieser böse auf und wendet sich ab.

Klugwarm zuckt zurück. Da ist wieder dieses Gefühl, für das er noch kein richtiges Wort gefunden hat, weil er nicht weiß, ob er das Ding nach seiner Ursache oder seiner Wirkung benennen soll. Es ist ebenso immer das gleiche mit Dingen, die man nicht tasten kann, die sind und zugleich nicht sind. Er denkt, Roch könne etwas Kaltes tun, wenn er so böse und kalt gurgelt. Aber warum denkt er das? Und warum sollte Roch etwas Kaltes tun?

Plötzlich schwebt ein seltsamer Ton durch die Welt, er steigt auf und wird mächtig, füllt alles aus. Ebenso schnell bricht er wieder ab.

Roch ist erschrocken zur Seite gesprungen und betastet das Ding aufgeregt mit seinen Stummelfingern. Klugwarm hört in seinem Innern noch immer diesen Ton. Der war so ganz anders als alle anderen Töne in der Welt! Unendlich traurig klang es, und irgendwie sehr warm, süß, weich …

Und – der Ton kam aus Roch!

Klugwarm schüttelt benommen den Kopf. Seine Kaltkraft gibt ihm Bilder, die er nicht zu denken vermag. Schisch ist da plötzlich, aber auch die Glumpe, und alles ist ganz anders, aber auf welche Weise, kann er nicht ergründen.

Der Ton kam aus Roch!

Erneut hebt Roch das Ding an die Lippen, diesmal aber zögernd, beinahe ängstlich.

Ganz leise schwingt diesmal der Ton durch die Welt. Und es ist nicht nur ein Ton, es sind mehrere, verschiedene. Ihre Folge ist fast so, als seien es Worte, traurige, schmerzerfüllte Worte... Klugwarm lauscht atemlos. Kein Zweifel, die Töne kommen aus Roch – oder aus dem Ding?

Wie eine Klage ist es, dieses langgezogene, wimmernde Geräusch, als ob die kleine Schisch greint, weil ihr zu kalt ist oder weil sie Hunger hat.

Roch gurgelt voller Angst auf und wirft das Ding weit von sich. Erst ist Klugwarm wie erstarrt vor Kälte, aber diese Kälte ist eigentlich Wärme, doch von Wärme kann man nicht starr und steif werden – Klugwarm fühlt, wie sich seine Kaltkraft zunehmend verwirrt. Aber das ist er ja gewohnt, daß Dinge, die sind und zugleich nicht sind, die Kaltkraft durcheinanderbringen, sie manchmal förmlich zerfetzen, so wie seine Zähne die Nahrung zerreißen und zermalmen, die Roch und er aus der Kälte der Welt holen. Immer noch schwingt und tönt es in Klugwarm so laut, daß er die Stimmen seiner Kaltkraft nur schwach hört. Und so kommt der Befehl wohl mehr aus seiner ungestüm schlagenden Warmkraft, das Ding zu suchen und zu nehmen. Seine Kaltkraft hat das Bild bewahrt, wie Roch das Ding entsetzt von sich warf, und so weiß Klugwarm, wo er zu suchen hat.

Da liegt es. Zögernd streckt er seine Hand danach aus. In ihm toben Stimmen und Klänge mit einer Macht, wie er sie seit damals, als die große Schisch in die Kälte ging, nicht mehr gehört hat. Das Ding ist hart und kalt und glänzend. Vorsichtig nimmt er es vom Boden auf. Klugwarm dreht das Ding hin und her, er wird unsicher und schüttelt es. Das Ding bleibt stumm. Also war es doch Roch!

Während Klugwarm noch im Zweifel darüber ist, was er tun soll, hat Roch bereits begonnen, sich seine Ladung aufzubürden.

Aber warum hat Roch nicht vorher in solchen Tönen gesprochen? fragt sich Klugwarm verzweifelt. Warum erst, als er dieses kalte, glänzende Ding fand?

Nein, es muß anders sein: Roch und das Ding haben die Töne gemeinsam gemacht.

Klugwarm führt das Ding an seine Lippen, er beleckt es, tastet mit der Zunge in die vielen kleinen Öffnungen, umschließt es fast völlig mit dem Mund – so wie Roch es getan hat. Aber nichts geschieht. Doch als er enttäuscht seufzt, da – ein schriller, häßlicher Klang tönt aus seiner Hand, die das Ding fest umklammert.

Bald hat Klugwarm verstanden, worum es geht. Man muß nur seinen Atem in das Ding hineinblasen! Aber weshalb klingt es bei ihm so scheußlich, gar nicht so zart und melancholisch wie bei Roch?

Roch hat bei dem ersten, schroffen Ton, den Klugwarm dem

Ding entlockte, alles vor Schreck wieder fallen gelassen. Dann steht er nur da, den Kopf zur Seite gelegt, und hört Klugwarms vergeblichen Versuchen zu. Allmählich verliert er wohl die Angst vor dem Ding, denn plötzlich stapft er auf Klugwarm zu, mitten hindurch durch die wieder am Boden liegenden Brocken, mit tastend vorgestreckten Händen, und dann greift er nach Klugwarms Gesicht. Nein, er sucht das Ding!

Klugwarm überläßt es ihm widerstrebend. Doch als Roch es behutsam und noch etwas scheu an seine Lippen setzt – da schwingen wieder Töne durch die Welt, die Klugwarm bis tief in seine Warmkraft dringen, ihn einschläfern und aufwecken zugleich, ebenso schwächen und stärken in einem, freuen und traurig stimmen …

Ein großartiger Gedanke ballt sich in Klugwarms Kaltkraft zusammen: Wie oft schon hat Roch mit undeutlichen Zeichen beklagt, daß er keine Stimme hat! Und Klugwarm hat auch nie recht verstanden, warum gerade der Riese so schlecht beschaffen ist, daß er nur mit großer Mühe Zeichen zu geben vermag.

Wenn das Ding nun – Rochs Stimme ist? Vielleicht hat Roch sie einmal vor langer, langer Zeit verloren, irgendwann, als sie unterwegs waren, um Kaltkalt zu holen …

Die Klänge aus Rochs Stimme senken sich tief und mächtig in Klugwarms Körper. Zwar versteht er die neuen Zeichen noch nicht, aber er ist sich gewiß, daß er sie schnell erlernen wird, und dann wird er auch mit Roch so reden können wie einst mit Schisch … Und wie er sich so darauf freut, kommen plötzlich Bilder aus seinem Warmtasten. Erst glaubt er, die Glumpe taste nach ihm und Roch, aber es sind fremde, unverständliche Bilder, sie strahlen nicht in der Wärme der Glumpe, und doch sind sie ganz warm, von einer Helligkeit, wie er sie sonst nur mit dem Kalttasten erlebt.

Seltsame Formen und Gebilde erscheinen vor ihm, ähnlich der Welt und doch anders. Glatter, regelmäßiger – und überall ist dieses Etwas von der Kraft durchflutet, die ihm das Kalttasten bringt. Er hat das Gefühl, durch diese fremdartige Welt zu laufen, sie schwankt und wankt vor seinen Augen. Und dann sieht er etwas, was ihm ungeheure Hitze in die Kaltkraft treibt. Klugwarm sieht fremde Glumps …

Alle sehen sie einander zum Verwechseln ähnlich, haben dieselbe Anzahl von Armen und Beinen, den gleichen Kopf – rund und mit Haaren bewachsen, Klugwarms Schädel hingegen ist kahl, aber Roch hat die Haare dafür am ganzen Körper –, und alle haben sie eine Haut, wie sie Klugwarm noch nie bei einem Glump gesehen hat.

So deutlich stehen die Bilder dieser fremden Glumps vor ihm, daß Klugwarm meint, danach greifen zu können. Doch seine sieben Finger fassen jedesmal, wenn er den Arm nach einem der fremden Glumps ausstreckt, ins Leere …

Es sind nur Bilder, keine wirklichen Dinge. Erstaunt stellt Klugwarm fest, daß es auch Bilder von Dingen gibt, die nicht sind, nicht nur Worte. Bald jedoch beschleichen ihn Zweifel. Zu oft schon hat er festgestellt, daß es die vermeintlich nichtexistierenden Dinge, für die er Worte fand, dann auf irgendeine Weise doch gab. Er hat schon längst begriffen, daß man nicht alles, was ist, auch tasten kann, aber er vergißt es immer wieder, und jedesmal plagen ihn erneut Zweifel, wenn er in diesen Widerspruch gerät.

Glasklar steht das Bild eines fremden Glumps vor ihm. Dieser ist klein und schmächtig, mit einem sehr großen runden Kopf. Seine Lippen bewegen sich, anscheinend versucht er, irgend etwas mit dem Mundtasten zu erkennen, oder er gibt Zeichen mit dem Mund. Sein Gesicht hat einen Ausdruck wie das von Roch, als er von Klugwarm erfuhr, wie Schisch Schisch wurde nach Klugwarms Wort, wie Schisch in die Kälte ging und als kleine Schisch zurückkehrte …

Dann verschwimmt das Bild und wird schwächer. Schließlich zerfließt es in eisige Nebel.

Immer noch spricht Roch mit seiner glänzenden harten und kalten Stimme. Immer noch rührt der Klang dieser Stimme etwas tief in Klugwarm an, und er fühlt, daß Roch ihm näher ist als alle anderen Glumps. So nahe wie die Kleine. Es ist gut, daß Roch endlich eine Stimme hat, denkt er. Das gibt mehr Wärme für die Glumpe, und es gibt auch mehr Wärme für mich …

KAPITEL 16

Verdammt, verdammt, verdammt! Hermel Goff preßt beide Hände auf den Leib und stöhnt unterdrückt auf. Wieso habe ich mich darauf eingelassen, hämmert es ihm, weshalb nur?

Für Sekunden läßt der Brechreiz nach, gerade so lange, daß Hermel gierig nach Luft schnappen kann und zwischen all den Flüchen und Selbstvorwürfen noch Platz in seinen Gedanken für die nüchterne Feststellung findet: Weil ich ein Esel bin!

Aber da stößt es schon wieder säuerlich aus seinem Magen wie eine geballte Faust, und er quetscht seinen Bauch mit aller verbliebenen Kraft dicht unter dem Brustbein zusammen. Verfluchte

Scheiße! Ich habe es doch gewußt, ich kenne mich doch, für Heldentaten bin ich eben nicht der Typ.

Die Fledermaus achtzehn fällt wie ein Stein in die Tiefe, und Goff fühlt sich so erbärmlich wie eine Wanze, die sich auf ein vermeintliches Opfer stürzen ließ und nun feststellen muß, daß ihr Startplatz auf unverständliche Weise die Spitze des Eiffelturms war.

Goff ist kosmosscheu. Seine Kosmophobie ist derart wie bei anderen Leuten die Wasserscheu. Wie ein Hydrophobier im Extremfall bereits beim Anblick eines Wassereimers von Schreikrämpfen gepackt wird, so schwindelt es Goff schon, wenn er den Blick zum sternübersäten Himmelsgewölbe hebt.

Er hat nun den Eindruck, als schieße die zerklüftete Merkuroberfläche in irrsinnigem Tempo auf den kleinen Lander zu, doch ist dies keinesfalls angenehmer als das Gefühl des Falls ins Bodenlose.

Er weiß es ja: In solch kleinen Schiffen ist kein Platz für Kompensatoren und ähnlichen technischen Kram, der dazu angetan ist, die Qual der Schwerelosigkeit und die Hölle des Beschleunigungs- oder Bremsandrucks erträglich zu machen.

Ihm ist einfach speiübel, und keinerlei Aktion des überwachen Geistes vermag dies zu ändern. Seine Ankunft auf Hermes hat er sich gewiß anders vorgestellt, aber schon der Start des Orbiters ließ ihn ahnen, wie wenig heroisch sein Unternehmen beginnt. Als die Kuppel von Amorix hinter dem Heck des Flugkörpers zu einem gleißenden Pünktchen schmolz, da war es fast schon Gewißheit, daß Hermel Goff zum ersten Märtyrer einer grandiosen Idee bestimmt war.

Zwar ist er – notgedrungen schon einigemal Hunderte oder gar Tausende von Kilometern über der Erdoberfläche gewesen, und stets ist er sich wie ein entwurzelter Baum vorgekommen, den böse Mächte aus Terras fruchtbarem Boden gerissen und dann mit perversem Vergnügen durch die tödliche Leere geschleudert haben – aber so scheußlich wie diesmal war es noch nie.

Vielleicht bin ich krank? fragt er sich, unsicher darüber, ob ihm diese Erklärung Befriedigung oder Besorgnis bereiten sollte. In den letzten Tagen hat er kaum etwas gegessen, dann noch die verrückte Nacht mit dieser Hendrikje, die Aufregung im Hauptquartier des MOBS, als man von der Hypothese dieses Skagit erfuhr ... Warum überhaupt hat er darüber gesprochen? Fast nimmt er es dem Elloraner schon übel, daß er ihm die Nachricht von dieser Theorie zukommen ließ, die Ursachen und Periodizität der katastrophalen Sonnenbeben trotz aller Kompliziertheit des mathematischen Apparats verblüffend einfach erklärt.

In den Allerwertesten könnte er sich beißen ob dieser einen unbedachten Bemerkung, es gäbe schon längst eine ausgearbeitete, von den Experten aber mit Mißachtung gestrafte Theorie!

Was geht den MOBS überhaupt die Sonne an, die ist schließlich kein Mungo. Oder vielleicht doch? Goff lacht trocken auf. Die Sonne als Mungo – irgendwie ist schon etwas dran an diesem Vergleich ... Aber Hermel Goff weiß sehr wohl, weshalb sich der MOBS so für die Sonnenbeben interessiert. Da gibt es nämlich noch eine andere Theorie, die etwas mit Mungoismus und genetischen Manipulationen zu tun hat ...

Und auch diese Information erreichte den MOBS über Hermel Goff, der eine feine Spürnase für Gefahren aller Art hat, und Hermel war auch der erste, der den Blick von der Sonne wandte, als man immer aufgeregter nach den Ursachen fragte, und der dafür auf die Menschen sah, ja: auf die Menschen.

Natürlich hat die Sonne mit dem Auftreten des Mungoismus zu tun – Statistiken sind die Anatomie aller Gesetze. Und ebendeshalb hat Goff alle nur erreichbaren Stellen angezapft, die etwas mit der Heliophysik zu tun haben. Leider waren seine Argumente gegen die extreme Reduzierung der Drachenkreuzerflotte zuwenig wissenschaftlich abgesichert, leider ...

So bleibt als Joker in diesem blinden Umhertappen, das sich Forschung nennt, nur noch die Ikaros. Aber gerade hier hatte er den geringsten Erfolg: Zwei der wichtigsten Personen – Flakke und der Bordarzt – konnte er noch nicht für seine Sachen gewinnen. Flakke hat er schon vor dem ersten Versuch aufgegeben. Dieser Mann ist zu sehr vom alten Schlag, ein edelmütiger Träumer, den die Schwierigkeiten beim Aufbau einer besseren Zukunft zwar entsetzen, der sie aber in objektiven Gegebenheiten sieht statt im Menschen. Flakke glaubt, im Grunde ihrer Seele seien alle Menschen wie er, nur daß bei dem einen der Grund eben tiefer unter der Oberfläche liege als beim anderen. Er mag ja recht haben: Womöglich ist *der* Mensch wirklich gut, im großen und ganzen, aber er sollte wenigstens akzeptieren, daß es da ein deutliches graduelles Gefälle gibt und daß sich gerade im Menschen Zukünftiges und Vergangenes zu mitunter geradezu skurriler Einheit verbinden.

Das alles könnte man, gewissermaßen mit dem Skalpell, auf einen Schlag ändern. Doch die Moralische Optimierung ist schon von Gefahren bedroht, bevor sie in Angriff genommen werden kann.

Quadrangel weiß sicher mehr darüber; er sitzt direkt an der Quelle. Aber Quadrangel läßt sich nicht in die Karten schauen, der krankhafte Ehrgeiz dieses Mannes – erst erschien er Goff als willkommener Ansatzpunkt für eine Anwerbung – ist wie ein Schneckenhaus.

Goff schluckt krampfhaft und hält sich vorsorglich die Hand vor den Mund. Ihm ist, als blähe sich sein Magen auf wie ein balzender Ochsenfrosch. Trotz seines Martyriums wirft er einen schnellen Blick zur Seite. Dort sitzt ein bezauberndes Wesen – Phänotyp drawidisch Delta oder Epsilon –, das auf seine zudringlichen Blicke bisher nur ablehnend reagierte.

Aber beim Großen Sirius! Sie lächelt! Nicht etwa schadenfroh oder spöttisch, nein – sie blickt ihn mit ungeheucheltem Mitleid in den nußfarbenen Augen an und reicht ihm sogar ein aromatisch duftendes Tüchlein.

Goff greift ohne Zögern zu und nickt dankbar. Ihm stehen bereits die Tränen in den Augen. Dann preßt er sich das Tuch unter die Nase, und er hört nur noch wie aus weiter Ferne ihren spitzen Schrei. „Nicht doch, nein! Auf die Schläfen tupfen, guter Mann, auf die Schläfen!“ ruft sie.

Dann zerreißt ihm eine Explosion scheinbar den Schädel.

Toka-Toka ist kein Schnupftabak. Das wußte Goff schon vorher. Aber er wußte nicht, was Toka-Toka bewirkt, wenn man es inhaliert, ebensowenig wußte er, daß ein Zipfelchen des Tuches mit der Droge getränkt war.

Immerhin verkürzte die neugewonnene Erkenntnis sein kosmisches Martyrium. Jetzt geht es ihm gut, sehr gut, könnte er fast behaupten. Daß ihm der Verlauf einiger Minuten seines Lebens auf ewig ein dunkles Geheimnis bleiben wird, trübt das Gefühl von Unbesiegbarkeit und unerschöpflicher Energie in keiner Weise. Toka-Toka ist schon ein Teufelszeug ...

Goff spaziert frohgemut den Tunnel zur Zollkaverne hinab. Angeblich haben einige Ohrfeigen seinem Geist geholfen, den Weg zurück in die leibliche Hülle zu finden. Die Hitze in den Wangen könnte deren Folge sein, kann aber auch an der Droge liegen. Unwichtig. Wichtiger, bedeutend wichtiger ist: Wo ist der Phänotyp weiblich drawidisch Delta oder Epsilon? Goff sieht sich um. Hier wimmelt es von Leuten. Oder, eigentlich ist es nicht so sehr ein Gewimmel, mehr ein zähes Fließen. Auf der Erde würden sie schubsen und drängeln, denkt Goff seltsam erheitert, aber hier haben sie alle Zeit. Na ja – ein wenig schieben sie auch, aber irgendwie weniger aggressiv, beinahe elegant und zuvorkommend. Kann der Kosmos Mentalität derart verändern?

Trotz aller Euphorie spürt Goff eine unbegreifliche, weil ungewohnte Nervosität in sich wachsen. Die schleichen ja wirklich, geht das nicht ein bißchen schneller? Er schiebt zwei vor ihm gehende Passagiere zur Seite, sanft, aber nachdrücklich, und wühlt sich

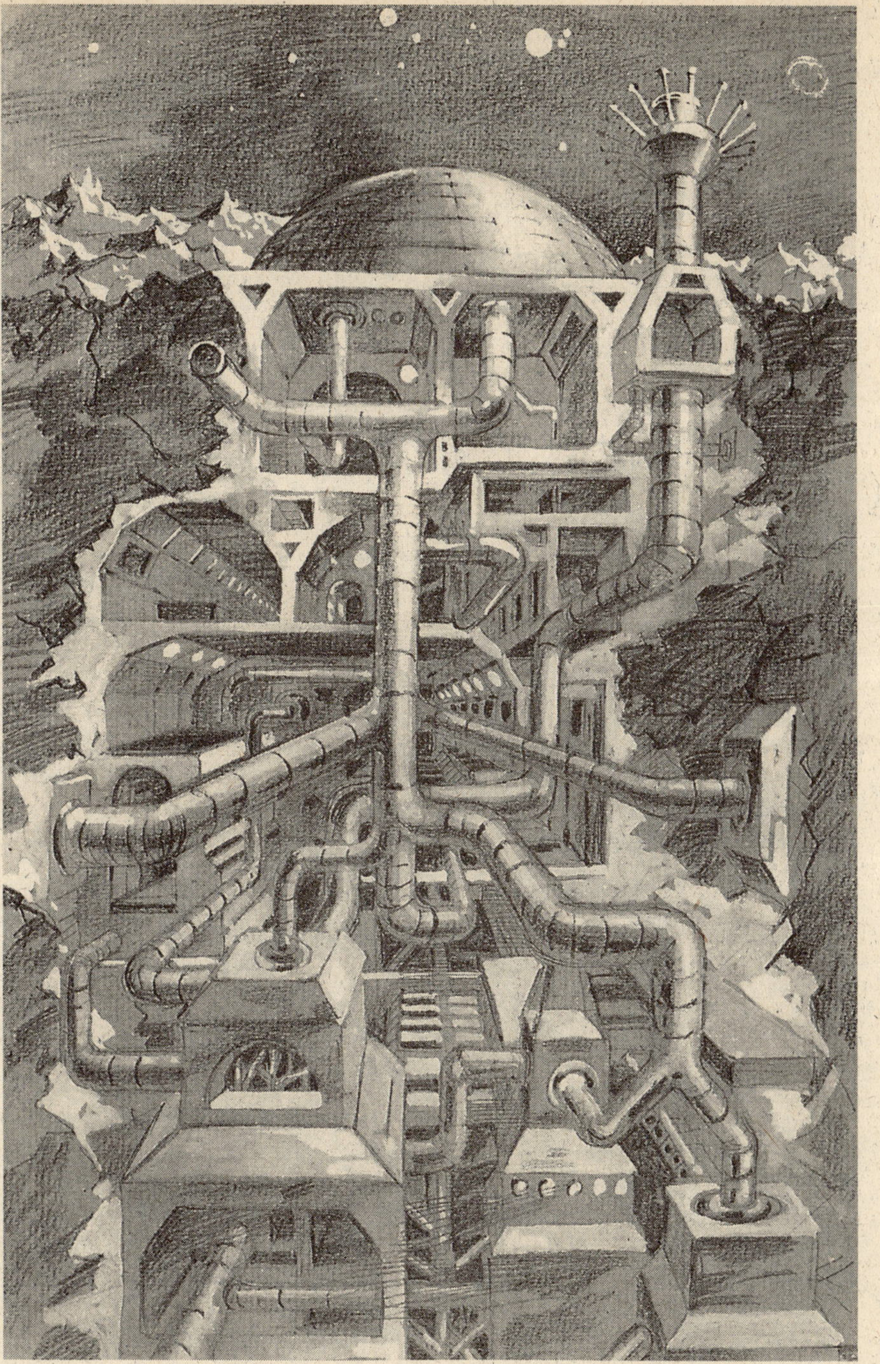

durch die Menschenmenge hindurch. Den Gong hört er nur unbewußt.

„... der Ikaros bitte in den Omegakasematten einfinden! Besatzungsmitglieder der Ikaros bitte zur Hygienekontrolle in den Omegakasematten einfinden!"

Verflucht! Goff ist auf einmal hellwach. Die Ikaros ist schon da. Das Bild des Phänotyps drawidisch Delta oder Epsilon verblaßt augenblicklich in seinen Gedanken.

Wo sind denn nur diese verdammten Omegakasematten? Goff überlegt fieberhaft. Er muß unbedingt vor der Mannschaft des Drachenkreuzers dort sein. Himmel! Wenn er das nicht mehr schafft – nicht auszudenken!

Omegakasematten ... Omega ... Also die letzten! Goff ruft sich den Plan der tief unter der Oberfläche angelegten Komplexe der Merkurbasis ins Gedächtnis: Von der Zollkaverne in den Zentraltunnel ..., dort den Tubifex nehmen ... Welche Richtung war das bloß? Na klar, Richtung Plantagengewölbe ..., zweiundvierzigste Station, nein, dreiundvierzigste ... Umsteigen Richtung Energetikbunker ..., dann noch mal, beim Vertikalschacht neun, und jetzt bis zu den Siloblasen ... Goff atmet erleichtert auf – der Kopf funktioniert also noch.

Im Tubifex hat er ein wenig Zeit, sich alles zurechtzulegen. Sollte er zu spät kommen, muß sein Ausweis helfen. Das wird ihm ein allerhöchstes Donnerwetter einbringen, zweifellos, aber der Zweck heiligt seit Tausenden von Jahren die Mittel – und es ist ein guter Zweck, und das Mittel ist nicht verabscheuungswürdig. Es gibt Schlimmeres: Gedankenlosigkeit und Bequemlichkeit, Genügsamkeit und Maßlosigkeit, aber am schlimmsten ist wohl die Dummheit.

Draußen fliegen die Nummern der Kasematten vorbei: Beta drei, Beta vier ..., Gamma acht, Gamma neun ..., Lambda zwei, Lambda drei ...

Goff wundert sich einige Sekunden darüber, daß er die Zeichen trotz der hohen Geschwindigkeit der Kabinenbahn so gut lesen kann, er braucht nicht einmal den Kopf zu drehen. Dann denkt er an andere Dinge. Heute wird er endlich einmal wieder etwas anderes tun können, als Mungos zu jagen. Diese ewige und so aussichtslose Hatz geht ihm allmählich aufs Gemüt. Die Verhandlungen mit den Führern der Loge und der Liga ziehen sich hin, von Kooperationsbereitschaft kann keine Rede sein, Ausnahmen gibt es nur, wenn sich Loge und Liga gegenseitig etwas Schlechtes antun können. Solche Chancen lassen die nicht aus.

Es ist eben immer das gleiche: Sobald etwas institutionalisiert ist, gerät die Idee, das Programm oder was immer aus dem Blickfeld, geht es nur noch um Macht. Manchmal allerdings hat sich Goff gefragt, ob das nicht ein natürlicher Vorgang sei, da Ideen und Ideale ohne Macht ja schließlich nicht bedeutender sind als ein Juckreiz oder ein Schnupfen. Da liegt dann die Gefahr nahe, daß sich Macht verselbständigt …

Omikron drei, Omikron vier …

Wieder staunt Goff. Noch bevor der Tubifex bremst, kann er die Nummer der Station ohne Schwierigkeit lesen. Liegt das vielleicht an der stimulierenden Wirkung des Toka-Toka? Goff entscheidet, daß nur die Droge der Grund sein kann. Auf diese Weise ist das Problem hinlänglich geklärt und bedarf keiner weiteren geistigen Anstrengung. Trotzdem ist er nicht restlos zufrieden mit dieser Wendung der Dinge, aber er tröstet sich mit der Erfahrung, daß einen Entscheidungen dieser Art nie restlos befriedigen, daß immer die Ahnung von zukünftigem Unheil bleibt.

Plötzlich kichert Goff erheitert, ihm ist ein Omegasatz eingefallen, den er dieser Hendrikje in einer sentimentalen Aufwallung an das Panoramafenster krakeln wollte.

Flucht / Ohne Dich ist die Welt eng / überall stoße ich an / ich kann mich nicht verkleinern / Omega.

Da hat ihm der Elloraner einen ganz heißen Tip gegeben. Wer auch immer dieser Geisterpoet auf der Ikaros ist – der Mann ist trotz seiner lyrischen Unbedarftheit ein Genie! Die Idee mit den Omegasätzen ist von der Bevölkerung mit Enthusiasmus aufgegriffen worden. Vermutlich weiß dieser verhinderte Poet noch gar nicht, was er angerichtet hat, und mit einiger Sicherheit wird er auch nie erfahren, daß eigentlich er – und nicht Hermel Goff – der Urheber einer richtigen Bewegung ist. Goff fand es erst regelrecht blöd, aber ein Satz hatte es ihm angetan: Kälte / Deine Wärme ist mir Eis / kann nur im Feuer leben / dränge mich an Dich und erfriere / Omega.

Das ging ihm unter die Haut. Hätte er damals nicht gerade ein unersprießliches Erlebnis mit einem blutjungen, gerade dem Nesturbanidum entfleuchten Vögelchen gehabt, das ihm sogar noch während des zärtlichen Beisammenseins Verhaltensgrundsätze deklamierte – gib, ohne zu fordern, nimm, ohne zu danken …, oder so ähnlich –, hätte er sicherlich diese Verslein ironisch belächelt. Aber der Elloraner sprach sie mit solcher Inbrunst …

Goff schüttelt verwirrt den Kopf. Seine Gedanken waren auf Abwegen – das geschieht sonst nicht. Was ist mit mir? fragt er sich belustigt. Ist das etwa immer noch diese Hendrikje Greiff? Teufel noch mal – warum vergesse ich diese grünüberhauchten Augenbrauen nicht? So ungewöhnlich ist das Mädchen doch wirklich nicht. Ha! Wenn ich da an Eldrid denke – oder an Adda, mein Gott, Baoud erst! Oder der Elloraner – so übel war Marigg eigentlich auch nicht! Vielleicht kann man sich an solche Weibmänner sogar gewöhnen, immerhin war er von einer beinahe entwaffnenden Ehrlichkeit, vor allem auch im Fühlen. Goff schnauft melancholisch.

Gleichzeitig wird ihm deutlich bewußt, daß jedem dieser Erlebnisse eine beängstigende, eiskalte Leere folgt, und ebenso klar begreift er, daß dieses Nichts aus ihm selbst wächst, Bestandteil seines eigenen Fühlens und Denkens ist.

Zeta vier, Zeta fünf ... Omega sechs, Omega sieben ...

Goff schreckt aus seinen Grübeleien. Die Omegareihe ist erreicht. Er blickt nach draußen und zweifelt einen Augenblick ernstlich daran, daß die Kabinenbahn mit über dreihundert Kilometern in der Stunde durch die Vakuumröhre saust.

Auf der Erde wurde ihm bei diesem Anblick gelegentlich sogar schwindlig, hier aber hat er beinahe das Gefühl, während der Fahrt aussteigen zu können.

Auf einmal durchzuckt ihn ein Gedanke, freudig und ängstlich, ein Gedanke, der ihn seit Jahren beschäftigt: Empfinden so Mungos?

Hundertmal, tausendmal hat er gehört, wie Mungos ihr Erleben der Welt schilderten. Er hat ihre Klagen gehört, alles sei so langsam, so zäh, so träge – aber auch ihren Triumph, wie schnell sie seien, wie überragend ihre Reflexe, ihre beruflichen Leistungen ...

Oft hat er sie beneidet, gegen besseres Wissen. Doch sie sprachen so überzeugt, so leidenschaftlich, wenn sie ihre Überlegenheit beweisen wollten, daß selbst er, der es tausendfach miterleben mußte, vergaß, welch grausames Ende einen Mungo erwartet: Zuckend, spuckend, in Krämpfen zitternd, sterben diese Wahnsinnigen, die sich für Auserwählte halten.

Es ist das Erlebnis dieses Endes, was Goff die Kraft für seine Aufgabe gibt. Jedesmal, wenn er einen dieser Bedauernswerten sterben sah, konnte er die Tränen nicht zurückhalten und schwor sich aufs neue, nicht zu erlahmen, raffiniert und heimtückisch zu sein.

Omega dreizehn ...

Goff springt auf und drückt den Knopf. Das hätte er schon vorher tun können, und einige Augenblicke lang überlegt er, ob er den Halt auf Omega dreizehn nicht schon programmiert hat. Aber sein Sprung ist von solcher Rasanz, daß dies kaum eine Rolle spielt.

Der Tubifex hält fauchend, dann gleitet das Schott zurück. Goff steigt aus und sieht sich um. Dieser prüfende Blick ist ein Charakteristikum seines Berufs, geschieht ganz automatisch. Es ist erstaunlich, wieviel solch ein geübter, aber scheinbar gedankenloser Blick auf einen Schlag zu erfassen vermag.

Diesmal erfaßt er etwas, was Hermel Goff das erstemal in seinem Leben aus dem Gleichgewicht bringt. Vielleicht hätte ihn auch der weibliche Phänotyp drawidisch Delta oder Epsilon einigermaßen überrascht. Aber eben nur einigermaßen.

Dieser weibliche Phänotyp ist eindeutig skandinavisch acht, mit meerblauen Augen und auffällig geschwungenen Brauen, die smaragdgrün überhaucht sind ...

„Hendrikje!" Sein Mund war diesmal schneller als sein Gehirn. Eine Sekunde lang kann er noch denken: Mein Gott, wie stehe ich denn da, mit sperrangelweit geöffnetem Mund, wie dämlich muß ich aussehen ...

Dann springt er auf Hendrikje Greiff zu und schließt die konsternierte Frau lachend in seine Arme.

Im ersten Augenblick weiß Hendrikje nicht, wie ihr geschieht. Ein Mann springt sie an, preßt sie an sich. Aber dieser Geruch, dieser Duft! Noch bevor sie den Blick heben kann, signalisiert ihr die Nase, daß dies ein äußerst gefährlicher Duft ist. Hendrikje stemmt beide Hände gegen die Brust des Mannes und stottet verstört: „Hermal Goff ..., wie kommst du hierher?" Der Mann ist stärker, und so rutschen ihre Hände wie aus Versehen nach oben, berühren seinen Hals.

„Hendrikje ..., Mädchen ..., was kann schöner sein, als dich hier, gerade hier, zu treffen!" Seine Stimme klingt wie splitterndes Glas.

Hendrikje blickt nach oben und sieht sein Gesicht. Dieses Glühen in den mandelförmigen Augen kann keine Lüge sein, denkt sie, aber sofort regt sich Mißtrauen in ihr. Sollte er wirklich nicht gewußt haben, daß sie zum Merkur fliegt? Auf einmal hat sie das Gefühl, daß nicht Goff sie hält, sondern daß es eher umgekehrt ist: Er hält sich an ihr fest. Dann spürt sie das Zittern. Tatsächlich, Goff bebt am ganzen Körper.

Ganz vorsichtig greift sie in seinen Nacken, scheu, beinahe unbeholfen. Und ihr kommt ein dummer Gedanke. „Wo hast du deine Stacheln, Igel?" sagt sie leise, und sie weiß noch nicht genau, wie sie das Gefühl nennen soll, das ihr diese Worte eingab.

Goff preßt sein Gesicht gegen ihr Haar und schnauft: „Irgendwo, frag mich nicht ..., irgendwo ..."

Er streichelt sie, aber seine Bewegungen sind unsicher, fahrig. Sie spürt sofort, daß mit Hermel Goff eine schwerwiegende Veränderung vor sich gegangen sein muß. Noch kann sie nicht sagen, worin diese besteht, und schon gar nicht, was die Ursache dafür ist. Doch sie spürt es mit dem sicheren Instinkt der Frau, der ein Mann nicht ganz und gar gleichgültig ist. Und sie spürt auch sofort, daß sie einen Mann so noch nie erlebt hat.

Oder liegt es an mir, fragt sich Hendrikje heiter, liegt es an meinem Zustand, daß ich Dinge fühle, die nicht zu fühlen sind? Vielleicht hätte ich in solch einer Situation auch an Ergar Regungen entdeckt, die sonst unsichtbar sind?

Wieso denke ich jetzt an Ergar? weist sie sich zurecht. Gerade jetzt, da es fast wie ein Traum ist ...

Aber augenblicklich erwacht in Hendrikje auch ein jahrhundertealtes Mißtrauen der Frau gegenüber dem Mann. Vielleicht ist das wieder so einer von diesen simplen und doch so wirkungsvollen Tricks, denkt sie, Männer sind da so unverfroren und gewissenlos, die schneiden sich sogar den Kopf ab, wenn sie mit einer Frau ins Bett wollen. Sie muß kichern.

Goff scheint ihr Kichern zum Glück mißzuverstehen. Er kuschelt sich noch tiefer in die Beuge zwischen Hals und Schultern und schnieft. Dann sagt er bebend: „Wie gern würde ich dir sagen: Hendrikje, ich bin deinetwegen hier – aber es hat einen anderen Grund, und daß du hier bist, kann nur bedeuten, daß du diesen Grund sofort erraten wirst ..."

„Die Ikaros?" Hendrikje hat es einfach nur so gesagt, ohne jede Enttäuschung. Welch ein Recht hätte sie überhaupt darauf, ihm zu verübeln, daß ein anderes Interesse als das an Hendrikje Greiff ihn in diese Steinwüste führte. Aber daß er sagte: „Wie gern würde ich ...", das ist sehr schön und klingt wie aus einem klassischen Selbstspiel.

„Wenn man die Ikaros schon längst verschrottet hätte, wärst du auch dann hierhergekommen?" fragt sie lächelnd.

Goff hebt den Kopf und wächst allein durch diese Bewegung wieder ins Riesenhafte. Sein finsterer Blick läßt sie ein Weilchen bezweifeln, daß er den Sinn ihrer Frage verstanden hat, aber seine Worte räumen diese Zweifel gnadenlos aus.

„Nein", sagt er trocken. „Vielleicht hätten wir uns nie wiedergesehen."

„Warum wärst du nicht gekommen?" fragt Hendrikje traurig.

Goff schüttelt den Kopf, so als wüßte er von vornherein, daß sie seine Antwort nicht akzeptieren wird. „Es gibt Wichtigeres als die Liebe zu einer Frau."

Hendrikje läßt ihn nicht ausreden, fährt erregt dazwischen: „Was hast du da gesagt: Liebe? Stimmt das, Hermel Goff, hast du von Liebe gesprochen?" Ihre Stimme vibriert so verräterisch, daß sie ihren Mangel an Beherrschung verfluchen könnte.

Goff grinst unsicher, schielt sogar ein wenig und stottert: „Nun ja … Liebe …, hab ich das gesagt?"

„Hermel Goff, du bist ein Waschlappen!" faucht Hendrikje beleidigt. „Liebst du mich, oder was ist los? Zier dich nicht länger und sag es endlich!" Sie sind alle gleich, denkt sie. Dieses kurze Wort brennt ihnen wie Feuer in der Kehle, ätzt ihnen die Zunge wie Säure.

„Ich …, na ja …, schon, aber weißt du …" Goff krümmt sich förmlich, und Hendrikje beschließt – nicht ganz uneigennützig –, ihm zu helfen.

„Was ist wichtiger als die Liebe, Hermel?" fragt sie sanft.

Goff reckt sich. Sein Blick wird wieder fest und düster. „Ich habe nicht gesagt, etwas wäre wichtiger als die Liebe. Ich sagte, es gibt Wichtigeres als die Liebe zur Frau."

Hendrikje durchzuckt ein schrecklicher Gedanke. „Hermel! Du bist doch nicht etwa Elloraner?"

Goffs dröhnendes Lachen schallt durch die Tubifexstation.

Nur kurz ist Hendrikje beleidigt, gerade so lange, wie sie benötigt, um das Lächerliche ihrer Frage zu erfassen. Dann kichert sie belustigt. Das wäre allerdings etwas gewesen – eine Nacht wie ein Allegro furioso, und dies mit einem Elloraner. Aber in der ersten Nacht sind alle Männer wahre Giganten der Liebe, denkt sie, in der ersten immer … Warum eigentlich nicht auch Elloraner, die können ja gar nicht wissen, daß es noch etwas anderes gibt.

„Nein, Hendrikje, wirklich nein …, obwohl dein Gedanke gar nicht so abwegig ist …" Goff lacht noch einmal auf, dann wird er sehr ernst und – Hendrikje würde beinahe sagen: theatralisch.

„Es ist die Liebe zum Menschen, was ich meine", sagt er dumpf, „sie läßt uns keine Zeit für private Vergnügungen, nicht heute und auch nicht morgen. Nicht, solange die Menschheit in Gefahr ist …"

„Ich sag's schon: Du bist ein Idiot!" Nun ist Hendrikje doch beleidigt. Schließlich kennt man das: Sie reden sich immer mit Höherem, Edlerem, Vernünftigerem heraus. Anscheinand haben die Männer allen Edelmut und alles Heldentum der Welt gepachtet – wie er das sagte: private Vergnügungen!

„Und die Liebe zum Menschen zwingt dich, als erbärmlicher Spitzel durch die Welt zu laufen, ja?" zischt sie wütend. „Immer mit der Nase im Dreck, immer geduckt unter den Blicken der ehrlichen Menschen, immer eine Lüge auf den Lippen, ja, Hermel Goff? Die Liebe zum Menschen?"

Goff stößt sie wie erschrocken von sich. „Wie kannst du so reden", sagt er fassungslos. „Ich hatte dir doch alles schon einmal erklärt! Aber so war es schon immer. Die Lunte brennt und qualmt, daß der Gestank in die Nase beißt, doch die Menschen kriegen ihre fetten Ärsche nicht runter vom Pulverfaß, weil nur der Knall sie überzeugen kann, mit dem alles auseinanderfliegt! Und du bist genauso, Hendrikje Greiff! Du verübelst mir das schlechte Gewissen, das jede vertrödelte Minute mir bereitet, verübelst mir, daß ich mich schäme, an Liebe zu denken, wo längst der Tod seine Kralle nach der Liebe ausgestreckt hat." Seine Stimme überschlägt sich, er spricht immer schneller, hektischer. Dann drehte er sich plötzlich ruckartig um und läuft mit eckigen Bewegungen davon.

Hendrikje vermag keinen klaren Gedanken zu fassen. Mit zitternden Fingern kramt sie das kleine Etui aus der Brusttasche ihres Schmeichelmoosoveralls und fischt sich eine Qualle aus der Nährgelatine. Dann heult sie still in sich hinein, genießt die wenigen Sekunden hemmungsloser Trauer über eine verlorene Hoffnung. Igel müssen die Stacheln anlegen, um sich lieben zu können, denkt sie, schön hat Goff das gesagt damals, wirklich, sehr schön ...

Wieder bin ich zu ungeduldig gewesen, sagt sie sich, aber ist Ungeduld nicht auch das, was Goff treibt? Alles geht ihm zu langsam, er will die Menschen mit einem Zaubertrick ändern, auf einen Schlag. Eigentlich müßten die armen Mungos, die er so erbarmungslos jagt, doch seine Freunde sein, denn zweifellos würde sich eine Gesellschaft aus Mungos doch bedeutend schneller entwickeln – oder nicht? Hendrikje ist sich irgendwie bewußt, daß ein Fehler in ihren letzten Überlegungen stecken muß, genauso bewußt ist sie sich aber auch, daß es so, wie Goff es will, nicht gehen kann. Immerhin, soviel hat sie damals verstanden: Der Mann jagt mit fanatischem Eifer einem Traum hinterher, der seit Menschengedenken geträumt wird, dem Traum von der Vollkommenheit, der Göttlichkeit des Menschen. Er und seine Freunde vom MOBS wollen das durch genetische Manipulationen realisieren, auch das hat sie damals schon mitbekommen. Aber als er ihr das erzählte, war es für sie nicht mehr als eine harmlose und trotzdem fesselnde Spinnerei. Wie weit die Vorbereitungen der Moralischen oder Psychischen Optimierung bereits gediehen sein müssen, wurde ihr erst allmählich bewußt, in den Tagen des Fluges zum Merkur, als sie Zeit zum Nachdenken hatte.

Es ist beileibe nicht so, daß Hendrikje es liebt, sich mit solch komplizierten Dingen abzugeben, nein. Vielmehr kreisten ihre aufgestörten Gedanken unentwegt um Hermel Goff, diese Chimäre aus hehren Idealen und Gewissenlosigkeit, und da blieb es nicht aus, daß sie immer wieder auf seine Vision von der letzten, endgültigen Veränderung der menschlichen Gesellschaft stieß, auf den Traum von der Göttlichkeit, der Hermel Goff mit aller Macht beherrschte.

Und natürlich hat sie sich immer wieder gefragt, warum man diesen Traum heimlich träumen muß, warum es für Leute wie Hermel Goff noch immer nicht möglich ist, durch Arbeit glücklich zu werden, durch Schöpfertum. Und plötzlich kamen ihr dann Zweifel an Goffs Ziel, und entsetzt stellte sie fest, daß es gar nicht erreichbar ist, ohne die Menschen zu betrügen.

Man kann den Menschen doch nur verstehen, wenn man seine biologischen Wurzeln betrachtet. Man darf ihn nicht von diesen trennen, denn er ist ein Produkt seiner biologischen und gesellschaftlichen Genesis. Goff will das alles vernichten, meint, die Scham vor der Geschichte müsse größer sein als die Achtung derer, die die ersten Schritte auf zwei Beinen taten. Er will einfach neu beginnen. Aber womit?

Man hat eben nicht erlebt, was war, und man kann nicht erleben, was sein wird – davon kann man nur träumen. Und das Träumen verführt zur Ungeduld. Eigentlich kann Goff einem leid tun, denn sein Dilemma ist: Wie kann man diszipliniert träumen?

Hendrikje lacht leise auf. Weniger wegen dieses vor Hitze glühenden schönen Männergesichts mit den schillernden Augen und dem zerwühlten Haar. Nein, Goffs Ekstase, in die er sich hineinredete, war vielleicht amüsant, aber nicht lächerlich. Doch Hendrikje stellt sich vor, wie er sie anschauen würde, wenn sie ihm ihr Geheimnis verriete. Warum hat sie es Goff nicht gesagt? Ganz sicher ist sie zwar noch immer nicht, und für eine Untersuchung ist es ihrer Meinung nach noch zu früh. Außerdem würde man ihr sofort dringend nahelegen, zum Nesturbanidum zu gehen. Aber gerade das will Hendrikje diesmal nicht. Egal, von wem das Kind ist, ob von Ergar oder Goff – es soll in ihrem Leib wachsen. Allerdings mußte sie sich auf eindringliche Selbstbefragung gestehen, daß ihr Ergar als Vater nicht so recht wäre ...

Das gibt sowieso noch Ärger, sagt sie sich. Nicht so sehr mit ihrem Lustpartner, nein – mit den zuständigen Stellen. Sie wird sich beim BUAV melden müssen, dort wird man sie registrieren – überzeugen läßt sie sich nicht, das ist beschlossen – und ständig überwachen. Man wird ihr Kolleginnen schicken – nicht die aus dem Zentrum für Sonnenforschung natürlich und auch nicht die Sportfreundinnen aus der Fechtermannschaft –, Kolleginnen aus dem Nesturbanidum, wo sie in ihrem Drittberuf tätig ist. Die werden ihr alle Vorzüge der kollektiven Erziehung aufzählen, werden Schauergeschichten von den Geburtsqualen zum besten geben und von der Verantwortungslosigkeit gegenüber dem Kind, das ohne genetische Optimierung zur Welt kommen soll, reden.

Im letzten Punkt hat Hendrikje keine Befürchtungen. Goff und sie – das gibt einen bildhübschen kleinen Menschen. Und mit Ergar würde es auch kein häßliches Kind. Aber vor der Geburt hat sie Angst, furchtbare Angst. Doch sie will es so, nicht zuletzt ist es die Neugier und auch die Gewißheit, daß Billiarden von Frauen vor ihr unter Schmerzen Leben schufen. Denn oft hat sie in den letzten Tagen gedacht: Wir haben uns daran gewöhnt, alles ohne Schmerzen zu tun. Wir haben es einfach verlernt, daß Neues nicht nur in Retorten wächst, sondern auch im Menschen wachsen muß. Dieser Gedanke rüttelt an den Säulen ihrer Wirklichkeit – vielleicht ist er deshalb so beängstigend und berauschend zugleich …

KAPITEL 17

Noch vor dem Schott zur Basisklinik knirscht Goff wütend mit den Zähnen. Er ist wütend auf sich selbst. Wie oft schon hat er spitze Bemerkungen wegstecken müssen, Vorwürfe und haßerfüllte Tiraden. Immer half ihm die Überzeugung von seiner Aufgabe. Auch Hendrikje hat ihn vor Wochen schon einmal beschimpft – damals stand er über den Dingen. Aber jetzt?

Woran zweifle ich überhaupt? fragt er sich beunruhigt. An Hendrikje, an mir – oder an meiner Idee? Sie hat wohl recht: Ich hätte ihr sagen müssen, daß es wahrscheinlich Liebe ist, was ich für sie empfinde. Es kann nur Liebe sein, sonst wäre es mir nicht so fremd und unheimlich. Aber wie kann man einen Menschen lieben, der überhaupt nichts von dem begreift, was man ist?

Das große Tor öffnet sich unendlich langsam. Goff trommelt nervös mit den Fingern gegen die spiegelglatte Wand. Teufel noch mal, die haben hier aber wirklich die Ruhe weg! denkt er mißgelaunt. Aber als er endlich die Klinik betreten kann, verrauscht sein Ärger schnell.

Ist das wirklich die Basisklinik? fragt er sich verblüfft. Oder habe ich mich in der Sektion geirrt?

Goff tritt in einen Garten; eigentlich hat er mehr das Gefühl, mitten im Dschungel zu sein. Blättergewirr, Blüten in allen Farben, sogar Wasser hört er irgendwo plätschern, und als er nach ein paar Schritten die zwischen zwei mächtigen elloranischen Seitenstrangpalmen kaum sichtbare Toilettentür entdeckt, muß er herzlich lachen, hatte er doch tatsächlich eine munter sprudelnde Quelle erwartet.

Der frische Geruch, den all das Grün verströmt, kommt ihm merkwürdig bekannt vor, vor allem in der Nähe jener kugligen kaktusähnlichen Gewächse mit den an Stacheln erinnernden feinen Röhren ist er besonders intensiv. Goff schnuppert und überlegt, dann schlägt er sich vor die Stirn. Natürlich, es ist ein Geruch, der genau in eine Klinik gehört, den er aber inmitten dieser Wildnis nicht erwartet hatte: Es riecht nach einem auf pflanzlicher Basis hergestellten Desinfektionsmittel. Neugierig betrachtet er eine dieser fast mannshohen Kakteenarten. Das ist also solch eine Pflanze, deren wucherndes Wachstum auf einem der Planeten der Sonne Ellora beinahe zum Untergang allen Lebens geführt hätte! Die aus den gläsernen Röhren strömenden Gase sind ein wirksames Gift gegen alle möglichen Arten von Mikroorganismen, und diese Pflanze war daher für viele Arten der planetaren Flora ein willkommener Symbiosepartner. Natürlich begriffen die Menschen sofort, welch unermeßlicher Wert für die irdische Medizin eine Substanz bedeutete, mit deren Hilfe man Bakterien- und Pilzstämme bekämpfen konnte, deren Fähigkeit zur Resistenz immer wieder neue Wirkstoffe erforderte.

Der Fall liegt einige Zeit zurück, aber Goff erinnert sich noch gut an die Bestürzung, als die riesigen Plantagen dieser Kakteen plötzlich eine ökologische Katastrophe hervorriefen. Die Nahrungsketten der Organismen wurden im jeweils ersten Glied – den Mikroorganismen – getroffen, und viele Arten starben aus. Ungefähr so muß es vor Jahrhunderten auf der Erde gewesen sein, denkt Goff, weshalb haben wir aus den Fehlern der Alten so wenig gelernt? Vielleicht lag es daran, daß dieser elloranische Planet von den Menschen nur als landwirtschaftliche Nutzfläche betrachtet wurde – mit der Erde gehen wir heute viel behutsamer um, und irgendwann werden wir auch die Kuppeln über unseren Städten abtragen können …

Er reißt sich vom Anblick dieser wundertätigen und doch so gefährlichen Pflanze los. Jetzt weiß er, daß er wohl doch in der richtigen Sektion ist, und nun entdeckt sein geschärfter Blick auch die Leuchtschrift des Wegweisers.

Goff geht durch das wabernde, vielblättrige Grün und schnappt wie ein gerade vor dem Ertrinken Erretteter nach Luft. Es ist schon merkwürdig, denkt er, wie diese aromatischen Düfte den Brustkorb weiten; fast habe ich das Gefühl, atmen könnte so schön sein wie Essen und Trinken. Hätte ich nie gedacht, daß Atmen Genuß bereiten kann – schau einer an, es gibt also immer noch Dinge, deren Schönheit man erst entdeckt. Die sind gar nicht so dumm hier. Muß man wirklich erst ein Stück weg sein von der Erde, um zu begreifen, was sie einem eigentlich alles geben könnte? Ich fühle mich schon ein wenig gesünder ... Blödsinn! Ich bin kerngesund, das ist doch irgend so ein psychologischer Trick, der den Patienten besänftigen soll! Ich bin aber kein Patient!

Ihm wird wieder bewußt, daß er eine Aufgabe zu erfüllen hat, und er beschleunigt seine Schritte. Unterwegs festigt sich sein ausgesprochen guter Eindruck. Die gläsernen Trennwände zwischen den verschiedenen Abteilungen dienen offensichtlich nur der hermetischen Abschottung und haben den Vorteil, daß die gesamte Anlage der Klinik wie ein natürlich gewachsener Wald wirkt. Goff entdeckt sogar einige dieser elloranischen Wohnbäume, von denen Marigg erzählte, und er hat für einige Zeit das unangenehme Gefühl, aus einer recht rückständigen Welt zu kommen, denn offenkundig fühlen sich Ärzte und Patienten in diesen Gewächsen ausgesprochen wohl. Sogar die moderne medizinische Technik ist in der Farbgebung der sie umgebenden Natur angeglichen, so daß es beinahe skurril anmutet, die Mediziner nach grünen Ästen oder Stökken greifen zu sehen, die sich bei genauer Betrachtung als irgendwelche Sonden oder Sensoren entpuppen.

Wenig später hat er große Mühe, die Mitglieder der Ikarosmannschaft und das ärztliche Personal auseinanderzuhalten. Vergeblich sucht er auch hier nach dem gewohnten strahlenden Weiß demonstrativer hygienischer Perfektion. Er entdeckt nur einen einzigen Arztkittel – und ausgerechnet dieser Mann gehört zur Ikaros. Goff erkennt ihn an den geschwungenen Augenbrauen, den geschwungenen Lippen, den betonten Bögen der Jochbeine. Die Basisärzte findet er nur heraus, indem er in seinem Gedächtnis die Holographien der Besatzungsmitglieder mit den Gesichtern der Anwesenden vergleicht. Der mit der komischen Mütze und dem Katergesicht ist Styx, registriert er schnell. Flakke ist aber alt geworden! Ach, da ist Skamander! Goff nickt ihm grüßend zu, da auch Skamander überrascht lächelnd die Hand hebt. Als er Mariggs Blick begegnet, zuckt er unwillkürlich zusammen. Der Elloraner schlägt sofort die Augen nieder, aber dieser nur Bruchteile einer Sekunde währende Ausdruck in den etwas vorstehenden Augen war wie ein Hagelschauer.

Himmel, hat er mir das immer noch nicht verziehen? Goff stellt fest, daß ihn das stärker bedrückt, als er es für möglich gehalten hätte.

Die Leute von der Ikaros stehen in Gruppen beieinander, in jeder Gruppe entdeckt Goff ein ihm fremdes Gesicht, und jeder dieser ihm Unbekannten stellt den Ikarosmännern offenbar Fragen. Goff atmet erleichtert auf. Es hat gerade erst angefangen, denkt er froh, ich komme noch zur rechten Zeit.

Ihm fällt auf, daß der Bordarzt eindringlich auf einen Mann einredet, der anscheinend zum Klinikpersonal gehört, und dabei auf einen auffällig massig geratenen Raumfahrer zeigt. Bruno von der Hohen Aue, überlegt Goff, irgend etwas ist mit dem doch gewesen …? Stimmt, der Unfall, als er Styx aus der Hölle gezogen hat. Wenn alles so war, wie Skamander mir durchgegeben hat – warum hat Marigg davon nicht berichtet? –, dann ist der Dicke ein echter Held.

Goff beobachtet, wie Quadrangel dem dicken Proximer einen Wink gibt und wie der sich eilig in Bewegung setzt. Dann hört er den Bordarzt hinterherrufen: „Und vergessen Sie bitte nicht die Gewebeproben, Nummer zweiundzwanzig bis siebenundzwanzig! Sie brauchen nicht so zu rennen, Ihre Untersuchung hat sich erledigt." Dabei blickt Quadrangel sein Gegenüber an, und dieser nickt zustimmend.

Instinktiv spürt Goff, daß hier etwas faul ist. Er kennt die Kunst der Verstellung zu gut, um das nervöse Zittern von Quadrangels Augenbrauen zu übersehen, und er versenkt diese Beobachtung tief in sein Gedächtnis.

Nun, da sein Blick und sein Gehör wieder die Schärfe gewonnen haben, die den Augen und Ohren eines Mopses eigen ist, stellt er beinahe sofort fest, daß sich Skamander betont gemächlich und träge bewegt. Ihm wird ebenso schlagartig bewußt, daß alle Bewegung in diesem Raum etwas ausgesprochen Gemütliches, Behäbiges hat.

Als er ahnt, was vorgeht, muß er gewaltsam ein Lächeln unterdrücken. Quadrangel weiß also Bescheid und hat seine Leute instruiert! Was wäre er auch für ein Arzt, bliebe ihm verborgen, daß einige seiner Schäfchen an Mungoismus erkrankt sind! Hermel Goff ist sich fast sicher, daß er nun ein Gespräch mit dem Bordarzt der Ikaros wagen kann, seine Position hat sich bedeutend gestärkt. Fürs erste schiebt er die Frage beiseite, warum Quadrangel dieses Schauspiel aufführen läßt; daß er dessen geistiger Vater ist, steht für Goff außer Zweifel.

Ihm kommt ein Gedanke, den er für geradezu teuflisch hält: Quadrangel soll zappeln! Hermel Goff geht schnurstracks auf die beiden Mediziner zu und zückt seinen Ausweis. „Trighib, meine Herren!"

Die beiden sehen ihn unwillig und etwas befremdet an. Quadrangel entdeckt offenbar zuerst den Ausweis des MOBS, und in seine Augen tritt ein merkwürdiger Glanz. Der andere schaut Goff ins Gesicht und fragt: „Bitte?"

„Trighib!" Goff kostet es weidlich aus und muß sich ein ironisches Grinsen verkneifen, statt dessen ergänzt er so ernst, wie ihm möglich ist: „Das ist die aktuelle Grußformel, werter Kollege, sie kommt von: Träumen ist gut, handeln ist besser."

Jetzt fällt es Goff noch schwerer, nicht unverschämt zu grinsen, denn der Mann zwingt sich mühsam ein Aufleuchten ins Gesicht und erwidert: „Trighib ..., natürlich, Trighib ...! Verzeihen Sie, Bürger ..., wir waren gerade so ins Gespräch vertieft ..." Dann starrt er den Mops verwirrt an, auch andere werfen Goff merkwürdige Blicke zu.

Goff wundert sich darüber, bis ihm klar wird, warum die meisten der Anwesenden ihn mustern, als würde er brüllend und um sich schlagend durch die Klinik toben: Seine bis über die Knie reichenden Schmieggoldstiefel mit den apart nach oben gebogenen Spitzen müssen hier der allerletzte Schrei sein, und selbst der ungewohnte, weil bescheiden geschnittene Schmeichelmoosoverall erregt unter all den unmodischen Uniformen und Kombis sicherlich einiges Aufsehen. Viel mehr muß sie aber das Kunstwerk beeindrucken, das er sich ins Gesicht gezaubert hat: aschgrauer Nasenrückenschatten über einem Taubenblau auf den Lippen, an dem er stundenlang probiert hat, bis er genau den passenden Ton hatte, dazu die schmale mit Diamantstaub gepuderte Haarsträhne, die wie die Mondsichel seine Stirn teilt ...

Seltsamerweise sind die Leute hier alle ungeschminkt, und daran muß es wohl liegen, daß sich Goffs Hochgefühl auf unerklärliche Weise in etwas wandelt, was verdächtige Ähnlichkeit mit Unsicherheit oder gar Scham hat.

Eine Weile ist Goff hilflos. Mit dieser Wendung in seinen Empfindungen hat er nicht gerechnet. In dieser Lage bewährt sich wieder einmal die berufliche Routine: Er hebt die Hand mit der aufgeklappten Identitätskarte, und allein diese Bewegung zieht den Blick des Basisarztes mit magischer Gewalt auf sich. Wer sich derart ausweist, ist für gewöhnlich ein Mensch, dem man Beachtung zu schenken hat.

Der Arzt reagiert jedoch etwas anders, als Goff erwartet hat. „Ach! Der Kollege vom MOBS!" ruft er aus, und Goff will es fast scheinen, als sei die Freude nicht gespielt, die aus diesen Worten klingt. „Endlich! Wir haben auf Sie gewartet ... Wie soll es denn nun weitergehen?"

Irgendwie scheint der Mann wirklich erlöst, aber Goff hat den Eindruck, als stände der Arzt unter der Wirkung irgendeines dämpfenden Medikaments, denn dessen Freude sprudelt nicht, sie tröpfelt gewissermaßen.

Goff entgeht auch nicht der stechende Blick, mit dem Quadrangel, der abwartend schweigt, ihn bedenkt, und dieser Blick verunsichert ihn erneut. Aber Goff ist zu abgebrüht, um die Initiative aus der Hand zu geben. „Wie es weitergehen soll, Herr Kollege?" fragt er zurück und versucht einen blasierten Gesichtsausdruck, was ihm offenbar hervorragend gelingt, denn nun wenden ihm auch die anderen Ärzte ihre Aufmerksamkeit zu, die ihn bisher – abgesehen von vereinzeltem spöttischem Grinsen – nur mit der Art von Gleichgültigkeit betrachtet hatten, mit der man die Ankunft eines neuen Patienten registriert.

„Wie es weitergehen soll?" wiederholt er. „Nun – gar nicht. Die Untersuchung ist beendet." Und in das konsternierte Schweigen hinein fügt er sicherheitshalber hinzu: „Auf Weisung des Medizinischen Observationsdienstes."

Die Stille währt nur kurz, denn kaum haben die Besatzungsmitglieder den Sinn dieser Worte erfaßt, fangen sie an, begeistert zu johlen.

Goff muß lächeln. Er kann die Männer verstehen: Sein Eingreifen beschert ihnen mindestens vier zusätzliche Freistunden, wenn Flakke kein Unmensch ist.

Die Ärzte zeigen weniger Begeisterung.

„Das ist völlig unmöglich!" ruft ein jüngerer Mediziner. „Die Männer müssen untersucht werden, das ist Vorschrift!"

„Ich setze diese Vorschrift hiermit außer Kraft", antwortet Goff ruhig und schwenkt zur Bekräftigung seinen Ausweis. Er spürt wieder den stechenden Blick Quadrangels auf seinem Gesicht und hat das Gefühl, daß ihm und seinem Plan vor allem von seiten des Bordarztes Gefahr droht. Es braucht nur einer auf die Idee zu kommen, beim MOBS nachzufragen – dann platzt der ganze Schwindel, denkt Goff, ich muß noch einen draufgeben.

„Selbstverständlich übernehme ich als Emissär des MOBS jegliche Verantwortung", sagt er. Solche Bluffs wirken immer. Er wurde vom MOBS zur Basis geschickt, das ist richtig und den Leuten hier bekannt. Wie weit jedoch seine Vollmachten gehen, das weiß niemand, also müssen sie ihm einfach glauben.

Quadrangel schweigt noch immer, aber der Arzt, mit dem er vor Goffs Eintreffen gesprochen hat, brummt zufrieden: „Ja – wenn Sie die Verantwortung übernehmen, Herr Kollege ..."

Goff unterdrückt mit aller Kraft ein freches Grinsen. Herr Kollege! Wenn der gute Mann wüßte, daß ich Soziologe bin und mein Spezialgebiet – die divergierende Kommunikation – mit Medizin so gut wie nichts zu tun hat, der würde sich glatt die Zunge abbeißen. Dabei weiß der sicherlich ebensowenig über Gesetze und Anwendung der kommunikativen Disperson wie ich über schlechte Zähne.

Doch da meldet sich wieder die junge Stimme aus dem Gewühl. „Für eine Untersuchung, die nicht vorgenommen wird, kann man keine Verantwortung übernehmen! Ich protestiere in aller Entschiedenheit gegen Eingriffe in die Kompetenz der Basisklinik! Die Männer sind extremen psychischen und physischen Belastungen ausgesetzt, sämtliche Verschleißkoeffizienten liegen deutlich oberhalb der Grenzwerte …"

Ein untersetzter Mann drängelt sich durch die Menge hindurch, sein Gesicht ist rot, und er rudert behäbig mit den Armen.

Einen Moment kann Goff das Kichern nicht zurückhalten, als ihm bewußt wird, daß hier sogar die Erregung auffällig gemäßigt auftritt. Ob das an der geringeren Schwerkraft liegt? fragt er sich belustigt.

„Lachen Sie nicht, Herr Kollege! Sie wissen doch gar nicht, was Sie da verantworten wollen …" Vor Goff steht ein Mann, der die Dreißig offenbar noch nicht überschritten hat. Seine Augen funkeln ärgerlich.

Der ist richtig, den muß ich mir merken! schießt es Goff durch den Kopf. Alle anderen halten die Klappe und geben sich damit zufrieden, daß ihnen die Bürde der Verantwortung von den Schultern genommen ist – der Kerl nicht, der meutert, zeigt sich widerspenstig, weil es hier um Gesundheit und nicht um Verantwortlichkeit geht!

Auf einem kleinen Schildchen an der Brust des Mannes kann Goff den Namen lesen: Dragomil Stotzner. Der Name kommt ihm bekannt vor, aber jetzt ist keine Zeit für aufwendige Grübelei – die Situation wird kritisch.

Da erhält Goff unerwartet Beistand. „Beruhigen Sie sich, Herr Kollege!" näselt Quadrangel und klopft dem anderen leutselig auf die Schulter. „An sich ist das alles doch sowieso nur Formsache. Ich kann Sie gern Einblick in mein Kontroll- und Testprogramm nehmen lassen, damit Ihnen Ihr Gewissen keine schlaflosen Nächte bereitet. Kennen Sie meine Bordklinik? Was, Sie kennen die Bordklinik der Ikaros nicht? Sie müssen mich mal besuchen in meinem Reich, dann glauben Sie mir auch, daß diese Routineuntersuchung wirklich überflüssig ist. Eigentlich genügt es absolut, die in der Kartei gespeicherten Parameter zu überspielen. Vielleicht sollten wir wirklich dazu übergehen, schließlich ist das auch eine Frage von Effektivität und Produktivität …"

Goff hört nicht mehr zu. Quadrangel redet und redet, und die Miene des jungen Basisarztes wird zusehends friedfertiger. In Goffs Zustimmung mischt sich aber die Frage, warum der Bordarzt derart handelt. Skamander hat ihn als ungewöhnlich ehrgeizig und empfindlich geschildert. Sollte dieser Ehrgeiz der Grund sein? Möglich. Wahrscheinlich fühlt sich der Bordarzt dadurch bestätigt, daß sich die Basisexperten mit seinen Befunden begnügen müssen.

Aber, mein Gott, warum schläft der Kerl denn fast ein beim Reden? Goffs Verwunderung schlägt allmählich in Befremden um. Wo andere beim Sprechen mit den Händen die Luft zerfuchteln, da führt der Arzt so etwas wie ein elegisches Ballett auf: gemessen, betulich, ja – träge ...

Allerdings mißt Goff dem nicht allzu große Bedeutung bei, denn seines Wissens gehört es zu den Eigenarten sich besonders ernst nehmender Menschen, Souveränität als eine Art kultischer Gemessenheit zu demonstrieren. Viel interessanter für ihn ist die Wirkung dieses Gehabes auf den jüngeren Arzt, in dessen Augen beinahe so etwas wie Neid aufglimmt, als Quadrangel seine Bordklinik schildert.

Goff sieht, wie der Bordarzt seinem Kollegen aufatmend die Hand drückt. Sofort meldet sich in ihm wieder das Mißtrauen. Dieses kurze Aufatmen war zuviel, Doktor! sagt er sich. Also ist es nicht nur beruflicher Ehrgeiz, was den Arzt leitet. Aber was kann es darüber hinaus sein? Stimmt das Bild des Arztes, das Skamander und Marigg entworfen haben? Gab es in der letzten Zeit wichtige Veränderungen? Warum haben dann beide davon nicht berichtet?

Plötzlich kommt Quadrangel auf ihn zu, nimmt Goff beim Arm und zieht ihn ein Stück zur Seite. „Sie sind also der Kollege vom MOBS“, sagt er nachdenklich und fügt verwirrt hinzu: „Das hätte ich nie für möglich gehalten, wirklich nie ...“ Dann schaut er Goff geradewegs in die Augen, und in seinem Gesicht glätten sich alle Linien. „Ist das eine Berufskrankheit? Anders kann ich es mir nicht erklären.“

Goff weiß absolut nicht, was der Arzt meint, der langsam und bedächtig spricht. „Doktor, Sie müssen mir schon sagen ...“ Im selben Moment merkt Goff, daß er sich verraten hat. Er hätte nie „Doktor“ sagen dürfen! Wenn er seine Position Quadrangel gegenüber bewahren will, dann muß er der „Kollege“ bleiben! Wie konnte ihm nur diese Nachlässigkeit unterlaufen!

Aber der Bordarzt der Ikaros hat es offensichtlich nicht gemerkt, dafür fixiert er Goff scharf und flüstert: „Himmel! Mann, wissen Sie es etwa noch gar nicht ..., ist es Ihnen noch nie aufgefallen? Kommt Ihnen Ihre Umwelt nicht vor wie ein zäher Brei, in dem Sie rettungslos versinken, durch den Sie sich mühsam hindurchquälen müssen? Fühlen Sie sich nicht wie eine Eidechse unter lauter Schildkröten?“

Goffs Gehirn zieht sich schmerzhaft zu einem Knoten zusammen. Der Arzt hat recht! Hundertmal hat er selbst diese Frage gestellt, anderen.

„Merken Sie es wirklich nicht, daß Sie ein ...“

„Ruhig!“ Goffs Befehl kommt leise, aber unerhört scharf. Was in den wenigen Sekunden in ihm vorgeht, ist wie die Geburt eines neuen Sterns. Brüllend toben Hitzemassen durch sein Denken, strudeln, wirbeln, verdichten sich zu einer Ahnung, die zur Gewißheit wird. Und diese Gewißheit zerbirst einer Nova gleich, gebiert die Erkenntnis: Ich bin ein Mungo!

Hermel Goff bricht nicht zusammen. Er wankt nicht einmal. Vielleicht ist es wie die Ruhe eines Mediziners, der sich den Geschwulsterkrankungen verschrieben hat und nun den Krebs auch an sich selbst diagnostizieren muß. Er hat darauf gewartet, nicht gerade mit Sehnsucht, aber mit einer Befürchtung, die in seinem Beruf fast an die Gewißheit grenzt, daß es einfach geschehen mußte ... Ein irrsinniger Gedanke durchzuckt Goff: Nun darf mir niemand mehr einen Vorwurf aus meinem Beruf machen, nun bin ich mir selbst Rechtfertigung genug. Aber ein anderer Gedanke deckt diese Worte zu wie ein mächtiger Schrei: Es ist aus, alles ist aus!

„Wie alt sind Sie?“ fragt Quadrangel, dem offenbar verborgen geblieben ist, was in dem anderen vorging.

Goff ist auf einmal wieder ganz ruhig und nicht wenig stolz auf seine eiserne Beherrschung. Der läßt nicht locker, denkt er, und kann sogar grinsen. „Sie haben recht, Herr Kollege“, sagt er, „ich bin sechsunddreißig Jahre alt ...“.

Quadrangel schluckt verblüfft.

Goff registriert es mit Genugtuung und wagt einen hohen Einsatz: „Aber wie ich denke, wird das für Sie kein Anlaß für unliebsame Aktivitäten sein, nicht wahr?“

Quadrangel nickt automatisch. Mit der Altersangabe hat Goff indirekt bestätigt, ein Mungo zu sein, zumindest hat er zugegeben, vor den Sonnenbeben geboren zu sein. Und die Frage nach dem Alter hat ihm sofort signalisiert, daß auch Quadrangel den Zusammenhang für erwiesen hält.

Noch einmal muß Goff mit aller Gewalt gegen seine Gefühle ankämpfen. Er bleibt Sieger, besonders als ihm klar wird, daß auch der Arzt etwas zugegeben hat, ohne es zu wollen: Quadrangel deckt vorsätzlich Mungos!

Für wenige Sekunden stehen sie sich schweigend gegenüber. Es ist ein drohendes Schweigen, von beiden Seiten.

Goff wird von einem Zittern geschüttelt, kurz nur, doch schwingt dieses Beben wie eine furchtbare Ahnung durch seinen Körper. Noch will er nicht wahrhaben, daß sein ganzes Leben auf einen

Schlag verändert ist, noch vermag er sich an die selbstbetrügerische Hoffnung zu klammern, es seien nur die äußeren Umstände seines Daseins, die eine Wandlung erfahren haben, noch verleugnet er die Erkenntnis, daß der Mungoismus eine schreckliche Metamorphose ist, die den qualvollsten Tod gebiert …

„Von mir droht Ihnen keine Gefahr“, flüstert Quadrangel, und nach einigem Überlegen setzt er vorsichtig hinzu: „Ich denke, wir können uns einigen …“

Goff lacht trocken auf, die Worte des Arztes sind wie ein erfrischender Wasserguß in der sengenden Hitze seiner Gedanken. Der Arzt bietet ihm einen Handel an! Noch vor kurzer Zeit war Goff davon überzeugt, die Trümpfe befänden sich in seiner Hand, und nun ist alles auf den Kopf gestellt.

Halt! sagt er sich. Wieso eigentlich ist alles auf den Kopf gestellt, wer sagt das? Wenn Quadrangel mir so kommt, dann doch nicht, um mir einen Gefallen zu tun, dann braucht er mich!

„Gut, Doktor“, antwortet Goff, diesmal bewußt den Titel gebrauchend, denn von nun an soll mit offenem Blatt gespielt werden, „gut – worüber wollen Sie sich mit mir einigen?“

Der Bordarzt sieht sich beunruhigt um und sagt leise: „Hier ist nicht der geeignete Ort … Ich würde vorschlagen, Sie besuchen mich mal auf der Ikaros in meiner Bordklinik, dort kann ich Ihnen viel besser erklären, worum es geht. Dann müßten Sie aber heute oder morgen kommen, bevor wir wieder abfliegen.“

„Meinetwegen auch heute oder morgen, Doktor. Aber es geht ebenso übermorgen oder in zwei Wochen.“

„Nein, eben nicht, verstehen Sie doch …“ Plötzlich verstummt Quadrangel, seine Augenbrauen werden zu zwei geraden Linien, und er fragt verblüfft: „Was soll das heißen? Kommen Sie etwa …“

Goff nickt grinsend. „Genau. Ich komme an Bord und werde auf der Ikaros bleiben, bis die nächsten Sonnenbeben vorbei sind.“

„Aha …, soso …“, knurrt Quadrangel, und Goff spürt deutlich, daß der Arzt mit dieser Wendung ganz und gar nicht zufrieden ist.

Dann aber überlegt Vegard Quadrangel angestrengt, was Goff unschwer am Spiel der vielfältigen Linien im Gesicht des Bordarztes erkennt. „Vielleicht ist das gar nicht so schlecht“, stellt er unvermittelt fest, aber wohl mehr für sich als an Goff gewandt.

„Es ist ganz sicher nicht schlecht“, bekräftigt Goff, aber diesmal muß er sich die Heiterkeit ins Gesicht zwingen, denn allmählich wächst der dumpfe Druck in seinem Kopf zu einem schneidenden Schmerz, und er spürt, daß seine Willenskraft bald verbraucht sein wird. Deshalb verabschiedet er sich schnell von Quadrangel und geht zu Flakke, der ihn die ganze Zeit fassunglos angestarrt hat.

Natürlich weiß Goff einiges über Flakke, was die Achtung, die dieser bei seinen Leuten genießt, hinlänglich erklärt. Da sind Flakkes unbestritten überdurchschnittliche nautische Fähigkeiten, da ist sein Gerechtigkeitssinn, der ebenso stark ausgeprägt sein soll wie sein Verantwortungsbewußtsein. Aber Goff erkennt in den wenigen Sekunden, die er braucht, um auf den Kosmander zuzugehen, an wenigen Details etwas viel Bedeutenderes.

Vielleicht erfordert dieses Erkennen den geschulten Blick des Mopses, aber Goff interessiert sich auch außerberuflich sehr für menschliche Gesichter, für Gesten und Gebärden. Was ihn vor allem beeindruckte, schon, als er diese Abteilung der Basisklinik betrat, war Flakkes Einfachheit. Es war nur ein kurzer, flüchtiger Eindruck, aber stark genug, um sofort Goffs Sympathie zu erwecken: Der Kosmander hörte einem seiner Leute zu, als der irgend etwas erzählte, und dabei hatte er eine Aufmerksamkeit im Gesicht, die deutlich nicht nur dem Gesagten, sondern auch dem Menschen vor ihm galt. Es war reine und echte Aufmerksamkeit, frei von Überhebung oder hervorgekehrter Väterlichkeit. Und als Flakke anscheinend zweifelnd den Kopf wiegte, sah Goff in dieser Geste sofort nicht nur den Zweifel an dem Gedanken des anderen, sondern auch das stille Angebot, alle Argumente zu prüfen.

Auch jetzt ist Flakkes Blick so unverhohlen neugierig und beunruhigt, daß Goff den Kosmander sogar ein wenig ob dieses Unvermögens zur Verstellung bewundert und beneidet.

Wie sicher muß man sich seiner selbst sein, denkt er, wenn man nicht einmal den Versuch unternimmt zu verbergen, was im Innern vorgeht! Wie frei von aller Berechnung und allem Eigennutz müssen Gedanken sein, wenn man sie derart offenkundig preisgibt!

Flakke schüttelt ihm mit einem verwirrten Lächeln die Hand. „Sicherlich sollte ich nicht danach fragen", sagt er, „aber vielleicht entschuldigen Sie meine Neugier: Was hat das eigentlich zu bedeuten?"

Diese harmlos gestellte Frage bringt Goff in Verlegenheit. Diesem Mann kann er doch nicht einfach sagen: Anweisung vom MOBS! Der hat nach dem Warum gefragt und nicht nach dem Woher und der Befugnis. Goff wagt ein Ausweichmanöver. „Ich bin beauftragt, an Bord der Ikaros zu gehen, bis die erhöhte Sonnenaktivität wieder abgeklungen ist. Ich schlage Ihnen vor, wir sprechen darüber in aller Ruhe, wenn die Ikaros auf Kurs ist. Einverstanden?"

Flakke sieht ihn erstaunt an. „Noch ein Passagier? Hm, da bekommen wir Probleme mit den Kabinen ... Macht es Ihnen etwas aus, Ihr Quartier in einer Mannschaftsunterkunft zu beziehen?"

Goff atmet auf, weil Flakke überhaupt nicht an Widerspruch

denkt, sondern sofort die praktischen Fragen erörtert. „Ganz im Gegenteil, Kosmander. Ich würde es sogar begrüßen."

Ireas Flakke nickt zufrieden, dann aber wird sein Gesicht nachdenklich. „Sie wissen hoffentlich, daß es sehr gefährlich werden kann?"

Goff winkt lässig ab. „Es gibt Dinge, die lassen sich auch mit den besten Vorsätzen nicht am Schreibtisch klären", sagt er und beobachtet gleichzeitig, wie sich Flakkes Miene verfinstert. Hast du etwa auch Geheimnisse vor mir? denkt er amüsiert.

„Die Ikaros wird in den nächsten Wochen sehr wichtig sein", fährt er fort, und mit leisem Erstaunen registriert er, wie sich das Gesicht des Kosmanders aufhellt, „auch für die wissenschaftliche Arbeit des MOBS." Das Wort „wissenschaftlich" betont er nachdrücklich, eher einer geheimnisvollen Ahnung folgend als dem Begreifen tiefer Sorgen des Kosmanders.

„Ich werde mich in Ihre Angelegenheiten nicht einmischen", erklärt Goff weiter, „allerdings muß ich Sie bitten, mir alle wissenschaftlichen Ergebnisse umgehend zugänglich zu machen und mir für deren Auswertung entsprechende Computerkapazität zur Verfügung zu stellen, jedenfalls in einem Maß, das Ihre Arbeit nicht spürbar beeinträchtigt."

Flakke ringt offensichtlich mit sich, etwas scheint ihm besonders am Herzen zu liegen. Dann sagt er: „Darf ich Ihnen eine sehr offene Frage stellen?"

„Bitte."

„Kommen Sie als Mungojäger an Bord?"

Goff stöhnt gequält auf. Davor ist man eben auch bei solchen Leuten nicht sicher. Mungojäger – wieviel Verachtung schwang in diesem Wort! Aber es hat jetzt wohl keinen Zweck, Flakke aufzuklären. Später vielleicht, der Mann muß das doch begreifen.

„Keine Sorge, Kosmander", antwortet er betont gelassen. „Die Mungos in Ihrer Mannschaft interessieren mich nicht, jedenfalls nicht in meiner Eigenschaft als Mungojäger." Er dehnt das verhaßte Wort spöttisch. „Allerdings erwarte sich von Ihnen ..." Goff unterbricht sich, weil ihm plötzlich ein Licht aufgeht. Na klar: Quadrangel! Dem kann doch gar nicht verborgen geblieben sein, daß er mindestens einen Mungo – Skamander – unter seinen Leuten hat! Also sagt er weiter: „... und von Ihrem Bordarzt, daß diese Leute sofort beurlaubt werden, sofern sie den an sie gestellten Anforderungen nicht mehr gerecht werden, schließlich geht es dabei um die Sicherheit Ihres Drachenkreuzers."

Flakke schnauft irritiert, er ist völlig überrumpelt. Dann sagt er ganz unkonventionell: „Das walte Hugo!"

Goff schmunzelt. Hier ist anscheinand eine regelrechte Verschwörung im Gange, denkt er. Na ja, meinetwegen sollen sie ruhig, so eine Verschwörung stärkt immerhin den Zusammenhalt und damit die Moral. Beides kann die Mannschaft der Ikaros wohl gut gebrauchen.

Er wechselt schnell das Thema und fragt Flakke nach dem genauen Zeitpunkt des Abflugs. Anscheinend ist der Kosmander froh, über andere Dinge reden zu können. Wenig später sind sie sich einig.

Gerade als Goff die Klinik verlassen will, tritt der Bordarzt noch einmal an ihn heran. „Reißen Sie sich zusammen, Sie müssen sich einbilden, Sie würden barfuß über Glasscherben laufen, und wenn Sie sprechen, atmen Sie vorher aus. Verschränken Sie die Hände hinter dem Rücken oder vor der Brust, fixieren Sie irgendeinen Punkt, wenn Sie sich beobachtet fühlen …"

Quadrangels eindringliches Flüstern macht Goff wieder seine Lage bewußt. „Danke, Doktor", antwortet er müde, dann läuft er durch das wuchernde Grün der Klinik und stellt sich vor, mit nackten Füßen über einen Haufen scharfer Glassplitter hinwegzusteigen. Tatsächlich, es geht, denkt er, doch das kurzzeitige Erstaunen weicht sich verstärkender Niedergeschlagenheit.

Ich bin ein Mungo! Es ist nicht mehr wie ein Schrei, der sein Denken und Fühlen durchschrillt, sondern wie ein qualvolles Stöhnen. Goff spürt, wie sich eisige Leere in ihm ausbreitet, und in diese Leere hinein senkt sich eine Angst, wie sie gräßlicher nicht sein kann – die Angst vor einem Tod, der sich zur unvorstellbaren Qual dehnen wird, vor einem Sterben, das fast ein ganzes Leben lang anzudauern scheint …

Er weiß sehr wohl, was ihn erwartet, und er hat sogar schon einmal geäußert, er würde sich das Leben nehmen, sobald er die ersten Symptome des Mungoismus an sich entdeckte. Oft genug hat Goff dabeigestanden, wenn ein Mungo verreckte. Hilflos, schaudernd vor dem Anblick des zuckenden, röchelnden Bündels, das einmal ein Mensch war wie er selbst.

Es beginnt für gewöhnlich mit spontan auftretenden Muskelrissen oder Bänderverletzungen, wenn die Lebensgeschwindigkeit die Verschleißgrenze übersteigt. Erstes Alarmsignal jedoch ist die mungoide Farbblindheit: Durch das gesteigerte Tempo der nervösen Prozesse verschiebt sich das für den Mungo sichtbare Spektrum unmerklich zum ultravioletten Bereich hin. Allerdings wird diese Veränderung von den Mungos kaum bemerkt, weil die Sehschärfe davon nicht beeinträchtigt ist und der subjektive Farbeindruck allmählich wechselt. Wenn einem Mungo dann einmal auffällt, daß

Blätter früher grün waren und nicht blau, dann ist das Ende schon sehr nahe. Jetzt aber erst offenbart die Erkrankung ihren teuflischen Charakter. Für den Außenstehenden verfällt der Mungo zusehends innerhalb weniger Tage, und auch der schließlich eintretende Tod erscheint dem gesunden Beobachter ein rasches, beinahe plötzliches Ende. Doch ganz anders empfindet der Mungo. Für den, dessen Lebensgeschwindigkeit ein kaum noch vorstellbares Maß erreicht und sich immer weiter beschleunigt, dehnen sich Stunden zu Tagen und Wochen zu Jahren.

Er kann sich kaum noch bewegen, da die Trägheit seiner Körpermasse für ihn ins scheinbar Unermeßliche wächst. Er wird von zunehmender Atemnot gequält, weil die Muskulatur des Brustkorbs nach und nach ausfällt und der Luftwiderstand für sein Gefühl so stark ansteigt, daß er schließlich das Empfinden hat, eine Flüssigkeit zu atmen. Schließlich beginnt der Mungo zu bluten. Nicht nur aus Mund, Nase und Ohren, sondern auch aus der Haut. Die Gefäße platzen unter dem mit herkömmlichen Geräten nicht meßbaren Blutdruck, und das Blut gerinnt kaum noch. Die nun einsetzende Agonie ist so grauenvoll und vielfältig – die einen ersticken unendlich langsam an dem Blut, das in die Lunge läuft, die anderen sterben, weil das Blut die Leber förmlich zerreißt, die Glücklichsten unter den Bedauernswerten erleiden einen Hirnschlag –, daß ein Außenstehender die unmenschlichen Leiden der Sterbenden nur noch anhand der aufgezeichneten Engramme ermessen kann.

Kaum einer weiß es besser als Goff, daß der Mungo eine kurze Spanne täuschenden Hochgefühls mit einem Sterben bezahlen muß, das für ihn so lange andauert wie sein ganzes Leben …

Damals hat Goff kühn behauptet, er würde sich das Leben nehmen, wenn er in solch eine Situation geriete. Er hat auch gefordert – mehrmals und eindringlich –, den Sterbenden ihr Leid zu verkürzen, wenigstens denen, die darum bitten. Er konnte einfach nicht begreifen, weshalb seine Anträge schroff abgelehnt wurden.

Jetzt auf einmal wird ihm die Einmaligkeit seines Lebens schmerzhaft bewußt, und der Gedanke an den Freitod ist in so unendliche Ferne gerückt, daß nicht einmal die Vision von den bevorstehenden Qualen in seine Richtung weist.

Goff erinnert sich an ein geheimes Treffen mit Rikkitikkitavi, dem Führer der Mungoliga.

„Warum stellt ihr euch gegen die Gemeinschaft?" hatte Goff – wie ihm jetzt scheinen will, recht einfältig – gefragt.

Der vom nahen Ende gezeichnete Sozialpsychologe Golonna, ein Studienfreund Hermel Goffs, schüttelte daraufhin traurig den Kopf. „Wir stellen uns nicht gegen die Gemeinschaft. Wir wissen nur, daß die Gemeinschaft uns nichts mehr weiter geben kann als unsere Freiheit. Eine Integration ist unmöglich, ebenso eine territoriale Isolation. Es gibt nur einen Weg: zwei Kulturen in einer Gesellschaft. Das würde bedeuten, Gesunde und Mungos würden so nebeneinander leben wie Wanzen und Flöhe ..."

Goff wußte mit diesem Vergleich nichts anzufangen, obwohl er Golonnas Neigung zu einer recht blumigen Redeweise kannte. „Wieso können wir euch nur Freiheit geben? So ein Unsinn, was für eine Freiheit meinst du überhaupt?"

Golonna – von den Mungos Rikkitikkitavi genannt – lächelte. „Ich meine unsere Freiheit, unseren veränderten Bedürfnissen gemäß leben zu dürfen. Nichts weiter."

Damals war Goff noch recht unerfahren, und erst dieser Satz offenbarte ihm das eigentliche Problem der Mungos. Allerdings viel später, nachdem er Zeit zum Nachdenken hatte.

„Wir können euch bedeutend mehr geben", antwortete er überzeugt, „wir können zum Beispiel nach einem Mittel gegen Mungoismus forschen und euch Gesundheit bringen ..."

Hier wurde er von Golonna unterbrochen: „Was nennst du Gesundheit? Woher willst du wissen, daß wir uns das wünschen, was du Gesundheit nennst?"

Es waren damals erst wenige Mungos gestorben, und der progressive Verlauf der Krankheit war noch nicht erwiesen. Goff hatte also kein Argument gegen diese Frage und mußte sich von Golonna erklären lassen, daß es durchaus Vorzüge habe, ein Mungo zu sein. Halbwegs überzeugt war er erst, als Golonna ihm erzählte, wie er mit Delphinen um die Wette geschwommen und einem Amigo hinterhergelaufen sei, in dem er sein Univox liegengelassen hatte.

„Na gut", sagte er, „dann können wir euch Aufgaben bieten, für die sich Mungos besonders eignen, davon profitieren schließlich beide Seiten."

„Du hast zu viele Vorlesungen geschwänzt, lieber Hermel", antwortete Golonna, „wir wollen Freiheit, nicht zusätzliche Beschränkung. Warum sollen für uns andere Ideale gelten als für euch?"

„Ja ..., aber soweit sind wir doch noch lange nicht ...", stotterte Goff hilflos.

„Eben. Soweit sind wir noch nicht."

In den darauffolgenden Tagen nahm Goff Arbeitsurlaub und vergrub sich in Büchern, Kassetten und Speicherkristallen. Er war endlich der Frage auf die Spur gekommen, die so alt wie die Menschheit war: Wofür leben wir?

Goff studierte die klassischen und modernen Philosophen, er befaßte sich noch einmal mit Soziologie, Psychologie und Geschichte.

Es war ein langer und schwerer Weg für Hermel Goff, und am Ende stand die Idee von der Moralischen Revolution.

Die Genetikspezialisten des MOBS rissen ihm diesen Gedanken förmlich aus den Händen. Der Plan faszinierte Goff derart, daß er sich ihm bedingungslos verschrieb: die Menschheit von den Überbleibseln ihrer animalischen Abstammung befreien, die Wirkung der Urtriebe durch den Trieb des Schöpfertums ersetzen, genetisch Altruismus fixieren, die höchsten Ideale an biologische Mechanismen koppeln, die bisher für Befriedigung sorgten, wenn es galt, zum Beispiel die Art zu erhalten ... Goff empfand keinerlei Gewissensbisse. Der Mensch war dazu fähig, die Gesellschaft als solche zu verändern, warum sollte es ihm also verwehrt sein, die größte Umgestaltung dadurch zu bewerkstelligen, daß er jedes einzelne Individuum umgestaltet?

Das alles sollte dich jetzt nicht mehr beschäftigen, Hermel Goff. Du bist krank, du bist ein Mungo! Es gibt keine Ideale mehr für dich. Es ist aus. Aus.

Ein neuer Gedanke entsteht in Hermel. Warum ist es aus? Ich lebe, ich lebe noch relativ lange, zumindest nach meinem Empfinden. Mein Leben wird etwas anders sein, aber warum sollte sich etwas an meinen Idealen ändern? Warum soll meine Existenz plötzlich keinen Sinn mehr haben? Es ist noch so vieles zu tun – wer oder was hindert mich daran?

Für einen kurzen Augenblick leuchtet etwas vor Goff auf, eine Vision von einem Weg, den er gehen könnte, und das gibt ihm ein wenig Trost. Dann aber zerstört die Vorstellung von dem unausweichlichen grausamen Sterben dieses Bild, und Goff knicken die Knie ein. Er taumelt gegen eine der exotischen Pflanzen und hört ein leises Klirren. Ein feiner Strich in seiner rechten Hand bringt ihn in die Wirklichkeit zurück. Ein hauchdünner Stachel ragt aus der Handfläche. Goff blickt ärgerlich auf das Gewächs. Eine Stachlige Glaskoralle vom Planeten Asper, registriert er. Ein wenig kennt er sich aus, obwohl Exobotanik nicht gerade zu seinen Stärken gehört. Daneben steht die rissige Platte einer Kondizee vom Tronnt, umwunden von ganz und gar irdischem Grün. Die Pflanzen vertragen sich sogar über die Grenzen von Sonnensystemen hinaus, denkt Goff melancholisch. Man hätte als Pflanze zur Welt kommen sollen ...

Etwas versteckt zwischen dem wuchernden Blattwerk und Gesträuch ist der bauchige und beulige Stamm eines dieser elloranischen Wohnbäume, einer mächtigen, tonnenförmigen Kürbiseiche, deren Krone sich wie ein Schirm entfaltet, zu sehen.

Eine magische Kraft zieht Goff dorthin. Dunkel blitzt in ihm der

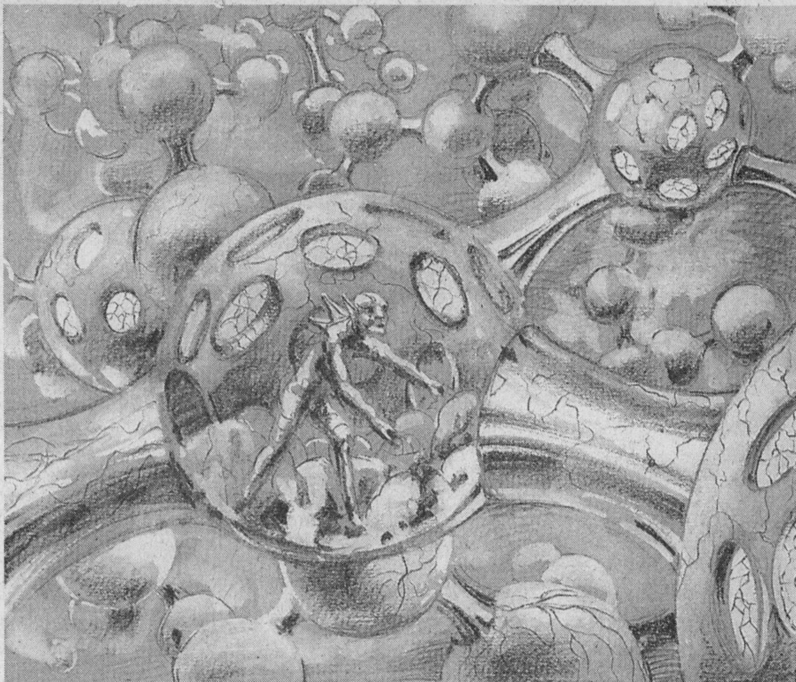

Gedanke auf, daß er sich wie ein verwundetes Tier verhält, das in die Sicherheit einer finsteren Höhle kriecht.

Halbdämmer umfängt ihn, als er die erste blasige Kaverne betritt. Der Boden ist mit einem pilzigen, weichen Geflecht bedeckt, das sich an den Wänden bis in Brusthöhe emporzieht. Kleine kopfgroße Öffnungen in der Wandung sind mit einer pergamentartigen Membran verschlossen, die eine Ahnung von Tageslicht in das Innere fallen läßt.

Goff fühlt sich seltsam geborgen und beschützt von diesem Raum. Irgendwie denkt er, daß er hier etwas gefunden habe, was ihm das Leben vorenthalten hat, und dieser Eindruck erstaunt ihn ob seiner Intensität.

Aber noch funktioniert sein analytischer Verstand, und Goff fragt sich erstaunt, ob das vielleicht mit seiner pränatalen Existenz zu tun hat, mit dem Brustkasten, in dem er aus einem Eiweißtröpfchen gewachsen ist.

Es ist ruhig und warm in diesem Baum. Goff setzt sich. Doch als er sich hinlegen will, spürt er unter seiner Hand etwas Feuchtes. Angewidert zuckt er zurück. Eine ausgelutschte Qualle. Ein irrsinniges Lachen schüttelt ihn. Goff springt auf, der Zauber ist wie weggewischt. Er stolpert zum Ausgang. Aber da entdeckt er mitten im Baum eine zweite Öffnung, dunkel und lockend.

Es ist mehr eine unbewußte Handlung, als er seine Schritte in diese Richtung lenkt. Der Durchlaß ist so niedrig, daß Goff ihn nur gebückt durchqueren kann. Dafür ist die dahinterliegende Kaverne fast doppelt so groß wie die erste: Goff kann zwölf Schritte gehen, bis er die nächste Wand erreicht. Hier gibt es sogar Fenster, die fast so groß sind wie das Mühlrad, das Goff mal in einem Museum bestaunt hat. Der Bewuchs aus diesen moosartigen Fasern ist hier so dicht und stark, daß die Füße darin versinken. Aus dem Boden wachsen Ausstülpungen und Knollen, die man mit einiger Phantasie durchaus als Tische und Sitzmöbel benutzen könnte. Aber noch mehr erstaunen Goff die Löcher in den Wänden, die geradezu dafür geschaffen sind, etwas in sie hineinzustellen. Er erinnert sich an die mühsam zurechtgetrimmten Plusterfarnbüsche in seinem Wohnkontingent und muß lächeln. Das ist hier ganz allein so gewachsen – man muß nur lernen, es zu gebrauchen. Und er erinnert sich auch daran, daß Marigg ihm von gewissen Insektenarten erzählt hat, die ihre Eier in das Fleisch des Baumes legen, und daran, daß irgendein Wirkstoff der Insekten Platten und Stiele aus dem Holz wachsen läßt. „Das ist vielleicht eine Innenarchitektur!" hatte er damals spöttisch eingeworfen, und Marigg hatte erwidert: „Nein, das ist nicht Architektur, das ist wie ein Spiel mit Glasperlen, die man auf den Boden wirft, um sich an dem zufällig entstehenden Muster zu erfreuen. Man muß die Bilder nur sehen wollen, die daraus entstehen. Man muß es wollen!" Und dann hatte er noch gesagt: „Ihr Terraner seid anders. Ihr sucht nicht, was ihr sehen wollt, ihr schafft es euch ..."

Goff entdeckt den nächsten Durchgang. Dieser ist noch kleiner, er muß sich fast auf alle viere niederlassen, um hindurchzukommen. Außerdem geht es nun aufwärts, und der Durchlaß ist eigentlich eher ein kurzer Tunnel.

Herrschten in den ersten beiden Kavernen dunkle, matte Farbtöne vor, vor allem Braun und Grün, so ist der nächste Raum trotz der geringeren Anzahl von Fenstern licht und hell. Die Kammer ist gelb wie eine Banane und auch so geformt. Goff sieht erstaunt einige kleine porenartige Öffnungen, aus denen Wasser sickert, und darunter eine schwammartige Struktur, die das Wasser wieder aufsaugt. Eigentlich fehlt hier nur die Videowand, denkt er verblüfft, aber es würde mich nicht wundern, wenn dieser Baum auch so etwas bietet.

Vielleicht ist es dieser Gedanke, der ihm in der nächsten Höhle diese seltsamen Halluzinationen eingibt. Der Raum ist wie ein weiches Federbett, und Goff hat Mühe, sich zu orientieren, weil es überall nur flauschig ist. Aber das ist es wohl nicht, was ihn ins Träumen geraten läßt – es sind wohl mehr die aromatischen Düfte, die ihm bis unter die Stirn dringen und ihn an seltsame Dinge denken lassen.

Er hat auf einmal das Gefühl, selbst ein Teil dieses Baumes zu sein, und hört ein Knarren und Schaben, als ob er seine Wurzeln in den Boden bohren würde. Dann fühlt er, wie jemand in ihn dringt, und er fühlt auch dessen Gedanken und wie sich diese ändern, sich seinen eigenen angleichen. Das ist Goff, der da in ihn eindringt, Goff, wie er ihn noch nie gesehen hat: ein armseliges, schutzsuchendes Wesen, dem er Zuflucht gewährt.

Ja, es sind wohl die aufregenden Gerüche in diesem kuschligen Raum, denn schließlich gibt es hier keine intellektronischen oder psychotronischen Geräte ... Goff denkt kurz, daß die Natur so etwas durchaus auch zuwege bringen könnte, immerhin haben die Elloraner die eigenartige Fähigkeit entwickelt, Empfindungsströme zu senden und zu empfangen – aber an hypnotisch veranlagte Pflanzen mag er nicht glauben.

Nun lockt erst recht die nächste Öffnung, die noch tiefer in den Baum hineinführt.

Weiß der Himmel, was ich mir davon verspreche, denkt Goff, aber diese ungewisse Erwartung vermag er damit nicht zu unterdrücken.

Seine Erwartungen werden auf unvorstellbare Weise übertroffen. Womöglich sind es wieder die Düfte. Diesmal nicht süßlich, verführerisch, sondern herbe und klare Gerüche, die seine Gedanken in Bahnen lenken, die ihm wenig willkommen sind. Der Raum ist klein und dunkel, wie eine Grabkammer ... Da sind sie wieder, die Gedanken an den Tod ...

Goff läßt sich seufzend in die weichen Fasern sinken und hat wieder seltsame Visionen: Er stellt sich vor, er sei schon tot, und Golonna würde die Totenrede halten. Selbstverständlich hat er Rikkitikkitavi bekehrt und ihm sein Vermächtnis hinterlassen. In anrührenden Worten schildert Golonna Goffs Kampf um die Verwirklichung seiner Ideale, stellt den edelmütigen und selbstlosen Charakter Hermel Goffs heraus, zeigt sich zutiefst beeindruckt von dessen Vertrauen, gerade ihm die Vollendung seines Werke anzuvertrauen. Hendrikje sitzt auch unter den Trauernden und schluchzt ergriffen. Alle schluchzen, alle betrauern zutiefst den so frühen Tod eines großartigen Menschen.

Goff heult. Erst als er es merkt, verschluckt er sich. Dann steigt etwas in ihm empor, schüttelt ihn, preßt ihm die Luft aus der

Lunge – ein Kichern, das zu einem gewaltigen Lachen anschwillt und ihn erst nach Minuten wieder verläßt … Immer noch zuckt ein letzter Rest dieses Gelächters durch sein Gehirn, als er den langen, sich verengenden Gang in die Krone des Baumes hinaufkriecht.

Es ist hier stockdunkel, und er muß sich voll und ganz auf seinen Tastsinn verlassen. Um so erstaunter ist er, als ihm kaum wahrnehmbare, warme Luftstöße ins Gesicht wehen. Es ist wie menschlicher Atem, aber viel dichter. Eine lebendige Kraft, die Kraft des Baumes.

Je weiter Goff nach oben kriecht, desto spürbarer wird der Atem des Baumes. Überall ist es jetzt so feucht, daß es Goff eigentlich unangenehm sein müßte, aber die Wärme nimmt diesem Eindruck das Widerwärtige. In Spiralen windet sich die schmale Röhre aufwärts.

Goff kriecht immer hastiger. Ein anderer wäre wohl umgekehrt, wie es dem Menschen eigen ist, da er gar nicht dafür geschaffen ist, sich in dunkle und unbekannte Gefilde zu wagen.

Ein schwacher rötlicher Schein empfängt Goff. Das Licht ist so diffus, daß Goff die Konturen dieser oberen Kaverne nur noch erahnen kann. Er hat das Gefühl, als vibriere und bebe die Luft um ihn. Die Hitze nimmt ihm fast den Atem, er ist klitschnaß. Auf Händen und Knien kriecht er in dieses rote Flimmern, sinkt bis zu den Ellenbogen ein in etwas, was wie ein vollgesogener Schwamm unter ihm nachgibt.

Da sieht er eine Bewegung.

Eine Gestalt richtet sich halb auf, nur als Kontur erkennbar, und er hört eine sanfte Stimme: „Selten findet ein Terraner das Herz des Baumes …, er hat dich bis an seine verwundbarste Stelle vordringen lassen …, er weiß, daß du ihn brauchst, Hermel Goff …, komm …“

Wie betäubt schleppt sich Goff bis zu der winkenden Gestalt und läßt sich entkräftet in die schwüle Wärme sinken. Es wundert ihn kaum, daß er hier Marigg Ellis findet. Auch verwundert es ihn nicht, daß ihm der Elloraner die Hand in den Nacken legt und sagt: „Du brauchst viel Wärme, Hermel Goff, sehr viel Wärme, und nur der Baum und ich können sie dir geben …“

Goff erstaunt nichts mehr. Ihm ist wie einem Wanderer zumute, der endlich den Mut fand, sich niedersinken zu lassen, bevor das Ziel erreicht ist, denn das eigentliche Ziel aller Wanderung trägt ein jeder in sich selbst, und die zurückzulegende Strecke kann man nicht in Kilometern oder Stunden angeben.

„Nimm meine Wärme …“, murmelt Marigg dumpf, und Goff spürt die Hitze zuerst aus seinen Augenwinkeln strömen. Er weint, und er wundert sich auch nicht darüber, daß er keine Scham empfindet. Goff weint …

KAPITEL 18

Unter dem geblähten Omegasegel treibt die Ikaros ins All hinaus, umrundet gemächlich die felsige Kugel des Merkurs. Hendrikje ist entzückt. Das ist doch ein ganz anderes Fliegen als mit diesen feuerspeienden Ungetümen, mit denen die Menschen schon bis zu den Grenzen der Galaxis vordrangen. Durch das Bullauge in ihrer Kajüte kann sie die schillernden Foliebahnen der Toppsegel auf der Steuerbordseite sehen, die der Kosmander gemeinsam mit der Backbordreihe als Manövrierhilfen hat setzen lassen.

Das ist ein Gefühl! Ein elegantes Schweben und Gleiten; fast meint sie, wie bei den alten Segelschiffen der Urzeit die Masten und Rahen knarren zu hören und den Wind, der in den Wanten und Pardunen spielt wie auf Harfenseiten.

O ja, Hendrikje weiß mit diesen ungewöhnlichen Namen für all die Seile und Segel schon ein wenig anzufangen. Sie hat regelrecht gebüffelt, um wenigstens die Grundlagen des Sonnensegelns zu begreifen, und außerdem gibt es hier einen Mann an Bord, dem sie den Triumph nicht gönnen will, sie herablassend lächelnd zu belehren.

Nein, nicht Goff. Das erneute Wiedersehen war nur wie ein kurzer, aber heißer Schmerz. Eigentlich hatte sie damit gerechnet, Hermel Goff auf der Ikaros zu treffen, und sie wollte Ireas gleich vor diesem widerlichen Menschen warnen. Doch es kam ganz anders. Außerdem liegt Goff stöhnend in seiner Koje in einem der Mannschaftsquartiere und hält sich den Bauch – von ihm droht vorläufig keine Gefahr. Vielleicht hat ihm Bordarzt Quadrangel auch ein Mittelchen gegeben, und er stöhnt nicht mehr, sondern schleicht schnüffelnd durch den Drachenkreuzer. Das berührt Hendrikje jedoch nicht weiter, denn Ireas Flakke ist ein saudummes Rindvieh!

Hendrikje beißt sich erschrocken auf die Unterlippe, obwohl sie diese Worte nur geflüstert hat. Und selbst wenn sie gebrüllt hätte: Flakke, du Rindvieh!, niemand hätte es hören können, denn sie sitzt allein in ihrer Koje und starrt schwermütig auf das Schillern und Flimmern der vom Sonnenwind gebauschten Toppsegel.

Es ist auch nicht so sehr Scham wegen dieses Kraftausdrucks, was sie erröten läßt, sondern die Erkenntnis, mit einer glatten Bauchlandung auf der Ikaros angekommen zu sein. Zugegeben, sie war ungeheuer neugierig darauf, was die vergangenen Jahre aus diesem Mann gemacht hatten, für den sie alles aufgeben wollte und der sie so kaltherzig weggeworfen hatte.

Flakke hatte sie angestarrt, wie man eine zischelnde Kobra anstarrt – zweifellos auch mit etwas Neugier, aber dominierend in diesem abweisenden Blick war wohl tiefstes Unbehagen. „Wie kommst du denn hierher?" entfuhr es ihm verblüfft.

Mit solch einer schroffen Begrüßung hatte Hendrikje nicht gerechnet, obgleich sie nicht gerade eine herzliche Umarmung erwartet hatte. „Ihr wißt doch Bescheid, denke ich ..." Eine Weile war sie hilflos.

„Quatsch, wir wissen überhaupt nichts. Uns wurde lediglich ein Mitarbeiter der Kaderabteilung angekündigt, der uns auf das Ende der Ikaros vorbereiten soll." Flakke antwortete unverhohlen feindselig.

Hendrikje begehrte auf, jetzt erwachte Trotz in ihr. „So hat das ganz bestimmt keiner gesagt! Ich bin hier, um für jeden einzelnen das Beste aus der Situation zu machen, was möglich ist, ich will mit euch reden, mit jedem, verstehst du?"

Flakke winkte unwirsch ab. „Wie können sie uns eine Frau schikken! Frauen bringen alles durcheinander, schon immer."

„Na, hör mal, Ireas Flakke!" erwiderte sie empört.

„Ach, ist ja auch völlig egal", sagte Flakke gereizt, „alles ist egal, alles. Wir müssen uns eben damit abfinden, daß du uns mit deinem Geschnatter auf die Nerven gehst."

„Ireas Flakke!" Hendrikje war den Tränen nahe. „Ich bin gekommen, um euch zu helfen, und nicht, um mich beleidigen zu lassen."

„Überhaupt, wie du wieder aussiehst!" Flakke musterte sie spöttisch von oben bis unten. „Wir wollen hier nicht Karneval feiern, mir reicht schon dieser aufgeputzte Mops."

Hendrikje hatte ihr gesamtes Luxuskonto geopfert, um extra für diesen Augenblick eine hautenge Schmieggoldtunika zu erwerben. Sie hatte sich ein winziges Loch in den linken Nasenflügel bohren lassen, damit sie die rubingefaßte Perle tragen konnte, die einst Germelin Stotzner gehörte und von der sie sich nicht trennen wollte. Sie hatte Ergar angebettelt, er möge ihr doch diesen goldenen Stirnreif mit dem walnußgroßen Blutachat kaufen, der so wunderbar zu den kleinen Rubinsplitterchen paßte. Und nach der Perlmuttcreme für die Jochbeine war sie durch ganz Amorix gejagt ...

Und da sagte er so etwas Gemeines! Jetzt gelang es ihr nicht mehr, die Tränen zurückzuhalten.

Das schien Flakke einen kurzen Moment milder zu stimmen, und er sagte: „Na ja, ich hoffe, du hast in diesem riesigen Container auch noch etwas Seriöseres ... Der Schmeichelmoosoverall steht dir ganz gut, wenn ich mich richtig entsinne." Dann aber schien er sich an etwas ganz anderes zu erinnern und streckte fordernd die Hand aus. „Gib sie mir. So etwas dulde ich nicht an Bord."

Hendrikje wischte sich die Tränen aus dem Gesicht und sah ihn fragend an.

„Die Quallen! Her damit!“ Flakke machte eine ungeduldige Gebärde.

„Nein, das kann nicht dein Ernst sein …“, stammelte Hendrikje überrascht. „Wieso willst du …?“

„Gib sie endlich her!“ verlangte er barsch. „Mittelchen, die den Verstand trüben, sind an Bord verboten. Das höchste aller Gefühle ist mal ein Gläschen während der Freiwache, aber da muß ich auch schon aufpassen, daß die Leute aus einem Schluck Ananis nicht gleich ein Saufgelage machen.“

Die aufkeimende Wut gab ihr für Sekunden die Selbstkontrolle zurück, weil sie ihre Wehleidigkeit erstickte. „Nein!“ gab Hendrikje zurück. „Das Etui bekommst du nicht!“

„Mach keinen Ärger, Hendrikje“, sagte Flakke unwillig, „sonst muß ich dich mit dem Lander wieder absetzen lassen, und du gerätst in arge Schwierigkeiten mit dem BUAV!“

„Und du bekommst es trotzdem nicht…, es sei denn, du willst, daß deine Leute ein paar Briefe lesen, die sie sicher sehr amüsieren würden!“

„Was für Briefe?“ fragte Flakke betont gelassen, aber sie sah ihm an, daß er sofort verstanden hatte.

„Deine Briefe, Ireas, in denen du zum Beispiel schreibst, daß du mit den Fingerspitzen die Sonne berühren könntest …“

Flakke verzog peinlich berührt den Mund. „So etwas soll ich geschrieben haben?“

„Nicht nur das. Da gibt es noch schönere Stellen …“

Flakke knurrte drohend, machte dabei aber ein Gesicht, in dem so etwas wie Ängstlichkeit vorherrschte. „Hast du sie etwa hier?“

„In meiner Kajüte, jederzeit griffbereit.“

„Und du würdest es tun?“ Flakke konnte es anscheinend nicht fassen.

„Aber sicher.“

„Du bist ein Aas!“ Flakke knirschte mit den Zähnen.

„Und du ein widerlicher Affe!“ fauchte Hendrikje zurück.

Flakke hat sich absolut nicht geändert, dachte sie wütend, immer noch dieser arrogante Fiesling, der eine Frau verläßt, nur weil er auf einer ausgespuckten Qualle ausgerutscht ist! Der mit seinem penetranten Ordnungsfimmel.

Auf einmal standen ihr wieder die Tränen in den Augen. Das hatte sie sich alles ganz anders vorgestellt. Nach dem Erlebnis und der Enttäuschung mit Goff war Ireas Flakke in ihrer Erinnerung beinahe zum Halbgott geworden, dieser starke und gewandte Mann, der es verstand, eine Frau so behutsam anzufassen wie eine zarte Blume, wenn er es nur wollte …

Hendrikje zerrte das Etui mit dem Nährgelee aus der Brusttasche und warf es Flakke zornig vor die Füße. „Hier, du Ekel! Stopf sie dir sonstwohin!" Dann drehte sie sich um und rannte heulend in ihre Kajüte.

Eine Stunde später kann sie bereits über sich selbst lachen. Ich werde alt, denkt sie bekümmert, früher hätte ich tagelang gelitten – heute dauert es nur noch ein winziges Stündchen … Dann starrt sie wieder durch das Bullauge auf die leise vibrierenden Segel des Drachenkreuzers.

Plötzlich vermeint sie den Atem eines Menschen zu hören. Es ist schon mehr ein böses Schnaufen, was da von der Anwesenheit eines Fremden zeugt. Hendrikje fährt herum und zuckt erschrocken zusammen.

„Soso – ich bin also ein Rindvieh …"

Flakke steht an die Kabinenwand neben der Tür gelehnt und fährt sich mit der Hand durch das graue Stoppelhaar. Die Falten in seinem Gesicht sind scheinbar tiefer und schärfer als gewöhnlich, und er hat das Kinn in einer seltsamen Mischung aus Stolz und Nachdenklichkeit vorgereckt.

„Wie kannst du es wagen, ohne anzuklopfen …" Hendrikje ist ob solcher Unverfrorenheit schier sprachlos.

Flakke winkt ärgerlich ab. „Für den Kapitän gibt es keine verbotenen Türen, daran mußt du dich gewöhnen. Du bist hier auf einem Drachenkreuzer und nicht im Mädchenpensionat. Außerdem …, ich dachte, du seist bei Quadrangel wegen der Psychogramme."

„Ach so, du wolltest nur ein bißchen in meinen Sachen herumschnüffeln", entgegnet sie spitz, „das solltest du aber besser diesem Goff überlassen, das ist nichts für Amateure!"

Sein Unterkiefer bebt vor Zorn. Flakke zieht das Quallenetui aus der Hosentasche und knallt es wütend auf den ausgeklappten Tisch. „Hier, du dumme Gans, deswegen bin ich gekommen – ich Rindvieh wollte mich bei dir entschuldigen, stell dir das vor!" Dann wendet er sich brüsk um und verläßt ihre Kajüte.

Hendrikje braucht eine Weile, um zu begreifen, was eigentlich vorgefallen ist.

Sie muß so in Gedanken versunken gewesen sein, daß sie Flakkes Eintreten überhaupt nicht wahrgenommen hat. Vielleicht kam er ausgerechnet in diesem Augenblick, als sie „Rindvieh!" flüsterte. Oje, das muß ihn getroffen haben, dabei wollte er sich entschuldigen, der gute Ireas …

Hendrikje fingert eine Qualle aus dem Behältnis und lutscht.

Warum haßt er mich nur so? fragt sie sich traurig. Nur, weil ich etwas schlampig bin? Mein Gott, das ist doch jeder Mensch, der eine auf diese und der andere auf jene Weise, der eine geht unordentlich mit seinen Gedanken um, der zweite mit seinen Gefühlen – da bin ich ganz harmlos; ich vergesse eben nur manchmal, an welchem Platz welches Ding zu liegen oder zu stehen hat. Das ist doch wirklich nicht tragisch. Dabei gebe ich mir Mühe, das hat sogar Ergar bemerkt, der sonst nur seine edlen Gedankengänge unterbricht, wenn ein Urbanidum einstürzt oder zwei Planeten zusammenstoßen ... Angenehme Melancholie befällt Hendrikje.

Sie wollte Ireas Flakke bestrafen. Er sollte bei ihrem Anblick auf die Knie fallen und um Vergebung bitten für alles, was er ihr damals angetan hat. Wie eine Fee wollte sie in den Drachenkreuzer schweben, und die Blicke der Männer, die sie unterwegs trafen, gaben ihr Mut. Verzehren sollte er sich nach ihr – aber Flakke sprach verächtlich von einem Karnevalskostüm. Wie muß eine Frau denn sein, damit dieser Mann seinen beschissenen Verstand vergißt und sich so herrlich dämlich benimmt wie alle anderen verliebten Männer?

Halt! befiehlt sich Hendrikje. Die Briefe! Damals war er doch total verrückt nach mir; damals ... Wie war ich denn damals? Da war ich jünger ...

Ihr kommen die Tränen. Sie laufen an den Nasenflügeln herab und benetzen salzig ihre Lippen. Hendrikje schluchzt laut auf. Ja, er ist ja gekommen, um sich zu entschuldigen! Aber verdammt noch mal – kann dieser Mann nicht wenigstens einmal in seinem Leben das Knie beugen? Sie wäre ihm jubelnd um den Hals gefallen!

Aber nein – Ireas Flakke hat wohl Angst, ihm könnte der Kopf von den Schultern fallen, wenn er sich beugt! Dieses Rindvieh!

Kosmander Flakke steigt in den Lift und fährt zwei Decks tiefer hinab. In wenigen Minuten überfliegt die Ikaros erneut die Ruinen der Forschungsstation Nabuthot. Diesmal will er von Anfang an dabeisein. Hoffentlich gelingt es mir, mich halbwegs zu konzentrieren, denkt er wütend, wenn nicht, muß Quadrangel mir was geben, vielleicht sollte ich doch mal dieses Toka-Toka probieren.

Seit Hendrikje Greiff an Bord des Drachenkreuzers ist, hat eine krankhafte Unruhe Flakke befallen. Wie ein Fieber glüht es in ihm, und wenn er Hendrikje sieht, lohen sengende Flammen aus der Vergangenheit auf, Erinnerungen an ein Gefühl, das ihn fast um den Verstand gebracht hätte.

Was war das nur damals? Obwohl es wieder so deutlich ist in ihm, als wären nicht Jahre vergangen, sondern nur Tage, ist Flakke immer noch rätselhaft, welche Ursachen dieses heiße Verlangen hat, das auch nun wieder über ihm ist, ihn betäubt, lähmt. Damals ist er vor sich selbst geflohen, als ihm bewußt wurde, daß da ein halbes Kind war, wo er eine Frau zu finden glaubte. Und wie erschrak er vor sich selbst, als er sich in einem ganz geheimen Winkel seines Gehirns eingestehen mußte, daß er doch eigentlich dieses Kind wollte, dieses frische, noch nicht verbrauchte und vom Alltag verschlissene Wesen mit seiner naiven, ehrlichen Sicht auf die Dinge, mit seiner Unbekümmertheit und seinem Trotz. Vielleicht floh er auch vor der Gewißheit, an der Seite Hendrikjes miterleben zu müssen, wie aus dem lieben Kind eine erwachsene Frau wird, davor, sehen zu müssen, wie ein Traum im Grau des Alltags seine Farben nach und nach verliert ... So wird es wohl gewesen sein, denkt Flakke, ich hatte Angst, eines Tages aus dem Rausch zu erwachen, und als die ersten kleinen Signale der Gewohnheit wie Weckerklingeln in den Traum hineinschrillten, da habe ich es einfach nicht mehr ausgehalten. Schluß jetzt damit! Ich darf gar nicht erst anfangen, mich selbst zu bemitleiden; Selbstmitleid ist wie ein Laster – man kommt nicht mehr los davon.

In der Bordklinik empfängt ihn eine unangenehme Überraschung. Hermel Goff steht neben dem Arzt und lauscht interessiert dessen Erklärungen.

Widerstrebend gibt er dem Mops die Hand und bemerkt beiläufig: „Ich dachte, Sie lägen in Ihrer Koje ..."

Goff verzieht das Gesicht zu einem schiefen Grinsen und sagt: „Doktor Quadrangel hat eine wunderbare Apotheke, dreimal sechs Tropfen täglich von diesem komischen Kleister", er hält ein Fläschchen hoch, „und aus der Kosmosscheu ist eine richtige Kosmophilie geworden ..., ehrlich, ich wußte bis jetzt nicht, wie schön Fliegen sein kann."

Quadrangel runzelt die Stirn und bemerkt etwas hochnäsig: „Dieser komische Kleister heißt Phoboplegin, Herr Kollege."

Flakke stellt erneut fest, daß dieser Goff bei Quadrangel einen Stein im Brett haben muß, die Zurechtweisung wäre sonst um einiges schärfer ausgefallen.

Skamander und Ellis haben sich bereits auf den Liegen ausgestreckt und sind auch schon an den Encephalovisor angeschlossen.

„Wie geht's den beiden?" fragt Flakke, aber bevor der Bordarzt antworten kann, stöhnt Skamander auf: „Ich spüre sie schon, Kosmander, sie kommen wieder, sie sind schon ganz nahe ..." Auf seiner Stirn haben sich kleine Schweißtröpfchen gebildet, und seine Augen sind starr zur Decke gerichtet.

Flakke nickt mitleidig, dann ruft er die Brücke. „Styx! Denken Sie daran: Alles wird aufgezeichnet, und lassen Sie die Hundertstelkennung mitlaufen, wir müssen die Quelle der Beeinflussung exakt orten können!"

„Geht klar, Kosmander!" Das Katergesicht verschwindet wieder vom Bildschirm.

„Und Sie meinen, das geht, Doktor?" Flakke wendet sich zweifelnd an den Bordarzt.

Quadrangel schnippt sich ein unsichtbares Staubkörnchen vom Ärmel und verzieht die Kurven in seinem Gesicht. „Wir müssen davon ausgehen, daß die Quelle ungerichtet sendet. Wenn das Medium in irgendeiner Weise gebündelt ist, dann klappt es allerdings nicht ..."

„Verstehe. Sie gehen davon aus, daß die höchste Intensität auf der kürzesten Entfernung zur Quelle auftritt."

„Genau." Quadrangel macht trotzdem kein zufriedenes Gesicht. „Aber es gibt einen zweiten Unsicherheitsfaktor: Wir können die Intensität der Beeinflussung nur mittelbar anhand der Hirnströme messen, weil wir keine Kenntnis von der Beschaffenheit des Übertragungsmechanismus haben."

„Ist das von Belang?" Physikalisch sieht Flakke keine Probleme.

„Selbstverständlich ist das von Belang." Quadrangel lacht kurz auf. „Hier spielen Resonanzprozesse eine Rolle, Interferenzen und sensorische Dämpfungen. Das läßt sich aber alles mit dem von mir erstellten Programm kompensieren, dauert eben nur ein Weilchen. Dafür brauche ich Kapazitäten des Zentralcomputers."

Flakke zögert eine Winzigkeit. Dieser Goff hat auch verlangt, am Computer arbeiten zu dürfen, und Flakke hat zugestimmt, denn irgendwie imponiert ihm an diesem Kerl, daß der seinen sicheren Schreibtisch im Stich gelassen und sogar die Tortur der Raumangst auf sich genommen hat, um seine Arbeit machen zu können. Aber hier geht es um die Gesundheit seiner Leute.

„Gut, Sie bekommen die Kapazitäten, aber nur auf aktuellen Widerruf. Das gilt auch für Sie, Bürger Goff", er wendet sich dem Mops zu, „sobald es die Sicherheit der Ikaros erfordert, werden Ihre Programme sofort aus dem Speicher geschickt, ganz gleich, wie dicht dran Sie an einem für Sie wichtigen Ergebnis sind. Klar?"

Goff und der Bordarzt nicken, Goff beschwichtigend, Quadrangel eher widerstrebend.

„Nabuthot am Horizont", meldet Styx von der Brücke.

„Nabuthot – seltsamer Name", murmelt Goff vor sich hin.

Flakke hat es gehört und lächelt nachsichtig. „So seltsam, wie es Ihnen scheint, ist der Name nicht. Die Station besteht aus zwei Komplexen: dem Wohn- und Sozialtrakt Nabu und dem wissenschaftlich-technischen Komplex Thot. Das sind die Namen der Götterboten aus der babylonischen und ägyptischen Mythologie, die jeweiligen Entsprechungen für Merkur und Hermes."

„Man lernt nie aus." Goff läßt in seinen mandelförmigen Augen etwas aufblitzen, was ebenso Spott wie Anerkennung sein kann, und Flakke weiß nicht, ob er seine Erklärung fortsetzen soll. Er könnte dem Mann von MOBS noch einiges über die Struktur dieser unter der Merkuroberfläche angelegten Station erzählen, über Kavernen und Kasematten, Bunker und Schächte, Silos und Gewölbe. Oder über die auf der felsigen Oberfläche errichteten Kuppeln und Pavillons, die riesige Plantagen beherbergten, mehrstöckig und in eine Unzahl abgeschotteter Kammern unterteilt, damit eventuelle Meteoritentreffer nur einen unbedeutenden Bruchteil der Kulturen vernichten konnten – aber danach hat ihn niemand gefragt, also schweigt er.

Dafür meldet er sich noch einmal auf der Brücke. „Styx, geben Sie mir bitte das Kursdiagramm in die Bordklinik runter und vor allem unsere azimutale Position über dem Calorisbecken!"

„In Ordnung, Kosmander!" Unmittelbar darauf flammt der kleine Bildschirm auf und zeigt einen großen Ausschnitt der von der Ikaros überflogenen Merkuroberfläche. Ein heller Punkt markiert die Position des Drachenkreuzers.

„Es geht los", sagt Quadrangel und zeigt auf den Schirm des Encephalovisors. Diesmal bildet das Gerät nur Kurven ab, die wie vom Sturm gepeitschte Wogen über die Sichtfläche flattern.

Skamander und Ellis stöhnen und winden sich in Krämpfen.

„Die Intensität steigt", meldet Quadrangel ruhig.

„Bei beiden?" Das ist Goffs Stimme.

„Ja, aber nicht gleichmäßig, Skamander hinkt etwas hinterher."

Flakke hört nur zu und beobachtet die unter ihnen dahinrasende steinige Wüste des Caloriskessels.

„Was halten Sie davon, eine Summenkurve zu schalten, das kompensiert zusätzlich mögliche subjektive Faktoren", sagt Goff.

„Guter Gedanke, wir summieren beide Intensitätskurven ...", brummt Quadrangel anerkennend.

Auf einmal heulen die Sirenen los. Flakke beobachtet aus den Augenwinkeln, wie Goff aufspringt und sich beunruhigt umblickt. „Keine Sorge", bemerkt er trocken, „das ist nur der Gruß für die da unten." Und im stillen denkt er: Schau an, hat der Styx also auch daran gedacht. Der Junge gefällt mir immer besser.

„Die Intensität steigt schneller", ruft Quadrangel, und leiser sagt er: „Wirklich ein guter Einfall, diese kumulative Kurve ..."

Unten huschen die ersten Ruinen vorüber: eingestürzte Tunnel und Gewölbe, überall Löcher im zerklüfteten Boden, der dadurch

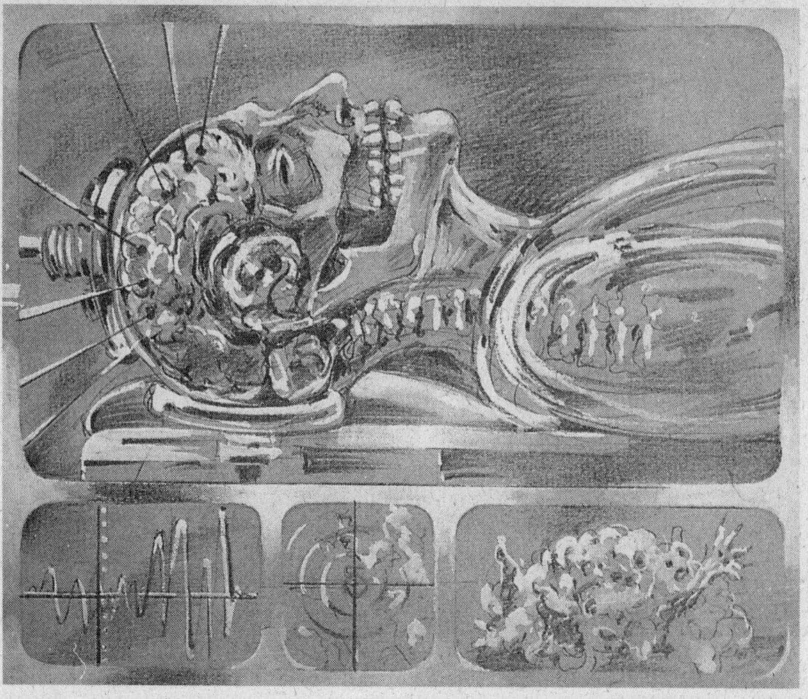

Ähnlichkeit mit einem extrem vergrößerten Stück Bimsstein bekommt. Das ist der Stumpf des Turmes für das Funkleitfeuer. Erneut krampfte sich etwas in Flakke zusammen. Irgendwo dort liegt unter einem einfachen Felsblock mit eingekratzten Schriftzeichen auch Irina Skamander …

Flakkes Gedanken irren ab.

Wollte er in Hendrikje das sehen, was ihm Irina bedeutete? Unsinn, weist er sich zurecht. Irina hatte einen Mann, ein Kind. Sie hat mich überhaupt nicht wahrgenommen, was also hätte diese Frau einem pickligen Kadetten bedeuten können? Doch nicht viel mehr als ein Bild, eine Vision, ein Traum.

Im Moment ist der Friedhof genau unter uns, denkt Flakke. Sei gegrüßt, Irina, ich wache über das Wohl deines Sohnes, du kannst dich auf mich verlassen.

„Jetzt nimmt der Intensitätsanstieg allmählich ab, Flakke!" ruft Quadrangel.

Skamander läuft Speichel aus dem halbgeöffneten Mund. Der Atem des Elloraners geht stoßweise.

Flakke schüttelt sich unwillkürlich, als er sich bewußtmacht, was die zuckenden Linien auf dem Encephalovisor bedeuten: Die bewußtlosen Männer kriechen durch eine schleimige, von gespenstischem Klagen erfüllte Fieberhölle …

„Jetzt! Das muß das Maximum sein!“ Quadrangels heiserer Schrei bringt Flakke wieder zu sich.

Der Kosmander fixiert scharf die verwüstete Gegend, über die die helleuchtende Markierung zieht. „Da sind die Kryokavernen“, flüstert er, „dort lagerten die Vorräte …, und gleich daneben befand sich die Stationsklinik … Skamanders Vater lag dort zum Zeitpunkt der Katastrophe in einem Substitutionsbett, er brauchte Hauttransplantat …“

„Vielleicht hängt das damit zusammen?“ wirft Goff ein. „Ein Initialkurzschluß: Jedesmal, wenn die Unglücksstätte passiert wird, spielen sich in Skamanders Unterbewußtsein Dinge ab, die mit dem Schock zu tun haben, den er damals erlitten hat. So etwas kann wie eine Autohypnose wirken.“

„Und was hat Ellis damit zu tun?“ fragt Quadrangel erstaunt.

Goff überlegt. Er schließt die mandelförmigen Augen und wirkt für Sekunden wie abwesend. „Sie wissen doch sicher einiges über die mentalen Fähigkeiten der Elloraner, Doktor“, erwidert er dann langsam, „könnte das nicht irgend so eine Art mentaler Resonanz sein?“

Die Linien in Quadrangels Gesicht geraten in Bewegung – auch der Arzt denkt angestrengt nach. Da sagt er entschieden: „Nein. Das klingt zwar einleuchtend, aber vergessen Sie nicht, daß die Halluzinationen bei Ellis bedeutend früher auftraten.“

„Das wußte ich nicht. Schade …“ Goff ist sichtlich enttäuscht.

„Die Intensität nimmt weiter ab“, wirft der Arzt ein.

„Also die Kryokavernen“, stellt Flakke nüchtern fest. „Aber was hilft uns das nun?“

„Wenn die Computeranalyse den Sachverhalt bestätigt, hilft es uns sehr viel“, antwortet Quadrangel, „wir wissen dann, wo sich die Geister aufhalten …“

„Geister?“ Goff lacht trocken auf. „Wie kommen Sie denn darauf, Doktor?“

Quadrangel wirft ihm einen bösen Blick zu.

„Schließlich ist es egal, wie wir es nennen“, versuchte Flakke einzulenken.

„Das ist nicht egal!“ fällt ihm Quadrangel ins Wort. „Das Experiment weist einen deutlichen Zusammenhang nach. Dort unten ist etwas, was auf Skamanders und Ellis’ Bewußtsein einwirkt, und wir haben diese …, diese Individuen gesehen. Ich stelle mir so jedenfalls Geister vor!“

„Was? Sie haben sie gesehen?“ fragt Goff verblüfft. Davon hatten ihm weder Marigg noch Skamander etwas erzählt, sie hatten ihm nur ihre eigenen Empfindungen beschrieben.

Quadrangel lächelt hinterhältig. „Wollen Sie sie sehen?"

„Aber natürlich!" stößt Goff hervor.

Im selben Moment erlischt das Licht, und die auf und nieder peitschenden Kurven auf dem Bildschirm des Geräts verblassen.

„Sehen Sie auf den Encephalovisor", hört er den Arzt sagen, „genießen Sie die Alpträume, aber setzen Sie sich besser dabei!"

Dunkles Nebelwogen flimmert auf der Bildfläche. Ein seltsam schneidender Ton dringt aus diesen Schwaden, steigert sich zu einem schrillen Kreischen. Goff spürt, wie sich auf seinem Rücken eine Gänsehaut bildet. Teufel noch mal, denkt er, der Arzt hat recht: Das ist wirklich gespenstisch.

Aus dem wallenden Nebel schält sich eine Kontur heraus, etwas Klumpiges, Unförmiges. Dieses Gebilde windet sich wie ein lebendiger Organismus, zuckt, pulsiert. Da!

Goff prallt zurück. Eine sechsfingrige Hand stößt aus diesem beuligen Klumpen, klein, geradezu winzig im Verhältnis zu dem massigen Gebilde. Aber Goff hat ganz genau gesehen: Es waren sechs Finger! Keine menschliche Hand! Die Krallen einer geisterhaften Chimäre!

Keine Sekunde zweifelt er daran, daß es das, was er da sieht, auch wirklich gibt, daß es nicht nur wirre Fieberphantasien eines kranken Gehirns sind. Er weiß selbst nicht zu sagen, woher er plötzlich die Gewißheit nimmt. Wie eine fremde Macht ist es, was da in ihm sagt: Es gibt uns, Hermel Goff, wir sind da unten ... Wenn die Klaue ungefähr die Größe einer menschlichen Hand hätte, überlegt Goff, dann wäre dieser geisterhafte Organismus ja größer als dieser Raum hier.

Da sieht er, wie etwas aus diesem Klumpen herauskriecht. Ein mageres Äffchen mit einem dreieckigen Kopf, so will es ihm scheinen, aber die unscharfen Konturen können auch täuschen.

Erneut zuckt die sechsfingrige Pranke aus der schwulstigen Masse, sie packt das spillerige Wesen und zieht es in den gigantischen Klumpen zurück. Gleichzeitig hört Goff ein hohes, böses Fiepen. Dann verschwimmen die Bilder immer mehr.

Skamander und Marigg erlangen das Bewußtsein zurück und strecken sich ächzend.

Warum gerade diese beiden? fragt sich Goff erneut. Ist es ein Zufall, daß ausgerechnet meine Informanten von diesen Fieberträumen gequält werden? Oder ist es ein böses Omen? Was hat das alles nur zu bedeuten?

„Also gut, Doktor", hört er Flakke sagen, „wenn es uns gelingt, die heute gewonnenen Erkenntnisse während der nächsten Merkurpassage zu verifizieren, beantragen wir eine offizielle Untersuchung."

„Um Himmels willen, Flakke!" erwidert der Bordarzt entsetzt. „Nur keine Anträge oder ähnliches! Immerhin müssen Sie bedenken ..." Er blickt kurz zu Goff hinüber. „Na, Sie wissen schon ..."

„Wenn Sie Befürchtungen der Art hegen, daß dabei einige Mungos entlarvt werden könnten", mischt sich Goff ironisch lächelnd ein, „so wissen Sie sehr gut, Doktor Quadrangel, daß Sie einen guten Geist an Bord haben, der das tunlichst vermeiden wird."

„Ach ja", Quadrangel macht ein Gesicht, als wolle er sich gegen die Stirn schlagen, „das hatte ich vergessen ..."

Flakke blickt die beiden verständnislos an, und Quadrangel schüttelt unmerklich den Kopf, was für Goff wohl soviel heißen soll wie: Er muß es nicht unbedingt wissen.

„Aber vielleicht wäre es trotz allem nicht verkehrt", fährt Goff fort, „zumindest jemanden in diese Station – na, wie heißt sie doch gleich? Wie? Nabuthot? Danke! –, in diese Station Nabuthot zu schicken, der dort mal nach dem Rechten sieht. Solch ein Antrag kann eigentlich niemandem schaden."

„Wir warten die nächste Merkurpassage ab", entscheidet Flakke, „und dann sehen wir weiter."

Goff verabschiedet sich und folgt Skamander und Marigg, die vom Arzt in ihre Kojen geschickt werden. Es gibt da noch einige Dinge, die er gern erfahren würde, über die Flakke und der Bordarzt aber sicherlich nur ungern sprächen.

„Skamander, haben Sie einen Augenblick Zeit für mich? Es dauert wirklich nicht lange."

„Worum geht es, Bürger Goff?" fragt Skamander förmlich, keine Regung in seinem Gesicht verrät, daß er Goff schon lange kennt.

Dafür ist Mariggs Blick wie ein Stich. Die erwartungsvolle Freude in den Augen des Elloraners wandelt sich in unfaßbare Enttäuschung, als sich Goff nicht ihm, sondern dem anderen zuwendet.

Goff tut es zutiefst leid, aber seit er sich im Herzen des Baumes ganz in die Hand des Elloraners gegeben hat, empfindet er eine unerklärliche Scheu vor diesem Mann. Noch weiß er selbst nicht so genau, was mit ihm geschehen ist, aber er erinnert sich daran, wie erschöpft und ermattet Marigg war, obwohl sie nur reglos nebeneinander gelegen hatten. Aber über die Hand in seinem Nacken ist eine Kraft in seine Seele geströmt, deren Unbezwingbarkeit ihn beinahe ein wenig ängstigt. Goff fühlt sich wie neugeboren, alle Niedergeschlagenheit ist weggewischt von dieser Kraft, unbändiger Tatendurst erfüllt ihn wieder und eine Zuversicht, die seine Ungeduld schier zügellos werden läßt. Er wird sein Ziel erreichen, dessen ist er sich auf einmal ganz sicher, und auch die geänderten Umstände seines Lebens sollen ihn daran nicht hindern.

Er ist dem Elloraner zutiefst dankbar, aber das ist wohl eine Eigenart des Menschen, denjenigen auszuweichen, denen man ein solches Maß an Dank schuldet, vielleicht weil jede Begegnung aufs neue den Gedanken gebiert, diese Schuld nie abtragen zu können, und weil man diesen Gedanken fürchtet.

Da lächelt Marigg Ellis, als habe er Goffs Gedanken erraten, aber trotz des Lächelns schüttelt er leicht den Kopf, und in seine etwas vorstehenden Augen tritt ein Ausdruck des Tadels. Auch zucken die Spitzen des strichdünnen Bärtchens auf der Oberlippe nur ganz wenig, so daß Goff schnell den Blick abwendet, denn er ahnt aus gutem Grund, daß dem Elloraner so sehr nach einem Lächeln gar nicht ist und daß ihm dieser damit nur sagen will: Ich verstehe, Hermel Goff, ich habe es gelernt, euch Terraner zu begreifen ...

Goff ist sich nicht ganz sicher, ob Marigg nicht wirklich in seine Gedanken hineingehört hat, obgleich der Elloraner immer wieder beteuerte, ihm sei dies strikt verboten. Marigg nimmt seine moralischen Grundsätze sehr ernst, das weiß Goff. Vielleicht ist es wirklich nur die erlangte Kenntnis terranischer Unarten, die einem Außenstehenden viel deutlicher bewußt werden müssen als einem Erdenbürger. Und dies verstärkt eher noch die Scheu vor diesem Mann, unter dessen Augen Goff immer das Gefühl hat, splitternackt zu sein.

Marigg Ellis, den hier alle Schnuckchen nennen, dreht sich um und geht allein zum Lift.

„Manchmal ist Schnuckchen wie eine Klette“, flüstert Skamander, dann winkt er Goff, ihm zu folgen.

„Wohin gehen wir?“ fragt Goff, als er merkt, daß Skamander nicht den Weg zu der Roof, der Mannschaftsunterkunft, einschlägt.

„Ich zeige dir die Startschächte der Wantentrailer“, antwortet Skamander und fügt grinsend hinzu: „Da ist jetzt keiner ...“

„Quadrangel hat doch angeordnet, daß du dich ein paar Stunden ausruhst.“

„Ach, der! Der soll lieber seine Pillen zählen oder die Zeiger von seinen Instrumenten ölen, das hätte wenigstens einen Sinn.“ Skamander schnauft verächtlich.

„Du kannst ihn nicht leiden, ja?“ Es war mehr eine rhetorische Frage, denn selbstverständlich weiß Goff um die Differenzen zwischen Bordarzt und Skamander, da letzterer davon ausgiebig und wiederholt berichtet hat.

Skamanders Antwort ist kurz und prägnant: „Quadrangel ist ein Arschloch.“

Goff hält das durchaus für möglich, schließlich besteht die Menschheit nicht ausschließlich aus Musterbürgern.

„Mir scheint, dir geht es tatsächlich wieder ganz gut", stellt er trokken fest, und Skamanders Auskunft überrascht ihn nicht sehr: „Das geht so schnell vorüber, wie es kommt, ohne Folgen. Sag mal, kann das was mit meiner Krankheit zu tun haben?"

Goff hört die Angst in diesen Worten. „Wie kommst du denn darauf?" fragt er erstaunt.

„Na ..., ich denke, daß doch auch die physiologischen Vorgänge im Gehirn davon betroffen sind." Skamanders Stimme klingt kratzig.

„Selbstverständlich sind sie davon betroffen, aber wie soll das zu solchen Halluzinationen führen?" Der Einwand ist nicht ernst gemeint, Goff will sich damit nur eine Ruhepause verschaffen. Skamander hat einen interessanten Gedanken geäußert, warum ist er darauf nicht selbst gekommen?

„Na, irgendwie Resonanzen, Schwebungen ... Schließlich läuft meine Denkmaschine mit überhöhter Geschwindigkeit, da kann schon irgend etwas anfangen zu klappern ..." Skamander lacht heiser auf, und dieses Lachen wirkt sehr gekünstelt.

Auf einmal begreift Goff: Skamander hat wirklich Angst! Die körperlichen Symptome fürchtet er nicht, das hat er Goff mehrmals gesagt, bis dahin sei noch viel Zeit, und sicherlich fände man noch ein Mittel. Aber er hat deutlich Angst, sein Verstand könne durch die Krankheit in Mitleidenschaft gezogen werden ...

Nein, Skamanders Befürchtungen sind unbegründet ... Marigg Ellis ist kein Mungo. Goff sagt es Skamander, aber der wehrt ab: „Schnuckchen ist sowieso anders als wir. Er ist zwar ein Mensch, aber die genetische Struktur der Elloraner weicht nachweisbar von der unsrigen ab, sie sind eben anders. Denk doch nur an diese magischen Fähigkeiten!"

Da stutzt Goff. Quadrangel hatte bestritten, daß die mentale Begabung der Elloraner mit der Merkursüchtigkeit zu tun haben könnte, allerdings gingen sie von einer falschen Voraussetzung aus, nahmen an, Skamander sei die Quelle – was nicht haltbar war. Es könnte aber auch ganz anders sein: Vielleicht gab es dort unten in den Kryokavernen tatsächlich etwas, was diese Visionen sendet. Marigg vermag sie zu empfangen, weil er Elloraner ist! Und nun könnte Skamander doch recht haben. Möglicherweise sind krankheitsbedingte Veränderungen in seinem Gehirn der Grund dafür, daß auch er die Signale aufnimmt ...

„Aber dann müßte ich es auch gespürt haben ...", flüstert Goff, in Gedanken versunken.

„Warum du?“ Skamanders erstaunte Frage schreckt ihn auf. „Du bist kein Mungo, du bist kerngesund, Hermel!“ Ein wenig Bitterkeit klang aus diesen Worten. Kein Neid – nur Bitterkeit.

Eigentlich wollte Goff es dem anderen verheimlichen. Doch nun fühlt er sich auf seltsame Weise bei der Ehre gepackt, denn irgendwie klang das, was Skamander sagte, auch ein wenig wie: Du gehörst nicht zu uns, du kannst das alles gar nicht verstehen. „Du irrst, Skamander“, sagt er leise, „ich bin ein Mungo.“ Dann lacht er gepreßt.

Skamander schnappt wie ein Fisch nach Luft und starrt ihn auch so an, wie nur Fische starren können. „Sei ruhig!“ brüllt er zornig, und Goff erschrickt tatsächlich, denn so impulsiv hat er den sonst sehr ausgeglichenen Proximer noch nie erlebt. „Sei ruhig! Damit macht man keine Witze! Du solltest es am besten wissen!“

Goff greift nach Skamanders Oberarm und sagt betont ruhig: „Es ist kein Witz, Skamander. Ich weiß es, seit ich das erstemal mit Quadrangel gesprochen habe. Er hat es tatsächlich früher gemerkt als ich, stell dir das vor.“

„Ja, aber ..., wieso bist du dann beim MOBS?“

Das naive Staunen in Skamanders Augen läßt ihn lächeln. „Ich sagte doch: Ich weiß es erst seit ein paar Tagen. Dabei hätte ich es schon Wochen vorher merken müssen, als sich die ersten Anzeichen einstellten, leichte Ermüdbarkeit, dafür aber in den Wachphasen spürbarer Energieüberschuß ..., ich hätte es eben gleich merken müssen.“

„Siehst du, jetzt weißt du auch, wie das ist.“ Skamander kann es offenbar immer noch nicht fassen, denn im Gegensatz zu seinen Worten sprechen aus dem Blick starke Zweifel. Aber offenbar wird ihm nun klar, daß Goff ihn nie belügen würde, denn er fährt fort: „Nun hast du es selbst erlebt: Man kriegt es nicht mit, und wenn's soweit ist, daß man eigentlich Bescheid wissen müßte, will man's nicht wahrhaben. Und wenn man sich endlich damit abgefunden hat, stellt man fest, daß es eigentlich gar nicht schlimm ist. Wenn du mir nicht erzählt hättest, wie Mungos sterben, dann wäre ich sogar sehr zufrieden mit meinem gesundheitlichen Zustand. Was meinst du, wie gut ich am Multispill bin, fast so gut wie Schnuckchen ...“

Während Skamander redet, macht Goff eine erstaunliche Feststellung: Es ist für ihn wie eine Erholung, mit dem sonst so wortkargen Proximer zu sprechen. Dieses Gefühl verwundert ihn. Zwar mag er diesen geradlinigen und etwas tolpatschigen Kerl, aber bisher war nie Vertraulichkeit zwischen ihnen aufgekommen. Abgesehen von diesem Tag auf der Erde, an dem sie sich kennenlernten – aber da wußte Skamander auch noch nicht, mit wem er sich einließ. Danach hatten sie ein gutes, vielleicht auch freundliches, aber keineswegs herzliches Verhältnis zueinander.

Heute ist es ihm richtig angenehm, Skamander zuzuhören. Und auf einmal erkennt Goff auch, woran das liegt. Skamander spricht so, wie Mungos für gewöhnlich reden. Nicht so träge und behäbig wie die Normalen. Goff muß sich nicht zwingen, langsam zu gehen, zu gestikulieren. Er muß nicht dauernd an die Glasscherben unter seinen Füßen denken ... Irgendwie hat er das Gefühl, von einer Reise in die Fremde zurückgekehrt zu sein, und er begreift plötzlich, was das heißt: zu Hause sein.

Noch ein letztes Mal zuckt es wie ein schriller Schmerz durch sein Denken! Ich bin ein Mungo! Aber fast gleichzeitig springt ein anderer Gedanke in ihm auf: Ich bin nicht allein.

Und noch bevor ihm so richtig bewußt wird, wie wichtig es ist, nicht allein zu sein, formt sich in ihm die Erkenntnis, daß alles, was er bisher tat, um den Mungos zu helfen, umsonst getan war.

Die anderen können uns nicht helfen, denkt er, das können wir nur allein. Rikkitikkitavi hat recht. Sie sind Fremde für uns, so wie wir Fremde für sie sein müssen.

Aber sie wollen uns helfen, und das dürfen wir nie vergessen. Daß sie uns nicht verstehen, ist nicht zu ändern. Es ist wirklich nicht zu ändern! Nur ich weiß das. Dieses Wissen ist ungeheuer wertvoll.

Sie müssen uns endlich akzeptieren.

Hermel Goff beginnt mit diesen letzten Gedanken zu begreifen, welche gewaltige Aufgabe vor ihm steht, denn ebenso müssen die Mungos lernen, die anderen zu begreifen.

Mein Weg war richtig, denkt er. Eigentlich wollte ich es nur irgendwie anders machen, weil es nicht mehr so ging, wie es alle taten. Ich hatte nicht viel darüber nachgedacht, ich habe es einfach getan: konspirative Treffs mit Golonna, den die Mungos Rikki-Tikki-Tavi nennen, meine Kontakte zu Dutzenden von Mungos, die ich nicht gemeldet habe, denen ich nur nahelegte, sich freiwillig im Hauptquartier einzufinden ... Es war alles richtig, obwohl ich es vielleicht auch nur aus Eitelkeit und Selbstgefälligkeit getan habe.

Mir werden sie vertrauen, beide Seiten. Oder werden mir beide Seiten mißtrauen? Es liegt wohl nur bei mir ...

KAPITEL 19

Wirklich, wie ein bizarrer Schmetterling, denkt Hendrikje und starrt gebannt auf die flatternden Segel. Von hier oben erst erkennt man richtig, was für eine prächtige Konstruktion dieser Drachenkreuzer ist. Lohnte es sich nicht schon seiner Schönheit wegen, dieses Segelraumschiff zu retten?

Wie wendig es ist, trotz seiner imponierenden Größe, und wie unbeschreiblich elegant sein Flug wirkt. Die Konstrukteure fühlten sich beim Anblick der unter vollen Segeln dahinjagenden Schiffe an Drachenflügel erinnert – Hendrikje sieht sie eher wie die zarten, zerbrechlichen Flügel anmutiger Falter, vielleicht liegt das auch daran, daß sie sich gerade die zweite Qualle in den Mund geschoben hat.

Sie trägt wieder ihren alten Schmeichelmoosoverall. Nicht etwa, um Flakke einen Gefallen zu tun, sondern weil sie sich allmählich selbst albern vorkam, so aufgeputzt unter lauter grauen Mäusen. Plötzlich war auch die vorübergehend abhanden gekommene Selbstsicherheit wieder da.

Es ist eben alles relativ, denkt sie, es gibt kein absolutes Kriterium für Mode, es ist immer ein Diktat der Umwelt. Auf jeden Fall fühlt sie sich wieder wohl.

Eng ist es hier, in diesem Wantentrailer, aber Skamander meinte, sie müßte das unbedingt mal erlebt haben – und er hat recht!

Angefangen hat es mit einem gewaltigen Schreck: Plötzlich brach der Mann in so etwas wie ein Indianergeheul aus, dann preßte sie eine unsichtbare Faust in den Sitz, und der Wantentrailer schoß aus dem Backschacht. Dieses Gebrüll – es klang wie: Ayayayay … – dröhnte ihr noch in den Ohren, als der Trailer flink wie eine Spinne die Wanten emporhangelte.

Sie erkundigte sich erschrocken, ob er Schmerzen habe, doch Skamander lachte nur.

„Warum schreien Sie so?“ fragte Hendrikje verblüfft.

„Ja, warum eigentlich?“ Skamander kratzte sich verlegen am Kopf. „Na, das ist so: Wenn man traurig ist, dann weint man. Ist man sehr froh, dann lacht man. Und wenn man mit dem Wantentrailer startet, na, da brüllt man eben ein bißchen. Das machen alle so.“

Diese Erklärung sagte ihr gar nichts, aber sie wagte nicht weiterzufragen, denn der Mann sprach so, als sei das ganz selbstverständlich und nur für sehr dumme Menschen nicht zu begreifen.

Skamanders Worte reißen sie aus ihren Gedanken. „Passen Sie auf, klinken Sie das Omegasegel aus!“

Hendrikje bewegt den Hebel und schaut nach unten. Da beult und bläht sich eine schillernde Folie, die sich zu einer flachen Halbkugel dehnt, wie der Hut eines Schirmpilzes. Das habe ich getan! denkt sie stolz. Schließlich verdeckt das gewaltige Segel den Drachenkreuzer vollständig.

Wieder betrachtet Hendrikje die flimmernde Sonne. Zuerst war dieser Anblick für sie ein Schock. Von der Erde aus gesehen, ist die Sonne nur eine kleine leuchtende Scheibe, hier aber ist sie wie ein endloser Ozean, ein höllisch glühendes, sturmgepeitschtes Meer, dessen ferne Ufer irgendwo in der Unendlichkeit liegen.

Daß dieser Skamander ganz offensichtlich ein Mungo ist, hat Hendrikje weniger berührt. Inzwischen kennt sie einige der deutlichsten Anzeichen – am sichersten erkennt man es immer noch an den Augenbewegungen – und weiß, daß Mungos keineswegs so selten sind, wie der Öffentlichkeit weisgemacht wird. Ihr ist auch aufgefallen, daß der Mann seinen Zustand zu verbergen sucht, und deshalb spricht sie ihn daraufhin nicht an. Sie interessiert etwas ganz anderes. Bisher hat sie mit Styx, Skagit und Bruno von der Hohen Aue gesprochen. Der einzige, der ihr keine Sorgen macht, ist Irmold Styx. Dessen zukünftiger Weg ist klar vorgezeichnet: Aberschwenz selbst hat befürwortet, daß Styx in einem Konstruktionskollektiv seine Jupiterschiffe bauen darf. Natürlich haben da die Experten auch noch mitzureden, aber was der General abgesegnet hat, ist so gut wie beschlossen.

Skagit war sehr einsilbig, und auf ihre Frage, was er denn am liebsten täte, da sagte er nur, er wolle endlich wieder er selbst sein, und wenn man ihm die Ikaros wegnähme, dann würde er das wohl endgültig vergessen können. Hendrikje wußte mit dieser dunklen Andeutung nichts anzufangen, und Skagit hüllte sich in eisiges Schweigen.

Am schlimmsten jedoch war es mit dem dicken Bruno von der Hohen Aue. Zwar wußte Hendrikje aus den Kaderunterlagen um dessen irreparable genetische Abweichungen, und sie kannte auch ein Hologramm des Mannes, aber als sie ihm gegenüberstand, schwankte sie zwischen Lachen und tiefstem Mitleid. Noch nie war ihr ein Mensch von solchem Leibesumfang begegnet, und sie sah auch gleich, daß es nicht ausschließlich Speckwülste waren, was diesen Mann so aufblähte, sondern daß er auch eine vierschrötige Statur, einen weit ausladenden Knochenbau hatte, der ohne das viele Fett womöglich noch bizarrer wirkte …

Hendrikje brauchte ein Weilchen, um sich an den Anblick dieses monströsen Körpers zu gewöhnen. Vielleicht war es das tiefe Mitleid, das ihr die Ohren für Zwischentöne und Unterschwelliges öffnete – jedenfalls erschütterte sie die Klage dieses Mannes derart, daß sie lange daran zweifelte, überhaupt helfen zu können, und plöztlich erkannte, wie kompliziert ihre Aufgabe wirklich war.

„Sie nennen mich den Trailerkönig“, erklärte Bruno von der Hohen Aue mit einem Leuchten in den Augen, in das sich ein feuchtes Glitzern mengte. „Hier bin ich zu Hause, hier habe ich nicht nur eine Aufgabe, hier werde ich auch akzeptiert. Klar, manchmal lachen sie über mich, aber sie lachen ebenfalls über Styx wegen seiner Tütchenohren oder über Schnuckchen, dem es sogar noch Spaß macht. Früher habe ich kein Wort herausgebracht, ohne rot zu werden und zu schwitzen. Heute könnte ich lange Referate halten, hier, vor meinen Kameraden. Hier habe ich keine Angst mehr, verstehen Sie das? Hier darf ich sein, wie ich bin, hier nimmt mir keiner übel, daß ich so bin, wie ich geboren wurde. Woanders würde es mir gehen wie den Mungos: Ich wäre ein Außenseiter. Hier fühle ich mich wohl wie …, wie … – bitte lachen Sie jetzt nicht! –, wie im Mutterleib gewissermaßen. Wissen Sie, ich bin nämlich richtig geboren worden, so wie Skamander. Vielleicht bin ich deshalb eine Nummer zu groß geraten, weil kein Genoplastiker an den Chromosomen meiner Eltern herumgeschnippelt hat …“

Hendrikje strich sich unwillkürlich über den Leib. Nein, noch war da nichts zu ertasten, aber fast meinte sie, das winzige Knötchen in der Gebärmutter zu spüren, aus dem unaufhaltsam ein neues Leben wuchs. Leise Zweifel kamen ihr, ob es nicht doch verantwortungslos sei, das Kind wie eine Neandertalerin auszutragen, unter Verzicht auf alle prophylaktisch-korrektiven Maßnahmen. Vielleicht sollte sie sich mal nach Brunos Eltern erkundigen, einfach nur, um die Risikoschwelle abschätzen zu können.

„Nun lachen Sie doch! Klar, Sie haben recht, ich kann mich natürlich nicht daran erinnern, wie es in Mutters Bauch war, jedenfalls nicht bewußt, doch manchmal glaube ich, daß die Behauptung der alten Psychoanalytiker richtig ist, ein Kind erleide während der Geburt ein determinierendes Trauma, weil es den Ausstoß aus dem Mutterleib wie einen Schock empfinde … Entschuldigen Sie, ich schwafle hier was zusammen …“

Nun bekam der dicke Bruno doch rote Ohren, und Hendrikje griff lächelnd nach seiner Hand, um sie sanft zu drücken. Doch seine Reaktion verblüffte sie. Er zog die Hand ruckartig zurück, als hätte ihn eine Schlange gebissen, dabei flüsterte er: „Nein! Bitte, lachen Sie nicht, bitte nicht …“

Hendrikje hatte zwar gelächelt, aber nicht über Brunos Worte, und sein Vorwurf war unberechtigt. Sie hatte nur an die Aussprachen gedacht, die ihr bevorstanden, und sie hörte in Gedanken

Aberschwenz von der Verantwortung gegenüber der Gemeinschaft, von pflichtgemäßer freiwilliger Übererfüllung und von Arbeitskraftausfall reden … Deshalb hatte sie gelächelt.

„Ich lache Sie nicht aus, Bruno, glauben Sie mir bitte", sagte sie unsicher, weil sein Blick sie erschreckte. „Ich verstehe Sie sehr gut …" – das war eindeutig gelogen, wie ihr jetzt bewußt ist, denn sie hatte lediglich mit dem Gehör Brunos Worte verstanden, nicht aber mit dem Herzen seine tiefen Ängste – „und ich werde mich dafür einsetzen, daß Sie in ein Kollektiv kommen, das Ihnen ähnliche Bedingungen bietet. Das verspreche ich Ihnen!"

„Nein, tun Sie das nicht!" verlangte Bruno entschieden. „Versprechen Sie mir nicht Sachen, die Sie unmöglich bewerkstelligen können! Sie schaden damit nur sich selbst und mir … Es gibt keinen Ersatz für eine Familie …, nun lachen Sie wieder!"

Er sagte den letzten Satz schon nicht mehr vorwurfsvoll, sondern sichtlich verärgert.

„Nicht doch, nicht doch!" sprach Hendrikje hastig. „Ich mußte nur gerade an meine eigene *Familie* – wie Sie es nennen – denken."

„Jaja, ich weiß: Heute nennt man es Lustpartnerschaft, und man heiratet nicht mehr, man läßt sich registrieren." Bruno winkte verächtlich ab. „Sie glauben sicher, ich wäre etwas angestaubt. Aber wissen Sie, damals – das muß alles noch irgendwie lebendiger gewesen sein, da muß eine Familie ungefähr das gewesen sein, was für mich die Leute auf der Ikaros sind. Es ist ja nicht nur so, daß wir lediglich zusammen arbeiten, und auch nicht so, daß wir uns immer vertragen miteinander. Wir sind wie ein Körper mit Armen und Beinen und einem Kopf – das ist natürlich Flakke –, wir haben sogar eine eigene Sprache. Das können Sie nicht merken, weil Sie nicht die feinen Nuancen in unserer Sprache kennen, nicht die Gesten und Gebärden, die manchmal mehr als Worte sagen, Sie können das alles nicht wissen, weil Sie nicht dazugehören. Und wir haben auch unsere eigenen Normen, wir sind gewissermaßen für alles, was wir tun, unser eigener Maßstab."

„Ja – aber …, aber die Gemeinschaft …", stotterte Hendrikje.

„Die ist weit weg." Bruno winkte erneut ab, beinahe ein wenig überheblich, und es verwunderte sie besonders, daß Bruno von der Hohen Aue eine Spur Selbstüberhebung zu zeigen imstande war.

„Wir sind selbst die Gemeinschaft, und die terranische Gesellschaft ist für uns wie ein ferner Nebel, aus dem Befehle und Beförderungen, Fragen und Antworten, Lob und Tadel kommen. Das alles sind aber Dinge, die uns nicht mehr interessieren als irgendwelche Noten auf Schulzeugnissen, wenn Sie verstehen, wie ich das meine."

Hendrikje schüttelte benommen den Kopf. Von der Hohen Aue sprach derart ketzerische Ansichten aus, daß sich ihr Verstand weigerte, die Auseinandersetzung damit zu führen.

„Ich meine, für eine schlechte Zensur gibt's ein väterliches Donnerwetter, und dann ist die Angelegenheit vergessen. Das bringt die Familie nicht ins Wanken, aber als ich das erstemal in meinem Leben nach Mitternacht nach Hause gekommen bin, da zeterten meine alten Herrschaften tagelang und meinten, alle ihre Erziehungsbemühungen seien umsonst gewesen. Verstehen Sie jetzt?" Bruno fragte spürbar ungeduldiger.

Wieder mußte Hendrikje verneinen. Diese Probleme kannte sie nicht, im Nesturbanidum gab es kein Donnerwetter, weil dort Überraschungen ausblieben, und die Ausgangszeiten wurden von ihr nie überzogen.

Bruno runzelte die Stirn. „Sie dürfen mir das hier nicht wegnehmen", flüsterte er heiser, „hier bin ich doch der Trailerkönig."

Erst Stunden später kapierte Hendrikje allmählich, was dieser Mann meinte. Anfangs allerdings glaubte sie, es würde irgendwie mit seinem Handikap zusammenhängen, doch als sie länger darüber nachdachte, erkannte sie, daß Brunos besondere Situation lediglich dazu beitrug, das Problem noch klarer und schärfer hervortreten zu lassen als bei anderen Menschen. Und so verstärkte sich ihre Ahnung, daß eine Kaderakte und ein Psychogramm wenig geeignet sind, ein Bild von einem Menschen zu liefern, von dessen Wünschen und Ängsten, Zielen und Fähigkeiten. Was aber ist das Wesentliche einer Persönlichkeit? Ist es überhaupt möglich, ein gültiges Bild von etwas zu entwerfen, was sich beständig wandelt?

Hendrikje ist sich klar darüber, daß ihr eine lange und mühsame Suche bevorsteht.

Unter ihr wabert und wogt es wie flüssiges Gold. Dunkle Flecke treiben wie Schlacke über den endlosen Ozean, Wirbel und Strudel drehen sich scheinbar träge; aber von Skamander weiß sie, daß jedes dieser Gebilde fast so groß wie die ganze Erde ist und daß diese Ströme von Sonnenplasma mit irrsinnigen Geschwindigkeiten rotieren.

„Schauen Sie, da!" ruft Skamander und zeigt auf das leicht flatternde Omegasegel.

Zuerst erkennt Hendrikje nicht den Anlaß seines Ausrufs.

„Da! Die kleinen Punkte!"

Sie folgt dem ausgestreckten Zeigefinger und sieht nun einen Schwarm glitzernder Fünkchen, die unter dem gewaltigen Foliesegel hervorstieben.

„Das sind die tektonischen Bomben", erklärt Skamander, und Hendrikje kann sich erst nicht vorstellen, daß jedes dieser Fünkchen imstande sein soll, einen ganzen Mond zu zerfetzen.

Es sind wohl zwanzig oder dreißig. Sie spritzen fächerförmig auseinander; schon jetzt ist das Muster zu erkennen, nach dem der Sturz der Kernladungen in die glühende Plasmahölle berechnet wurde – ein sternförmiges Gebilde, das sich immer weiter auseinanderzieht.

„Das ist wohl einer der wenigen Gründe, warum man uns noch eine Gnadenfrist zubilligt", sagt Skamander unüberhörbar bitter. „Die Messungen werden von Stationen aus vorgenommen, die um die Erde kreisen, soweit sind die da schon, aber zum Abwurf muß man ran an die Sonne, noch ... Natürlich messen wir auch, aber das geschieht nur zur Kontrolle, gewissermaßen."

„Warum braucht man einen Drachenkreuzer, um die Bomben abzuwerfen?" fragt Hendrikje, und gleichzeitig wird ihr bewußt, daß die Frage wenig taktvoll ist.

„Wegen der Signalgeschwindigkeit", antwortet Skamander. „Wenn zum Beispiel eine Ladung genau in der Grenzschicht zwischen zwei Konvektionszellen geschossen werden soll, muß man so dicht dran sein, daß man auch wirklich die Grenzschicht trifft, denn Minuten später könnte an dieser Stelle schon ein Sonnenfleck entstanden sein. Wenn man also auf der Erde von dem Sonnenfleck noch gar nichts ahnt, sehen wir ihn bereits."

„Aber das könnten doch auch Automaten." Sofort beißt sie sich wieder auf die Unterlippe. Auch dieser unangebrachte Einwurf ist ihr ganz spontan herausgerutscht.

Skamander murmelt leise: „Wir müssen eben beweisen, daß wir es besser können ..."

„Warum wollen Sie das beweisen?" Diesmal war es Absicht.

Skamander dreht sich unwillig zu ihr um, der Sitz, den er provisorisch für Hendrikje eingebaut hat, befindet sich zwischen dem Spill und seinem Konturensessel. Deshalb hat er sie auch kurz in die Handhabung des Hebelchens eingewiesen, und Hendrikje war regelrecht begeistert von dem Gedanken, nicht schlechthin Passagier zu sein, sondern etwas Sinnvolles zu tun auf diesem Ausflug mit dem Wantentrailer. An sich war es läppisch: einmal nach rechts, das Omegasegel ausklinken, dann nach links, die Trosse einholen. Aber in diesem kurzen Augenblick hatte sie das Gefühl, etwas unerhört Wichtiges getan zu haben, und Skamanders Vertrauen tat ihr wohl.

Nun aber sieht er sie beinahe böse an, und dieser Blick ist weniger angenehm. „Warum wohl!" stößt er hervor. „Begreifen Sie das wirklich nicht?"

Doch, sie ahnt es langsam. Es ist etwas, was ihr bisher fremd war, weil es in ihrem Leben so etwas nicht gegeben hat. Aber sie will es nun genau wissen. „Nein, verzeihen Sie, Skamander – ich begreife es wirklich nicht. Es gibt noch so viele interessante Aufgaben für Männer wie Sie ..."

„Ich scheiß was auf diese Aufgaben!" brüllt Skamander los, und Hendrikje prallt entsetzt zurück, mit solch einem Ausbruch hat sie bei diesem ansonsten ruhigen und besonnenen Mann nicht gerechnet. „Ich scheiß was drauf! Es ist doch nicht nur die Aufgabe! Da ist das Gefühl viel wichtiger, die Aufgabe gemeinsam zu lösen, mit Leuten, unter denen man sich nicht allein fühlt ... Mag sein, daß es mehr Leute gibt, denen es wichtig ist, große Dinge zu tun", räumt er leiser ein, „ist ja auch nicht zu verachten, etwas zu tun, das Bestand hat, womit man sich gewissermaßen im Gedächtnis der Menschen verewigt. Aber mir ist das eigentlich gleichgültig, was das Gedächtnis der Menschheit von mir hält. Hier, wo ich arbeite, wo ich lebe – das ist die Instanz, die mich beurteilt, mich mißt. Da ist Flakke – so einen Chef finde ich nie wieder, davon gibt's leider viel zuwenig ..."

„Sie verehren Ireas Flakke sehr, ja? Wissen Sie so genau über ihn Bescheid?" wirft Hendrikje spitz ein.

„Ich kenne ihn", antwortet Skamander selbstsicher. „Das gibt mir das Recht, ihn zu verehren. Ja, ich kenne ihn – wer kann so etwas schon von sich behaupten: einen Menschen zu kennen? Ich kenne auch alle anderen, allerdings gibt es da immer wieder Neues zu entdecken. Den Skagit zum Beispiel kenne ich eigentlich erst seit ein paar Tagen ..."

„Na also, nun widersprechen Sie sich, Skamander!"

„Quatsch!" fährt er auf. „Das ist kein Widerspruch. Das ist einfach so, daß man Jahre braucht, um einen Menschen wie Skagit kennenzulernen. Da muß erst Vertrauen wachsen, und manchmal ist es dann wie eine Explosion. Nicht alle Menschen sind durchsichtig wie Glas, nicht alle tragen ihr Herz auf der Zunge. Man muß alles neu lernen, wenn man Menschen verstehen will. Sehen, hören und auch sprechen. Das ist bei jedem anders, und wenn man es kann, das Hören und Sehen, dann findet man meist auch eine gemeinsame Sprache. Das ist wichtig! Nicht irgendeine edle Aufgabe, von denen es sicher viele gibt. Meine Aufgabe, meine Arbeit ist auch etwas Großartiges – schauen Sie hinaus, blicken Sie auf die Ikaros, wie sie dahinschwebt über einem gierigen Feuerball, der mit heißen Zungen nach uns leckt, Plasmaladungen nach uns schleudert, der uns vernichten will, töten, auslöschen – uns alle ..."

Hendrikje blickt nach unten und sieht lauter kleine dunkle Punkte, wie Löcher oder Strudel, in der flirrenden Hitze der brodelnden Sonnenfläche. „Sind das etwa die Bomben?" fragt sie erstaunt und ein wenig enttäuscht, denn sie hatte ein wahres Inferno erwartet.

„Was denn sonst?" antwortet Skamander unfreundlich, wohl weil er das Ablenkungsmanöver durchschaut. Dann aber reißt er sich deutlich spürbar zusammen und erklärt sachlich: „Das sieht nur von hier oben so harmlos aus, sind immerhin über zehntausend Kilometer."

Stimmt, denkt Hendrikje, aus gewisser Entfernung betrachtet, sieht alles harmloser aus, erst wenn man dicht dran ist an den Ereignissen und Menschen, wächst die Bewegung der Dinge plötzlich ins Riesenhafte, dann weichen grobe Strukturen filigranen Beziehungsmustern, dann wird vieles verblüffend unverständlich, was vorher klar und einfach schien.

Diesen Skamander hat sie bisher ganz falsch eingeschätzt – Hendrikje wird es mit tiefem Erschrecken klar. Nicht der Fakt als solcher erschüttert sie so sehr, sondern der Umstand, daß dieser eine Irrtum nur die Spitze eines Eisbergs von Fehlern zu sein scheint. Die Psychogramme sagen über den Mann, er sei zuverlässig, diszipliniert, bescheiden bis zur Anspruchslosigkeit. Alles in allem also ein nicht übermäßig bemerkenswerter, weil von Widersprüchen kaum geprägter Charakter. Sicherlich gehören diese Eigenschaften zu Skamander. Aber Hendrikje wußte nichts von seiner Fähigkeit zur Leidenschaft, noch weniger von seinen Ängsten und gar nichts von seinen Wünschen ans Leben.

In ihr erwacht ein ganz und gar undienstliches Interesse an diesem Kerl, den ihr ausgefallener Phänotyp allem Anschein nach absolut kalt läßt, der wohl nicht einmal das grünliche Glitzern auf ihren Augenbrauen wahrnimmt.

„Alle Wantentrailer sofort zurück an Bord!" Flakkes Stimme klingt erregt.

Hendrikje sieht, daß Skamander erstaunt die Stirn runzelt. „Da braut sich was zusammen, wie es scheint", murmelt er und bestätigt dann den Befehl.

Dann tönt eine andere Stimme durch die winzige Kanzel des Trailers. Hendrikje erkennt an dem etwas schrillen Klang Skagit.

„Es geht los, Jungs! Die Sonne schüttelt sich – genauso, wie ich es berechnet habe. Aber keine Angst, das sind erst die Vorbeben. Sie versetzt uns nur eine Kopfnuß."

„Jetzt werden sie ihm wohl doch glauben", sagt Skamander, ohne daß Hendrikje versteht, was er meint, aber sie hat deutlich Furcht aus der Stimme herausgehört. Ein eigenartiges Gefühl beschleicht auch sie. So dicht neben dem vibrierenden, schwingenden Koloß aus glutheißem Plasma, fühlt sie das erstemal, wie schwach und empfindlich das Leben ist.

Der Wantentrailer stürzt auf den Backschacht zu, geleitet von einem blauen Laserstrahl, und als der Riesenleib des Drachenkreuzers ihren Sinnen wieder wahrnehmbare Grenzen setzt, fühlt sie sich eine Weile sicher und geborgen. Erst als sich Skamander von ihr verabschiedet, wird ihr bewußt, wie allein sie auf der Ikaros ist und daß diese Einsamkeit alle Ängste und Sorgen geradezu potenziert und der Eindruck von Geborgenheit eine Fata Morgana ist.

„Bitte", sie hält Skamanders Arm fest, „bitte, ich habe noch einige Fragen. Kommen Sie mit in meine Kabine?"

Hendrikje spürt, wie ihr das Blut zu Kopf steigt, denn der Mann hat das Zittern in ihrer Stimme offenbar falsch ausgelegt. Ein erstauntes Leuchten tritt in seinen Blick, und daraufhin zittern Hendrikje nun sogar die Knie, weil dieses Leuchten Skamanders Gesicht aus dem Dunkel ihrer Gleichgültigkeit hebt und ihr mit einem Schlag bewußtmacht, daß diese ungeschminkten Lippen, die ungefärbten Jochbeine, der ohne Kosmetik auskommende Nasenrücken und die glatte, energische Stirn ein Bild eigenartiger, weil ungewohnt natürlicher Schönheit ergeben. Anfangs schienen ihr die Leute hier blaß und farblos, gelegentlich hatte sie sogar Mühe, sie auseinanderzuhalten. Jetzt aber wird ihr bewußt, daß zumindest dieses eine Gesicht ohne aufgeschminkte Maske wie eine Pforte ist, die in die Welt der Gefühle und Gedanken des Menschen führt.

Skamander lächelt überrascht. „Ja ..., gern, wenn Sie meinen, dort haben wir es gemütlicher ..."

Hendrikje will nicht entscheiden, ob es Begehren ist oder etwas anderes, was die Stimme des Mannes rauher klingen läßt. Sie starrt nur auf die Linien seines Mundes und wundert sich über das seltsame Gefühl, das sie zu diesem Mann zieht. Denkt er etwa, ich hätte mich in ihn verliebt? fragt sie sich zaghaft, denn alles deutet auf dieses Mißverständnis hin. Komisch, daß sogar die Männer hier draußen im Kosmos nur daran denken können, wenn eine Frau Interesse an ihnen bekundet. Daß sie selbst ganz kurz und nur ganz theoretisch daran gedacht hat, wie es wohl in den Armen dieses Mannes sei, hat mit Lust oder gar Liebe nicht das geringste zu tun. Das ist eher ein Reflex, so wie grelles Licht automatisch ein Schließen der Augen auslöst.

Nein – es ist nicht so sehr der Körper dieses Mannes, was sie anzieht, es ist mehr eine besondere Art von Atmosphäre, die ihn zu umgeben scheint und die Wärme und Geborgenheit verheißt. Wenn er in ihrer Nähe ist, hat sie beinahe das Gefühl, auf der Ikaros zu Hause zu sein, obgleich sie nicht sagen kann, woran das liegt.

„Ja, dort ist es gemütlicher", antwortet sie – und setzt in Gedanken hinzu: Wenn Sie mitkommen, Skamander …

„Na also, gehen wir!" Er legt ihr mit einer Geste den Arm um die Schultern, die ebenso kameradschaftlich wie auffordernd gemeint sein kann.

Skamander riecht anders als Goff: beruhigend, nicht aufregend. Sanft, nicht wild. Friedlich, nicht kämpferisch. Sein Geruch flößt Vertrauen ein.

Hendrikje fingert eine Qualle aus der Dose und lutscht. Diesem seltsamen Gefühl muß sie auf die Spur kommen.

Als sie die Galerie betreten, fühlt sie sich beschwingt und sogar zu dummen Späßen aufgelegt, nur fällt ihr leider kein geeigneter Unsinn ein, den man verzapfen könnte, und irgendwie befürchtet sie auch, Skamander würde nur mild lächeln und sie väterlich zurechtweisen. Väterlich, denkt sie, das könnte es sein. So ungefähr müßte es sein, wenn man als kleines Kind mit seinem Vater spazierengeht … Quatsch, Skamander ist knapp zehn Jahre älter als ich! Vielleicht der große Bruder?

Hendrikje kennt so etwas nur aus historischen Selbstspielen. Im Nesturbanidum hat man zwar Dutzende von Brüdern und Schwestern, aber trotzdem muß das früher alles anders gewesen sein. Früher, als die Menschen noch Sklaven ihrer Triebe und Gefühle waren. Heute ist das alles überwunden, da beeinträchtigen diese biologischen Rudimente nicht mehr die Leistungsfähigkeit und das seelische Gleichgewicht des Individuums und damit die Stabilität der Gemeinschaft. Heute nimmt man eben eine Qualle oder meldet sich beim Büro zur Untersuchung abweichender Verhaltensweisen.

Aber Hendrikje weiß seit längerem, daß irgend etwas in dieser Ordnung der Dinge nicht mehr stimmt. Wie könnte es sonst sein, daß gewisse Abnormitäten sie mit Sehnsüchten füllen, die sie geradezu auseinanderreißen wollen? Weshalb läßt der Gedanke an das keimende Wesen in ihrem Leib sie beben und schwingen, da sie doch besser ihr Gewissen prüfen, sich ihre Pflichten vor der Gemeinschaft ins Gedächtnis rufen sollte? Weshalb kann sie sich die Nähe eines Mannes ohne Lust wünschen, weshalb einen anderen lieben, den doch ihre ganze Verachtung treffen müßte, und einen dritten verachten, den sie einst glühend liebte? Weshalb ist sie ihren Gefühlen immer noch so wehrlos ausgeliefert wie einst ihre Urahnen?

Ein Besatzungsmitglied kommt ihnen entgegen. Hendrikje erkennt den Mann sofort an dieser komischen Mütze, deren Rand die Ohren zu knorpligen Tütchen verdreht.

Styx macht eine verstörte Miene, aber als er den auf den Boden gehefteten Blick kurz hebt, verzieht sich sein Mund zu einem bösen Grinsen, und er sagt zu Skamander: „Das laß mal nicht Flakke sehen, oder soll ich ihn schon darauf vorbereiten, daß du dich in seine Erinnerungen mischst?"

Hendrikje wird es erst kalt, dann ungeheuer heiß vor Wut.

„Was bilden Sie sich ein ...!" Sie schüttelt Skamanders Arm von den Schultern und geht einen Schritt auf Styx zu.

Der grinst immer noch tückisch. „Ach, Herzchen, ich kann Sie ja verstehen. Der Skamander sahnt überall zuerst ab, die Frauen reißen sich geradezu um einen Platz in der Schlange!"

Skamander schaut erst verdattert von einem zum anderen, dann zieht er Hendrikje ohne viel Federlesens an sich und hält ihre rechte Hand fest.

Hendrikje ist außer sich. Beinahe hätte sie dem frechen Kerl mit der idiotischen Mütze ins Gesicht geschlagen, aber als Skamander sie daran hindert, durchzuckt es sie mit Erschrecken: Himmel, die Quallen! Was machen diese Dinger nur aus einem Menschen!

„Schon gut, Styx", brummt Skamander, „du mußt mir ja nicht sagen, was für eine Laus dir auf der Leber rumtrampelt, aber sage mir wenigstens, wie du das gemeint hast: Ich würde mich in Flakkes Erinnerungen einmischen."

„Nein!" Hendrikje entfährt dieses Wort, ohne daß sie es will, und nur ganz vage wird ihr klar, daß es nicht Angst vor vielleicht peinlichen Enthüllungen ist, sondern Angst davor, einen Menschen zu verlieren, den sie erst noch gewinnen will, einen Menschen – nicht einen Geliebten, Lustpartner oder Bettgefährten. Einfach nur einen Menschen, der vielleicht ihr Freund werden könnte.

„Ich erzähle es Ihnen selbst, Skamander", sagt sie leise. „Aber ich möchte nicht, daß der da", sie zeigt auf Styx und staunt über ihre Fähigkeit, Haß zu empfinden für jemanden, der ihr doch ganz gleichgültig sein könnte, „daß der da Dinge beschmutzt, die zu meinem Leben gehören. Dazu hat er kein Recht."

„Du hast es gehört, Styx", sagt Skamander ruhig, ohne Drohung. Eher kommt es Hendrikje wie eine Aufforderung vor, zu gehen.

Styx aber faßt sich an den Kopf und krächzt: „Jaja. Was kümmere ich mich um die Probleme anderer Leute. Habe doch selber genug ..." Dann wendet er sich ab und stakst die Galerie hinab, halblaut vor sich hin murmelnd.

Ein leichtes Schütteln des Drachenkreuzers läßt Hendrikje straucheln. Sie hält sich an Skamander fest, der wieder den Arm um ihre Schultern legt.

„Jetzt spuckt sie nach uns aus, diese verdammte Hexe!" sagt er böse und zeigt auf den Boden.

Es dauert ein Weilchen, bis Hendrikje begreift, daß sich weit unter ihren Füßen die Sonnenoberfläche befindet.

In Hendrikjes Kabine schauen sie beide aus dem Bullauge, und Skamander erklärt, weshalb gerade jetzt unaufhörlich Fontänen und Kaskaden aus dem flimmernden Sonnenmeer aufspritzen.

Hendrikje spürt, wie er vorsichtig, aber beharrlich mehr sucht als nur ein Gespräch, und ebenso deutlich nimmt sie wahr, wie er sich nach ihrer behutsamen Abwehr wieder schnell zurückzieht. Der Vergleich mit einer Schnecke drängt sich ihr auf, die tastend ihre Fühler vorstreckt und erschrocken zurückzuckt, wenn einer dieser Fühler auf unvorhergesehenen Widerstand stößt. Doch wird ihr auch bewußt, wie ungerechtfertigt dieses Bild ist, denn mit einer Schnecke hat dieser Mann absolut nichts gemein. Hendrikje genießt sein beständiges Werben, das sie wie Morgenwind umfächelt. Sie genießt diese Zartheit, weil sie bisher nur heftige Böen oder tobende Wirbelstürme erlebt hat, die einem nur die Wahl ließen, sich ihnen trotzig entgegenzustemmen oder sich hinwegfegen zu lassen.

„Warum sind Sie nur so eitel, Hendrikje?“ Skamanders Worte klingen sanft und ein wenig enttäuscht.

Hendrikje hat gedankenverloren auf die Sonneneruptionen gestarrt und seinen Erklärungen gelauscht. Jetzt schreckt sie auf, der Vorwurf trifft sie völlig unvorbereitet, und sie ist so verblüfft, daß sie nicht einmal fragen kann, weshalb Skamander so abrupt das Thema wechselt.

„Bin ich eitel?“ fragt sie erstaunt, doch gleichzeitig vermeint sie zu verstehen, wie seine Frage gemeint war.

„Auf Terra ist eben alles anders“, sagt sie, und beim Gedanken an die Erde erfüllt sie ein Gefühl, das sich aus Melancholie, etwas Heimweh und auch ein bißchen Abwehr zusammensetzt. „Da muß man sich kostümieren, weil das Leben ein gigantischer Maskenball ist. Denken Sie nicht, ich hätte etwas gegen Maskenbälle! Es ist doch schön, wenn man zeigen darf, wie oder was man gern wäre, und wenn alle anderen das akzeptieren, weil es ihnen das Recht einräumt, ebenso zu handeln. Aber irgendwann möchte man auch mal ausruhen, so sein dürfen, wie man wirklich ist ... Ich glaube, Sie nennen es nur Eitelkeit, weil Sie hier draußen nach anderen Regeln leben. Ihre Eitelkeit ist anders, hier will man der Trailerkönig sein oder der Bordarzt, bei uns kauft man sich Schmieggold und Schillersmaragd ...“

„So habe ich es nicht gemeint“, unterbricht Skamander sie ungeduldig, „Ihre Sucht, sich herauszuputzen, stört mich nicht. Ganz im Gegenteil: Ich finde es schade, daß Sie diese rubingefaßte Perle nicht mehr tragen. Das paßte irgendwie zu Ihnen.“ Er schweigt.

Hendrikje aber fragt erneut, obgleich ihr eine innere Stimme gebietet, nicht auf Antwort zu drängen. „Wie meinen Sie es dann: Ich wäre eitel?"

„Vielleicht merken Sie es nicht einmal", murmelt Skamander nachdenklich und lehnt sich zurück. Fast will es ihr scheinen, als legte er damit eine demonstrative Distanz zwischen sich und sie. „Vielleicht ist das die terranische Art", fährt er fort, „immer nur an sich zu denken, die Gefühle anderer nur danach zu bewerten, in welchem Maße man selbst davon betroffen ist oder nicht. Vielleicht ist es auf der Erde so üblich, daß man sich selbst als das Zentrum aller Wirkung und die Umwelt als das Ereignisfeld betrachtet. Vielleicht stört es mich einfach, daß Sie nicht so sind, wie ich es mir gewünscht hatte ..."

Hendrikje stutzt. Nicht etwa, weil sie nun weiß, was er ihr vorwirft, sondern vielmehr, weil sie ihn auf für sie so unfaßbare Weise enttäuscht haben muß. Und sie empfindet beinahe Schmerz deswegen. „Wie sollte ich denn sein?" fragt sie atemlos, wirklich gespannt darauf, welches Bild dieser Mann vor Augen hat.

Skamander greift nach ihrer Hand und spielt wie gedankenverloren mit ihren Fingern.

Hendrikje läßt es geschehen, und sie empfindet diese zaghafte Berührung viel stärker als die gelegentlichen Überfälle Ergars oder die fleißigen Bemühungen Goffs.

„Ehrlich", sagt Skamander, weiter nichts.

Aber das bin ich doch, will sie erwidern, aber rechtzeitig erkennt sie, daß Skamander diese Antwort nicht akzeptieren kann. Ja, ich bin ehrlich – mir selbst gegenüber, begreift sie, aber oft ist es so, daß diese Art der Ehrlichkeit diejenige anderen gegenüber auszuschließen scheint.

Auf einmal weiß Hendrikje ganz genau, was sie will und daß sie es will. „Sind Sie auch eitel, Skamander?" fragt sie und schließt ihre Finger um seine kosende Hand.

Skamander zuckt nur die Schultern.

„Sind Sie beleidigt, wenn ich Ihnen sage, daß ich stolz wäre, von Ihnen geliebt zu werden – aber dieses Gefühl nicht erwidern könnte?"

Für Sekunden wird Skamanders Hand kalt und steif. Und während dieser wenigen Sekunden denkt Hendrikje: Warum, zum Teufel, kann ich diesen Mann nicht lieben, und warum will ich ihn trotzdem ganz für mich allein? Sie begreift auch sofort, daß sie zu weit vorgeprellt ist: Skamanders Antwort kann alle ihre Hoffnung zerschlagen ...

„Was wollen Sie eigentlich von mir, Hendrikje?" fragt er spröde, doch seine Hand ist wieder warm, und seine Finger drücken unentschlossen zu.

„Achtung, Verständnis und ... Vertrauen“, sagt sie leise.

„Mehr nicht?“ fragt er, und Hendrikje wehrt sich gegen das Gefühl der Enttäuschung.

„Nicht weniger“, antwortet sie.

„Hm“, knurrt er verdrießlich und sagt: „Warum sollte ich Ihnen verweigern, was jeder, der es nur will, von mir bekommen kann ... Und was erhalte ich dafür?“ Er versucht einen scherzhaften Ton.

Hendrikje spürt aber deutlich, daß er eine ernste Antwort erwartet. „Ich kenne Sie erst wenige Stunden, Skamander“, flüstert sie, „doch ich würde Ihnen geben, was Sie wünschen, nur um in Ihrer Nähe bleiben zu dürfen ... Vielleicht hätte ich sogar auch Spaß daran, vielleicht aber wäre es für uns beide furchtbar ...“

Hendrikje weint. Das erstemal in ihrem Leben sieht sie sich in der fatalen Lage, lieben zu wollen, aber nicht zu können. Was ihr den Wunsch – den Willen geradezu – eingibt, vermag sie ebensowenig zu sagen wie den Grund des Unvermögens. Dieser Zwiespalt ist einfach da, ohne Erklärung oder Begründung. Skamanders Hände streicheln sie ängstlich, beinahe verschreckt. Sie lehnt sich an ihn und schluchzt. Sie wehrt sich auch nicht, als er den Reißverschluß ihres Schmeichelmoosoveralls öffnet und mit einer Zartheit über die nackte Haut ihrer Brüste streicht, wie sie es von Männerhänden nie erwartet hätte.

Lust und Widerstand werden eins in ihr. Aber nein – ist es denn wirklich Lust, dieses Bedürfnis nach Wärme und Geborgenheit, und ist es denn Widerstand, dieser Glaube, es müsse immer nur ein wildes, schrilles Kreischen sein, was den Körper schüttelt, ist es nicht vielmehr so, daß man es gar nicht benennen kann, was einen sanft oder brutal am Herzen oder am Verstand packt und fortträgt, ganz weit fort?

Hendrikje kommt kurz zu sich, als Skamander fragt: „Willst du es wirklich?“ Und beinahe hätte sie ihn erschrocken von sich gestoßen, als ihr bewußt wird, daß sie völlig entkleidet auf ihrer Koje liegt. Aber gegen die Sprache seiner Hände gibt es nichts, sie reden auf eine Weise, nach der sie sich so sehr sehnte, mit einer Macht, die alles auslöscht, was war und was ist ...

Alles ist ganz anders. Kaum nimmt sie es wahr, weil es diesmal nicht eine Sache ist, zu der sie irgend etwas beizutragen hat, sondern weil es über sie hereinbricht wie eine Flut von Zärtlichkeit, die mit ihrer Gewalt alle Sinne überschwemmt. Skamander dringt nicht einfach in sie, er umhüllt sie mit allem, was er zu geben vermag, er reißt sie empor, betäubt sie, nimmt sie mit auf eine Reise in gleißendes Licht und klingendes Strömen. Und die Rückkehr in die Wirklichkeit ist wie ein Schweben, weil seine Hände wie Flügel sind und sein Körper wie eine Wolke.

„Und du meinst tatsächlich, du könntest mich nicht lieben?“ fragt er, und obgleich er jetzt wohl ein gewisses Recht auf Selbstsicherheit hätte, klingt es trotzdem noch bittend, beinahe resignierend.

Hendrikje weiß nicht, was sie antworten soll. Sie weiß gar nichts mehr. Es ist nicht lange her, da hat sie sich noch gefragt, wie man denn jemanden lieben könne, der so ganz anders ist als man selbst. Jetzt will Skamander wissen, ob man jemandem dieses Gefühl entgegenbringen kann, den man eigentlich gar nicht kennt ... Obwohl – manchmal ist eine Ahnung viel mehr als überprüfte Gewißheit, ein Traum mehr als erlebbare Wirklichkeit. Was hat dieser Elloraner gesagt? Mit dem Herzen denken und mit dem Verstand fühlen ... Wer das kann, der weiß zu sagen, was Liebe ist.

Auf einmal ist dieses unscheinbare Wort „Liebe“ etwas so Fremdes, Geheimnisvolles für Hendrikje, daß sie beinahe verstehen kann, warum sich Männer für gewöhnlich so davor fürchten, es zu gebrauchen. Wie ein Blitz zuckt die Nacht mit Reinold durch ihre Erinnerungen, und Hendrikje schüttelt sich unwillkürlich. Wie konnte sie das nur fertigbringen? Dabei hatte sie sich doch eingeredet, es wäre ihr gutes Recht, zu nehmen, wo jemand geben will, und zu geben, wo ein anderer gern nehmen möchte. Aber was für ein billiger, ekelhafter Handel war das doch!

Skamander küßt ihren Hals, und allein diese Berührung löst wieder dieses tiefe Beben aus, das nicht nur ihren Körper, sondern ihr ganzes Leben zu durchschwingen scheint. Seine Haare kitzeln ihre Wange, und Hendrikje vergräbt ihr Gesicht in diese weiche, geschmeidige Fülle und läßt den Tränen freien Lauf.

Verdammt noch mal, was will ich mehr! schreit es in ihr, aber eine ruhige Stimme hält dem entgegen: Du willst ein Morgen und ein Übermorgen, nicht nur das Heute ...

Aber so recht will sie dieser Stimme noch nicht trauen, dazu ist das Heute zu schön, so unsagbar schön.

Statt einer Antwort erzählt sie Skamander alles: von Ergar und von Flakke, von Goff und dem Kind in ihrem Bauch.

Bevor sie enden kann, klopft jemand gegen die Kabinentür, und sie hört Goffs Stimme: „Mach auf, Hendrikje, stell dich nicht so an! Na los, komm schon ...“

Allein der Klang dieser Stimme bewirkt, daß sich der Zauber der vergangenen Minuten in ein Nichts auflöst. Hendrikje wendet sich von Skamander ab und beißt sich vor Schreck in den Handballen.

Skamander erhebt sich gemächlich und sagt: „Ich laß ihn rein.“

Dabei scheint er irgendwie auf Widerspruch zu warten, aber Hendrikje ist keiner Reaktion fähig.

Als Skamander die Tür öffnet, kann sie gerade noch denken: So oder so, es geschieht ihm recht.

Goff starrt den nackten Skamander an, als sei ihm ein Geist erschienen. Dann wandert sein Blick zu Hendrikje, und er stößt fassungslos hervor: „Aha ..., hm ..., nun ja ..., ich komme wohl ungelegen?"

Hendrikje schluckt nur krampfhaft. Weshalb hat sie Skamander nicht zurückgehalten.

„Sieht ganz so aus", antwortet Skamander gelassen.

Goff fängt sich schnell wieder und grinst schief. „Immerhin, du hast einen guten Geschmack, Skamander. Aber bei Flakke holst du dir nur Minuspunkte mit solchen Sachen – und bei mir auch."

„Weiß ich", entgegnet Skamander trocken. „Komm zur Sache! Was willst du?"

Hendrikje hofft, Goff würde nun endlich gehen. Aber nichts dergleichen. Goff kommt in ihre Kajüte und setzt sich sogar neben sie auf die Koje. Er bückt sich nach Skamanders Kombination und wirft sie ihm zu. „Zieh dich erst mal an. Du holst dir noch was weg ... Und mach endlich die Tür zu, dein Anblick könnte Verwirrung stiften."

Hendrikje hat sich die Decke bis zum Kinn gezogen und starrt überrascht auf Goff. Sie hatte irgendeine gehässige oder spöttische Bemerkung erwartet, aber Hermel Goff bleibt ruhig, beinahe eiskalt, will ihr scheinen.

Skamander kleidet sich mechanisch an. Mehrmals setzt er zum Reden an, schüttelt aber nur den Kopf und schlüpft in seine Stiefel. „Und was nun?" fragt er schließlich, an Hendrikje gerichtet.

Hendrikje will ihn erst bitten zu bleiben, sie hat Angst vor Goff. Aber da ist noch etwas Stärkeres als diese Angst. Außerdem kommt Goff ihr zuvor: „Ganz einfach. Jetzt gehst du, ich habe mit Hendrikje unter vier Augen zu reden."

Skamander lacht kurz auf und sagt: „So nicht, Hermel Goff. Hier bestimmt nur einer, was gemacht wird, und das ist Hendrikje." Dabei sieht er sie erwartungsvoll an.

Hendrikje weiß nicht zu sagen, warum, aber sie weicht seinem Blick aus und schweigt. Ihre Gedanken quirlen durcheinander, bohren sich wie Schrauben durch den Schädel und verschwinden in einer dunklen Zimmerecke. Zurück bleibt eine ängstigende Leere.

„Na gut, keine Antwort ist auch eine Antwort, sagt man wohl." Skamander dreht sich um.

Hendrikje spürt, wie sich die Leere in ihrem Kopf mit Tränen der

Verzweiflung füllt. Aber sie kann einfach nicht, sie kann ihn nicht zurückhalten.

„Du hast noch einen weiten Weg bis zu dir selbst, Hendrikje", murmelt Skamander. In der Tür wendet er sich noch einmal um, und in seinen Augen ist wieder dieses Leuchten. „Wenn du unterwegs mal jemanden brauchst, bei dem du ausruhen kannst, dann komm zu mir ..."

Minutenlang schweigen sie, als Skamander gegangen ist.

„Er hat schon recht", sagt Goff schließlich und starrt dabei aus dem Bullauge, „es ist noch ein weiter Weg, weil du dich noch gar nicht für die Richtung entschieden hast. Als Raststelle bin ich wohl nicht sehr geeignet, nicht wahr?"

Hendrikje betrachtet ihn. Goff hat die schönen mandelförmigen Augen halb geschlossen, so wie Ergar es bisweilen tut, und er nagt an seiner Unterlippe. „Und ich kann und darf dich auch nicht mehr bitten, mich auf meinem Wege zu begleiten, denn der führt geradewegs in die Hölle ..."

Hendrikje richtet sich erstaunt auf, und als sie die zurückrutschende Decke über der Brust zusammenrafft, wird ihr gleichzeitig die Albernheit dieser Geste bewußt. Doch irgendwie empfindet sie eine unerklärliche Scham, ungeachtet dessen, was sie mit Goff erlebt hat. „Was sind das für Töne, Hermel Goff?" fragt sie rauh. „Ich denke, du marschierst geradewegs in die lichte Zukunft?"

Goff zuckt herum, und Hendrikje weicht unwillkürlich ein wenig zur Seite. Aber er brüllt nicht los, funkelt sie auch nicht an. Er stöhnt nur traurig. „Warum willst du mich nicht verstehen? Aber diesmal habe ich etwas anderes gemeint. Irgendwann wirst du es schon erfahren, irgendwann einmal ..."

In Hendrikje vibriert es wieder. Es ist anders als bei Skamander. In dessen Nähe spürt sie Ströme von Wärme und Ruhe in sich, Goff ist wie Elektrizität. Das knistert und blitzt in ihr, da springen Funken auf, und da zischen Lichtbögen in ihre Gefühle. Jede Geste, jeder Blick löst prasselnde Entladungen aus. Sie muß es ihm einfach sagen, wenn auch der Augenblick nicht gerade geeignet erscheint – sie muß es loswerden. „Der Mutter deines Kindes solltest du es nicht irgendwann sagen, sondern jetzt", verlangt sie, und noch immer hat sie dieses scheußliche Kratzen im Hals.

„Hä?" Goff starrt sie entsetzt an. Dabei reißt er die Augen so weit auf, daß sie wie Marmorkugeln schimmern. So fassungslos hat sie ihn noch nie gesehen.

„Ja, Hermel, wir werden ein Kind haben – du und ich ..."

Goff packt sie bei den Oberarmen und schüttelt sie heftig. „Was hast du getan, Hendrikje!" schreit er sie erschrocken an. „Du hättest mich fragen sollen, bevor du eine Genkombination beantragst! Wie bist du überhaupt an meinen Genkode herangekommen – und wer hat das genehmigt? Beim Großen Sirius, Hendrikje! Weshalb hast du das getan?"

Hendrikje stürzt in eisige Kälte. Sie läßt sich willenlos rütteln und schütteln, alle Kraft ist aus ihr gewichen, und wieder ist da nur Leere.

„Wir müssen sofort das Nesturbanidum benachrichtigen, Hendrikje!" Goff spricht hastig und eindringlich. „Hoffentlich läßt es sich noch rückgängig machen. Oh, Hendrikje, was hast du bloß getan!"

Da wächst eine ungeheure Wut in ihr. Dieser Feigling! Denkt womöglich, ich will ihn erpressen. Als ob man einen Mann mit einem Kind zur Liebe zwingen könnte, als ob es überhaupt um ihn ginge! Was bildet sich der Affe ein! Immerzu wähnt er sich selbst im Zentrum allen Geschehens!

„Ich habe gar nichts getan, Hermel Goff!" zischt Hendrikje. „Du warst es! Ich habe es nur nicht verhindert, weil ich es wollte, schon lange – und mir ist ganz egal, wer der Vater ist. Wie froh bin ich, wenn ich es ganz für mich allein habe!"

„Was redest du da für einen Unsinn, Hendrikje", Goff schüttelt sie erneut, aber sanfter, „es ist nicht meinetwegen! Es geht um das Kind, nicht um mich. Du kannst gar nicht wissen ..., woher auch ..."

Plötzlich entdeckt sie das Glitzern in seinen Augen. Erst will sie es nicht glauben, doch als die Tränen über die samtene Haut des Männergesichts laufen, begreift sie, daß das Wunder keine Sinnestäuschung ist: Goff weint.

„Wir müssen das Nesturbanidum bitten ..." Goff redet wie im Fieber, aber Hendrikje unterbricht ihn schnell.

„Es ist nicht im Nest, Hermel. Es ist hier." Sie streicht sich über den Bauch.

Erneut weiten sich Goffs Augen. Er piekt mit dem Zeigefinger vorsichtig in ihre Magengrube und fragt ungläubig: „Was – da?"

Hendrikje nickt lächelnd, aber auch etwas ängstlich, denn Goffs Verhalten ist beängstigend. Er schlägt die Hände vor das Gesicht und krümmt sich wie unter Schmerzen.

Dann richtet er sich wieder auf und sieht sie starr an. „Du mußt zu Quadrangel gehen, Hendrikje, das Kind darf nicht geboren werden."

Zuerst will sie wieder aufbegehren, doch Goffs Haltung, sein Gesichtsausdruck lassen Furcht in ihr keimen. So hat sie ihn noch nie gesehen!

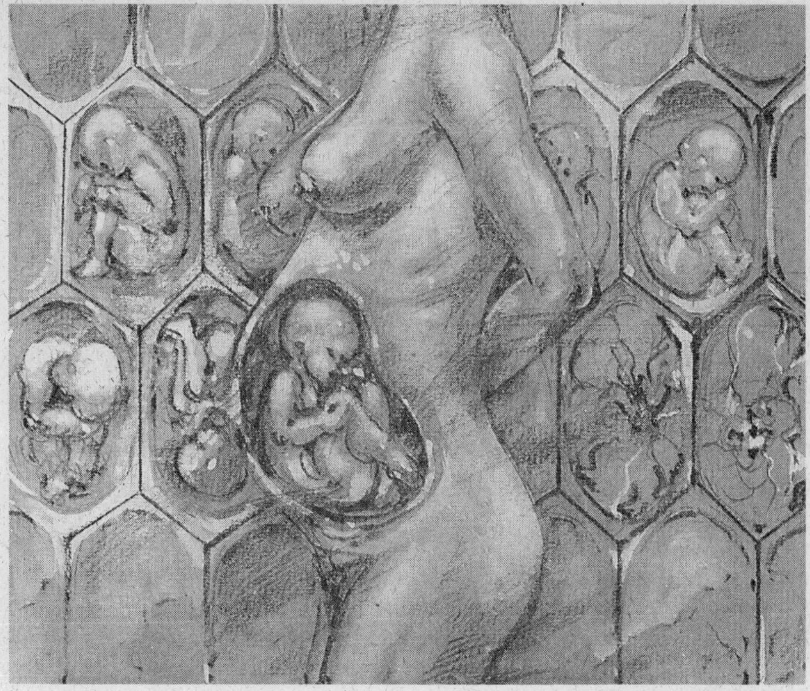

„Was hast du, Hermel, was verlangst du da von mir?“ fragt sie zitternd.

„Ich bin ein Mungo!“

Hendrikje schreit fassungslos auf. „Nein!“ Ein furchtbarer Schmerz fährt schneidend durch ihren Körper. Sie hat das Gefühl zu fallen, unendlich tief und unendlich lange. Es ist wie ein Sturz aus Raum und Zeit in eine außerweltliche Öde.

Sie denkt nicht an das Kind. Das Schicksal will ihr Goff wegnehmen! Keine Sekunde zweifelt sie daran, daß er die Wahrheit sagt. Sie darf ihn nicht behalten. Schritt für Schritt wird er von ihr gehen, in eine unheimliche fremde Welt, mit jedem Atemzug wird er sich ein Stück von ihr entfernen, das Vergessen wird ihn mit jedem Herzschlag tiefer in seinen höllischen Schlund saugen. Sie drängt sich an ihn, umklammert ihn, ihre Hände krampfen sich in sein welliges blauschwarzes Haar. „Nein, du willst mich nur erschrekken …“, flüstert sie bebend.

Goff preßt sie an sich, und sie spürt, wie er den Kopf schüttelt. Sein Atem ist ruhig und tief, und ein wenig von dieser Ruhe geht auf Hendrikje über. Zwar hämmert ihr Herz noch wie das eines gefangenen Vogels, und unter dem Brustbein sticht es beim Luftholen, aber Goffs Arme haben dem rasenden Sturz ins Nichts ein Ende bereitet.

„Ich bin ein Mungo", wiederholt er leise. „Beinahe hätte ich mich damit abfinden können", fährt er fort, „denn das ist ja das einzige, was man tun kann. Aber eben nur beinahe, Hendrikje, weil ich dich damit unweigerlich verliere. Bevor wir überhaupt eine echte Chance hatten, zueinander zu finden, muß ich dich fortschicken, denn ein Leben neben einem Mungo ist wie ein unendlich langsames Sterben, weil das Leben eines Mungos wie ein unaufhaltsamer Gang in den Schatten des Todes ist ..."

Jeder Mensch gehe dem Tod entgegen, so oder so, will Hendrikje erst leidenschaftlich entgegnen, und das könne doch kein Grund für eine Trennung sein! Aber sie weiß es viel besser. Goff hat recht: Für sie beide gibt es keine gemeinsame Zukunft mehr.

Jetzt erst kommt ihr das keimende Leben in ihrem Leib in den Sinn. Sie stöhnt qualvoll auf. „Mein Kind ..." Goff hat ja so recht: Was hat sie getan! Wenn nun ihr Kind auch ein Mungo wird?

Ihr kommt gar nicht in den Sinn, daß sie von Hermels Erkrankung ja nichts wissen konnte, sie denkt nicht daran, Entschuldigungen oder Rechtfertigungen zu suchen, so sehr empfindet sie die vermeintliche Schuld. Sie spürt eine entsetzliche Angst, eine tödliche Verzweiflung.

Goff drückt ihren Kopf gegen seine Brust und flüstert: „Es ist nicht erwiesen, daß Mungoismus erblich ist, aber das Gegenteil ist ebensowenig bewiesen ... Du mußt dich entscheiden, Hendrikje, im Interesse des Kindes ..."

„Aber ihr sucht nach Heilungsmöglichkeiten ... Warum habt ihr noch nichts gefunden ...? Warum könnt ihr mir nicht helfen, mir und meinem Kind ...?" wimmert Hendrikje.

Goff streichelt behutsam ihren Bauch. Dieses Zögernde, Vorsichtige, beinahe Scheue an ihm ist ihr ungewohnt.

„Ein Kind von uns beiden ..." Er seufzt. „Warum kann ich uns nicht helfen, fragst du. Wie könnte ich das! Wir brauchen Massen von Freiwilligen, die sich für Versuche zur Verfügung stellen, wenn wir in absehbarer Zeit Erfolg haben wollen. Das Gesetz, welches eine befristete Aufhebung des Verbots von Experimenten am Menschen gestattet, wird schon monatelang diskutiert, aber letzten Endes wird es so oder so unvollkommen sein, weil man Moral und Verantwortung für den Menschen nicht in Form von Paragraphen produzieren kann. Wir müssen einfach den Mut zum Vertrauen finden, zum Vertrauen in uns selbst. Aber mit diesem Gesetz ist es nicht getan. Zeige mir einen Mungo, der mit uns zusammenarbeiten würde. Jaja, es gibt solche Leute, alle zusammen würden sie vielleicht in dieses Raumschiff passen ... Wir haben versagt, als die Folgen unseres Versagens überhaupt noch nicht zu ahnen waren. Unser größter Fehler war, unsere Ideale zum Unterrichtsfach zu machen – als ob man in der Schule lernen könnte, anders zu leben, als es Tausende von Generationen vor uns taten. Wir haben unsere Ideen immer nur als Kennziffern behandelt, die man pflichtgemäß überzuerfüllen hat.

Der MOBS – das ist das weithin sichtbare Symbol für das Eingeständnis unserer Schwäche. Die Kraft, die wir benötigen, darf sich nicht auf ein Organ oder eine Institution beschränken, sie muß aus der ganzen Gemeinschaft kommen. Das zu erreichen erfordert Geduld, Geduld braucht Zeit – und Zeit haben wir nicht mehr, weil wir sie zum Formulieren von Tageslosungen vergeudeten ..."

Obwohl Goffs Worte klingen, als habe er jede Hoffnung verloren, schöpft Hendrikje unbegreiflichen Mut. Goff hat keine Zeit mehr! durchzuckt es sie, Goff nicht – aber vielleicht mein Kind! Sie tun etwas, sie arbeiten fieberhaft an einer Lösung – und sie werden eine finden. Bisher haben die Menschen immer eine Lösung gefunden!

Warum soll ich mein ungeborenes Kind töten? Sie erzählt Goff, stockend, unschlüssig, was ihr durch den Kopf geht. Klammert sich an die Hoffnung, er werde ihr recht geben, sie bestärken in ihren Gedanken.

Goff sieht sie seltsam an. „Du hast mich also schon aufgegeben?" fragt er, traurig lächelnd.

„Nein, Hermel! So war es doch nicht gemeint ..." Hendrikje steigen wieder Tränen in die Augen. „Ich will dich nicht aufgeben, ich bleibe bei dir, wohin du auch gehst, bis ..., bis ..." Sie schweigt einen Moment, unfähig, es auszusprechen: bis du nicht mehr lebst. Dann fragt sie, erregt keuchend: „Aber mein Kind, Hermel, muß es das Los der Mungos teilen, hat es denn überhaupt keine Aussicht auf ein normales, menschenwürdiges Leben? Darf ich meinem Kind das Leben verbieten?"

Goff schüttelt den Kopf, immer noch den seltsamen Ausdruck im Gesicht. Sacht streichelt er ihr über den Kopf, und Hendrikje erinnert sich ganz schwach an Skamanders Hände, die ähnlich weich und zärtlich waren.

„Weißt du überhaupt, wozu du dich gerade entschlossen hast?" fragt er, und beinahe scheint es Hendrikje, als schwinge Freude mit in dieser Frage.

Hendrikje schluckt mehrmals. „Zu einem Leben in Angst und Hoffnung ...", antwortet sie leise.

„Falsch, Hendrikje, du hast beschlossen, aufzustehen und zu

kämpfen, denn wenn du unserem Kind helfen willst, dann mußt du heute damit beginnen, indem du beiträgst, allen Mungos zu helfen."

Er kann es nicht lassen! denkt Hendrikje, doch ohne den inneren Widerstand, den diese unverhüllte Forderung noch vor wenigen Minuten in ihr erzeugt hätte. Beinahe findet sie es sogar komisch, daß er auch in dieser Situation an seine Aufgaben als Mops denkt.

Dann aber wird ihr vage bewußt, daß Goff wirklich nicht anders kann, weil es ihm nicht etwa um irgendwelche Kennziffern geht, sondern um Menschen. Sie beginnt zu ahnen, daß sie Goff kein größeres Unrecht antun konnte als ihre Verachtung.

„Ich werde unserem Kind helfen", spricht sie. Damit ist alles gesagt, und Goff hat es auch so verstanden. Er küßt sie heftig, zerquetscht sie dabei fast in seinen Armen, denen sie soviel Kraft gar nicht zugetraut hatte. Dann geht er, als habe er mit feinem Instinkt gespürt, daß sie jetzt mit ihrem Kind allein sein möchte.

Wie viele Stunden verflossen sind, weiß Hendrikje nicht zu sagen, als es leise gegen die Kabinentür klopft. Die ganze Zeit hat sie am Bullauge gesessen und auf die Sonne gestarrt. Aber sie hat nicht die Eruptionen und Strudel gesehen, sondern Dinge, die noch in weiter Zukunft liegen.

Die Störung behagt ihr nicht. Einzig der Gedanke, Hermel könnte es sein, versöhnt sie ein wenig, und sie sagt seufzend: „Komm herein, es ist nicht verriegelt."

Sie hofft, er würde sich still neben sie setzen und schweigen. Er darf nicht weiter in sie dringen, wenn er sie in ihrem Entschluß nicht wankend machen will. Worte können nur noch zerstören, sie braucht jetzt Zeit und Ruhe, um Kraft zu sammeln. Denn an seiner Seite braucht eine Frau sicherlich sehr viel Kraft. Er darf jetzt nicht mehr fordern, als sie freiwillig zu geben bereit ist, das wäre das Ende dessen, was gerade erst beginnen soll.

Die Tür öffnet sich, und ein massiger Schatten erscheint in der Öffnung. Die kurzen grauen Stoppeln auf dem kantigen Schädel schimmern in der Dunkelheit silbrig.

„Ach, du", sagt Hendrikje enttäuscht und sieht wieder aus dem Bullauge.

Flakke bleibt unschlüssig in der Tür stehen und fragt: „Darf ich hereinkommen?"

„Du bist doch der Kommandant und nicht der Direktor in einem Mädchenpensionat – was fragst du also?" Hendrikje spürt, daß ihr Spott keine Schärfe hat. Eigentlich ist ihr gleichgültig, was Flakke tut, wenn er nur bald wieder geht.

Flakke reagiert nicht auf ihre ironische Antwort.

„Was willst du, Ireas?" fragt sie unwillig. Er räuspert sich und fährt sich mit der Hand durch die grauen Haare, wie hilflos. „Gibst du mir die Briefe, Hendrikje?“ fragt er schließlich leise.

Die Briefe – mein Gott, wie klein können Männer sein, denkt sie etwas verächtlich. Die Briefe will er. Hat er solche Angst um seine Würde, daß er sich von diesem unwichtigen Papierkram bedroht fühlt? Soll er sie doch haben, sie bedeuten ihr nichts mehr angesichts der Zukunft. Mit einer müden Bewegung langt sie unter die Koje und zieht eine kleine Kassette hervor.

Flakke starrt ungläubig auf die beiden gefalteten Bögen.

„Da, mach damit, was du willst“, sagt sie gleichgültig.

„Du bekommst sie ja wieder, ich möchte sie nur noch einmal lesen“, murmelt Flakke und betastet erstaunt die angesengten Ränder. „Wolltest du sie verbrennen?“ fragt er zögernd.

Hendrikje lacht kurz auf und kann nicht verhindern, daß eine Spur von Bitterkeit in diesem Lachen mitschwingt. Sie erinnert sich daran, wie sie hastig Roberts Container aufriß, um zu retten, was zu retten war ... Wie lange ist das her! Und doch ist ihr dieser verrückte Tag so gegenwärtig, als sei er noch gar nicht zu Ende. Und ein leises Bangen erfüllt sie, als sie merkt, daß alle Erinnerungen an ihr Leben vor diesem Tag nur Nebelfetzen sind, daß sogar Flakkes Bild verblaßt ist, daß sie sich kaum darauf besinnen kann, ob er die schulterlangen Haare glatt oder gewellt trug und ob sein Gesicht damals schon so von Falten zerfurcht war. Ein ganz anderer Flakke scheint vor ihr zu stehen, ein Fremder für sie, weil sie keine Erinnerungen mehr hat.

„Wozu verbrennen“, sagt sie nachdenklich, „wenn es nur noch Papier ist und nichts weiter ...“

Ireas Flakke nickt düster. „Ich weiß: Ich habe mich benommen wie ein Urmensch.“

„Daran liegt es nicht, Ireas“, entgegnet Hendrikje schnell, um der Entschuldigung, die auch nichts mehr ändern kann, zuvorzukommen. „Damals war ich wie ein Kind, das Angst hatte, sich in der Unüberschaubarkeit der Welt zu verlaufen, und das daher willig jedem hinterhertrottete, der es bei der Hand nahm. Jetzt habe ich keine Angst mehr vor dieser Unüberschaubarkeit, weil ich einen Weg gefunden habe, der mich vielleicht an eine Stelle der Welt führt, von wo aus ein Teil der Wirklichkeit zu überblicken ist. Weißt du, ich denke, ich habe begriffen, daß man beim Laufen nicht nur vor lauter Angst zu stolpern auf die Füße starren darf ...“

„Also hast du jemanden gefunden“, stellt Flakke trocken fest und lächelt traurig.

Hendrikje ist abermals verblüfft über seine Menschenkenntnis. So war es schon immer: Er wußte immer eine Sekunde früher als sie, was sie bewegt, was in ihr vorgeht. Aber ein wenig ärgert sie seine Feststellung auch.

„Meinst du, ich wäre nicht imstande, aus eigener Kraft erwachsen zu werden?“ fragt sie spitz.

„Du hast mich mißverstanden“, murmelt Flakke, „ich beneide dich ja darum, daß du offenbar jemanden hast, der dir solche Kraft zu geben vermag, daß es dir gelang – wie du es nennst, den Blick vom Boden zu reißen. Darum beneide ich dich von ganzem Herzen.“

Soll sie es ihm sagen, daß dieser Kraftspender ein ungeborenes Kind ist, kein anderer Mann? Oder macht sie sich selbst etwas vor, hat Goff daran mehr Anteil, als sie sich eingestehen will?

Hendrikje zaudert. Nein, sagt sie sich schließlich, das geht Ireas nichts an, aus einer längst vergessenen Vergangenheit kann er keinerlei Rechte herleiten.

„Laß mich jetzt allein, Ireas“, bittet sie und schaut wieder aus dem Bullauge. Weißglühende Fontänen spritzen aus der Sonne, direkt unter ihnen bohrt sich ein gewaltiger Strudel in das glühende Wogen und Wirbeln der Plasmaströme. Skamander hat ihr erklärt, die Planeten seien so etwas wie natürliche Empfänger für Gravitationswellen. Dem winzigen Drachenkreuzer könne nicht viel geschehen, aber in den Planeten würden Kräfte und Spannungen entstehen, die furchtbare Katastrophen hervorrufen könnten. Viel schlimmer aber sei, wenn die Sonne derart aus dem Takt gerate, daß sie wie eine Nova explodiere, davor gäbe es keine Rettung, und sie müßten unbedingt herausfinden, ob damit zu rechnen sei, damit die Menschen das Sonnensystem rechtzeitig verlassen könnten …

„Eine Minute nur noch, Hendrikje … Ich muß einfach mal etwas anderes sehen als Bildschirme und Takelanzeigen, mal vier Wände um mich herum haben, auf denen nicht irgendwelche Diagramme leuchten und Kurven auf und nieder zucken … Ich will nur eine Winzigkeit verschnaufen, bitte …“ Flakkes Stimme klingt unendlich müde.

„Dann hör doch auf, Ireas …“, sagt Hendrikje leise.

Sein Lachen ist rauh und hart. „Aufhören“, sagt er bitter, „wie kann man aufhören zu schwimmen, wenn man von einem Ufer des Lebens zum anderen unterwegs ist. Wie eine reißende Flut würde es einen packen und in die Tiefe zerren und irgendwo vielleicht an Land spülen – aber der dann keuchend und zitternd aus dem Wasser kriecht, ist ein Toter, dem irgendwelche tierischen Reflexe noch Hände und Füße bewegen. Wasserleichen sind scheußlich, wußtest du das?“

„Verzeih!“ Hendrikje spürt, daß sie etwas Dummes gesagt hat.

Aber Flakke wechselt scheinbar ohne ersichtlichen Grund das

Thema. „Der Styx hat vorhin die Koordinaten gefälscht. Ich dachte erst, ich träume, dann glaubte ich: Der Kerl ist verrückt, durchgedreht! Was meinst du, was im Zentrum für Sonnenforschung los war, als sie mit ihren neuen Instrumenten keine tektonischen Schwingungen empfangen konnten! Dabei hat Styx die Position der Abwurfmatrix nur ganz geringfügig verändert. Ich hätte es gar nicht gemerkt, wenn ich nicht gerade das Log synchronisiert hätte. Aber die haben auch nicht im Traum daran gedacht, den Fehler bei uns zu vermuten! Für das Zentrum ist klar, daß es nur an der neuen Technik liegen kann."

„Warum erzählst du mir das, Ireas? Ich will damit nichts zu tun haben!" flüstert sie.

„Warte, es geht noch weiter. Ich habe Styx natürlich ins Gebet genommen. Er wäre vor Scham beinahe gestorben, hat mir was von einer Domina auf der Basis vorgefaselt und von seinen Jupiterschiffen und davon, daß es irgendwann ja doch passieren würde. Aber dann hat er vielleicht Augen gemacht, als ich ihm erzählte, wie er uns ungewollt geholfen hat! Fast glaube ich, er war gar nicht so unzufrieden mit dieser Wendung."

„Und was wirst du tun?" fragt Hendrikje betroffen.

Flakke erhebt sich und wendet sich zur Tür. Dann dreht er sich noch einmal um und zuckt die Schultern. „Ich werde auf die Brücke gehen und die nächste Serie vorbereiten, bevor die auf Terra damit fertig sind, ihre Instrumente wieder zusammenzubauen. Wir werden die Messungen so vornehmen wie früher – hier, vor Ort. Das werde ich tun."

„Ireas! Damit machst du dich ..." Hendrikje spricht nicht weiter. Was soll sie dem Mann auch sagen – er weiß es doch viel besser. Soll sie ihm klarmachen, daß er damit doch nur einen winzigen Aufschub erreicht, der solch eine Gewissenslast nicht wert ist?

„Hast du gehört, wie die Männer brüllen, wenn die Trailer aus den Startschächten katapultiert werden?" fragt er grimmig. „Hast du richtig hingehört? Früher war es ein Jubelschrei, heute klingt es wie ein ängstliches, verzweifeltes Kreischen ..."

Dann schließt sich die Tür mit einem leisen Zischen.

Hendrikje läßt sich auf die Koje zurücksinken. Unwillkürlich streicht sie wieder über ihren Leib. Dann schiebt sie sich eine Qualle in den Mund und kaut ungeduldig darauf herum. Endlich wirkt das Hormon.

Sie schluchzt wehleidig auf und heult ein wenig. Skamander, Goff, Flakke, ihr Kind – was soll aus all diesen Menschen werden? Ihre Tränen fallen wie kleine Opale in eine ungewisse Zukunft, und plötzlich kommt ihr ein Märchen in den Sinn, in dem erzählt wird, die Sterne am Himmel seien die Tränen eines Gottes, die dieser aus Trauer darüber vergoß, daß er nicht zu den Menschen hinabsteigen durfte, denn er fand niemanden, der die Kraft besaß, das Weltrad zu bewegen, und so blieb ihm nichts, als es selbst unermüdlich weiterzudrehen und zu weinen …

KAPITEL 20

Marigg Ellis verriegelt die Tür der Roof und öffnet dann erst den Container mit seiner persönlichen Habe, entnimmt ihr eine kleine Schatulle aus elloranischem Jaspis.

Versonnen und etwas wehmütig blickt er auf das Behältnis. Wüßte irgend jemand von diesem Geschenk des greisen Dual – Marigg wäre rehabilitiert und aus der freiwilligen Selbstverbannung erlöst.

Am Tage des Abschieds hatte Marigg noch einmal das Taurusgebirge bestiegen, jenen Gipfel, auf dem er den alten Meister niederrang. Voll Trauer schaute er über die zackigen Bergkämme, ließ den Blick auf dem üppigen Grün der Täler verweilen und folgte mit den Augen dem Lauf der glasklaren Flüsse. Er atmete noch ein letztes Mal tief ein, bis die seidige, von allerlei Düften geschwängerte Luft seinen Brustkorb schier zerreißen wollte, dann wandte er sich zum Gehen.

„Warte, Marigg Ellis!" ertönte eine knorrige Stimme in seinem Rücken, eine alte Stimme, die aber trotz ihrer Schwäche noch den Klang eines ganzen Jahrhunderts ahnen ließ, Ströme von Kraft und Zeit.

Aus einer Felsnische löste sich die Kontur einer menschlichen Gestalt, grau und verwittert wie das Gestein der Berge, mit schlohweißem Haar, das wie Rauhreif den Kopf umschloß und in eisigen Zapfen über die Schultern stach.

„Warte, Marigg Ellis! Du sollst nicht gehen wie ein Ausgestoßener, nicht den Haß auf einen alten, eigensinnigen Mann mit dir nehmen."

Steif und kalt stand Marigg vor Dual und preßte trotzig die Lippen aufeinander, damit sie dem Zorn und der Verachtung in seinen Gedanken keine Worte gaben.

Der greise Dual fuhr sich mit der Hand über die Augen und murmelte: „Ja, nicht einmal du kannst dieser Kraft wehren, die in dir ist, die deine Gedanken, deinen Willen hinaus in die Berge schreit – wie sollte ich ihr als alter Mann da standhalten, sie gar bezwingen." Dann hob er den Blick, und seine eisblauen Augen leuchteten wie Diamanten. „Hüte dich vor dieser mächtigen Kraft, Marigg Ellis. Lerne, sie zu zügeln. Du mußt sie dir untertan machen, wenn du nicht möchtest, daß sie dich zerstört, vernichtet ..."

„Was willst du?" fragte Marigg finster.

„Bezähme deinen Zorn, Marigg Ellis", entgegnete Dual mild, „du hast nichts von Wert verloren. Der Triumph ist der Nektar der Eitelkeit, der Sieg Beginn, nicht Ende des Kampfes. Du sollst Ellora verlassen, um eines Tages zurückzukehren. Meine Tage sind gezählt und deine Augen blind. Alle Augen auf Ellora sind erblindet. Geh und lerne sehen."

Marigg begriff nicht den Sinn dieser Worte. Erst in der Ferne, viel später also, begann er zu ahnen, was Dual forderte. Und mit Unruhe stellte er fest, daß die Fremde tatsächlich seinen Blick auf die Heimat schärfte, daß er Dinge an diesem flirrenden Stäubchen Ellora entdeckte, die ihm hinter den zerklüfteten Bergen verborgen geblieben waren, die sich unter dem schwelgenden Grün der Täler versteckt hatten und die vom Wasser der Flüsse davongespült worden waren, solange er Elloras Boden unter den Füßen spürte. Damals jedoch erbosten ihn Duals Worte. „Dann geh du doch und übe deine Augen!" antwortete er bissig.

Dual lächelte traurig. „So weit tragen meine Füße mich nicht mehr, wie ich gehen müßte", sagte er, „ich bin alt und brauche mich der Blindheit nicht zu schämen. Ihr aber, ihr Jungen, ihr dürft nicht stehenbleiben, wo der Fuß des Blinden stockt. Durchschreitet die Welt, und jeder Schritt, der dich in die Ferne führt, wird in Wahrheit ein Stück Weg zum Geheimnis unseres Lebens sein."

„Unser Leben ist kein Geheimnis!" widersprach Marigg kühn.

Doch der alte Dual lächelte erneut. „Womöglich wird dieser Weg dich bis an den Rand der Galaxis führen. Du wirst Terra sehen, ein heiliges Fleckchen der Unendlichkeit, dort kann man es noch ahnen, dieses Geheimnis. Ach ja, die Sonne ..., die Erde ..." In seine Augen trat ein sehnsüchtiger Glanz.

„Unsinn!" widersprach Marigg selbstsicher. „Terra ist nichts weiter als eine natürliche Raumbasis!"

„Warst du dort?" Dual lächelte nicht mehr, sein Gesicht war ernst.

„Natürlich nicht", Marigg wehrte unwirsch ab, „aber man muß nicht das schäumende Meer befahren, um seine Fauna und Flora zu kennen, dafür gibt es die mentale Didaktik ..."

„Nein, nein!" unterbrach ihn Dual heftig. „Du mußt mit eigenen Augen sehen, nicht für dich sehen lassen."

„Was ist das für ein Unterschied? Ich habe Terra gesehen. Das zählt. Ich bin übrigens ganz gut in Kosmographie, habe während der Prägung sogar ein Diplom erhalten. Über Terra weiß ich alles. Da gibt es zum Beispiel sogenannte Frauen. Dann sind die Städte dort alle überkuppelt, damit man unbeschadet Luft holen kann. Zwar gibt es wieder Fische in den Meeren und Wälder auf dem Festland, aber bis Terra wieder ein blühender Planet ist, werden viele Jahre vergehen …"

„Aber weißt du auch, wie es dazu kam? Weißt du, welche Kämpfe unsere Vorfahren zu bestehen hatten, wie schwer es für sie war, zwischen gut und böse zu unterscheiden, zwischen nützlich und schädlich, sicher und gefährlich? Nicht immer war das Nützliche sicher, und oft genug das scheinbar Gute schädlich."

„Was bedeutet das aber uns? Für uns zählt stets nur das Resultat, denke ich."

„Nichts zählt, wenn du nicht weißt, wie es geworden ist. Denn dann wirst du auch nie ergründen können, wie es noch werden kann."

Der Vorwurf in Duals Stimme reizte Marigg. „Dann war also alles Absicht: Du hast gegen mich absichtlich verloren, damit ich die Möglichkeit habe, die Welt kennenzulernen, ja?" fragte er spöttisch.

„Ich habe nicht gegen dich verloren", antwortete Dual bedächtig, und als Marigg aufbegehren wollte, fügte er hinzu: „Nicht gegen dich, Marigg Ellis, sondern gegen die Kraft, die deinen Körper als Gefäß gewählt hat. Gegen eine Macht, die – jetzt noch – viel stärker ist als du. Solange du sie nicht bändigen kannst, bist du kein Sieger über den Meister Dual. Gesiegt hat eine Kraft, die fähig ist, alles niederzureißen und alles neu zu schaffen, eine Kraft, die du in dir trägst, aber noch nicht erkannst hast. Ich habe sie schon gespürt, als wir uns am Fuße des Berges befanden …"

„Aber warum hast du dann gekämpft, Dual?" fragte Marigg betroffen und auch verängstigt, denn die Worte des Alten erfüllten ihn mit Furcht.

Dual schloß die Augen und sagte leise: „Es war die größte Herausforderung meines Lebens. Nicht der Wunsch zu siegen war es, sondern die einmalige Chance, mich an einer Kraft zu messen, die mir Gewißheit über mich selbst verschaffen konnte …"

„Und warum warst du nicht bereit, diese Gewißheit mit anderen zu teilen?" Die Bitterkeit in Mariggs Frage blieb Dual nicht verborgen.

Der alte Mann schwieg. Statt einer Antwort zog er aus den Falten seines Gewandes das kleine Kästchen aus Jaspis und reichte es Marigg. Vorsichtig und auch neugierig öffnete Marigg die kunstvoll ge-

schliffene Schatulle und entnahm ihr einen mit Krötenwachs versiegelten Flakon.

Die Flüssigkeit in dem kristallen funkelnden Fläschchen leuchtete, glühte geradezu rubinrot.

Marigg zitterte die Hand. „Hast du es benutzt?" flüsterte er erschrocken.

Dual nickte schuldbewußt.

„Und trotzdem …?" Marigg spürte kalten Schauder.

„Ja, trotzdem habe ich verloren", sagte Dual tonlos. „Begreifst du nun, welche Macht dir gegeben ist?"

Marigg nickte automatisch.

„Nun weißt du auch, Marigg Ellis, warum ich begonnen habe, meine Tage zu zählen. Nicht einmal das Elixier der Sterbenden Sonne gab mir die Kraft, dir zu widerstehen. Bewahre es wie einen Schatz, wie dein eigenes Leben. Du bist der einzig würdige Erbe der Meister der Sterbenden Sonne. Bedenke: Tausendfach stärkt ein Tropfen des Elixiers die Macht, die dir gegeben ist. Benutze es nie, um Macht über Menschen zu erlangen. Überhebe dich nie, allein über das Gute und das Böse befinden zu wollen. Deine Kraft zwingt dich zum Dienen, verwehrt dir das Herrschen. Herrschaft ist Erfüllung für die Schwachen, du aber bist stark! Erkenne das Glück im Dienst für die weniger Starken. Finde es in der Liebe zu dem, dessen Teil du bist. Ehre die Trinität von Kraft, Wille und Erkenntnis. Sie möge dich leiten. Geh und kehre wieder!“

Marigg streicht behutsam über die Schatulle. Noch nie hat er das Elixier benutzt, diese letzten, unendlich kostbaren Tropfen, die aus einer Pflanze gewonnen worden waren, deren Heimat längst von einer Supernova verschlungen wurde, zu einer Zeit, da sich auf Ellora gerade die ersten Anfänge einer eigenen, von der terranischen so unterschiedlichen Kultur herausbildeten. Ein einziger Tropfen der Essenz gibt ihm für Stunden Macht über fremde Hirne und schützt ihn zugleich vor mentaler Beeinflussung. Doch wenn er sich dieser Kraft bedient, wird er danach nur noch ein Schatten seiner selbst sein. Sein Organismus wird alle Energie dieser einen Kraft nutzbar machen – er könnte sogar sterben, ließe er sich zur Maßlosigkeit verleiten. Diese Gefahr aber besteht bei ihm nicht. Er benötigt nicht Macht, sondern Schutz. Zur Machtausübung ist er nicht fähig, da hat Dual Dinge in ihm sehen wollen, die es nicht gibt. Marigg ist nicht für die Macht geschaffen, die angeblich in ihm ruhen soll. Liebe, Verständnis, Ehrlichkeit – das bringt zwar Erfüllung, die man vielleicht sogar Glück nennen kann, das hat jedoch mit Kraft oder Stärke nichts zu tun. Auch wenn man versucht, anderen davon zu geben – ist das etwa Macht? Ist es Macht, Glück geben zu wollen?

Marigg schüttelte den Kopf. „Verzeih mir, Dual“, flüstert er, „aber ich brauche es für mich ganz allein. Einen Tropfen nur, wirklich nur einen ...“

Er hat alles vorbereitet. Der Merkur ist fast erreicht.

Die Materieausbrüche der solaren Vorbeben haben der Ikaros die Segel weggefetzt, als wären es Papierbahnen gewesen. Flakke mußte umkehren, um die Takelage zu erneuern.

Überhaupt, an die letzten Tage mag Marigg nur ungern denken. Hermel ging ihm konsequent aus dem Weg, und Marigg wußte bald, weshalb. Diese Frau hat eine Gewalt über Goff, deren dieser sich noch gar nicht bewußt ist. Marigg hingegen weiß es sehr wohl, denn er konnte der Versuchung schließlich doch nicht widerstehen, ein wenig in den Gedanken der Terraner zu forschen. Erst plagte er sich mit Selbstvorwürfen herum, aber die wurden immer schwächer – Ellora ist weit, und Goff ist nah.

Es war ihm beinahe peinlich, wie er feststellen mußte, daß seine Zuneigung für Skamander zu einem ganz und gar unbedeutenden Gefühl wurde, als Goff die Ikaros betrat. Er schalt sich und wies sich zurecht, aber die Schönheit dieses Terraners schlug ihn in ihren Bann wie am ersten Tage der Bekanntschaft. Seine Bereitschaft, ihm alles zu verzeihen, wuchs über alles hinaus, was er fühlte und empfand – wenn sich Goff doch nur noch ein einziges Mal zu ihm legen wollte! Aber Goffs Gedanken waren so weit von ihm, daß er seit langem wieder einmal seine Einsamkeit fühlte.

Anfangs spürte er in Goff tiefe Verzweiflung, trotz der Wärme, die er ihm im Herzen der Kürbiseiche gegeben hatte. Es ging um ein Kind. Doch aus dieser Verzweiflung wuchsen eine unglaubliche Zuversicht, eine Willensstärke und eine Kraft, die Marigg unheimlich wurden. War dies ein Zipfel des Geheimnisses, von dem der greise Dual sprach? Die Frau hat alles verändert, ohne etwas zu tun. Einzig ihre Anwesenheit stellt alles auf den Kopf. Flakke denkt nur noch an den Tod – Marigg kämpft mit sich, ob er dem Kosmander mentale Wärme anbieten soll, kann sich aber nicht dazu durchringen. Skamander glüht in einer Verehrung, die sich nur mit Mühe körperlichen Sehnsüchten verschließen läßt. Goff leidet vor Glückseligkeit und hat gar vergessen, daß er ein Mungo ist. Und auch in jedem anderen Männergehirn spukt auf mehr oder weniger begehrliche Weise diese Hendrikje herum.

Selbst Marigg ist nicht ganz unberührt von dem Reiz dieser Frau, ohne sagen zu können, worin ihre Anziehungskraft besteht. Sie gehen sich beide aus dem Weg. Bei der Frau ist es die Ahnung von Rivalität – Marigg hat es deutlich gespürt. Aber was ist es bei ihm? Angst vor einem Gefühl, das mehr an Liebe grenzt, als die meisten Menschen ahnen, Angst vor ehrlicher Zuneigung, die aus Bekanntschaft mit der Seele und nicht aus der trügerischen Macht des ersten Blicks, des Schillerns der faszinierenden Hülle wächst?

Zwischen diesen Terranern wirken Kräfte, die es auf Ellora nicht gibt. Lust gibt es auf Ellora, auch Eifersucht, Treue ebenso wie Gier nach immer wieder neuen und eigentlich doch ewig gleichen Erlebnissen. Aber diese tief in der Vergangenheit allen Lebens wurzelnde Kraft, die Einheit und Widerspruch zu einem Ganzen fügt, die Leid und Lust, Schöpfen und Zerstören in einem ist, nicht etwa die Dinge gebiert, sondern alles ist – diese Kraft muß Elloranern fremd sein. Sie gibt es nur zwischen Mann und Frau.

Und diese Kraft schlägt auch Marigg in ihren Bann. Zwar hat er nicht teil an deren Strömen, doch allein ihre aus Gegensätzlichkeit stetig sich erneuernde und verstärkende Macht, die wohl nur er schauen kann, weil er außerhalb ihres Wirkungskreises steht, begeistert ihn auf ungewohnte Weise. Diese Kraft könnte er zwingen, aber nicht wirklich bezwingen. Sie muß es wohl sein, die Dual meinte, sie muß es sein, aus der letztlich alle Bewegung kommt.

Erneut wird Marigg schmerzlich bewußt, wie fremd er dieser Welt sein muß. Und wiederum spürt er die unstillbare, aus anfänglichem Ekel und Abscheu auf unbegreifliche Weise gewachsene Sehnsucht, teilhaben zu dürfen an dieser wilden, unvernünftigen, barbarischen Lebensweise, die erst durch ihre Widersprüchlichkeit wirkliche Aufregung, lebendige Wirklichkeit verspricht.

Der Merkur ist fast erreicht. Marigg hat alles vorbereitet, ist fest entschlossen, das erstemal in seinem Leben so bedenkenlos und kühn zu handeln, wie es den Terranern eigen ist.

Es hätte keinen Zweck, Flakke um die Erlaubnis zu bitten. Er würde es verbieten, nicht erkennen, daß nur Marigg Ellis imstande ist, das Rätsel zu lösen. Flakke würde seiner Verantwortung gemäß handeln und außer acht lassen, daß die Verantwortlichkeit für andere ihre Grenzen genau dort hat, wo nur ein einzelner zu entscheiden hat, ob das Gesetz ihn hemmt oder befreit.

Marigg wird gegen die Vorschriften verstoßen, klaren Kopfes, im vollen Bewußtsein. Deshalb braucht er das Elixier der Sterbenden Sonne. Sein Verstand muß klar bleiben.

Er schabt das Krötenwachs vom Hals des Flakons und kippt das Fläschchen leicht an. Die Flüssigkeit perlt und brodelt, ein feiner rosiger Nebel stiebt aus der Öffnung.

Noch zögert Marigg. Nichts im Universum kann einen Tropfen des Elixiers aufwiegen. Es läßt sich nicht synthetisieren – es sei denn, man erschüfe ein ganzes Sonnensystem mit ebenjenen Bedingungen, wie sie auf dem Fünften der Sonne Xarob herrschten, mit all den Temperatur- und Strahlungsgradienten, der wechselnden Dichte der Atmosphäre und den durch sieben Monde hervorgerufenen Gezeiten, der oszillierenden Magnetosphäre und den gewaltigen elektrischen Strömen, die den Planeten durchpulsten, mit all den unüberschaubaren biologischen Rhythmen und Mechanismen, die eine Pflanze und ein insektenartiges Wesen zusammenführten, damit sie sich optimal vermehren konnten. Das sinnlose Abfallprodukt dieser Symbiose erhielt schließlich doch seinen Sinn, wie alles in diesem scheinbar zufälligen Wirken der Natur einen zumindest winzigen Sinn hat, wie jedes Sandkorn durch seine Existenz kleinste Wirkung übt, die große Resultate zeitigen kann.

Marigg zögert. Es ist einmalig auf der Welt, dieses Elixier. Aber ist nicht alles einmalig, dessen Gesetzmäßigkeit sich dem Verstand verschließt, und garantiert die Kenntnis des Gesetzes denn auch in jedem Fall die Wiederholbarkeit?

Ich müßte Dual fragen! zuckt es in seinen Gedanken auf. Aber Dual wird nicht antworten, muß er sich eingestehen. Dual hat bereits alle Antworten gegeben.

Lohnt der Anlaß wirklich den Aufwand? Marigg ist so sehr im Zweifel, daß er zum äußersten Mittel greift. Er lehnt sich zurück und schließt die Augen. Dann faßt er sich ins Genick und läßt die Wärme strömen. Die Kraft in seinem Innern ist gewaltig, Ruhe durchdringt ihn besänftigend. Tu es, klingt es in ihm, tu es, wenn es dich drängt. Die Kraft ist gut für Menschen. Aber es sind doch keine Menschen! schreit es in ihm. Ich weiß doch gar nicht, was es ist dort unten auf dem Merkur. Nimm dir den Schutz der Kraft und geh, wenn Kraft, Wille und Erkenntnis es fordern! entgegnet die Stimme, die beinahe so klingt, als gehörte sie zu einer grauen Kontur, die sich kaum abhebt vom verwitterten Gestein der Berge des Taurusgebirges ...

Behutsam läßt Marigg einen Tropfen des Elixiers in seine Handfläche fallen. Die kleine rote Perle schrumpft zusehends, man könnte meinen, die Flüssigkeit verdunstet. Aber die Hitze in der Hand belehrt Marigg eines Besseren, sie steigt den Arm empor, berührt das Herz wie ein Windhauch, quillt dann mächtig empor und füllt den ganzen Kopf.

In diesem Augenblick hört Marigg tausend Stimmen, sieht tausend Gesichter, fühlt tausend Ängste und tausend Freuden.

Einzig sein Wille genügt, alles in Schweigen erstarren zu lassen. Nur ein Hirn widersteht seinem Befehl, und Marigg erfaßt eine heiße Woge, als ihm bewußt wird: Es ist das eines Ungeborenen, das sich ihm nicht fügen will.

Ohne daß er jemals die Macht des Elixiers erprobt hätte, weiß er sofort: Ein scharfer Befehl würde genügen. Aber er weiß ebenso, daß diese Schärfe tödlich wäre. Er schickt einen mächtigen Strom von Wärme in dieses noch keimende Denken und gerät dadurch kurzzeitig in ein Gedankenfeld, das ihm so vertraut ist, daß er sich augenblicklich beschämt zurückzieht. Vielleicht war es zuviel Wärme, die er aussandte, und vielleicht wird sich die Frau wundern, woher diese Welle von Liebe in ihren einsamen Schlaf dringt.

Fassungslosigkeit befällt Marigg angesichts der Fülle von Gedanken, die sich seinem Willen unaufgefordert unterwerfen. Da dröhnt die Stimme Duals in sein Bewußtsein.

Beherrsche die Kraft, Marigg Ellis!

Aber die Stimme ertrinkt im Gewirr der willigen Gedanken, Marigg begreift auf einmal, daß er sie alle zwingen könnte, seinem Willen zu gehorchen. Die Erkenntnis durchströmt ihn heiß und unwiderstehlich. Alles Schlechte kann er ausmerzen mit einer einzigen Willensanstrengung.

Beherrsche die Kraft! schrillt die greise Stimme in seine Gedanken.

Doch Marigg läßt sich davontragen von der Woge, die ihn gepackt hat. Wie in einem Brennglas sammelt er alle Bewußtseinsregungen in sich, die er erreichen kann. Wie ein gleißendes Licht leuchtet es in ihm auf, hebt ihn empor, treibt ihn auseinander.

Beherrsche die Kraft! Es ist ein in Todesröcheln erstickendes Kreischen, das da in seine sich blähenden Gedanken dringt.

Gerade will Marigg seine Botschaft verkünden, den Willen zur Liebe und zum Verständnis füreinander in die Herzen der Menschen senken – da dringt der Todesschrei des alten Mannes in sein Denken. Und sofort begreift Marigg, daß es nicht eine Stimme aus seiner Erinnerung ist, die ihn mahnt, sondern die des wirklichen Dual!

Beherrsche ... die ... Kraft ..., Marigg, du letzter Meister der Sterbenden Sonne ..., beherrsche sie ...

Marigg schreit entsetzt auf. Eisige Kälte frißt sich in sein Gehirn, dringt in seinen Leib, versteinert ihn, löscht ihn aus. Bleib, Dual! Sein Schrei läßt das Universum erzittern. Bleib, bleib, bleib!

Ganz klar hört er die Stimme des alten Meisters. Wozu soll ein winziges Teil bleiben, wenn tausend neue Platz brauchen, Marigg Ellis? Weshalb soll Erfüllung durch Unbescheidenheit geschändet werden? Gib du mir den letzten Frieden, nach dem mich dürstet ...

Bleib, Dual, bleib! heult Marigg. Ich brauche dich, brauche die Gewißheit, daß du noch da bist, helfen, raten kannst.

Ein entsetzliches Stöhnen ist die Antwort, ein Stöhnen, das Planeten beben und Sonnen explodieren läßt.

Nimm das Wort der Meister, Marigg Ellis, stöhnt Dual verzweifelt, nimm es: Alles sei in dir, sei in allem ... Nun laß mich gehen, gib mir meinen Frieden, gib ihn mir!

Die Kraft kehrt nun in Marigg zurück. Er sieht Welten entstehen und vergehen, Menschen wachsen und sterben, Blumen erblühen und welken, und er sieht auf unbegreifliche Weise auch das eherne Gesetz, das über alldem steht.

Geh, Dual, und kehre wieder! spricht er die Formel der Meister.

Ich bin wiedergekehrt, Marigg Ellis, hört er die ersterbende Stimme des greisen Dual, und die Freude, mit der der Meister der Sterbenden Sonne die Augen für immer schließt, ist auch seine Freude, weil der Tod des einen einem neuen Menschen das Leben gibt, dessen Name Marigg Dual Ellis ist ...

Auf einmal ist alles ganz anders.

Immer noch steht der Lander startklar im Trailerdeck, aber nun ist es nicht mehr der Elloraner Marigg Ellis, der zur Station Nabuthot hinunterfliegen will, nun ist es der letzte Meister der Sterbenden Sonne Marigg Dual Ellis. Kraft, Wille und Erkenntnis – das Gesetz der Meister bestimmt fortan sein Handeln. Das Wort der Meister: Alles sei in dir, sei in allem.

Aber da ist noch der Ruf eines Wesens, das er nicht kennt, von dem er nicht einmal weiß, wie es beschaffen ist, von dem er nur sagen kann, daß es existiert und daß es nach ihm verlangt. Alles sei in dir, sei in allem.

Auf einmal ist ihm das Wort der Meister nicht mehr Geheimnis, sondern unmißverständliche Aufforderung. Marigg Dual Ellis, gib dem, der nach dir verlangt. Sammle deine Kraft und gib sie dort, wo sie gebraucht wird. Meister sein ist Geben. Geh und kehre wieder ...

Marigg läßt einen zweiten Tropfen der rubinrot leuchtenden Flüssigkeit in seine geöffnete Hand fallen und verschließt sich den tausend Stimmen. Nur einer einzigen gestattet er, in ihn zu dringen, und diese Stimme fragt unaufhörlich: Was bin ich? Weshalb bin ich? Was bist du? Weshalb bist du? Wo bist du ..., wo ..., wo?

Alles sei in dir, sei in allem.

Marigg kann sich kaum noch dessen erinnern, daß diese ungeduldige Stimme ihm einst Angst einflößte, sein Bewußtsein trübte, seinen Willen mit einer Macht niederrang, die reine Lauterkeit des Sinns ist und wohl nur deshalb mit solcher Gewalt bis zu ihm dringen konnte.

Auch das ist jetzt anders. Die Stimme klingt warm und klug. Sie spricht einfach, aber eindringlich. Sie gibt ihm Bilder, die er nicht zu deuten vermag, doch auch Empfindungen, die ihm sehr wohl bekannt sind.

Marigg wagt nicht den Versuch, diesen fremden Willen ebenfalls unter seine Macht zu zwingen. Ihm wurde kein Kampf angetragen, sondern Verständigung. Kampf kann es nur zwischen Meistern geben, und selbst das ist kein wirklicher Kampf, sondern eine Prüfung, in der das Neue, Gewachsene sich beweisen, das Recht auf Nachfolge erwerben muß – das hat Marigg nun unter Schmerzen begriffen.

Er erreicht unbehelligt das Trailerdeck. Niemanden hat verwundert, daß der Lander starbereit ist. Die Basis ist nicht mehr fern, und eher wäre es befremdlich, wenn die Mannschaft völlig vergessen hätte, daß es dort unten Frauen gibt, denen kosmischer Staub auf den Schultern mehr imponiert als Tintenkleckse auf den Ärmeln der Uniform.

Kein Mensch kümmert sich um Marigg, auch nicht, als er in den Lander steigt und das Luk hinter sich verriegelt. Als er die Countdown-Automatik einschaltet, schlendern die Mechaniker gleichgültig aus der Startkammer. Die Schotte schnappen zu und bilden eine unüberwindbare Barriere zwischen seinen zurückgelassenen Skrupeln und dem Willen, der aus Kraft und Erkenntnis wuchs.

Nun muß er sich darauf verlassen, daß sich Flakke das periphere Regime noch nicht auf das Kosmanderpult geschaltet hat. Aber weshalb sollte er es getan haben, wie konnte er ahnen, daß einer seiner Leute im Begriff ist, mit dem Lander die Ikaros zu verlassen. Der Zentralautomat gibt das Signal, öffnet das Außenschott der Startkammer. Wie eine grobe Faust reißt Marigg der Andruck des Katapultstarts in die Wirklichkeit zurück.

Es ist geschehen, sagt sich Marigg ruhig, als der Lander mit fauchenden Bremstriebwerken in den Kessel der Caloris Planitia fällt. Und als er endlich Flakke entsetzt schreien hört, er solle sofort umkehren, rührt ihn das nicht, auch nicht der Hinweis darauf, daß er den einzigen Lander der Ikaros in Gefahr bringt.

„Niemand ist in Gefahr, Kosmander“, antwortet er sachlich, „höchstens ich selbst. Mein Risiko ist aber viel geringer, als Sie glauben. Ich nehme Kontakt auf zu den Lebewesen, die sich irgendwo auf dem Gebiet der ehemaligen Station Nabuthot befinden ... Omega.“ Dann schaltet er das Funkgerät ab.

Die zerklüftete Oberfläche des Merkurs gleißt im stechenden Licht der Sonne.

Klar und rein schwingt der Ruf durch seine Gedanken: Wer bist du ..., wo bist du ..., wo ...? Er muß ein Meister sein, denkt Marigg, denn trotz der Kraft des Elixiers der Sterbenden Sonne dringt diese übermächtige Stimme durch seinen Verstand hindurch bis an die Haut seines Herzens, und ganz kurz blitzen wieder Bilder durch sein Denken und Fühlen, die ihn verwirren, obwohl er sie schon so oft geschaut hat.

Er spürt, daß ich komme, obgleich ich mich ihm verschließe, überlegt er ruhig. Marigg muß alle mentale Kraft zusammennehmen, um sich gegen den Einfluß der Stimme zu schützen. Ließe er nur eine Winzigkeit nach in seiner Konzentration, könnte er die Gewalt über den Lander verlieren ...

Warum schweigst du? dringt es in ihn. Warum?

Wie soll er ihm das erklären. Marigg befürchtet, daß die geringste Lockerung der mentalen Blockade, wie sie ein Dialog erforderte, etwas auslösen könnte, was wie eine Flutwelle über ihn hereinbricht, ihn mit sich reißt in Gefilde, die weit außerhalb seines Bewußtseins liegen.

Warum schweigst du, warum, warum, warum ...?

Marigg fängt den Lander einige Kilometer über den unzähligen Kratern ab. Am Horizont gleißen bereits die zerborstenen Kuppeln der Station Nabuthot.

Das Elixier schärft auch seinen Richtungssinn für den Ruf des Fremden; dort hinten, irgendwo zwischen den Trümmern der zerstörten Forschungsstation, muß er auf Marigg warten.

Wer bist du, wie bist du, was bist du, warum bist du? stürmen die Fragen auf ihn ein, und immer wieder: Warum schweigst du?

Die Eindringlichkeit lähmt vorübergehend seine Widerstandskraft, er muß antworten!

Ganz vorsichtig öffnet er sich dem tastenden Suchen des fremden Meisters. „Hier bin ich", flüstert er heiser, „hier – und ich komme zu dir."

Der Jubelschrei will ihn wie eine Explosion zerfetzen, dann braust es einer Sturmflut gleich über ihn hinweg: Wo bist du, wie viele Schritte sind es bis zu dir, welchen Namen hat der letzte Schritt, bist du innerhalb der Welt oder hinter dem letzten Schritt in der Welt, wo ..., wie viele ..., woher ..., wohin ..., warum ...?

Marigg stöhnt unter der Willensanstrengung und umgibt sich mit einem mentalen Schutzwall aus Gedanken. Aber unentwegt prallen die Fragen des Fremden gegen diesen Panzer, und Marigg wird auf einmal klar, wie recht er gehandelt hat, als er sich entschloß, das Elixier zu benutzen.

Der Fremde vervielfacht seine Anstrengungen, und Mariggs Kräfte schwinden. Noch einmal öffnet er seine Deckung einen Spalt und keucht verzweifelt: „Ich brauche meine Kraft für den Weg, versteh mich doch! Schweig, bitte schweig."

Plötzlich ist es ganz ruhig, und Marigg hört sogar das millionenfache Wispern des das ganze All umfassenden Hintergrundfeldes. Und dann fragt der Fremde leise, zaghaft beinahe: „Welche Kraft brauchst du? Ist es Warmkraft? Davon kann ich dir geben, wenn du zu mir kommst."

Dieses Angebot berührt Marigg eigenartig. Die Macht der Stimme konnte er von seinem Fühlen fernhalten, aber der Sinn ihrer Worte füllt ihm die Brust. Er bietet mir Wärme! Die Worte klopfen in ihm wie ein gewaltiger Herzschlag.

„Schweig bitte ...", flüstert er entkräftet.

Der Fremde verstummt, nur noch das feine Zirpen und Singen seines Gedankenfeldes weist den Weg.

Marigg läßt den Lander sinken, bis sich die gesplitterten Wälle der Krater vor ihm türmen wie die Mauern einer verwüsteten Festung. Nun sind auch die Risse und Spalten deutlich zu erkennen, die diesen Bereich der Merkuroberfläche furchen wie Falten das Gesicht eines Menschen. Hier tobten die Gezeitenkräfte der Sonnenbeben am ärgsten.

Die auseinandergeplatzten Plantagenkuppeln funkeln wie Eis.

Marigg hat den wissenschaftlich-technischen Komplex Thot erreicht. Das Innere der zerstörten Kuppeln gleicht dem Aufbau eines Bienenstocks, Marigg erkennt Hunderte von Zellen, wie Waben oder wie Poren eines Schwamms. Jede dieser Zellen war einst ein blühender Garten, ein Getreidefeld oder eine Gemüsekultur. Jetzt ist hier alles tot, verbrannt vom höllischen Hauch der Sonne, die plötzlich zum Leben erwachte und zu atmen begann, tödliche Hitzeströme und mörderische Schwerewellen ausspie.

Der Lander jagt über ein Relief hinweg, das Marigg wie ein plötzlich zu Eis erstarrter und zersplitterter Spiegel eines schäumenden Sees vorkommt. Links von ihm glänzen die zerknitterten oder aufgerissenen Dächer der heliophysikalischen Pavillons, die eingestürzten Verbindungstunnel sehen aus wie die halbverschütteten Kanäle eines Bewässerungssystems.

Der sternförmige Grundriß des Forschungskomplexes bleibt hinter dem Lander zurück. Marigg folgt dem längsten Strahl dieser Struktur, der den ebenfalls eingestürzten Haupttunnel zwischen Nabu und Thot kennzeichnet.

Bald schon erkennt er die konzentrischen Ringe des Wohn- und Sozialtrakts. Auch hier furchen tiefe Risse den Boden, haben die Kavernen und Kasematten zerrissen, wie Seifenblasen platzen lassen.

Marigg verringert die Geschwindigkeit des Flugkörpers. Ring für Ring gleitet ein Panorama unter ihm vorbei, das wie ein Triumphbogen der siegreichen Naturgewalten in diese leblose Landschaft gesetzt ist. Nein, korrigiert er sich sofort, es ist kein Triumphbogen, sondern ein Mahnmal.

Und irgendwie imponiert ihm an diesen Terranern, daß sie diese Ruinen, Zeugnis einer ihrer schwersten Niederlagen im ewigen Ringen mit der Natur, nicht einfach einebnen, sondern zur fortwährenden Warnung vor allzuviel Selbstgefälligkeit und Übermut ihren Nachfahren hinterlassen.

Marigg überfliegt das Zentrum und entdeckt einige halbwegs brauchbare Landefelder.

Der Fremde schweigt weiterhin, aber Marigg meint an den Schwingungen des Gedankenfeldes die Kraft ermessen zu können, mit der sein fremder Freund die Ungeduld zügelt. Sie muß unermeßlich sein.

Der dritte Ring, der vierte – da, an dieser Stelle muß sich die Stationsklinik befinden. Nur ein einzelner dünner Spalt klafft im Boden.

Warum gerade hier? fragt sich Marigg, und verblüfft stellt er fest, daß ihn diese Frage nach dem Warum und Woher bisher noch gar nicht interessiert hat. Für ihn war nur wichtig: Dort ist ein Wesen, und dieses Wesen ruft mich.

Aber warum ist es dort, und woher kommt es? Überlebende? Unsinn. Alles wäre denkbar, nur nicht, daß die Rettungsmannschaften vor fünfunddreißig Jahren auch nur einen einzigen Menschen hier zurückgelassen hätten. Ausgeschlossen – die Klinik wurde zuerst abgesucht, weil man gerade dort die Hilfsbedürftigsten vermutete. Allerdings konnte niemand den Leuten helfen, die dort lagen. Sie waren alle verbrannt, so stark war die Felswände durchdringende Glut der Sonne gewesen ...

Man hatte sogar die Bunker mit den Labors und Substitutionsaggregaten untersucht und die Kryokaverne mit den Lebensmitteldepots. Nur dort wäre ein Überleben möglich gewesen, weil durch das Beben eine Trennwand zwischen den Kühlhallen und den unteren Klinikbunkern eingestürzt war und die eisige Kälte aus den Lagern mit den tiefgefrosteten Nahrungsmitteln die mörderische Hitze so weit abschwächen konnte, daß man die Katastrophe hätte überstehen können. Aber die wenigen, denen sich diese Chance bot, sahen sie nicht, sie stürzten sich in ihre Cataphracte und rannten nach draußen, heraus aus den zur tödlichen Falle werdenden Räumen, die sie unter einstürzenden Decken und Wänden zu zermalmen drohten.

Nein, dort unten hat niemand überlebt. Der Fremde ist kein Mensch, weder Terraner, Epser noch Elloraner – Marigg weiß es genau, denn er spürt deutlich die andere Struktur des Gedankenfeldes, die der menschlichen Vernunft zwar stark ähnelt, aber doch von ihr verschieden ist.

Marigg läßt den Lander behutsam sinken. Die teilweise unversehrte Oberfläche kann trügen. Unter ihr befinden sich ausgedehnte Hallen und Tunnelsysteme, und niemand weiß, wo die Spannungen und Instabilitäten im Fels so groß sind, daß schon ein menschlicher Fuß genügte, Hunderte von Quadratmetern Fläche lautlos in die Tiefe stürzen zu lassen.

Er hat nicht vor, hier zu landen. Aber er muß eine Möglichkeit finden, auf dem kürzesten Weg unter die Oberfläche zu gelangen: Sein Sauerstoffvorrat ist zwar reichlich bemessen, doch nicht unerschöpflich.

Vorsichtig schwebt Marigg den Spalt entlang. Das gibt es nicht! durchzuckt es ihn plötzlich. Dort unten ist Licht! Marigg geht noch tiefer. Tatsächlich, er kann es genau erkennen: Aus einem aufgerissenen Tunnel leuchtet es matt!

Mit schnellem Griff schaltet er sich eine Ausschnittvergrößerung auf den Bildschirm des Steuerpults, wirft noch einmal einen Blick durch die Kanzelverglasung und schwenkt die Optik der Videoelektronik ein wenig.

Der Spalt durchtrennt wie ein schräger Schnitt den Gang. Die eine Hälfte liegt in tiefster Finsternis, die andere aber wird noch von den auf wunderbare Weise verschont gebliebenen Leuchtbändern erhellt.

Marigg vergrößert den Bildausschnitt ein weiteres Mal und sieht, daß es nur ein Leuchtband ist, das noch funktioniert. Durch einen dummen Zufall muß das Kabel so gerissen sein, als der Spalt den Tunnel auseinandersprengte, daß sich die Pole nicht berühren. Die anderen Lichtquellen sind dunkel.

Marigg schüttelt den Kopf. Beinahe hätte er das Leuchten im Schatten des Spalts für eine Reflexion des blendend hellen Sonnenlichts gehalten. Sein Blick wandert zum äußersten Ring, wo die zersprungenen Spiegel der Sonnenkraftwerke liegen. Irgend etwas in diesem Wirrwarr aus geborstenen, zerfetzten und geschmolzenen Anlagen funktioniert also noch.

Wahrscheinlich hat sich damals niemand die Mühe gemacht, den Hauptschalter für diesen Komplex zu suchen, wozu auch …

Marigg geht noch tiefer, um weiter in den Stollen hineinsehen zu können. Er schaltet das Autogonium auf vollautomatischen Betrieb, weil in dieser Position das leiseste Zittern seiner Hand den Absturz herbeiführen könnte.

Dann richtet er die Kameraaugen in die Tiefe des Tunnels und schreit überrascht auf. Ein rotes Schott! Also befindet sich hier eine Schleuse! Wenn die Stromversorgung auch hinter dieser Schleuse noch funktioniert, dann gibt es dort Luft, Licht, erträgliche Temperaturen – und vielleicht doch Überlebende?

Nein, nein, nein! hämmert sich Marigg ein. Das ist kein Mensch wie wir, ich spüre es doch!

Er schraubt den Handschuh des Cataphracts ab und greift nach dem Flacon mit dem Elixier. Seine Hand zittert unmerklich, als er sich den dritten Tropfen auf die Haut träufelt. Die Kraft der Sterbenden Sonne durchströmt ihn ehern und wild. Nichts gibt es, was ihr widerstehen könnte.

Marigg umklammert den Geist des Fremden mit seinen Gedanken. Bist du ein Mensch? fragt er machtvoll.

Der Fremde zögert. Ratlosigkeit schwingt durch sein mentales Feld. Was ist das? vernimmt Marigg die Frage.

Bist du wie ich? präzisiert er schnell.

Unwillkürlich duckt er sich unter der Wucht der auf ihn einstürmenden Bilder. Nein, der Fremde ist nicht wie er, er ist ein Teil eines Dings, das Marigg nicht zu begreifen vermag, das dem anderen aber alles ist. Als Zelle eines ganzen Organismus versteht er sich, als Steinchen in einem großen Mosaik, als Verkörperung von Fähigkeiten, die nur als Bestandteil dieses größeren Gebildes wirkliche Fähigkeiten sind. Überhaupt kann Marigg kaum einen Unterschied in den gedanklichen Impulsen erkennen, wenn der Fremde einerseits sich selbst und andererseits dieses andere meint. Es ist beinahe so eine Empfindung, wie er sie beim Gedanken an seine Trinität hat, die er verlassen mußte.

Marigg verschließt seine mentalen Aures und läßt den Lander wieder steigen. Doch als er Kurs auf das Zentrum der Ruinenstadt Thot nimmt, dorthin, wo er die unversehrten Landefelder gesehen hat, dringt der entsetzte Ruf des Fremden trotz der Blockade in sein Gehirn. Warum gehst du fort?

Marigg krümmt sich unter der Macht dieses ängstlichen Schreis. Für Sekunden schüttelt ihn ein Grauen, das wie kosmische Leere in ihn einsickert. „Schweig, schweig! Ich komme ja!" röchelt er und versucht unter Schmerzen, die Lücken in seinem mentalen Schirm zu schließen. „Du tust mir weh mit deiner Kraft! Schweig doch!" brüllt er unbeherrscht auf.

Augenblicklich verstummt der Fremde, und seine mentale Aura ist nur noch wie ein ferner Nachhall. Aber aus diesem weitentfernten Hall klingt es wie ein schüchternes, ängstliches Flüstern: Du sagst, daß du kommt, und du gehst … Fast war es wie ein Vorwurf, voller Enttäuschung.

Noch einmal, ein letztes Mal, sammelt Marigg seine Kraft und ruft stöhnend: „Ich muß gehen, damit ich kommen kann …"

Und wie er dies gedankenlos und in höchster Not hervorpreßt, gerät ihm der greise Dual in den Sinn, der ihn fortschickte, damit er wiederkehren könne, und ihm wird bewußt, daß kein Meister der Sterbenden Sonne je einen größeren Kampf zu bestehen hatte, daß es vielleicht erst diese Prüfung ist, die ihm das Recht auf seinen Namen gibt.

Die Teleskopbeine des Landers federn noch nach, da springt Marigg bereits aus der Schleusenkammer. Im Cataphract, in diesem monströsen, vor allen nur erdenklichen Strahlungen und insbesondere natürlich vor Hitze schützenden Panzeranzug, in dem man aussieht wie eine übermäßig aufgeblasene Gummipuppe, ist das Laufen kaum schwerer als im normalen Omikronskaphander, wenn man die Mikrohydraulik des Stützskeletts einigermaßen beherrscht. Marigg bereitet dies keinerlei Schwierigkeiten, im Gegensatz zu Styx etwa, der wie ein Golem dahergestolpert kam, wenn er in den Panzer hat kriechen müssen. Marigg springt in zwar behäbigen, aber weiten Sätzen seinem Ziel entgegen. Unter dem Cataphract trägt er den leichten Omikronanzug, damit er sich im Netz der Tunnel und Stollen – soweit die Temperatur das erlaubt – freier bewegen kann.

Die stählernden Stiefel seines Panzeranzugs poltern über glasige Schlacke und erstarrte Lava. Einmal bricht Marigg in eine Blase ein, die er zu spät erkennt, und bleibt bis zum Knie im Boden stecken. Daraufhin achtet er sorgfältiger auf den Weg vor seinen Füßen, sucht in dem feinen Gespinst kleinster Risse und Bläschen nach verdächtig aussehenden Stellen. Es hat sich in den vergangenen fünfunddreißig Jahren, seit barbarische Gewalten diesen Boden auseinandersprengten und mit Magma überfluteten, kaum Staub abgesetzt. Die erosive Kraft der Sonnenwinde reichte dazu nicht aus, aber hier und da wirbelt ein feiner Nebel auf, in grauschwarzen Wolken – Asche.

Marigg weicht diesen Stellen möglichst aus. Der Anblick dieser Schwaden bereitet ihm beinahe Übelkeit, denn er weiß: Das sind Reste von durch Menschenhand erschaffenen Dingen, vielleicht gar Reste ihrer Schöpfer ...

Einen Moment verharrt er. Der Fremde hat seine Aura abgeschwächt, daß sie Marigg für kurze Zeit im Wispern und Tuscheln des Hintergrundfeldes verlorenging.

Marigg lauscht. Und da macht er eine befremdliche Feststellung. Was er für den kosmischen mentalen Hintergrund hielt, ist ein Summenfeld, das näher sein muß, als er für möglich gehalten hätte. Es sind gar nicht so viele Individuen, deren Gedanken er unterschwellig wahrnimmt – es sind höchstens vierzig, vielleicht auch fünfzig, keinesfalls mehr, denn er kann klar differenzieren, ohne seine Blockade zu lockern. Sein fremder Freund hat sich bescheiden zurückgezogen, und Marigg stellt voll Erstaunen fest, daß dieses ungewöhnliche Feld in einem strengen Grundrhythmus schwingt, dem sich alle Einzelwesen willig fügen. Er spürt sogar mehr, noch Erstaunlicheres, für ihn Fremdes: Es ist kein Diktat in diesem Schwingen, keine individuelle Dominanz, sondern ein wahrhaft gemeinsamer Wille, ein Bestreben, stabilisierend mitzutun, ein Aufeinandereingehen – beinahe scheint es ihm, diese Aura gehöre wirklich zu einem einzigen Individuum. Aber er fühlt doch auch deutlich, daß es viele einzelne sind!

Erneut dringt das Wort der Meister in sein Bewußtsein: Sei in allem, alles sei in dir! Immer neue Nuancen geben sich Marigg preis. Steht er wirklich vor dem Kontakt mit einer Lebensform, die diesen Grundsatz bis hin zur Körperlichkeit realisiert hat?

Meister Marigg Dual Ellis, soll es dir gegeben sein, die höchste Vollkommenheit dieses Wortes zu erkennen?

Ihm wird siedend heiß. Alle Meister vor ihm waren steingraue,

verwitterte, unerbittliche Denkmäler ihrer selbst. Was aber ist er – Marigg Ellis? Ein nicht mehr ganz junger, aber trotz allem noch unerfahrener, lebenssüchtiger, sich nach Erfüllung sehnender Mensch. Wie könnte er das Werk der Meister weiterführen …

Er schüttelt diese Gedanken von sich ab, als wären sie nur Staub. Mit weit ausgreifenden Sätzen springt er voran. Er achtet nicht mehr auf die Gruben und Senken, die Löcher und Krater, die wie Wunden sind im Leib einer einstmals von Menschen bewohnten Insel in einem toten, lebensfeindlichen Meer.

Auch die hier und da unter dem Tritt der stählernen Stiefel aufstiebende grauschwarze Asche irritiert ihn nicht mehr. Die Gedanken an den Tod haben keine Rechte mehr angesichts des lebendigen Rufens, das aus der Tiefe dieser toten Wüste zu ihm dringt.

Am Spalt angelangt, schaut er abschätzend nach unten. Ich benehme mich wie ein Idiot! denkt er, denn ihm wird klar, daß er alles an Bord gelassen hat, was ein solches Unternehmen erfordert. Statt den mit Sonnenenergie betriebenen Merkurrover auszuladen, ist er losgerannt wie ein junger Springbock. Keine Seilwinde, kein Werkzeug, keine Meßinstrumente – er hat nur seinen Kopf mitgenommen. Nun, immerhin ist es der Kopf eines Meisters der Sterbenden Sonne!

Marigg springt. Vier Meter, das geht unter den Bedingungen der geringen Schwerkraft auf dem Merkur auch im Cataphract. Dennoch reißt ihm die Landung die Kniegelenke fast auseinander, weil er den Bruchteil einer Sekunde zu spät an die Mikrohydraulik denkt. Erst rappelt er sich auf, dann schaut er nach oben. Zu dieser Reihenfolge muß er sich zwingen, weil ihm noch während der nicht ganz gelungenen Ankunft auf der Sohle des Spalts in den Sinn kam, daß er irgendwie und irgendwann auch wieder hinaufgelangen muß. Dieser Gedanke weckte in ihm die arge Befürchtung, daß der sich ihm bietende Anblick seiner Kraft nicht sehr zuträglich sein könnte – also rappelte er sich erst auf und richtete den Blick dann nach oben. Das war gut so.

Vier Meter in der Waagerechten sind kein Problem, sinniert Marigg, aber an senkrechten vier Metern muß selbst der Verstand eines Meisters der Sterbenden Sonne scheitern, wenn diese steil und ohne jede Stufe oder irgendeinen Halt nach oben führen.

„Hervorragend, Ellis“, schimpft er, „du bist doch ein wahrer Teufelskerl.“

Ohne Cataphract wäre es vielleicht zu schaffen. Er schaut auf die Temperaturanzeige. Etwas unter minus achtzig. Kein Wunder, er steht im Schatten, und hier gibt es keine Atmosphäre, die Wärme speichert oder leitet. Eigentlich sollte die Strahlungshitze des Gesteins höher sein, aber das würde auch nichts helfen. Da oben herrschen Temperaturen, die ohne Cataphract tödlich sind, das weiß er. Dort oben herrscht die Sonne, hier unten herrschte einst der Mensch …

Als er in den beleuchteten Teil des Tunnels tritt, muß er anfangs eine ihm unverständliche Scheu überwinden. Dieses Licht täuscht etwas vor, was nicht existent ist: einen Übergang vom Reich des Todes in das Regime des Lebens. Es ist wohl die Gewißheit um den trügerischen Charakter dieser Trennlinie, was seinen Fuß für einen Augenblick stocken läßt.

Dann muß Marigg über herabgestürztes Geröll hinwegsteigen. Der Berg ist nicht gerade hoch und verliert sich in einzelnen, immer kleiner werdenden Brocken. Für Marigg aber ist es wie der Abstieg in eine fremde Welt. Die Aura des fremden Wesens schwingt in mühsam unterdrückter Erregung. Und nun staunt er ein weiteres Mal, denn jetzt nimmt er doch einen dominanten Willen wahr, eine Stimme, die beinahe beschwörend diese Aura durchdringt und sein Kommen in seltsamen Bildern verkündet. Mariggs Verstand vermag diese Botschaften nicht genau zu erfassen, aber die Empfindungen berühren ihn. Es ist wie die Ahnung von der Verschmelzung zweier Dinge, die geschaffen wurden, um irgendwann eins zu werden, es ist wie ein Jubel, wie eine Erleuchtung, wie Erfüllung, was diese fremden Hirne durchtost. Aber die Bilder! Die Bilder sind so fremd, so unheimlich – es sind die Bilder, die er seit langem kennt und die in ihm Furcht und Abscheu auslösten.

Doch dieser Wille scheint alles in ein freundliches Leuchten zu tauchen, gibt der Fremdartigkeit ein mildes, vertrautes Aussehen, läßt Wärme aus diesen Bildern strömen, Wärme … Und es ist nicht nur dieser eine Wille! Auch die anderen Gedanken sind voller Wärme, hier schwächer, da stärker, und Marigg spürt, daß es nicht Wollen ist, was diesen Unterschied zur großen, beherrschenden Stimme ausmacht, sondern nichts weiter als Vermögen, und daß jeder gibt, was er zu geben vermag. Kraftvoll klingt das Wort der Meister in Marigg und die Frage, was für eine geheimnisvolle Welt das wohl sei, aus der diese Wesen kommen …

Vor dem roten Schott der Luftschleuse bleibt er stehen. Muß er ja. Da ist ein numeriertes Tastenfeld, ähnlich denen, wie sie an den Schleusentüren auf der Basis angebracht sind, allerdings nicht mit achteckigen, sondern mit runden Tasten. Eins ist immer Öffnen! Mehr muß man nicht wissen, weil alles andere automatisch abläuft und die restlichen Tasten nur für Wartungstechniker oder im Fall eines Defekts von Bedeutung sind.

Ein weißlicher Nebel faucht Marigg entgegen, als sich das Schott öffnet. Die Kammer ist nicht sehr groß, sechs Mann würden sich wohl schon auf die Zehen treten. Dafür geht alles sehr schnell. Es ist eben eine Sicherheitsschleuse, die normalerweise optoelektronisch gesteuert wird und ihren eigentlichen Sinn erst erfüllt, wenn ein Leck oder eine andere Havarie hermetische Abdichtung erfordert. Kaum hat sich das rote Schott geschlossen, zischen wieder milchige Nebel aus irgendeiner Ecke, die sich aber rasch verflüchtigen. Dann schnellt das Innenschott zurück und gibt den Weg in einen diffus erleuchteten Korridor frei.

Ein Blick auf das Barometer sagt Marigg, daß hier irdische Druckverhältnisse herrschen, ein zweiter auf den Analysator, daß es tatsächlich Luft ist, was diesen Gang füllt. Die Temperaturanzeige meldet minus achtzehn Komma drei Grad.

Marigg öffnet die Rückenluke des Cataphracts und steigt aus dem Panzer. Einen Augenblick denkt er auch daran, den Helm abzunehmen, aber achtzehn Grad minus können einem auch die frischeste Luft verekeln, und außerdem ist nicht erwiesen, daß fünfunddreißig Jahre alte Luft besser riecht als die aus dem Servicetornister. Also läßt er den Griff des Bajonettverschlusses wieder los und sieht sich erst einmal um.

Das Sintermaterial der Tunnelwand zeigt keine Spuren der enormen Hitze, die bis hierher vorgedrungen sein muß, aber die Abdekkungen der Leuchtbänder haben sich verzogen und sind teilweise herabgefallen. Weiter zeugt nichts von der Höllenglut, die alles Leben erbarmungslos auslöschte.

Jetzt ist der Boden sogar mit einem feinen Schleier aus Rauhreif bedeckt, so kalt ist es in dem Gang.

Plötzlich stutzt Marigg. Weshalb ist es hier so unglaublich kalt? fragt er sich verblüfft. Normalerweise müßten die Temperaturen bis an den Siedepunkt heranreichen, wenn man voraussetzt, daß die Klimaanlage ebenfalls zerstört wurde. Aber wenn es hier noch Energie gibt, warum sollte dann nicht auch die Klimatisierung noch funktionieren?

Er hastet zum nächsten Luftaustritt und hält die Hand vor die vergitterte Öffnung. Ich Esel! schilt er sich, als ihm bewußt wird, daß er durch den Skaphanderhandschuh nichts merken kann. Also kratzt er einige winzige Kristalle des Rauhreifs vom Boden und legt sie sich in die Handfläche. Dann führt er die Hand behutsam wieder vor das Gitter des Lüftungsschachts. Sie müßten schmelzen oder wenigstens davongeblasen werden, wenn die Ventilation arbeitet, denkt er.

Die Eiskristalle glitzern reglos und kalt.

Marigg mustert eingehend die Wände. Bei dieser Temperatur

müßte sich doch der Reif auch dort niederschlagen, wo innerhalb des keramischen Materials die Rohre mit dem flüssigen Helium verlaufen, aber die Wandung ist völlig eisfrei. Die Kühlaggregate der Klimatisierung arbeiten also nicht. Woher rührt dann diese unheimliche Kälte? Unentschlossen geht Marigg weiter. Hier kann es doch keine lebenden Wesen geben, sagt er sich, aber die Aura des rätselhaften Fremden schwingt klar und rein und weist ihm den Weg.

Der Gang mündet in einen gewölbeartigen Raum. Neben dem Eingang steht das verrußte Gerippe eines Schreibtisches, darunter liegt ein ausgebranntes Gestell, das wohl einmal ein Videophon oder ein Terminal war. An der gegenüberliegenden Wand hängen noch Metallrahmen, in denen sich einst Bilder befunden haben mochten. Am Boden entdeckt Marigg Tonscherben und flockige Aschereste. Das mögen Blumentöpfe gewesen sein.

Links und rechts führen Pendeltüren weiter, von deren Glasscheiben nur noch zackige Ränder geblieben sind.

Marigg konzentriert sich. Das mentale Feld muß rechts sein. Undeutlich sind noch Schriftzeichen neben der rußgeschwärzten Tür zu erkennen. Substitutionsklinik – buchstabiert er langsam.

Einige Türen der Klinikräume stehen offen. Marigg wirft nur in die ersten vier einen kurzen Blick. Überall das gleiche Bild: verkohlte, verrußte, geschmolzene oder verbrannte Geräte und Einrichtungsgegenstände. Im dritten Zimmer glaubt er einen verkohlten Strunk auf dem ausgeglühten Operationstisch zu erkennen und prallt angewidert zurück. Dann aber beruhigt er sich: Es muß eine Decke oder etwas Ähnliches sein, denn die sterblichen Überreste derjenigen Kranken und hier Diensttuenden, die es nicht mehr bis an die vermeintlich Rettung verheißende Planetenoberfläche geschafft hatten, wurden ausnahmslos würdig bestattet. Jedes Aschehäufchen wurde untersucht, weil es nicht auszuschließen war, daß es sich um das wenige handelte, was von einem Menschen bleibt, der solch einen grausamen Tod findet.

Nein – Leichen oder deren verkohlte Reste wird er hier ganz gewiß nicht finden. Marigg atmet erleichtert auf, dann aber erinnert er sich daran, daß Skamanders Vater hier irgendwo in einem der Substitutionsbetten gelegen haben muß, als die Beben den Planetenboden zersprengten und die nachfolgenden Eruptionen ihr tödliches Feuer gegen die Station schleuderten. Er weiß auch, daß sich der Mann nicht bewegen konnte, weil er in einer Maschine steckte, die seinem Körper die verbrannte Haut ersetzte …

Marigg schluckt krampfhaft. Wer könnte den Haß nicht verstehen, den Skamander für die Sonne empfindet, die nicht nur Leben gibt, sondern auch gnadenlos vernichtet, wenn es sich ihr zu waghalsig nähert. Was wird wohl von den Ruinen dieses Menschenwerks bleiben, wenn die Sonne zum zweitenmal ihren feurigen Atem ins All hinausbläst und die Planeten mit Schwerewellen schüttelt? Hier jedenfalls wird sie keine Menschen töten können, dieses Gebiet gehört ihr und wird ihr nicht mehr streitig gemacht. Aber der Fremde! durchfährt es Marigg. Weiß er überhaupt, welche Katastrophe bevorsteht? Verdammt noch mal – ganz gleich, wer oder was diese geheimnisvollen Wesen sind: Sie müssen hier weg, und zwar so schnell wie möglich! Warum fällt mir das erst jetzt ein? fragt sich Marigg mit einem Gefühl tiefster Scham.

Unwillkürlich beginnt er zu laufen, wird immer schneller, als käme es auf jede Sekunde an. Die gemeinsame Aura der fremden Wesen zieht ihn wie ein Sog. Marigg gerät ins Schwitzen, keucht vor Anstrengung.

Der Gang beschreibt einen Knick, und Marigg steht plötzlich vor einer Gittertür. Unbefugten Zutritt verboten! steht, kaum noch lesbar, auf einem angeschmolzenen Schildchen, und daneben, direkt auf der Wand: Substitutsregeneratoren. Mit dem etwas kleiner geschriebenen Zusatz: Nur für Personal der dritten aseptischen Stufe.

Das Gitter ist verschlossen, aber die einige Schritt dahinter befindliche Bioschleuse steht weit offen. Marigg kann sogar die anscheinend unbeschädigten Apparaturen der Regeneratoren sehen und staunt gewaltig, als er feststellt, daß die Kontrollämpchen in allen Farben leuchten und blinken. Dann hört er auch das leise Summen.

Vergeblich rüttelt er an dem Gitter. Das Gedankenfeld des Fremden wird immer stärker. Marigg wirft sich mit aller Gewalt gegen die Gittertür, bar jeder Vernunft, die ihm sagen müßte, daß dies das untauglichste Mittel ist.

Plötzlich verharrt er. Das Außenmikrofon überträgt ein Geräusch, das ihm eisige Schauer über den Rücken rinnen läßt, ein hohes, klagendes Jammern, das gleich darauf in schrilles, geradezu frenetisches Kreischen übergeht. Mariggs Finger krampfen sich um die Gitterstäbe, sein Hals wird trocken. Ein irrsinniger Gedanke durchzuckt ihn: Das klingt ja fast wie eine Mundharmonika! Die Töne nähern sich, begleitet von einem rhythmischen Platschen wie von nackten Füßen.

Marigg preßt sich gegen das Gitter, auf einmal weiß er: Er kommt, sie kommen, es kommt …

Das Klatschen wird zu einem Schurren und Schlurfen, als wälze sich ein riesiger Tausendfüßer durch den Gang hinter der Bioschleuse. Angst befällt Marigg. Die Fremden schweigen noch immer, und Marigg denkt gar nicht mehr daran, daß er selbst dieses

Schweigen stöhnend gefordert hat und es mit einem einzigen gedanklichen Impuls durchbrechen könnte. Nur das Schurren und Knistern des gewaltigen Gedankenfeldes hüllt ihn ein, Oh, großer Dual, hilf mir! fleht er inständig. Hilf mir, stark zu bleiben! Was ist das, was da zu mir kommt, was wird es tun, was soll ich machen?

Da! Ein gewaltiger Schatten schwankt heran.

Marigg befällt ein Zittern, das seinen ganzen Körper schüttelt, seine Augen weiten sich vor Entsetzen, und ein unartikulierter Schrei löst sich aus seiner Kehle.

Das erste Wesen muß weit über zwei Meter groß sein, sein Kopf berührt beim Gehen fast die Decke des Korridors.

Marigg fühlt, wie seine Knie weich werden.

Platsch, platsch – die nackten Füße des Wesens klatschen auf den reifbedeckten Boden, die säulenartigen Beine sind beim Gehen immer etwas eingeknickt. Der Körper ähnelt entfernt dem eines Menschen, nur sticht das Brustbein spitz hervor, und der Oberkörper ist seltsam schief, geht links gleich in einen kurzen Hals über, schulterlos, während sich rechts die Muskelstränge eines gewaltigen Armes runden. Auf der rechten, einzigen Schulter hockt irgend etwas Undefinierbares, das Marigg noch nicht klar erkennen kann, der Arm jedoch ist zurückgebogen und schleppt ein Gebilde hinter sich her, das wie ein Wurm aus Dutzenden Leibern erscheint.

Die Zähne schlagen Marigg klappernd aufeinander, ein Ruck geht durch seinen Körper, er will aufspringen, davonlaufen, denn das Abscheulichste an diesem Wesen ist der Kopf!

Ein mißgestaltes Ding mit Beulen und Schwielen sitzt auf dem Hals, anstelle der Nase gähnen zwei dunkle Löcher, und unter diesen schrecklichen Höhlen zucken zwei mehrfach gespaltene Lippen.

Aber Marigg kann nicht davonlaufen. Die mächtige Aura des Wesens hält ihn gefangen.

Du bist kalt! Soll ich dir Wärme geben? peitschen die fremden Gedanken durch sein Gehirn.

Ja, Marigg fühlt wirklich eisige Kälte, die wie ein Klumpen in seinem Bauch liegt. Aber er spürt auch sofort den Strom von Güte, der aus der Aura des schrecklichen Geschöpfs quillt, noch bevor er antworten kann. „Wer bist du?" stößt er fassungslos hervor und weicht langsam zurück.

Der Fremde stampft schwerfällig auf ihn zu. Nun erkennt Marigg, was er hinter sich herschleppt: Die sieben Finger seiner einzigen Hand umklammern den Oberarm eines zweiten, kleineren Wesens, das beinahe nur aus Speckfalten zu bestehen scheint und irgend etwas noch Winzigeres, Quakendes an sich preßt. Unter der zusammengequetschten Stirn dieser Kreatur funkelt ein milchiges

Auge, anstelle des zweiten hat dieses unmenschliche Gesicht eine Geschwulst, die speckig glänzend die ganze Gesichtshälfte bedeckt.

Und immer mehr bizarre, groteske Gestalten kommen herangeschlurft, gekrochen, gehumpelt. Ineinander verkrallt, sich umschlingend, wälzt es sich heran. Da sind Arme und Beine, aber auch Klauen und Pranken, mißförmige Köpfe mit Nasen, Ohren und Augen, deren Entstellungen wie Inkarnationen eines Fiebertraums anmuten.

Marigg schwindelt es, und er fühlt, wie sein Körper in tödlicher Kälte erstarrt. Und als er den Mund des zweiten Wesens ansieht, da packt ihn ein wahnsinniger Lachkrampf, denn was dort zwischen den wulstigen Lippen schimmert, das sieht tatsächlich aus wie eine Mundharmonika, und die Töne kommen ganz gewiß dorther!

Seine Augen irren hin und her. Das ist nicht wahr! brüllt es in ihm. Das muß an dem verfluchten Elixier liegen! Es verzerrt das Wahrnehmungsvermögen! So muß es sein! Das alles ist einfach nicht wahr!

Sie nennen mich Klugwarm, hört er den mißgestalten Riesen, und sie wollten alle mitkommen. Wie soll ich dich nennen?

„Marigg“, krächzt er, kaum noch Herr seiner Sinne. „Ich heiße Marigg.“

Diesen Namen kann ich nicht tasten, tönt Klugwarms Stimme in ihm. In deiner Kaltkraft sind viele Namen und Dinge, die ich nicht tasten kann – darf ich dich Vielklug nennen?

Mariggs Knie geben endgültig nach. Er rutscht an den Gitterstäben entlang nach unten und starrt auf das fremde Wesen. „Gut, gut“, keucht er, am Rande des Zusammenbruchs, „gut – nenne mich Vielklug ...“

Das Ding auf der einzigen Schulter des Wesens, das sich Klugwarm nennt, zuckt auf und läßt ein schrilles Kichern hören. Marigg nimmt mit dumpfer Apathie wahr, daß dieses spindeldürre Etwas irgendwie einem Äffchen ähnelt, dessen Kopf nicht größer ist als eine Kinderfaust.

Dann zwingt er sich mit einer letzten Willensanstrengung, noch einmal in das Gesicht des Wesens Klugwarm zu schauen.

Das ist das Elixier! stöhnt er innerlich auf, als er in klare, helle und schöne Augen blickt. Es ist das Elixier!

Der Blick dieser Augen hüllt ihn in Wärme und Geborgenheit. Es sind die Augen Skamanders ...

KAPITEL 21

Der Merkurrover rast über die blasige Schlacke, feinste Staubwölkchen aufwirbelnd. Goff zieht den Kopf ein, als der Spiegel des Sonnenaggregats gegen den Helm seines Cataphracts schlägt. Einen Augenblick später liegt er mitten auf der Ladefläche und muß noch froh sein, von dem sich drehenden und bei jeder Kurve sich erneut auf die Sonne ausrichtenden Reflektor nicht aus dem Fahrzeug gestoßen worden zu sein. Daß er auf den metallischen Schlag hin lediglich den Kopf einzog, war ein reiner Reflex, der nicht in Rechnung stellte, daß der Cataphract damit nicht kleiner wurde und dem kreisenden Metallspiegel weiterhin dieselbe Angriffsfläche bot.

Hermel Goff rappelt sich ungeschickt auf und droht dem Reflektor mit der Faust. Styx' Lachen kann ihn nicht besänftigen.

„Sie glauben alles wohl erst, wenn Sie es selbst erfahren haben, was?“ Der Mann mit dem Katergesicht feixt.

„Ach, Himmel noch mal, wie soll man sich alles merken!“ brummt Goff ärgerlich. Natürlich haben Styx und von der Hohen Aue ihm haarklein erklärt, worauf er zu achten hat, wie er sich verhalten soll. Das fing schon im Wantentrailer an: Bürger Goff, beachten Sie bitte dieses ..., bedenken Sie solches ..., merken Sie sich unbedingt ..., vergessen Sie nicht ...

Flakke hatte wohl recht: Er – Goff – ist nur ein Hindernis, keine Hilfe. Aber eine Hilfe will er ja gar nicht sein. Was hier geschieht, erfordert Kontrolle. Und da kein Besserer vorhanden ist, muß eben Hermel Goff als Vertreter einer terranischen Institution in die Bresche springen.

Auf der Brücke der Ikaros war der Teufel los, als Ellis mit krächzender Stimme meldete: „Ellis an Flakke! Habe Kontakt, Kosmander! Hören Sie? Ich habe Kontakt! Brauche Hilfe ..., bitte kommen Sie ..., ich schaffe es nicht allein ...“

Da gab es natürlich ein Problem. Ellis war mit dem einzigen Lander der Ikaros abgehauen. Flakke tuschelte kurz mit dem dicken Bruno von der Hohen Aue, und der nickte zögernd.

Dann ging es zu wie im Tollhaus. Goff verstand bald, daß es der Ikaros unmöglich war, in eine stationäre Bahn zu gehen, um so gewissermaßen über der zerstörten Station Nabuthot stillzustehen. Dazu sind nur Raumschiffe mit aktivem Antrieb imstande. Sobald der Drachenkreuzer aber die unmittelbare Wirkungssphäre der Sonne verläßt, kann er nur in Bewegung existieren, weil die Segel dann lediglich Steuerhilfen sind, keine Antriebsorgane. Es mußte also schnell gehen!

„Bruno und Irmhold kommen mit einem Trailer runter!" brüllte Flakke, und dann fauchte er noch: „Sie Idiot!"

Anfangs begriff Goff nicht den übermäßigen Zorn des Kosmanders. Gut, der Elloraner hatte einige Aufregung verursacht, aber das ließ sich doch anscheinend alles klären.

Erst im Wantentrailer sagte ihm Styx, daß man mit diesem Gerät zwar recht und schlecht landen, aber keineswegs wieder starten könne. Da dämmerte es ihm. Der Trailer war also verloren. Ein wichtiges Element für die Takelmanöver war dann hinüber, ohne daß es gleichwertigen Ersatz gab.

Als Goff den Kosmander jedoch fragte, ob er mitfliegen dürfe, wußte er das noch nicht und reagierte heftig auf Flakkes Zorn.

„Sie spinnen wohl?" fauchte Flakke. „Es reicht, daß ein Schwachkopf hier alles durcheinanderbringt, da können wir auf einen zweiten getrost verzichten!"

„Wer ist hier der Schwachkopf?" brüllte Goff zurück. „Sie begreifen wohl nicht, daß dieser Vorfall das Ende der Ikaros ist, was? Ein klitzekleiner Hinweis von mir, und Sie können den Rest Ihres Lebens daheim auf der Erde Segel flicken!"

Flakkes Miene wurde eisig, ein Glitzern trat in seine Augen, das Goff wie Frost durchdrang. Dann flüsterte er erneut mit dem Dikken. Der nickte, aber nach langen Überlegungen.

„Wenn nicht zwei meiner Mannschaftsmitglieder dabei wären, würde ich Ihnen sagen: Fahren Sie zur Hölle!" sagte der Kosmander schließlich.

Diese recht unkonventionelle Erlaubnis nahm Goff mit einem frechen Grinsen hin. Was sollte Flakke auch anderes tun? Natürlich hatte er absolut kein Interesse daran, das nahe Ende des Drachenkreuzers noch zu beschleunigen.

Inzwischen bereut Goff seine Grobheit. Er hat sich auch dafür entschuldigt. Über Funk geht so etwas erstaunlich leicht. Flakke hat darauf reagiert, als handelte es sich um eine Bagatelle.

Nun liegt Goff auf der Ladefläche des Merkurrovers, den sie aus dem Lander gerollt haben, und überlegt. In was ist er da überhaupt geraten? Was für Geister sind das, zu denen Subproximer Ellis Kontakt aufgenommen hat? Sind sie so gefährlich, daß Quadrangel von Flakke verlangen mußte, keinesfalls Skamander hinunterzuschikken? Worin besteht die Gefahr?

Eins ist allen klar: Es kann sich unter keinen Umständen um Menschen – womöglich gar um Überlebende der Katastrophe – handeln. Aber worum dann? Aus Ellis' Gestammel vermochte man nicht klug zu werden. Der ist dieser Situation offensichtlich nicht gewachsen. Eine innere Stimme mahnt Goff zur Vorsicht. Darf er so schnell urteilen? Dieser Ellis – einst nannte er ihn selbst in Gedanken Marrig, aber das ist lange her, denn nun gibt es in seinem Herzen nur noch Platz für zwei Menschen, eine Frau und ein ungeborenes Kind –, dieser Ellis ist kein gewöhnlicher Mensch. Dessen ist sich Goff bewußt.

„Hier ist es!" Die hohe, knabenhafte Stimme des dicken Bruno reißt ihn aus seinen Gedanken.

Goff richtet sich auf und sieht den Spalt. Alles ist so, wie Ellis es beschrieben hat. Die eine Hälfte des Tunnels liegt in tiefer Finsternis, aus der anderen sickert diffuses Leuchten. Einige Mühe bereitet es ihm schon, im unförmigen Panzeranzug die Teleskopleiter hinabzusteigen, aber der Gedanke daran, wie Ellis hier nach unten gelangt sein mag, versöhnt ihn mit der umständlichen Prozedur. Die Schleuse passieren sie ohne Probleme. Dann entdecken sie den geöffneten Cataphract.

„Du bist aus dem Sonntagsanzug gestiegen, Marigg?" hört er Styx zweifelnd fragen.

„Rede doch nicht ..., kommt endlich!" Die Stimme des Elloraners klingt weniger ängstlich, Goff glaubt sogar, ein unterdrücktes Kichern zu vernehmen.

„Also raus aus dem U-Boot!" sagt Bruno von der Hohen Aue, und Goff sieht, wie die Luke auf der Rückseite des Panzers aufschwingt und der Dicke sich aus dem Cataphract windet.

Ohne Strahlenschutzpanzer fühlt sich Goff bedeutend wohler, obwohl da ein ungewisses Gefühl von Schutzlosigkeit geblieben ist. Er geht am Ende der kleinen Gruppe, Styx läuft voran, vorsichtig, nach allen Seiten spähend, als sie den gewölbeartigen Raum erreichen.

„Beim Großen Sirius", Bruno von der Hohen Aue stöhnt, „die müssen ja wirklich bei lebendigem Leibe verbrannt sein." Er macht einen Bogen um ein Häuflein Asche, das nach Goffs Meinung zweifellos der Rest einer Zimmerpflanze sein muß.

„Pause", ruft Goff und bleibt keuchend stehen. Der schwere Container mit dem Werkzeug auf seinem Rücken drückt trotz der geringen Schwerkraft immer stärker. Auch Bruno und Styx sind beladen wie Packesel. Styx trägt einen Behälter mit intellektronischen Geräten, auf Brunos Schulter lasten die Flaschen mit der Sauerstoffreserve. Flakke hat an alles gedacht. Die anderen beiden lassen sich wortlos in die Knie sinken.

„Ihr sollt kommen!" ruft Ellis erregt. „Kommt doch endlich und öffnet dieses verdammte Gitter ..., dann könnt ihr Pause machen."

„Also los, wir dürfen Schnuckchen nicht warten lassen, der dreht sonst durch", sagt Styx und erhebt sich schnaufend.

Eine Weile drängt sich Goff der Vergleich mit einem Automaten auf. Dieser Styx zeigt überhaupt keine Reaktion, denkt er. Der tut so, als wäre das nichts, in wenigen Minuten einer fremden Lebensform gegenüberzustehen. Seit Jahrhunderten träumen die Menschen von solch einer Begegnung, nachdem sie immer wieder nur wildes, ungezügeltes Wuchern aller möglichen Formen von Leben ohne jede Vernunft fanden – und den Styx läßt das ganz kalt, daß uns hier das erstemal Verstand begegnet.

Aber Goff fühlt selbst nicht die Größe des Augenblicks in seinem Herzen, sondern nur Neugier und ein wenig Furcht. Und er versteht auch, warum es so ist: Zu gewaltig sind die Fragen, die sich vor den Menschen und ebenfalls vor ihm türmen, daß noch viel Raum bliebe für Dinge, die mit diesen Fragen nicht unmittelbar zu tun haben. Vielleicht wäre es anders, wenn man irgendwo weit draußen, am Rande der Galaxis oder auch nahe ihrem Zentrum, auf diese merkwürdigen „Geister" getroffen wäre. Doch hier, direkt vor der Haustür der Heimat aller Menschen, da verliert die Begegnung an Faszination angesichts der brennenden Probleme, da wird sie zu einer Aufgabe, die nebenbei zu lösen ist.

In einigen Stunden werden sowieso die von Flakke angeforderten Spezialisten eintreffen, vielleicht wird es auch einen Tag dauern – oder zwei. Wer konnte denn ahnen, daß es auf dem Merkur geschehen soll, dieses Zusammentreffen mit den Fremden, den anderen Vernunftbegabten.

Aber allzuviel Zeit dürfen sie sich nicht lassen, die Leute, die Entscheidungen und Maßnahmen solcher Dimension verantworten, denn bald werden diese fremden Wesen in ihr Raumschiff steigen und den Merkur verlassen müssen, und wer weiß, wohin sie fliegen, wenn es ihnen auf dem sonnennächsten Planeten zu ungemütlich wird ...

Für Goff ist der Fall klar: Man muß mit diesen Extraterrestriern kommunizieren, Informationen tauschen und Verträge schließen.

Natürlich hat er dabeizusein, wenn dies geschieht. Der MOBS muß einfach vertreten sein. Immerhin ist die Möglichkeit nicht auszuschließen, daß die Fremden über Erkenntnisse verfügen, die vielleicht Rettung für Millionen von Mungos bedeuten ...

Schweigend gehen sie weiter.

Wie ein Höllensturm muß es durch diese Räume getobt sein, denkt Goff und schüttelt sich unbewußt. Überall Ruß und Asche, blasige und verkohlte Gegenstände und Flächen. In solch einem Inferno sterben zu müssen – er verdrängt den Gedanken schnell.

Bruno von der Hohen Aue flüstert: „Irgendwie ist das schon ein seltsames Gefühl, so allein zu sein." Dabei blickt er unwillkürlich zur Tunneldecke, als könnte er durch den darüberliegenden Fels hindurch die davonsegelnde Ikaros sehen.

„Na, hör mal, Bruno", antwortet Styx überrascht und – wie es Goff scheint – auch ein wenig betreten, „du hast doch schon ganz andere Dinger gedreht – ohne dich wäre ich ..."

Er spricht nicht weiter, und der Dicke wehrt hastig ab: „Das war etwas anderes, da hatte ich den Steuerbügel in der Hand, konnte etwas tun, mich wehren. Hier aber bin ich hilflos, weiß nicht, wie ich mich verhalten soll. Ich habe einfach Angst und kann nicht einmal sagen, wovor."

„Mach keinen Quatsch, Bruno! Du und Angst – das kauft dir sowieso keiner ab, also rede nicht solchen Blödsinn. Außerdem bin ich auch noch da! Mann, ich warte doch nur darauf, mich endlich revanchieren zu können", preßt Styx hervor.

Goff muß grinsen. Also hat er richtig beobachtet. Es kam ihm gleich merkwürdig vor, daß der Proximer mit den Tütchenohren unter der seltsamen Mütze – die er auch unter dem Skaphanderhelm trägt – wie ein braves Hündchen um Bruno von der Hohen Aue herumscharwenzelt, unablässig und mit einem Ausdruck im Gesicht, wie er ihn bisher nur von Dackelaugen kannte. Wie ein Schatten folgt Styx dem Dicken auf dem Fuße. Er hat sogar einen Ringtausch organisiert, um in der Mannschaftsunterkunft die Koje neben dem Dicken beziehen zu können. Das Grinsen vergeht jedoch Goff, als er sich bewußtmacht, wovor sich der Dicke fürchtet. Der Kerl hat doch recht: Sie sind ganz allein, haben nur den Lander, in den sie sich bei Gefahr zwar zurückziehen, mit dem sie aber auf keinen Fall die Basis Hermes erreichen können! Wenn sie nun von der neuen Bebenserie überrascht werden? Nach Shagits Berechnungen sollen diese noch viel stärker sein als vor fünfunddreißig Jahren.

Jetzt blickt auch Hermel Goff zur Decke und erinnert sich an die mächtige Felsschicht über ihren Köpfen.

„Ach, du sollst nicht an so was denken", sagt Bruno leise zu Styx. „Du brauchst dich dafür nicht zu revanchieren, daß ich ..." An dieser Stelle unterbricht er sich – erschrocken, als habe er schon zuviel ausgeplaudert – und schnauft melancholisch.

Sie erreichen die Stelle des Korridors, wo der Gang in einem scharfen Knick nach rechts abbiegt. Goff hört seltsame Geräusche. Ein Schaben und Schurren dringt zu ihnen, das so klingt, als wälzte sich ein gewaltiger Wurm durch den Tunnel. Vereinzelt stiegen spitze Schreie empor, schrilles Kreischen wie von tropischen Vögeln, aber da ist auch dumpfes Grunzen und Röcheln zu hören, Stöhnen, Ächzen, Greinen ...

Bruno bleibt abrupt stehen und dreht sich zu den beiden anderen um. Sein Gesicht ist kreideweiß, und auf der speckigen Stirn glänzen Schweißperlen. „Was ist das?" stößt er atemlos hervor.

Auch Goff wird es allmählich unheimlich. „Nun kommt doch schon, ihr Angsthasen ...", hört er Ellis' Stimme leise über den Helmfunk.

Da stößt plötzlich ein Schrei aus diesem Wirrwarr von Tönen hervor, wie Goff ihn noch nie gehört hat. Die Haut auf seinem Nacken wird eiskalt und zieht sich zusammen. Der Schrei steigt in schwindelerregende Höhe empor und wird zu einem schrillen Klagen, zu einer bizarren, gespenstischen Melodie, die wie eisiger Hauch heranweht. Die Töne überschlagen sich kreischend, und wäre es nicht so beängstigend, was da in diesem unheimlichen Lied schwingt, würde Goff beinahe sagen, es höre sich wie hemmungsloser Jubel an, wie der Ausdruck fremder Freude.

Bruno öffnet den Mund, als wollte er etwas sagen, aber seine dikken Lippen zittern wie vor Kälte, und er klappt die ebenfalls zitternde Kinnlade wieder nach oben.

Nur Styx zeigt eine unbeeindruckte Miene. Er lauscht andächtig der apokalyptischen Musik und sagt schließlich: „Na, mit der Mundharmonika kommt unser Schnuckchen wohl nicht besonders zu Rande. Der hat Nerven, unser Süßer, spielt den Kollegen lustige Lieder vor ..."

Goff lacht befreit auf. Natürlich! Das ist tatsächlich dieses eigentümliche Blasinstrument, das kaum noch in Gebrauch ist, weil man elektronisch viel imposantere Klänge erzeugen kann. Eine Mundharmonika, einfach lächerlich!

„Das bin ich nicht", hört er Marigg gleichmütig antworten, „das ist Roch ..., ich finde, Roch spielt ganz gut ..."

Goff schweigt verblüfft, obwohl er gerade fragen wollte, wer, zum Teufel, denn Roch sei. Ihm wurde auf einmal klar, daß Roch nur einer von diesen Außerirdischen sein könne, und mit dieser Erkenntnis verwirren sich seine Gedanken immer mehr, denn zu unglaublich klingt die Behauptung, ein außerirdisches Wesen spiele Marigg Ellis etwas auf der Mundharmonika vor.

Dann läuft Goff die paar Schritte bis zum Knick des Ganges und biegt eilig um die Ecke.

Wie vom Blitz getroffen, bleibt er stehen. „Au, verflucht!" entfährt es ihm.

Mit offenem Mund starrt er auf den Koloß, der sich gegen das Gitter lehnt und mit seiner siebenfingrigen Hand Mariggs Skaphanderhelm betastet. Der durch die Gitterstreben gestreckte Arm glänzt schleimig, und die gewaltigen Muskeln treten als faustgroße Knoten und Wülste hervor.

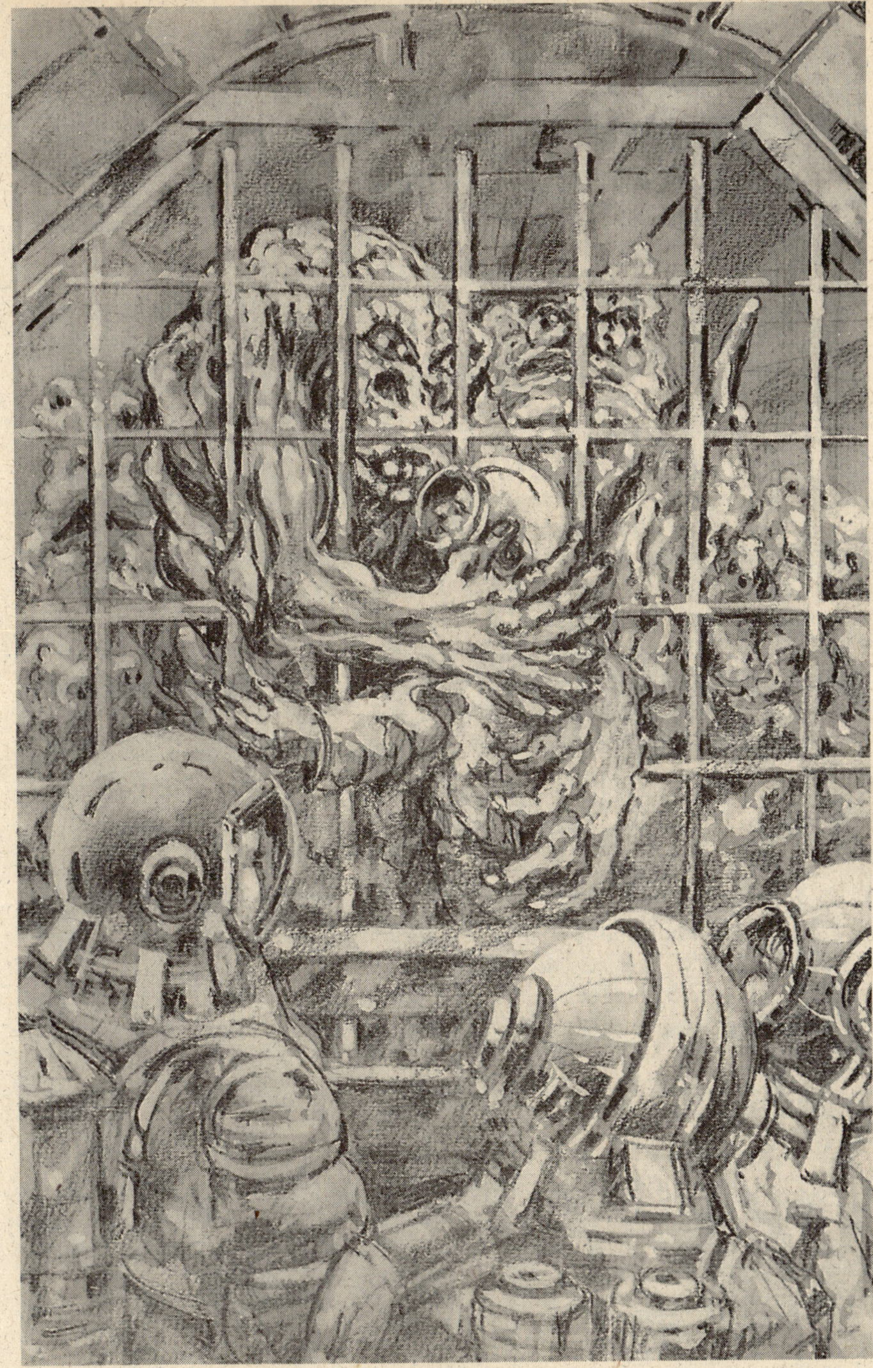

Hinter Goff poltert und scheppert es laut. Er fährt erschrocken herum.

Die Sauerstoffflaschen sind Bruno von der Schulter gerutscht, er steht reglos da und zeigt entgeistert auf die unförmigen Wesen hinter der Gittertür. „Nein!" heult er plötzlich auf und weicht zurück, bis er mit dem Rücken gegen die Wandung des Tunnels stößt.

„Beim Großen Sirius – was sind das für Scheusale?" krächzt Styx, der sich mit beiden Händen den Helm hält.

„Sie sind gut ..., sie sind gut!" ruft Marigg schnell. „Sie sind zwar häßlich, aber sie sind gut! Sie leben nach dem Wort der Meister."

Dumpf entsinnt sich Goff der Erzählungen des Elloraners von diesen Meistern, die in der elloranischen Kultur beinahe den Rang von Heiligen haben.

Marigg hockt vor dem Gitter und hat ebenfalls einen Arm hindurchgestreckt. Seine Finger trommeln auf die speckige Klaue eines zweiten Wesens, und dieses Wesen hält zwischen seinen wulstigen Lippen tatsächlich ein Ding, das wie eine Mundharmonika aussieht.

„Nun kommt doch endlich, öffnet das Gitter!" verlangt Marigg ungeduldig.

Goff muß sich zu jedem Schritt zwingen. Der mißgestalte Riese beobachtet ihn aufmerksam aus wasserhellen Augen, die irgendwie dem deformierten Gesicht einen friedfertigen Ausdruck verleihen.

„Was machst du da?" fragt Goff heiser, ohne den Blick von dem monströsen Wesen zu wenden, das immer noch auf Mariggs Helm herumklopft, als spiele es Klavier.

„Wir unterhalten uns", sagt Marigg kurz.

„Spinnst du?" Goffs Verblüffung ist einen Augenblick stärker als sein kühler Verstand.

„Wir unterhalten uns", wiederholt Marigg unwillig. „Mit Klugwarm kann ich mental kommunizieren. Allerdings ist es mehr so, daß wir uns Bilder und Empfindungen geben, weniger Worte. Die Worte kommen erst jetzt, nach den Bildern und Eindrücken. Roch hat aber nur sehr wenig Kaltkraft, mit ihm muß man fingertasten. Klugwarm sagt mir die Zeichen, und ich taste sie auf Rochs Hand."

Goff stiert, wie zu Eis erstarrt auf die fette Klaue mit den kaum erkennbaren Stummelfingern, und er schüttelt sich angewidert. „Was ist das: Kaltkraft?" fragt er dann unsicher.

„Das verstehst du nicht. Hier ist alles anders, die Kriterien, die Dinge, die Notwendigkeiten. Ich habe es auch erst begriffen, als ich mir klargemacht habe, daß sie in einer Eishölle leben ... Kalt, das hat für sie viele Bedeutungen, zum Beispiel heißt kalt soviel wie schlecht, aber es steht auch für unfaßbar, fremd, leblos und noch anderes. Das Gegenteil ist natürlich warm. Warm ist gut, Leben, körperlich, Liebe. Kaltkraft – das ist der Verstand. So einfach ist das, wenn man das Prinzip begriffen hat. Es ist eine Kraft, aus der unmittelbar keine Wärme kommt und die trotzdem wirkt, deutlich sichtbar. Kaltkraft eben. Sie kennen nicht viele Begriffe."

„Und ..., und was ist das da?" Goff zeigt mit zitternder Hand auf ein gewaltiges Knäuel von undefinierbaren Leibern, das pulsierend und zuckend den Gang ausfüllt. Mal ist etwas wie ein Bein zu sehen, das hilflos strampelt, dann aber sofort wieder in diesem Klumpen aus Fleisch und Schleim verschwindet, dann ein Ding, das einer Hand ähnelt und das ebensoschnell zurückzuckt. Einmal taucht sogar ein dreieckiges Gesicht mit blutunterlaufenen, aber riesengroßen Augen auf, wie der Kopf eines Faultiers, mit einem winzigen Schnäuzchen ...

„Das sind sie. Das ist ihre Lebensweise", sagt Marigg ruhig. „Ich weiß dafür keinen Namen, wenn ich Klugwarms Bezeichnung in einen Klang übersetzen sollte, dann würde ich es vielleicht – Glumpe nennen."

Bruno stöhnt entsetzt auf. „Das ist ihre Lebensweise? Das da, dieser schleimige, blutige Haufen?"

Marigg dreht sich kurz um und mustert Bruno strafend. „Es geht nicht anders. Nur so können sie genug Wärme erzeugen. Sieh mal auf deine Temperaturanzeige."

Auch Goff schaut schnell auf die leuchtenden Zahlen neben dem Helmmikrofon. Fast minus neunzig Grad.

Der furchtbare Haufen, den Marigg Glumpe nennt, dampft und stöhnt. Erneut schwingt die schauerliche Melodie der Mundharmonika über die gespenstische Szenerie.

„Jaja, gleich, Roch ...", murmelt Marigg und erklärt schnell: „Roch wird ungeduldig. Er will, daß ich weiter mit ihm rede." Dann trommelt er wieder einige unverständliche Zeichen auf die unförmige Klaue.

Allmählich gewinnt Goff seine Selbstbeherrschung zurück und kann beobachten, daß es exakt dieselben Signale sind, die der Riese auf Mariggs Helm pocht. Der Elloraner läßt sich also von diesem Klugwarm die Worte in Tastzeichen übersetzen und wiederholt sie nur. Goff tritt nun dichter heran und fragt neugierig: „Wäre es nicht einfacher, wenn der da", er zeigt auf Klugwarm, „seinem Kollegen gleich trommelt, was du ihm sagen willst?"

Marigg lacht kurz auf. „Du kennst Roch noch nicht. Er will unbedingt, daß ich selbst zu ihm spreche."

„Aber wie verstehst du, was er antwortet, er hat doch keine Finger?" sagt Goff erstaunt.

„Das ist ja gerade sein Problem. Darunter leidet er sehr. Er hat keine Finger und keine Stimme, kann nur röcheln und grunzen. Das Kalttasten beherrscht er auch nicht – er ist blind. Und Warmtasten – das ist der mentale Sinn – ist ihm auch nicht gegeben. Jetzt aber hat er die Mundharmonika. Weiß der Teufel, wo er die gefunden hat! Das ist jetzt seine Stimme. Klugwarm versteht ihn einigermaßen. Das Fingertasten ist Roch geläufig, er kann eben nur nicht mit den Fingern antworten, dafür hat er jetzt seine kalte Stimme ..."

Erneut schrillt die Mundharmonika in Mariggs Worte, und Goff stellt befremdet fest, daß dieser böse Aufschrei tatsächlich wie eine ungeduldige Forderung klingt.

Nach einigen Sekunden des Schweigens zieht Marigg seine Hand zurück und reckt sich aufatmend.

„Was hast du ihm denn so alles erzählt, Schnuckchen?" preßt Styx hervor, der sich ebenfalls überwunden hat, näher zu treten.

„Ach, nichts weiter, er wollte wissen, wie unsere Welt ist."

„Na, der stellt ja Fragen! Wie hast du ihm das denn erklärt?" Styx lacht trocken auf.

Auch Goff überlegt, was man darauf antworten sollte, einem Wesen, das so ganz anders ist.

„Was schon!" sagt Marigg. „Natürlich nur das, was er verstehen kann. Daß unsere Welt viel größer ist, daß wir unsere Wärme aus Kaltkraft machen und keine Glumpe brauchen."

„Woher willst du wissen, daß unsere Welt größer ist?" fragt Goff zweifelnd. „Du weißt schließlich gar nicht, woher sie kommen!"

„Doch, ich weiß es. Das hier ist ihre Welt, und sie kommen aus den Schleimigen Mündern."

Goff stutzt. „Noch mal!" verlangt er. „Das hier, die Klinik, betrachten sie als ihre Welt?"

„Ich sag es doch, Klugwarm hat mir alles erzählt."

Goff hört, wie Bruno von der Hohen Aue herangeschlurft kommt. Der Dicke läuft steif und hölzern wie eine Puppe. Dicht vor den Gitterstangen bleibt er stehen und starrt Klugwarm aus kleinen glitzernden Augen an. „Es sind Menschen!" keucht er wie ein Ertrinkender. „Ich sag euch: Das sind Menschen!"

Die siebenfingrige Hand des Riesen tastet nach Brunos Kopf und streicht behutsam über den Helm. Bruno zuckt erst zurück, hält dann aber tapfer stand.

„Er will wissen, warum unsere Köpfe so hart sind und warum wir alle die gleichen Köpfe haben", sagt Marigg.

Bruno steht zitternd am Gitter und läßt sich betasten.

„Sag ihm, was ein Helm ist", antwortet Goff, aber Marigg gibt zurück: „Hab ich schon versucht, das begreift er nicht. Es existiert nichts Vergleichbares in seinem Denken."

„Das sind Menschen! Begreift es endlich!“ stößt Bruno abermals hervor.

„Red keinen Quatsch, Dicker!“ Marigg ist anscheinend seiner Sache sicher. „Du siehst es doch: Sie sind ganz anders. Daß es einige Ähnlichkeiten gibt, besagt gar nichts; überall in der Natur erschaffen die Lebensverhältnisse Formen, die völlig verschiedene Arten einander ähnlich machen, weil Umwelt und Lebensweise gerade diese eine Form bedingen.“

„Ich glaube, du hast nicht ganz recht, Marigg“, sagt Goff leise, dem plötzlich etwas eingefallen ist. Vor langer, langer Zeit hat er einmal ähnliche Wesen gesehen. Diese Erinnerung hat er mit aller Macht aus seinem Gedächtnis verdrängen wollen, weil der Anblick der schrecklichen Mißbildungen für ihn ein furchtbarer Schock war. Damals waren es Menschen gewesen. Der Arzt sprach eiskalt von Optimierungsunfällen. Sie vegetierten in einer Spezialabteilung der Forschungsklinik des MOBS dahin, stumpfe, bizarr deformierte Geschöpfe, deren einziges Recht das auf Leben war. Ohne dieses Erlebnis wäre Goff wohl nie Mitarbeiter des Medizinischen Beobachtungsdienstes geworden, denn da erst wurde ihm klar, was es bedeutet: Vorbeugen ist besser als heilen.

„Ich glaube, du irrst“, wiederholt er zögernd und sieht Klugwarm, Roch und den sich wälzenden Haufen von Leibern plötzlich mit anderen Augen. Es könnten sehr wohl extrem mutierte menschliche Wesen sein – aber wie sollten sie hierhergekommen sein? Was hat diese grausamen Mutationen bewirkt, wie sind sie überhaupt entstanden?

Auch Hermel Goff weiß sehr genau, daß es nach der Katastrophe keinen einzigen lebenden Menschen mehr auf Nabuthot gab. Jeder noch so kleine Winkel wurde durchstöbert, es ist einfach ausgeschlossen, daß ein Überlebender übersehen wurde.

Das alles wird zu klären sein: Wer sind sie, woher kommen sie, wie sind sie hierhergeraten? Aber nicht jetzt. Jetzt muß der Kontakt stabilisiert werden. Der Verstand funktioniert wieder fehlerfrei, Goff hat seine Gefühle endlich im Zaum und überlegt angestrengt, wie vorzugehen ist.

Er setzt den Container ab und öffnet ihn. Nach einigem Kramen endlich findet er den kleinen Plasmabrenner. Da fällt ihm ein merkwürdiger Umstand auf. „Wieso ist das Gitter eigentlich geschlossen?“ fragt er unvermittelt.

„Na, weil's zu ist“, antwortet Styx lakonisch.

„Reden Sie doch nicht solchen Stuß!“ erwidert Goff gereizt. „Die Rettungsmannschaften waren überall, also auch hier. Warum ist es dann zu?“

Bruno schnellt herum. „Sie meinen, der Regeneratortrakt wurde – nicht durchsucht?“

Goff schüttelt schnell den Kopf. Das war zwar genau der Gedanke, der in seinem Gehirn aufblitzte, aber sein kühler Verstand sagt ihm, daß solch eine grobe Nachlässigkeit undenkbar ist. Nein, zweifellos waren die Männer der Bergungstruppe auch hinter dieser verdammten Gittertür.

„Ganz einfach“, sagt Marigg, „das ist ein Schnappschloß, ein mechanisches. Keine Magneten oder so etwas, ein einfacher, aber wirkungsvoller Mechanismus aus Gestängen, Federn und ähnlichem.“

„Na und?“ fragt Goff.

„Die Tür ist eben zugefallen, durch die Nachbeben vielleicht“, antwortet der Elloraner.

Nach einigem Überlegen gesteht sich Goff ein, daß dies wohl die einleuchtendste Erklärung ist. Er nimmt den Brenner und tippt Bruno auf die Schulter, der immer noch an die Gitterstäbe gelehnt steht und mit flackernden Augen auf Klugwarm starrt. „Machen Sie mal Platz, Bruno, zum Besichtigen haben wir noch genug Zeit.“

Der Dicke erwacht wie aus einem Traum, er krächzt etwas Unverständliches und stolpert zur Seite. Dann aber erstarrt er wieder, den Blick unverwandt auf den mißgestalten Riesen geheftet, versteinert er förmlich.

„Sag ihnen auch, daß sie zurücktreten sollen“, verlangt Marigg und deutet auf Klugwarm und Roch.

Goff schaut hilflos auf die beiden seltsamen Geschöpfe und dann auf Marigg. „Warum machst du das nicht …? Ich kann doch nicht“, stottert er verwirrt. Dann gibt er den beiden ein Zeichen, indem er mit der Hand wedelnd bedeutet, sie mögen sich etwas zurückziehen.

„Nicht doch“, tadelt Marigg mild, „Gesten und Gebärden verstehen sie nicht, die wenigsten können so gut sehen wie Klugwarm. Es ist wohl sehr dunkel dort, wo sie sich für gewöhnlich aufhalten …“

„Ja, aber …“ Goff kommt nicht dazu, seinen Einwand zu vollenden, weil Marigg ihn schnell unterbricht: „Sag es einfach! Ich bau dir eine mentale Brücke.“

Ein feines Singen und Zirpen dringt in Goffs Schädel. Erst wird ihm ein wenig schwindlig, sogar übel. Dann plötzlich hat er das unbestimmte Gefühl, sich in einer Halle mit Tausenden von Menschen zu befinden, die schweigend den Atem anhalten.

„Sprich!“ fordert Marigg.

Goff räuspert sich. „Also, Freunde, ihr müßt mal ein Stück zurücktreten, damit ich die Tür aufschweißen kann“, krächzt er nervös. Nichts geschieht.

Marigg lacht leise auf. „Du mußt ihnen Bilder geben, nicht Wörter. Die kommen später. Gib ihnen Bilder!"

Mit Mühe gelingt es Goff, sich bildlich vorzustellen, wie sich die beiden Gestalten in Bewegung setzen.

Klugwarm zuckt unruhig, dreht den beuligen, mit hornigen Schwielen übersäten Kopf zu Marigg, und Goff vernimmt in seinem Innern eine seltsam monotone Stimme: Was ist das? Was für ein Warmtasten ist das? Und dann hört er Mariggs Gedanken: Er ist das.

Dabei zeigt Marigg mit der ausgestreckten Hand in seine Richtung. „Du mußt es anders machen, Hermel", verlangt er dann. „Er hat sich noch nie selbst gesehen. Wenn du ihm ein Bild gibst, in dem er sich erblickt, weiß er damit nichts anzufangen."

„Aber du gebrauchst doch Wörter! Und ich habe gehört, daß er mit Wörtern gefragt hat, nicht mit Bildern!" entgegnet Hermel Goff unsicher.

„Du hörst gewissermaßen meine Übersetzung. Aber du hast recht: Klugwarm und ich benutzen auch Wörter, wir haben beide voneinander gelernt. Es sind aber keine Laute oder Töne, sondern abstrakte Gedanken, Symbole, Floskeln, Formeln. Verstehst du jetzt? Du kannst ihn vorläufig nur in Bildern ansprechen. Das mußt du üben. Beginne also."

Goff schließt die Augen, um sich besser konzentrieren zu können, und stellt sich vor, er würde vier, fünf Schritte zurückgehen. Die Vision gelingt erstaunlich gut – aber da schrillt ein ängstlicher Aufschrei durch seine Gedanken, und er hört: Nein, nein, nein!

„Das war wieder verkehrt, Hermel!" rügt Marigg sanft. „Er denkt, du schickst ihn weg, willst nicht mit ihm tasten. Erkläre ihm, warum."

Auch der dritte Versuch bringt kein positives Resultat. Klugwarm schnauft irritiert und tritt von einem Fuß auf den anderen.

„Warum hilfst du mir nicht?" Goff wendet sich beleidigt an Marigg.

„Ihr müßt lernen, miteinander zu sprechen. Ich kann mich nicht immer nur auf dich konzentrieren. Ich kann dich zwar in das Feld integrieren, das Elixier gibt mir die Kraft, aber ..."

„Welches Elixier?" fragt Goff schnell, denn er ahnt, daß es damit eine besondere Bewandtnis hat. Da aber geht es wie ein Sturm durch seine Gedanken, und nachdem dieser Sturm verweht ist, weiß Goff für Sekunden nicht, wo er sich befindet. Als er endlich sein Erinnerungsvermögen zurückerlangt, spürt er dumpf, daß etwas geschehen ist. Er schüttelt benommen den Kopf. „Was ist los?"

„Schon gut." Marigg erhebt sich aus seiner unbequemen Stellung und klopft ihm auf die Schulter. „Reg dich nicht auf. Ich habe einen

Fehler gemacht und mußte ihn korrigieren. Ich habe ein Verbot übertreten, ein Gesetz der Meister verletzt. Deshalb mußte ich euch etwas aus dem Gedächtnis nehmen, was für Terraner nicht bestimmt ist. Entschuldigt bitte." Und nach einer Pause fragt er: „Können wir weitermachen? Ich nehme dich in mein mentales Kraftfeld, den Rest mußt du allein schaffen. Du kannst dann mit Klugwarm auch Bilder und Empfindungen tauschen, wenn ich mich in einer gewissen Entfernung von euch aufhalte. Nachher werde ich mit Irmold und Bruno üben. Aber erst du …"

Der sechste Versuch gelingt endlich, Klugwarm wankt einige Schritte zurück und zieht Roch mit sich.

Dann zündet Goff den Brenner. Ein heftiges Kreischen läßt ihn zusammenzucken. Das spillerige Wesen auf Klugwarms Schulter springt in einem weiten Satz zu Boden und verschwindet wieselflink in dem Klumpen aus Leibern. Auch aus Klugwarms Mund kommt ein kehliger Laut. Die gespaltenen Lippen ziehen sich zu einer Grimasse der Furcht auseinander, und Klugwarm hält die siebenfingrige Hand vor die Augen.

„Sie kennen kein Feuer", flüstert Styx atemlos.

Marigg antwortet hastig: „Woher auch!"

Dann spürt Goff, wie der Elloraner alle Anstrengungen unternimmt, Klugwarm zu beruhigen. Inzwischen setzt er den Plasmastrahl am Fuß einer Strebe an.

„Schneiden Sie doch lieber das Schloß heraus!" rät Styx.

Goff blickt auf. Der Mann hat recht, das geht viel schneller.

Als der metallische Kasten dampfend zu Boden fällt, schwingt die Gittertür langsam auf.

Sie stehen sich schweigend und reglos gegenüber. Niemand unternimmt Anstalten, als erster die imaginäre Grenze zwischen beiden Welten zu überschreiten.

Hinter der zuckenden Glumpe sieht Goff die beiden weitgeöffneten Schotte der Bioschleuse, und das erstemal nimmt er bewußt wahr, daß die Apparaturen der Substitutionsregeneratoren offenkundig noch Energie haben.

Ein ungeduldiges, beinahe verärgertes Kreischen der Mundharmonika ist der erste Laut.

„Wir sollen kommen", sagt Marigg leise und geht auf Klugwarm zu.

Goff folgt ihm und sieht, daß auch Styx und Bruno – letzterer nach einigem Zögern – sich in Bewegung setzen.

Der Riese verzieht erneut seine gespaltenen Lippen, aber irgendwie wirkt das wie ein freundliches Lächeln. Daraufhin dreht er sich schwerfällig um und stapft auf die Glumpe zu. Dieser riesige Kloß aus lebendigem Fleisch pulsiert wie ein gewaltiges Herz. Klugwarm bückt sich und ist plötzlich verschwunden, als hätte die Glumpe ihn verschlungen.

„Wir sollen … mitgehen …“, flüstert Marigg heiser.

„Wie – dahinein?“ fragt Goff verblüfft.

Der Elloraner nickt schwach.

„Na, ich weiß nicht.“ Goff schüttelt sich angewidert und bleibt stehen. Deutlich sind die Schleimfetzen zu erkennen und schmierige blutige Flecke. Die Glumpe stößt dampfende Schwaden aus.

„Klugwarm will uns Wärme geben … und Kaltkalt …“ Mariggs Stimme klingt kratzig.

„Was ist das – Kaltkalt?“ fragt Goff dumpf.

„Ich glaube, etwas zu essen“, antwortet Marigg ebenso dumpf.

Da kreischt Bruno wie wahnsinnig auf. „Nein! Da geh ich nicht rein! Ich will weg hier, weg!“ Er wendet sich um und stolpert den Gang hinunter, verschwindet hinter dem Knick.

„Macht ihr das mal allein“, murmelt Styx, „ich kümmere mich derweil um Bruno.“ Dann macht er auf dem Absatz kehrt und rennt dem Dicken hinterher.

Marigg geht bis dicht an die Glumpe heran, die ihn in der Höhe weit überragt. In der Wand aus Leibern bildet sich ein Loch, so groß, daß ein Mann gerade hineinkriechen kann. Hermel will es wie ein gieriger Schlund erscheinen.

„Klugwarm fragt, warum unsere Gedanken so kalt sind“, sagt der Elloraner hilflos. „Er versteht nicht, warum wir so lange hier draußen bleiben, wo es doch in der Glumpe viel wärmer ist.“

Goff bemerkt, daß sich rings um den Leiberberg ein dichter Pelz aus weißen Eiskristallen gebildet hat. Dann geht eine Bewegung durch die Glumpe, beinahe scheint es, als krempele sie sich um, stülpe das Innerste nach außen.

„Sie wälzen sich“, erklärt Marigg heiser. „Klugwarm hat mir davon erzählt: Die Außenposition ist verständlicherweise die ungünstigste, und jeder muß einmal nach draußen.“

Wieder tut sich die kleine Öffnung auf.

„Ich versuch's“, sagt Marigg und steckt widerstrebend den Kopf in das Loch.

„Bleib hier! Du bist verrückt!“ ruft Goff und will zugreifen. Aber es geht blitzschnell, dauert keine Sekunde, und der Elloraner ist verschwunden.

Goff überläuft es abwechselnd siedendheiß und eiskalt. Sein Herz hämmert ungestüm gegen die Rippen, er weicht unwillkürlich zurück, ringt nach Atem.

Was werden sie mit Ellis tun? Sie können ihn zerquetschen, zerfetzen, wenn sie nur wollen! Was wissen wir überhaupt davon, was in diesen verkrüppelten Köpfen vorgeht? Goff stöhnt entsetzt auf.

Über den Helmfunk hört er Brunos Keuchen. „Das sind Menschen, sag ich dir, keine Geister oder so was! Menschen ..."

Styx redet beruhigend auf Bruno ein, aber Goff hört nicht weiter hin. Zu sehr hat ihn die Angst gepackt angesichts des unheimlichen Schlunds, in dem Marigg Ellis lautlos verschwunden ist.

Auf einmal fühlt er sich allein und merkt, wie grauenvoll Einsamkeit sein kann. „Marigg", flüstert er verzweifelt, „du bist wirklich verrückt, komm da raus! Marigg, komm, Marigg, mach keinen Unsinn!" Und dann brüllt er los: „Marigg! Was soll das! Marigg ...! Bruno! Styx! Wo seid ihr? Kommt doch endlich zurück!"

Gerade will er den anderen beiden hinterherlaufen, denkt überhaupt nicht daran, daß Marigg vielleicht Hilfe braucht, daß er ihn schutzlos zurückläßt – da antwortet der Elloraner endlich. „Es ist fast wie im Herzen des Baums ...", hört Goff seine ruhige Stimme. „Du mußt dich aber vorsehen, hier darf man sich nicht bewegen, wie es einem in den Sinn kommt. Das beste ist, du machst gar nichts und überläßt alles ihnen ... Komm, Hermel, es ist ganz ungefährlich! Ihnen aber bedeutet es sehr viel. Komm!"

Zögernd geht Goff in die Hocke und schaut in das Loch hinein, allerdings ohne etwas erkennen zu können außer unförmigen Schatten. Weißliche Schwaden quellen ihm entgegen und nehmen die Sicht.

Unentschlossen streckt er erst die Hand in die dunkle Öffnung und spürt gleich darauf, wie sich jemand an seinem Arm zu schaffen macht, ihn mit sanfter Gewalt in die Glumpe zu ziehen versucht.

Noch einmal überlaufen Goff heiße und kalte Schauer. Als er die Hand schnell wieder zurückzieht, weht wieder dieses Singen und Zirpen durch sein Empfinden, und ein Gefühl von Traurigkeit drängt in sein Bewußtsein. Dann hört er Marigg sagen: „Was tust du, Hermel! Du darfst sie nicht beleidigen, dafür gibt es keinen Grund."

„Also gut!" Goff knirscht mit den Zähnen und überwindet sich. Wie um sich Mut zu machen, ruft er: „Einsteigen bitte ...", kriecht mit dem Oberkörper in das feuchte Loch und vollendet krächzend: „... und die Türen schließen!"

Augenblicklich wird es stockdunkel um ihn. Als griffen Dutzende Hände nach ihm, spürt er ein Zerren und Schieben an seinen Gliedmaßen und merkt, daß er unaufhaltsam in die Glumpe hineinrutscht.

Schließlich ist die seltsame Rutschpartie beendet, und er liegt zwischen speckigen Polstern. Weich und bequem zwar, aber in völliger Dunkelheit und so eingezwängt, daß er sich kaum zu rühren vermag.

Goff überlegt, wie weit er wohl in die Glumpe eingedrungen sein könnte. Das ist schwer abzuschätzen, aber sechs bis sieben Meter sind es sicherlich. Wenn es nur nicht so dunkel wäre. Dem kann man doch abhelfen! denkt er und zieht den rechten Ellbogen an den Körper, um die Hand an den Helmkragen bringen zu können. Dann schaltet er die Helmlampe ein.

Wie ein Schreckensschrei sticht es in Goffs Gehirn. Ein gewaltiger Ruck geht durch die Leiber der Glumpe. Im Schein des aufflammenden Lampenlichts sieht er Klugwarms beuliges, wulstiges Gesicht, die gespaltenen Lippen entsetzt auseinandergezogen, in den hellen Augen sind spiegelnde Reflexe der gleißenden Helligkeit.

Goff schaltet sofort wieder aus. Die Glumpe ist wie erstarrt. Erst allmählich lockert sich die Verkrampfung, und mit dem Singen und Zirpen zieht ein ängstliches Stöhnen durch Goffs Bewußtsein.

„Bist du wahnsinnig?" ruft Marigg erbost.

„Ich habe doch nur was sehen wollen", antwortet Goff kleinlaut.

Wenig später vernimmt er klar und deutlich die Stimme Klugwarms: Er hat die Kraft des Kalttastens in seinem Kopf. Wer ist er? Was ist er? Wozu ist er? Warum ist er wie du und doch anders? Warum kann er nicht warmtasten?

Ein ganzer Schwall von Fragen ergießt sich über Marigg, und Goff spürt deutlich, wie der Elloraner krampfhaft überlegt.

„Wir nennen diese Kraft, die für das Kalttasten ist, Licht", antwortet Marigg. „Und das Kalttasten nennen wir Sehen."

Das sind seltsame Namen, sagt Klugwarm, aber meine Kaltkraft kann sie aufbewahren, ich kann sie benutzen: Licht und Sehen.

Goff kommt eine Idee. „Klugwarm!" ruft er. „Klugwarm, verstehst du mich?"

Ich kann deine Worte tasten, dröhnt es heftig in Goffs Schädel. Du bist nicht Vielklug, und doch bist du wie er – wie soll ich dich nennen?

„Die Menschen sagen Hermel Goff zu mir", antwortet Goff und muß gegen seinen Willen grinsen, weil er bei der Nennung seines Namens mit dem Kopf nickt, als deutete er eine Verbeugung an.

Das ist kein Bild, warum sind eure Namen für die Dinge keine Bilder? fragt Klugwarm, und Goff hat den Eindruck, der Riese sei etwas verwirrt, aber weiß auch keine Antwort auf diese Frage.

„Höre, Klugwarm!" sagt Goff. Er spricht seine Gedanken laut aus, weil er auf diese Weise eine höhere Intensität erreicht. „Höre! Wir Menschen haben viel mehr Kaltkraft als du … Dafür hast du mehr

Warmkraft", fügt er schnell hinzu, weil ihm die Einleitung seiner Rede irgendwie überheblich zu sein scheint. „Unsere Kaltkraft ist so groß, weil unsere Welt viel größer ist."

Goff spürt, daß Klugwarm Mühe hat, die Dimension dieses Vergleichs zu erfassen, und er wählt ein Beispiel. „In unserer Welt kannst du in jede Richtung gehen und du wirst niemals an ein Ende gelangen."

Ein gewaltiger Gedankenstrom bricht in Goffs Überlegungen: Wie – so groß ist eure Welt? Wie geht das, alles hat Anfang und Ende, es gibt kein Ding ohne Ende!

Hermel Goff spürt eine gewaltige Pranke auf seinem Rücken. Die Finger dieser riesigen Hand tasten über seinen Skaphander und verharren auf dem Helm. Dann wandern sie wieder seinen Rücken entlang und greifen nach seinen Füßen. Die Berührung ist ihm unangenehm, aber er läßt es geduldig geschehen.

Aber du hast Anfang und Ende, sagt Klugwarm. Ich habe Anfang und Ende, Vielklug hat es und Roch, alles hat Anfang und Ende.

Verdammt, denkt Goff, er begreift es nicht. Mariggs belustigtes Kichern ärgert ihn. Ihm fällt nichts weiter ein als ein Trick.

„Wo ist dein Anfang, Klugwarm. Und wo dein Ende?" fragt er schnell.

Der Riese stöhnt vor Anstrengung. Zu gern wüßte Goff, was in dem deformierten Schädel nun vorgeht, aber er schweigt wohlweislich. Was nützte es auch, dem Riesen zu erklären, daß Anfang und Ende des Individuums in der Zeit liegen, nicht im Raum? Wie sollte er mit diesem gespenstischen Wesen über Relativität diskutieren?

Mein Anfang ... ist die Glumpe, stöhnt Klugwarm erleichtert auf, und mein Ende ... ist die Glumpe, alles ist die Glumpe!

„Hast du das verstanden, Hermel?" fragt Marigg bestürzt. „Er denkt viel klarer, als wir vermuten."

Auch Hermel ist beeindruckt. Dann vergegenwärtigt er sich die Lebensumstände dieser Wesen. Zweifellos ist Wärme das wichtigste Element dieser Existenz. Die Glumpe hat eine zwar unheimlich wirkende, aber optimale Lösung gefunden. Jedes lebende Wesen ist ein Wärmereservoir – es kann blind, taub, gelähmt sein. Aber es hat Wärme, in dieser Welt ein unschätzbares Gut. In der Glumpe gibt jeder, und jeder darf nehmen.

Aber wie, zum Teufel, ernähren sie sich? Sie können doch nicht von Luft und Licht leben!

Licht! – Goff fällt wieder ein, was er Klugwarm anbieten wollte. „Höre, Klugwarm", sagt er, „ich kann dir die Kraft geben, die das Kalttasten ermöglicht und die wir Licht nennen. Willst du sie haben?"

Klugwarms begeisterte Zustimmung schlägt in wilden Wogen über ihm zusammen.

„Du mußt noch etwas warten, Klugwarm. Das Licht, das ich bei mir trage, kann ich dir nicht geben. Aber draußen, in meinem Container, da habe ich genug Licht für dich." Goff ist nicht einmal überrascht, als Klugwarm sofort wissen will, was für ein Ding das ist, wo Goffs Licht versteckt ist.

Hermel stellt sich den Container vor und gibt Klugwarm das Bild. Die Verblüffung des Riesen erheitert ihn, denn Klugwarm fragt gleich: Wie kannst du ein Stück von dir abtrennen?

Er hat also genau gesehen, daß ich den Behälter auf dem Rücken getragen habe, denkt Goff belustigt.

Aber Klugwarm fragt weiter: Ist es das Licht, mit dem du das Ende der Welt aufgemacht hast?

Er meint den Plasmabrenner, überlegt Hermel. „Nein, es ist ein anderes Licht, viel stärker und kälter", sagt er.

Kälter ist nicht gut, widerspricht Klugwarm energisch. Gib mir das warme Licht.

„Das geht nicht, es würde dich verbrennen", antwortet Goff.

Was ist das? fragt der Riese.

Goff überlegt. „Es tötet dich!" sagt er schließlich.

Was ist das?

Eine Weile wundert sich Goff, daß Klugwarm mit der Vorstellung vom Tod nichts anfangen kann.

„Du mußt sagen, daß er davon kalt wird", hilft Marigg aus.

Ein langes Schweigen ist Klugwarms Antwort. Seine stürmischen Gedanken tasten durch Goffs Gehirn, ohne daß der die sich überschlagenden Bilder zu deuten vermag.

So ... kalt ... wie Schisch ..., wie die große Schisch ..., hört Goff in Gedanken Klugwarm. Wie kann Wärme kalt machen? fragt dann der Riese hartnäckig.

„Wärme und Kälte sind eine gemeinsame Kraft", antwortet Goff bedächtig, „wenn es sehr wenig Wärme ist, nennst du es Kälte. Aber es ist trotzdem noch Wärme, denn wo es keine Wärme gibt, dort gibt es nichts, dort sind keine Dinge. Die Welt, die keine Kaltkraft hat, braucht nur wenig Wärme – du würdest sagen: Sie ist kalt. Aber die Teile der Welt, die Kaltkraft besitzen, benötigen viel mehr Wärme. Es gibt auch Teile der Welt, die keine Kaltkraft haben und trotzdem viel, viel wärmer sind als du. Das sind die Sterne ..."

„Entschuldige, wenn ich dich korrigiere, Hermel. Du mußt Klugwarm sagen, daß es Kaltkraft nur dort gibt, wo auch Warmkraft – also Leben – ist. Sonst begreift er gar nichts", sagt Marigg.

Klugwarm belehrt ihn eines Besseren. Ist das warme Licht ein

Stern? fragt er zaghaft. Machen Sterne kalt? Macht zuviel Wärme kalt? Ist viel, viel Wärme wie viel, viel Kälte? Kannst du kalt werden, wenn ich dir zuviel Wärme gebe?

Goff schmerzt langsam der Kopf. „Das warme Licht ist ein Stück von einem Stern“, sagt er müde, „es macht kalt, weil Sterne kalt machen ... Zuviel Wärme macht kalt ..., begreifst du das nicht?“

Gut, dann gib mir das kalte Licht! antwortet Klugwarm zufrieden, aber Goff spürt am Singen und Zirpen des Gedankenfeldes, daß der Riese immer noch angestrengt nachdenkt.

„Dazu muß ich die Glumpe verlassen“, sagt Goff und krümmt sich zusammen, bereit, rückwärts zu kriechen.

Nein! kommt es schnell von Klugwarm. Bleib! Gib es mir später. Aber zeig mir noch einmal das Licht in deinem Kopf!

Goff schaltet erneut den Helmscheinwerfer ein.

Wieder fährt die Glumpe erschrocken auf. Klugwarms Augenlider zucken im grellen Licht. Goff hat den Eindruck, als schaue ihm der Riese direkt ins Gesicht, aber Klugwarm starrt offenbar in die Lampe. Wie aus dem Nichts erscheint die siebenfingrige Hand, und der knotige Zeigefinger tippt vorsichtig gegen den Helmscheinwerfer.

Warum ist dein Name nicht Lichtkopf? fragt Klugwarm ehrfürchtig. Du hast die Kraft in deinem Kopf, du kannst überall kalttasten. Du mußt den Namen Lichtkopf tragen!

Seine Augen sind unverwandt auf die Lampe gerichtet. Er streicht über Goffs Helm und grunzte merkwürdig. Licht ist nicht nur in der Welt, sagt er erstaunt, Licht ist auch im Kopf! Du bist sehr stark, Lichtkopf! Ich werde ebenso stark sein, wenn du mir Licht in meinen Kopf gibst!

„Na, Vielklug“, flüstert Goff heiser, „wie findest du das?“

„Du bist ein wahres Genie, Lichtkopf“, erwidert Marigg spöttisch. „Ich werde für dich den Namen Mehrklug beantragen!“

Das ist sehr warm! dröhnt Klugwarms Stimme. Er muß Lichtkopf Mehrklug heißen, du hast recht, Vielklug!

Goff bricht in schallendes Gelächter aus. Und als er die keuchenden Laute aus Klugwarms Mund vernimmt, das ekstatische Beben der Glumpe fühlt – da steigert sich sein Lachen zu einem Erstickungsanfall, denn er weiß: Auch die Glumpe lacht, sie lacht vor Freude. Hektisches Trommeln durchpulst diesen Organismus aus Dutzenden Einzelwesen, die Glumpe schüttelt sich und knurrt, ächzt, brummt, kreischt vor Vergnügen.

Der Rhythmus steigert sich zu einem wilden Stampfen. Es reißt Goff förmlich mit sich, das Beben dringt in alle Fasern seines Körpers, er zuckt und windet sich, und als ihm bewußt wird, daß dieses

Schwingen wie die Stoßwellenmusik in einer Kristo ist, brüllt er laut auf vor Lachen.

Es stößt und dreht ihn, ohne daß er sich dagegen wehren kann oder gar will. Dutzende Finger klopfen rhythmisch auf seinen Körper. Es können auch Füße oder Köpfe sein, was da den Takt in ihn hineinschlägt. Dumpfe Schläge und feines Trommeln decken ihn ein, es wird ein strenger, beinahe melodischer Klang.

„Halt jetzt die Klappe, Hermel!" beschwört ihn Marigg. „Das ist der Große Gesang."

Doch Goff hört die Mahnung kaum, so trägt es ihn mit sich fort. Ihm ist, als hätte ihn eine gewaltige Woge gepackt, und er läßt sich hinunterschleudern in dunkelste Tiefe und emportragen in unerreichbare Höhen. Er merkt gar nicht, wie sich ein unbändiges Brüllen aus seiner Brust löst, wie seine Finger den unbekannten Rhythmus aufnehmen und hinaushämmern in die Glumpe. Er hört nur Klugwarms Stimme stolz und glücklich alles durchdringen: Die Glumpe ist warm – alles ist die Glumpe! Die Glumpe ist groß – alles ist die Glumpe! Fremde Glumps sind gekommen – alles ist die Glumpe! Sie bringen Licht – alles ist die Glumpe! Alles ist in uns – wir sind in allem …

„Es ist das Wort der Meister …, das Wort der Meister …", keucht der Elloraner, doch Goff nimmt es nur wahr, wie man das Summen und Brodeln einer Stadt hört, die man durchquert. Er hört die Worte, aber begreift nicht deren Sinn.

Goff hat auf einmal ein Gefühl, als würden seine Augen so groß wie die Sonne, als könnten seine Ohren das Heulen ferner Quasare hören, als fühle seine Haut die schwirrende Hitze des galaktischen Kerns und sein Verstand die Bewegungen aller Atome dieser Welt.

Er fliegt hinaus in eine endlose Weite, die angefüllt ist von lebendigen Stimmen, die überquillt von Leidenschaften, Freuden und Qualen. Er stürzt in fernes, zukünftiges Sein, es wirbelt ihn durch Jahrmillionen und Bruchteile von Mikrosekunden. Alles ist in uns – wir sind in allem!

Ihm wird gar nicht bewußt, daß die Glumpe im Takt seiner Gedanken bebt, als er Sonnen explodieren und Staubnebel kondensieren läßt, als auf sein Geheiß Samen keimen und Menschen erwachen. In seinen Visionen ballt sich die Menschheit wie zu einer gigantischen Faust und stößt in die Unendlichkeit, öffnet sich und sprüht auseinander wie Funken, die das Feuer in die tiefste Finsternis tragen.

Und die Glumpe tanzt unter dem Diktat seiner Träume. Und immer wieder sieht Goff Kinder. Kinder, die aus Terras Boden emporschießen wie junge Pflanzen, die von der Erde springen, sich umarmend, und hinaus in das Universum fliegen, lauter leuchtende Funken, die auf den Wogen der Zeit davongetrieben werden, dieses gewaltige Meer wie Blüten bedecken, ein unendlicher, unzerstörbarer Teppich aus bunten Blüten …

Goff treibt immer noch inmitten dieses Blütenmeers, als die Stimme des Elloraners in sein Bewußtsein dringt.

„Na, endlich ausgeschlafen, Lichtkopf Mehrklug?"

Goff streckt sich gähnend und öffnet die Augen. Hat er wirklich geschlafen? Er blickt direkt in Klugwarms wasserhelle Augen.

„Du warst phantastisch", sagt Marigg. „Klugwarm ist begeistert, die Glumpe ist begeistert. So etwas Verrücktes haben sie noch nicht erlebt! Du hast ihnen das ganze Universum gezeigt!"

„Was habe ich?" Goff schüttelt sich wohlig. Irgendwie fühlt er sich sehr geborgen und hat so eine Ahnung, ziemlich weit weg gewesen zu sein.

„Du hast ihnen das Universum gezeigt. Klugwarm meint, du wärst ein großer Sänger! Und du hast ihnen großartige Bilder gegeben", antwortet Marigg, „ehrlich, ich fand es auch gewaltig. Was da so alles in dir ist …"

Klugwarms Blick ist freundlich und liebevoll. Selbst die gespaltenen Lippen und die Beulen und Schwielen können diesen Ausdruck nicht abschwächen.

Deine Welt ist groß und warm und kalt! tönt die Stimme des unförmigen Riesen in Goffs Kopf. Dein Gesang ist so warm und so kalt, daß er ist wie Anfang und Ende! Wie geht das, Lichtkopf Mehrklug? Wie kann kalt und warm eins sein und Ende und Anfang!

Nach und nach kehrt Goffs Erinnerungsvermögen zurück. Explodierende Sonnen, blühende Welten, endlose Weiten …, haben sie das etwa alles gesehen? Aber das können sie doch gar nicht begreifen! Vage erinnert er sich daran, wie er als Nestling zum Himmel starrte, gebannt von dem Funkeln in tiefster Schwärze, ohne auch nur die Spur von einer Vorstellung von dem zu haben, was er da sah. Und doch hat er schon damals eine Ahnung von ungeheurer Weite und unerreichbarer Ferne gehabt, und einige Jahre später verstand er sehr gut, weshalb die ersten Menschen ihren Göttern das glitzernde Himmelsgewölbe als Wohnsitz zuwiesen.

Noch während er überlegt, geht wieder eine Bewegung durch die Glumpe. Klugwarms Kopf verschwindet kurz in dem schleimigen Gewühl, dann taucht seine Hand vor Goffs Gesicht auf. In der siebenfingrigen Pranke entdeckt Goff einen blutigen Klumpen. Kaltkalt, dröhnt Klugwarms Stimme. Nimm es, du brauchst jetzt Kraft. Hermel stiert entsetzt auf das, was Klugwarm da gegen seinen Helm

preßt. Ihm ist, als fiele er in einen tiefen, alles verschlingenden Strudel hinein, und spürt etwas säuerlich aus dem Magen emporschießen.

Klugwarm grinst ihn wohlwollend an und stößt mit dem blutigen Klumpen auffordernd gegen den Helm.

Nimm es, Lichtkopf Mehrklug, krachen die Worte des Riesen in seinem Schädel wie Detonationen, sprengen ihm fast das Gehirn auseinander. Das Blut ist stellenweise zu krustigem Schorf geronnen – schmierige, glänzende Flecke.

Dampfende Schwaden schlagen Goff aus Klugwarms weit aufgerissenem Mund entgegen, in dem gelbliche Zahnstümpfe schimmern. Das mit Beulen und Schwielen bedeckte Gesicht verzieht sich zu einer Grimasse höchsten Wohlbehagens – dann beißt Klugwarm kraftvoll in das Fleisch …

Ein wilder, tierischer Schmerz rast durch Goffs Eingeweide. Goff brüllt auf und schlägt wie wahnsinnig um sich, stößt mit den Füßen in das Leibergewühl und bahnt sich einen Weg.

„Sie fressen sich gegenseitig auf! Raus hier, Marigg! Das sind Kannibalen!“ Er schreit wie ein Verrückter, kämpft sich durch die ineinander verschlungenen Körper.

Der Lichtkegel seiner Lampe huscht über zurückzuckende Köpfe und milchig glänzende Augen. Furchtbare, tödliche Angst hat Goff gepackt. Mit wuchtigen Schlägen arbeitet er sich vorwärts, schmettert seine Fäuse in panischem Entsetzen in die gräßlichen Gesichter. Wie konnte er nur so vertrauensselig sein. „Marigg! Antworte doch endlich!" kreischt er mit überkippender Stimme. Keine Antwort.

Ein grauenvoller Verdacht keimt in ihm. Goff muß sich erbrechen. Warm und feucht quillt es in erstickenden Stößen aus seinem Hals. Seine Phantasie peinigt ihn mit Schreckensvisionen von einem Skaphander, den raubtierartige Zähne zerrissen haben, von einem zerfetzten Körper. „Marigg!" schreit er erneut.

Da hört er ein qualvolles Stöhnen in den Helmkopfhörern, wie aus weiter Ferne, kaum zu unterscheiden von dem Prasseln und Knistern, daß er erst jetzt bemerkt. Im selben Moment wird es blendendhell um ihn, er rutscht über eine höckrige, zuckende Masse und schlägt hart auf. Für Sekunden verliert er das Bewußtsein.

Als er aber spürt, wie Hände nach ihm greifen, ihn hochzerren, da schlägt er wieder wie wild um sich, mobilisiert die letzten Kraftreserven. Allmählich dringt die Stimme in sein Bewußtsein: „Verdammt noch mal, lassen Sie das doch ... Hören Sie endlich auf!" Etwas umschlingt ihn und preßt ihm die Arme gegen den Körper. Jetzt erst kommt Goff zu sich.

Vor ihm steht der Proximer mit dem Katzengesicht und brüllt ihn an. Der Griff des Mannes hinter ihm lockert sich. Doch als Bruno von der Hohen Aue losläßt, knicken Goff die Beine ein. „Hoppla!" hört er die hohe Stimme des Dicken, der gleich wieder zufaßt.

Goff wischt sich mit der zitternden Hand den Schmutz vom Helm. „Sie haben ..., sie haben Ellis ...", keucht er entkräftet.

„Quatsch, gar nichts haben sie", sagt Styx gelassen.

Eine sanfte Berührung am Oberarm läßt Goff zusammenfahren. Dann tritt Marigg in sein Blickfeld.

„Der Idiot hat genau auf das Mikrofon gekotzt, deshalb konnte er nicht antworten!" Styx grinst, etwas fahl im Gesicht.

„Was war denn überhaupt los? Sie haben ja wie ein Stier gebrüllt."

Goff schüttelt matt den Kopf und atmet tief durch. Immer noch quält ihn Brechreiz.

„Sie haben doch nicht erwartet, daß es in diesem stinkenden Haufen so gemütlich ist wie in einem Plusterfarnbett, oder?" Styx' Ironie muntert Goff langsam wieder auf. Widerwillig dreht er sich um, geht dabei aber einige Schritte, um eine größere Entfernung zwischen sich und die Glumpe zu legen.

„Keine Angst, die sind erst mal weg", sagt Styx gleichmütig, und

der dicke Bruno flüstert erleichtert: „Endlich, endlich sind sie wieder weg."

Goff sieht nur noch eine gefrorene Schleimspur, die sich in der Tiefe des Ganges verliert.

„Das beste wird wohl sein, wir gehen erst mal zum Lander zurück", schlägt Styx vor.

Durch die verschmierte Scheibe kann Goff sehen, wie Marigg heftig nickt. Dann machen sie sich auf den Weg. Niemand spricht ein Wort. Goff wird immer wieder übel vom Geruch in seinem Helm.

Als sie aus dem eingestürzten Tunnel nach oben steigen, erleben sie eine Überraschung. Auf einem gleißenden Feuerstrahl steht ein Raumschlepper der Basis über dem Landefeld der zerstörten Station Nabuthot und sinkt langsam, landet. Sie springen in den Merkurrover und jagen zum Lander zurück. Hoch droben entdeckt Styx einen leuchtenden Punkt, und kaum hat er die anderen darauf aufmerksam gemacht, hören sie Flakkes Ruf über den Helmfunk. „Wie steht's bei euch, Männer?"

Styx meldet forsch: „Wir haben hier einiges erlebt, kann ich Ihnen sagen, Kosmander ..."

Flakke unterbricht ihn. „Genauen Rapport an Bord. Übermorgen trifft ein Kreuzer mit Spezialisten ein, so lange sollen wir die Stellung halten. Sie kehren sofort an Bord zurück."

„Gestatten Sie eine Frage, Kosmander: Wie soll das ausehen – die Stellung halten?" fragt Styx.

„Frage gestattet. Wir sind mit zwei Raumschleppern gekommen. Den einen haben Sie wohl gesehen, er holt den Wantentrailer nach oben, der andere hat uns in den toten Punkt bugsiert und hält uns auf Position."

„Alles klar, Kosmander", antwortet Styx.

Sie erreichen den Lander und winken noch einmal zu den Männern hinüber, die bereits dabei sind, den Wantentrailer zu vertäuen. Im Lander kriecht Goff aus dem Cataphract und reißt sich den Helm des leichten Raumanzugs herunter.

Auch Marigg entledigt sich schnell des Skaphanders und wischt sich ächzend über den Mund. „Was haben wir nur für einen Mist angestellt, Hermel", stöhnt er verzweifelt. „Alles haben wir falsch gemacht, alles ..." Er läßt sich in einen der Konturensessel fallen und schlägt die Hände vor das Gesicht. „Klugwarm ist nicht zu beruhigen", flüstert er traurig, „er versteht es einfach nicht ... Willst du ihn hören?"

Noch bevor Goff erschrocken den Kopf schütteln kann, ist da wieder dieses feine Singen und Zirpen, und er hört den häßlichen Riesen klagen: Ihr seid so kalt, kalt, kalt ... Ihr seid kälter als die Welt, so kalt ..., so furchtbar kalt ...

KAPITEL 22

Hendrikje preßt das Gesicht gegen die Panzerglasscheibe, die wie die Kanzel eines Raumgleiters in das Landerdeck hineinragt. Von hier aus kann man alles überschauen, was in der geräumigen Halle geschieht. Da – die Schleuse öffnet sich, die Lamellen gleiten gemächlich auseinander, sie kann deutlich sehen, wie ein gleißend roter Strahl in das matte Funkeln der Sterne sticht und rhythmisch blinkt.

Sie hat tausend Ängste um Hermel ausgestanden. Fast wollte sie ihn bitten, nicht mit hinunterzufliegen zu diesen geisterhaften Wesen, von denen Ellis berichtete und Skamander seit zwei Stunden träumt.

Die Einladung des Bordarztes hatte sie verwundert: Sie wolle doch die Probleme ihrer Schutzbefohlenen vor Ort studieren, also solle sie kommen, hier finde sie eins der größten.

Lange hat sie den Anblick des sich in Krämpfen windenden und furchtbar stöhnenden Skamander nicht ertragen. Dieser starke, schöne und so unendlich gutmütige Mann lag da, hingestreckt von einer teuflischen Kraft, und wand sich unter ihren Foltern. Die Tränen stiegen ihr in die Augen, und sie lief hinaus.

„Kalt ..., ihr seid so kalt ...", stöhnte Skamander, und sie hörte es, bis die Tür der Bioschleuse hinter ihr zuklappte. „Kalt ..., kälter als die Welt ... Warum seid ihr so kalt?"

Hendrikje zitterte noch immer ein wenig. Wenn Hermel doch schon hier wäre! Wie im Fieber hat sie sich während der wenigen Stunden gefühlt, als sie Hermel Goff nicht an Bord wußte. Sie lief ruhelos durch die Decks der Ikaros und wußte nichts mit sich anzufangen.

Das feurige Keuchen und Spucken der Sonne hatte sie geängstigt wie nie etwas anderes zuvor, und nur Hermels Arme boten ihr den Schutz, den sie brauchte. Als der Ikaros die Segel weggefetzt wurden und Ireas irgendwelche Dinger ausfahren ließ, die er Turbosegel nannte, da glaubte sie den Drachenkreuzer verloren, zumal auch Hermel blaß wurde und nervös mit den Zähnen knirschte.

Der Sonnensegler stürzte mitten hinein in diesen grauenvollen Feuersturm, nichts war zu sehen als lohende Hitze, brüllend umherwirbelnde Gasmassen, Kaskaden und Sturzbäche von Feuer, überall nur Feuer!

Doch als sich Ireas dann kühl lächelnd nach ihr und Hermel umdrehte und sagte: „Schönes Feuerwerk, nicht? Jetzt reiten wir mit der alten Ikaros erst mal den Sturm ab", da hätte sie ihm eine schallende Ohrfeige versetzen können. In seinen Augen war eine derart unverhohlene Schadenfreude, daß sie ganz sicher sein konnte, er wußte genau um ihre schreckliche Furcht und genoß den Augenblick, auch Hermel schwach zu sehen.

Und dann flog Hermel zu diesen gräßlichen Wesen hinunter und lieferte sie Flakke, der nur darauf zu lauern schien, ihr Angst einzujagen, schutzlos aus.

Aber jetzt kommt Hermel ja wieder, und außerdem wird ihr Ireas keine Angst mehr einjagen, und vielleicht hat er das auch nie gewollt, und es kam ihr alles nur so vor, weil sie dem grau gewordenen Mann nicht in die Augen blicken kann, ohne von einem unbestimmten Schuldbewußtsein geplagt zu werden. Er hat ihr auch die Briefe wiedergebracht und gesagt, es sei ihm wenigstens Trost, einmal solch ein Feuer in seinem Herzen gewußt zu haben. Vielleicht hat er das auch nur gesagt, weil er ahnte, einmal ihre Hilfe zu benötigen, denn als sie die Briefe in den Abfallschacht warf, hüstelte er irritiert.

Sie hat ihm geholfen, und hätte es ohne die Briefe ebenfalls getan: Die Zeit hat alles verändert, auch sie. Bei manchen Menschen ist das Leben wohl wie ein träger, aber gleichmäßiger Strom von Ereignissen. Ihr Leben hat sie mit Strudeln und Stromschnellen gepackt und zwischen den Ufern hin und her gerissen. Es waren nur Tage, diese Strudel und Wildwasser, aber diese Tage waren wie das Ende eines Larvenstadiums: Die turbulenten Geschehnisse haben sie wie in einen Kokon aus Widersprüchen gewickelt, und jetzt hat sie dieses Gehäuse zersprengt und ist ihm entstiegen als der Mensch, der sie wohl irgendwann einmal werden mußte.

Ja, sie hat Ireas Flakke geholfen, und sie hat es gern getan.

Als Hermel und die anderen beiden in diesem rotglänzenden Keramitei auf den Merkur zustürzten, bat Ireas sie auf die Brücke.

„Warum hast du Goff mitfliegen lassen?" fragte sie vorwurfsvoll.

„Du hast ihn doch gehört!" antwortete Flakke finster, „da unten kann er uns nicht schaden, wenigstens vorläufig nicht!"

Die Männer in der Kommandozentrale nickten beifällig.

„Wirst du Meldung machen?" fragte Flakke dann ohne Umschweife.

Hendrikje zögerte. War sie dazu verpflichtet, die Vorgänge bekanntzumachen, oder ging das alles nur sie selbst etwas an, fiel es nur in ihren Kompetenzbereich? Aberschwenz will Ergebnisse haben, keine Probleme, dachte sie. Die Kaderabteilung bin ich hier, der Fall liegt auf meinem Tisch.

„Dazu gibt es für mich als Kaderorganisator keinerlei Veranlassung", sagte sie laut, damit es auch die anderen hören konnten, „ich werte das Vorkommnis selbstverständlich aus und werde es bei der Erstellung meiner Disposition für Marigg Ellis berücksichtigen müssen. Alles andere ist Sache des Kosmanders der Ikaros."

Flakke atmete erleichtert auf.

Dann aber meldete sich der Basiskommandant. „Hermes Alpha an Ikaros. Die neuen Lappen liegen griffbereit, Ireas. Schicke deinen Lander runter, und dann macht euch gleich auf die Socken. Das Bebenmaximum wird innerhalb der nächsten fünfzig Stunden erwartet, wir machen hier schon die Schotte dicht. Ich drücke euch allen die Daumen, damit ihr alles mit heiler Haut übersteht."

Flakke erzählte dem Basiskommandanten ein haarsträubendes Märchen, an dem nur die Fakten nicht erlogen, die Zusammenhänge jedoch total auf den Kopf gestellt waren. Er berichtete von einem in Raumnot geratenen und auf den Landefeldern von Nabuthot notgelandeten Wantentrailer, von dem Lander, den er hinterhergeschickt habe, und davon, daß die Männer aus dem Trailer und dem Lander in irgendeinem unversehrt gebliebenen Sektor der Station auf eine fremde Lebensform gestoßen seien.

Eine Weile schwieg der Basiskommandant. Dann wollte er alles noch einmal hören, unterbrach Flakke aber ungeduldig, als der den vermeintlichen Unfall detailliert schilderte. Nein, er wolle wissen, was Flakke mit der fremden Lebensform meine!

„Ich schicke euch ein paar Spezialisten", brüllte er dann aufgeregt, „aber das geht erst in etwa dreißig Stunden, Ireas, wir haben hier alle Hände voll zu tun, um die Basis zu konservieren. Beim Großen Sirius! Warum muß das jetzt passieren! Ach, und der ganze Papierkram. Sag mal, du hast doch zwei Passagiere an Bord, nicht wahr? Einen Mann vom MOBS und einen vom Institut für Sonnenforschung. Dann ist alles ganz einfach: Du setzt ein Protokoll auf und läßt es von dem Institutsmenschen unterzeichnen, der ist ja Repräsentant unserer übergeordneten Institution. Damit ersparen wir uns den Papierkrieg wegen des Unfalls! Was die andere Sache angeht – ich schicke dir fähige Leute, aber verstehe bitte, daß das nicht sofort möglich ist. Du bekommst zwei Schlepper von mir, und ihr sondiert das Terrain, bis die Spezialisten eintreffen. Und macht den kleinen grünen Männern klar, daß sie so schnell wie möglich verschwinden müssen!"

Flakke nahm ein Dutzend Garnituren neuer Takelage entgegen, bekam die beiden Raumschlepper, und Hendrikje unterschrieb mit klopfendem Herzen das Protokoll.

„Wie willst du das jemals wieder geradebiegen?" fragte sie Ireas ängstlich.

Flakke winkte nur ab. „Wenn die Beben vorüber sind, fragt kein Mensch mehr, was wirklich passiert ist, dann gilt deine Unterschrift soviel wie der Segen des Rates für Koordination …"

O doch! Sie hat Flakke geholfen. Zwar plagten sie Zweifel und Selbstvorwürfe, aber sie hat es getan. Eine Lüge sieht auf dem Papier immer ganz anders aus, als wenn man sie nur so dahinsagt. Dennoch entscheidet oft erst die Wirklichkeit, welche Dinge wahr und welche unwahr sind. Man kann Wahrheitsgehalt nur in der Praxis überprüfen, nicht anhand von Meldungen und Berichten.

Und wahr ist: Die Leute von der Ikaros sind auf eine fremde Lebensform gestoßen. Alles andere ist bedeutungslos.

Nein, für mich ist es von großer Bedeutung, korrigiert sich Hendrikje, aber eben nur für mich. Sie preßt sich gegen das Panzerglas und starrt auf den feurig zuckenden Laserstrahl. Das erstemal in ihrem Leben hat sie bewußt gegen eine Vorschrift verstoßen, hat ihre Unterschrift unter eine Fälschung gesetzt. Doch was eigentlich hat sie denn getan mit dieser Unwahrheit, die viel mehr Wahres als Erlogenes in sich birgt?

Ich habe den Leuten von der Ikaros geholfen, sagt sie sich mit einer gewissen Zufriedenheit. Die Moral der Mannschaft ist großartig, wenn auch jeder einzelne mit seinen Nerven arge Sorgen hat. Aber als Gemeinschaft sind sie einfach großartig, trotz aller Reibereien und Zwistigkeiten der letzten Tage. Warum also soll ein Widerspruch, ein Konflikt, das Zünglein an der Waage sein, das gnadenlos die Marke überschreitet, die über Existenz oder Auflösung dieses Kollektivs entscheidet? Warum soll ein Vorgang, der doch eine Bewährung für die Mannschaft bedeutet, zu deren Ungunsten ausschlagen?

Ist dieser Drachenkreuzer nicht ein Stück von der Zukunft, wie sie Hermel erträumt, tragen wir diese Zukunft nicht schon längst in uns? Hendrikje zaudert bei diesem Gedanken.

Wie sie hier auf der Ikaros um ihr Zuhause kämpfen, nicht anders können, jeder einzelne – das hat sie ungemein beeindruckt. Aber daß diese Gruppe in solche Probleme gestürzt wird, allein durch die drohende Auflösung, erschüttert Hendrikje. Da sind die Menschen auf der Erde doch ganz anders: dynamischer, disponibler, Veränderungen gegenüber – im kleinen zumindest – viel aufgeschlossener. Allerdings auch leichtfertiger.

Ob ich wohl mein Glück in solch einer kleinen, strengen Regeln gehorchenden Gemeinschaft finden könnte, wie sie die Ikarosbesatzung ist? fragt sie sich nachdenklich.

Geborgenheit, Sicherheit, Verständnis – kann das genügen? Hendrikje ist außerstande, diese Frage gültig zu beantworten.

Die Kälte des Universums dringt durch das Panzerglas, Hendrikje spürt sie an ihrer Wange.

Ein dunkler Schatten schwebt heran, sie sieht die Flämmchen der Bremstriebwerke aufzüngeln. Die stählernen Klauen der Auffangvorrichtung packen zu.

„Hermel", flüstert sie, „endlich bist du wieder da."

Goff stürzt als erster aus dem Schleusentor, eilt auf sie zu und schließt sie in die Arme.

Hendrikje rümpft überrascht die Nase – Hermel riecht nicht einfach unangenehm, er stinkt bestialisch. Aber sein Gesicht, die zitternden Finger, seine rauhe Stimme – was ist geschehen?

„Du kannst es dir einfach nicht vorstellen ..., so etwas hat noch kein Mensch erlebt ...", flüstert Hermel.

Bald spürt sie den Gestank kaum noch, wundert sich auch nicht über die blutigen, schleimigen Spuren auf seinem Raumanzug. Hermel ist wohlbehalten zurückgekehrt – allein das zählt.

Der Elloraner hastet vorbei, bleibt kurz stehen. „Wo ist Skamander?“ preßt er hervor.

„In der Bordklinik, bei Doktor Quadrangel“, antwortet Hendrikje schnell, „es geht ihm sehr schlecht.“

Marigg Ellis läuft ohne ein Wort weiter.

„Komm mit“, sagt Goff kurz und zieht sie hinter sich her.

Hendrikje läßt es willenlos und etwas befremdet geschehen. „Was ist denn los, was hat das alles mit Skamander zu tun?“ fragt sie im Laufen.

„Die Glumpe ruft Skamander!“ Goff keucht. „Sie wollen nur noch mit Skamander reden.“

„Wer ist das – die Glumpe? Sind das die geheimnisvollen Wesen?“

Goff erzählt hastig und zusammenhanglos, sie versteht kaum etwas, nur, daß es da telepathische Kontakte gibt und daß die Männer irgendeinen großen Fehler begangen haben. Hermel und der Elloraner waren in dieser furchtbaren Glumpe und sind entsetzt geflohen, als die gespenstischen Wesen ihnen etwas zu essen anboten …

„Bei Ellis kann ich es verstehen“, sagt Goff, „aber warum Skamander? Weshalb ausgerechnet Skamander?“

Plötzlich bleibt Goff abrupt stehen, grinst gequält und fragt:

„Willst du wissen, wie sie mich nennen?“ Er wartet ihre Antwort gar nicht erst ab und sagt: „Ich heiße jetzt Lichtkopf Mehrklug ... Die Helmlampe hat ihnen mächtig imponiert ...“ Dann lacht er rauh auf und läuft weiter.

Der Elloraner springt in einen Lift und wartet nicht auf sie. Als sie endlich den nächsten nehmen können und auf die Galerie treten, sehen sie ihn aus der Mannschaftsunterkunft stürzen, in der Hand ein kleines Kästchen aus einem grünlich schillernden Halbedelstein. Es könnte elloranischer Jaspis sein, denkt Hendrikje, ist sich aber nicht sicher.

Diese Frage interessiert sie auch nicht allzusehr – was sie mit einigem Erstaunen erfüllt, denn vor wenigen Wochen noch hätte es sie nicht ruhen lassen, ob die Schatulle aus elloranischem Jaspis oder dem ungleich kostbareren Taurussmaragd ist –, viel mehr beschäftigt sie die auffällige Wandlung im Wesen des Elloraners. Gerade von ihm hätte sie irgendeinen dummen Spaß, eine lustige Bemerkung oder wenigstens ein kokettes Blinzeln erwartet – aber der da vom Merkur zurückkehrte, ist ein ernster, beinahe verschlossen wirkender Mann, in dessen etwas hervorquellenden Augen ein heißes Feuer brennt, wo vorher spöttisches Funkeln war, dessen Schnurrbartspitzen nicht mehr unter dem ewigen ironischen Lächeln vibrieren, sondern scharfe Linien in einem bleichen Gesicht sind.

Als sie die Bordklinik betreten, schließt sich gerade die Tür der Bioschleuse vor ihnen. Goff springt hinzu und stellt einen Fuß dazwischen. Was dann geschieht, verwirrt Hendrikje.

Doktor Quadrangel steht in der Schleuse und sagt böse: „Verschwinden Sie, Goff! Das hier geht Sie nichts an!“

Hendrikje bemerkt, daß Hermel eine Winzigkeit zögert. Dann stemmt er die Hände zwischen Tür und Rahmen und faucht zurück: „Alles geht mich an, was hier geschieht. Und wenn Sie denken, Sie könnten Ellis auch nur einen Tropfen abschwatzen – dann seien Sie sicher, daß ich es verhindern werde! Woher wissen Sie überhaupt, was in der Schatulle ist, he?“

Hendrikje begreift überhaupt nichts. Sie sieht nur, wie sich die beiden Männer wütend anfunkeln. Durch den Türspalt erblickt sie, wie der Elloraner dem Kästchen ein Flakon entnimmt, in dem es rubinrot glüht.

„So kommen Sie hier sowieso nicht herein!“ Quadrangel zeigt auf Goffs blutverschmierten Raumanzug.

„Reden Sie kein dummes Zeug, Quadrangel, Ellis ist auch drin.“

Hermel hat recht, denkt Hendrikje, der Elloraner trägt immer noch seinen Skaphander, und dieser ist ebenso verschmutzt wie der

Hermels. Sie kann sehen, wie Ellis ein wenig von der rubinroten Flüssigkeit auf Skamanders Stirn träufelt. Nach wenigen Augenblikken verstummt das Stöhnen und Röcheln. Skamander öffnet die Augen und richtet sich auf.

„Kommen Sie, Doktor“, ruft Ellis leise.

Sofort dreht sich Quadrangel um und gibt damit ungewollt die Tür frei. Goff drängt gleich hindurch und zieht Hendrikje hinter sich her.

Skamander liegt in einem der Betten der Intensivstation und stützt sich auf die Ellenbogen, sein Kopf ist mit den Saugnäpfen des Encephalovisors übersät.

Goff verharrt einen Moment und flüstert bestürzt: „Es sind wirklich seine Augen! Es sind Klugwarms Augen!“

Hendrikje weiß damit nichts anzufangen, aber sie bemerkt, daß der Elloraner düster nickt. Das alles ist ihr unheimlich, die Männer verhalten sich so sonderbar. Auch jetzt, als Hermel die Hand nach dem Fläschchen mit der feurig glühenden Flüssigkeit ausstreckt und der Elloraner der Bewegung ausweicht und den Flakon schnell in dem Jaspiskästchen versteckt, begreift sie nicht, was vorgeht.

„Du hast es also wirklich, das Elixier der Sterbenden Sonne!“ Goff schnauft fasziniert.

Auch Quadrangel hat unwillkürlich die Hand ausgestreckt und läßt sie jetzt kraftlos fallen.

„Das ist nichts für Terraner“, sagt Ellis leise und drückt die Schatulle gegen seine Brust.

„Ich habe es die ganze Zeit geahnt“, murmelt Goff, „du bist ein Meister ..., dein Name muß sein: Marigg Dual Ellis.“

Wie ein Schatten fliegt Trauer über das Gesicht des Elloraners. „Du konntest es nicht die ganze Zeit ahnen“, sagt er, „denn Marigg Dual Ellis bin ich erst seit wenigen Stunden.“ Dann aber lächelt er ein wenig und fügt hinzu: „Du weißt sehr viel über uns, Hermel.“

„Immer noch zuwenig“, gibt Hermel zu. „Aber woher weiß er vom Elixier?“ Er zeigt auf Quadrangel.

Immer noch ist alles geheimnisvoll und unheimlich für Hendrikje. Ihre Verwirrung verstärkt sich, als Skamander sich aufrichtet und sagt: „Er hat die Selbstspiele abgehört! Spioniert hat er! Hat den Encephalovisor einfach mit der Unterhaltungsintellektronik gekoppelt!“

„Beherrsche die Kraft, Skamander!“ Die Stimme des Elloraners klingt schneidend.

Skamander blinzelt jedoch nur unsicher. „Welche Kraft meinst du?“

Goff lacht trocken auf. In Quadrangels Gesicht werden alle Linien gerade, er duckt sich, kriecht förmlich in ein unsichtbares Schneckenhaus. Seiner Miene ist unschwer anzusehen, daß er dem Vorwurf – den Hendrikje allerdings nicht zu erfassen vermag – nicht widersprechen kann. Doch ist auch ungläubiges Erschrecken in seinem Gesicht.

„Weißt du wirklich nichts von der Kraft der Gedanken, die uns Elloranern gegeben ist?" fragt Ellis gepreßt.

„Ja, schon ...", antwortet Skamander, „ich habe davon gehört ... Dieses Summen und Zirpen in meinem Kopf macht mich ganz verrückt ... Ich habe davon gehört – aber ich bin doch kein Elloraner."

Ellis sieht ihn mit einem seltsamen Gesichtsausdruck an. „Nein, ein Elloraner bist du nicht", sagt er bedächtig, „aber du wirst einst der erste terranische Meister der Sterbenden Sonne sein."

„Du hast ihm das Elixier gegeben, nun gib ihm auch die Worte der Meister", fordert Goff.

„Du weißt wirklich sehr viel von uns, Hermel", sagt Ellis lächelnd, „aber bis zum Meister ist es ein Weg durch Wüsten und Feuermeere – die Kraft kann beleben, aber auch töten. Skamander weiß noch gar nichts über die ihm gegebene Macht ..."

„Verdammt noch mal!" unterbricht ihn Skamander heftig. „Soll das heißen, ich kann Gedanken lesen wie ein Elloraner?"

„Nicht nur lesen", antwortet Marigg Ellis langsam, „du hast die Macht, Gedanken zu geben, zu sammeln, zu vereinen – du trägst in dir die Gewalt der Gedanken Tausender Hirne ..."

Hendrikje schaudert es. Allmählich begreift sie. Nie wollte sie so recht daran glauben, daß diese Elloraner imstande sind, ihre geistigen Kräfte zu einem unvorstellbar großen Verstand zusammenzutun, der viel mehr ist als einfach die Summe von Tausenden Gehirnen. Bisher hielt sie das für eine Legende, weil nirgendwo eine Wirkung dieses universellen Bewußtseins spürbar war.

„Ich habe aber nicht seine Gedanken gelesen, wie man sich das so vorstellt", sagt Skamander und weist auf den Bordarzt, „ich habe gehört, wie er gesagt hat, daß er in unseren Freizeiträumen spioniert hat. Habt ihr das nicht auch gehört?"

„Du mußt lernen, die Kraft zu beherrschen", murmelt Ellis, „du hast es doch schon unbewußt getan, hast dir eine Blockade gegen die Aura der Glumpe geschaffen."

„Mit der Hilfe des Elixiers", wirft Goff ruhig ein.

„Ich mußte es ihm geben", antwortet der Elloraner müde, und Hendrikje meint, ein wenig Selbstzweifel herauszuhören. Dann aber richtet sich Marigg Ellis stolz auf.

Hendrikje sieht keinerlei Vermessenheit oder Selbstüberhebung in dieser Haltung, sondern ein Selbstbewußtsein, das nur ein Bewußtsein von Verantwortung und Pflicht sein kann, eine Ehrlichkeit, die dem Elloraner deutlich erkennbar mehr Last als Vergnügen ist, und sie empfindet unerklärbares Mitleid und ebensowenig in Worte zu fassende Achtung vor diesem Mann.

„Ich bin der Meister der Sterbenden Sonne Marigg Dual Ellis. In mir ist alles, ich bin in allem. Und ich habe entschieden, einem Terraner das Elixier zu geben – aber es war nicht meine Entscheidung allein, denn die Gedanken Elloras und seiner Meister sind in mir ..."

Hendrikje sieht, wie sich Quadrangels sonst ewig verkniffener Mund immer weiter öffnet.

„... und durch mich hat das Volk von Ellora bestimmt. Der Terraner Skamander soll ein Meister der Sterbenden Sonne sein! Wir wollen weitergeben, was wir bisher als unseren geheimsten Schatz eigennützig gehütet und vor jedem fremden Zugriff geschützt haben ..."

„Wie willst du das verantworten, Marigg?" fragt Goff beunruhigt.

Das Lächeln des Elloraners fasziniert Hendrikje.

„Es ist doch nicht der Subproximer Marigg Ellis, der dies zu verantworten hat, Hermel", antwortet der Elloraner mild. „Ich bin jetzt wie ein Brennglas für eine ganze Welt von Gedanken, und diese Welt sagt: Seien wir in allem, alles sei in uns ... Ihr werdet lernen müssen, wenn sich die Kraft in euch manifestiert. Aber auch wir müssen lernen. Wir sind zwar zwei Teile einer Einheit: ihr mit eurem schöpferischen Ungestüm, wir mit unseren das All durchdringenden Gedanken. Vor Jahrhunderten haben sich unsere Kulturen getrennt – jetzt müssen sie in ein höheres Ganzes zurückfinden. Vielleicht hat mir der alte Dual deshalb gesagt: Geh und kehre wieder. Er muß gewußt haben, daß nicht Marigg Ellis zurückkehrt, sondern daß es ein Bedürfnis nach Gemeinsamkeit ist, welches sich zur Rückkehr nur des Körpers und des Geistes eines Menschen bedient, der einzig und allein zu diesem Zweck Meister geworden ist ..."

„Wer ist eigentlich Lichtkopf Mehrklug?" fragt Skamander unvermittelt. „Und da gibt es noch einen gewissen Vielklug ..."

Hendrikje hat gespannt zugehört. Jetzt aber geschehen Dinge, denen sie nicht mehr folgen kann.

„Komm rein, Hermel", sagt Skamander und deutet dabei auf seinen Kopf.

Goff wird daraufhin starr wie eine Statue. So ungefähr sah Ergar aus, wenn er unter der Maske der Videotronik Zuflucht suchte.

Skamanders Gesicht versteinert, und auch Marigg Ellis scheint sich auf etwas zu konzentrieren, was ganz weit weg ist.

Dafür lebt Quadrangel auf, der die ganze Zeit vor sich hin gestiert hat. Sein prüfender Blick huscht wieselflink über die Gesichter der drei Männer, dann springt er zum Encephalovisor und drückt eine Taste. Danach wendet er sich Hendrikje zu. „Sie müssen jetzt stark sein", flüstert er erregt und fügt hastig hinzu: „Auf Ihre Verschwiegenheit darf ich doch rechnen?"

Er deutet kurz auf Skamander, und da begreift Hendrikje: Immer noch befinden sich die Saugnäpfe der Sensoren auf dem Schädel des Mannes.

„Ich muß endlich wissen, was da vorgeht", der Bordarzt keucht, „und wie es geschieht, auf welche Weise, was da alles ist."

Über den Bildschirm flackern gräßliche Fieberträume. Goff hatte Hendrikje schon einmal davon erzählt – aber jetzt ist es doch etwas ganz anderes. Ihr ist, als gefrören ihre Füße zu unförmigen Eisklumpen. Die schreckliche Kälte steigt in ihr empor, knisternd und klirrend, dringt in ihre Arme, und Hendrikje hat für Augenblicke den gespenstischen Eindruck, sie werde wie hauchzartes Glas auseinanderspringen, wenn sie sich bewegte. Was ihr den Atem nimmt, ist vor allem die Gewißheit, daß es all das wirklich gibt, was auf dem Encephalovisor zu sehen ist.

Zwischen die schaurigen Visionen von unvorstellbar verstümmelten Lebewesen zucken Bilder, die ihr bekannt vorkommen. Tatsächlich – das ist die Brücke des Drachenkreuzers, da steht Flakke, sein Gesicht huscht in Großaufnahmen durch die wogenden Schleier, taucht unter in den schillernden Nebeln wie in einer Öllache. Eine Gruppe von Besatzungsmitgliedern ist zu sehen, dazu Details wie Hände, Beine, Köpfe. Und immer wieder wimmeln diese zuckenden Scheusale dazwischen.

Über eine Stunde geht das, dann löst sich Skamander aus seiner starren Haltung und streckt sich. „Es hilft nichts, ich muß hinunter", sagt er erschöpft. „Weiß der Teufel, warum sie gerade auf mich so scharf sind. Vielleicht denken sie, daß ich nicht ein gar so schlimmer Rüpel bin wie ein gewisser Lichtkopf Mehrklug ..." Dabei grinst er Goff an.

Quadrangel langt wie zufällig zur Tastatur des Encephalovisors, aber Ellis kommt ihm zuvor. „Verrenken Sie sich nicht den Arm, Doktorchen", sagt er ironisch. „Sie brauchen doch nur einen Ton zu sagen." Mit diesen Worten schaltet er das Gerät aus. Seine Schnurrbartspitzen zucken leicht, und Quadrangel starrt mit verkniffenem Mund zu Boden.

„Sie hätten lieber fragen sollen, ob wir Sie mit in die Aura nehmen", sagt der Elloraner gelassen, „statt wieder heimlich zu lauschen, Sie haben doch sowieso nichts begriffen, oder?"

Quadrangels Kurvengesicht wird von heftigen Schwingungen geschüttelt, er nickt unwillkürlich, dann aber schnellt er hoch, geradezu überrascht, und fragt: „Hätten Sie das denn getan?“

Ellis wiegt nachdenklich den Kopf. „Wir hätten es zumindest versuchen können ... Skamander und ich, wir könnten die nötige mentale Kraft schon aufbringen ...“ Er sinniert eine Weile und fährt dann fort: „Darauf kommt es aber nicht an, Doktor. Die Verständigung ist unsere Sache, auf Sie warten ganz andere Aufgaben. Sie sollen so schnell wie möglich den Metabolismus der Glumpe analysieren – möglicherweise müssen wir sie binnen kürzester Frist umsiedeln; Sie wissen doch: die Sonnenbeben ...“

Hendrikje schluckt nervös. Umsiedeln? Heißt das, diese furchtbaren Ungeheuer sollen an Bord der Ikaros gebracht werden?

„Können Sie denn nicht auf demselben Weg verschwinden, auf dem sie hergekommen sind?“ fragt sie zaghaft.

„Wahrscheinlich nicht“, antwortet der Elloraner leise, „denn sie wissen gar nicht, wie sie auf den Merkur geraten sind, wissen nicht, woher sie kommen und wo ihre Heimat ist ...“

„Von der Hohen Aue behauptet, es wären Menschen“, flüstert Goff.

Hendrikje schreit entsetzt auf. „Nein! Das sind keine Menschen! Seht sie euch doch an! Das können gar keine Menschen sein.“

Goff legt seinen Arm um sie und versucht, sie zu beruhigen. „Zweifellos sind es Hominiden, so wird er es gemeint haben“, sagt er und erklärt ihr irgend etwas von identischen Biotopen und Lebensweisen, von Strategien der Evolution, Selektion und Mutation.

Hendrikje nimmt den Sinn der Worte kaum wahr, nur ein verschwommener Gesamteindruck dringt bis in ihr Bewußtsein. Aber ihr Gefühl sagt ihr ganz deutlich, daß Goff diese Erklärung selbst nicht recht glauben will.

Während Goff redet, schlurft der Bordarzt mit zwei Petrischalen heran und kratzt und schabt an den Raumanzügen von Hermel und Ellis herum. Auf die erstaunte Frage des Elloraners reagiert er nur mit einem unwilligen Knurren, doch in seinen Augen glitzern eisige Fünkchen wie von einer entsetzlichen Vorahnung. Eilig verläßt er die Intensivstation, dabei in höchster Erregung vor sich hin flüsternd.

„... diese Dummköpfe ..., kommen sich wer weiß wie klug vor ..., denken nicht an das Nächstliegende ...“, versteht Hendrikje nur.

„Unser Doktor Allwissend tut ja so, als habe er gerade den Stein der Weisen entdeckt“, sagt Skamander rauh. „Was ist denn nun schon wieder in ihn gefahren?“

Der Elloraner blickt Skamander seltsam an. Hendrikje schauert zusammen, als sie den Ausdruck des Entsetzens in diesen etwas hervorstehenden Augen sieht. „Wenn Quadrangel den gleichen Gedanken hat, der mir gerade durch den Kopf ging …“, sagt Ellis leise und beißt sich auf die Lippen. Dann springt er auf und läuft dem Arzt hinterher.

Hendrikje schmiegt sich ängstlich an Goff. Alles ist so unheimlich und unverständlich. Sogar Goff ist ihr etwas fremd geworden, und beinahe hat sie sich vor ihm gefürchtet, als er wie zur Salzsäule erstarrt dasaß und gemeinsam mit Skamander und Ellis in diesen unfaßbaren Ozean der Gedanken tauchte, der nur wenige Auserwählte einläßt. Sind das die ersten Anzeichen für das nahe Ende ihrer Liebe? Es besteht kein Zweifel daran, daß Mungoismus allem Anschein nach mentale Befähigung oder wenigstens Veranlagung erzeugt. Wird Hermel ihr immer fremder werden, sich so sehr verändern, daß es eines Tages nichts Gemeinsames mehr geben wird in Gedanken und Gefühlen? Sie bemerkt kaum, daß sie weint. Dafür aber spürt sie eine Wärme in ihren Leib dringen, die alle Zweifel und Befürchtungen verdrängt: Goffs Hand streichelt zärtlich über ihren Bauch, und fast will es ihr scheinen, als strecke und wälze sich das Ungeborene wohlig unter dieser Liebkosung.

Nein, denkt sie, diese eine Gemeinsamkeit kann uns auch das härteste Schicksal nicht nehmen. Und wenn es ein Mungo wird, so wird es doch sein wie Goff: unerschrocken und hartnäckig, ungeduldig – sicherlich, aber auch erfüllt vom unbeugsamen Willen, zu verändern, zu verbessern. Sein Leben wird auflodern wie eine Flamme, erhellend und blendend, wärmend und sengend. Schöpfend und vernichtend, denn verändern ist erschaffen und zerstören zugleich. Dieses Leben darf ich meinem Kind nicht verbieten.

Gedankenverloren fingert Hendrikje das Etui aus der Brusttasche ihres Schmeichelmoosoveralls und stochert mit dem Zeigefinger in dem grünlichen Gelee. Gerade will sie die Qualle in den Mund stekken, da greift Goff zu und schiebt sie sich lächelnd zwischen die Lippen.

„Soll ja ungemein beruhigend wirken, wenn man mal eine Weile mehr fühlt als denkt“, sagt er entschuldigend. „Ich brauche endlich mal eine Ruhepause, wirst du sicher verstehen …“

Hendrikje sieht ihn erstaunt an, dann sagt sie nachdenklich: „Weißt du, Hermel, ich glaube allmählich, richtig fühlen ist ebenso anstrengend wie richtig denken.“

KAPITEL 23

Skamander windet sich behende durch die Glumpe, trommelt Roch einen freundlichen Gruß auf den massigen Leib und stupst Kick auffordernd an, Platz zu machen. Das kleine Wesen mit dem faustgroßen Kopf kreischt vergnügt auf und klammert sich an seinem rechten Bein fest.

Sogar Kick hat es verstanden, denkt Skamander ergriffen. Sogar der kleine Dummkopf weiß, daß ich sein Bruder bin. Irgendwoher dringt das hohe Fiepen der kleinen Schisch. Skamander schickt dem Kind einen Strom Wärme, und das Greinen wird zu einem zufriedenen Lallen. Schisch kann es noch nicht begreifen, denkt er, vielleicht wird sie es auch nie wissen, sondern nur ein mächtiges Gefühl in sich haben, das ihr das Wissen ersetzen muß.

Dafür weiß Klugwarm alles, und das genügt, denn damit ist dieses Wissen Eigentum der gesamten Glumpe.

„Da bist du, Bruder Vielwarm", empfängt ihn Klugwarm, und Skamander spürt, wie sich der muskulöse Arm seines Bruders um ihn schlingt. „Wie weit seid ihr mit dem Weg in eure Welt?"

„Bald können wir gehen, Bruder", sagt Skamander freudig.

Es kann nur noch kurze Zeit dauern, dann ist der Tunnel fertig. Flakke hat nicht mehr lange gezögert, als sie berieten, wie man die Glumpe auf schnellstem Wege an Bord der Ikaros bringen kann. Die Cataphracte sind für die Glumps ungeeignet, vor allem wegen des unvermeidbaren Wärmestaus in dem keramischen Gehäuse. Zwar ist es möglich, die Innentemperatur bis auf wenig unter zwanzig Grad herunterzuregeln, aber für diese Wesen der Kälte ist dies immer noch zuviel, und Quadrangel befürchtete schockartige Zustände, die den Kreislauf paralysieren können. Hinzu kommt, daß für die meisten Mitglieder der Glumpe eine Isolierung von ihrer Gemeinschaft zu tödlichen Traumen führen kann.

So beschlossen sie also, die Basisklinik mit einem Schleusentunnel zu verbinden, der den unmittelbaren Einstieg in den Lander ermöglichen soll. Die Glumpe würde dann allerdings auch an Bord der Ikaros im Lander bleiben müssen, weil nur dessen Hangar ohne besonderen Aufwand auf Temperaturen heruntergekühlt werden kann – durch einfaches Öffnen der Schotte –, die für die Glumpe lebenswichtig sind.

Die Glumpe gerät sanft in Bewegung, ein kleines quakendes Wesen glitscht in Skamanders Arm. Er fängt es behutsam auf und streichelt zärtlich den spitzen Kopf. „Na, du Dummerchen", flüstert er liebevoll, „du weißt ja noch gar nicht, was dir alles bevorsteht. Aus dir können wir vielleicht einen richtigen kleinen Menschen machen! Wir werden dafür sorgen, daß alles an dir so wächst, wie es wachsen soll – du wirst schön und klug werden ..."

„Und warm, sehr viel wärmer als wir alle!" setzt Klugwarm fordernd hinzu.

„Ja, und sehr warm ...", sagt Skamander, „du wirst viel Wärme geben können in deinem Leben ..." Klugwarm hat es endlich verstanden, denkt er. Ihm können wir nicht mehr helfen, aber die kleine Schisch ist nicht verloren. Quadrangel ist sich ganz sicher, daß man sie auch jetzt noch optimieren kann. Es wird viele Jahre dauern, aber es geht.

Erst wollte Klugwarm es nicht einsehen. Er und all die anderen können nicht mehr den Weg zurückgehen, der sie in diese bizarre Lebensform führte; ihr Dasein ist die Glumpe und wird es ein Leben lang bleiben. Ein Leben lang – das sind vielleicht noch zwanzig oder auch fünfzig Jahre. Oder wird man der Glumpe gestatten, sich zu reproduzieren, wird die Menschheit dieser scheinbar sinnlosen Existenz das Recht gewähren, sich zu erhalten?

Solange Skamander lebt, wird er für dieses Recht kämpfen. Niemand hat das Recht, über das Leben anderer zu bestimmen, und wenn ihm deren Sitten und Gebräuche, Ansichten oder Erfahrungen noch so fremd erscheinen. Die Glumpe muß weiterbestehen!

Daß gerade Quadrangel alles herausfinden mußte ...

„Wie wird es sein in eurer Welt?" fragt Klugwarm, wohl schon zum hundertstenmal, seit Skamander in die Glumpe ging.

Geduldig wiederholt Skamander, was er schon hundertmal antwortete: „Wir werden euch eine Welt schaffen, die ebenso ist wie diese hier. Vielleicht etwas wärmer und heller. Aber wir werden immer dasein und dafür sorgen, daß ihr alles von unserer Welt sehen könnt, und vielleicht wird mancher von euch die Glumpe verlassen wollen, um bei uns zu leben. Auch das werden wir ermöglichen! Aber ihr müßt uns auch helfen. Wir wollen das Warmtasten von euch erlernen, und wenn uns das gelingt, dann werden beide Welten für immer eins sein, eure und unsere ..."

„Und du wirst bei uns bleiben", fügt Klugwarm hinzu.

„Ja, Bruder, ich bleibe bei euch", antwortet Skamander. Trommeln und Schwingen flutet durch die Glumpe wie ein freudiger Aufschrei. Skamander schließt die Augen und läßt sich von den Wogen der Wärme davontragen. Sei in allem, alles sei in dir, vibriert in ihm das Wort der Meister. Marigg hat ihm die Weihen gegeben, und sie beide brauchten noch ein Weilchen, mit dieser wunderbaren Erkenntnis fertig zu werden, daß wahre Meisterschaft nicht eine Sache kosmischer Dimension ist, sondern allein in der Bewegung eines einzelnen Atoms ihre Rechtfertigung finden kann. Daß Meisterschaft nicht Forderungen schafft, sondern Forderung Meister gebiert und daß es nichts Großes ohne Kleines geben kann.

Diese Erkenntnis offenbarte sich Skamander in ihrer ganzen Konsequenz und veränderte sein Leben. Es begann damit, daß Doktor Quadrangel plötzlich vor ihm stand, bleich wie ein Gespenst, mit zitternden Lippen. Marigg Ellis stützte den Bordarzt, der anscheinend am Ende seiner Kraft war. Auch Marigg sah ziemlich mitgenommen aus, und er starrte so unverwandt auf Skamander, daß es diesen fröstelte unter dem glühenden Blick.

„Bitte kommen Sie“, sagte Quadrangel krächzend und drehte sich ruckartig um.

Skamander hatte seine mentale Begabung völlig vergessen. Das Verhalten des Bordarztes und des Elloraners signalisierte Ungeheuerliches, aber das Empfinden dieses grenzenlosen Entsetzens lähmte Skamanders Verstand, und er kam überhaupt nicht auf die Idee, in den Gedanken der beiden zu lesen.

Der Arzt führte sie direkt in das Heiligtum seiner Klinik – das Labor. Einen Moment spürte Skamander so etwas wie Achtung, als er versuchte, die unüberschaubare Vielfalt der Geräte, Instrumente, Anzeigen und Terminals zu erfassen.

Überall leuchtete, blinkte, ratterte, summte, fauchte und zischte es – dagegen war die Brücke der Ikaros wie ein gemütliches Schlafzimmer. Dann aber mußte er sich daran erinnern, wie er einst fassungslos auf die Segel der Ikaros gestarrt hatte und glaubte, sich die Bezeichnungen all dieser Folienbahnen und der dazugehörenden Seile und Trossen nie merken zu können. Und diese Erinnerung dämpfte ein wenig die Ehrfurcht vor den vermeintlich übermenschlichen Fähigkeiten des Bordarztes. Zumindest aber blieb Respekt, und paradoxerweise wurde dieser Eindruck durch die hilflose Haltung Quadrangels eher verstärkt als abgeschwächt.

Der Arzt stand inmitten seiner geheimnisvollen Maschinen und zerrte am Kragen seines Kittels, bis der oberste Knopf abriß. Die Blasiertheit war wie weggewischt aus seinem Gesicht, dafür flakkerte in seinen Augen blanke Angst. Mit zitternden Fingern zog er ein Fläschchen aus seiner Kitteltasche und träufelte etwas auf einen Wattebausch. Ein aromatischer, beinahe stechender Geruch drang bis zu Skamander, als sich der Arzt die Schläfen betupfte, und er bemerkte mit leichtem Erstaunen, wie Goff zurückzuckte, als hätte der Arzt ein giftiges Reptil in den Händen.

Ganz gleich, was es war – der Arzt beruhigte sich zusehends. „Da, schauen Sie“, sagte er und zeigte auf einen Bildschirm. „Das sind die Chromosomen dieser Wesen ..., ich habe die erforderliche

Zellsubstanz aus den Blut- und Schleimspuren auf Ihren Raumanzügen gewonnen. Selbst ein Laie erkennt auf den ersten Blick, daß es sich um menschliche Chromosomensätze handelt ..." Er machte eine Pause. „Ich habe genetisches Material von siebzehn Individuen gefunden", fuhr er dann fort.

Das Bild auf dem Sichtschirm wechselte, und Skamander erblickte die Darstellung von über einem Dutzend stark vergrößerter Zellkerne.

„Auf einige Besonderheiten muß ich Sie aufmerksam machen", sagte Quadrangel, und das nächste Bild zeigte einzelne DNS-Abschnitte, „wie Sie sicherlich wissen, sind Geninformationen bedeutend zuverlässiger für die Identifizierung von Individuen als Fingerabdrücke. In unserem Fall handelt es sich um einen extrem mutierten Genfonds, aber trotz der unglaublichen Vielfalt der Varietäten sind gewisse Merkmale eindeutige Indizien dafür, daß alle Individuen aus identischem genetischem Material hervorgegangen sind ... Schauen Sie ... hier – und hier ..., ebenso diese Aminosäurensequenz ..."

Erneut flackerten verschiedene Darstellungen über den Bildschirm. Dann drehte sich Quadrangel um und blickte Skamander direkt ins Gesicht, seine Augen schillerten eigenartig, und er krächzte: „Alle diese Wesen dort unten in der zerstörten Station sind gewissermaßen Geschwister, so verschieden sie auch voneinander sind – und alle sind sie Menschen ..."

„Ja, aber wie ...?" fragte Skamander verblüfft, doch der Bordarzt unterbrach ihn schnell: „Sie werden es erfahren, Skamander. Aber vorher möchte ich Sie bitten, etwas Toka-Toka zu nehmen ..." Er reichte ihm diesen Wattebausch, der bernsteingelb verfärbt war, und bedeutete ihm, sich damit die Schläfen einzureiben.

Skamander war viel zu überrascht, um protestieren zu können. Automatisch tupfte er sich das Zeug auf die Haut vor den Ohren und brüllte entsetzt auf: Ein schneidender Schmerz schrillte durch seinen Kopf, riß ihn förmlich auseinander – aber dann versickerte dieses Stechen irgendwo in seinem Schädel und hinterließ eine angenehme Frische und das Gefühl von Unbezwingbarkeit.

Quadrangel grinste matt und redete weiter. „Sehen Sie, hier ...", sagte er zögernd, „das sind charakteristische Aminosäureabschnitte Ihrer Chromosomen ..., und hier, das sind die entsprechenden Sequenzen der Lebewesen da unten ..."

„Die sind ja identisch!" rief Goff nach einer kurzen Pause.

„Quatsch", sagte Skamander unentschlossen. Das konnte nur ein Zufall sein! Aber er wußte natürlich sehr gut, daß solche Zufälle einfach ausgeschlossen waren.

„Der Computer benötigt keine Sekunde, um Ihnen zu beweisen, daß es kein Unsinn ist", sagte Quadrangel gedehnt, „diese Wesen dort unten sind ... Ihre Schwestern und Brüder, Skamander."

Skamander lachte hysterisch auf, der Krampf schüttelte ihn wie ein Wirbelsturm, er glaubte fast, ersticken zu müssen.

Irgendwie hatte Quadrangel ihn beruhigen können – Skamander erinnerte sich vage an eine Atemmaske und vier kräftige Hände, die seine Oberarme hielten. Was der Arzt dann erzählte, drang erst viel später so richtig in sein Bewußtsein.

Die Glumps sind also aus Vaters Erbmaterial entstanden, aus jener unscheinbaren Zellkultur, aus der die neue Haut für den verbrannten Körper wachsen sollte. Damals haben die Rettungsmannschaften nur nach Überlebenden und Toten gesucht, niemand hat das bißchen Gewebe beachtet in diesen Regeneratoren, keiner hat daran gedacht, die noch intakte Anlage abzuschalten.

Der Sturm von Schwerewellen und Strahlung hat die Gene dieser Zellen zum Teil zerstört, teilweise nur deformiert. Zelle für Zelle wurde von der vernunftlosen Apparatur vermehrt, gezüchtet, weiterentwickelt.

In wenigen Stunden hat Quadrangel den gespenstischen, seelenlosen Mechanismus analysiert, der bizarres Leben produzierte.

Hunderte, vielleicht Tausende von Individuen wurden gezüchtet. Die meisten waren nicht lebenstüchtig, wurden von den Manipulatoren aus dem Brutschrank gestoßen, fielen auf den Boden und gefroren sofort zu eisigen Klumpen. Diejenigen Mutationen, die lebensfähig waren, wurden durch das Nährkonzentrat in den Regeneratoren am Leben erhalten, aber irgendwann mußten auch sie von der Automatik aus dem Brutschrank entfernt werden.

Nun setzte eine äußerst makabre Auslese ein. Irgendeins dieser Wesen muß aufgrund der ganz und gar zufälligen Veränderungen in seinen Erbanlagen befähigt gewesen sein, die tödliche Kälte zu ertragen. Unter seiner Körperwärme tauten einige der vielen Totgeburten auf – es hat dann wohl dem Urinstinkt der Nahrungsaufnahme gehorcht und seine kleinen Zähne in das Fleisch geschlagen ...

Vielleicht hat dieses Wesen nicht überlebt, sondern erst das nächste seiner Art, ein noch besser angepaßtes, oder das übernächste, das zehnte, zwanzigste. Eins aber muß zumindest so lange existiert haben, bis ein weiteres lebensfähiges Individuum aus dem Regenerator gestoßen wurde. Sie haben sich umklammert, gewärmt, bis ein drittes, ein viertes kamen ...

Quadrangel hatte diese Theorie bewiesen.

Die Reste der Gewebekultur in dem Regenerator enthielten auch noch einige wenige unversehrte Zellen – es waren eindeutig Zellen des Präparats, aus dem die neue Haut wachsen sollte …

Und ganz sicher konnten gerade die Individuen, die aus den unbeschädigten Genen wuchsen, nicht überleben, denn es wären so kälteempfindliche Menschen geworden wie Skamander und Goff und Ellis und Quadrangel …

Skamander atmet tief durch. Er war einem Zusammenbruch nahe gewesen, als er es endlich begriffen hatte! Anfangs würgte ihn Ekel bei dem Gedanken daran, daß all diese Scheusale aus ebendemselben Genfond entstanden sein sollten wie er selbst. Doch ging dann eine geheimnisvolle Wandlung in ihm vor, und es zog ihn wie ein unwiderstehlicher Sog in die Nähe der Glumpe.

Quadrangel hat den Schock viel langsamer überwunden als er. Er war kaum noch wiederzuerkennen. Dieser eiskalte Egoist stammelte und stotterte, dem rannen sogar Tränen über das Gesicht, als er sich von seinem Computer, den er stundenlang mit Daten gefüttert hatte, erhob und mit Grabesstimme mitteilte, warum diese extremen Mutationen überhaupt möglich waren.

Goff hatte darauf eine totale Informationssperre verhängt, dabei seinen MOBS-Ausweis geschwenkt. Skamander ist auch aufgefallen, daß Hendrikje bleich wurde und Goff entsetzt anstarrte, der mit allen möglichen Konsequenzen drohte.

„Macht euch langsam fertig“, Skamander hört Styx in den Kopfhörern, „der Tunnel ist in etwa vierzig Minuten fertig.“

Hoffentlich klappt das mit der Temperatur, denkt er. Es ist einfach paradox, daß Klugwarm und die anderen – für die es doch nichts Lebensnotwendigeres als Wärme gibt – bei normaler Zimmertemperatur jämmerlich krepieren würden. Ihr Metabolismus ist diesen knapp hundert Grad minus angepaßt. Die Glumpe kann als Gemeinschaft nicht existieren, wenn die von außen empfangene Wärme zu hoch ist, sie müßte sich auflösen, und diese Auflösung wäre ihr Tod, weil sie nicht einfach eine Gruppe von Einzelwesen, sondern eine höhere Organisationsform von Leben schlechthin ist …

Der Grund für die große Kälte in dem noch intakten Kliniktrakt ist banal: Die Trennwand zwischen der Kryokaverne, wo die tiefgekühlten Lebensmittelvorräte aufbewahrt wurden, und der Stationsklinik ist während des Bebens aufgerissen worden, und die Kühlaggregate erwiesen sich als bedeutend stärker im Vergleich zur Klimaanlage der Klinik. So kam es, daß unter der hitzeglühenden Merkuroberfläche eine frostklirrende Inselwelt entstand … Das hat Skamander herausgefunden, als er der vereisten Schleimspur der Glumpe folgte, die ihn unentwegt rief. Die Glumpe hatte sich tief in die riesige Lagerhalle zurückgezogen, irgendeinem unverständlichen Reflex gehorchend …

Skamander hat noch viele andere Dinge klären können. Auch ihn hat der vermeintliche Kannibalismus in der Glumpe entsetzt, aber er bezwang sich und erfuhr von Klugwarm, was ein Warmkalt ist, das zum Kaltkalt wird. Wie einfach und logisch das doch alles ist: Die Glumpe weiß, daß neue Mitglieder der Gemeinschaft aus den Schleimigen Mündern – den vor Nährlösung überquellenden Regeneratoren – kommen. Aber nicht jedes Warmkalt hat die Kraft, unter der Wärme der Glumpe zum Leben zu erwachen – Quadrangel hat geschätzt, daß auf tausend Mutanten höchstens ein lebensfähiges Individuum kommt –, und so wird aus Warmkalt eben Kaltkalt. Kaltkalt ist das Wort für die tiefgefrosteten Lebensmittel, von denen sich die Glumpe ernährt, indem sie sie in ihrer Mitte auftauen, und die Glumpe kennt keinen Unterschied zwischen diesem Kaltkalt und jenem, das in den Schleimigen Mündern wächst … Wer wollte da von Kannibalismus sprechen!

Goff war damit nicht zu beruhigen. Er stellte die prinzipielle Frage, ob man diese Lebensweise überhaupt menschlich nennen könne und ob man überhaupt das Recht habe – von Pflicht sprach er gar nicht –, die Glumpe zu retten.

Völlig überraschend für Skamander sprang Quadrangel auf und schrie Goff an: „Was heißt hier Recht, was heißt hier menschlich! Das ist Leben – darum geht es!“

„Sinnloses Leben, dem Tod näher als allem Lebendigen, das ich kenne“, sagte Goff ärgerlich. „Das hat eine Maschine erzeugt, eine seelenlose, tote Maschine! Nicht die Evolution!“

„Unfug!“ erwiderte Quadrangel. „Das war keine seelenlose Maschine, das waren spezifische Verhältnisse, ein Algorithmus von Wirkungen, der – was völlig nebensächlich ist – durch eine Maschine realisiert wurde. Wir haben einen eindrucksvollen Beweis für die Evolutionstheorie vor uns, und was Sie in Erwägung ziehen – dieses menschliche Leben umkommen zu lassen – ist inhuman!“

Skamander war erstaunt, und er sah, daß auch Goffs Gesicht den Ausdruck höchster Verblüffung zeigte. So hatte Skamander den Bordarzt noch nie erlebt, und er wunderte sich vor allem über die Vehemenz, mit der Quadrangel auf Goff losging.

„Das geht zu weit, Doktor!“ keuchte Goff wütend, doch bevor er weitersprechen konnte, sagte Quadrangel kalt: „Wenn Sie der Glumpe unsere Hilfe verweigern wollen, dann müssen Sie so konsequent sein und die Einstellung aller Forschungen zur Bekämpfung des Mungoismus fordern!“,

„Sie spinnen, Doktor!" antwortete Goff fassungslos. „Diese Scheusale kommen in irgendeine Anstalt, die können ohne uns nicht überleben – das hat doch nichts mit den Mungos zu tun."

Nie wird Skamander den Blick des Bordarztes vergessen. Die eisblauen Augen verengten sich zu Schlitzen, aus denen lodernder Haß sprühte, aber irgendwie fühlte Skamander, daß dieser Haß nicht Goff galt.

„Sie armer, bedauernswerter Dummkopf!" zischte Quadrangel höhnisch. „Und ob es mit den Mungos zu tun hat! Was meinen Sie denn, warum ich stundenlang am Computer gesessen habe? Warum ich Statistiken, Geburtenregister und alle möglichen Archivmaterialien angefordert habe? Und sagen Sie nicht, der MOBS hätte nicht gewußt, was es mit dem Mungoismus auf sich hat! Dann nenne ich Sie einen gewissenlosen Lügner!

Natürlich wollte ich herausfinden, wie es zu diesen extremen Mutationen kommen konnte. Wie Sie sicherlich wissen, verfügen die menschlichen Chromosomen über ein Schutzsystem, das mutagene Einflüsse in gewissen Grenzen kompensieren und sogar akute Schädigungen beheben kann. Dieses Schutzsystem ist nicht etwa eine genetische Gesundheitspolizei, vergleichbar mit Leukozyten, sondern eine zusätzliche Informationsmatrix, ein kodierter Befehl im Befehl. Diese Matrix ist aus den Nukleinsäuresequenzen in den Genen von Skamanders Vater teilweise gelöscht worden. Wollen Sie wissen, wie das geschah?"

Goff starrte dumpf vor sich hin, und Skamander – dem kalter Schweiß den Nacken herabrann – hatte den Eindruck, Goff wisse bereits, was der Arzt sagen würde.

„Reden Sie weiter!" stieß Skamander hervor.

Quadrangel blickte ihn an, und das erstemal, seit er den Bordarzt kannte, glaubte Skamander, einen winzigen Funken, wie das Aufflackern eines warmen Leuchtens, in dessen Augen zu sehen.

„Ihr Vater war ein Optimierter, das ist Ihnen sicherlich bekannt", fuhr Quadrangel leise fort. „Ich habe die DNS einer Computeranalyse unterzogen und ...", er räusperte sich, hüstelte nervös, „festgestellt, daß bei der Rekombination der zu optimierenden Gene an alles gedacht wurde – nur nicht an die Schutzmatrix. Dieser Kode ist bei jedem Menschen ganz charakteristisch über die DNS verteilt wie die meisten Erbinformationen. Gerade diese Art von Verschlüsselung genetischer Befehle ist ja der Grund, warum nicht beliebige Optimierungen möglich sind und nicht jeder Genotyp optimierbar ist. Aber an die Schutzmatrix hat niemand gedacht. Die Wahrscheinlichkeitsrechnung spricht dagegen, daß es auch nur einen einzigen Optimierten mit völlig intaktem Schutzsystem gibt ..."

„Deshalb bin ich ein Mungo ...“, flüsterte Skamander, plötzlich begreifend.

Quadrangel nickte traurig. „Ja, das ist der Grund. Ich bin nicht gleich daraufgekommen. Der Mechanismus war mir klar, soweit es die Glumpe betraf ..., dann aber fiel mir ein, daß Sie ..., es konnte doch kein Zufall sein! Dabei ist es ganz einfach: Die Glumpe war dem Zentrum der mutagenen Wirkung weit näher, die Entfernung betrug nur ein Drittel der Distanz zwischen Erde und Sonne. Die Intensität der Wirkung nimmt mit dem Quadrat der Entfernung ab – die Erde empfing nur ein Bruchteil der Strahlung und der Schwerewellen.“

„Aber ... die Glumpe ist ...“ Skamander konnte kaum noch sprechen. „... alle sind anders ..., und die Mungos ...“

„Das ist es ja gerade, was mir erst nicht einleuchten wollte“, antwortete Quadrangel, „aber auch das ist letztlich einfach zu erklären. Verzeihen Sie den rohen Vergleich, doch scheint er mir am bildlichsten: Wenn Sie einen Wasserstrahl aus unmittelbarer Nähe auf eine Hecke richten, so werden Blätter zerfetzt, Zweige geknickt, die Zerstörung oder vielmehr deren Grad wird von kleinsten Unterschieden und Zufälligkeiten abhängen, jedes Blatt wird anders zerrissen, durchlöchert, jeder Zweig auf andere Weise geknickt. Treten Sie aber ein paar Schritte zurück, wird ein Nebel aus feinsten Tröpfchen auf die Hecke niedergehen – das Resultat weist Regelmäßigkeit auf. Verstehen Sie? Es gibt eine Hierarchie der Mutabilität. Nicht jedes Gen reagiert gleich empfindlich, und die Optimierung folgte letztlich einem Grundschema, nur bestimmte Erbinformationen wurden verändert. Damit folgten aber auch die Schädigungen der Schutzmatrix einem gewissen Schema ... Es ist also kein Wunder, daß sich die Defekte in Form eines genau definierten Syndroms manifestieren.“

„Also ist die genetische Optimierung die Ursache für Mungoismus“, stellte Skamander fest und wunderte sich ein wenig über die Ruhe, mit der er dies aussprechen konnte. Aber eigenartigerweise beruhigte es ihn, zu wissen, woran es lag, daß er ein Mungo war.

„Ja. Anlaß waren die Sonnenbeben – Ursache genetische Optimierung“, antwortete Quadrangel.

„Also sind wir selbst schuld, wir Menschen“, sagte Skamander bestürzt, „nur weil wir schöner sein wollten oder kräftiger oder gelenkiger ...“

Ein Stöhnen schreckte ihn auf. „Nun ist alles aus ...“ Goff preßte beide Hände gegen seinen Schädel.

„Jammern Sie nicht – Sie haben doch alles gewußt, oder?“ fragte Quadrangel schneidend.

Mit einem Ruck hob Goff den Kopf und starrte den Arzt aus glitzernden Augen an. Dann sprang er auf. „Ja! Wir haben es gewußt, wissen es längst!“ brüllte er plötzlich. „Und wir sind ganz dicht dran, entwickeln ein komplexes Präparat aus synthetischen Hormonen und Enzymen, die es in der Natur gar nicht gibt, das mit einem Schlag alles ändern kann, wir vermochten bei einigen wenigen sogar schon die Akzeleration zu stoppen! Aber ich lasse nicht zu, daß gerade jetzt Stimmung gemacht wird gegen den MOBS! Ich verhänge somit totale Informationssperre!“ Dabei fuchtelte er mit seinem Ausweis herum.

Quadrangel aber reagierte ganz anders, als Skamander erwartet hatte. „Akzeptiert“, sagte er ruhig, „ich sehe ein, daß keinem Menschen damit gedient ist – vorläufig jedenfalls –, wenn diese Erkenntnis publik gemacht wird … Übrigens – die Idee mit dem Kompositpräparat hatte ich auch, aber eben nur eine vage Vorstellung. Mir gefällt nur nicht so recht der Denkansatz, auf Synthesen zurückzugreifen.“

„Ihm gefällt der Denkansatz nicht“, brummte Goff und ließ sich schnaufend in einen Sessel fallen.

Quadrangel ließ sich nicht irritieren. „Haben Sie nie daran gedacht, den Teufel mit Beelzebub auszutreiben?“

Goff antwortete sofort, ohne den Arzt weiterreden zu lassen. „Was denken Sie denn! Immer eins nach dem anderen. Erst müssen wir die Struktur des Komposits abklären, dann können wir daran denken, innersekretorische Drüsen genetisch zu modifizieren …, den genetischen Mißgriff also durch einen genetischen Kunstgriff zu eliminieren.“

„Sie haben also daran gedacht“, flüsterte Quadrangel mit einer seltsamen Mischung aus Enttäuschung und Befriedigung.

„Ihr meint alle, wir wären Idioten“, sagte Goff vorwurfsvoll. „Ihr seht die Möpse mit triefender Nase im Dreck wühlen und begreift nicht, daß es ebendarum geht, diesen Dreck zu beseitigen. Möglicherweise gibt es im MOBS Leute, die damals dabei waren, als die Programme für die genetische Optimierung ausgetüftelt wurden. Na und? Wir müssen doch froh sein, daß sie sich nicht heulend in irgendein Maulwurfsloch zurückgezogen haben, sondern schweigend darangehen, ihre Fehler zu korrigieren.“

„Darf man das so einfach sehen?“ fragte Quadrangel unwillig.

„Man muß“, antwortete Goff nachdenklich. „Das ist eine Frage der Notwendigkeit. Nur Feiglinge begehen keine Fehler. Einen Irrtum zuzugeben und auszuräumen erfordert Kraft und Mut. Wir brauchen Leute mit Kraft und Mut …“

Und Goff gab zögernd seinen Irrtum zu, versprach, sich für die

Rettung der Glumpe einzusetzen. Was dann noch geredet wurde, ist Skamander nicht mehr so gut erinnerlich, aber eins hat er nicht vergessen: Hendrikje saß die ganze Zeit dabei, ohne auch nur ein Wort zu sagen, und sie blickte mit solch entsetzlicher Angst auf Goff, daß Skamander noch Stunden danach die Frage quälte, was der Grund für diese Furcht sein könnte …

Aber das ist nicht wichtig, wesentlich ist einzig, daß Flakke allen Entscheidungen höherer Instanzen vorgegriffen und beschlossen hat, die Glumpe an Bord des Drachenkreuzers zu nehmen. Jetzt sind es die Menschen, die über die Zukunft der Glumpe bestimmen, nicht die Naturgewalten …

Nichts hat Skamander so stark erregt wie die Erkenntnis, in der Glumpe Dutzende von Geschwistern gefunden zu haben – schrecklich mißgestalte zwar, dennoch aber von seinem Fleisch und Blut. Dagegen wurde es nebensächlich für ihn, daß die Ursachen des Mungoismus geklärt sind und daß es sogar schon erste bescheidene Erfolge bei dessen Bekämpfung gibt.

„Noch zehn Minuten, Skamander", hört er Styx aufgeregt rufen, „seht zu, daß ihr dort wegkommt! Skagit hat erste Oszillationen registriert, es kann jeden Augenblick losgehen! Wir müssen nur noch die Adapterschleuse testen, dann ist alles klar."

Die Glumpe zieht sich ächzend und stöhnend auseinander und wälzt sich wie ein gewaltiger Wurm durch die Kryokaverne.

Skamander rutscht nach unten und spürt plötzlich festen Boden unter den Füßen, hört das Tappen und Platschen nackter Sohlen, das Schurren und Schleifen von Knien und Ellenbogen, das Schaben kriechender Leiber. Auf seinen Schultern lastet das Gewicht von zwei oder drei Körpern, denen die Fähigkeit der Fortbewegung versagt geblieben ist. Eine spitze armlose Schulter drückt schmerzhaft gegen seinen Nackenwirbel, und kaum wird er sich des lästigen Drucks bewußt, da reagiert der Glump bereits auf das unterbewußte mentale Signal und ändert vorsichtig seine Lage.

Sogar diese Kleinigkeit läßt Skamander spüren, auf welch wunderbare Weise die Glumpe aufeinander eingespielt ist. Alles regelt sich von selbst, jedes Individuum ist wie das Organ eines Körpers, und diejenigen, die laufen können, beklagen nicht, daß sie viele andere tragen müssen – wie die Beine nicht von Unrecht sprechen, da sie doch den ganzen Menschen, ohne den sie nicht sein können, tragen.

Skamander fühlt das aufgeregte Schwingen der Aura Klugwarms dicht neben sich. Der Bruder schnauft und keucht, aber nicht vor Anstrengung, sondern vor unbezwingbarer Ungeduld.

Viele Dinge, viele Namen! hat er immer wieder ehrfürchtig gerufen, als Skamander ihm von der großen Welt der Menschen erzählte, und nun kann er es kaum noch erwarten, diese vielen Dinge zu sehen. Es wird nicht leicht werden. Man muß Spezialanzüge anfertigen, die den einzelnen das Mikroklima der Glumpe ersetzen, ganz allmählich nur werden sie sich an irdische Verhältnisse gewöhnen können. Nur die psychisch Stärksten werden die Glumpe kurzzeitig verlassen können, und noch ist gar nicht abzusehen, ob nicht selbst solche starken Naturen wie Klugwarm durch die übermächtige Reiz- und Informationsflut geschädigt werden, die auf der Erde wie ein Wirbelsturm über sie hinwegbrausen wird. Vielleicht wird es auch umgekehrt sein, vielleicht richtet die Glumpe ungewollt Schaden an mit ihrem alles durchdringenden mentalen Feld. Dann wird man sie so lange isolieren müssen, bis sie gelernt hat, diese Kraft zu zügeln.

Um Skamander herum schmatzt und gluckst es. Jede Bewegung der Glumpe wird von einer Vielzahl glitschiger Geräusche begleitet. Der lebende Fleischberg windet sich durch die Regenerationskammer. Skamander kann es zwar nicht sehen, aber er nimmt es über die Aura der Glumpe wahr.

„Beeilt euch, Skamander ..., eine riesige Eruption! Die Stoßwelle muß schon ganz nahe sein!"

Das ist Mariggs Stimme. Seltsam, überlegt Skamander, nicht mal in Gedanken nenne ich ihn weiter Schnuckchen. Er ist ja auch nicht mehr Schnuckchen, hat diese Haut rigoros abgestreift und ist jetzt Marigg Dual Ellis ... Und ich bin Skamander Ellis, habe mit der Meisterwürde seinen Namen geerbt ..., ob ihn das glücklich macht?

Goff würde Hermel Skamander Goff heißen, wenn ich ihm eines Tages die Weihen der Meister der Sterbenden Sonne geben sollte, merkwürdig ... Skamander schüttelt diese Gedanken von sich ab und treibt die Glumpe zur Eile. Das Schurren der Leiber und Platschen der nackten Füße steigert sich zu einem Geräusch wie von einer Schlammlawine. Skamander rutscht auf dem zu Boden tropfenden Schleim aus, aber sofort packen vier oder fünf Hände, Klauen und Pranken zu, richten ihn behutsam auf und stützen ihn, bis er das Gleichgewicht wiedererlangt hat.

Ungefähr eine Stunde nachdem Quadrangel ihm die furchtbare Wahrheit eröffnet hatte, ist ihm erst richtig bewußt geworden, was der Arzt gesagt hat. Er hat sich auf seine Koje geworfen und den Kopf im Kissen vergraben, damit niemand seine Tränen sah. Verzweiflung und Schmerz waren es auch, was ihn jämmerlich heulen ließ, doch mehr noch dieses Gefühl der Verlorenheit, das eine unendliche Leere in ihm erzeugte. Quadrangel hätte auch sagen können, er – Skamander – sei in Wirklichkeit eine schlafende Ratte, die nur träumt, ein Mensch zu sein, und nach dem Erwachen ohne jede Erinnerung an diesen Traum durch die stinkenden Kloaken einer Stadt waten und die scharfen Zähne in den darin schwimmenden Unrat schlagen würde – es hätte nicht stärker niederdrücken können. Ihm schien, er sei verloren für immer und ewig, ohne sagen zu können, woher dieser Eindruck konkret rührte. Und erst die mentale Wärme der Glumpe, die mit zögernden Fragen und Bitten in ihn drang, half ihm, neuen und größeren Mut als je zuvor zu finden.

„Verdammt, Skamander – es geht los!" schrillt ihm Styx' Stimme in den Ohren. „Lauft um euer Leben! Laß diese Gespenster, Skamander! Lauf!"

Der Boden beginnt leicht zu vibrieren, als ob in unmittelbarer Nähe eine mächtige Maschine anlaufen würde.

Was hat Styx da gesagt? Er solle die Glumpe im Stich lassen, um wenigstens sich selbst zu retten? Armer Styx, wie dumm du doch bist.

„Es sind meine Geschwister, nicht irgendwelche Gespenster", antwortet Skamander nur leise. Dann schickt er einen gewaltigen gedanklichen Impuls in die Glumpe, gemischt aus Unruhe und Angst.

Verwirrtes Trommeln tönt durch den Leiberhaufen, Unverständnis schwingt auf und beherrscht das mentale Feld.

Sie kennen keine Angst vor dem Tod, dem Nichtsein! durchzuckt es Skamander eisig. Woher sollten sie auch wissen, was das ist, da es doch die Glumpe ewig gibt ...

Das Schütteln und Knirschen unter seinen Füßen wird von vereinzelten kurzen Stößen überlagert.

„Der Tunnel, Skamander! Der Tunnel hält das nicht lange aus! Komm raus da, bevor es uns noch den Lander in Klump haut!" ruft Styx.

Verzweifelt brüllt Skamander seine Befehle an die Glumpe. Die mißgestalten Geschöpfe ächzen und stöhnen, die Muskeln zucken und spannen sich zu eisenharten Knoten.

Erneut verliert Skamander den Boden unter den Füßen, dann erst spürt er den mächtigen Schlag, der den Fels erzittern läßt. Es knistert und kracht ringsum, feine Risse zucken über den steinernen Untergrund, wie von unsichtbarer Hand hastig gezeichnet.

Klugwarms siebenfingrige Hand krampft sich in seine Schulter, und die entsetzte Frage gellt in seinem Gehirn: Was ist das, Bruder Vielwarm?

„Das Ende deiner Welt, Klugwarm! Wir müssen hinaus, schnell, in meine Welt!" keucht Skamander.

Ein zweiter gräßlicher Schlag schleudert ihn in die Höhe, fetzt die Glumpe auseinander. Skamander fliegt einige Meter durch den Gang und prallt heftig gegen die Wand an der Stelle, wo hinter der Gittertür ein rechtwinkliger Knick zur Seite führt.

Der Boden hat sich aufgebäumt wie ein tödlich getroffenes Tier. Schreien und wildes Kreischen schrillt durch den Raum. Einige Glumps liegen reglos da, andere klammern sich entsetzt aneinander.

Klugwarm kriecht auf Skamander zu und röchelt nach Atem. Dunkle Staub- und Rauchwolken quellen aus dem Gang, hinter dem sich irgendwo der Ausstieg befindet, und aus dem großen Spalt, der den Regeneratorraum förmlich zerrissen hat, steigt dunkelrotes Glühen auf.

Die Nebel vor Skamanders Augen wehen auseinander, dafür spürt er einen stechenden Schmerz im linken Hüftgelenk.

Wo sind sie? Wo sind sie nur? hallt Klugwarms verzweifelte Frage durch seine Gedanken. Sofort begreift Skamander, was sein Bruder meint. Mehr als die Hälfte der anderen Wesen muß in den Feuerdunst atmenden Felsspalt gestürzt sein ...

Ein furchtbares Schneiden fährt Skamander in die linke Körperhälfte, als er versucht, sich aufzurichten, und er läßt sich aufstöhnend wieder zurückfallen.

Klugwarm beugt sich über ihn und sieht ihm aus ängstlich flakkernden Augen ins Gesicht. Was ist geschehen? Was ist mit dir und den anderen, warum sind sie so kalt, und warum ist die Welt so furchtbar warm? hämmern seine Fragen in Skamanders Bewußtsein.

Das schwielige Gesicht des Riesen ist blaurot angelaufen, aus seiner Nase rinnt Blut, und dicke Schweißtropfen stehen auf der höckrigen Stirn.

Da fällt Skamanders Blick auf die Temperaturanzeige im Helm. Siebenundzwanzig Grad! Das Kühlsystem muß ausgefallen sein, aber die riesige Luftmenge und das wärmeisolierende Gestein können sich doch nicht so schnell erhitzen!

Mit einem gräßlichen Stöhnen kippt Klugwarm zur Seite, und da sieht Skamander erneut das rote Glühen, wie Widerschein von einem gewaltigen Feuer, aus dem Spalt schweben.

Es ist aus! Die Glumpe ist nicht mehr zu retten! Trotz dieser bitteren Erkenntnis schickt Skamander noch einmal einen gebieterischen Ruf in die Gehirne der übriggebliebenen Geschöpfe.

Wie blind und taub kriechen und wälzen sie sich heran. Da ist Roch, er hat die kleine Schisch im Arm!

„Hilf mir, Klugwarm!" fordert Skamander, und der Riese richtet sich schwankend auf, packt ihn mit seiner siebenfingrigen Pranke und zerrt ihn hoch. Der eigene Schrei gellt Skamander in den Ohren und erstickt für Augenblicke das Wimmern und Heulen um ihn

herum. Ihm ist, als reiße sein Körper auseinander, aber als Klugwarm erschrocken den Griff lockert, befiehlt er: „Stütze mich! Geh da entlang!"

Klugwarm setzt sich torkelnd in Bewegung. Jeder Schritt ist für Skamander quälend. Immer dichter wird der Qualm, der ihnen entgegenquillt, doch als Klugwarm hustend und röchelnd stehenbleibt, dreht sich Skamander ächzend nach den anderen um und sieht etwas glühend und dampfend aus dem Spalt brodeln wie hellrot leuchtenden Schlamm.

Magma! durchzuckt es ihn. Da schießen auch schon feurige Spritzer aus dem Riß im Felsboden, und Skamander meint die Hitze – die für die Mitglieder der Glumpe mörderisch sein muß! – sogar durch den Skaphander zu spüren. Zweiundvierzig Grad Außentemperatur!

„Vorwärts!" keucht er entschlossen, und als Klugwarm aufstöhnend den ersten Schritt in die undurchdringliche Rauchwand wagt, greift Skamander schnell noch Rochs Klaue, der mit vorgestrecktem Arm hinter ihnen herstolpert. Die kleine Schisch schreit, daß es Skamander schier das Herz zerreißen will. Rochs Atem klingt wie Kettenrasseln.

„Weiter! Schnell!" brüllt Skamander.

Sie stolpern durch undurchdringliche Finsternis, er verliert beinahe die Besinnung vor Schmerzen.

Dann hört er plötzlich nicht mehr das Schreien der kleinen Schisch. „Halt!" ruft er, dreht sich um und stürzt dabei fast zu Boden, weil ihm vor Schmerz die Knie einknicken. Hastig greift er nach dem Kind, aber Roch gibt es nicht her. Er steht da wie zu Stein erstarrt, und seine milchigen Augen sind wie Eisklumpen. Skamander muß ihm mit Gewalt den Arm wegbiegen, um das Kind fassen zu können.

Selbst seine Helmlampe vermag kaum, den dichten Rauch zu durchdringen, aber das Gesicht des Kindes ist in ihrem Schein zu erkennen. Der spitze Kopf liegt in Skamanders Armbeuge, der Mund ist weit geöffnet, und die Lippen zittern kaum merklich. Skamander regelt hastig die Luftzufuhr seines Raumanzugs auf und pumpt so viel Sauerstoff in den Skaphander, wie nur irgend geht, dann schließt er das Helmventil und löst den Schlauch. Gerade als er das Schlauchende vor Schischs Gesicht halten will, vernimmt er einen dumpfen Aufschlag. Roch ist, ohne einen Laut von sich zu geben, steif wie ein Brett umgefallen. Skamander sieht nur noch die verkrüppelten Füße, an denen die Zehenstummel wie unter Stromstößen zucken, dann zieht Roch mit einem Ruck die Beine an und streckt sie wieder. Und nun liegt er ganz ruhig …

Der Sauerstoff faucht der kleinen Schisch als weißlicher Nebel ins Gesicht. „Weiter!" befiehlt Skamander.

Nach wenigen Schritten bricht auch Klugwarm zusammen. Bring die kleine Schisch in eure Welt! hört Skamander die Stimme seines fremden Bruders.

Aufschreiend vor Qual, läßt er sich auf die Knie nieder, schaut Klugwarm ins Gesicht, preßt dabei aber das Kind gegen seine Brust und hält mit zitternder Hand den Schlauch, trotz der betäubenden Schmerzen. Gib ihr ... viel Wärme ... Die gespaltenen Lippen des häßlichen Riesen flattern unter dieser letzten Kraftanstrengung.

Skamander schaut verzweifelt in die schönen hellblauen Augen des Riesen, die das einzig Menschliche in diesem Gesicht sind.

Vor über dreißig Jahren haben solche Augen ihn beinahe jeden Tag liebevoll angelächelt, die Augen seines Vaters ...

Da rüttelt und schüttelt es wieder unter seinen Füßen, erneut bäumt sich der Fels auf.

Skamander fällt und versucht instinktiv, das Kind in seinem Arm vor dem Aufprall zu schützen. Auf der Seite liegend, sieht er feurige Fontänen das Dunkel zerschneiden, sieht, wie sich die Decke des Gangs wölbt und dehnt, hört das Krachen und Splittern.

Als die Decke über ihm reißt, blickt er geradewegs in die sengende Sonne, und noch bevor die entfesselte Flut des tobenden Sterns sein Denken auslöschen kann, poltern gewaltige Gesteinsbrocken herab und zermalmen ihn und die kleine Schisch.

Skamander spürt nicht mehr, wie die Felsstücke das Leben in ihm zertrümmern. Rauschen und Zirpen naher und ferner Gedanken umhüllen ihn mit wohltuender Wärme, und das letzte, was er sieht und fühlt, ist ein Bild, das ihm eine tiefe Ruhe gibt: Aus dräuenden Gewitterwolken fallen Regentropfen, sie stürzen in einen gewaltigen Ozean und lösen sich in ihm auf, werden eins mit ihm. Und Skamander ist einer dieser Milliarden Tropfen ...

KAPITEL 24

Fröstelnd steht Hendrikje am Fuß der Achternak-Pylone und schaut zum Urbanidum Maximum hinüber. Es ist kurz vor Mitternacht, gleich muß die neue Tageslosung aufleuchten. Hendrikje schiebt sich eine Qualle in den Mund und denkt: Wird er kommen? Wird er mir das verzeihen? Er kommt sicher, aber was dann?

Hoch über ihr fauchen Plasmabrenner und zersäbeln Laserstrahlen die Dunkelheit.

Wenn sie heute noch fertig werden, haben sie den Plan um fast zwölf Prozent überboten, denkt sie. Und das erstemal in ihrem Leben empfindet sie wirklich Achtung vor solcher Leistung.

Die Kuppel über Amorix ist an einigen Stellen gerissen, aber aufgrund der Zellenstruktur ist die Reparatur nicht so kompliziert. Noch während der Sonnenbeben sind Havariekommandos darangegangen, die Lecks notdürftig zu schließen.

Eigentlich ist kaum etwas passiert, von den Rissen abgesehen. Nur die Achternak-Pylone hat etwas gewackelt, weil sie damals höher gebaut wurde als vorgesehen und keine neuen statischen Berechnungen angefertigt worden waren. Man hatte eben einfach und unkompliziert die Kennziffern übererfüllt, wie Goff es ironisch kommentierte. Die Pylone hat also gewackelt, und der Mann obendrauf ist runtergefallen. Das war alles. Auf der Erde.

Dafür konnte sich Hendrikje endlich einmal das Gesicht dieses versteinerten Menschen ansehen. Der Kopf lag inmitten der Plusterfarnrabatten, nur die Nase war abgeschlagen. Dieser Achternak hatte speckige Wangen und keine Haare. Und tote Augen, wie ein Blinder. Man sollte solchen Skulpturen wenigstens farbige Augen machen.

In den nächsten Wochen wird man ein neues Denkmal einweihen. Hendrikje treten bei diesem Gedanken die Tränen in die Augen, und sie weiß genau, daß es nicht an der Qualle liegt.

Das Denkmal wird vor dem Urbanidum Universum stehen, in dem sich das Zentrum für Sonnenforschung befindet. Eine Gruppe von Männern, die Arme in den Himmel gereckt, und aus den Ellenbogen wachsen kräftige Schwingen, die sich wie ein Blütenkelch der Sonne öffnen, in die Wolken.

Hendrikje hat geheult, als Aberschwenz ihr den Entwurf zeigte, und als er mit belegter Stimme sagte, es sei doch wenigstens ein würdevolles und ehrenhaftes Ende gewesen, da schrie sie ihn unbeherrscht an und rannte hinaus, lief ziellos durch Amorix und fand sich plötzlich an der Achternak-Pylone wieder. Von hier aus fiel ihr Blick auf die Tageslosung, und da kam ihr diese verrückte Idee. Jetzt steht sie wieder hier, und auch Goff soll es von hier aus entdecken.

Wie werden sie aussehen mit diesen toten Augen? denkt sie wehmütig. Flakke, Ellis, Skamander, Styx und die anderen Männer – sie haben ihr eine Aufgabe hinterlassen.

Ireas muß es gewußt haben, überlegt sie traurig. Er hat mich so merkwürdig angesehen, als er Hermel und mir befahl, mit dem

Schlepper zurückzukehren, und dann hat er mit fiebrig glänzenden Augen in die Sonne gestarrt, als ahnte er, daß sie auf die Ikaros wartete ... Ganz sicher hat er es gewußt, aber sie haben bis zum allerletzten Augenblick die Meßwerte gesendet und damit die Hypothese dieses Skagit bestätigt. Es ist Geminga, nicht die Sonne. Noch einmal in fünfunddreißig Jahren wird sie beben und vibrieren – aber es wird ein Minimum sein, ein klitzekleines Minimum, und dann haben wir für einige Millionen Jahre Ruhe. Alles wird wieder so sein, wie es immer war.

Sie seufzt leise. Ruhe – werden wir wirklich Ruhe haben? Brauchen wir überhaupt Ruhe, gibt es so etwas überhaupt in der Welt, die in ständiger Bewegung und Veränderung begriffen ist?

Als sich eine Hand in ihren Nacken legt, zuckt Hendrikje zusammen, doch wandelt sich der Schreck in wilde Freude, als sie allein am Druck der Finger und an dem eigentümlichen nervösen Zittern erkennt, wer hinter ihr steht. Sie wirbelt herum und fällt Goff um den Hals, verkrallt sich in seinem dichten blauschwarzen Haar und preßt das Gesicht gegen seine Wange.

„Warumweinstdu?“ fragt er beunruhigt.

„Das Denkmal ...“, flüstert sie und schluckt krampfhaft.

„Deristdochaberschonlangetot“, antwortet Goff besänftigend, „solange, daßkeinermehrweiß, werereigentlichwar.“

„Ich meine, das Denkmal für Ireas und seine Männer ...“

Goff schweigt lange und streichelt sie. Dabei bemüht er sich, seine Bewegungen zu kontrollieren.

Bei ihm wirkt es nicht, dieses verdammte Komposit! denkt Hendrikje und schluchzt laut auf. Als er es ihr gesagt hat, glaubte sie, sterben zu müssen. „Wirmachenweiter“, hatte er nur tonlos geantwortet.

„Wenigstens ... sind ... Skagit ... und ... Bruno ... durchgekommen“, sagt Goff betont langsam, weil er wohl gemerkt hat, was in Hendrikje vorgeht.

„Und wir ...“, setzt sie matt hinzu.

„Ja ... wir ... drei ...“ Er streicht zärtlich über ihren Bauch.

„Was wird es werden: ein Mungo ..., ein Glump?“ Hendrikje befällt ein fiebriges Zittern.

„Wenn es ein Glump wird, können wir ihm gleich helfen.“ Goff hat endlich das richtige Sprachtempo gefunden. „Wird es ein Mungo, helfen wir ihm später ... Quadrangel hat in der kurzen Zeit, die ihm noch blieb, einige interessante Ideen ausgearbeitet. Der Mann hätte Großes leisten können, wenn er nicht solch ein Einzelgänger gewesen wäre. Immerhin hat er jede Pause in den Meßsendungen genutzt, um uns seine Ergebnisse zu übermitteln. Der allerletzte Funkspruch der Ikaros kam von ihm ... In dem Rauschen war kaum noch etwas zu verstehen ...“ Goff versagt die Stimme, und Hendrikje fühlt an seinem Hals die Schlagader hart pochen.

Goff streichelt ihr Gesicht und stutzt plötzlich, als sein Daumen die rubingefaßte Perle in ihrem Nasenflügel berührt. „Du hast sie immer noch?“ fragt er verdutzt.

„Das ist auch ein Denkmal“, sagt Hendrikje ernst, „ein Andenken an Stotzner, an Skamander. Ich werde es immer bei mir haben, solange ich lebe. Es hat keine Augen, keine Nase, keinen Mund – aber es hilft mir, Gesichter besser zu erkennen, Gesichter von Lebenden ... Es erinnert mich an die Aufgaben, die vor uns liegen, an die Mühen und Opfer ...“

„Ja, die Mühen und Opfer ... Mancher wäre wohl erleichtert, wenn auch ich zu den Opfern zählte, wenn ich meinen Mund endlich für immer halten würde“, sagt er finster.

„Hermel! Was soll das heißen?“ fragt sie verwirrt.

„Sie wollten das Komposit nicht freigeben, weil es eben nicht bei jedem wirkt. Außerdem seien Nebenwirkungen und Spätfolgen zuwenig abgeklärt. Dabei gibt es Hunderttausende, die nach keinerlei Nebenwirkungen fragen, weil sie einfach leben wollen ...“

„Ja, aber man kann doch nicht einfach …"

Goff fährt ihr schneidend ins Wort: „Es geht überhaupt nicht um irgendwelche medizinischen Bedenken! Weißt du, was es bedeutet, die Akzeleration des Krankheitsverlaufs zu stoppen? Einer von den Gerontologen hat das wirkliche Problem auf den Tisch gepackt: Der gute Mann vermutet, aus dem Komposit könnte man bei einigem Glück so etwas wie das Wasser des Lebens machen, also Unsterblichkeit, zumindest aber Langlebigkeit erzeugen. Da wollte unser Chef den Einsatz sofort verbieten. Die Sache hat nämlich folgenden Haken: Vorläufig können wir die Beschleunigung der Organfunktionen nur stoppen, nicht aber rückgängig machen. Wir können den Mungos im ersten Stadium also ein herrliches Leben voller Tatkraft und Energie schenken. Bisher löste sich das Problem teilweise auf rein biologischem Weg – irgendwann, und zwar sehr früh, sterben sie. Jetzt aber wird aus den Mungos eine echte Art entstehen, ein Volk, eine neue Menschheit, denn sie müssen nicht mehr sterben, nicht alle. Die eigentlichen Probleme ergeben sich erst, wenn wir das noch nicht ausgereifte Komposit freigeben."

„Und was habt ihr nun entschieden?" fragt Hendrikje atemlos.

„Ha! Wir haben gestritten, daß die Fetzen flogen, und dann abgestimmt: für das Komposit! Es wird freigegeben!"

„Und du, wofür hast du gestimmt?"

Goff nimmt ihren Kopf in beide Hände und schaut ihr kopfschüttelnd ins Gesicht. „Da fragst du noch? Du müßtest mich doch kennen: natürlich für die Freigabe!"

„Wie wollt ihr das alles schaffen …? Die vielen Mungos …, ihre Bedürfnisse, Forderungen …"

„Wieso sagst du: ihr. Das ist nicht mehr nur Angelegenheit des MOBS und des Rats für Koordination oder des Solaren Internen Regulativs – da müssen alle zupacken, die ganze Gemeinschaft. Ich werde wahrscheinlich der Liga beitreten, ganz offiziell."

Hendrikje macht große Augen. „Geht das denn – MOBS und Liga?"

„Es muß gehen", antwortet Goff lakonisch, „wenn es Schwierigkeiten geben sollte, machen wir etwas verkehrt. Wir müssen uns damit abfinden, daß alles nicht mehr für alle gilt. Rikki-Tikki-Tavi will mich zu seinem Nachfolger machen … Ich weiß nicht, ob ich es schaffe, aber der Gedanke ist genial. Wir müssen es versuchen."

„Ich habe Angst", sagt Hendrikje zaghaft.

Goff küßt sie auf die Stirn und antwortet leise: „Ich auch. Und ohne dich fände ich nicht den Mut, trotz dieser Angst weiterzumachen. Weißt du überhaupt, wieviel Kraft du mir gibst?"

Hendrikje schnieft glücklich und schmiegt sich an ihn. Aber sie fragt sich beharrlich, was sie denn getan hat, was an oder in ihr ist, das diesem Mann, dessen Leben doch wie prasselndes Feuer ist, noch zusätzlich Kraft geben könnte. „Ich wußte nicht, daß ich dir soviel bedeute", murmelt sie nachdenklich.

„Durch dich habe ich gelernt, die Menschen wirklich zu lieben", sagt Goff, und in seiner Stimme ist neben ein wenig Trauer viel Zuversicht, „ich habe begriffen, daß man einen Menschen nicht einfach in die schlechte und die gute Hälfte teilen kann, um sie gegeneinander abzuwägen. Als wir uns kennenlernten, war es erst Neugier, dann Begierde. Es gab Augenblicke, da habe ich dich gehaßt, glaubte es zumindest. Aber was mich faszinierte, regelrecht krank machte: Nirgends war Eigennutz oder Selbstgefälligkeit in dem, was du tatest oder sagtest, und was ich oft für Naivität hielt, war in Wirklichkeit sich selbst entwaffnende Ehrlichkeit im Denken und Fühlen. Diese Ehrlichkeit ist eine teuflische Macht; man meint, sie benutzen und betrügen zu können, weil sie sich ihren Weg mühsam sucht, wie ein Schildkröte angekrochen kommt. Aber sie erreicht fast immer ihr Ziel ..."

„Danke für das nette Kompliment", sagt Hendrikje spitz. „Du hättest mich ja auch mit einer Schnecke oder einem Regenwurm vergleichen können."

Goff lacht herzlich auf. „Du bist die ehrlichste, klügste und schönste Frau auf dieser Welt! Zufrieden?"

„Nein", sagt Hendrikje leise, und sie weiß selbst nicht, warum sie plötzlich wieder an Flakke denken muß, an Skamander, an Marigg Ellis ...

Goff scheint in ihren Gedanken lesen zu können und diese viel besser zu verstehen als sie selbst.

„Du bist ... die wärmste Frau der Welt ...", sagt er heiser.

„Danke", flüstert Hendrikje, und ihre Augen füllen sich wieder mit Tränen. Aber durch den feuchten Schleier hindurch sieht sie verschwommen, wie am Urbanidum Maximum die Lettern der Tageslosung blinken und sich zu einem neuen Satz formieren. Ihr Rücken wird steif, und sie hält den Atem an.

Was wird nun geschehen, wird er ihr verzeihen können, wird er immer noch sagen, daß sie ihm Kraft gibt?

„Was ist, meine Liebe?" fragt Goff erstaunt.

Das muß ihn ja auch wundern, denkt sie. Erst heule ich, und dann starre ich an ihm vorbei in die Luft, als explodierte da gerade die Sonne. Wenn ihn das nicht erstaunen würde, wäre alles Lüge, was er vorhin so schön gesagt hat.

„Schau mal zum Umax hinüber", sagt sie unsicher.

Goff dreht sich verblüfft um. In Sekundenbruchteilen versteinert er. Sie sieht, wie sich seine Lippen bewegen, ungläubig die neue Tageslosung buchstabieren.

„Mungoismus ist eine Folge der genetischen Optimierung" – steht da in flammender Schrift.

Fassungslos flüstert Goff die Tageslosung. Einmal, ein zweites und ein drittes Mal.

„Welcher Idiot hat das verbrochen!" ruft er wutentbrannt. „Das kann doch nicht wahr sein, das darf einfach nicht wahr sein! Die machen uns alles kaputt!"

Hendrikje kriecht fröstelnd in sich zusammen. Auf einmal spürt sie wieder die kühle Nachtluft, den leisen Wind, die Feuchtigkeit. Tiefe Angst befällt sie, ihr Herz krampft sich schmerzhaft zusammen. „Los, komm!" Er greift ihre Hand und zerrt Hendrikje hinter sich her. „Denen werde ich ..."

Hendrikje läßt sich wenige Schritte mitziehen, dann bleibt sie stehen.

„Was ist? Komm schon, wir haben keine Zeit!" ruft er ungeduldig.

„Du kannst es nicht mehr ändern, Hermel", sagt sie tonlos. Das ist das Ende, durchfährt es sie. Aus, alles aus! Und wieder steigen ihr Tränen in die Augen, Tränen der Wut und der Trauer, des Trotzes und der Verzweiflung.

„Quatsch! Und wenn ich das Große Gehirn in Stücke hauen muß – das da kommt weg!" schreit Goff.

Eisige Kälte durchströmt Hendrikje. So ist es, wenn man sich überhebt, an mehr zu denken als nur an das eigene armselige Glück. O Hermel, wie gern wäre ich bei dir geblieben, ich kann dir doch alles verzeihen und alles verstehen, deine Ungeduld, deine Unnachgiebigkeit, deine Härte und auch deinen schrecklichen Irrtum.

Hendrikjes Gedanken sind wie hilflose Schreie, das Herz hämmert in einem apokalyptischen Rhythmus ... Doch irgendwie geschieht das alles in einem anderen Wesen, einer anderen Hendrikje. Sie hat das Gefühl, als würde sie sich unter gräßlichen Schmerzen selbst gebären, sich aus der alten, zu eng gewordenen Haut herausreißen, und plötzlich ist da nur noch ein wehmütiger Klang in ihrem Fühlen, ein Nachhall von Dingen, die lange vor dieser Wiedergeburt geschehen sein müssen.

„Nein, Hermel", sagt sie weich, „du wirst nichts in Stücke hauen. Dein MOBS mag sehr mächtig sein, aber ich werde es brüllen, kreischen, bis es alle gehört haben: Mungoismus ist eine Folge der genetischen Optimierung!"

Goff schaut sie irritiert an. „Du?" fragt er ungläubig. „Du hast das gemacht ...? Komm, hör auf mit dem Blödsinn, dazu ist jetzt nicht die Zeit."

Hendrikje fühlt sich auf einmal zu Tode erschöpft. Die letzten Tage waren auch mörderisch. Die langwierigen Gespräche mit den Programmredakteuren des Freiwilligen Informativen Pflichtprogramms, Dutzende von Einzelgesprächen mit Bekannten, Freunden und sogar völlig Fremden, der Streit mit Aberschwenz, der ihr mit dem BUAV drohte, und dann endlich der Stunden währende Kampf mit dem Großen Gehirn ... „Du kannst es nicht mehr verhindern, Hermel, es wissen schon sehr viele", sagt sie traurig und erzählt ihm alles.

Goff macht ein Gesicht, das sie beim besten Willen nicht als sonderlich intelligent bezeichnen kann. Unglaube, Wut, Bestürzung und irgend etwas wie ein ganz neues Interesse an ihrer Person mischen sich in seinen Zügen. „Du ..., du bist verrückt", stammelt er. „Du weißt gar nicht, was du da getan hast ..."

„O doch, Hermel, ich weiß es sehr gut", sagt Hendrikje ruhig, und diese Ruhe ist plötzlich in ihr, weil sie fühlt, daß vielleicht doch noch nicht alles verloren ist.

„Sogar Quadrangel hat begriffen, daß die Sache intern behandelt werden muß. Ich hätte dir mehr Vernunft zugetraut." Goff tritt einige Schritte zurück und mustert sie enttäuscht.

„Quadrangel hat nichts von einem großartigen Projekt der Moralischen Optimierung gewußt!" entgegnet Hendrikje heftig.

„Das hat doch nichts miteinander zu tun ..." Goffs Gegenwehr ist kläglich. In seinen Augen flackert die Angst vor dem Scheitern seines großen Planes.

Hendrikje muß gegen ihren Willen lachen. „Du weißt viel besser als ich, Hermel, wie eng diese Dinge zusammenhängen", erwidert sie, „jetzt, da wir mit den Folgen einer sozusagen kosmetischen Manipulation an menschlichen Genen beschäftigt sind, ist es doch Irrsinn, an weitere, schwerwiegendere Eingriffe zu denken. Stell dir mal geistige Mungos vor! Menschen, die intellektuell und moralisch entarten – denk an die Glumpe, wenn du alle anderen Argumente nicht akzeptieren kannst! Wer solche Risiken eingeht, muß auch genau wissen, wo die Grenzen zwischen Waghalsigkeit und Verbrechen gezogen werden müssen. Wollt ihr aus der Menschheit eine geistige Glumpe machen?"

„Quatsch! Halt uns doch nicht für gewissenlos! Wir haben aus den Fehlern gelernt. So etwas wird nicht wieder vorkommen, das wird alles hundertprozentig abgesichert."

„Hör auf!" fällt sie ihm ins Wort. „Nichts hast du begriffen, absolut nichts! Ihr wollt gegen ein Naturgesetz verstoßen, begreif das doch endlich! Dein Traum von der Göttlichkeit wird sich vielleicht erfüllen, irgendwann, in tausend oder Millionen Jahren. Aber bis die

Menschen Götter sind, müssen sie den Gesetzen gehorchen, die sie nicht außer Kraft setzen können. Du kannst Götter nicht mit dem Laserskalpell erzeugen. Was ihr wollt, kann nur ein gesellschaftlicher Prozeß realisieren! Und wir sind doch schon mittendrin in deiner so heftig geliebten Moralischen Revolution, versteh es doch! Seit Jahrhunderten vollzieht sich dieser Wandel. Stück für Stück, Mensch für Mensch. Sieh dich um! Schau auf die Erde, nicht zum Olymp! Öffne endlich die Augen, Hermel Goff!"

Goff sieht sie durchdringend an, seine Augen schillern erregt, er schnauft böse. „Ich schaue auf die Erde, Hendrikje Greiff, und ich sehe einen kleinen schwachen Menschen vor mir, der sich anmaßt, der wohlerwogenen Entscheidung zu widersprechen! Der sich auflehnt, frech und unbekümmert, der die Verantwortung für die ganze Zukunft zu tragen sich erdreistet!"

Da ist aber mehr als nur Zorn im Schillern seiner Augen und im Klang seiner Worte. Da ist ein seltsamer Triumph, ein freudiges Leuchten, das den gewaltigen Ärger durchdringt.

„Nein, ich entscheide gar nichts", sagt Hendrikje und zeigt auf die Stadt rings um sie, „die da werden die Entscheidungen fällen. Nur sie können die Verantwortung übernehmen, und sie werden es tun."

Goff schweigt und starrt in die Nacht, in das Funkeln und Glitzern der tausend Lichter von Amorix. Seine Zähne knirschen, und Hendrikje weiß, daß es ihn unendlich viel Überwindung kosten wird, sich dem Willen all dieser Menschen zu beugen.

„Sei in allem, alles sei in dir, Hermel Ellis Goff", sagt sie zärtlich.

Goff wehrt brüsk ab. „Marigg hat mich nicht mehr in die Geheimnisse der Meister einweihen können. Außerdem habe ich nicht das Elixier, das ist inzwischen in seine Atome verdampft worden ..."

„Ich gebe dir die Weihen der Meister, Hermel", sagt sie sanft. „Du sollst der Meister der Sterbenden Sonne Hermel Ellis Goff sein. Geh und kehre wieder."

Goff starrt sie entgeistert an. „Du gibst mir die Weihen? Lächerlich." Dann springt er auf sie zu und schüttelt sie. „Bist du etwa auch ...?"

Sie befreit sich aus seinem Griff und zeigt wieder auf das Lichtermeer. „Wir alle sind es. Was brauchen wir das Elixier! Jeder Mensch ist ein Meister, jeder, der bereit ist, sich dem Kampf zu stellen. Die Kraft des Elixiers ist in uns allen, wir müssen nur lernen, sie zu gebrauchen ..."

Ein dunkler Schatten hastet an ihnen vorüber, dreht sich kurz zu ihnen um. „Miefdego, Bürger, Miefdego!" schmettert der Mann aufgekratzt.

Goff bricht in schallendes Gelächter aus. Das Lachen krümmt ihn und fährt als wildes Trampeln in seine Beine. „Miefdego!“ wiehert er vergnügt und klatscht in die Hände.

Hendrikje schaut ihm eine Weile ratlos und befremdet zu. Was ist plötzlich in Hermel gefahren? Er gebärdet sich ja wie toll. „Was hast du, soll ich vielleicht ...?“ fragt sie besorgt.

„Miefdego“, sagt er, und erneut beginnt er zu kichern, zeigt dabei auf die flimmernden Lettern der Tageslosung. „Das sind die Entscheidungen der Menschen: Eine Grußformel haben sie aus deiner revolutionären Tageslosung gemacht!“ gluckst er vergnügt. „Oh, meine Hendrikje! Schwer büßen wirst du diesen Frevel, jetzt erst beginnt dein großer Kampf, und einer deiner unerbittlichsten Gegner heißt Hermel Goff!“

Eine halbe Minute später tut Hendrikje Buße. Als sie sich von ihm gelöst hat, sagt Hermel mit verdrehten Augen: „Du bist die ehrlichste, klügste, schönste und wärmste Frau auf dieser Welt, Meisterin Hendrikje Goff Greiff.“

Der Plusterfarn der Rabatten am Fuß der Achternak-Pylone umhüllt sie, und Hendrikje hört kaum noch die Stimme, die erregt flüstert: „Achtung! Mungo in Sektor AP eins, mitten in den Plusterfarnrabatten. Es muß ein Mungo sein ..., so wie der ..., ha, wie soll man das sagen ...? Es ist ganz bestimmt ein Mungo ..., der macht das ja mit einer Rasanz ... Himmelherrgott, Mungo müßte man sein ...“

EPILOG

Skagit legt den Stift aus der Hand und nimmt den engbeschriebenen Bogen von seinem Schreibtisch.

In zwei Tagen ist es genau ein Jahr her. Dieses Datum hat sich in sein Gedächtnis eingeprägt wie kein anderes. Das eigens für ihn eingerichtete Schwerewellenlabor scheint sich vor seinen Augen in ein Nichts aufzulösen, und die Bilder der Vergangenheit drängen in sein Bewußtsein.

Der Boden schlug Wellen wie das Wasser stürmischer Meere. Genau an der Stelle, wo unter meterdickem Gestein die Stationsklinik liegen mußte, sprengten übermächtige Kräfte den Fels auseinander, ein tiefer Riß tat sich auf, aus dem eine dunkle Rauchsäule aufstieg. Skamander antwortete nicht mehr.

Der Elloraner stammelte unentwegt, Skamander sei tot, alle seien sie umgekommen. Da beulte sich der eilig errichtete Schleusentunnel unter einem mächtigen Stoß und platzte wie eine Seifenblase auseinander. Aus einem nahen Spalt quoll Lava, aber die brauchten sie vorläufig nicht zu fürchten, mit dem Cataphract könnten sie sogar durch das flüssige Gestein hindurchwaten.

Der Lander schwankte wie betrunken unter den Bebenstößen. Da befahl Flakke, unverzüglich an Bord zurückzukehren. Fast hätte Skagit die Stimme des Kosmanders nicht wiedererkannt, so brüchig klang sie.

Als sie stolpernd über den berstenden, förmlich zerspringenden Fels liefen, geschah es: Bruno von der Hohen Aue stürzte lautlos in einen sich genau vor seinen Füßen öffnenden Riß. Es waren nicht einmal mehr hundert Schritte bis zum Lander.

Bruno hing eingeklemmt zwischen den Felswänden in etwa vier Meter Tiefe. Skagit blieb bei ihm. Ellis und Styx rannten zum Lander, um ein Seil zu holen. Sie hatten diesen gerade erreicht, da gab der Boden unter einer Landerstütze nach …

Skagit überläuft es kalt bei dieser Erinnerung.

Styx fiel von der Leiter und riß den Elloraner mit zu Boden. Der Schrei fuhr Skagit durch Mark und Bein, seine Zähne gruben sich in die Unterlippe. Den Bruchteil einer Sekunde hörte er Splittern und Krachen in den Kopfhörern und ein entsetzliches Stöhnen, dann war es totenstill. Skagits Hals war wie zugeschnürt.

Der Landeapparat hatte Styx und Ellis zu Tode gequetscht …

Auch jetzt noch, ein Jahr später, zittert Skagit am ganzen Leib, wenn er das Bild von Styx' plattgedrücktem Helm vor Augen hat, aus dem ein kleines Büschel feuerroter Locken hing.

Flakke konnte nichts für die beiden Überlebenden tun, ihnen nur die Hoffnung geben, daß der Schlepper sie vielleicht retten würde, dazu aber mußte er die Ikaros erst auf Sonnenkurs bringen. Als das geschehen war, schickte er den Raumschlepper sofort zurück.

Skagit war halb wahnsinnig vor Angst, der Boden unter seinen Füßen brach auf und schob sich zusammen, in den Kopfhörern Brunos Stöhnen – und er konnte nichts weiter tun, als sich hinzulegen, bis an den Rand des Spalts zu kriechen und Bruno immer wieder mit erstickender Stimme zu versichern, daß er ihn nicht allein lassen werde.

Die Beben dauerten nur wenig mehr als sechs und eine dreiviertel Stunde. Keiner wußte das besser als Skagit, der die komplizierten Bahnverläufe der vier Komponenten von Geminga beinahe auswendig hersagen konnte – und doch kam es ihm vor wie viele Tage.

In diesen knapp sieben Stunden wurde fast alles vernichtet, was Menschenhand auf dem Merkur errichtet hatte. Die Bebenwellen umliefen den Planten in konzentrischen Ringen und schlugen wie eine Sturmflut über der Basis Hermes zusammen, die in aller Eile geräumt worden war.

Auf der Erde war kaum etwas zu spüren, und dort, wo es doch zu leichten Bodenstößen kam, waren die Menschen gewarnt: Die Meßdaten der Ikaros gestatteten so sichere Prognosen, daß die Leute wenigstens noch die Zeit hatten, besonders gefährdete Gebiete zu verlassen. So waren keine Menschenleben zu beklagen, auf der Erde jedenfalls …

Skagit legt sich ein neues Blatt Papier auf den Schreibtisch und starrt gedankenversunken auf die weiße Fläche.

Hat sich Flakkes Opfer eigentlich gelohnt? denkt er schwermütig. Irgendwo auf der Südhalbkugel ist ein veralteter Wohnbau eingestürzt, einer von diesen schlanken, hundertgeschossigen Türmen, wie man sie vor Jahrhunderten baute. Den Leuten ist nichts geschehen, weil die Computerwarnung noch rechtzeitig eintraf. Alles, was irgendwie dazu geeignet war, rechnete in diesen Stunden nur Bebenprognosen aus, auf der Grundlage der von der Ikaros übermittelten Daten.

Die meisten der Bewohner hatten das Gebäude ohnehin vorsorglich verlassen. Als die Bebenwarnung eintraf, sollen sich dort noch knapp dreißig Personen aufgehalten haben – fast so viel, wie die Besatzung des Drachenkreuzers zählte. Hat es sich gelohnt?

Diese Frage geht ihm immer wieder im Kopf herum: War dieses Opfer gerechtfertigt? Als Hendrikje ihn einmal besuchte und ihn bat, die Patenschaft über ihre kleine Tochter zu übernehmen, hätten sie sich fast gestritten deswegen.

Er beklagte, daß sich drei Dutzend großartige Menschen – wie er sie nannte – aufopfern mußten, daß dies doch ungerecht sei, und wollte einfach nicht ihr Argument akzeptieren, daß niemand vorhersagen konnte, wie groß die Gefahr für die Erde wirklich war. Dieser Hermel Goff vom MOBS war auch dabei und mußte seinen Senf dazugeben. Es seien doch immer die Besten und Mutigsten, die diese Opfer brächten, sagte er, und wenn es solche Leute eines Tages nicht mehr geben sollte, dann könnten sich die Menschen mit den Wanzen und Bandwürmern verbrüdern. Dann faselte der Kerl noch was von einer Moralischen Revolution, in der sich die Menschen seit Beginn der Zivilisation befänden. Er schien sehr zufrieden mit seinen Erkenntnissen. Auch die Frau akzeptierte sein Gequatsche.

Die Patenschaft über die kleine Daoud übernahm Skagit trotz aller Meinungsverschiedenheiten. Das war er der Hendrikje Greiff schuldig, die ihm dieses Labor verschafft und damit die Möglichkeit gegeben hat, seine Forschungen zum Geminga-Problem zu erweitern und die Ergebnisse in eine allgemeine Theorie über Brechung, Reflexion, Polarisation und Transformation von Schwerewellen zu fassen. Wenn es ihm nun noch gelingt, gemeinsam mit seiner Arbeitsgruppe die Frage der virtuellen Schwerefelder in den Griff zu bekommen … Skagit schiebt den Gedanken beiseite.

Die kleine Daoud – nun, sie ist nicht ganz gesund, aber ein Jahr Wachstumsstimulation werde genügen, hat Goff gesagt. Abgesehen von den Füßen, ist ja auch alles in Ordnung. Goff muß das wissen – als Präsident der Mungoliga. Skagit konnte sich ein Grinsen nicht verkneifen, als er das blankgeputzte Abzeichen auf dem Overall des Mopses sah, aber es war ein verbissenes Grinsen. Falls man nämlich kein Mungo ist, muß man sich im Tubifex mitunter schon wie ein Affe an die Haltegriffe klammern, damit man in den Kurven nicht in irgendeine Ecke kullert, auf manchen Selbstspielkanälen ist ein Geschnatter wie von besoffenen Enten, und auf den Straßen kann einem geradezu schwindlig werden, wenn man dieses Umhergespringe und Gerenne erlebt.

Na ja, jetzt, da die Akzeleration des Mungoismus gestoppt und die Erhöhung der Lebensgeschwindigkeit auf einen normativen Wert fixiert werden kann, jetzt wird man wohl auch endlich eine Möglichkeit finden, ein harmonisches Miteinander von Mungos und Normallebigen zu schaffen, aus dem widersprüchlichen Nebeneinander schöpferische Gemeinsamkeit wachsen zu lassen. Schließlich war es schon immer ein Merkmal menschlicher Geschichte, daß aus dem Ringen der Gegensätze Neues entstand.

Ein Jahr ist es nun her, ein Jahr schon, und Skagit ist, als sei das alles erst gestern geschehen.

Von ihm unbemerkt, öffnet sich die Labortür einen Spalt breit, und eine fleischige Hand schiebt ein leise quakendes Ding in den Raum, das irgendwie einem Knäuel Putzlappen ähnelt. Das Tierchen sträubt sich anfangs und quietscht böse auf, als die speckige Hand ihm einen derben Schubs gibt.

Da schaut Skagit hoch und starrt verblüfft auf den Zwergburrbo, der verängstigt auf der Stelle trampelt und den kurzen Trichterrüssel drohend auf den Boden schlägt.

„Arthur ...", flüstert Skagit bestürzt und spürt, wie sich etwas zu einem glühenden Punkt in seiner Brust zusammenzieht.

Zögernd trippelt das Tierchen näher.

„Komm, Arthur ... Na, komm schon, mein kleiner Liebling ..." Skagit streckt lockend die Hand aus.

Witternd hebt das Tier den Rüssel und mauzt kläglich.

Nun erkennt Skagit, daß es nicht Arthur ist, doch bevor die Enttäuschung die Flamme in seiner Brust ersticken kann, springt das kleine Wesen auf ihn zu, hangelt sich an seinem Hosenbein hinauf und schiebt sich vor Wohlbehagen quieckend auf Skagits Arm.

Skagit streichelt den Zwergburrbo verwirrt. Unter seiner Achselhöhle spürt er den harten Schlag des winzigen Herzchens.

Bruno von der Hohen Aue aber dreht sich um und läuft schwerfällig den Gang hinunter. Sein glucksendes Lachen klingt eher, als würde er weinen, aber Bruno lacht. Es ist voller Freude und Trauer, dieses Lachen, und dazwischen tickt die auf seiner breiten Brust baumelnde Taschenuhr wie ein Metronom.

Das glühende Rot der Sonne versinkt hinter dem Horizont, und dort, wo ihre lebenspendenden Strahlen die Amorix überkuppelnde Schutzglocke durchdringen, sind noch die Nähte inmitten der wabenartigen Struktur zu erkennen, unregelmäßige Zickzacklinien, Spuren längst geflickter Risse. Und etwas weiter oben, wo sich der Himmel tiefblau einfärbt, glänzt ein unscheinbares Pünktchen, der Merkur ...